LORD OF MYSTERIES

爱潜水的乌贼 著

诡秘之王
FACELESS

⑤

无面人

中

NEWSTAR PRESS

新星出版社

图书在版编目（CIP）数据

诡秘之主.5,无面人.中 / 爱潜水的乌贼著.

北京：新星出版社, 2025.3（2025.6重印）. -- ISBN 978-7-5133-5815-6

Ⅰ.I247.5

中国国家版本馆CIP数据核字第202480UB26号

诡秘之主5 无面人·中

爱潜水的乌贼 著

责任编辑	李文彧	**特约编辑**	刘兆兰
装帧设计	罗智超 江馨华	**策划编辑**	方剑虹 雷桦
责任印制	李珊珊		

出 版 人　马汝军

出版发行　新星出版社

　　　　　（北京市西城区车公庄大街丙 3 号楼8001　100044）

网　　址　www.newstarpress.com

法律顾问　北京市岳成律师事务所

印　　刷　凸版艺彩（东莞）印刷有限公司

开　　本　685mm×980mm 1/16

印　　张　21.25

字　　数　395千字

版　　次　2025年3月第1版　2025年6月第3次印刷

书　　号　ISBN 978-7-5133-5815-6

定　　价　52.80元

BÄCKLUND
THE HOMELAND

FACELESS 旧颜

CONTENTS

Don't perform the magic when you're not prepared!

他告诉我们，他叫……

阿蒙

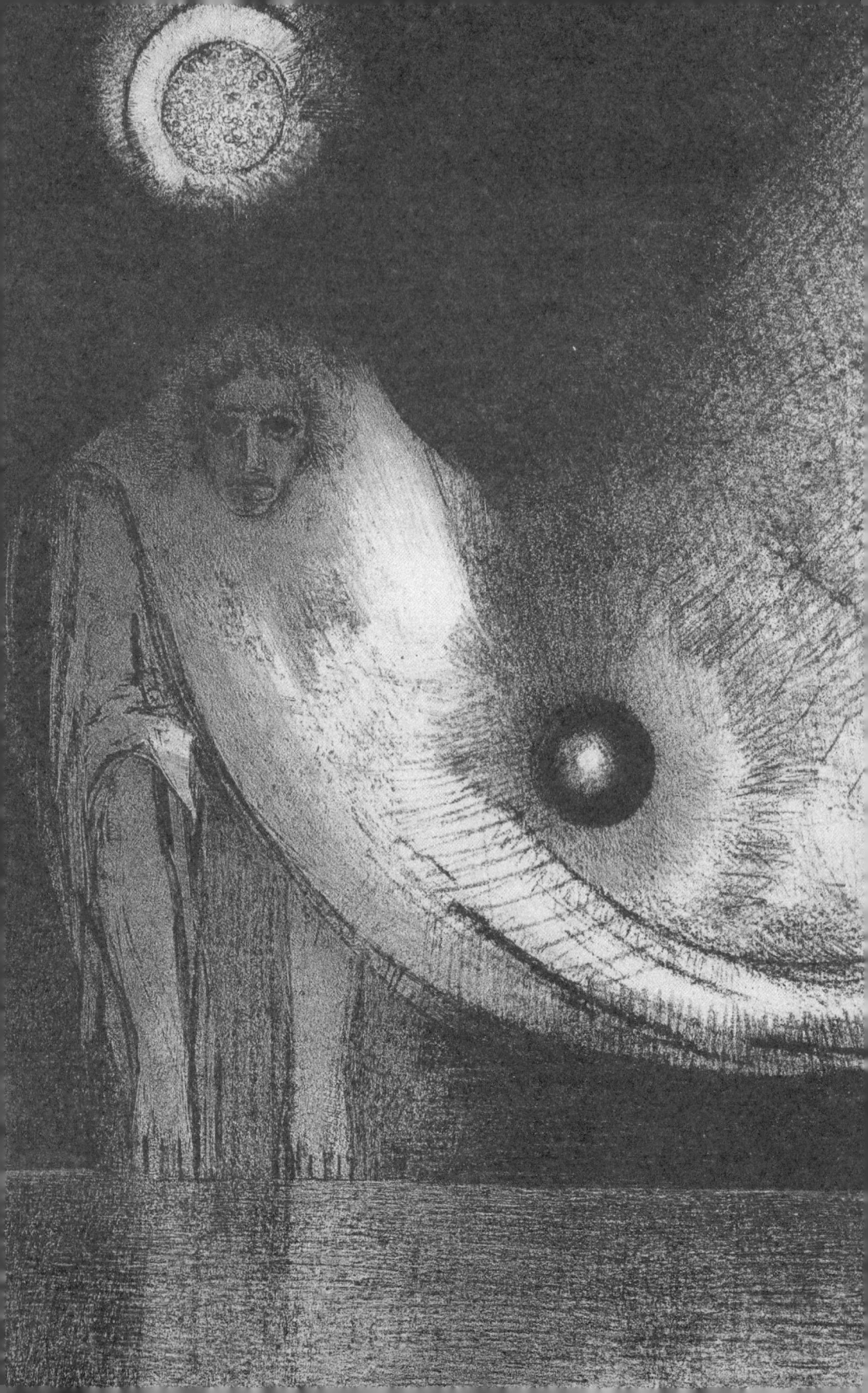

第一章
CHAPTER 01
✦ 连环杀人案 ✦

北区，阿尔卡街。

考普斯蒂·瑞德正坐在起居室内的安乐椅上怔怔出神，侧前方是燃烧着木炭的壁炉。

作为公学的资深教员，他每周薪水在四镑以上，这足以让单身的他过得相当不错，但是，他在家中穿的衣物却有不少补丁，桌上的茶杯亦非常简朴。

在不摘去假发的情况下，考普斯蒂最引人瞩目的是高耸的颧骨和比较轻微的鸡胸——这是一种胸骨往前隆起的畸形状态。他膝盖上摊放着一本古弗萨克语的诗歌集，可许久都未曾翻动一页。

考普斯蒂目光没有焦距地呆愣着，忽然听见耳畔有人轻笑了一声——

"我很疑惑，你竟然没有逃走，还留在家里。你难道不害怕警察上门吗？"

这声音低沉嘶哑，就像变声期男孩的嗓音。

考普斯蒂浑身颤抖了一下，险些就从安乐椅上跳起。他猛然侧头望去，只见几步外的沙发位置不知什么时候已坐了一道身影！

那身影穿着夏天的亚麻衬衣和轻薄长裤，脸庞朦朦胧胧，让人看不清楚。

"你，你是谁？你来做什么？"考普斯蒂紧握扶手，连声问道。

使用了幻觉能力的克莱恩往后一靠，交握双手，悠闲地开口道："昨晚，呵，应该是今天凌晨，我刚救了你们。"

"救了我们？"考普斯蒂见对方似乎没太大恶意，稍微放松了一点，"你，你是树林内那个人？你解决了我们唤醒的那具死尸？"

说话间，他颇为局促地动了动，表现出明显的畏惧。

他能在我清醒却毫无察觉的情况下潜入，我肯定反抗不了……考普斯蒂心里飞快地闪过了类似的想法。

"你们足够幸运，我刚好路过，否则那里会有一地的尸体，被撕咬成碎片的尸体。"克莱恩笑笑道，"回到我们刚才的问题，我很好奇，你竟然还敢留在家里。

你清楚你犯下了什么罪行吗?"

他从考普斯蒂举行"复活仪式"前后的表现确认对方就是一只菜鸟,不可能拥有隐藏自身真实情绪颜色的技巧,所以打算只以询问加灵视的方法弄清楚原委,顶多最后用占卜核实一下。

"我,我知道,私自购买尸体,盗掘别人坟墓,这都是能让我进监狱十年以上的罪行,而且,而且,我肯定还会受到教会的惩处。"外表看起来不到三十岁的考普斯蒂吸了口气,苦涩地笑道,"不过,只要没弄出太大的问题,那些孩子和他们的家长就不会去告发我。因为他们也做了同样的事情,即使立功减刑、自首减刑,最终也会进监牢一段时间。"

"呵。"考普斯蒂自嘲一笑,"已经有孩子将我的身份告诉家长,他们找黑帮来警告我,让我在一周内辞职,并远离学校,我答应了。"

克莱恩轻轻地点了下头:"换个环境是好事,当然,不要再做类似的事情了,蛊惑无知的孩子犯罪是极大的恶行。"

"不会了,再也不会了,我其实没想到会那么危险,我只是看他们和我有同样的爱好,才想着教导他们,带领他们寻找永生的奥秘。

"至于挖坟这件事情,很久以前,许多医生也做过。"考普斯蒂颇为后怕地叹息道。

他的情绪颜色符合他现在的状态……听起来,他不像是灵教团的成员啊……克莱恩想了想,直截了当地问道:"你是从哪里学会灵舞的?"

"灵舞?啊,我一般称呼它为死亡舞蹈。"考普斯蒂先是一愣,旋即明悟,"这是一位老先生教我的。"

"一位老先生?"克莱恩追问道。

考普斯蒂因回忆而恍惚了一下:"他是一个流浪汉,因为严重的疾病,晕倒在了我家门口。我当时不知道他在生病,以为只是单纯的晕倒,就把他扶回了家,给他热毛巾,给他涂抹药油。他苏醒之后,让我不要送他去医院或者诊所,并提到了死亡不是终点。

"我经历了父母和好几位亲属的死亡,对类似的事情很感兴趣,所以和他聊了起来,并发现他在这方面拥有渊博的知识和让人赞叹的人生哲学。

"他对我的好奇似乎也很满意,最后甚至表演了打死一只蚊子,又将它唤醒的奇迹。"

这开头……我上辈子看过至少十本类似的小说,都是好心捡个快死掉的老爷爷回家,然后得到奇遇……

克莱恩嘴角抽动了一下道:"所以,你将他留在了家里?"

考普斯蒂郑重地点头道:"是的,如果不是时间不够,我甚至想成为他的学生。那几天内,他教了我死亡舞蹈,教了我许多知识,可惜,这时光太短暂了,我刚进入状态他就死亡了,只留下一枚铜哨。"

话音未落,考普斯蒂掏出了一个做工精致、不显古旧的铜哨:"就是这枚。"

我也有一枚……大概是先祖级的……克莱恩吐槽了一句,若有所思地问道:"这是多久前的事情?他长什么样子?你把他埋在了哪里?"

"半年前,他最明显的特征是斑白的头发加侧脸的红斑,他让我把他埋在后面的花园里。"考普斯蒂计算了下日期回答道。

不是阿兹克先生,但大概率是灵教团的成员,序列也许不低……克莱恩转而问道:"除了灵舞,你就只学会了那个复活仪式?"

"那个仪式我刚学了一半,只能根据零散的知识和查到的民俗传说逐步完善,一次次改进。"考普斯蒂非常老实地回答道。

根据民俗传说来完善?噢,那只可怜的黑猫,愿女神庇佑你……克莱恩忍住了在胸口画绯红之月的冲动。

"除此之外呢?"他追问了一句。

"嗯,还有这枚铜哨,我觉得它是沟通感官之外的世界的关键。"考普斯蒂抬手吹了一下,感慨道,"每次我吹完,都能感觉到周围变得阴冷,感觉到有人在注视我,感觉到有谁在拉扯我……"

他说话的同时,开着灵视的克莱恩看到地面有水波般的花纹荡开,阴冷的气息随之弥漫开来,炉火和灯光也暗淡了一些。

紧接着,那里冒出了一个长着三只死鱼眼的头骨,头骨周围有一条条黑色的、节肢状的触手凌乱地缠绕着。

一只触手伸了出去,时而触碰考普斯蒂的腿部,时而拉扯他的衣物,显得颇为急躁,但是,考普斯蒂却完全没有回应,似乎根本没有察觉。

这是信使吧?铜哨都是召唤对应信使的……你把它召唤出来又不给它信是什么意思?克莱恩看得有点发愣。

这时,考普斯蒂很兴奋地望向他:"感觉到了吗?周围变得阴冷了!煤气灯也变暗了!真的,有人在注视我,在拉扯我!"

长相惊悚的信使努力地触碰着考普斯蒂,一遍又一遍,最终还是没有收到信,只能无奈地钻回地底。

克莱恩嘴角略微抽搐地看着,于心里默默自语道:"我收回刚才的话,他不是菜,他是菜得抠脚。

"他根本不是非凡者!我之前还以为他是神秘学刚入门的那种,现在看来,他连门在哪里都还没摸到……'死神'途径序列9的'收尸人'都可以直接看见鬼魂和灵体……"

结合考普斯蒂在仪式后用铜哨命令活尸的行为，克莱恩完全相信他没有撒谎，不由得无声地叹了口气。

旋即，他想到了一个问题：如果写张纸条给刚才那个信使，它会送到哪里去？真正的灵教团成员？资深的成员？

按捺住这个想法，克莱恩颔首道："确实变得阴冷了。"

回应完毕，他迅速岔开了话题："从那位老先生死亡到现在，你感觉到了什么异常吗？"

"嗯……之前没有，但最近两周，我偶尔会觉得周围某个人像尸体，可以唤醒的那种。"考普斯蒂半是害怕半是疑惑地问道，"这是幻觉吗？"

与亚特鲁的说法吻合，没有撒谎……克莱恩瞄了眼考普斯蒂的气场颜色，真心提醒道："我建议你在之后两个月内，每周最少去三次教堂，参与弥撒，聆听祷告。如果不想这么做，你可以先给自己预订一个墓穴。"

"好吧……"考普斯蒂略感失望地回应道。

他还以为那是自己有所进步的表现。

克莱恩考虑了一下，用吩咐的口吻道："带我去看那位老先生的尸体。"

"啊？好吧。"考普斯蒂本想拒绝，但瞬间就认清了现实。

他拿上工具，领着克莱恩从厨房的后门出去，进入草木枯败的花园，停在了一株歪斜的树木前方。

克莱恩站在旁边，看着考普斯蒂熟练地挖开泥土，一点点露出下面的石板。挖开上层，考普斯蒂借助工具，用力撬开了石板。

噗！石板压在了刚才挖出的泥土上，隐约穿透云层的绯红月华洒入了不算幽深的墓穴。考普斯蒂下意识凝眸望去，突然惨叫一声，倒退了几步，跌坐在地。

墓穴之中没有腐烂的尸体，也没有白骨，底层凌乱地铺着一片片白色羽毛，染着淡黄油污的白色羽毛！

白色羽毛？克莱恩望着没有尸骨的墓穴，霍然想到了一个单词：天使！

七大教会的典籍里充斥着天使与圣者的传说，而前者的特征之一就是背后长着一对、两对、三对甚至六对白色的、纯洁的羽翼。

不过，转瞬之间，克莱恩又记起了一段往事——阿兹克先生曾经向自己描述过他的梦境，描述过那仿佛一世又一世人生般的梦境。其中一幕场景就是在黑暗的陵寝内，身旁有许多敞开的古老棺材，棺材里则趴着一具具背后长着白色羽毛的尸体！

这是"死神"途径的特殊表现，还是灵教团弄出来的诡异现象？

克莱恩没有开口询问，收敛了种种情绪，平静地看着墓穴底部沾染着淡黄油污的白色羽毛。

他初步判断那位老先生不会是天使，因为序列2甚至序列1的恐怖非凡者死后肯定会对周围产生强烈的影响，比如廷根市查尼斯门后的圣者骨灰会延伸出近乎无形的、黑色的、阴冷的细线，以此封印住周围的人和物。

当然，也可能他没有真正地死亡……就像阿兹克先生那样？

克莱恩弯下腰背，用戴着黑色手套的右手拾起三根白色的羽毛，打算回家之后去灰雾之上做个占卜。

这个时候，考普斯蒂缓了过来，连滚带爬地凑到克莱恩身旁，隐含恐惧地望向墓穴："尸体呢？"

克莱恩侧头看了他一眼，低沉地开口道："也许，他自己走了。"

"自己走了……"考普斯蒂惊恐地重复了一遍，彻底认识到死者苏醒是多么可怕的一件事情。

他双腿发抖，自言自语般地说道："可是，可是，我没有对他，对他使用复活仪式。"

克莱恩转过身体，注视了他几秒才道："死亡不是终点。"

"死亡不是终点……死亡不是终点……"考普斯蒂被自己信奉的理念吓得不轻，脱口问道，"他，他会回来吗？"

嗯，那枚铜哨召唤出的信使大概率对应着那位老先生，也就是说，把纸条给信使就等于寄信给那位老先生，寄信给一个死去了快半年的人……

呵，不知道他现在去了哪里，处于什么状态……

对于考普斯蒂的问题，克莱恩轻描淡写地提了一句："不要再吹那枚铜哨。"

"您是说，铜哨会把他吸引回来？"考普斯蒂惊惧地反问道。

不等克莱恩回答，他又自顾自地请求道："您，您可以帮我把这枚铜哨扔到塔索克河里吗？如果不行，那，那我自己去。"

你之前不是对死亡、对相应的哲学很感兴趣吗？克莱恩腹诽一句，伸手接过了属于考普斯蒂的那枚铜哨。

他打算在条件合适的情况下试着给死人寄封信，看看会发生什么事情。当然，这一切的前提是他确定没有太大的危险。

吩咐考普斯蒂重新填埋好墓穴后，克莱恩和他交流了一会儿灵舞和相应的神秘学知识，丰富了自己的见闻，并且问清楚了考普斯蒂下葬那位老先生时有没有按照对方的遗嘱让尸体朝下趴着的事情。

在某些特殊的情况下，用灵舞代替部分仪式魔法的烦琐布置会更加有效，更为简便……

眼见目的达成，克莱恩又警告了考普斯蒂一句，让他不要再乱玩所谓的复活仪式。接着，他从花园离开这条街道，绕至很远的地方坐马车前往东区。

换上之前的衣物后，他返回明斯克街，进入卧室，经过一系列操作，将三根白色的羽毛和考普斯蒂的铜哨带到了灰雾之上。

坐至属于愚者的高背椅，克莱恩具现出纸笔，书写下早就想好的占卜语句：它的来历。

紧接着，他握住那三根白色羽毛，往后靠住椅背。

默念之中，克莱恩进入了梦境。

四周迷迷蒙蒙，灰白浓郁。在这样的天地里，有一片浓郁无光的黑暗，忽然，黑暗染上了绯红的色彩，一只苍白见骨的手探出了黄褐色的泥土。

一道人影慢慢爬了起来。它并没有掀开石板、搅动泥土，而是就那样穿透一切地出来了。绯红的月光下，这人影的衣物破破烂烂，背后长出了一根根白色的羽毛。

这有着斑白头发的人影微微侧头，露出脸庞上那明显的红斑，以及木然、发愣、没有任何情感的眼睛。它迈开步伐，艰难地穿过围栏，向着黑暗深处行去，越走越远，直至消失。

梦境随之破碎，克莱恩苏醒了过来。

尸体背后真的长出了白色的羽毛……它的状态很像莎伦小姐啊，但是，又有明显的不同，给人很沉重、很"实质"的感觉……

它似乎能在人体和灵体间半自然、不完整地转变？沟通现实世界与灵界、冥界的使者？克莱恩伸手轻敲长桌边缘，沉思了好一阵子。

紧接着，他又占卜现在使用考普斯蒂那枚铜哨寄信是否存在危险，得到了肯定的答案，而且灵摆转动的幅度很大、速度很快。

"可惜啊，没法在灰雾上直接使用铜哨，信使根本进不来，否则就没有任何危险了……"

克莱恩自语一句后，坠入灰雾之中，返回了现实世界。

清晨时分，皇后区那片相对清新的树林内。

脸庞圆乎乎、看起来三十来岁的"药师"出现在僻静的角落里，将秘密栽种的草药收入了随身携带的皮囊里。

完成了今天的任务后，他直起腰，活动起身体，很满足地无声自语道："果然，身体素质得到提高了，不像以前只对毒素的抗性比较强。不过……为什么我的序列8是'驯兽师'？这和'药师'有什么关系？

"嗯，'药师'是驯化并使用植物和失去了生命的动物的某部分，'驯兽师'是驯化并使用活着的动物，包括超凡生物？那我到序列7将能驯化并使用人类？

"老头都没告诉我序列7的名称，也没给我配方，等我稳定下来，得试着联系他了。"

"药师"拳打脚踢，适应着变强的身体，一直到累得不行才停下动作。

呼……喘息之中，他开始思考一个严肃的问题："驯兽师"该怎么扮演？

"'驯兽师'……该怎么做呢？找动物驯化？""药师"嘀咕之中，忽然有所感应，望向了人工湖位置。

那里有一条金毛大狗正欢快地奔跑着。

似乎察觉到了他的视线，金毛大狗霍然侧头看了过来。视线在半空碰撞，那金毛大狗愣了一下，旋即机敏地转身，一溜烟儿跑得不见了踪影。

霍尔伯爵家的豪华别墅内，苏茜回到琴房，蹲于奥黛丽的脚旁，吐着舌头，喘着粗气。

等到金发少女弹完一曲,它才后怕地说道："奥黛丽，我遇见了一个可怕的家伙。他的眼神很可怕！"

"是吗？他想对你做什么？"奥黛丽好奇又关切地问道。

苏茜认真地想了想道："我也不知道，总之，他很危险，这是我的直觉。"

"他长什么样子？"奥黛丽考虑要不要让家里的守卫和侍从去警告那名男子。

"没看清楚，我感觉，感觉他是我的天敌！"苏茜一本正经地回答。

你的天敌？狗类克星？奥黛丽露出矜持的笑容："苏茜，你最近不要去那片树林了。"

"汪，奥黛丽，你刚才心情不大好？我从你的琴音里听出来的。"苏茜转而问道。

奥黛丽轻轻额首道："嗯……我刚才从格莱林特那里收到了消息，佛尔思和休告诉我，今晚的聚会取消了。我本来还打算给你换取非凡材料的。"

并且尝试着接触心理炼金会的人……她在心里默默补了一句。

"为什么？"苏茜疑惑道。

奥黛丽思索着回答："据说是那起连环杀人案造成的影响。"

周六早晨，贝克兰德的空气和往常一样差。

克莱恩正尝试着做小时候爱吃的一种面食，为此，他购买了品质较高的面粉，加水加糖，调成了一盆稀薄的"糨糊"。

接着，他倒油入锅，让油湿润表面。油烧热之后，他用汤勺舀起一些面浆，将它们倾至锅边，摊得很薄。

伴随着嗞嗞嗞的声音，他摊了好几张薄饼，面粉的香味逐渐散开来。等到火候差不多，他把那些软软的、面皮状的薄饼一一揭了下来，放入盘中，并加水把剩下的材料做成了面糊。

刚端着面饼和糊糊回到餐厅，克莱恩就迫不及待地扯下一块，塞入口中。

那薄饼只有浓郁的麦香和刺激食欲的甜味，单纯、朴素，却异常美味，是记忆里的味道……克莱恩飞快地吃着，时不时喝一口面糊。

就在他吃得差不多，开始放慢速度的时候，门铃忽然被拉响，叮叮当当之声不断回荡。

新的委托？

克莱恩取下餐巾擦了擦手，起身走向门边。他还未握住把手，脑海内就自然浮现出了访客的形象。

那是一位鬓角花白、脸庞消瘦、气质出众的中老年绅士，那是能得到警方邀请的私家侦探艾辛格·斯坦顿！

他来找我做什么？克莱恩疑惑地开门，微笑着问道："早上好，斯坦顿先生。有什么事情吗？"

艾辛格摘下半高丝绸礼帽，笑笑道："早上好，莫里亚蒂先生。我想找你合作，我认为你是一位优秀的侦探，之前纯粹凭借自己的力量就查到了东拜朗船坞，查到了码头工会。"

"合作？"克莱恩没有掩饰自身的愕然。

艾辛格点了下黑色手杖，沉声回答道："找出最近连环杀人案的凶手。警方已经给出了悬赏，两千镑。"

两千镑？这足以让贝克兰德所有的赏金猎人和私家侦探疯狂！

这不比"飓风中将"齐林格斯长期漂于海上，属下一堆，而是伸手就可以触摸到的类型……

嗯，一个战力比拟序列5的大海盗、价值一万金镑的序列6的凶犯，怎么也得开三四千镑的价格才合理啊，难道值夜者、代罚者对那个杀人犯的判断是序列7的"连环杀手"，而非正要晋升序列5的准强者？照这样来看，两千镑算是溢价不少了……

很有可能，"太阳"说那个仪式相当古老，也许大灾变之后就很少再出现，所以几大教会和军方都没有类似的资料……

这里面存在一个问题：女神教会、蒸汽与机械之神教会以及王室奥古斯都家族还可以说是因为崛起于大灾变，所以不了解过去，但风暴教会可一直坚称自身是最古老的教会之一……难道他们这个"最古老"的教会，依旧诞生在恶魔退回深渊之后？

听到艾辛格·斯坦顿的话语，克莱恩心里最先闪过的就是对悬赏金额的评估，接着发散思绪，联想到了许多事情。

"你的意见是什么？"艾辛格见夏洛克·莫里亚蒂有点走神，遂追问了一句。

我的意见？克莱恩一时有些为难。

正常的私家侦探肯定会答应，这既有丰厚悬赏的缘故，也有对面是知名大侦探的关系——与艾辛格建立友情，能在圈子里获得极大的好处。

但问题在于，克莱恩并非正常的私家侦探，他担心调查线索的时候会碰上负责此事的值夜者。

虽然我现在蓄了胡须，戴了眼镜，改变了发型，仅是见过几面的值夜者肯定认不出我，但万一遭遇的是戴莉女士呢？

不答应也不对，显得很古怪，很惹人怀疑……而且，我也希望早点抓到那个恶魔，否则不知道还有多少无辜的女孩会遇害……

克莱恩斟酌了几秒，微微一笑道："我最近刚接手了一起很麻烦的案子，恐怕没有什么空余的时间。"

不等艾辛格·斯坦顿开口，他又补充道："我可以参与讨论，帮忙翻看资料、分析线索，但应该不会直接参与调查。"

等下再做个占卜，如果确实有问题，那讨论的时候就把发言也省一点，当个纯粹的观众……说话间，克莱恩迅速有了成形的想法。

握着黑色手杖的艾辛格沉吟了一下道："没有问题。这次我召集了十几名侦探，有足够的人手做排查，而我最赞赏你的就是你卓越的推理和分析能力，在没有我这么多资源的情况下，竟然找去了东拜朗船坞，找去了码头工会。

"如果能抓到罪犯，拿下赏金，我会根据每个人的贡献合理地分配报酬。相信我，我在这一行还是有些信誉的。"

"好的，合作愉快。"克莱恩主动伸出右手，与对方握了握，并感觉到了艾辛格手掌的干燥和温暖。

对一位四五十岁的中老年绅士而言，在贝克兰德的深秋里还能保持类似的感觉，相当不容易，克莱恩据此更加怀疑艾辛格是位非凡者。

"合作愉快。"艾辛格微笑着点头。

这个时候，克莱恩才发现自己有些失礼，忙堆起笑容道："抱歉，忘记请你进去了，我们喝着咖啡和红茶好好聊一聊？"

"不用客气，我约了那些侦探上午九点到我家讨论案情，我的助手正在那里等着他们。"艾辛格掏出一块雕饰复杂、很有机械美感的银色怀表，按开看了一眼道，"我们得过去和他们碰面了，没有问题吧？"

"没有问题，我去趟盥洗室，换上衣服就走。"此时此刻，克莱恩突然找回了做值夜者时打击罪恶、维持秩序、保护民众的感觉。

盥洗室内，克莱恩去了灰雾之上，用占卜的办法得到了可以承受的答案，于是他飞快返回现实世界，披上外套，戴好帽子，拿住手杖，跟着艾辛格上了一辆出租马车，并分坐左右。

艾辛格看了他一眼，仿佛在思考般问道："我很好奇，你是怎么发现希贝尔被杀案与东拜朗船坞、码头工人协会有关的？"

我就没有发现，那是一个误会……

克莱恩认真思考着该怎么编织谎言，片刻后，他噙着笑容颇为含糊地回答道："主要是先判断出希贝尔的死亡源于模仿犯罪——这一点得益于迈克·约瑟夫记者的帮助。

"确认了这件事情，再根据希贝尔返回金玫瑰的路线，以及另外的一些线索，我就有了相应的猜测，于是假扮成记者去调查。"

艾辛格轻点了下头，没再浪费时间在这个话题上，转而详细地介绍连环杀人案的情况。

这比报纸上描述的更加详尽，尤其是最新的那一起。

时间在讨论和交流里过得飞快，马车抵达了希尔斯顿区一栋略显陈旧的建筑。

这栋房屋的采光不是太好，即使今天的贝克兰德没什么雾气，它也显得颇为阴暗。艾辛格·斯坦顿领着克莱恩穿过还算宽敞的客厅，进入了壁炉已经被点燃的起居室。

克莱恩环视一圈，看见了十五六位侦探，他们坐满了起居室内每一个可以坐的位置。

"夏洛克？"一道惊喜的声音响起，似乎和克莱恩很熟。

谁？

克莱恩略感愕然地望了过去，发现昨天才分别的斯图亚特侦探竟然出现在了这里。他仔细再瞧，又辨认出了之前负责保护亚特鲁的卡斯兰娜侦探与她的助手莉迪亚。

"真是巧合啊。"克莱恩嘴角上翘，含笑靠近斯图亚特。

斯图亚特往旁边挤了挤，空出半个屁股的座位，拍了拍道："也许不是巧合，我之前看的某本杂志提过心理学里有一种叫'共时性'的现象，想到就会发生。

哈哈，开玩笑的。"

这时，艾辛格对在场众位侦探介绍道："这位是夏洛克·莫里亚蒂先生，一位出色的侦探。"

有了他的背书，卡斯兰娜等人望向克莱恩的目光里明显多了几分信任，认为他确实是优秀的私家侦探。

克莱恩颔首回应后，坐到斯图亚特的旁边，随口问道："你们的委托结束了？"

"是的，亚特鲁的情况好转，那些坏朋友似乎也出了问题，不再能威胁到他，所以我们失业了。"斯图亚特哈哈一笑道，"我本来想休息几天，结果遇上斯坦顿先生召集，就过来瞧一瞧。"

"其实，这样也好，我很不喜欢带点诡异、有些吓人的案子，嗯，我是指鬼故事那种吓人。相较而言，我更愿意接手凶杀案！"他补充道。

等助手给每人倒了咖啡或红茶、发了资料后，艾辛格坐到安乐椅上，掏出烟斗，一边缓缓摩挲，一边道："我想你们都不会对最近这起连环杀人案感觉陌生，有什么想法吗，说出来大家讨论一下。"

脸庞消瘦、留着较少络腮胡的斯图亚特举了举手，抢先说道："我刚才翻看了下资料，发现警方竟然没从死者的身份入手调查。

"我想那个罪犯不可能光靠眼睛就认出被害者曾经是站街女郎，他肯定与她们有过接触，这是很重要的方向，警方竟然遗漏了！神啊，这简直不可思议！"

那个罪犯大概率就是靠眼睛认出来的……克莱恩默默自语了一句。

对于斯图亚特的质疑，大部分私家侦探纷纷出言附和，唯有卡斯兰娜、艾辛格等人保持着沉默，没有开口。

"这是一个很重要的方向。斯图亚特，你找几位朋友帮忙，仔细查下去。"等到议论平息，艾辛格才平稳地给出了一句评价。

接下来的时间，侦探们各抒己见，时而争吵，高声反驳；时而站起踱步，整理思绪。

克莱恩一直安静地听着，没发表任何意见。等到交流接近尾声，他忽然举了下手道："我想要贝克兰德乃至整个王国最近二十年内未破的连环杀人案资料。"

房间内忽地安静了几秒，大部分私家侦探一时竟没能明白克莱恩的用意。

艾辛格将烟斗凑于鼻子前，吸了口气味，斟酌着开口道："你认为，凶手不是初犯？你怀疑他之前有过类似的犯罪，即使作案手法并不相同？"

不是怀疑，是几乎肯定……克莱恩在心里回答了一句。

这是他根据"太阳"提供的信息做出的推理：既然凶手是在为了从序列6晋升序列5而努力，那么，他在序列7"连环杀手"阶段又做过什么呢？

如果他没有进行过类似的犯罪，那他就很难消化魔药。即使有时间的积累，序列7升序列6也有不小的概率会失控，而"深渊"途径的非凡者属于这方面的高危人群。

所以，克莱恩判断，不管懂不懂扮演法，这人在序列7阶段应该都出于种种原因犯下过连环杀人案。这样一来，对方消化序列7的魔药用不了几年，即使加上序列6魔药的消化时间，二十年也是足够合理的时间范围。

因为如果年纪太大，不管魔药有没有消化，晋升都是相当危险的，整个人也会随着仪式的深入变得越来越疯狂，从而留下明显的线索。

在现阶段，那个凶手作案冷静，拥有干扰占卜和追踪的能力，几乎不存在漏洞，但早期"青涩"的他未必如此！

他初次完成连环杀人案时大概率没那么谨慎！这就是可供追查的最好线索！

诸多想法一闪而过，克莱恩颔首回应道："那个罪犯的作案手法不像是菜鸟，我有理由相信他以前做过类似的事情！结合过去和现在，我们才更有希望抓住问题的关键。"

听到他的回答，侦探们交头接耳地议论了起来。

艾辛格在短暂的沉默后，由衷赞叹道："很棒的思路！"

傍晚时分，克莱恩坐到起居室的安乐椅上，就着温暖的壁炉，拿起了艾辛格助手刚送过来的资料。

他上午的思路得到了那位大侦探的赞扬，卡斯兰娜立刻表示自己也需要一份类似的资料。

斯图亚特则低声感叹，说自己之前就基于克莱恩在亚特鲁那起案子中的镇定和从容，相信克莱恩是一位优秀的侦探，但没想到会如此出色。与此同时，斯图亚特告诉克莱恩，如果需要人手，需要帮忙，可以去找他，他在贝克兰德的侦探圈子里认识不少朋友。

艾辛格·斯坦顿也承诺会立刻联络警察部门，争取在天黑之前将相应的资料提供给需要的侦探。他果然非常有信誉。

下次塔罗会上，我得让"世界"询问小"太阳"，问清楚序列6"恶魔"的特点，问清楚这个序列的非凡者拥有什么能力……

之前没想着掺和这件事，忘记搜集相应的情报，现在既然决定帮忙，那就得有备无患，以免遇到危险时都不知道是怎么回事……

克莱恩沉吟了几秒，低下脑袋，在煤气灯的光芒下翻看起最近二十年整个鲁恩王国未破的连环杀人案。

这比他预想的少很多——贝克兰德四起，其他城市总计五起，加起来一共才九起！

"嗯，虽然这个世界还没出现DNA这个概念，更缺乏许多必要的刑侦技术，但在大帝的推动下，已经有了比较成形的'指纹学'，而且这里还有通灵、占卜、入梦等超凡手段！单独的杀人案，在不涉及贵族、富豪、官员的情况下，警察部门往往不会求助于三大教会的非凡小队，可连环杀人事件影响非常恶劣，容易造成恐慌，他们必然会做出最明智的选择……这样一来，二十年内未破的连环杀人案只有几起是符合道理和逻辑的。"克莱恩迅速想明白了缘由。

他收敛思绪，一起案子一起案子地翻阅。

在信息不足无法占卜的情况下，他初步挑选出了两起可能与当前事件有关的连环杀人案，打算作为初步的切入点。

一起案件发生于四年前，共有五名遇害者，都是单身且带着一个孩子的妓女。她们死前被虐待过，但都缺乏和其他人发生关系的痕迹。

当时负责的警察认为，凶手肯定认识那些妓女，否则不可能精准地挑选出单身且带着一个孩子的女性。他们从居住在附近的人和几个妓女的常客入手，确定了一些嫌疑人，但最终还是没找到真正的杀人犯。

虽然卷宗上只略微提了那么一句，但克莱恩明显看得出来，他们请了三大教会的非凡者帮忙，可惜依然没能破案。

凭借"深渊"途径的非凡能力看出女性曾经堕落过的痕迹，并不违背神秘学，看出对方是妓女亦然。可没道理看得出对方目前单身，有且只有一个孩子……

警方的思路是对的，那问题出在哪里呢？难道真正的凶手像我一样，能对抗入梦、占卜、通灵，逃过了中低序列值夜者或者代罚者的排查？

有可能……虽然几大教会不缺乏对"连环杀手"的了解，但对方也许有别的奇遇！

克莱恩从自己的角度出发，挑出了一些问题。

我这是以"同类"的方式在分析他们啊……没有辜负"莫里亚蒂"这个姓……他自嘲两句，决定依然将优先排查确定为那四个嫌疑人。

"嗯，让斯坦顿先生通过警方确定那几名嫌疑人目前的地址和状态，请斯图亚特找人辅助，我就不直接出面了，免得遇上官方非凡者。

"等弄清楚了情况，再搜集嫌疑人的随身物品，到灰雾之上进行玄学推理。"克莱恩迅速拟定了计划。

第二起案子发生于十一年前，当时陆续出现了四起碎尸案。原本这几起案子没有合并调查，直到警方对处理尸体的手法有了怀疑，才被确认为连环杀人案。

被害者是工作到很晚才回家的人，有男有女，未被劫财，彼此间没有共同关系。

因为耽搁了最宝贵的时间，这起案子一直都没能找到嫌疑人的线索。

"这是失误造成的问题，如果能尽快请'通灵者'帮忙，那死者的怨魂甚至会往凶手周围聚集……当然，也可能凶手连灵魂也'杀'掉了，就像现在这起……死者的尸体应该只剩骨灰了，很难入手啊……"

克莱恩揉了揉额角，见天色已黑，暂时不再去思考案情，从安乐椅上起身，离开了明斯克街。

他今晚还有事情要做！

他要去大桥南区，去月季花街的丰收教堂找乌特拉夫斯基主教，争取拿到"药师"配方——这件事情，他已经占卜过是否危险。

对克莱恩而言，如果有一个"药师"当手下，那是非常有帮助的。他会受伤、会生病，会遇到能对他造成伤害的敌人，一个随时可以找到的"药师"将是他坚实的后盾。

到东区转了一下后，改换了装扮的克莱恩乘坐蒸汽地铁，穿过塔索克河，抵达了大桥南区。

一路上，地铁沿线的昏暗和相应的煤气灯构成了让人印象深刻的场景。

改坐公共马车后，克莱恩来到月季花街，不需辨认就发现了那座狭小的丰收教堂。

这座金黄色的教堂有较为醒目的尖顶和铭刻在外墙上的生命圣徽，那是由麦穗、鲜花和泉水等符号簇拥着一个简笔画婴儿构成的，与周围的建筑截然不同。

此时此刻，教堂内灯火昏暗，似乎没什么信众。

克莱恩从侧面潜入，谨慎地用油彩涂抹了脸庞，而不是单纯依赖制造幻觉的能力。

教堂大厅内，一排排座椅整齐摆放，最上方是巨大的生命圣徽，两侧是点燃的一根根蜡烛。

最前排的一张座椅上，有名穿着褐色教士服的、年龄四五十岁的高大男子。他光是坐在那里就仿佛一座小山，给人极大的压迫感。

这名男子戴着主教软帽，眉毛浅淡而稀疏，眼角、脸颊、嘴边有明显的皱纹。他正紧紧闭着眼睛，用交握的双手抵住下颌，似乎在做最虔诚的忏悔。

忽然，他睁开双眸，露出了一片浅蓝。

"母神的教会不会拒绝任何人。你为什么不走正门？"这名四五十岁的老者没有抬头，声音低沉柔和地问道。

"你就是乌特拉夫斯基主教？"克莱恩从阴暗的地方走了出来。

那穿着褐色主教服的高大男子语气温和地回答道："我更喜欢别人称呼我神父，乌特拉夫斯基神父。"

"好的，主教先生。"克莱恩故意笑了一声，"你的名字和你的身高都告诉我，你是弗萨克人，为什么会信仰大地母神？"

乌特拉夫斯基主教缓缓抬起脑袋，注视着前方的生命圣徽，饱含感情地说道："我出生在间海沿岸的因多，是个狂热地喜欢战斗和杀戮的人。"

因多？他确实是弗萨克帝国的人……克莱恩微不可见地点了下头。

间海是鲁恩、因蒂斯和弗萨克的天然分界线，东岸属于鲁恩，西岸大部分归属因蒂斯，往北则是弗萨克帝国那几个有名的港口城市，比如因多。

另外，间海还往东北方向蔓延，一直穿透了弗萨克帝国的领土，与北海连通。那部分海域有许多岛屿，是冰熊和海豹等动物的栖息地，猎熊和钓海豹正是当地弗萨克民众的传统节日。

就在他思绪略有发散的时候，乌特拉夫斯基主教继续望着前方说道："我犯下严重的罪行，逃到了苏尼亚海上，成了一个凶残的海盗。在我真正堕入心灵的地狱前，我幸运地遇上了母神的传教士。

"那天之后，我明白了生命的可贵，明白了万物生长的魅力，获得了纯粹的来源于生命本身的喜悦。我在母神的圣徽前立下誓言，要将祂的信仰传播到其他国度，以此为血腥的过往忏悔。

"所以，我来了，我来到了这里。"

平和却充满感情的声音里，乌特拉夫斯基主教站了起来。他身高超过两米二，体格健壮，教士服紧绷，就像传说里的巨人重新出现在了北大陆。

真正的巨人身高三到五米，拥有竖直单眼……弗萨克帝国的民众普遍高大……难怪他们一直自称巨人遗民，相信自身有巨人血脉……克莱恩不得不仰起头，看向那位神父的脸孔。

"你来做什么？"乌特拉夫斯基主教低着脑袋询问道。

"听说你有事情想委托，报酬是'药师'的配方？"做了伪装的克莱恩直截了当地问道。

乌特拉夫斯基主教沉默了几秒道："是的。虽然我不知道你是从哪里听说的，但确实有这件事情。"

"那么，是什么任务？"克莱恩含笑问道。

乌特拉夫斯基主教深深地打量了他一阵，道："我想你没法完成我的委托。"

"或许可以呢？得知道具体的内容，我才能做出评估。"克莱恩微皱眉头道。

乌特拉夫斯基主教宛若巨柱般耸立在那里，隔了几秒道："我的委托是……"

说到这里，他闭了闭眼睛："杀了我。"

杀了你？克莱恩第一次听见这种要求，遇到这种任务，短时间竟不知该做什么反应，他甚至开始怀疑这件事会不会有什么大阴谋。

乌特拉夫斯基主教睁开双眼，俯视着克莱恩道："杀掉过去的我。"

神父先生，说话不要大喘气……

克莱恩嘴角略微抽动，疑惑地问道："即使在神话传说里也没有谁能回到过去，你这个委托，恐怕只有七位神灵才可能完成。"

"不，我的意思是，杀掉还藏在我内心深处那从未真正死去的过往。"乌特拉夫斯基主教见克莱恩依然有些不解，背部微驼地说道，"以前那个喜爱杀戮、狂热于战斗的我，并没有随着我发自内心的忏悔彻底死去。我能清晰地感觉到，他还活在我的身体内，总想着夺回一切事情的控制权。

"我每时每刻都在压制他，希望用弥撒、用苦行、用传教来感化他，让他也真正地信奉母神的教义，重新与我归于一体。"

简单来说，乌特拉夫斯基主教过往的印记太深，与当前的生活有激烈冲突，于是产生了人格方面的分裂……

伪心理学家、真"键盘强者"克莱恩·莫雷蒂做出了初步的评判，斟酌着说道："这是心理方面的问题，我认为你最需要的是看精神科的医生。"

"我尝试过。你或许不清楚，母神掌握的非凡途径里有'医师'这个序列，也就是古代的'治疗牧师'。他们研究过我的问题，认为这不是简单的心理疾病，还夹杂了失控的倾向。如果过去的我最终战胜了现在的我，我毫无疑问会失控，会变成怪物。"乌特拉夫斯基主教叹了口气道。

那你需要的是"观众"途径的序列7"心理医生"……

克莱恩想了想道："你的话语让我相信你找到了解决的办法，只是缺少一个合适的执行者，对吗？"

"是的，这些年里，我除了传教，还在寻找能帮助我的人和物，最终，在母神的庇佑下，我得到了一件非常神奇的物品，据说是古老年代里某条巨龙的遗物。"乌特拉夫斯基主教见克莱恩并没有被吓走，带着几分希望地回答道，"它能让持有者进入目标的心灵最深处，或者说梦境的最底层，并把相应的场景实质化。那样，你就可以直接看见过去的我，然后通过战斗消灭他。在那种特殊的状态下，他一旦真正死亡，就不会再出现了。"

不愧是神秘世界，还能以这种方式治疗人格分裂……克莱恩暗自感慨了一句，谨慎地问道："这有什么限制，或者说，会对持有者造成什么伤害？你为什么认为我无法完成这个委托？"

乌特拉夫斯基主教低头看着克莱恩道："一旦使用那件神奇物品，持有者自身虽然会保持清醒，但心灵，或者说梦境有许多层，过去的我能充分利用这一点欺骗你，甚至反过来猎杀你。

"而超过预定的时间后，嗯，五分钟之后，那件神奇物品会使你彻底迷失，精神再也无法回到身体内，最终成为它的祭品。那样一来，你会变成植物人。

"另外，因为场景的实质化，如果你在心灵最深处或者说梦境最底层被杀死，也会出现类似的后遗症，等同于真正的死亡。相信我，过去的我比你预想的要强大很多。"

这样啊……但是，你的问题对我来说压根儿不是问题。我是能在通灵和梦境里保持清醒和自主理智的人，即使那件神奇物品想让我彻底迷失，也不用太担心，只要还有挣扎的余地，我就能逆走四步并诵念尊名，直接去灰雾之上……

问题是，过去的乌特拉夫斯基主教有多强大，我击败他的把握有多大？于实质化的心灵世界里战斗，又有什么限制和禁忌？

克莱恩思考了一阵道："乌特拉夫斯基神父，过去的你究竟有多强大？我并不认为我一定会输。"

乌特拉夫斯基主教的眼神恍惚了一下："我是一名战士。我已经走到了这条非凡途径的序列6，成了一名'黎明骑士'。"

原来不是"耕种者"途径的非凡者……他自己也说了，犯下罪行，成为海盗后，才被大地母神教会感化……

序列6，嗯，我也不是没有办法赢。"魔术师"是那种只要提前做好准备就会强大许多的类型，而且，基于我的特殊性，心灵深处或梦境最底层都算得上是我的主场……

克莱恩沉吟几秒道："那件神奇物品会削弱他吗？"

"会，但那里毕竟是他活动的主要区域，这种削弱不会太大，顶多就像他已经较为激烈地战斗过一场。"乌特拉夫斯基主教回忆着之前的尝试。

那我把握就更大了……

克莱恩继续问道："在那种特殊的环境下战斗，有什么需要注意的？"

"和真实的战斗一样，有效的进攻始终有效，幻觉依旧是幻觉。不过，必须注意一点，他随时可能带着你进入另外几层梦境，从而制造出难以分辨真假的情况。"乌特拉夫斯基主教强调了一句，"所以，你至少得是序列6或者某些特殊途径的序列7，才有可能完成这个委托，而且风险不小。呵，如果不是我曾经以母神圣物为凭依立誓在传教有成前不向教会请求帮助，事情不会这么困难。"

这样啊……我倒是不怕梦境叠梦境的情况……

克莱恩勾起嘴角道："最后一个问题，'黎明骑士'战斗的特点有哪些？"

乌特拉夫斯基主教扯动有着不少皱纹的脸皮，唏嘘道："这对非凡者来说是需要绝对保密的事情。不过，只要参与的战斗足够多，别人往往也能总结出来，而且，你知道得越详细，成功的可能就越高，对吧？"

"是的。"克莱恩坦然点头。

乌特拉夫斯基主教用一种回忆的口吻道："'黎明骑士'拥有巨人般的力量，能让周围四五十米的范围内布满晨曦，这些晨曦既可以破除幻觉，也具备一点驱散怨魂幽影的特殊性，甚至能削弱恶灵。

"他能于体表凝聚'黎明铠甲'，这相当于精炼的全身盔甲，却没有明显的重量，不会影响行动；如果被破坏，恢复需要一定的时间。

"他还可以凝聚不同的武器，最强的是一把双手巨剑，往往被称呼为'晨曦之剑'。它锋利、坚固，每一击都有净化的效果。

"除此之外，'黎明骑士'还有一种非凡能力，那就是制造'光之风暴'，它能直接摧毁人体，消灭怨魂，创伤恶灵。"

超凡能力不算多，但都很克制我啊，属于攻击力强、防御较高且不怕幻觉的类型。好的地方在于，除了面对怨魂幽影，"黎明骑士"的神秘度很低……克莱恩边听边在脑海内推演着战局，寻找最有把握的方式。

他心里的神秘度指诡异、古怪、匪夷所思、难以理解的程度。

乌特拉夫斯基主教静静地看着他，没有催促，没有驱赶。

逐渐有了想法后，克莱恩抬起脑袋，仰望着这位主教，说道："也许我可以试一试，但前提是我得先离开几分钟，确认你有没有撒谎。"

乌特拉夫斯基主教略显愕然地回应道："没有问题。不过，我必须再次提醒你，虽然不知道你的信心从哪里来，但绝对不要轻视过去的我，他非常擅长战斗。"

"我不会拿自己的生命开玩笑。"克莱恩以手按胸，行了一礼，接着退出丰收教堂，就近找了个僻静无人的地方，快速去灰雾之上做了次占卜。得到有一定危险但还算可以承受的答案后，他立刻返回了现实世界。

前后加起来，他在灰雾之上就耽搁了十几二十秒的时间。

紧接着，克莱恩重新进入丰收教堂，对屹立在原地的乌特拉夫斯基主教道："我接受这个委托。"

乌特拉夫斯基主教凝望了他一阵，缓缓开口道："如果成功，我不仅会给你'药师'的配方，还将赠送你一件没太大负面影响的神奇物品。"

克莱恩先是愣了一下，旋即由衷地赞叹道："神父先生，您真是一个慷慨的人！"

乌特拉夫斯基主教没再多说，从褐色教士服的隐蔽口袋里取出了一截奇异的蜡烛。

那小半根蜡烛的外层像是裹着一圈人皮，但又凸起了好几个疙瘩。它的烛蕊只有一个指节高，通体漆黑，分出了细微而密布的鳞片状花纹。

"你用灵性点燃它。"乌特拉夫斯基主教将那一小截奇异的蜡烛递给了克莱恩。

克莱恩并没有立刻按照他的说法去做，而是拿出火柴盒，抽出几根火柴放入裤兜，又拿出几根划燃后吹灭，丢到了教堂的不同角落。然后，他调整了纸人、便签、长条纸、阿兹克铜哨和各种符咒的位置。

这是他根据预想中最恶劣的处境所做的准备。

完成这一切后，克莱恩打了个响指，让指尖冒出一簇淡蓝色的灵性火焰。

嗞！

他将火焰凑到那小半根蜡烛的顶端，看着漆黑的烛蕊噌地亮起。

四周的一切似乎没有任何改变，但克莱恩清醒地认识到自己进入了心灵世界。他看见正前方的乌特拉夫斯基主教依然站在原地，超过两米二的健壮身躯极具压迫感。

这位忏悔的主教俯视着对面，脸庞的肌肉一点点变得扭曲，神情随之变得异常凶恶。紧接着，克莱恩发现四周光影飞快幻化，感觉自己正经历一场真实的激烈的战斗。

啪！

战斗的最后，乌特拉夫斯基主教重重倒地，鲜血横流，没有了气息。

清醒而理智的克莱恩木然地看着这一幕，嘴角抽搐了一下，无声评价道："表演得很专业。但我知道，这是梦中梦。"

此时，克莱恩再低头已看不见手中那裹着人皮般事物的奇异蜡烛，但鼻端却始终萦绕着淡而微甜的香味。

他无视倒在血泊里的乌特拉夫斯基主教，拿出火柴盒，唰地点燃了一根。

随着那一朵火花的亮起，地面上的血液迅速消失，凌乱的教堂大厅重新变得整整齐齐。

巨人般的乌特拉夫斯基主教缓慢地爬了起来，俯视着克莱恩，脸庞扭曲地说道："竟然没有效果……难怪你敢接这个委托。不过，这是你的不幸，我本来不想杀掉你的。"

说话间，教堂两侧那一根根蜡烛的光芒出现了明显的摇曳，整个大厅陡然变亮，但却柔和不炽，就像夜色刚尽时的晨曦照了进来。

看不见的灵在飞快消逝，克莱恩没有多说废话，丢掉火柴，鼓动腮帮，模拟出声响:"乒!"

无形的空气弹激射而出,重重地打在了乌特拉夫斯基主教的胸口,打出了回荡的脆响。

但是,那位巨人主教不知什么时候已穿上了一套笼罩全身的银白色盔甲,护手、胸甲、冠饰、头盔,不一而足。此时此刻,他胸口位置的银白色金属被打出了蛛网般的裂纹,却没有彻底破碎,甚至还在缓慢地复原。

"乒!乒!"

克莱恩接连发声,制造出两枚连续的空气弹,让它们依旧奔向敌人的胸口,试图依靠不断的打击彻底击破那里的防御!

可是,他看见乌特拉夫斯基主教手中多了一把沉重宽厚、仿佛光芒凝聚成的巨剑,并用它灵巧地格挡了两枚空气弹,当当之声难分前后,近乎合为一体。

哐当!

乌特拉夫斯基主教仅是前跨一步,就踩得教堂似有摇晃,与此同时,他那把双手巨剑从上往下,以斩碎建筑般的姿态劈向了克莱恩。

剑还未至,带起的劲风就吹得克莱恩差点没能保持住平衡。

恐怖的力量!闪过这么一个念头的时候,克莱恩已熟练地往旁边跃了出去,并弯腰团身,为就地翻滚做好了准备。

砰!乌特拉夫斯基主教的巨剑劈在地面,劈碎了石板,劈得裂纹飞快地向四周蔓延。

嗤啦!他拖着巨剑,摩擦着地表,改竖劈为横扫,带起了一溜儿的火星——这一招正是为喜爱翻滚的对手准备的!

克莱恩刚要着地,脑海内却瞬间浮现自己被双手巨剑横扫击中的画面,忙甩臂探掌,轻巧一按,再次腾空跃起。

哗啦!劲风吹散了地面的尘埃,可怕的巨剑扫飞了附近的椅子。克莱恩还未来得及反扑,巨人主教的攻击又衔尾而至,毫无停顿。

一剑,两剑,三剑……五剑,六剑,七剑……乌特拉夫斯基主教似乎拥有充沛到极点的体力,没有间断的、狂风暴雨般的攻击竟维持了好几十秒。

竖劈、斜斩、横扫、直刺、拍击,他用最简单的剑术演绎着什么叫最有效、最合理的攻击,而双手巨剑的伤害范围更是达到了恐怖的程度。

克莱恩时而跳跃,时而翻滚,时而奔走,竟没找到施展能力的机会,显得狼狈不堪,岌岌可危。要不是他提前在教堂不同角落丢了火柴,两侧也有一些蜡烛未曾熄灭,可以据此"闪现",他恐怕已经被对方斩于剑下。

不愧是以擅长战斗著称的非凡职业……没有一点错误,没有薄弱之处……

克莱恩并未因此而慌乱，翻滚逃避之中，始终在寻找敌人的漏洞，等待对方的攻击进入缓和阶段。终于，他发现了乌特拉夫斯基主教剑术的一个问题，那就是双手巨剑太长太大，在近身战斗时存在明显的缺陷！

想法一闪，克莱恩趁着巨剑竖劈而来的机会，先向左前方翻动，接着手掌一撑，飞快地滚向了乌特拉夫斯基主教的双腿之间。

作为一名身高超过两米二的半巨人，乌特拉夫斯基主教仅是普通地站立着，双腿也分得较开，银白色的护裆清晰可见。刚翻滚到那里，克莱恩的左手已探入衣兜，准备抽出一张长条纸，将它变成坚硬锋利的手杖，往上插入敌人护裆侧方的空隙，插入那巨人主教的体内——这将是致命的一击！

可就在这个时候，他心中一凛，脑海内呈现出巨剑下插，无穷光芒迸发并形成恐怖风暴吞没自身的画面。

陷阱！乌特拉夫斯基主教的陷阱！

克莱恩没有犹豫，右手一按，向前跃出，穿过巨人主教双腿之间的空隙，跳到了他的背后。

就在他做出这个动作的时候，乌特拉夫斯基主教已双手握住剑柄，弯曲腰背，直上直下地将巨剑刺入了身前的石板。

咔嚓一声，剑身之上一片又一片晨曦般的光点涌出，化作飓风，横扫了周围。

无声无息间，克莱恩原本所在的那个地方，石板消失不见了，下方的泥土薄了近十厘米，乌特拉夫斯基主教双腿和裆部的银白盔甲同样也受到伤害，寸寸破碎，露出了皮肤。

他的陷阱是，以自己的受伤，换取敌人的灭亡。

这个时候，跃到乌特拉夫斯基主教身后的克莱恩终于找到了反攻的机会，他于半空强行扭转身体，鼓起腮帮，对着敌人的后脑勺模拟出枪响："乓！乓！"

两枚空气弹相继命中了乌特拉夫斯基主教的后脑，先是打裂了那个位置的银白色金属，接着让它四分五裂，暴露出没有任何防护的后脑。

克莱恩正要给予致命一击，乌特拉夫斯基主教却忽地直起身体，转动腰背，狂暴地往后横扫出了双手巨剑。

这剑的速度是如此之快，攻击是如此之猛，克莱恩似乎已难以躲避，但是，他却从衣兜里抽出了一张纸，及时挡在了身前。

当！

巨剑与纸张的碰撞，竟发出了金属被重重打击的声音，清脆的回响震耳欲聋，充满了整座教堂。

克莱恩就像一颗网球般被击飞了出去，手中的纸张四分五裂，只剩一点夹在手指之间。

身在半空，他立刻又面对起乌特拉夫斯基主教狂暴、迅捷、没有停顿的追击，形势岌岌可危。不过，他却没有丝毫慌乱，只是抖了下手腕，那点纸屑噌地燃起，火光飞快膨胀，彻底笼罩住了他的身体。

呜！

巨剑切断了这团火焰，可没有对克莱恩产生任何伤害，只是制造出了一点点火星。

教堂右侧的某根蜡烛处，昏黄的焰火陡然扩散，勾勒出了一道脸涂油彩的身影。

克莱恩重新出现，从衣兜里又抽出了一张长条纸。

啪！

他手腕一抖，纸张变成了坚韧的鞭子，鞭子的表面还燃烧着赤红的火焰。

啪！啪！啪！

克莱恩远远挥鞭，抽击巨人主教，但他的武器在那蒙着光亮的双手巨剑的格挡和攻击下，迅速四分五裂，而这正是克莱恩的目的！

啪，啪，啪！

他连打响指，让地面腾起了一道又一道火束，以此阻拦着乌特拉夫斯基主教，并灼烧对方没有了护甲的双腿——黎明铠甲的恢复是相当缓慢的！

火苗吞吐间，乌特拉夫斯基主教的双腿被烧出了焦黑的痕迹，并有赤红在往上流窜。可是，这没有影响到巨人主教的敏捷，他忽地低吼一声，就像一列蒸汽火车终于加速到了最高点一样，又快又重又猛地撞破重重火焰，冲到了克莱恩的面前。

这速度快得不可思议！

紧接着，乌特拉夫斯基主教的双手巨剑崩裂了，化作一片片光斑，横扫四周。

几乎是瞬间，克莱恩就陷入了必死的处境。他身上单独存放的那几根火柴霍地被引燃了，强烈的火焰将他彻底包裹。

但是，这没有光之风暴席卷的速度快。赤红刚有呈现，立刻就被吞没，克莱恩的身体随之四分五裂，寸寸消泯，不过，它们却失去了厚度，变成了碎纸。

乌特拉夫斯基主教的身后，一束赤红的火焰腾起，克莱恩从里面走了出来。他掏出另一侧衣兜内的火柴盒丢向敌人，似乎要一次引燃剩余的全部火柴，并通过狭小空间的束缚，制造某种程度的爆炸。

而这火柴盒指向的位置正是乌特拉夫斯基主教没有了保护的下身！

克莱恩抬起右手，打出响指。

与此同时，乌特拉夫斯基主教背身跳了起来，并弯曲膝盖，收起双腿。

啪！

伴随响指声的是没有变化的火柴盒，是砰的一声巨响，是一枚准确掀开了乌特拉夫斯基主教缺乏保护的后脑勺的空气弹，是一枚早有准备的致命之物！

头骨裂开，鲜血和白点溅出，乌特拉夫斯基主教艰难地转过头，茫然道："你……"

啪嗒，火柴盒掉在了被光之风暴弄得坑坑洼洼的地面，可依然未被点燃。

克莱恩笑笑道："我从来没说过，打响指只能用于操纵火焰，不能拿来发射空气弹。

"你看。"

啪，啪，啪！他连打响指，让一枚又一枚的空气弹命中乌特拉夫斯基主教的头部，击碎了他的头盔，打破了他的脑袋。

扑通！乌特拉夫斯基主教失去气息，重重地倒在了地上，教堂大厅都为之轻微晃动。

啪！克莱恩转过身体，又打了个响指，地面那盒火柴随即爆开，化作赤红的火焰，埋葬了乌特拉夫斯基主教那巨大的尸体。

克莱恩没有去感应奇异蜡烛的存在，而是直接依靠自身的清醒和理智，强行走出了心灵最底层。

他的身后，尸体被赤红包裹，火焰熊熊燃烧，世界一寸寸瓦解。

某种虚幻的感觉退去，克莱恩又看见了手中那根奇异蜡烛，看见了它的漆黑烛蕊和苍白火焰。刚才被"黎明骑士"打碎的地面、破坏的椅子和斩断的一根根蜡烛恢复到了战斗前的状态，看不出有哪里遭受过损害。

原本屹立于对面的乌特拉夫斯基主教不知什么时候已坐到了第一排的椅子上，正前伏腰背，埋着脑袋，用双手紧紧地捂住两侧的太阳穴。

滴答！滴答！汗水从他的脸庞滑落，于脚边浸染开来，那里的地面已湿润了一大片。

感受到奇异蜡烛已被克莱恩掐灭，乌特拉夫斯基主教猛地打了个哆嗦，在对方的注视里抬起了脑袋。

他略显浑浊的眼睛里布满泪水，多有皱纹的脸上交错着哭泣的痕迹，但他的眼神却是感怀的、喜悦的、澄清的。

如果说这位巨人主教之前显得高大而沉重，那么现在，他只剩下身体的重，不再有精神的沉。

这一刻，克莱恩就仿佛看见了一个刚出生的婴儿，那泪水是新生的证明。

乌特拉夫斯基神父嘴角一点点勾起，慈和地笑道："你比我预想中厉害很多。"

"不，这只是因为我预先有了足够的了解，做好了相应的准备，而过去的你不仅不清楚我这个对手擅长什么，还被削弱了不少。如果在现实世界里与你这样战斗，我该考虑的就是怎么逃跑的问题了。"克莱恩坦然地回答道。

有准备的"魔术师"和没准备的"魔术师"是截然不同的概念……他在心里默默地补了一句。

乌特拉夫斯基神父没纠结于这个问题，浑身上下都透着轻松地说道："感谢你，我的朋友。按照约定，我会把'药师'的配方给你，另外还有一件神奇物品。"

说话间，他从褐色教士服的衣兜里拿出了一个类似针头、软管、容器结合而成的物品。

"你有两个选择，这是其中之一。我得到的时候，并不知道它的名称，之后也没有想过为它命名。你能用它抽出一管血液，自己的血液，等到关键时刻，再回输进去，这样一来，你的疲惫将消失，你的疾病和伤势将减轻，你的力量、速度、平衡等各方面素质将得到短暂却很大的提升。"乌特拉夫斯基主教指着手中的物品道。

"那么，它的限制和隐患呢？"克莱恩理智地反问道。

乌特拉夫斯基神父望了眼有神秘花纹的针头与软管，详细介绍道："抽出那一管血液后，你将虚弱整整十二个小时，这十二个小时内回输血液不会产生任何效果。当然，具体的时间限制并没有这么精准，根据个人的体质和状态有所增减。

"另外，最好不要频繁使用，一周不要超过一次，否则回输的鲜血除了带来力量，还会让你短暂失去理智。而间隔很短的抽血，也会让虚弱成为你的特点。

"除了这些，它还有一个问题，一旦随身携带超过半个小时，你将变得有些神经质。"

还好，乌特拉夫斯基神父事先没有抽血，要不然过去的他能够以此回输，我赢的希望会变得很低很低……克莱恩最先闪过了这么一个想法。

旋即，他微皱起眉头，对那件神奇物品的负面影响颇为担忧。

不管是短暂失去理智，还是虚弱十二个小时，以及变得有些神经质，都是看起来没太大问题的隐患。但见过失控者、听过邪神呓语的克莱恩认为，非凡者的精神状态很重要，如果精神长期处于低谷，或者频繁出现异常，都相当容易导致失控，即使该名非凡者掌握了扮演法也一样！

"第二个选择呢？"克莱恩沉默了两秒，问道。

乌特拉夫斯基神父从另一个衣兜里掏出了一把形制古朴的黄铜色泽钥匙，微笑道："它叫'万能钥匙'，能帮助你打开所有不含神秘力量的锁，以及小部分附加了超凡效果的锁。

"而在没有锁或者没有门的地方，它依然能打开一条不属于现实的通道，呵呵，前提是，没有非凡力量的限制，障碍也不算厚。

"它的灵性完全内敛，不使用的时候，非凡者很难看出它和一般的钥匙有什么不同。"

乌特拉夫斯基神父再次站了起来，让克莱恩只能选择仰望。

这位巨人主教迈开步伐，来到教堂大厅一侧的墙壁前方，将那把"万能钥匙"抵在了砖石上。他轻轻一扭，整个人顿时就像进入了水里，涟漪荡开，他穿透墙壁，去了外面。

紧接着，乌特拉夫斯基神父又用同样的方式返回了教堂大厅，返回了克莱恩的视线。

"你想好选哪件神奇物品了吗？"这位高大的神父低着头问道。

"嗯，'万能钥匙'的隐患是什么？"克莱恩斟酌着问了一句。

乌特拉夫斯基神父温和地笑道："带着它的人，偶尔会迷路。根据别人的说法，应该是随机迷路。"

迷路？我可是"占卜家"，拥有灵性直觉……克莱恩嘀咕了一句，心里逐渐有了决定。

过了几秒，他开口道："我要'万能钥匙'。"

他可不想精神状态出现问题，积累起失控的风险。

可惜啊，我最想要的还是那截奇异的蜡烛……类似心灵最深处、梦境最底层，就相当于我的主场……他在心里感叹了一句。

"好的。"乌特拉夫斯基神父将那把古朴的黄铜钥匙递给了克莱恩，换回了裹着人皮般的奇异蜡烛。

趁克莱恩审视神奇物品的时候，乌特拉夫斯基神父指了指后方道："'药师'的配方在房间里，我去取来，你在这里等待一会儿。"

克莱恩点头回应，趁乌特拉夫斯基神父的身影消失于大厅的机会，掏出了一枚1便士的铜币，占卜对方在"万能钥匙"的事情上是否撒了谎。

得到可以接受的答案后，他走至前方摆放着一排蜡烛的墙壁旁，将那把古老的黄铜钥匙抵在了坚硬的障碍上。

灌注灵性，扭动钥匙，克莱恩眼前突有恍惚，旋即变得清晰。

这个时候，他视线内不再有燃烧的蜡烛，不再有整齐的座椅和笔直的墙壁，只有凋敝的枯草和有着些许垃圾的泥地，侧方往外则屹立着一盏煤气路灯。

"真的出来了。"克莱恩微笑颔首，转过身体，又一次使用"万能钥匙"，成功回到了教堂大厅。

又等待了十几秒，乌特拉夫斯基神父脚步沉重地进来，手里拿着一卷黄褐色的羊皮纸。

"你可以去寻求鉴定，如果有问题，我始终在丰收教堂。"巨人主教将"药师"的配方递给了克莱恩。

主要材料是成年独角飞马的角、皇冠水母的毒液结晶三克……克莱恩展开扫了一眼，含笑回应道："我会去确认真假的。"

比如，到灰雾之上占卜……他在心里补充道。

乌特拉夫斯基神父轻轻颔首，不再言语，转身走到了大地母神的"生命圣徽"前。他伸开双臂，低沉诵念道：

"感谢你，生命的源泉！

"赞美你，万物的母亲！"

克莱恩收起"万能钥匙"和"药师"配方，在乌特拉夫斯基神父停止后，半开玩笑地说了一句："难道我的到来是大地母神的安排？"

要不然你感谢祂做什么？伪黑夜女神信徒克莱恩在内心喷喷道。

"是的，这一切都是母神的安排，要不然，我找人帮忙的事情不会传到你的耳朵里，我也不会来到贝克兰德，不会收获那根'心魔蜡烛'。"乌特拉夫斯基神父温和地笑着，没有一点愤怒。

完整而自洽的信徒逻辑，但……克莱恩突然觉得无法和对方交流，遂以手按胸，行了一礼："感谢您的慷慨，我该告辞了。"

他直起身体，飞快后退，迅速消失在了教堂大厅，消失在了月季花街。

十分钟后，他从另一个方向再次看见了丰收教堂的金黄色外墙，嘴角忍不住抽搐了一下。

"不占卜我就回不去了吗？"

他无声自语，很想倔强地依靠自己战胜迷路这件事情，但他的手比他的声音更快，已然折断了行道树的枝丫，做成了临时的卜杖。

卜杖法既能寻人，也能寻物和寻路！

这一次，克莱恩终于顺利返家，并到灰雾之上确认了配方的真假和"万能钥匙"的隐患大小。

第二章

CHAPTER 02

✦ 异种与恶魔 ✦

第二天，也就是周日清晨，睡醒的克莱恩用过早餐，拿出纸笔，给艾辛格·斯坦顿写了封信，请他找警察部门帮忙，确认四年前那起连环杀人案几个嫌疑人的近况——那起杀人案的目标是单身带有一个孩子的妓女。

折好信纸，将它塞入信封后，克莱恩贴上一张1便士面额的黑色邮票，然后穿好衣物，拿着帽子和手杖，走出了自家大门，准备去街尾的邮筒投递。

这时，他看见隔壁的斯塔琳·萨默尔太太正和丈夫卢克先生一起盛装打扮地出来，他们的门口已停了辆出租马车。

"上午好，这么早赴宴?"克莱恩略感诧异地问了一句。

卢克呵呵笑道："不算是赴宴，更多是去帮忙。"

斯塔琳太太微扬下巴，补充道："玛丽成功进入了王国大气污染调查委员会，今晚将有一个盛大的舞会，我们得提前去帮忙。"

玛丽太太的希望达成了?厉害啊……克莱恩感慨了一句，微笑道："两位，替我祝贺玛丽太太。"

卢克·萨默尔点了下头道："你还没看今早的报纸吧?上面已经刊登了大气污染调查委员会的全部成员，委员会的主席是德斯·肖爵士，首席秘书是希伯特·霍尔先生。"

德斯·肖爵士?希伯特·霍尔先生?这都谁跟谁啊，完全不认识……

克莱恩假装自己没有疑问，半开玩笑地说道："希望他们能给贝克兰德带来蓝天和阳光。"

"是的，虽然在自家的壁炉里烧什么是每个人的自由，是法律赋予的权利，但蓝天和阳光是更值得向往的事物。"卢克·萨默尔这名煤烟减排协会的成员附和着感慨了一句，指了指租来的马车道，"我们该过去了，玛丽迫切地需要一些帮手。"

斯塔琳·萨默尔则故作矜持地补充道："也许会有议员来赴宴，贝克兰德大区的，或者，王国的。"

"可以想象这场宴会的盛大。"克莱恩礼貌地恭维了一句,目送萨默尔夫妇上车离开。

就在他转过身体,准备前往街尾的邮筒时,一名穿墨绿色制服的邮差驾驭着马车抵达,往他门口的信报箱里投递了一封信。

我的信?

克莱恩掏出一串钥匙,随手选择了形制古朴、色泽近乎黄铜色的那把。咔嚓!"万能钥匙"轻松打开了信报箱。

以后可以只带这一把钥匙出门了……克莱恩咕哝一句,拿出了订阅的报纸和刚才那封信。

这封信来自艾辛格·斯坦顿。他昨天也翻阅了陈旧的、未破的连环杀人案,挑出了最值得怀疑的几起,并通过警察部门初步确认了相应嫌疑人目前的状况,于是写信给克莱恩和卡斯兰娜等有意向这个方向调查的私家侦探,分享自己的收获,这里面正好就包括了克莱恩重点关注的那两起。

知名大侦探所见略同啊……我刚才的信白写了……克莱恩自我调侃了一句,重新回到了客厅。

根据艾辛格的描述,那桩随机杀害晚归者的案子排查了很多人,但始终没能锁定嫌疑者,时隔多年之后,再想重新寻找线索,已是非常困难、几乎没什么希望的事情。

而另外一起案子的四名嫌疑人里,有一个少年,他的母亲同样是受害者,妓女,单身,且只有他一个孩子。

这少年饱受母亲的虐待,性格孤僻阴狠,是警方怀疑的第一个对象。但在那起案子之后不到半年,他就重伤于东区的黑帮火并里,死在了慈善医院的外科手术室内。他的尸体在人们的见证下被烧成了骨灰,埋入了墓园。

这样一来,他就不可能与当前的连环杀人案有关联了。如果没有火化,我肯定会去挖坟确认一下……"诈尸"的克莱恩认真考虑了下对方诈尸的可能性。

剩下的三个嫌疑人,一个在这几年内屡次搬家,警方已失去了他最新的行踪,需要更多的时间来追寻;一个经历了破产,从北区进入了东区;一个保持着原样,还在当初那条街道经营着杂货店。

克莱恩重新抽出一张信纸,先将相应的情况写下来,接着请收信人暗中观察有具体地址的两个嫌疑人。在信里,他着重强调道:

连环杀人案的凶手都是残忍、凶狠、具备强烈攻击性的,请务必小心,不要过于靠近他们,就像自己只是普通的邻居一样进行观察。

> 我需要的信息是他们最近的精神状态，比如：是否暴躁；是否喜欢将自己关在房间里，很少与人交流；是否殴打过别人。

这也是他从"太阳"那里得来的信息：每一次杀人后，"恶魔"都会按照仪式的要求吃掉被害者的内脏，并始终处于嗜血、狂躁、想要伤害他人的状态里，直至新的被害者出现。

又强调了一遍要注意自身的安全后，克莱恩折好信纸，将它塞入新的信封，在表面贴上了黑色的邮票。

接着，他落笔写下了收信人的名称：斯图亚特侦探。

皇后区，霍尔伯爵家的豪华别墅内，苏茜趴在书房的角落里，看似无聊地观察着四周。

肚子有所鼓起的霍尔伯爵抽了口烟斗，对面前的长子道："希伯特，你知道我为什么一定要让你进入大气污染调查委员会吗？"

希伯特·霍尔早有思考般地回答道："您希望能影响相关法律和政策的制定？"

"不，虽然我是康斯顿煤钢联合体的第二大股东，但我并不是太在意这个问题，我早就在督促他们做相应的调整。治理大气污染是未来的潮流，对于这一点，我毫不怀疑。

"希伯特，虽然我们家有固定的上院议席，你迟早会成为上院议员，但是，除了议长等具备特殊身份的人，为什么同为上院议员，有的贵族能够拥有更大的影响力？"

希伯特思索了一下道："爵位，财富，商业地位，以及在政府和军队内的关系？"

"这只是其中一部分，另外还有自身处理事务的能力。人总是会信赖拥有丰富经验、参与过不少事情的同类。

"你将来要想在政坛上有所作为，除了继承议席，还得尽量参与各种事务，表现出相应的能力，逐步活跃于各位议员、各位大臣的视线内，让他们慢慢觉得你值得信赖。这就是来源于你自身的影响力。

"希伯特，看一看因蒂斯共和国，看一看他们贵族目前的处境，你就应该明白，随着时间的推移和社会的发展，明面上的特权会被削弱，爵位会越来越不重要——它只是一个名誉性的头衔，商业领域的地位和自身的影响力才是你该关注的事情。"霍尔伯爵详细讲解道。

"如果遇见不擅长的事情呢？"希伯特沉吟道。

"那就伪装成你能够处理的。不要在意是否会浪费金钱，去组建专业的团队，听取他们的意见，从而做出决定。每个人都有很多不擅长的领域，只有金钱是全能的。"霍尔伯爵点了一句。

希伯特有所明悟地回答道："我明白了，爸爸。"

这个时候，旁边的苏茜无聊地打了个哈欠。

等到一切结束，它溜进奥黛丽的画室，将听见的所有事情重复了一遍，末了嘟囔道："我完全不明白他们在聊什么……"

奥黛丽若有所思地听完，浅笑道："这是让你不用闻到那些刺鼻气味的好事。"

"是吗?"苏茜似懂非懂地反问道。

奥黛丽没有回答它，转而想到了另外一件事情。

她原本打算悄然引导议员们关注东区、工厂区和码头区的恶劣状况，但最近的两次社交聚会里，她发现自己竟然找不到机会——那些贵族、那些议员、那些政府高级雇员根本不会聊类似的话题，她想引导都无从引导!

又到周一下午，克莱恩悠闲地从克拉格俱乐部返回了明斯克街15号。

因为斯图亚特那边还没有给出初步调查结果，他又暂时找不到可以培养为"药师"的对象，所以昨天和今天他都没什么事，干脆去了克拉格俱乐部练枪、看书，以及——蹭饭。在这个过程里，他又认识了好些俱乐部会员。

这就是之后业务的来源啊……克莱恩感慨一句，逆走四步，进入了灰雾之上。

他按部就班地进行各种准备，先是具现出假人"世界"，熟悉"全黑之眼"的操纵技巧，接着给"太阳"发去了塔罗聚会即将开始的信息。

完成这一切，克莱恩等到三点来临，伸手触碰各位成员对应的深红星辰——建立了稳固的联系后，"魔术师"也有了属于自己的虚幻之星。

…………

佛尔思·沃尔找了个专心创作的借口，打发走了休，此时，她眼前一阵恍惚，看见了瞬间涌出的灰白雾气。

眨眼之间，她发现自己置身于那片神秘幽邃的灰雾之上，置身于那座巍峨雄伟的宫殿内，面前是古老斑驳的青铜长桌，周围有一道道蒙着雾气、模糊难以看清的身影。

一道道身影?一道道身影!这就是"愚者"先生所言的聚会成员?佛尔思谨慎戒备地看着这一切，感觉能参与这种隐秘聚会的成员都是非常强大的非凡者。

除了我……她心虚又畏惧地想道。

不过，换个角度考虑，我这个序列9都能加入，其他成员也未必都很厉害，这个聚会的要求明显不是实力强大，而是因某些缘由和"愚者"先生建立了联系……佛尔思迅速否定了之前的判断，稍微放松了一点。

与此同时，"正义"奥黛丽也发现今天的聚会多了个新人。

是女性……休，还是佛尔思？通过考查了？或者另外的人？奥黛丽差点忘记向"愚者"先生问好，只想仔仔细细观察新晋成员的特点，哪怕对方的身影再模糊，也能看得出发色和轮廓，听得出口音和习惯用语！

嗯……我也得注意，"倒吊人"先生最早就从我在一些单词上的特殊发音以及习惯于使用某些特殊的词语确认了我是一名贵族……

奥黛丽站了起来，虚提裙摆，对青铜长桌最上首的克莱恩道："下午好，'愚者'先生。"

问候完毕，她没有掩饰自身的好奇，看了与自己同排的新晋成员一眼，含笑问道："这位是？"

克莱恩姿态悠闲地坐在属于"愚者"的位置上，环视一圈道："这位是'魔术师'小姐，我们的新成员。"

接着，他望向佛尔思，一一介绍道："这位是'正义'小姐，这位是'倒吊人'先生……"

佛尔思一边将代号与人物对应并点头致意，一边观察起那几位成员。

"正义"小姐是位金发女士，似乎很年轻，坐姿相当优雅；"倒吊人"先生头发深蓝、如海草般凌乱，身材不算健硕，虽然不爱说话，但被他注视的时候会有种不安的感觉，应该是某个势力的首领；"太阳"先生好像只是一个少年，很沉默，很内敛，除此之外，看不出别的，也许，他和我一样弱小；"世界"先生目光很冷，相当阴沉，一看就不是好惹的……写了本畅销小说的作家小姐尽情发挥着自己的特长。

在她观察其他几位成员的时候，其他几位成员同样在看她，其中，"正义"奥黛丽看得最为仔细。

"从身材可以排除休小姐，褐色的头发，略微卷曲，这是佛尔思女士吧？暂时不能排除'愚者'先生另外拉了别人的可能，嗯，发音与口型一致，贝克兰德腔，气场和情绪颜色的细节也很吻合……'愚者'先生应该不可能专门为成员伪造形象吧？祂没必要隐瞒什么……"仅仅几秒的打量，奥黛丽就几乎将那道模糊的身影与脑海内的佛尔思形象重叠在一起。

再从别的方面找到一个支点，就基本可以肯定了……她饶有兴致地等待着验证自己的非凡能力。

与此同时，她觉得自己没必要把身份暴露给佛尔思。

还是留一点秘密比较好，嗯……看她什么时候能发现！"正义"奥黛丽收回视线，噙着浅笑，安静旁观。

这个时候，因为没有新的罗塞尔日记，克莱恩操纵着"世界"开口道："我想知道'恶魔'和'守护者'两个序列的情报。"

他能肯定"太阳"同学知道序列6"恶魔"的详细情况，因为对方上次提到了"恶魔学"，而为了不暴露自身在调查连环杀人案的信息，他故意加了"战神"途径的序列5"守护者"——这条途径又被称为"巨人"途径，正是白银城非凡者的主流道路，"太阳"不可能不清楚。

其中的序列9"战士"、序列8"格斗家"和序列7"武器大师"，克莱恩早就从值夜者的内部资料里掌握了详尽的特点；而序列6"黎明骑士"的情报，他刚从乌特拉夫斯基神父那里知晓。所以，能问的，能付得起价钱且不会白白浪费的，只剩下序列5"守护者"。

另外，他没有直接询问"太阳"，而是对所有人发布了这个委托。因为按照"人物设定"，加入塔罗会没多久的"世界"不可能知道白银城掌握着"巨人"途径。

"单纯只是'恶魔'序列的话，我了解一些情况。"在风暴教会有一定地位的"倒吊人"阿尔杰插言道。

"太阳"戴里克·伯格看了他一眼，不再思考，挺直腰背道："这两个序列，我都很清楚。我要的报酬是，堕落造物主相关的情报。两份情报是否等价，由'愚者'先生确定。"

说到这里，他才记起自己没有征询过"愚者"先生的同意，忙转头望向上首，尊敬地请求了一句。

"太阳"同学，这不能怪我，这是你自己要求的……克莱恩嘴角微动，低笑了一声道："可以。"

而且论起对真实造物主的了解，在座的女士和先生，都不如我……他理直气壮地在心里补了一句。

他们交流这件事情的时候，"魔术师"佛尔思却在旁边听得一愣一愣的："'恶魔'序列是'恶魔'途径的？序列几？'守护者'又是哪条途径的？序列几？我怎么都没听说过……

"堕落造物主？真实造物主？神啊，他们竟然要交流真实造物主的情报，那位可是号称神灵里最古老、最强大的存在！我加入的究竟是个什么组织？"

得到了"愚者"肯定答复的"世界"则毫不犹豫地说道："成交！我申请单独交流。"

好想听啊……可最近得节约，距离新年还有两个多月，忍住，奥黛丽！"正义"奥黛丽眨了下眼睛，恋恋不舍地从"太阳"那里收回了视线。

他们旋即被克莱恩屏蔽了视觉、听觉和灵性直觉。

"世界"迅速埋头，在具现的纸张上书写出自己对真实造物主的了解，包括倒吊的巨人和阴影帷幕后的眼睛等正统形象，包括极光会成员认为这位邪神就是当初创造一切的主等信息。

到了末尾，克莱恩还附加上了自己接触邪神子嗣、感应神灵气息、聆听真实造物主声音后的直观印象：堕落、扭曲、血腥、疯狂、邪异。

紧接着，作为"愚者"先生的他给出了评判："这份情报的价值比'恶魔''守护者'两个序列的信息略高，但相差不大。"

"感谢您，'愚者'先生。""太阳"戴里克诚恳地接过了那张羊皮纸，从头到尾仔仔细细地看了好几遍。而其中，他最关注的一点就是，真实造物主号称是当初创造一切的主！

扭曲、堕落、疯狂……戴里克默念着这几个单词，隐约间似乎看见了笼罩在白银城所有人身上两千多年的黑色悲剧。

难道主并没有抛弃我们？只是，祂疯了……"太阳"戴里克发现自己竟然已经能毫无抗拒地用亵渎的想法审视白银城崇拜的"创造一切的主，全知全能的神"。

"你该回答我的问题了。""世界"嗓音嘶哑地催促了一句。

戴里克收敛住沸腾又悲哀的思绪，沉默了两秒才道："不同种族的生物服食下'恶魔'药水后，产生的变异并不相同，各有一定的特点。你想知道的是哪种恶魔？"

竟然还有这种区别？克莱恩略感愕然。他旋即发现了一件事情，那就是自己之前的想法存在思维盲区！

如果，如果连环杀人案的凶手不是人类，而是动物呢？服食下对应魔药，变异成"恶魔"的动物！它一步一步，一个序列一个序列地变成了"恶魔"！

虽然概率很低，毕竟动物服食魔药失控的风险远远高于人类，但也架不住"万一"这种事情……必须得调查这一点……

但那样一来，问题又多了，动物变异的"恶魔"是从哪里获得的药水和非凡材料？它应该没可能加入人类的非凡者圈子……

克莱恩保持着沉默，操纵"世界"道："我想知道的是所有种类的'恶魔'共同的特点。"

"太阳"戴里克回忆并整理了下知识，道："'恶魔'最令人恐惧的一点是，如果你能在很短一段时间后对他造成致命的危害，并采取了付诸实践的行动，那他能感应到、察觉到，并能把握到危险来源于哪里、来源于谁，从而有针对性地扼杀或报复。

"这个时间段从几分钟到一天不等，不同的'恶魔'有不同的直觉。"

这个能力有点吓人啊……但和"小丑"的直觉预感不是一类，似乎不能用于战斗，而是能提前察觉危险来源，及时做出应对，更接近于，嗯，上辈子看的仙侠小说里的"心血来潮"能力……不知道有灰雾之上这片神秘空间的我，可不可以干扰甚至屏蔽掉这种"直觉"？

斯图亚特会不会有点儿危险……克莱恩边思考边往后靠住椅背，似乎对"太阳"和"世界"讨论的话题不感兴趣。

戴里克见"世界"没有惊愕的表现，继续说道："他们都拥有身躯巨大化的能力，可以挣脱束缚，短暂提升力量和速度；他们的皮肤出现了变异，相当于披了一层坚硬的盔甲，血和肉也能阻滞物品，减少伤害；他们免疫绝大部分毒素，不害怕一定程度内的诅咒和火焰；他们有天赋的火焰和污秽类法术；他们冷血，不惊慌、不恐惧，具备很强的肉搏能力，擅于使用各种物品造成伤害。

"他们最大的弱点是容易失控，即使没有，也会时常表现出冷血和残忍皆备的疯狂，容易被嗜血和杀戮等欲望控制。"

真的很强，不愧是序列6的"恶魔"。难道在二十二条非凡途径里，在高序列以下，序列6或序列7是质变的门槛？而这一点，不同的序列皆有所不同，因此它们才分别成了古代和现代的中序列分界线……

克莱恩暗自思索的同时操纵着"世界"道："你的情报我很满意。"

戴里克没有谦虚，点了下头，转而说道："'守护者'很少受到伤害，一旦他们放弃攻击，转入守护状态，高序列以下很少有谁能打破他们的防御，各种类型的伤害都一样。

"他们攻击的时候，相应的防御会降低不少，但也远强于精炼的全身盔甲；他们的'晨曦之剑''光之风暴'以及另外的非凡能力，让他们对任何类型的怪物都能造成伤害；他们不被幻觉迷惑，可以帮一定范围内的同伴承担伤害，守护对方。

"……"

随着"太阳"戴里克的叙述，克莱恩忍不住在心里感叹了一句："黎明骑士"的防御和"守护者"相比，就像小孩和大人比体格和力量，"守护者"恐怕都能硬扛蒸汽步枪的子弹……在这个时代的战争里，不被大口径的火炮集火，他多半死不了。

等到"太阳"戴里克讲完，克莱恩操纵着"世界"点头道："比我想象的更加详细，交易完成。"

"世界"话音未落，克莱恩已经秀操作地同步解除了对"正义""倒吊人"和"魔术师"的屏蔽。

场面安静了几秒，"世界"环顾一圈，阴沉地笑道："我暂时没有别的需求了。"

大致摸清了流程和特点的佛尔思顿时跃跃欲试，想求购"学徒"对应的序列8"戏法大师"——她清楚地记得，"愚者"先生说过，她之所以饱受满月呓语的困扰，是因为生命层次还不够高。

那种痛苦会随着自身序列的提升而降低……这让佛尔思迫不及待地想要获取后续的配方。

不过，这会暴露我所在的非凡途径……等大家变得熟悉，彼此知道更多，暴露也就暴露了，算不了太严重的事情，但最近几次聚会还是得掩饰一下，免得被聚会成员借此锁定现实的我……

佛尔思还算冷静地思考了一下，道："我想要'药师'和'戏法大师'的配方，用金钱交易。"

她故意在自己真实的需求里添加了"药师"配方，以此干扰别人的判断。如果哪位成员真有这份配方，她会照常吃下，事后加价卖给渴望那份配方已久的格莱林特子爵，反正她肯定不会因此而吃亏，说不定还能大赚一笔。

至于金钱，佛尔思暂时并不缺少：畅销书的版税还在一笔笔进入她的账户，积少成多；而且她还有额外的收益，比如在齐林格斯和因蒂斯大使贝克朗两起事件中从奥黛丽小姐那里获得的六百五十镑报酬。

可怜的休，自己掏钱抚恤了兰尔乌斯事件中那两名死者的家属，花了两百多镑，不知道等风头过去，奥黛丽小姐会不会给她报销……

写着"愚者"先生尊名的纸条是从格莱林特子爵家的书籍夹层里发现的，难道他的某位祖辈曾经是这个聚会的成员？这是一个定时召开了几十上百年的聚会？佛尔思的思绪突然有点发散。

与"魔术师"只隔了两张座椅的"正义"奥黛丽在听见对方求购"药师"和"戏法大师"的配方后，只是微微一愣，就准确地把握住了对方的心思。

"她就是佛尔思！'戏法大师'是给自己的，'药师'是拿来卖给格莱林特的，并以此混淆视线，蒙蔽他人……"奥黛丽微不可见地颔首，对"魔术师"的身份已然笃定。

自身序列不会太高，顶多序列8，很可能只有序列9，也不知道"愚者"先生从哪里拉来的，有什么特殊的地方……口音带着贝克兰德特色，但未必在贝克兰德……"倒吊人"阿尔杰也在观察新晋成员，初步确认对方不会对自身造成威胁。

"太阳"戴里克则没想那么多，只是在揣测"魔术师"小姐是属于白银城区域还是"正义"小姐等人居住的那个世界。

克莱恩则怜悯地望了"魔术师"小姐一眼，对她隐藏身份的尝试不抱什么希望。

当你遇到一位对你很熟悉的"读心者"时，即使提前知晓了对方的能力，并做了相应的提防，也未必能掩饰住真实的想法，更何况你还什么都不清楚……"愚者"克莱恩在心里替"魔术师"小姐叹了口气。

与此同时，他操纵着"世界"，嘶哑着嗓音道："我有'药师'的配方，二百三十镑。至于'戏法大师'的配方，我会尽力为你寻找，但不保证能成功。"

用"药师"配方换钱和拿它来培养一个有用的帮手之间是不矛盾的，是可以同时进行的，所以，克莱恩让"世界"抢先开口，免得被"倒吊人"和"太阳"截和。

至于"戏法大师"的配方，他只是有一些想法。在他看来，"万能钥匙"这件神奇物品大概率与"戏法大师"对应的序列9"学徒"有关，之后在灰雾之上占卜下它的源头，说不定能发现点线索。

嗯，其实最方便的办法是询问疑似"门"先生的那位存在。他不断地在满月时低语，除了求救，估计还想着教导配方和扮演法，以便让目标强大起来，完成高难度任务。但可惜的是，目标强大起来前，根本没法倾听他的呓语，一听就会崩溃，出现失控迹象，这就形成了死循环……克莱恩心里油然感慨了一句。

佛尔思没急着回应"世界"先生的话语，转而环顾了一圈，发现"倒吊人""正义"和"太阳"都没有开口的意思。很显然，他们都不知道"药师"和"戏法大师"的配方具体有什么。

"'世界'先生，希望你能尽快找到'戏法大师'的魔药配方。"佛尔思沉默了几秒道，"而'药师'的配方，我现在就准备买下，我该怎么支付报酬？"

对方看来也是鲁恩人，愿意接受金镑……不过，金镑一直比金霍恩、因蒂费尔等钱币更受认可……说话的同时，佛尔思也在判断"世界"的来历。

"世界"完全没在意她的打量，声音低沉地说道："你回去以后，将现金献祭给'愚者'先生，这样交易就算完成了。

"具体的献祭流程是……"

献祭？"愚者"先生还能接受献祭？他的生命层次达到了这种程度？难怪他用那种口吻描述满月呓语的主人……佛尔思又惊又愕，又觉得理所当然地听着、记忆着。

讲述完毕，克莱恩在"世界"的面前具现出"药师"配方，让那个假人递给了"魔术师"小姐："交易由'愚者'先生见证，你不用担心是假的。"

"我相信'愚者'先生。"佛尔思当即点头，展开配方认真记忆起来。

这时，不忍心熟人这么辛苦的"正义"奥黛丽提点了一句："你可以在献祭的同时请'愚者'先生帮你回想，不需要特别记忆，遇到问题也可以通过诵念尊名的方式向祂祈求。"

祂？"正义"小姐竟然用代表神灵的人称代词称呼"愚者"先生！祂，祂……难道，真是"祂"？可是，祂为什么愿意帮忙做这些小事……

也不对，只要仪式魔法恰当，七位正统神灵也经常会回应信徒，完成他们的请求……佛尔思侧头对"正义"道："谢谢你的提醒，你的称号就是你的品格。"

奥黛丽忽然有点心虚。她旋即又想到一个问题，忙开口问道："'魔术师'小姐，你知道扮演法吗？"

"扮演法？"佛尔思迷惑地望向对方。

她很快发现"太阳"和"倒吊人"等成员对这个名词都没有额外的反应，显然很清楚它代表什么意思。

今天的聚会让我感觉自己就像刚到贝克兰德的乡下姑娘……我好歹也参加过那么多次非凡者聚会！佛尔思半是悲哀半是欣喜地想着。她不由得想以这份情绪、这份感觉写一本小说，就叫《沃尔小姐梦境游记》。

"你似乎并不清楚。"奥黛丽根据对方的反应和平时的表现做出了肯定的判断。

她转过身体，望向古老长桌最上首，对那道笼罩着浓郁灰雾的身影道："'愚者'先生，可以将扮演法告诉'魔术师'小姐吗？如果可以，她需要付出什么代价？"

奥黛丽本来打算直接问是否像之前那样以此换取新的罗塞尔日记，可旋即想到佛尔思的非凡者圈子和自己的有很大重叠，这样一来，自己将会失去许多得到罗塞尔日记的机会。

这不是太重要的问题，佛尔思迟早会知道"愚者"先生需要罗塞尔日记，而我也肯定会拥有别的非凡者圈子，但是，她知道我有几页罗塞尔日记，如果想搜集，第一个找的肯定是我，可我的那些日记，"愚者"先生都看过了……

这次聚会后，我得找机会告诉佛尔思，就说那些罗塞尔日记不慎被我弄丢了……"正义"奥黛丽推演着连锁反应，竭力把自己的担忧用肢体语言展现给"愚者"先生。

"正义"小姐在暗示什么？嗯，她和佛尔思认识，但不想暴露身份，也就是说，她不希望我提出的报酬会造成这方面的困扰……克莱恩若有所思地轻笑了一声："你来决定，你来讲解，我不想重复类似的话题。"

这是对女神的尊重……他在心里补了一句。

赞美"愚者"先生！"正义"奥黛丽的内心霍然雀跃起来。她挺直腰背，微抬下巴，努力与往常不太一样地看着"魔术师"佛尔思道："扮演法是加快魔药掌握，最大程度降低失控风险的方法。你想知道吗？"

还有这种方法？真的还是假的？

"愚者"先生这么高层次的大人物，肯定不会在这种小事上骗人！佛尔思睁大略显慵懒的眼睛，抿了下嘴唇道："想！"

只要是非凡者，就没有不想知道类似方法的！佛尔思突然有些激动。

奥黛丽认真思考了下道："两个要求，一是不得到'愚者'先生的允许，不能将扮演法告诉他人；二是支付两百镑报酬。"

她最初的打算是用罗塞尔日记折价，当初她和"倒吊人"用了多少页日记来偿还，就折算成相应的价格。但现实里，罗塞尔日记因为无法破解，卖得很便宜，而且很多时候真假无法确定，换算出来的总价就有些对不起扮演法，于是，她在这个基础上又额外加了一些。

嗯……如果"愚者"先生的眷属不再缺钱，那就由我收下这两百镑，之后再寻找日记给"愚者"先生抵债……奥黛丽已经想好了后续的交易。

两百镑？能降低失控风险的方法才两百镑？这太，太便宜了吧？又惊又喜的佛尔思害怕对方反悔，毫不犹豫就开口道："成交！"

说完以后，她才有点心疼钱，觉得自己的银行存款在以肉眼可见的速度下降。

"正义"奥黛丽正要申请单独交流，忽然发现了一件事情——坐在青铜长桌最下方的"世界"完全没有表现出对扮演法的兴趣，连询问的冲动都没有。

他原本就掌握了扮演法，或者私下请教过"愚者"先生？

奥黛丽咕哝了一句，依然谨慎为重地请求到了单独交流的环境。接着，她看向佛尔思，斟酌着用词和发音，说道："我们对魔药的态度不应该是掌握，而是消化。消化的关键是扮演，扮演的钥匙则是魔药的名称。"

"为什么？"佛尔思脱口问道。

她稍作斟酌，又补充了一个问题："那又该怎么扮演呢？"

奥黛丽回忆着当初"愚者"先生的姿态和举例，重复了城堡、守卫、请帖、假扮这一系列描述，末了道："总之，扮演的目的是调和身、心、灵，绕过魔药残余精神的顽固抵抗，击碎并消化掉它。"

身为一名小说作家，佛尔思有着强大的想象力，"正义"讲完的同时，她就已经在脑海里勾勒出了相应的画面和场景，基本理解了对方想要表达的意思。

"这样啊……原来还能这样消除魔药内残余的精神影响，降低失控的风险。越想，我越觉得这有可能实现！"佛尔思的疑惑逐渐减少，惊喜的感觉慢慢填满了她的心灵。

最后，她确认般问了一句："这是'愚者'先生教导的？"

"是的，如果不是'愚者'先生，我们或许已经失控。我们还存在，就证明了扮演法有效。""正义"奥黛丽由衷地赞美道。

呼……佛尔思悄然吐了口气，只觉自己的未来充满希望的光辉。

这难道就是各种小说里描述的奇遇？感觉真是美好啊！不过，还是不能大意，"愚者"先生也许是个不怀好意、隐藏得很深的邪神……佛尔思在心里提醒了自己一句。

旋即，她开始思考更加重要的问题，那就是该怎么扮演"学徒"。

单纯从词面意思上来讲，"学徒"就表示各方面技艺还未成熟，依旧得接受教导，依旧得专心学习？不能逞强，不能骄傲，要懂得自身力量的渺小？佛尔思迅速发散开了思维，都没有察觉到单独交流的环境已被中止。

这时，"太阳"戴里克沉默地环视了一圈，咬了咬牙道："我想知道你们口中的七神分别是哪七位神灵，以及祂们大致的情况。"

他终于忍不住问出了这个横在心中很久的问题。

这我知道！"正义"奥黛丽刚开始险些没能反应过来，但她很快就弄清楚了"太阳"在询问什么，于是微举了一下右手。

与此同时，"倒吊人"和"世界"也示意自身可以回答。

"……他们在做什么？"佛尔思茫然地看着，努力回忆刚才究竟发生了什么。

瞬息之后，她记起了"太阳"的问题，并咀嚼出了对方话语里隐含的意思。

不会吧？他竟然不知道七神？他是从哪里冒出来的？佛尔思愕然望向了只是少年的"太阳"先生。

在北大陆，除了还不懂事的小孩，没谁不知道七位正统神灵，就连艰难求生的贫民和流浪汉也不例外！对他们来说，教堂偶尔发放的免费食物是如此诱人，开设的济贫院更是绝望中的一朵烛火。

南大陆殖民地的人？可是，他为什么要在这里问如此简单的问题，完全没必要啊！直接找一座教堂，请牧师或者神父布道，就能弄清楚相关的内容了！

"太阳"究竟生活在什么地方？真是一个怪胎啊！

佛尔思暗自嘀咕的同时左看右看，却发现"正义"小姐、"倒吊人"先生和"世界"先生对此并不惊讶。

此时，笼罩在迷雾里的"愚者"克莱恩见有三人抢答，遂笑笑道："'太阳'先生，你想和谁交易？你愿意付出什么报酬？"

"太阳"戴里克抿着嘴唇，想了几秒道："我和他们每一个人单独交易。"

这样才能获得最全面的情报……戴里克在白银城恶劣的环境里、在之前几次巡逻和清除行动中成熟了一些。

他顿了一下，又道："报酬是可以询问我一个问题，我能够回答的那种。"

"我答应，我对白银城很感兴趣。""正义"奥黛丽毫不犹豫地浅笑道。

白银城？这是什么地方？我怎么没听说过？佛尔思茫然四顾，觉得自己完全听不懂他们在说什么。

奥黛丽瞄了她一眼，好心地解释了一句："'太阳'先生不在南北大陆，也不在大洋上的某个岛屿，白银城位于我们认知或者说探索极限之外。"

骗人的吧？佛尔思下意识就冒出了这么一个念头。

不过，"太阳"的表现和所有人不可能联合起来欺骗她的想法让她迅速接受了奥黛丽的解释。

这个隐秘聚会比我想象的更加匪夷所思……"愚者"先生比我想象的更加厉害……佛尔思暗自吐气，感慨了两句。

奥黛丽模糊读出了她目前的想法，一时很想炫耀下"飓风中将"齐林格斯、因蒂斯大使贝克朗和诈骗犯兰尔乌斯都是因为塔罗会才死亡的事情。

可惜啊，这三件事情要是被佛尔思知道，她立刻就能联想出奥黛丽是"正义"，得保密，得保密……很辛苦也要保密！"正义"奥黛丽忽然深呼吸了一下。

因为不了解白银城，不知道该询问什么，佛尔思没有掺和进接下来的交易，选择了旁观。

而"倒吊人"和"世界"相继答应了"太阳"戴里克的请求。

最开心的则是克莱恩，对他而言，这意味着收获从一个变成了三个 —— 单独交流时的内容，"愚者"是可以听到的，而克莱恩显然不打算屏蔽自己。

"'太阳'同学真是质朴啊！"他在心里笑了一声。

由于七神相关的信息非常多，"正义""倒吊人"和"世界"只能拣自身认为的重点书写，过了一阵，他们分别将各自的描述传递给了"太阳"。

戴里克飞快浏览了一遍，目光停留在了几行单词上：创造一切的主之外，最古老的神灵是永恒烈阳、风暴之主、知识与智慧之神，祂们的教会则是最古老的教会。

我为什么没听说过……这些神灵，我一个也没听说过……我感觉这里面藏着一些很重要的事情……

"太阳"戴里克知道塔罗聚会的时间有限，于是匆忙结束了阅读，打算回去之后再向"愚者"先生祈求，请祂帮忙唤醒记忆。

紧接着，第一个提出问题的是"正义"奥黛丽。

因为连环杀人案，她对"恶魔"这个序列很感兴趣，于是模仿"世界"先生询问了相应的问题。

戴里克熟练地回答，并额外补充了一句："在对应的序列7，'深渊'途径的非凡者就能对占卜和通灵进行有效干扰。"

"恶魔"的能力真是可怕，不知道我的序列7"心理医生"会不会给我带来质变……或者，要到序列6？奥黛丽听得颇有点畏惧。

第二个问题来自"倒吊人"阿尔杰。他似乎已经斟酌了很久，望着"太阳"，沉声开口道："我想了解白银城的创世神话。"

略显紧绷的戴里克稍微放松了一点道："全知全能的神创造了一切，进入了沉眠。巨人王奥尔米尔、空想之龙安格尔威德、精灵王苏尼亚索列姆、吸血鬼始祖莉莉丝、恶魔君王法布提、不死鸟始祖格蕾嘉莉、异种王克瓦希图恩、魔狼之王弗雷格拉瓜分了主遗留的权柄，成为主宰天空、大地和海洋，主宰现实、灵界与星界，主宰各个种族的神灵，真正的神灵，古老的神灵。"

弗雷格拉？旁听的克莱恩忽然注意到了一个熟悉的单词。

每当他获得晋升、状态不稳定的时候，或者接触到安提哥努斯家族笔记残留影响的时候，耳畔总会回荡不知来自哪里的虚幻呓语："霍纳奇斯……弗雷格拉……霍纳奇斯……弗雷格拉……霍纳奇斯……弗雷格拉……"

克莱恩很早就知道霍纳奇斯指的是那座有夜之国遗迹的山脉，但始终不清楚弗雷格拉这个单词代表什么，而现在，他第一次在别人口中听见了弗雷格拉！

魔狼之王，一位古老的神灵！可是，祂为什么会和霍纳奇斯山脉牵扯到一块？

克莱恩保持姿势不变，安静地听着"太阳"戴里克继续讲述："祂们有的在彼此的争斗里陨落，有的则在创造一切之主、全知全能的神苏醒之后，被祂剥夺了权柄。前面是创世神话，后面则是白银城真实经历过的历史。"

"倒吊人"阿尔杰听得意犹未尽，很想更进一步了解，但又碍于"太阳"不愿意多说，只能及时止住，转为思考。

魔狼之王弗雷格拉在第二纪，也就是大灾变之前很久的黑暗纪元就退出了历史的舞台？克莱恩边思索，边操纵"世界"提问。

他原本想问的是哪个序列的非凡者能自由地在肉体与灵体间转换，就像莎伦小姐一样——如果"太阳"不知道这方面的知识，再考虑别的问题。可现在，他有了更重要、更想了解的事情，于是阴沉嘶哑地开口道："关于魔狼之王弗雷格拉的一切。"

"太阳"戴里克略显愕然地看了"世界"先生一眼，微皱眉头道："对于这位古老的神灵，我知道的并不多。祂又被称为'毁灭魔狼'和'黑夜魔狼'。"

"'黑夜魔狼'……黑夜？"克莱恩微微眯起了眼睛。

霍纳奇斯山脉主峰的夜之国信仰"夜的主宰，天之母亲"……这和"黑夜魔狼"弗雷格拉存在一定关系？所以，我听见的虚幻呓语才是"霍纳奇斯……弗雷格拉"？

"黑夜魔狼"弗雷格拉这位古神和女神又有什么关联？按照罗塞尔的说法，序列0等于真神，每个序列只有一个序列0……女神继承的正是"黑夜魔狼"的权柄？祂并非最古老的神灵，并非自称的"造物主的一只眼睛"？

嗯，这倒是有一个不算证明的侧面线索：生命学派的人崇拜月亮，崇拜造物主一只眼睛衍化而成的绯红之月，却不信仰黑夜女神……

克莱恩一下联想到了许多事情，操纵着"世界"开口："没有别的内容了吗？"

"没有了，魔狼之王弗雷格拉的事情在白银城也属于神话传说。""太阳"戴里克认为自己近乎没有回答，颇有点不好意思地提议道，"'世界'先生，你可以换一个问题。"

换一个问题？小"太阳"，你太耿直了……那我就不客气了！

克莱恩让"世界"嘶哑着说道："你的诚实和守信让人印象深刻。我之前遇到了一个非凡者，他可以自由地在肉体与灵体之间转换，并能役使活尸，你知道这属于哪条途径、哪个序列吗？"

虽然"太阳"在神弃之地，在白银之城，不可能和鲁恩王国的首都贝克兰德产生联系，但克莱恩谨慎为上，还是将指代莎伦小姐的"她"改为了"他"。

"对了，他并非高序列强者。""世界"声音低沉地补了一句。

"太阳"戴里克认真回忆了一下课本上的内容："如果不是高序列强者，那就可以排除'不死鸟'途径。"

"'不死鸟'途径？"克莱恩故意让"世界"表现出了一定的诧异。

参加了这么多次聚会后，"太阳"戴里克已非常清楚，在序列途径上，白银城的习惯称呼和"正义"小姐等人的描述有一定出入，所以并不奇怪地解释道："就是主宰死亡、部分掌控着灵界的那条非凡途径，它的序列9是'收尸者'。"

原来是"死神"途径……这么看来，不死鸟始祖蕾嘉莉就是远古死神……克莱恩姿势不变地坐在青铜长桌最上首，操纵着"世界"点头道："我明白了，你继续。"

"太阳"戴里克当即回答道："我能想到的只有两个可能，一是特殊的'恶魔'。正像我之前说的那样，不同种族衍变而来的'恶魔'各有不同，其中就存在肉体和灵体能自由转换的类型，但这相当稀少，而且未必能役使活尸。"

"人类可以吗？""世界"反问道。

"不行，至少我不知道有类似的例子。""太阳"戴里克诚实地说道。

"那第二种可能呢？"克莱恩回想了下莎伦小姐平时和战斗中的表现，而"世界"随之改变了坐姿。

戴里克严肃地回答道："异种。"

"异种？这不是指怪物吗？""世界"沙哑着嗓音反问道。

克莱恩清楚地记得，阿兹克先生曾经提过，"异种"是受诅咒的人类的统称。

因为诅咒的不同，异种们形成了不同的种族。他们平时和人类一样，但心里始终潜藏着扭曲的、被压抑的欲望，等到特定的场景出现，或者被特定的事物刺激，就会爆发，变成怪物，肆意地满足杀戮、嗜血等渴望。

他们每爆发一次，就会冷酷一点，最终完全失去作为人类的正面情感。

其中最具代表性的就是"狼人"。

"太阳"戴里克坦然点头道："是的，异种就是因某些非凡特性带来的负面影响而从人类里分化出去的各种怪物。"

不是诅咒，而是某些非凡特性带来的负面影响？端坐在浓郁灰雾中的"愚者"克莱恩发现这和阿兹克先生的描述有所不同。

这就是大灾变之前对异种的认识？白银城人人都知道的常识，对南北大陆的非凡者而言都相当宝贵啊……克莱恩愈发认识到了神弃之地的特殊。

这时，戴里克继续说道："异种具备的那些特性恰好形成了一条非凡途径，所以，正常的人类通过服食魔药，也能变成'异种'。"

"'异种'途径？这是指哪条？对应的序列9叫什么？"克莱恩颇感好奇地让"世界"问道。

"太阳"戴里克也没在意这是对方的第几个问题，而是将它视作了必要的补充："在白银城，对应的序列9叫作'囚犯'。心是身的'囚犯'，身是世界的'囚犯'，这代指被束缚的疯狂和被压抑的欲望。"

"囚犯"？这条途径被掌握在玫瑰学派手上，他们以血腥祭祀闻名，崇拜所谓被缚之神……莎伦小姐看起来不像是这么冷酷、这么滥杀的人啊……

等等，马里奇好像是在被某个势力追缉，他和莎伦小姐是玫瑰学派的叛逃者？为了不变成疯狂的邪教徒而叛逃？

克莱恩有所猜测，然后让"世界"说道："你的回答我很满意，交易完成。"

接下来，几位成员分享起了见闻和消息。克莱恩则在灵性消耗殆尽前，及时结束了这一次的塔罗聚会。

等到灰雾之上重归平静，连个假人都没有，他开始往返于这片神秘空间和现实世界，将"万能钥匙"带到了古老宫殿内。

虽然我从罗塞尔的日记推断出"学徒"这条途径大概率没有序列0，但还是不能莽撞，序列1和序列2说不定都能有效地进行隔空反击了……而且，万一真有序列0呢？不能拿生命去赌博……

克莱恩缓和了一阵，书写下占卜语句：它的来源。紧接着，他握住了"万能钥匙"，以免"它"这个代称指向错误。

往后靠住椅背，克莱恩默念着占卜语句，逐渐进入沉眠。

灰蒙虚幻、支离破碎的天地里，他看见了一个摇曳着诸多烛火的青铜灯架。灯架所在之处似乎是一间密室，没有一点外来的光芒，里面摆放着长条桌、黑色铁锅、玻璃罐子、棕色笔记等事物。

一个穿黑色古典长袍的年轻男子立在长条桌前方，直愣愣地看着手中的药剂。

"先祖们，我要踏上超凡之路了，我一定能再现亚伯拉罕家族的荣光！"

他喃喃自语着，喝下了那瓶药剂。他脸庞的肌肉旋即扭曲，露出了痛苦的表情。霍然之间，他惨叫一声，倒在了地上，不断地挣扎，不断地掐着自己的脖子。短短几秒之后，他撕碎了衣物，褪掉了表皮，变成了一个浑身血淋淋的怪物。

砰！

血肉炸开，每一块都似乎具备了生命力，不断往四周攀爬着，留下了腐蚀的痕迹。

最终，它们没能离开密室，慢慢归于沉静。点点光辉聚集，与一根断指结合，化成了形制古朴的黄铜色泽钥匙。

与此同时，克莱恩看到衣物碎片里有一块镶嵌着钻石的银色怀表。

梦境随之结束，他睁眼望向前方，叹了口气道："真是的，说要恢复亚伯拉罕家族的荣光，结果第一步就失败了……成为序列9也有一定的风险啊……"

亚伯拉罕家族是第四纪图铎王朝的大贵族，据说掌握着"学徒"这条非凡道路，但很可能不完整。

克莱恩回忆着刚才看见的画面，手指轻敲起长桌的边缘，自言自语般道："说的是鲁恩语，听不出是哪里的口音；流行在怀表上镶嵌纯粹的钻石而不附加别的宝石，是最近十年的事情。

"有空再去一趟丰收教堂，问问乌特拉夫斯基神父从哪里获得的万能钥匙……或许能找到些线索。"

就在克莱恩准备离开灰雾之上时，象征"魔术师"的虚幻星辰有了膨胀和收缩，这是佛尔思在请求举行献祭仪式。

佛尔思原本不会带那么多现金在身上，但她之前正准备参加非凡者聚会，所以专门留了五百镑，看能否买到想要的物品。谁知道，相应的聚会却因为局势问题取消了，如今正好用来支付"药师"配方和扮演法的报酬，总共四百三十镑。

看见光幕出现，看见投入进去的纸币消失，佛尔思怔了好几秒才反应过来，诚心诚意地感谢起"愚者"先生。

"药师"配方就三百镑卖给格莱林特子爵好了，不能太贪心，否则会破坏长久合作关系的……

奥黛丽小姐那里，暂时不去管，她有希望接触心理炼金会，直接获得对应的配方。如果确实不行，我再到塔罗聚会里求购……

欸，得观察扮演法有没有效果了，如果有，就考虑怎么向"愚者"先生祈求的问题。

唔……休这个笨蛋，平时就在做"仲裁人"，不知不觉就符合了扮演法的要求……佛尔思遥想起了未来。

拿到四百三十镑报酬的同时，克莱恩也收到了"正义"小姐的祈求。她说，如果"愚者"先生的眷者不再需要现金，她可以用搜集罗塞尔日记的承诺换那两百镑钞票，务必让"愚者"先生满意。

我很满意，只差几十镑，我就有一千镑了！

克莱恩婉拒了"正义"小姐的好意，接着，又忙碌地帮"太阳"同学"唤醒"了七神资料的记忆。

做完这一切，克莱恩疲惫地回到现实世界，拉开窗帘，重新翻看起连环杀人案的卷宗，寻找那只可能存在的动物。

白银之城，逼仄的房间内。

"太阳"戴里克·伯格坐在床边，安静地回想着这次得到的七神资料。那完全没听说过的神灵名称，那似是而非的远古神话，都在向他昭示着一个与白银城所处区域截然不同的新世界。

"那是一片没被神遗弃的大地？或者说，被新神庇佑着的大地？"戴里克没有多余动作地坐在黑暗里，窗外时不时就划过闪电，带来强烈的光芒。

他慢慢将思绪集中到七神分别掌控的权柄上，并与空想之龙安格尔威德等古老神灵进行对比："所谓战神，很接近巨人王奥尔米尔，风暴之主的权柄与精灵王苏尼亚索列姆类似，黑夜女神则似乎是魔狼之王弗雷格拉和吸血鬼始祖莉莉丝的结合，永恒烈阳、大地母神、知识与智慧之神、蒸汽与机械之神都找不到相似的……

"关于神话传说，我上课的时候听得不够仔细，遗漏了很多地方……呼，趁这段时间没有巡逻任务，去尖塔图书馆翻一翻资料。"

戴里克霍然站起，想到就去做。

他的问题也是白银城绝大多数居民的问题——接受通识教育的时候，重心都在"恶魔学""怪物分类学""符咒学""超凡基础"等实用课程上，都在能用来对付黑暗深处的怪物和增加食用植物的产量的相关知识上，而听"神话学"等辅助科目时，往往不够专心。

要不是因为白银城的历史能让居民们更加团结，能提高大家的荣誉感和使命感，六人议事团在这方面抓得很严，戴里克相信自己顶多能记得最近三十年内发生的事情。

提上那把飓风之斧，戴里克走出了家门，沿着干净朴素但古老斑驳的石板路，一直走到了城北的双子塔外。

那双子塔一座是尖顶的，是白银城的图书馆、功勋兑换点和生活物资发放处；一座是圆顶的，属于六人议事团，是传闻里支撑着白银城两千多年岁月的神奇物品，也是配方和材料仓库。

进了尖塔，戴里克直奔三楼，根据印象找到了放神话资料和相应古籍的书架。他刚看中一本涉及创世神话的典籍，正打算抽出，却发现一只五指修长、皮肤白皙、形态好看的手掌抢先一步，拿走了那本图书。

戴里克循着手臂望去，只看了一眼就低下脑袋，以手按胸，沉声问候："你好，洛薇雅长老。"

拿走那本典籍的正是六人议事团成员，"牧羊人"洛薇雅。

洛薇雅身穿绣有诸多神秘紫纹的黑色长袍，银灰色的头发茂密但带着点卷曲地披着。她脸庞光滑白嫩，眉眼大气艳丽，看起来也就三十出头，一双淡灰色的眼眸仿佛能洞穿灵魂。

"嗯。"

面对戴里克的问好，洛薇雅轻轻地点了下头，没有多说什么，沉默地拿着那本典籍离开了两排书架之间。

洛薇雅长老似乎变正常了，不像之前，总是在不同状态间没有规律地切换，有时哭泣，有时冷笑，有时怒哼，有时漠然……戴里克下意识闪过了这样的念头。

突然，他莫名地有些害怕，因为洛薇雅长老正常了，正常了……

第三章

CHAPTER 03

✦ **罗塞尔纪念展** ✦

翻看完全部卷宗，克莱恩都没有找到关于动物的记载。他明显看得出来，当初的调查忽略了这个问题。

"嗯，得记住之前的想法，不能鲁莽地自行调查。先不提我有没有足够的特殊能规避'恶魔'对危险的预感和把握，光是可能遇上负责的值夜者，就是非常麻烦的事情，我的目标一直是做辅助，分析案情、提出猜测、判断线索的真假……"克莱恩思考着自己该怎么做的问题。

了解"恶魔"的能力后，他暂时不敢把调查之前几个嫌疑人是否有宠物的事情交给斯图亚特，这很有可能害死对方。

"现在只是初步的没有指向性的排查，斯图亚特应该不会遇到什么事情，'恶魔'不是极光会那群疯子，不会主动地暴露自身。明后天，斯图亚特肯定就可以提交报告了，也许里面藏着别人无法察觉的线索。"

克莱恩站了起来，双手插兜，在起居室内来回踱步。

他现在为难的问题是怎么让调查案件的主力们将动物也纳入视线：直接提，肯定不行，那会引来怀疑，暗中引导太明显也一样……

哎，我不是"观众"，没这方面的非凡能力啊……克莱恩仔细思考，认真推敲，终于确定了方案。

他抽出信纸，握住钢笔，唰唰写道：

尊敬的斯坦顿先生：

我想到了一个问题。

之前侦探们讨论的时候，都认为凶手杀人的动作很娴熟，非常老练，看不出生涩的痕迹。我相信这不可能是天生的，必然有丰富的经验做基础，比如医学院的外科学生，比如肉店的屠夫。

我当时借此猜测他以前或许做过类似的案子，这是调查的一个方向，也

是我目前关注的重点。但经过这两天的反复思考，我认为这是不完备的，也许，他不是靠杀人来获取经验。

有没有这么一种可能，他用可怜的动物练手？活着的、不同种类的动物。

每天在贝克兰德死去的动物无法统计，消失在下水道深处的更是没人知晓，这是很好的练习对象。

以上是我不成熟的一点看法，希望与你交流。

夏洛克·莫里亚蒂

克莱恩没有直接提凶手可能是恶魔化的动物，而是找了个练手的理由，是希望艾辛格·斯坦顿借此注意到被忽视的"动物世界"，从而提醒负责此案的官方非凡者。

写着写着，他自己忽然觉得这也是一个方向：那个"恶魔"之所以一直没被抓获，也许是因为它大部分时候都在猎杀动物，而动物猎杀动物并不是什么值得关注的事情。

就这样吧，希望能给他们带来灵感……

克莱恩折好信纸，穿戴整齐地去街尾邮筒投递。

十五分钟后，于尔根律师看着凸肚窗外一趟又一趟路过的夏洛克侦探，终于忍不住打开大门，礼貌地询问道："莫里亚蒂先生，你忘带钥匙了？"

"呃，算是吧。"克莱恩挤出笑容道。

"不如到我家做客？等用过晚餐，天黑之后，你再回去。我知道的，你们私家侦探非常擅于攀爬。"于尔根表情严肃地邀请道。

这也行？

克莱恩愣了一秒，真心诚意地笑道："这是我的荣幸。"

于尔根律师的奶奶可是有大厨水准的！而且还能顺便"撸"个猫！

天色全黑之后，吃饱喝足的克莱恩在家里休息了一会儿，然后拿着手杖，离开了明斯克街。

他打算再去大桥南区的月季花街一趟，找乌特拉夫斯基神父问清楚"万能钥匙"的来历。

借助卜杖法，他顺利地在夜深人静的时候抵达了丰收教堂，并按照上次的路线潜入。但是，乌特拉夫斯基神父今晚并没有在教堂大厅忏悔，安静与昏暗之中只有一排排座椅。

"休息了?"克莱恩略感疑惑地往大厅后方的生活区域行去。

刚绕过拐角,他忽地发现高大宛若巨人的乌特拉夫斯基神父正沿着地下室的阶梯往上走,那里的沉重石门则被人拍得砰砰作响。

他把谁拘禁到了地下室里?克莱恩瞬间联想到了一系列不太健康的新闻。

乌特拉夫斯基神父抬头看见做着之前那种伪装的克莱恩,也颇感诧异,愣了下才问道:"你还没找到回家的路?"

我看起来像迷路了这么久的人吗?克莱恩扯出笑容道:"神父,我没有迷路。"

"你认为那份配方是假的?不可能啊……"乌特拉夫斯基神父皱起眉头,停在了阶梯半途。这样一来,他就和克莱恩等高了。

"不,那是真的。"克莱恩诚实地回答。

就在这时,地下室的石门又被拍响,越来越激烈,并伴随着"放我出去"的男性嗓音。

"这是?"克莱恩忍不住问了一句。

乌特拉夫斯基神父温和地笑道:"一位吸血鬼。"

他话音刚落,地下室内那名男子就高声喊道:"吸血鬼怎么了?吸血鬼就应该被你关在这里?就应该每天听你唠叨,听你诵念经卷?

"呸,我是高贵的血族,不要用这么粗鄙的称呼描述我!我告诉你,我崇拜月亮,绝对不会改信大地母神!放弃吧,你这个可恶的神父!"

克莱恩还是第一次遇见真实的吸血鬼,忍不住问了一句:"神父,你在哪里抓到他的?"

乌特拉夫斯基神父表情颇为古怪地看了克莱恩一眼道:"他是'万能钥匙'的原主人,有一天,他迷路走进了这座教堂。"

克莱恩认真思考起以后要不要随身携带"万能钥匙"的问题。

还好我会占卜……他庆幸地想道。

"刚好,他当时进入了渴望鲜血的状态,被我发现了异常。"乌特拉夫斯基神父微笑着补充道。

"呸,别跟我提鲜血!我需要的是美丽少女的鲜血,不是你这个肮脏老头子的血!"地下室内的吸血鬼突然暴躁起来。

乌特拉夫斯基神父一点也不生气地解释道:"他渴望鲜血的时候,我会弄点我的血给他。"

克莱恩点了点头,仔细再看,发现地下室的沉重石门上铭刻有生命圣徽和诸多神秘符号,形成了完整的封印。

到了白昼,祈祷的人变多后,恐怕连声音都传不出来……克莱恩做出了初步的判断。

"我有什么可以帮助你的吗？"这时，乌特拉夫斯基神父开口询问道。

克莱恩坦然地回答："我想知道'万能钥匙'最早来自哪里。"

"那你得问他了。"乌特拉夫斯基神父指了指地下室。

里面的吸血鬼突然安静了，旋即悠然地笑道："朋友，我可以回答你的问题。但前提是，你先把我解救出去。"

这还真是敢开价啊……听到吸血鬼的要求，克莱恩简直又好气又好笑。

他望了前方的乌特拉夫斯基神父一眼，思索着问道："神父，我能借一下你的蜡烛吗？就是上次那根，我忘记它叫什么名字了。"

乌特拉夫斯基神父还未来得及回答，地下室内的吸血鬼已愕然出声道："你想做什么？你想做什么？"

这时，乌特拉夫斯基神父温和地开口了："它叫'心魔蜡烛'，你借它做什么？"

神父，你很配合嘛，还知道询问用处……克莱恩嘴角上翘道："我打算利用它，直接去里面那位朋友的心灵最深处询问。你知道的，我在这方面有些特殊的天赋，很擅长做类似的事情……"

他话音未落，地下室内的吸血鬼已高声喊道："混蛋，放弃你的想法！这么对高贵的血族是要受诅咒的！

"喂喂，喂喂喂！我说，我说，我告诉你'万能钥匙'的来源！"

克莱恩顿时轻笑了一声："很感谢你的配合。"

"哼！肮脏老头子的朋友果然也不是好人！作为一名血族，我只是去医院偷采血瓶里的血喝，已经非常克制了，为什么要被关在这里，每天听那啰唆的、苍蝇般的《生命圣经》！"地下室内的吸血鬼愤怒地抱怨了一句。

坦白地讲，如果你真像自己话语里描述的那样，而且遇到的是我，那我顶多告诫你两句。可惜，你迷路走进这座教堂的时候，面对的是一位曾经杀人如麻、酷爱战斗，现在虔诚悔过、狂热于信仰的神父，这只能说你的运气不太好……

不过，乌特拉夫斯基神父的病情已经痊愈，应该不会真正地伤害你，顶多把你拘禁在身边……克莱恩无声地回应了几句。

地下室内的吸血鬼顿了几秒道："一个多月前，我去南区医院偷采血瓶喝，结果遇上了一个小偷。他原本想进入医院的财务室，谁知道迷了路，打开了血库的门，被我当场抓住。

"他用的就是那把'万能钥匙'，他告诉我，这是他之前潜入某栋房屋偷窃的过程里发现的，同时得到的还有一块镶嵌钻石的怀表。嗯，在地下室内。

"他最初以为那把钥匙对应着某个房间或者某个保险柜，一一试了过去，结果发现全部都能打开。这对一名窃贼来说，简直是无法想象的惊喜。之后，他屡次得手，直到被我抓住，没收了钥匙。

"可恶，我当时竟然没想到那把钥匙会让人迷路！"

很符合我占卜时看见的画面……不过，这"万能钥匙"是不是有诅咒啊，前任主人因为迷路被拘禁了起来，前前任主人也因为迷路被人当场抓住……

也许，我真的得把它丢到灰雾之上，有需要的时候再取出，不过这样就相对麻烦了很多，也许会耽误事情……

克莱恩控制着表情的变化，不急不慢地问道："那窃贼说过他是在哪里偷到钥匙的吗？"

地下室内的吸血鬼嘟囔道："你在怀疑我的智慧，我怎么可能不问这件事情。他说是在大桥南区河湾大道48号，我原本打算有空去探查一下，结果……该死！好了，我回答完了，不要再打扰我了。"

克莱恩并没有就此离去，而是慢悠悠掏出了一枚1/2便士面额的铜币，低声念诵道：

"他在撒谎。

"他在撒谎。

"……"

七遍之后，眼眸转深的克莱恩铮地弹起硬币，看着它翻滚旋转，落于掌心。这一次，人头朝上，表示肯定。也就是说，吸血鬼在撒谎！

小偷讲述的内容和我占卜看见的画面有多处吻合，彼此印证，应该不是假的……吸血鬼肯定是在具体的地址上撒谎了！

克莱恩看向乌特拉夫斯基神父，低笑道："他撒谎了。让我想想，他为什么要撒谎。

"迁怒和报复我这个没什么关联的人是非常不明智的举动，也很不利于他的处境。所以，我认为，他其实是在通过这种方式求救，那个地址很可能属于他的同伴。神父，你不打算去看看吗？"

地下室内顿时彻底无声，过了好几秒，那吸血鬼才哈哈笑道："我只是单纯不愿意这么简单就告诉你，你刚才威胁我，我撒谎报复你不是很正常的吗？"

我听出了强行镇定的感觉……

克莱恩笑了笑道："那么，真实的答案呢？再撒谎的话，我不介意把这个地址投递给三大教会，就说和最近的连环杀人案有关。"

"人类真是恶毒啊……"那吸血鬼咬牙切齿地叹息了一声，"大桥南区威尔迪街32号。"

克莱恩又抛了次硬币，得到了对方没有撒谎的答案。

看来吸血鬼没有干扰占卜的能力……嗯，回头再去灰雾之上确认一下……

克莱恩以手按胸，对着地下室的沉重石门，弯腰行了一礼："感谢你的配合。"

"哼。"地下室内那吸血鬼没好气地回应了一声。

就在克莱恩转身准备离去的时候，他忽然又高声喊道："记住，我叫埃姆林·怀特！记住，我叫埃姆林·怀特！"

记住你的名字做什么？我又不打算救你。没准备，没主场优势，我可打不过乌特拉夫斯基神父，而且他还有回输鲜血的神奇物品……

嗯，难道这个吸血鬼的同伴会悬赏找人，他希望我出卖这个情报？

克莱恩怔了一下，什么也没说地走出了丰收教堂。

随意找了个僻静无人的地方，他解下左腕袖口内的灵摆，就现在去探索威尔迪街32号这件事情做了次占卜。

他得到的答案是，有一定危险，但不算太高。

有一定危险……危险在哪里？会是什么类型的危险？

克莱恩认真分析了一下，怀疑失控而死的那个"学徒"因为强烈的怨念变成了鬼魂类怪物，而且还是相对比较强的那种。

也不对，那小偷明明什么事情都没遭遇就拿着"万能钥匙"出来了，难道危险在房屋内另外的隐秘地点？

克莱恩仔细思索了一下，觉得自己最好做足准备再去那里，免得遇上以目前的非凡能力难以对付的敌人，却找不到办法。

至少，至少得等我买到可以净化怨魂幽影的子弹后……他微微地点了下头。

有了这样的考虑过程，再结合上次与"黎明骑士"乌特拉夫斯基神父打斗的经历，克莱恩忽然觉得自己隐约能总结出"魔术师"的第一条守则了——不要在没有准备的时候表演！

那样大概率会穿帮……克莱恩默默地补了一句。

周二早晨，克莱恩准备好黄油，烤了两片面包后，没急着用餐，开门从信报箱里取出了今天的报纸。

咦，有封信……

他将夹在报纸里的信抽出，边返回餐厅，边瞄向信封。

"斯图亚特寄来的……看来他已经完成了初步的调查。"克莱恩微微颔首，扯开信封，抖甩纸张，一边阅读，一边坐到了餐桌旁边。

斯图亚特声称那两名嫌疑人没有任何异常表现，一个守着杂货店和老婆孩子，死气沉沉地过着日子；一个忙碌于各种临时工作，为维持生活而奔波劳累。他们不暴躁，没有斗殴的冲动，也不存在将自己一个人关在房间内的事情。

信的末尾，斯图亚特感慨了几句东区的恶劣状况，发誓要攒够钱，以免年老后沦落到那里。

感谢你的帮助，后续如果有别的线索，我会与你分享。

见对方没能发现有用的痕迹，克莱恩只简单回了封信，不让他更深层次地牵扯进这个案子，免得被"恶魔"察觉到危险，提前扼杀掉隐患。

放好纸笔，克莱恩拿起一片黄油已经渗进去的面包，就着红茶和报纸，悠闲地度过了早餐时光。在这个过程里，他比较遗憾的一点是"智慧之眼"老先生那个非凡者聚会还没有举行的迹象。

"哎，那个'恶魔'的存在已经严重影响到了贝克兰德非凡者的生活，希望艾辛格·斯坦顿先生能察觉我的提示，有所收获。"

"嗯，他应该是官方'认证'了的非凡者……"克莱恩放下报纸，拿起餐巾擦了擦嘴，收拾着准备出门。

他今天的安排是上周就计划好的：去王国博物馆参观罗塞尔纪念展！

…………

皇后区，霍尔伯爵家的豪华别墅内。

奥黛丽穿了一身大胆运用蕾丝的浅色长裙，披了一条雪白的皮毛，等待着贴身女仆安妮帮她戴上镶嵌着珍珠、垂下了细格薄纱的软帽。

她的身旁，苏茜蹲在那里，脖子上被绸缎扎了个蝴蝶结。

"我美丽的小公主，你这是准备去哪里？"霍尔伯爵从楼梯上下来，摩挲着自己那两撇漂亮的小胡子问道。

奥黛丽眼眸明亮地回答道："爸爸，我打算去看罗塞尔纪念展。"

看一看罗塞尔大帝日记的原本，找机会给"愚者"先生弄一些……她在心里补充了一句。

霍尔伯爵沉吟了一下道："为什么要今天去？人会很多，场面会很乱。嗯，我找人和蒸汽教会那边协调一下，等正式展览结束后，专门为你和你的朋友多开半天。这样一来，你就可以安静地、不受打扰地参观了。如果你有想近距离仔细欣赏的事物，可以直接和他们商量。"

这样似乎更好，我可以直接翻看这次展览里的日记了……奥黛丽提了下裙摆，行了一礼："感谢你，英俊的霍尔伯爵。"

西区，国王大道2号，王国博物馆。

虽然今天不是周末，但克莱恩抵达的时候，门口已经排起了长队。

根据报纸和杂志的描述，他了解到，这个世界的中产阶级娱乐方式较少，除看报纸，读小说，听歌剧、音乐会，打网球和壁球，欣赏各种戏剧，举行或参加宴会舞会，就只剩下逛公园、看展览和外出度假三个选项，而由于罗塞尔大帝的影响，休年假在这个阶层已经是较为普遍的现象。

九点整，戴半高丝绸礼帽、拿黑色手杖、穿双排扣呢制长礼服的克莱恩拿着门票，跟着前面的人，一步一步地进入了博物馆。

这里设置了分流，不同的讲解员各自领着一部分参观者踏上了不同的通道。

克莱恩和十几二十个人跟在一名容貌姣好的女性身后，听着她介绍罗塞尔的生平。

这对身为半个历史学家的克莱恩来说，没有任何意义，所以他无聊地确认了下钱包的位置。

因为财富激增，达到了九百五十二镑，距离一千镑只有一步之遥，他的皮夹已经装不下这么多的现金，所以只能选择性地携带其中一部分。

剩下的那些，克莱恩不放心它们没保护地待在家里，于是全部丢到了灰雾之上。

走着走着，他们进入了第一个展厅。

那名女性讲解员语气兴奋地说道："各位，这里都是罗塞尔大帝的日常生活物品。你们看，那是他盖的天鹅绒被子；那是他用来喝葡萄酒的镶金玻璃器皿；那是他用过的抽水马桶，现代意义上的第一个抽水马桶……"

连用过的马桶都被拿来展览？克莱恩忽然有点同情罗塞尔。

随即，他望向玻璃墙后面那个抽水马桶，发现它正闪烁着金色的光芒，表面似乎有一层金箔，并雕刻着繁复浮夸、颇具艺术感的花纹。

真是奢侈啊……克莱恩决定不再同情罗塞尔。

和抽水马桶只隔了一层玻璃的是罗塞尔的日常服装，包括袖口、领口有百褶装饰的衬衣等。

看得出来，那名女性讲解员对因蒂斯的服装文化相当赞赏。

"日用展览厅"之后，是罗塞尔颁布过的那些重要文件的原稿，包括《民法典》等价值极高的历史文物。

就在这个时候，那名女性讲解员指着一个展柜道："这是罗塞尔大帝遗留的其中一本笔记，上面使用的是他独创的那种至今没有被人破解的神秘的符号，诸多历史学家和考古学家都认为，这些笔记中记载的应该是罗塞尔大帝最不为人知的秘密。

"作为一个浪漫的人，我也有我自己的猜测，或许这是罗塞尔大帝与他最心爱的那个女人约定的符号，他们互相记载彼此，却永远没法真正在一起。"

你很适合写小说……克莱恩嘴角抽动了一下，视线随之转向展柜里摊开的那本笔记，上面是他熟悉到极点的简体中文。

3月6日，混蛋，这里的食物吃得我快便秘了！

3月17日，因蒂斯的夫人都这么开放吗？到底是我上了她，还是她上了我？总感觉有些怪怪的。

3月22日，到挑选信仰的时候了，一边是永恒烈阳教会，一边是工匠教会。

我的选择毫无疑问，赞美你，万机之神！

总有一天，我要让工匠教会改称机械神教。

果然很浪漫，浪漫的便秘……

这应该是罗塞尔大帝穿越早期的日记，没一点有价值的信息……他的字比我的还丑……克莱恩收回目光，在心里啧啧了几句。

当然，他只看到了摊开的那两页，其余还有什么内容，不得而知。

不知道这里的警备措施做得怎么样，有没有机会偷偷潜进来翻阅一遍……克莱恩环顾四周，发现明面上的安保人员相当多。

也许还有蒸汽与机械之神教会的非凡者……他嘀咕一句，跟着那名女性讲解员，混在一群人中间，进入了下个展厅，那里叫作"温情的罗塞尔"。

"这是罗塞尔大帝写的第一封情书，这是他创作的第一首情诗，'当你老了'……"女性讲解员目光发亮地指着展柜里的手稿道。

无耻！叶芝的棺材板快按不住了！克莱恩不由得腹诽了两句。

"这是他自己制作的手链……这是他写的小说的原稿……"那名女性讲解员用异常崇拜的口吻介绍道。

克莱恩努力不让自己的表情出现任何变化。当然，他也相信非凡职业里有"工匠"这一栏的罗塞尔大帝肯定具备很强的手工活能力。

"这是他为教育子女改进的基础教育课本，每个单词都有对应的图画……这是他为自己孩子发明的小游戏，与因蒂斯象棋类似，但不知为什么，玩法并没有流传开来……这是他发明的积木玩具，也是给他孩子的……"女性讲解员不知不觉带上了几分温情地说着。

这不就是象棋吗……而且，乐高要找你收版权费的！克莱恩只能上翘嘴角，以此掩饰别的情绪。

他一眼扫过，发现这个展柜的前方站着一个身高超过一米七的女子。

这位女士有一头长及腰间的栗色头发，身材比例非常好，既不胖，也不瘦。她穿着少女风的黄色蛋糕裙，却戴着黑色的老气软帽，细格薄纱垂下，遮住了她的脸庞。

她站在那个展柜前，一直凝望着里面的物品，许久都没有离开。直到克莱恩他们跟随讲解员去了下个展厅，她依然未改变姿势。

又过了几个展厅，那名女性讲解员指着前方道："接下来你们将看见的是复原的罗塞尔大帝书房。当然，只是其中一部分。"

说话间，克莱恩等人进入了展厅。

眼前霍然变得开阔，这里几乎变成了一个图书馆，四周是一排排书架，高至两层楼，它们下方有楼梯，彼此间有通道，形成了立体的书籍乐园。

"可以想象，这里的主人曾经沿着楼梯爬上爬下，寻找想要阅读的那本书籍……"讲解员描述了一幅生动的画面。

不，罗塞尔肯定会让仆人去找，而非亲自……克莱恩默默地反驳了一句。

那一排排书架的中央位置有书桌、椅子、黄铜灯架等事物，它们都被玻璃罩着，不与外界发生接触。

克莱恩一眼看去，就发现了一沓手稿——纸张色泽泛黄的手稿。那沓手稿并没有摊开，让人只能看见首页的内容。

上面描绘着一个长方形的物品，并附有详细的说明。

> 　　这是电报机的便携化、小型化应用，可以通过它连接到持有同样物品的人，收发彼此想交换的消息，甚至直接通话。
> 　　这需要更好的定位，我认为我们可以大胆地将目光投向天空，那里没有阻碍，可以更好地传播信号。
> 　　……

大帝，你连手机都不放过……克莱恩忍不住伸手捂了一下脸。

这时，讲解员介绍到了那沓手稿："它们记载的是罗塞尔大帝的奇思妙想，记载的是他还没来得及化为现实的发明，记载的是我们人类文明的光辉！"

克莱恩没去细听吹捧的话语，随意打量起了别的事物。

忽然，他发现桌上一本硬壳图书里夹着一张书签，书签裸露在外的部分描绘着小孩随手乱画般的图像。

罗塞尔大帝并不擅长画画啊……

克莱恩刚在心里嘲笑了一句，就忽地想起了一件事情：罗塞尔曾经将一张亵渎之牌伪装成书签，夹在了某本图书里！

会是这张吗？

克莱恩不着痕迹地仔细观察了几秒，却没有发现任何端倪。

也是，大帝说亵渎之牌反占卜、反预言，正常情况下根本发现不了它的"特殊"……如果那么简单就能辨认出来，蒸汽与机械之神教会肯定早已拿走……

克莱恩移开视线，打量别的图书，发现有不少图书里面都夹着书签，而这些书签形制各不相同。

他沉吟了一下，用"小丑"的能力控制住脸部肌肉，好奇地问道："这都是罗塞尔大帝看过的图书吗？"

"抱歉，我的意思是，这都是原本的那些书吗？"

女性讲解员肯定地点头道："是的，这些都是当初罗塞尔大帝书房内的物品，包括但不限于图书、手稿、书签、灯架、墨水瓶……不过，更多的东西已毁在了几次冲突里。"

克莱恩轻轻颔首，再次审视起那些书签。

罗塞尔在日记里提过，他要把那张亵渎之牌夹在一本很有价值的书内，让所有人都想不到那本书里最有价值的其实是一张不起眼的书签……嗯，这些图书哪本是很有价值的呢？克莱恩回忆着日记的细节，以此进行排除。

《辉煌时代》，不像……

《因蒂斯王国史》，不像……

《北大陆地理志》，这个有一定可能性，但不高……

《蒸汽机械的改进原理》，同上……

克莱恩一一扫过，目光忽然停在了最早看到的那沓手稿上，那里记载了罗塞尔想发明却没条件发明的地球物品。手稿里同样夹着一张书签，上面描绘着罗塞尔身穿皇帝服饰的样子。

剽窃手稿，不，创意手稿，应该算是很有价值的书籍了……这张会是亵渎之牌吗？

克莱恩心头一动，轻叩牙齿，悄然开启了灵视，然而并没有发现任何异常。他随即扫过别的书签，获得的依然是同样的答案。

也是，如果那么容易就能察觉，也轮不到我来这里瞎想……

克莱恩关闭灵视，重新根据从罗塞尔日记上知道的细节和那位大帝呈现出来的性格进行排除。

根据他的认识，既然罗塞尔说了夹着亵渎之牌的书很有价值，那它就不会太普通，否则无法满足那种强烈的恶趣味——用许许多多价值很高的知识来衬托不起眼的书签，让获得者无形中遭遇戏弄。

所以，有价值但价值不高的书籍可以不做考虑，这么一来……克莱恩环顾四周，仔细辨别，完全没听讲解员在说什么。

"综合判断，整间'书房'内，符合条件的好像只有那份创意手稿，其他的价值也就只能说一般，以罗塞尔的性格，肯定不会挑选它们。

"嗯，罗塞尔是那种'我就要把秘密藏在最显眼的地方，可你们怎么都发现不了'的人……"克莱恩边想边给大帝配了个"略略略"的表情。

当然，他不可能就此肯定那张书签是亵渎之牌伪装的，因为罗塞尔拥有的具备很高价值的书籍显然还包括神秘学领域的著作，而这部分图书，蒸汽与机械之神教会是肯定不可能拿出来展览的！

嗯，必须先确认是不是亵渎之牌，再考虑要不要行动……

可惜啊，1月20号这个日期无法用来排除，没人知道每张书签分别是哪一天被夹入图书的……

克莱恩无声自语了一句，转而望向停下来的讲解员，微笑着问道："放在书架里的那些图书有像这样夹着事物吗？比如，某位贵族夫人写给罗塞尔的纸条。"

这个问题让不少男士发出了会心的笑声，那名女性讲解员则摇摇头道："不，没有。夹着额外事物的书籍都被挑出来放在了这里，便于所有人观看。

"这只是复原罗塞尔大帝的书房，而不是复原书房的某个时间点，不需要维持一定的状态不改变。"

克莱恩顿时笑了笑道："明白了，这真是让人失望啊……"

这简直太好了！整个展厅需要验证的书签只有一张，难度直线下降……他欣喜地在心里补了一句。

在讲解员介绍"罗塞尔最爱阅读的图书"时，克莱恩又一次环顾四周，观察起这个展厅的整体布局。

为了还原一百多年前的那个房间，这展厅的四周没有煤气灯，照明主要依靠的是几米外有铁栅栏的凸肚窗和天花板上垂落的巨大水晶吊灯。至于书桌上的黄铜灯架，则并未安放蜡烛，纯粹是个摆设。

克莱恩眺望凸肚窗，看见了外面枯黄且凋零的草坪和一根笔直的铁黑色灯杆。他记了下位置，重新将视线投向女性讲解员介绍的图书，脑海内则开始分析起窃取计划的可行性。

一个前提是，根据罗塞尔的意思，各大教会和身为王室的各个古老家族都不愿意看到他散播亵渎之牌，破坏一千多年来的稳固秩序。所以，如果我是负责处理这件事情的大主教，那我会直接放火烧掉罗塞尔遗留的所有物品。

如果亵渎之牌能就这样彻底毁去，那结果完美符合了神灵的想法；要是亵渎之牌难以被破坏，烧完之后，它必然会暴露出自身的异常。

既然罗塞尔遗留的物品都还在，那就说明他必然用某种方式让所有人，包括神灵，都相信他把所有的亵渎之牌送出去了，没留下任何一张。

当然，不排除某些教会或某个古老家族试图依靠亵渎之牌来补完自身需要的某条非凡途径，但这个可能性非常小，因为这就给了罗塞尔合纵连横统一战线的机会，根本没必要走到散播亵渎之牌破坏秩序这一步。

如果真是那样，他在日记中会表现出一定的信心和相应的担忧，绝对不可能只剩悲观，只想着依靠那个古老的隐秘组织。

再加上一百多年过去了，保管这些遗留物品的蒸汽与机械之神教会已不知道做了多少次的补遗性搜索，所以，几乎不会有人还相信亵渎之牌藏在这里。也就是说，这个展览的安保级别不会太高。

而且，很重要的一点是，整个贝克兰德都被连环杀人的'恶魔'弄得浮躁惶恐，三大教会的非凡者正在做全城性的排查和搜索，机械之心能分配到这个不重要的展览的看守人员肯定非常有限。

嗯，这里最值得保护的是罗塞尔的日记。许多野生非凡者很崇拜大帝，认为那些"独创的符号"书写着深层次的神秘，也有窃取的动机和能力，所以，看守者的重心肯定是在那个展厅。

回去到灰雾之上占卜一下，和我的分析做印证。

不过，得先验证是不是亵渎之牌，要不然冒着一定的危险、费了极大的力气却偷回来一张普通的书签，那我还不如躺回墓地里！

嗯，该怎么验证呢？这不可能等我再次潜入的时候做，而现在也没机会……得找别的人帮忙啊……务必谨慎！

克莱恩神情专注地跟在讲解员后面，似乎听得非常认真。

"魔术师"小姐，她是"学徒"，能够穿墙越门，和持有"万能钥匙"差不多，是一个不错的人选……但她才序列9，潜入验证这个任务对她而言太危险了……

休小姐？不行，她根本就不是这块料……让她找窃贼帮忙？不，不行，这里有非凡者看守，大概率被当场捉到，从而暴露出有人在打罗塞尔书签的主意的事情……

莎伦小姐？她实力足够，状态也适合这种任务，可问题在于亵渎之牌是足以让绝大部分非凡者彼此厮杀的神物，我现在还信不过她……克莱恩思绪转动，分析着自己能找的帮手。

渐渐地，他锁定了一个对象："正义"小姐！

她家世不凡，属于贵族，有没有可能利用钱财和权势，以感兴趣为借口接触到那张书签？

嗯，机会不小，而且这办法不会惊动到谁，有利于我之后潜入窃取……克莱恩越想越觉得可行性很高。

至于怎么验证的问题，因为亵渎之牌反占卜、反预言的特性，他暂时只能想到一个办法，那就是尝试着破坏那张书签！

反占卜、反预言不是说对藏着亵渎之牌的某件物品采用类似的手段会得到失败或被干扰的结果，那样一来，不是等于不打自招吗？真正的意思是，即使拿到了亵渎之牌，对它占卜也等于对一件普通的事物占卜，等于对它伪装成的那件普通事物占卜。

反正我是猜不出来大帝设置了什么"开启密码"，只能用这么简单粗暴的方法确认。如果亵渎之牌确实可以被破坏，那就只能说我和它暂时还没有缘分……

嗯，以大帝的喜好，或许我可以试一个开启咒文……他曾经在日记里开玩笑说"想要我的财宝吗？那就到迷雾海的尽头来寻找吧"，而亵渎之牌正是宝藏的一种！

开启咒文为"One piece"（指动漫《航海王》）对应的古赫密斯语单词？

不对，这样一来，将不存在有谁能获得的可能性，除非出现第二个穿越者，这不符合大帝制造混乱破坏秩序的想法，所以，是"海盗王"对应的赫密斯或古赫密斯语单词？

克莱恩慢慢确定了想法，愈发关注起展厅的布局。

在那名女性讲解员的引领下，他们离开复原的书房，进入了另外的展厅。等到一切结束，可以自由活动时，克莱恩略显不好意思地问了一句："抱歉，我想知道盥洗室在哪里，楼上吗？"

"不，楼上是办公区域。你沿着这条路直走，然后左拐，就能看见了。"女性讲解员礼貌地指了个方向。

趁这个机会，克莱恩摸清楚了盥洗室与几大展厅的位置关系，并于脑海内初步勾勒出了一张大致的布局图。

中午时分，他什么都没做就离开了王国博物馆，返回了明斯克街15号。

克莱恩原本想直接以"愚者"的口吻吩咐"正义"小姐，告诉她自己的眷者需要帮忙，但仔细想了想后，觉得这有些破坏"愚者"先生的形象。

作为一位高深莫测的大人物，必须表现得淡然一点，不能老是替"眷者"请求帮助，至少不能一次又一次地亲口提这种事情……

克莱恩思考了一阵，迅速有了办法。他决定把眷者祈求帮助的画面和声音直接传递给"正义"小姐。而这个过程中，"愚者"先生什么都不说！

呼，克莱恩吐了口气，拉上窗帘，揉了下脸颊，开始向自己祈求：

"不属于这个时代的愚者，

"灰雾之上的神秘主宰，

"执掌好运的黄黑之王。

"我祈求一定的帮助，祈求有人能帮助我接触罗塞尔创意手稿里夹着的那张书签。帮助我对它做很小的、难以被发现的破坏，并告诉我有什么反应，其间可以默念'海盗王'对应的赫密斯语或古赫密斯语单词。

"不管是谁提供帮忙，即使什么反应都未出现，我也愿意给予五百镑做报酬，这从还未支付的五千镑里扣除。

"如果有反应，我愿意给予更多。"

做完这一切，克莱恩等了片刻才进入灰雾之上，看见了呈现自身祈求画面的光幕。

占卜出夜入王国博物馆窃取书签之事有一定危险但不算很高以后，他提取了那些祈求信息，将"马赛克"加厚加多，把嗓音调整得略微失真，接着丢入了象征"正义"小姐的虚幻星辰内。

…………

皇后区，霍尔伯爵的豪华别墅内。

这本该是练习钢琴的时间，奥黛丽却依然坐在梳妆台前，构想着傍晚怎么翻看并记忆罗塞尔日记的事情。突然，她周围一下变得朦胧，涌出了无边无际的灰白雾气。

那灰雾的中央，高踞着"愚者"的身影，祂正在聆听一个模糊到根本看不清样子的男子的祈求："……祈求一定的帮助，祈求有人能帮助我接触罗塞尔创意手稿里夹着的那张书签……"

"愚者"先生怎么知道我今天会在闭馆后去参观罗塞尔纪念展，并有机会接触到一些事物……奥黛丽怔怔地听着，虽感诧异，却不觉奇怪。

以"愚者"先生的位格和能耐，要想掌握这么一件小事还是很容易的！至于具体是怎么掌握的，普通序列者没必要理解。

奥黛丽正要回应，就听见"愚者"声音低沉、语气平淡地开口道："你可以选择接受这个委托，或者不接受。"

呃……奥黛丽沉吟两秒道："尊敬的'愚者'先生，我可以试一试，但不保证成功。"

她对最低限额才五百镑的报酬其实不太感兴趣，之所以接受这个任务，是好奇罗塞尔大帝遗留的那张书签究竟有什么特殊的地方，竟然让"愚者"先生的眷者如此看重，以至于开出了上不封顶的价码。

反正我今天本来就要去翻看罗塞尔的日记，正好顺便……奥黛丽油然想道。

灰雾之中的"愚者"克莱恩则轻轻颔首，回了一个单词："好。"

等到那"幻觉"彻底消失，奥黛丽将视线投向梳妆镜，看似认真地审视着里面的自己。

她既感到紧张不安，又兴致勃勃地做起了傍晚行动的计划："不能被察觉出异常。事后如果'愚者'先生的眷者有什么行动，我也不能成为被怀疑的重点对象。

"只接触那张书签肯定不行，一旦丢失，所有的目光都会集中到我的身上。嗯……所以，我必须对所有物品都表现出同样的兴趣、同样的姿态，不能让别人看出我的主要目的是那张书签，整个过程得柔和，不突兀，符合道理和逻辑。

"该怎么造成微小而又不引人注意的破坏呢？那只是一张书签……"

奥黛丽目光没有焦距般扫过梳妆台上摆放的一样样器物，突然定格在了敞开的首饰盒里，定格在了一对有细针装饰的宝石耳钉上。

她嘴角一点点上翘，眉眼略微弯曲，自言自语般地说道："再加上苏茜的帮助，应该就足够了……"

傍晚六点，当前季节本就很难看见太阳的贝克兰德已一片昏暗，煤气路灯相继亮起。

王国博物馆送走了最后一批普通的参观者，却迎来了由伯爵家的小姐、公爵家的孩子、年轻的子爵等身份高贵之人组成的访客团。

因为知道某些贵族子弟是经常闯祸的纨绔，所以，负责看守纪念展的机械之心西区小队队长麦克斯·利维摩尔不得不伪装成安保人员，始终跟在旁边，防备意外。

他头发整齐后梳，戴着单片眼镜，看起来文质彬彬的，像一位大学教授。

那单片眼镜其实是一件封印物，代号3-1328，昵称"水晶之眼"。

通过它，麦克斯·利维摩尔能直接看见灵体，看见鬼魂，看见幽影，不再害怕非凡者驱使这些普通人难以发现的事物来捣乱或盗窃。

当然，这件封印也有显著的坏处，那就是容易将怨魂、幽影等怪物吸引到附近，长期佩戴的话，视力还会不可逆转地降低。

"在贝克兰德的阴沉里，她就像那明媚的太阳……"此时，麦克斯正赞叹地看着侧方那名金发碧眼的少女。

奥黛丽饶有兴致地看着那个镶嵌金箔并雕刻着繁复花纹的马桶，询问着旁边的讲解员："这是现代意义上的第一个抽水马桶？"

"是的，我个人认为这是罗塞尔对人类文明做出的卓越贡献之一，它和配套的下水道工程改变了特里尔满街，呵，满街肮脏事物的现象。"讲解员本来想说"粪便"这个单词，但看了看面前的少女，又觉得不能失去文雅的姿态。

奥黛丽斟酌着再问："我可以触碰一下吗？它还能正常使用吗？"

格莱林特子爵则在旁边笑道："你为什么对这个也如此好奇？不管它有多么古老，它始终只是一个抽水马桶。"

和他们交情不错的其余贵族子弟纷纷笑了出声。

"不，格莱林特，你们不明白，这是人类文明的光辉。"奥黛丽浅笑着回应，在心里做了个呕吐的表情。

要不是为了完成"愚者"先生眷者的委托，我也不想这样啊……她无奈地叹了口气。

讲解员附和道："霍尔小姐说得非常好，人类文明的光辉不仅体现在大炮、火枪等改变了战争形式的武器上，还闪烁于我们生活的每个细节里。

"尊敬的小姐，我也不知道它还能不能正常使用，因为没人会去使用它。"

讲解员边说边看了眼麦克斯·利维摩尔，得到肯定的颔首后，才继续道："你可以触碰一下，甚至打开水箱，看一看里面的机械结构，但请务必小心。"

"谢谢。"奥黛丽看着安保人员打开玻璃墙，忙上前两步，伸出戴着白色薄纱手套的右掌，小心地摸了下抽水按钮。

接着，她缓步退后，微笑道："好了，就这样吧，我满足我的好奇心了，不能再伤害到它。"

她时刻记得自己这次的人设是天真好奇的少女。

看完这里，他们进入了有罗塞尔日记的那个展厅。

绕行半圈，听过介绍后，奥黛丽再次问道："我可以翻看下这本笔记吗？我们都对这种奇怪的符号很感兴趣。"

"呃……我听说超过一定年限的纸张，就连接触空气都会受到损害，更别提直接触碰了，应该不行吧？"

她眨了眨眼睛，让自己宛如宝石的漂亮眸子表现出了诚恳、渴望又略有点失落的情绪。

讲解员又看了麦克斯·利维摩尔一眼，得到对方回复后才笑道："教会采用了特殊的保存办法，让纸张能像几年前才生产出来的一样。而且就算没有这种办法，你们提出的要求，我们都会尽量满足，只不过可能需要换一个环境，换一身衣物，并经过较为严格的流程。你可以翻一翻，但别太久，别用力。"

奥黛丽的眼眸顿时发亮，看得人移不开视线。诚恳道谢后，她和格莱林特子爵等神秘学爱好者一块，打开玻璃罩，小心地翻动起那本笔记。

奥黛丽努力地记忆着，但因为那些符号太过复杂，短短时间内能记住的相当有限。

"加起来差不多有两页的内容吧，不知道有没有办法拓印一份……"她思绪发散开来，将位置让给了外围的同伴。

就这样，她在每个展厅都提出了要仔细欣赏某件事物的请求，并且基本得到了满足。

走走停停，他们来到了那个复原的书房内。奥黛丽保持着先前那种状态，时不时提上几个问题，充分表现出了自身的好奇心。

等到讲解员介绍"创意手稿"的时候，她眼眸晶亮地开口了："我能翻一翻吗？我想看一看大发明家罗塞尔的手稿具体是什么样子，包含了哪些奇思妙想。"

"没有问题，美丽的霍尔小姐，尊敬的格莱林特子爵，你们都可以翻一翻。呵，如果你们之中有哪位是教会的虔诚信徒，甚至还能申请到一册拓印本。"讲解员根据麦克斯的暗示回答道。

身为女神的信徒，奥黛丽只能以浅笑回应，不方便开口说话。与此同时，她假装撩发，伸掌摸了摸自己的右耳，悄然取下了那枚耳钉。

紧接着，笼罩书桌的玻璃被打开了，奥黛丽上前一步，按住手稿，故作不经意地抽出了那张书签，并随意翻了一页。

就在这时，得到她暗示的苏茜在另一个方向突然叫了出声："汪！汪！汪！"

众人的目光当即被吸引了过去，奥黛丽则垂下手臂，用掌心那枚耳钉刺向握着的书签，并于心里默念着"海盗王"这个词组，一遍赫密斯语，一遍古赫密斯语。

尖锐的细针般的装饰触及了书签表面，刚要深入并穿透到另一面，奥黛丽就就感受到了强烈而虚幻的阻力，不正常的阻力！

这阻力一闪而逝，"细针"将书签戳出了一点小印子，险些刺穿过去。

"真的有反应！真的有古怪！"奥黛丽眸光一凝，没敢再试，将手抬了起来，把书签放到了桌面上。

接着，她望向苏茜，镇定地吩咐女仆安妮道："嗯……你带它去盥洗室。"

"是，小姐。"安妮忙领着苏茜离开了这个展厅。

叮！趁此机会，奥黛丽将手里的耳钉丢到了地上，随即偏头望去道："不好意思，我耳钉掉了。"

另外的女仆忙靠拢过来，拾起耳钉，帮她戴上。

这个插曲转瞬而逝，众人的注意力又回到了手稿上。等到他们都大致翻看了一遍，"安保人员"麦克斯·利维摩尔忙将书签夹入，重新合拢了玻璃罩。

接下来的几个展厅里，奥黛丽依然兴趣浓厚，就像之前一样，没表现出任何异常。

等到离开博物馆，回到家里，她才找机会诵念出"愚者"的尊名，报告了事情的结果："我按照您眷者的要求，损伤了那张书签一点。它，它有不正常的反应。"

有不正常的反应？看来真的是亵渎之牌！

得到回复，进入灰雾之上的克莱恩先是一喜，旋即莫名惊叹："'正义'小姐的效率也太高了吧？我下午才委托任务，这才傍晚，她就验证完毕了……而且，这已经明显过了王国博物馆的闭馆时间！

"'读心者'也肯定是没有潜入类非凡能力的！嘶，她家的权势恐怕比我想象的还要大……

"还好验证时没出奇怪的现象，要不然只能让'正义'小姐装无辜，把牌给上交了，而这就说明我和宝物无缘……没有什么事情是百分之百有把握的……"

思绪闪动间，克莱恩又听见了"正义"小姐后续的问题："'愚者'先生，那张书签究竟藏着什么秘密？唔，如果您的眷者不愿意给予答案，就当我没有问。"

当然是藏着一张亵渎之牌的秘密！克莱恩欣喜地无声感慨了一句。

仔细想了想，他决定等亵渎之牌到手后再回应"正义"小姐，免得她太过震惊，表现出异常，让自身的行动受到不好的影响。

克莱恩没急着返回现实世界，就那样坐在寂静空旷的古老宫殿内，思考起什么时候行动和该怎样行动。

"正义"小姐对那张书签造成了一点损伤，不知道后续会不会被人发现……或者，那张书签会因此慢慢表现出不同寻常的地方，吸引来关注的目光……所以，不能拖延，不能等待，最好今晚就动手！

各种想法翻滚沸腾了一阵后，克莱恩逐渐有了决定。紧接着，他根据上午观察的结果，具现出了王国博物馆一楼的布局图和周围的大致环境。

望着这张图纸，克莱恩推演起不同的行动方案，很快确立了一个相对稳妥的计划。最后，他再次做了占卜以确认危险程度。见没什么变化，他回到现实世界，开始做各种准备。

克莱恩原本想的是以自己回应自己的方式"画"出记忆里的图案，伪造一张相似的书签，等潜入之后，再进行替换，确保此事很长一段时间内没人察觉，没人知晓，等到事发也完全没办法追溯他。但是，经过反复推敲，他觉得这反而不好，只要伪造的书签被人发现，那么最值得怀疑的就是今天触碰过原本书签的"正义"小姐。

不能为了宝物，将"正义"小姐置于很高的风险里，她可是为了帮助我才这么做的！

克莱恩最终想好了怎么不让人怀疑"正义"小姐的办法，那就是不仅仅窃取需要的那张书签，周围的部分也一并拿走，包括某些较轻的图书！

呼……做好准备的克莱恩拿出金壳怀表，按开看了一眼，耐心等待着九点之后凌晨之前的那段时间。

太早，周围的民众还没睡下，不能满足他行动计划的需求；太迟，街道上将几乎没什么行人，仅仅走在路上，都容易被怀疑。

而这段时间，因为连环杀人案，整个贝克兰德都处于紧绷戒严的状态。这对克莱恩的行动有利，也存在不利！

滴答，滴答，指针不断走动，随着夜色的加深，红月的跃出，它们终于超过了九点。

克莱恩揣好"万能钥匙"等物，拿上手杖，先去了东区改换装束，接着分几次乘坐出租马车，抵达了距离西区国王大道有不短路程的地方。

而这个时候，时间已过去了一个小时零三刻钟。

他最初的计划其实不是这样，他想的是用自己召唤自己、自己回应自己的方式变成灵体状态，依靠极快的速度飞跃乔伍德区到西区的路程，然后潜入王国博物馆，借助那种特殊力量，让人无法察觉地得手。

不过，他最终放弃了这个方案，因为这有潜在的、很高的风险。

贝克兰德是有高序列强者存在的，而且不止一位！在连环杀人案弄得人心惶惶却许久未破的情况下，说不定有高序列强者在有意识地利用自身的非凡能力或相应的封印物品监控某些地域。而乔伍德区到西区的路程说长不长，说短也不短，一个特殊灵体这样飞行过去，被发现的概率不低。

这不能因为占卜结果说"有一定危险但不是很高"就彻底忽略掉，因为占卜得到的基本不是直观的答案，而是需要解读的启示。也就是说，"有一定危险但不是很高"的结果需要一定的前提，那就是自身做出了相对较好的选择。

所以，克莱恩谨慎为上，修改了最初的计划，但保留了核心意思。

…………

国王大道2号，王国博物馆。

多边形四坡屋顶之上分别站了四名穿呢子大衣的安保人员，他们忍耐着深秋夜晚的寒风，认真地审视着各自对应的方向。一旦有人靠近博物馆，哪怕借助树木和房屋阴影的遮掩，也很难瞒过他们的眼睛。

仅仅从这个布置就能看得出来，接下这次委托的安保公司非常专业。

"还有半个小时才能轮换……"一名安保人员望向下方巡逻房屋四周的同伴，抖了抖身体。而博物馆内，剩下的安保人员分成四批，按照不同的路线有所间隔地巡视着各个展厅。

存放罗塞尔日记的那个展厅内，机械之心小队队长麦克斯·利维摩尔戴着那可以直接看见怨魂幽影等灵体类怪物的单片眼镜，提着马灯，来回做着检查，时而出去一趟，到别的地方确认状况。他的两名下属则始终待在小厅内，待在罗塞尔日记的旁边。

但那个玻璃展柜上，还额外放了一样物品。那是一堆色彩斑斓的积木，它们拼成了博物馆一楼的微缩图景。

这同样是一件封印物品，只要那些可以变形的积木拼成对应的建筑，就能和真实建筑建立起联系，一旦有人闯入，积木上面立刻就会有缩小的反应。

当然，这种对应有不少限制，隔得太远不行，它所拥有的积木数量不够拼凑也不行。而身处里面的人和物，如果没有外在的帮助，几乎无法离开。

"队长，你说真的会有人来偷这本笔记吗？完全看不懂啊！"一名队员见麦克斯提着马灯回来，闲着无聊地问了一句。

麦克斯笑笑道："有些人对罗塞尔的崇拜非常狂热，不是你能够理解的。他们有的认为自己可以破解，只是需要更多的参考；有的则相信那些符号本身就蕴含着神秘力量，只要找出正确的组合方式，他们就将获得非凡之力。以前的展览时不时就会抓到这样的罪犯。"

"所以，我们才不把笔记收走，放入封印之地，这是等待有家伙来'自首'啊？"另外一名队员恍然大悟地问道。

麦克斯点头道："送到面前的功勋，谁不想要？"

…………

国王大道18号，靠近十字街口的那栋建筑物外面。

克莱恩沿着阴影和有遮蔽的地方，时不时使用"万能钥匙"走直线，终于抵达了这里。

克莱恩再次拿出那枚形制古朴的黄铜色泽钥匙，对准厨房的大门无声拧动了一下。难以察觉的水波晃动间，他进入建筑内部，一路见门穿门，见墙穿墙，没惊动任何人地找到了一间储物室。

"这把'万能钥匙'真的很实用啊！只是前面两位主人都迷路到了危险的地方，让人不敢一直随身携带……"

克莱恩随口感叹了一句，收起那把黄铜色泽的钥匙，在旁边就是仆人睡房的情况下，拿出圣夜粉，抒发灵性，封锁了整个储物室，让里面的动静无法传出。

然后，他掏出一根蜡烛，摆放于正前方的箱了上。

啪!

他打了个响指，让指尖冒出淡蓝色的灵性火焰。烛芯被点燃后，他按照仪式魔法的流程自己召唤自己，并到灰雾之上自己响应自己。

过了不到一分钟，克莱恩飘浮在房间内，对面则是他眼睛失去了神采的肉体。

熟悉了下这种感觉后，他包裹住古老精致的阿兹克铜哨，让灵体变得稳固，变得强大，让房间内有阴冷之风开始徘徊打旋。与此同时，他还借助这种力量略微改变了虚幻灵体呈现出来的样子，使脸孔之上似乎涂了层油彩。

做完这一切，克莱恩拿上一盒街边随意买的常见的火柴，在灵性之墙上切割出一道透明的门，走了出去。

"行动!"

他无声给自己鼓了下气，然后像真正的鬼魂般穿过了一户又一户居民住宅，顺利抵达了王国博物馆的外围。

无须开启灵视，这种状态下的他能清楚地看见每一名安保人员，他们的气场和情绪颜色毫无保留地出卖了他们。

找到枯黄凋零的草坪和正对着展厅窗户的铁黑色灯杆，克莱恩没有仗着普通人无法看见他的优势大摇大摆地过去，而是循着阴影，循着难以被注视到的路线，穿过树雕，穿过阻碍，小心翼翼地抵达了目的地，贴住了墙壁——他不敢保证那些安保人员里面没有混入机械之心小队的某个成员。

而此时此刻，屋顶上认真审视着各自负责区域的四名安保人员就像真正的盲人，什么也没能发现。

克莱恩没直接进入展厅，这既是因为他的灵感和直觉告诉他，博物馆一层被神秘的力量笼罩着，也是因为他无法确认里面有没有非凡者。他按照预定的计划，绕到了另外一边，绕到了更靠近罗塞尔日记所在展厅的一处盥洗室外面，将随身携带的那盒火柴从通风口丢了进去。

紧接着，他飞了起来，飞入了二楼!

…………

放着罗塞尔日记的那个展厅内，两名机械之心小队的队员突然听见了啪嗒一声动静。他们同时侧头，望向了玻璃展柜上那积木拼出的封印物。

按比例缩小的博物馆一楼模型内，有个灰点正在不断闪烁。

"最近的那间盥洗室内多了一个无生命的物品。"其中一名队员做出了明确的判断。

另一名队员略微放松了一点，皱起眉头，用猜测的口吻说道："风刮进来的一片枯叶？"

"有可能。"最先开口的那名队员点了下脑袋道，"等会儿让路过的安保人员去检查一遍，确认情况。队长让我们守在这里，不管发生什么事情都不要离开，尤其不能单独一个人离开。"

要是遇到最紧急的情况，他们可以携带罗塞尔笔记一起撤离。

"好。"他的同伴对此没有异议。

…………

博物馆二楼的办公区域里，克莱恩就像飘浮的游魂，穿过了一面又一面墙壁，向着复原书房的正上方飞去。

不过，他没有飞得太快，一直感应着楼下的火种，计算着距离。当两点之间直线长度接近三十米时，他抬起虚幻透明的右手，无声打了个响指。

一楼的盥洗室内，那盒火柴陡地爆开，发出一道不大的轰隆之声。紧接着，赤红的焰流蹿起，点燃了纸巾，点燃了盆栽，点燃了木制结构的隔离门。这熊熊烈火暂时未蔓延开来，但声势足够惊人。

附近听到声音的安保人员立刻向着那个位置赶去，而监控着一楼全部情况的展厅内，两名机械之心小队队员也同时看见了"模型"内的火苗，下意识就要赶去那里——这既是尝试灭火，也是准备抓捕制造混乱者。

但是，他们刚跑了两步就停了下来，同时记起了队长的吩咐：不管发生什么情况，都不要离开这座展厅，离开罗塞尔笔记！

他们彼此对视了一眼，戒备地望向展厅的两个入口，悄然拿出了属于自身的非凡武器——作为蒸汽与机械之神教会的非凡者，他们从来不缺装备。

这时，正提着马灯巡视一楼不同展厅的麦克斯·利维摩尔也察觉到了动静，想都没想就往罗塞尔笔记所在的展厅方向赶去。

确保物品安全的优先级是高于抓住潜入者的！

而且，麦克斯相信，不管对方有什么目的，只要进了这个被封印物影响着的房屋一层，进了各个展厅，就没那么容易离开了！如果外面没有帮手，那个潜入者甚至将被困死在这里！而即使有帮手，也得花费不短的时间来破除效果。

一旦进来，就是踩中陷阱的猎物！

麦克斯·利维摩尔飞快地奔跑着，通过了一个个展厅，终于看见了两名同伴的身影。

而这个时候，博物馆二楼的克莱恩已根据记忆里的布局图，穿透门与墙，来到了复原书房的正上方位置。

他没急着展开后续行动，而是先俯视了下方一眼。

因为那石板相对较厚，克莱恩没能确认下面是否存在气场和情绪颜色，只能张开双臂，向前倒下，无声无息地趴到了地面上。他虚幻透明的身影迅速模糊，融入了地板里……

一楼那悬挂着巨大水晶吊灯的天花板上，忽然凸显出了一张近乎无形的、隐隐约约的人脸。

这诡异的人脸俯视着展厅，眼珠不断转动，将该片区域各个角落的场景尽数纳入了视线里。

没有非凡者，没有安保人员……克莱恩嘟囔了一句，身影一下穿透天花板，半飞行半速降地落到了笼罩着玻璃的罗塞尔书桌前。

他扫了一眼，没有犹豫，同时伸出两只手，分别抓向"创意手稿"内的书签和那张宛若小孩涂鸦般的书签。

他这是预防有强大的非凡者能用奇妙的手段回溯这里的场景，所以要展现出自身并不知道哪张书签有异常的情况，让调查者无法怀疑只触碰过一张书签的"正义"小姐。

得到阿兹克铜哨加持的灵体略显滞涩地通过玻璃罩，稳稳拿住了那两张书签，然后将它们包裹于了灵体内。做完这一步，克莱恩内心大定，不再有明显的忐忑和紧绷。他再次伸出双手，抓向别的书签。

哇！哇！哇！

响亮凄厉的婴儿呼喊声突然回荡于展厅内，它是那样的虚幻，就像来自很远很远的地方。

克莱恩的身体霍地变得僵硬，如同湖水遭遇了超低温，一下出现了明显的冻结——处于灵体状态的他仿佛被冻结了！

哇！哇！哇！

伴随那一阵又一阵婴儿哭声的是一道道黑色细缝，它们围在克莱恩四周，就像不连续的铁栅栏。

仅仅瞬息之间，其中一道黑色细缝裂开了，里面是一个布满血丝的眼球，眼球的中央是一个幽深的瞳孔，那里有寸发般的白色小虫在不断地蠕动爬行。

一只，两只，三只……

那些黑色细缝相继打开，一个又一个的奇诡眼球凸显于半空，它们密密麻麻，冷漠而无情地注视着克莱恩。

随着它们的出现，四周的一切都凝固了下来，就连虚幻灵体都无法穿透。克莱恩甚至难以感应到灵界的存在，难以看见无穷高处那形状不同的道道透明身影，难以看见不同颜色的、蕴藏着诸多知识的明净光华。

"你为什么只拿书签？"一道柔和但不含感情的女性嗓音传入了克莱恩的耳朵。

他僵立在原地，只见最前方有一面分为两层、快抵住天花板的高大书架，那里有楼梯和通道环绕着一册册书籍。其中，最顶端的阶梯上坐着一道被黑暗遮掩住的身影。那身影穿着黑色皮靴的双脚垂了下来，靠住木制楼梯，悬于半空之中。

我竟然完全没有察觉到她的存在……这是机械之心的强者吗？不，也许是高序列强者！

念头一闪间，克莱恩没做回答，微眯起了眼睛。

"你为什么只拿书签？你从哪里知道要拿书签？"那道身影再次问道，柔和里多了一点严厉，周围那一个个满是血丝的眼球迅速扩大，似乎要将整片空间全部占据。

她话音未落，克莱恩涂抹着油彩般的脸上忽地露出一个大大的笑容。他虚幻到近乎透明的身影瞬间消失，不知去了哪里，就连包裹在他灵体内的阿兹克铜哨和两张书签也随之不见！

…………

灰雾之上，巍峨宏伟的古老宫殿内，克莱恩的身影霍然浮现于斑驳长桌的最上首。

他往后靠住椅背，轻笑了一声道："还好我早有准备。"

他的灵体状态不是自身的非凡能力，不是来自肉体与灵体的互相转换，而是自己召唤自己、自己响应自己仪式的产物。而这个仪式的力量源于灰雾之上这片神秘空间，源于它的特殊！所以，只要得手，他根本不需要进行逃离的尝试，直接结束召唤就能回到灰雾之上，然后再从这里瞬间回归现实世界中的肉体里！

因为灰雾之上这片空间能隔断永恒烈阳、真实造物主等神灵的力量，所以克莱恩相信，在没有神灵干扰的情况下，召唤中止的行为不会被打断。只要对方不第一时间杀死他的灵体或者直接让他昏迷，他就有把握逃离！

这也就是他不想变成灵体后还"长途跋涉"过来的原因——间隔太长，变数太多。

…………

窗外淡而暗的绯红月光照入，那名坐在书架之间某处阶梯顶端的女子沉默地望着书桌前方，望着克莱恩原本所在的位置。

周围婴儿的哭声和那一只只眼球已消失不见，不知过了多久，阶梯的顶端忽然变得空荡，像是从来没有谁到过那里。

存放罗塞尔日记的展厅内，麦克斯·利维摩尔对两名队员道："你们看守好这里，我去寻找那个潜入的家伙。他肯定还被封印物的力量困在一楼某个地方！"

说话的同时，他望向了那件封印物，望向了博物馆一楼的"模型"，想找到属于潜入者的那个红点，迅速锁定对方的位置。

可是，他看了又看，数了又数，却怎么都觉得不对，人数根本没有增加！

"这……"麦克斯·利维摩尔僵硬在了原地。

…………

国王大道18号，某位富商的储物室内。

克莱恩的眼睛重新焕发出了神采，嘴角则一点点翘起。他将书签和阿兹克铜哨都留在了灰雾之上，节省时间地回归到了身体内。

熄灭蜡烛，结束掉仪式，克莱恩处理了下现场，用专门调配的药水中和掉了圣夜粉和仪式内那些精油纯露的味道。做完这一切，他解除灵性之墙，让霍然荡起的风吹散了剩下的痕迹。接着，他拿出"万能钥匙"，要穿过一栋栋房屋，到远处乘坐出租马车。

用手杖确定好方向，免得迷路以至于返回王国博物馆或者去了某个教堂后，克莱恩开始快速前行，不断地用"万能钥匙"开门开墙。

就这样直线走了一阵，他忽然有些把握不清楚自身的位置了。

嗯……再过两栋房屋就出去，如果已经不在国王大道，就找一辆出租马车，或者，再占卜一下？

回家后立刻研究亵渎之牌！

克莱恩迅速做出决定，将黄铜色泽、形制古朴的钥匙抵在了墙上，轻轻拧动。无形的水波荡开，他来到了联排别墅的隔壁栋。这时，他鼻子抽了一下，闻到了强烈的血腥味。

强烈的血腥味！

克莱恩眉头一皱，抬眼望去，看见前方客厅里倒着一位女士。那女士的表情满是痛苦，腹部有一个很大的伤口，里面的内脏似乎已全部不见。与此同时，克莱恩听见了"嘀嘀嘀"的声音。

第十二起！那个恶魔杀手！

第四章
CHAPTER 04
✦ 亵渎之牌 ✦

　　看到尸体、听见声音的瞬间，克莱恩根根汗毛倒竖，知道自己遇见不好的事情了。他的视线内，客厅的装饰以明黄亮丽为主，茶几、沙发等事物没一点异常，只有那块地毯染上了鲜红的血液，并缓缓浸开。

　　腹部伤口内部空空荡荡的女尸侧方蹲着一条体形很大的黑狗，它嘴巴半张，露出一根根尖利锋锐让人发抖的白牙，而每根牙齿之上还残留着铁锈般的暗红痕迹，似乎是长久啃食血肉却没经常清理的结果。

　　此时此刻，那条大型黑狗的几根牙齿上还缠绕着血色的小肠，并有撕碎的点点生肉。它的脑袋移了过来，岩浆般的双眼映出了做工人打扮的克莱恩，映出了他有所伪装的脸庞。

　　"嗬！"大型黑狗的喉咙里发出了一声示威般的吼声。

　　真的是动物！

　　它是序列6的"恶魔"，快要晋升的"恶魔"！而我今天做的准备都不是针对它……克莱恩脑海内瞬间闪过了这么几个念头。

　　霍然之间，那条黑狗的身体飞速膨胀，变成了两三米高的怪物，它的背后，一对巨大的蝙蝠羽翼缓缓张开，耳朵旁边则逐渐长出布满神秘花纹的羊角。它湿润闪亮的毛发之内跳跃出了朵朵赤红带蓝的火焰，浓烈的硫黄味道随之散开。

　　几乎是同时，克莱恩原地一蹭，不退反进地挥出了手杖，就像炮弹一样冲向了那只恶魔巨犬。

　　嗤啦！黑色的恶魔巨犬迅捷前扑，长着根根尖刺的狗爪挥出了残影，一下就拍到了克莱恩的身上。

　　无声无息间，它的利爪穿透了那道身影，就像穿透了空气！

　　克莱恩的身影随之暗淡，迅速透明。

　　这只是幻影！是克莱恩制造出来的幻觉！而这个时候，他本人已就地翻滚，靠近了凸肚窗，然后左手一按一撑，整个身体腾空而起，直直撞向了那扇玻璃。

辨认出敌人是谁后，他就打定主意，立刻逃跑！

那恶魔巨犬见状，岩浆般的眼睛顿时变亮，里面似乎有火焰在熊熊燃烧。它张开嘴巴，弥漫着恶臭地发出了一个满是污秽之意的单词，一个来源于恶魔语的单词："死！"

噗！克莱恩的身体顿时停滞，心脏仿佛被无形之手狠狠攥住了。这道凝固于半空的身影瞬间就变薄变淡，变成了一个剪裁粗糙的纸人，而这纸人之上染满了红锈——斑驳的红锈！

哐当，咔嚓，难分先后的两声动静里，克莱恩的身影再现，撞破凸肚窗，扑向了外面石板铸就的街道，替身纸人则缓缓飘落，燃烧起了散发硫黄味道的火焰。

恶魔巨犬低吼一声，猛然再扑，已是跃到了窗台上。而一团透着蓝色的赤红火球从它的口中飞了出来，轰向了敌人逃跑的道路。

克莱恩刚一落地，当即又接了一个翻滚，那带着蓝色的赤红火球砸在旁边却没有立刻爆炸，似乎被无形之力影响了，变得迟缓。

轰隆！

等克莱恩连滚带跃地逃出一段距离，那火球才膨胀炸开，碎裂了周围的石板。

眼见恶魔巨犬要追击而来，克莱恩早有准备地张开了嘴巴。他扯着嗓子喊道："杀人啦！救命啦！杀人啦！救命啊！"

这声音似乎被附加了特别的效果，在安静的夜里远远荡开，惊醒了整条街道的居民，传入了隔着两条街的巡逻者耳中。

恶魔巨犬扑击的架势一下顿住，想了一秒后，它退回了房间内，开始收拾现场。而克莱恩狂奔的身影也在"杀人啦""救命啊"的呼喊声里瞬间消失不见。

旁边某栋房屋内，早被熄灭的壁炉内，残余的木炭霍然重燃，并腾起了夸张的火焰。

克莱恩就像在表演魔术般闪现于这团火焰里，他轻轻一跃，便拿着手杖跳了出来。然后，他利用"万能钥匙"，遇门开门，逢墙穿墙，往另一个方向快速逃遁。

"呼，这种时候，没有非凡之力的呼救可比靠乒乒乓乓的模拟发音开枪有用多了……"

克莱恩边感叹，边拿出一瓶安曼达纯露，滴了几滴在身上——因为那"恶魔"所属的种族是狗类，所以他得提防对方的特殊能力里有气味追踪这一项！

就这样一直穿到了另外的十字街口，克莱恩才停顿下来，打量四周。眼见这里较为安静，尚未受到什么影响，他忙走到街边，雇了一辆出租马车。

等马车在深夜里行驶出了很长一段距离，克莱恩才真正松了口气，知道那个"恶魔"不会追赶上来了。

"万能钥匙"还真是古怪啊……竟然让我迷路迷到了杀人现场，以后使用它，得谨慎谨慎再谨慎……

那真的是动物变成的"恶魔"……它的魔药和配方从哪里来的？它是否还有一个人类同伴？它当初连环杀人案的目标又是怎么挑选的？

嗯，值得欣慰的是，确定了这一点后，它再想作案就会困难很多，被抓住的概率也会大增……

一个个想法、一个个疑惑在克莱恩心中冒出，马车则飞快地奔驰于宽阔无人的道路上，奔驰于一盏盏煤气路灯之间。

忽然，克莱恩心中一动，脑海内自然浮现了一幅画面：一根根豌豆藤从天上倒垂而下，交织成茂密的森林之路，马车夫却毫无所觉地驾驭马车，继续行驶于那些绿色植物之上。

不好！

克莱恩没有犹豫，猛地扑向车窗，准备跳到街上。

砰！车厢猛然震动，他被反弹了回来。与此同时，那一根根豌豆藤真的垂了下来！

克莱恩皱起眉头，试图操纵火焰点燃车厢，可是，他的响指却没能发出任何声音。

这时，四周已变得异常安静，就连马蹄踩踏绿色植物和车轮飞快碾过的声音都消失不见。

克莱恩竭力让自己冷静了下来，他望向窗外，只见马车已沿着豌豆藤交织成的道路行驶到了半空。

这不是贝克兰德……他眯了下眼睛。

就在这个时候，马车停了下来，窗外是豌豆藤在半空连成的吊床般的座椅。一双穿着黑色皮靴的脚从那里垂落，一道柔和却不含感情的嗓音传入了克莱恩的耳朵："你刚才在做什么？"

是博物馆内的那个女人……疑似高序列强者……她好像没认出我，毕竟我之前用阿兹克铜哨做了伪装……她应该是听见呼救声才过来查看的……克莱恩的思绪在此刻变得异常活跃。

他故意吞咽了口唾沫道："我是一名私家侦探，我和很多朋友正在一起调查最近的连环杀人案。我有一件叫'万能钥匙'的神奇物品，可以开门穿墙，但会导致迷路。就是在这样的过程里，我直接撞上了案发现场，因为不是对手，只能边跑边喊救命。"

我说的每一句都是真话……克莱恩在心里默默补充道。

他说完之后，外面的人没有回应，可他却感觉有一道视线穿透了车厢，穿透了阻碍，直接审视着他身上携带的物品。

还好，我为了保险起见，把阿兹克铜哨和书签都留在了灰雾之上……此时此刻，克莱恩是如此地庆幸，谨慎和小心果然是有用的！

那无法言喻的、分外难熬的沉默后，柔和但不含感情的女声终于开口了："那把钥匙有一定的诅咒，非必须，不要使用。"

她话音刚落，四周的一切霍然改变，什么豌豆藤，什么森林之路，什么通往半空的途径，全部消失不见，马车依然行驶在大街上，行驶在造型典雅的铁黑色煤气路灯之间。

克莱恩一直提着心，直到马车抵达东区附近，他付出了八苏勒的车费——正常情况下，出租马车不会进东区任何街道，因为那很可能被抢劫。

在黑棕榈街那个一居室内，克莱恩换好衣物，直接睡下，没打算在凌晨之后返回明斯克街——第十二起凶杀案爆发，贝克兰德的状况肯定更紧绷了，外面必然有各种盘查。

他也没立刻去灰雾之上研究那张"书签"的秘密，而是表现得就像他刚才对神秘女子描述的那样，只是一个低序列的、有些非凡能力的私家侦探。

"今晚还真是意外频现、相当刺激啊，我就偷个东西而已……嗯，大部分问题得怪'万能钥匙'……"克莱恩自嘲了一句，很快进入了沉睡。

第二天清晨，他呼吸着呛鼻且刺激喉咙的雾气，慢悠悠地回到家里，顺便取了信报箱中的报纸和信件。

开门之后，他随手摊开报纸一瞧，发现头版头条的标题不出意料——第十二起！恶魔再现，警方宣称已锁定凶手！

至于王国博物馆展物被窃之事，只在不显眼的地方提了一句，甚至没说被偷的是什么物品。

与报纸一块送来的没邮票的信则是水费账单，需要克莱恩自己去缴纳，他瞄了一眼就随手丢到茶几上，回到二楼烧水泡澡。

等到水雾弥漫于浴室，他才抓住机会逆走四步，进入灰雾之上。

巍峨不变的古老宫殿内，克莱恩坐了下来，拿起了那张描绘有罗塞尔皇帝形象的书签。

"得到你，真不容易啊！"他轻轻摩挲那硬纸表面，无声地感叹了一句。

从外表来看，那张书签没什么特别的地方，罗塞尔的肖像画在纪念展上随处可见，皇帝形象和仍然处于中年般的状态同样如此。

克莱恩翻来覆去审视了几遍，找到了一个被戳出的细小印记，确认这就是"正义"小姐验证过的那张书签。

他尝试着蔓延自己的灵性，慢慢灌注，结果就像对待普通的物品一样，灵性只是流淌覆盖，并未渗透，也没能制造出任何异变。

也是，罗塞尔的想法是寻找一个有缘人，不会专门限定为非凡者……克莱恩想了想，改用弗萨克语低沉发音："海盗王！"

书签依旧没有反应。

他又用古弗萨克语、因蒂斯语、鲁恩语等试了试，还是收获了同样的结果。至于巨人语、精灵语、巨龙语等神秘领域的语言，因为太过限定目标，克莱恩只能没抱什么希望地尝试了一下，毫无疑问，也失败了。

紧接着，克莱恩用回弗萨克语，翻译道："One piece！"

书签安静地躺在掌心，没有表现出一点异常。克莱恩按照刚才的流程，又用不同的语言试了一次，结果不断遭遇挫折。

"看来我最初的猜测是错误的，青年时期的罗塞尔会用《航海王》开玩笑，年老时代的他却未必会这样，人总是会老迈、会变化的。"

克莱恩反省了下错误，用手指轻敲着斑驳长桌的边缘，力图从日记中透露出的些许信息里推理出开启办法。

过了一阵，他具现出纸笔，将思考的过程梳理记录了下来，免得出现混乱和矛盾的地方。

"在这件事情上，罗塞尔既是疯狂绝望的，也明显表现出了恶趣味，'有缘者得之'这个不符合当前世界语言习惯的描述就是证明。所以，可以肯定的是，他当时真的想让某些人机缘巧合地发现亵渎之牌的特殊之处。既然是这样，开启的办法就不会太难以想象，日常生活里有出现的可能。

"罗塞尔需要的是偶然间的巧合，比如，当某个人拿着没有价值的书签，随口念出了一个特定的词汇时，那么，恭喜你，你获得了奇遇！嗯，这很符合那种恶趣味。

"按照这个逻辑推断，不同的亵渎之牌应该有不同的开启咒文，只用一个单词就可以激发所有亵渎之牌这种事情，显然不是罗塞尔的风格。

"这张牌的开启咒文是什么呢？嗯，首先可以排除的是常用的、时刻会说的那些。还有，制造亵渎之牌的时候，罗塞尔的状态是绝望的、疯狂的、不舍的、留恋的、挣扎的、愤怒的，可以试着代入这种心境，假装我是那个时候的罗塞尔，想象一下会设置什么开启办法。"

克莱恩停下钢笔，扮演起罗塞尔，试图找到灵感。

他先用各国语言加古弗萨克语试了些咒骂和希冀方面的词语，可耻地收获了失败。

紧接着，他揣摩起一位濒临绝境的强者最不舍、最留恋的会是什么："他的妻子玛蒂尔达？这么风流的家伙，对原配应该没那么深的感情。

"他的孩子？长女贝尔纳黛、长子夏尔、次子博诺瓦……根据日记，最让他难以释怀的应该是他的女儿，可能成为神秘世界大人物的贝尔纳黛。"

克莱恩停顿下来，吸了口气，准备做新的尝试。

"贝尔纳黛。"他用因蒂斯语念道。

书签毫无反应。

克莱恩又相继改用了鲁恩语、高原语、弗萨克语，依然没能得到希望的结果。他叹息了一声，低沉着嗓音，发出了对应的古弗萨克语音节："贝尔纳黛。"

这名字没有特殊之处地回荡于空旷寂静的灰雾之上，克莱恩正待寻找新的灵感，忽然感觉手中的书签沉了一下！

它旋即生成了一个无形的旋涡，疯狂地吸纳起克莱恩的精神。

对普通人来说，这是非常大的负担，但对序列7的"魔术师"而言，实在算不上什么太严重的消耗，克莱恩轻松撑过了这一道关卡，难掩欣喜地望着掌中的事物。

书签之上，明净的光芒一点点腾起，外面的罗塞尔皇帝形象随之焕然一新。他坐在了古老的石制宝座上，头顶戴着一个镶嵌着各种宝石的黑色皇冠；他穿着漆黑的盔甲，盖着同色的披风，手里握着权杖，眼睛冷漠地向前望着。

书签的左上角，璀璨的星辉凝出了一行文字："序列0：'黑皇帝'"！

序列0！

果然藏着神之秘密！"黑皇帝"竟然是序列0……克莱恩噙着笑，半感叹半诧异地想道。

紧接着，那张书签变得立体，仿佛一册微缩的书籍。书籍无风而动，展现出了一个戴着白色头套的罗塞尔形象，旁边则有相应的古弗萨克语文字描述：

序列9"律师"

擅于发现并利用规则的漏洞和对手的薄弱之处，拥有非常出色的口才和思辨逻辑……

魔药配方：……

克莱恩扫了一眼配方材料，没有细看地伸手触碰了一下，书籍随之翻页。

随着克莱恩的触碰，亵渎之牌变化而成的书籍一页又一页地翻动起来。

序列7"贿赂者"

……

序列6"腐化男爵"

……

序列5"混乱导师"

……

序列4"堕落伯爵"

……

序列3"狂乱法师"

……

序列2"熵之公爵"

……

序列1"弑序亲王"

……

序列0"黑皇帝"

……

大致浏览了一遍后，克莱恩忍不住发出了一声感叹："这里面居然真的藏着成
神的奥秘啊！难怪这个途径的非凡者到了高序列都会试着建立国度，会行走于大

地之上。"

因为成神的仪式就要求这么做！

要从序列1"弑序亲王"晋升"黑皇帝"，需要的仪式是：拥有属于自己的国度，让自身的名字和"皇帝"这个称号联系在一起，成为民众的常识，并且还需要建立一套严密复杂却有违正常情况的规则，包括建筑风格。

接着，驱使民众秘密建立九座类似金字塔的陵寝，然后进入其中一座，在绝大部分民众都参与的、散布于不同城市的相应祭祀仪式里，服食下序列0的魔药。

一旦晋升成功，在那九座秘密陵寝被全部摧毁前，"黑皇帝"不会真正死去，哪怕消亡，祂也能从其中一座陵寝内苏醒归来。

更为可怕的是，即使成功弑神，并破坏了全部九座陵寝，只要那位神灵建立的秩序还有一定的残存，那祂同样有可能诡异地复生，这似乎是钻了死亡的漏洞。要想让祂彻底泯灭，最好的办法是出现新的"黑皇帝"！

"这就是神灵！而凡人是无法对抗神灵的，哪怕天使也一样。没有成为神灵的人，永远无法想象神灵的强大。"罗塞尔在最后这么意味深长地提了几句。

另外，克莱恩也知道了一件事情，那就是某条途径一旦有了序列0的真神，就不可能再出现序列1的非凡者，一个都不可能。

如果没有序列0，那同一途径内，序列1最多三位，这属于非凡特性守恒和不灭定律的细节性内容！

根据"黑皇帝"这张亵渎之牌对十个序列的描述，克莱恩明显看出，该条途径最大的特点是逐渐衍变为秩序的阴影！

罗塞尔还提到了一点，那就是晋升高序列后，手持这张亵渎之牌，会与自身需要的非凡材料产生某种微妙的感应！

当然，仅限于"黑皇帝"途径对应的高序列者。

"可惜啊，这对我没什么用处。"克莱恩看着亵渎之牌重新变薄，化成一张扑克牌。

但是，它已不再伪装，纸面上就是坐在石制宝座上的罗塞尔，就是序列0"黑皇帝"！

克莱恩沉默几秒，无声地感慨道："这张牌对我最大的作用就是拿配方换取需要的物品，其次是关于神灵和序列的一些知识。除此之外，几乎没什么能派得上用场的地方。

"呵，至少这样一来，作为塔罗会的首领，作为'愚者'，我不再是空壳了，我掌握了一条神之途径，不至于连个高序列的配方都拿不出来！

"嗯……我记得'智慧之眼'老先生组织的非凡聚会里，那位背后疑似有工匠的女士，一直在求购'野蛮人'的魔药配方……"

思绪翻腾间，克莱恩又看了眼"黑皇帝"牌上的罗塞尔，忽然失笑道："他每个序列都使用了自己的形象，真是自恋啊……我忽然很好奇'魔女'途径对应的亵渎之牌会是什么样子，嘿嘿。"

收敛住各种想法，克莱恩破坏了下顺手取来的另外那张书签，发现它就只是一张普通的书签。

做完这一切，他改变坐姿，靠住椅背，回应起"正义"小姐昨晚的祈求，低沉平淡地说道："那是一张由罗塞尔制作的亵渎之牌。"

皇后区，霍尔伯爵家餐厅内，按照惯例，奥黛丽正和父亲、母亲、哥哥一起做餐前祈祷。

"赞美女神！"她在胸前顺时针点了四下，以这句话作为收尾。

可是，她话音未落，被眼皮遮住的视野内却弥漫起浓郁的灰雾，一道俯视着所有人、所有物一般的身影高远而威严地开口道："那是一张由罗塞尔制作的亵渎之牌。"

"愚者"先生……亵渎之牌？

终于等到回应的奥黛丽先是一喜，旋即微微发愣，不明白所谓亵渎之牌究竟指什么。

不过，她很快就有了猜测，她一直都知道罗塞尔大帝制作过一副隐秘的、象征着某些未知力量的纸牌，这副纸牌共二十二张，被认为是塔罗牌参照的对象。而且她还听"倒吊人"说过，这副纸牌藏着的秘密是神之途径，是成神之路！

原来它叫亵渎之牌……和亵渎石板对应……这绝对是神秘世界顶级的宝物！

神之途径啊！难怪"愚者"先生的眷者要请求帮助，确定真是那张牌之后才行动，免得出现错误，没拿到正确的目标，反倒让蒸汽教会醒悟某张书签里藏着亵渎之牌……

不知道他有没有成功……蒸汽教会的非凡者都没来做例行性的询问，或许，他还在谋划……

身体隐有战栗间，奥黛丽又在浓郁的灰雾里看见了一个祈祷的人影，模糊到极点的人影。他正尊敬地说道："伟大的'愚者'先生，请向验证者转达我的感谢，这让我的行动非常顺利。为此，我愿意将报酬提高到三千镑，从尚未支付的五千镑里扣除，这是对方应该得到的份额。"

成功了？这就成功了？可我刚才看那些报纸的头版时，都没有看到展物被窃的新闻啊，全部是连环杀人案第十二名受害者出现的消息……

将报酬提高到三千镑，说明"愚者"先生那位眷者的行动确实成功了，他没让任何人察觉就取走了那张藏着亵渎之牌的书签！真是帅气啊！罗塞尔大帝发明的这个词汇虽然不够文雅、不够矜持、不符合贵族的身份，但却是我现在唯一的感受！

我们塔罗会掌握了一条完整的神之途径！应该是完整的吧？不知道会是哪条？可不管怎么样，这都象征着成神之路！在"愚者"先生的光辉下，我们总有一天会成为最顶尖、最厉害的隐秘势力！

不知道别的书签里还有没有藏着亵渎之牌……奥黛丽控制住激动的情绪，又向往又自豪地任用餐女仆帮自己铺好餐巾。

她眸光一转，望向有边用早餐边看报纸的习惯的霍尔伯爵，问道："爸爸，今天有什么值得关注的新闻吗？"

霍尔伯爵感叹道："那个恶魔又杀害了一名无辜者，第十二起了，那是一名刚出名没多久的时尚设计师，仅仅因为在贫困得难以支撑的时候做过几次站街女郎，就遭遇了这么可怕的事情。幸运的是，这次有目击者，有人目睹了那个恶魔犯下血案的场景。呵，他被吓坏了，不停地在街上大喊'杀人啦''救命啊'，呵呵，不得不说，他的呼喊、他的求救有非常不错的效果，那恶魔没有追赶上去。警察们借此锁定了嫌疑人，正在紧张地搜捕中。"

奥黛丽再次于胸口画出绯红之月，道："愿他们的行动成功。爸爸，听您刚才的描述，那真是一幅又可怕又好笑的场景，希望那个目击者之后不要因此做噩梦。"

而就在同一个晚上，"愚者"先生的眷者在受到重重保护的博物馆内，没惊动任何人地取走了亵渎之牌……奥黛丽向往地在心里补充了一句，并自我填充了一些细节。

王国博物馆内，复原的书房中。

"确认只有两张书签被盗吗？"机械之心小队队长麦克斯·利维摩尔询问着队员。说话的同时，他偷偷瞄了一眼背对着自己站在书桌前的大人物。

那是一个身穿白色牧师袍、头戴神职人员软帽的老者，那是蒸汽与机械之神教会贝克兰德教区的负责人、神前会议成员、大主教霍拉米克·海顿。这位大人物不仅仅是神职人员，还是非常出名的科学家，是贝克兰德大学物理系荣誉教授。

"是的，只有那两张书签被盗。"被问话的队员相当笃定地回答道。

麦克斯轻轻颔首，望向霍拉米克·海顿，想了想，斟酌着问道："大主教阁下，昨天傍晚闭馆后，有一些贵族子弟前来参观，他们触碰了部分展物，包括失窃的两张书签之一，需要让他们配合调查吗？"

"这件事情我知道。"霍拉米克双手自然低垂地转过身体，语气平和地说道，"我已经确认过了，那些贵族子弟和偷盗书签的窃贼没有任何关系，不需要再让他们配合调查。"

"是，大主教阁下。"麦克斯本身也没觉得有什么问题，更何况海顿大主教有足够的神秘学知识和各种非凡技巧来确认。

霍拉米克有一张很温柔很慈祥的脸庞，此时同样没表现出丝毫的愤怒。他环视一圈道："而且昨晚在这里的不止一个人，至少有两人，分成了彼此对立的两方。其中一方的序列甚至可能比我还高，另外一方却奇怪地逃掉了。

"虽然我无法还原完整的场景，但有些事情还是看得出来。事情比我们想象的更加复杂。"

说到这里，他叹息道："我也知道他们为什么要窃取书签了。我们被罗塞尔骗了一百五十多年……"

三千镑，真是让人肉痛啊，我攒了这么久，还不到一千镑……不过，亵渎之牌是无价之宝，是拿钱都换不到的，"正义"小姐在这件事情里的贡献也绝对值这个价……

还好，都是从她欠我的金镑里面扣，稍微减轻了一些压力。以后要是遇上阿兹克先生，我就用高序列的配方支付那一万五千镑属于"眷者"的报酬……

其他的亵渎之牌不知道又被伪装成了什么样子，按照大帝的性格，应该都挺出人意料的吧……

克莱恩结束回应，望着宫殿外面的灰雾海洋，无声地感叹了几句。

谨慎为重，他暂时将那张"黑皇帝"牌留在了灰雾之上，留在了"愚者"座椅正对着的青铜长桌表面，同样留下的还有阿兹克铜哨。

等返回现实世界，他又举行仪式，自己召唤自己，把"万能钥匙"这迷路与倒霉的结合体，这负面影响看似不大、一旦遇到严重情况却可能要命的封印物丢到了灰雾之上，打算没事就不用它。

"万能钥匙"仅仅是一个刚晋升序列9的倒霉家伙的遗物，竟然有这种中序列非凡者都无法削弱的负面影响……看来那个"学徒"当时的失控有额外的因素啊，于是有了不同寻常的地方……

这么一想，我之前的决定是对的，探索大桥南区威尔迪街32号的事情要谨慎，要做好准备……

嗯，必须明确一点，封印物的效果不一定和析出它的主人的序列完全相关，必须考虑多重因素，比如有没有被邪神污染……

克莱恩用变凉了不少的水洗了个澡，一身清爽地走出了盥洗室，到楼下享用起顺路买回来的玉米薄饼。这是费内波特王国高原地区的特色，又脆又香又甜。

吃饱喝足，他又推敲了一下昨晚的经历，看是否遗留了线索给别人："即使拿着'万能钥匙'，如果自身不是非凡者，也不可能在一个'恶魔'的手下逃脱，当时那位神秘又强大的女士肯定已经确认了我不是普通的私家侦探，我也没想过能隐瞒这点。

"她没有把我抓走，说明她要么是对野生非凡者有一定好感的官方人员，要么就不属于三大教会、不属于军方。嗯，我倾向于后一点，前者大概率会没收'万能钥匙'。

"哎，我当时都有点绝望了，还以为会被当成一般的非凡者，被关押到蒸汽教会的地底，甚至已经开始考虑该怎么越狱的问题，谁知道她就那样走了。她是哪个组织的？或者野生？不，野生的非凡者到了这么强大的程度，必然也有了属于自己的组织。

"那条恶魔犬肯定会用非凡能力抹去自身相关的线索，这自然也包括我的，在神秘学领域，这是没办法分开的，而那位女士很可能也不适宜曝光，我逃跑时的线索看来也被干扰了。

"至于博物馆内的事情，他们要找特殊的灵体、奇怪的存在，和我夏洛克·莫里亚蒂有什么关系？"克莱恩自我调侃了一句，内心愈发安定。

当然，他敢于回家，也是事先占卜过的，就像他不害怕博物馆内有完全无法解决的陷阱一样。

呼，这件事情告一段落了……今天做什么呢？练习非凡能力，顺便去克拉格俱乐部蹭吃的？嗯，不知道值夜者、代罚者他们有没有确认凶手，要不要再写封信给艾辛格·斯坦顿，稍微提示一下？

思绪翻滚间，克莱恩听见外面有人靠近又远离。

又有信？

他疑惑地开门，果然看见信报箱里躺着一封信，这封信来自艾辛格·斯坦顿。

回到客厅后，克莱恩拿起裁信刀，随手拆开封口，取出了艾辛格·斯坦顿寄来的信。那位知名大侦探在信上写道：

你的想法给了我们极大的帮助，请允许我先在这里做出感谢。

收到你寄来的信后，我们立刻就组织人手排查了一些重点区域，果然发现了相应的线索——不少经常出没于附近且被居民们记住的流浪动物陆续都不见了。

在这个过程里，我们还注意到一件有趣的事情：在四年前那起连环杀人案中，对，目标是单身且有一个孩子的妓女那起，不少住在案发现场周围的人曾经提到过，最有嫌疑的那个少年虽然孤僻、阴狠，但他对动物却相当有爱心，尤其是一条体形较大的黑狗。

那个少年死于黑帮火并后，周围的人们再也没见过那条狗。

我很好奇它现在的主人是谁，是更久之前某起未破的连环杀人案的凶手吗？

以上的事情都在第十二起凶手案现场得到了一定的证明，并发挥了关键的作用，让警方初步锁定了嫌疑者。如果一切顺利，案犯被逮捕之后，我们就能够获得绝大部分赏金。

我的朋友，我清楚地记得你的贡献，不会忘记你的那一份。

艾辛格·斯坦顿似乎有点怀疑我知道了"恶魔"的真相，所以故意暗示了一些事情？克莱恩放下信纸，无声地嘀咕道。

不过，这封信也让他真正放下了心：官方非凡者们没有找错对象！那条恶魔巨犬如果没有得到另外的帮助，被抓获、被击毙是迟早的事情。

至于艾辛格·斯坦顿猜测对方还有位主人的事情，克莱恩缺乏足够的证据，只能说有一定的概率。

"总之，我的任务到此为止，接下来就是值夜者、代罚者、机械之心小队的事情了。"

克莱恩抽出崭新的纸张，拿起圆腹钢笔，给艾辛格·斯坦顿回了封充满谦虚意味的信，并对他那些微妙的暗示置之不理，就像一名真正的普通私家侦探一样。

又剪了个纸人，出门寄好信后，克莱恩踱步来到公共马车等待点，一身轻松地想道："接下来就可以等着收钱了……雷帕德说自己要连看三天罗塞尔纪念展，我得等周六再去找他支付最后一笔款项，希望到时候自行车的专利已经申请下来了。哎，贝克兰德专利局的工作效率似乎一直都不高。"

克莱恩刚才经想好了今天的安排，在非凡者聚会没法召开、买不到相应物品的情况下，他突然空闲了下来，短时间内竟不需要再忙碌。

"上午去克拉格俱乐部练枪、练非凡能力，并在那里用午餐，接着找家较好的马戏团，观摩魔术师的表演，看能不能得到点灵感。"他掏出金壳怀表看了一眼，心情不错地登上了公共马车。

希尔斯顿区，克拉格俱乐部。

因为克莱恩每周至少过来两次，所以侍者们都记住了他，不需要他再出示会员证明和白霜星座徽章。

此时是周三上午，克拉格俱乐部的成员大部分属于较有地位的中产阶级，从事着固定的、颇为体面的工作，不是周日、年假或下午茶时间很难过来。

宽敞明亮的大厅显得异常空荡，只有角落的茶几沙发区域坐着那么几个人。一眼扫过那里，克莱恩看见了个熟人，于是上去打了声招呼："塔利姆，今天的天气是那样的棒，你应该在赛马场的。"

那个熟人正是在玛丽太太拜托下介绍他加入俱乐部的贵族马术教师塔利姆·杜蒙特，他曾经还给克莱恩带来过一桩生意，那就是保护《每日观察报》的记者迈克·约瑟夫到金玫瑰进行调查。

塔利姆抬起脑袋，摸了下自己的棕色短卷发，露出笑容道："噢，尊敬的大侦探，你最近在忙碌什么？我很久没看见你了。"

那是因为你好几天没来俱乐部了……克莱恩笑着坐到了塔利姆旁边的沙发上："在帮警察调查那起连环杀人案，虽然不一定能有收获，但赏金足够诱人，而且，和警察部门建立良好的关系对我们私家侦探来说非常重要。"

以上都是在吹牛，我只是一个被召集的不起眼的角色……他在心里自我调侃了一句。

坐在他们后面那个沙发区域的几位会员则在一位疑似股票经纪人的男士引导下，讨论着最新的西部铁路股票和东拜朗种植园股票。

对克莱恩的回答，塔利姆没有任何怀疑，呵呵笑道："这果然是大侦探忙碌的事情。"

寒暄了几句后，他逐渐进入了一种若有所思的状态。就在克莱恩打算告辞去地下靶场时，塔利姆突然望向他道："莫里亚蒂先生，我能请教一个问题吗？嗯，你可以收咨询费。"

"这单免费，还有，叫我夏洛克就行了。"克莱恩哈哈一笑道。

塔利姆轻轻点了下头，犹豫着说道："我有个朋友，爱上了不该爱的人，这种情况该怎么处理？"

虽然我一直认为询问类似的问题时，"我有个朋友"就等于"我自己"，但塔利姆的情绪颜色说明了不是他本人，他很为难，却看不见丝毫的痛苦……开启了灵视的克莱恩往后微靠，双手交握道："很抱歉，我不是心理医生，也不是报纸杂志上那些擅于解决情感问题的专家。我唯一的建议是，不要犯法。

"呵呵，这是开玩笑的。首先，我们要弄清楚'不该'是源于什么？双方的家庭之间有仇恨关系？"

塔利姆看了他一眼，无奈道："不，这不是《罗密欧与朱丽叶》的故事！"

听到对方的回答，克莱恩的耳畔似乎响起了一阵虚幻的低语："作者罗塞尔·古斯塔夫……作者罗塞尔·古斯塔夫……作者罗塞尔·古斯塔夫……"

他摇了下脑袋，对莎老爷子说了声抱歉，微笑道："罗塞尔大帝这部作品实在太经典了，一提到'不该'的爱情，我就会想到它。那么，究竟是为什么不该在一起呢？"

塔利姆默然了几秒后道："我得保密，抱歉，就当我没有问过。"

保密？那是位很有身份的人啊……爱上了同性？爱上了有血缘关系的人？克莱恩忍住强烈的好奇，摊手道："那我只能再给一个建议，多看看《暴风山庄》《爱情与嫉妒》这些感情充沛的畅销小说。"

塔利姆翕动了几下嘴唇，叹息一声道："哎，这只能是最后的办法。在我看来，那些畅销小说里的感情简直不像是能发生在正常人类之间的。"

"我也这么觉得！"克莱恩深有同感地附和道。

和塔利姆相视一笑后，他起身前往地下靶场练枪、练非凡能力，快到中午才返回一楼，直奔自助餐厅。他之前已经注意到，今天的限量供应是红酒煎鹅肝，并搭配了苹果片和浸了黄油的面包。

取好食物，克莱恩端着餐盘走向塔利姆在的那张桌子。而此时此刻，那里除了塔利姆，还有另外一个是他的熟人——同样作为担保人介绍他进入俱乐部的外科医生艾伦·克瑞斯。

刚放好餐盘，还未来得及坐下，克莱恩突然发现那位知名外科医生的椅子旁边靠了根拐杖。

"艾伦，怎么了？"他关心地问了一句。

个子高瘦、长相冷淡、戴着金丝边眼镜的艾伦轻拍了下右腿道："不，不要提了，这真是太倒霉了！我从楼梯上摔了下去，出现了较为严重的骨裂，只能打石膏做固定。"

"真是不够走运啊。"克莱恩附和着叹息了一声，并切了块鹅肝，蘸汁塞入口中。那刚一接触就会融化般的感觉让脂肪的芳香不断扩散，刺激着每一个味蕾。

"我已经不走运很长一段时间了。"艾伦举手推了下镜框，顺势揉了揉额角。

他随即望向克莱恩，又看了看塔利姆，犹豫着问道："莫里亚蒂先生，你有没有，有没有……"

"什么？"克莱恩抬头问道。

艾伦压低嗓音道："你是一位知名的大侦探，应该认识不少人吧？"

"还好。"克莱恩不明白对方什么意思，敷衍了一句。

艾伦又看了塔利姆一眼，吸了口气道："你认识类似乡村巫医的人吗？不，我的意思，有些本事的占卜者或神秘学爱好者。

"我想，我觉得，我最近的不走运太不正常了……我知道那些很大可能是假的，是骗人的，但已经找不到别的办法摆脱倒霉的状况，我试过去教堂祈求、捐赠、参加弥撒，但没有任何作用。"

有些本事的占卜者或神秘学爱好者……你仿佛是在说我……克莱恩思索道："艾伦，你详细说一下，你都遭遇了什么事情。"

旁边的塔利姆也跟着点头："不用担心，我虽然是主的信徒，但并不排斥神秘学的东西。"

艾伦苦恼地叹气道："很多很多事情，比如做手术出现失误，旅行遭遇蒸汽列车事故，回家又发现进了小偷，去医院结果跌下了楼梯……你说，会不会是有谁在诅咒我？"

嗯，之前听艾伦提过类似的事情……克莱恩微微皱起了眉头。

作为一名前值夜者，他很容易就从这样的描述中联想到一件封印物——"厄运布偶"！

是类似的物品？他开启灵视，严肃地问道："艾伦，你仔细回想一下，在那些不走运的事情到来前，你或者你的家人，嗯，你的家人也遭遇了不走运的事情吗？"

克莱恩本来想问在那些不走运的事情连续到来前，艾伦或者他的家人有没有将什么较为不同寻常的物品拿回家，比如有点肮脏的布偶。但话到嘴边，他忽然觉得这太直接了，很容易暴露自己对神秘领域相当了解的事实，虽然这也能解释为大侦探见多识广，但没必要冒这个风险，于是他改用更迂回的方式，问艾伦医生的家人是否也遭遇着不幸。

听到他的问题，艾伦·克瑞斯仔细回想了下道："没有，除了跟着我遭遇蒸汽列车事故，他们和之前一样，大部分时候谈不上幸运还是不幸，剩下的则两者兼有，不算特别倒霉。"

这就不对了……如果是"厄运布偶"那种需要封印的物品，肯定会影响一定范围内的人……难道是艾伦把鲜血滴在了上面，于是双方建立起了稳固的联系？

在克莱恩的灵视里，艾伦的气场和情绪颜色与他的身体和精神状态分别吻合，没有特别的地方。

他斟酌着又问："你供职的那家医院里有和你差不多倒霉的人吗？"

"没有，所以我觉得我肯定是被谁诅咒了。"艾伦拉扯了下领结，显得颇为焦躁和不安。

在塔利姆好奇旁观的目光里，克莱恩想了想道："在那些不走运的事情前，你是否遭遇过什么较为奇怪的事情，比如割伤了自己？在民俗传说里，鲜血是诅咒能够成立的强力媒介。"

"我在怀疑遭遇诅咒后确认过这一点，最近三个月我都没有流过血。"艾伦按着刀叉，神情沉重地回答道。

这就有点奇怪了……又不能当着他们的面做较为复杂的占卜……克莱恩再次问道："那么别的有点奇怪的事情呢?"

"艾伦，你再认真回想一下，这种事情不可能没有原因。你最近是否得罪了谁，或者成了别人的障碍?"塔利姆附和着关切了一句。

艾伦低下目光，望着餐盘内的食物陷入了长久的沉思。

克莱恩也没有闲着，在食物变冷变得不好吃前，解决了它们。

等到他开始享用餐后甜点，艾伦终于抬起脑袋道："我不是一个擅长交际的人，我和我的同事们关系并不融洽，可是，很难相信他们会因此想办法诅咒我。嗯……经过你们的提醒，我倒是想起了一件事情，它可能和神秘学有关。"

"什么事情?"克莱恩和塔利姆同时精神一振。

"在连续不走运的事情发生之前，我负责过一个病人，那是一个不到十岁的小孩，他非常可怜，因为一些问题，需要截掉左腿。"艾伦推了一下金边眼镜，回忆着说道，"我刚成为父亲没有多久，对孩子遭遇的不幸总是充满同情，每次查病房的时候都会和他聊几句，鼓励他、安慰他。"

顿了顿，艾伦说得愈发顺畅："我记得那是他手术之前的一天，我专门去病房找他。他确实相当不安，在玩塔罗牌——这是他入院的时候就带着的物品，甚至不允许他的家人拿走。我为了让他放松下来，就陪他玩起了塔罗占卜。

"当时，我翻出了一张牌，是逆位的'命运之轮'。那个孩子就看着我，笑得很纯净、很无邪地说道:'医生，你的运气会变差哟。'"

"医生，你的运气会变差哟……"塔利姆吸了口气道，"我怎么觉得这样的场景、这样的话语，让我身体有点发冷……那个孩子后来死在了手术台上?"

艾伦摇头道:"那台手术很成功，没过多久，他就顺利出院了，还特别感谢了我，所以我一直没怀疑过这件事情。可现在回想之后，我发现这是最近两个月来，我唯一一次接触涉及神秘学的物品。不管怎么样，不管有用还是没用，塔罗牌终究是用来占卜的。"

克莱恩手中不知什么时候多了枚黄铜色泽的硬币，它正在他指尖跳跃、翻滚，似乎象征着"知名大侦探"的分析过程。

那枚硬币弹起又落下，掉在了掌心。

克莱恩用余光瞄了一眼，结束"思考"道:"那个孩子叫什么? 住在哪里?"

艾伦毫不犹豫地回答道:"他叫威尔·昂赛汀，至于住在哪里，我就不记得了。

侦探先生，你的建议是？你有认识的神秘学领域的专家吗？"

克莱恩喝了口红茶，在艾伦和塔利姆期待的目光里笑道："我的建议是，去你信仰的那位神灵的教堂，向主教描述你最近遭遇的不幸，然后询问他是否有解决的办法。艾伦，我记得你是，呃，黑夜女神的信徒吧？"

他差点顺嘴喊出女神，幸好及时想起自己现在的身份是信仰蒸汽与机械之神的侦探。

"可是，我之前向女神祈祷、参加弥撒、捐赠钱财和物品都没有作用啊，我认为还是得找一些有点本事的占卜者。"艾伦并不认同莫里亚蒂侦探的建议。

塔利姆在旁边附和着点头道："是啊，神灵并不会在意你走运还是不走运，走运是庇佑，不走运是考验。"

这位朋友，你的信仰很不虔诚啊，小心风暴之主给你一闪电……克莱恩分别望了两人一眼，笑笑道："这个建议基于很简单的逻辑。如果，我是说如果，这个世界上真的存在有用的、能产生效果的神秘学，那么，最擅长这方面事情的肯定是七大正统教会，否则他们早就被其他掌握了神秘学的势力替代了。

"要是没有所谓真正的神秘学，那找占卜者、找巫医也不会得到任何帮助，还不如看地位较高的主教那里有什么解决的办法。"

艾伦仔细分析了一下，终于点头道："很有道理。或许需要主教帮我转达，女神才会庇佑我。"

不，准确的描述是，有了主教的转达，值夜者才能注意到你身上的异常……克莱恩在心里反驳了一句。

他根本没想着自己帮助艾伦，因为要解决对方在运气方面的问题，除了找到一切的根源，肯定也得布置一定的仪式。先不提自己懂不懂真正的转运仪式，就算懂，他也会因为仪式，在不熟悉的人面前暴露自身拥有超凡之力的事实，凭空增加不少风险。

既然能让值夜者出面，那我就没必要自己去弄啊……

就是不知道问题来自那个男孩，还是他手中的塔罗牌，如果是后者，那说不定是相当适合我的封印物，可惜啊……克莱恩悄然摇头，将一下涌现的贪婪等情绪压制于心底。

这时，艾伦已有了决定，看着克莱恩，扯了下嘴角道："感谢你，莫里亚蒂先生，虽然你并不懂神秘学，但却依靠严密的逻辑给出了最好的建议。"

是，我不懂神秘学……克莱恩微笑道："直接称呼我为夏洛克就行了，艾伦。"

嗯，自从不再是值夜者，我神秘学知识的构成就越来越奇怪了，一方面是掌握了不少关系高序列、关系神灵的秘密，一方面则是只懂较为初级的仪式魔法。

相对较复杂的那些，我仅知道献祭和赐予仪式，掌握的符咒更是长期停留在三种……克莱恩在心里叹了一口气，觉得自己迫切需要一本较为全面、较为深入的神秘学书籍。

至于能够从非凡特性里分离出邪神精神污染的知识，目前连线索都没有。

在俱乐部午休了一阵后，克莱恩乘坐公共马车，抵达了乔伍德区靠近塔索克河位置的莱斯马戏团。

今天并非节日，也非假日，马戏团内的客人并不多，负责招待和逗乐的小丑们都显得有些无精打采。

从占卜小屋和卖馅饼、薄饼、水果派和酒精饮料的帐篷间穿过后，克莱恩沿着马戏场地的边缘找到了一个小剧场，门口的黑板上写着：非节假日时期，每天四场表演，每场一个小时。

下午第一场在两点开始，现在刚开始没多久。

买了票，克莱恩进入剧场，听见了喝彩的声音。

此时，一名驯兽师正在舞台上，手提鞭子命令一头黑熊做憨态可掬的表演，旁边趴着一头斑纹黄黑交错的老虎，坐着一只毛发很深很卷的狒狒。

啪！

随着驯兽师的挥鞭，那头黑熊笨拙地翻了个跟头。

"我说，这家伙刚才想给你一巴掌！"一排排席位的最前方，突然有人高声喊道，顿时引来场地内不多观众的大笑。

他们以为这是马戏团逗乐的新方法，但克莱恩却并不这么想，因为他发现驯兽师的情绪颜色偏向了生气和恼怒。他笑了笑，走至第一排坐下，欣赏起舞台上的表演，免得愧对门票。

就在这个时候，刚才说话的那个人又喊道："那头老虎想咬断你的脖子，那只卷发狒狒想把你抓到屁股底下当垫子！"

在观众们哈哈哈的笑声里，驯兽师的动作明显僵硬了一下。

这……虽然那些话很像在捣乱，可我为什么听出来了提醒的意思……克莱恩侧头望向同在一排的说话者，发现那是个脸蛋圆乎乎的、三十来岁的男子。

这种语气，这种方式……有点熟悉啊……克莱恩无声地嘀咕道。

只要感觉熟悉，对占卜家而言，就不存在想不起来的问题。克莱恩推了推鼻梁上架着的金边眼镜，往后微靠，近乎无声地低语了几句。紧接着，他假做休息地闭了十几秒眼睛，实则借助冥想快速入睡成功，获得了梦境提示。

那是一个较为暗淡的房间，只有一根蜡烛在茶几上摇曳着昏黄的烛火，坐于周围的人都罩着黑色带兜帽的长袍，戴着只能遮住上半张脸孔的铁面具。

克莱恩故意揉了揉眉心，睁开双眼，继续观看驯兽表演。

他已经解读出启示，明白了熟悉感的来源：梦境中的画面是"智慧之眼"老先生召开的那个非凡者聚会，里面有个"药师"，也是脸庞胖乎乎的，喜欢用讥讽的方式提醒别人，明明是个好心肠的家伙，却总是给人一种欠揍的感觉。

会是那个"药师"吗？不太像啊，他什么时候懂驯兽了……

根据值夜者的内部资料记载，"药师"的灵视也不像"占卜家"途径那样，能细致分辨情绪的颜色。嗯，在气场颜色上，他们倒是别有擅长……克莱恩的思绪缓慢发散开来，并未影响他欣赏舞台上的表演。

在他的灵视里，黑熊、老虎和卷毛狒狒的情绪颜色确实都不太稳定，再有一定程度的刺激，很可能会当场爆发，这也就间接证实了刚才说话的那个胖乎乎的男子不是在捣乱，他似乎能读出那三只动物的想法，明白它们的冲动。

而有了他的提醒，那位驯兽师虽然多了强烈的怒火，脸色也阴沉了下去，但终究还是本能地将动作放柔和、小心了不少，一场表演顺利结束。

之后，是一出简陋但充满喜感的戏剧，等到结束，才有魔术师上来表演。

这位魔术师穿着燕尾服，打着同色领结，戴着又高又大的礼帽，刚一上来就表演了个口中喷火，顿时让场地内的那些观众纷纷喝彩鼓掌。

很简单的技巧啊……眼力已算得上非常出众且看过不少魔术教学节目的克莱恩只是瞄了一下就明白了关键。

接下来，那位魔术师又表演了经典的密箱脱困、摘帽飞鸽、掏出鲜花、纸牌魔术等节目，克莱恩本以为自己能轻松识破对方的每一个手法，但却愕然地发现，在某些时候，自己竟然完全没有收获——因为注意力被吸引到了对方希望观众关注的地方，所以忽略了关键细节。

他明明没有非凡能力，手法却依然能瞒过我的眼睛，嗯，关键是，对注意力的把握……"魔术师"第二条守则，充分调动目标的注意力，从而达到想要的效果？

克莱恩在心里做出了不知道是对还是错的揣测，这有待于通过扮演来收获相应的反馈。

就在这个时候，魔术师的表演结束了，观众们毫不吝啬地给予了热烈的掌声和喝彩声，场内的气氛达到了下午的最高峰。

"呵呵，第三条守则，'魔术师'的表演需要得到观众的喝彩？"克莱恩半是调侃半是猜测地无声自语了一句。

第五章
CHAPTER 05
✦ 玫瑰学派 ✦

三点出头，克莱恩扯了扯黑色双排扣长礼服的领口，起身离开了小剧场，并未尝试着接触那名疑似"药师"的胖乎乎的男子，只是悄然记住了对方的长相——贸然"搭讪"或许会引发过激的反应。

乘坐着有轨公共马车，克莱恩向明斯克街返回。这马车分为双层，各坐着一些乘客，克莱恩按照惯例，挑了底层靠窗的位置。

马车走走停停了一阵，半闭着眼睛回想刚才那些灵感的克莱恩突然一阵心悸，变得清醒而理智，就像被人强行入侵梦境或直接通灵了一样。此时此刻，他明确地知道，自己不在现实世界里了！

有着丰富经验的他故作无事地环顾了半圈，发现左侧穿燕尾服戴高礼帽的绅士依旧在翻看着报纸；领着两个小孩、一身浅蓝色衣裙的妇女正头疼地呵斥着不听话的捣蛋鬼；在她旁边，有人啃着面包，喝着自带的茶水……一切的一切，和之前没有任何区别。

可在克莱恩悄然开启的灵视中，这些乘客都没有散发出相应的气场颜色和情绪颜色！他们没有以太体！

他们明明在说话、在吃面包、在看报纸，却没有一点活着的痕迹！这是虚幻的假象，还是他们突然死掉了，仅仅按照生前的惯性活动着？

克莱恩竭力镇定，侧头望向窗外，只见大街上的马车和行人来来往往，依旧是下午时分的景象。但是，他们也没有气场颜色……

随着马车较为缓慢地前行，克莱恩的神情变得愈发凝重，不明白究竟发生了什么事情。他低头审视自己，看见了明确的灵性光彩，和周围其他人截然不同。

就在这个时候，他突然听见了一声怒吼，不像来自人类的怒吼！

克莱恩忙又抬起脑袋，发现大街上多了一只黑色大狗。它尖利锋锐的颗颗白牙沾染着血锈般的痕迹，正是那只恶魔巨犬，犯下了累累血案的恶魔巨犬！

这黑色恶犬迅速膨胀成了高大的恶魔，背后伸展出蝙蝠般的翅膀，头上长出了满是神秘花纹的羊角，它正仰望着天空，吐出一个满是污秽意味的恶魔语单词："堕落!"

几乎在它开口的同时，克莱恩就已确认它是真实的，因为它有气场和情绪颜色，有强烈的灵性光彩在散发!

随着那恶魔巨犬的呼喊，四周几名虚幻的行人霍然炸开，化作黑色的雾气，弥漫向半空，遮蔽住了视线。但克莱恩隐约能看到，半空和周围多了不少具备气场颜色的真实之人，他们使用着会散发灵性光彩的非凡能力。

怎么回事，普通人都是虚幻的，非凡者却都是真实的……这是值夜者、代罚者他们找到了那条恶魔巨犬，用特殊的封印物制造出了不会打扰现实世界的战斗环境?

那封印物只针对非凡者，对普通人无效? 于是，刚好路过的我就不幸被拉入进来了? 克莱恩思绪急转，大概猜到了自身的遭遇。

这还真是莫名其妙的灾难啊……他刚有感慨，突地听见了一声惨叫，一声凄厉的、巨大的惨叫。

周围遮蔽视线的黑气陡然分散，那只恶魔巨犬重重摔在地上，身体竖直着分成了两片，而半空中所有的光芒都集中在了某件事物上，让它宛若一轮纯净的月亮，照耀着深沉黑暗的环境。

那只恶魔巨犬生命力顽强地再次怒吼一声，身体陡然爆开，用灵魂和血肉为燃料，烧起了淡蓝与赤红交织的冲天火焰。可是，火焰刚至半空就失去了全部的亮度，被那皎洁明月般的事物吸收了。

火焰无声无息地不见了，那只恶魔巨犬也就那样简简单单地彻底消亡了，死得连一点渣滓都没有剩下。

好强……克莱恩刚生感慨，忽然就想到了一件事情：那些官方强者会不会发现自己坐的这辆马车里还有个野生的非凡者，不同于周围虚幻之人的非凡者!

他心中一紧，头皮发麻地掏出一张纸人，顺手一抖，将它抖成了自己 —— 没有气场和情绪颜色的自己。而他本人则借助替身法的特殊，躲到了纸人的阴影里。

就在这个时候，克莱恩听见马车另外一边的街道上有谁轻哼了一声，这轻哼之声含着明显的怒意和不甘。

谁? 不像是官方非凡者发出的声音……克莱恩一阵疑惑，却不敢撤掉替身，探头查看。

紧接着，几道视线相继扫过，没做过多的停留。

等到这一切淡去，克莱恩看见四周的虚空出现裂缝，如玻璃般破碎了。然后，真实的感觉袭来，他清楚地知道自己回归现实世界了。

克莱恩悄然撤掉替身，重新坐在了属于自己的位子上，马车内的乘客看报的看报，啃面包的啃面包，呵斥小孩儿的呵斥小孩儿，和刚才没有任何的区别。

但在克莱恩眼中，他们重新拥有了气场和情绪颜色。另外，和刚才相比，有轨公共马车明显已前进了一段距离。

"看来在刚才那种特殊的战斗环境里，时间和场景都是与现实同步的，如果那场战斗持续较久，马车就有可能驶出影响范围，只留我一个人在那里，一个人在那里……那就明显暴露了……还好，贝克兰德是万都之都是希望之地，三大教会都有高序列者在这里……"克莱恩略感后怕地想着。

他原本觉得，即使锁定了对象，值夜者、代罚者他们也得花费几天的工夫才能找出那只恶魔黑犬，而且这必须有个前提，那就是对方没离开贝克兰德。

这是可以肯定的，因为离开贝克兰德就等于走出了仪式范围，晋升将因此失败，而对恶魔来说，仪式失败的负面影响大概率会造成本就在嗜血边缘挣扎的它们直接失控。

谁知道，仅仅一个晚上加半个白天，那恶魔巨犬就被发现了，处决了，净化了！

简直可怕！这就是贝克兰德……这就是三大教会的真实实力！一个快晋升的序列6，只是暴露了身份，留下了一点微不足道的痕迹，就这样被快速地找到了，被简简单单地杀死了……这可是能提前察觉危险的"恶魔"啊！

看来某些封印物正好克制了这点……以后，我必须更加谨慎和小心！克莱恩觉得自己收获了深刻的教训。

这个时候，他想起了刚才听到的那声奇怪的轻哼。

"似乎是那只恶魔巨犬的同伴？它的主人？他竟然没被发现，也许恶魔巨犬最后的自爆就是他暗中操纵的……当然，也可能是其他不满官方非凡者的隐秘组织成员……"克莱恩猛地望向车窗外面，只见路过的行人都普普通通，或穿呢子大衣，或戴半高礼帽，或着色彩亮丽的长裙，看不出有任何问题。

车轮压在轨道上，马匹拖着厢体沉重但稳健地前行着，很快就离开了那仿佛什么事情都没有发生过的街道。克莱恩表情正常地握着手杖，一直到有轨公共马车过了两个站点，才提前下车，绕行大半圈，慢悠悠地返回恶魔巨犬被击杀的那个地方。

他不是在寻找对方析出的非凡特性，教会的顶级强者不可能不知道这件事情，肯定早已拿走；他也不是在调查之前那声轻哼的来源，这都过去了那么久，街道上马车行驶，人来人往，哪还会遗留什么线索，就算占卜也肯定得不到答案。

克莱恩的目的是，从该条街道四周残存的微妙细节窥探那件能创造奇怪战斗环境的封印物的特点，为将来可能的遭遇做点准备。

这就是"魔术师"的扮演……他走在灰蒙蒙的天空下，走在煤气路灯分隔出的街沿，无声地叹息了一句。

他之所以要过两站才下车，并绕远路返回，是担心当时还有暗中打扫战场的官方非凡者，能不与他们碰面就尽量不要碰面。

着装体面、拿着手杖、衣襟处悬挂着金色表链的克莱恩用了一定的时间，终于返回了恶魔巨犬的死亡现场，但街道上根本没有任何相应的痕迹残留，来往的行人也明显不知道这里曾经发生过一起较为激烈的超凡战。

"那件封印物可真神奇啊，比大规模、大范围催眠还厉害。"

克莱恩开启了灵视，让自身的脚步变得更加缓慢，就像出来郊游而非办事的绅士一样。这么一圈转下来，他竟用了大半个小时，可灵视却没有得到任何收获，目标街区毫无异常。

不过，克莱恩的灵感还是察觉到了一点东西，那就是范围与边界。

"进入街区和从另一个方向离开的时候，我都有点微妙的、虚幻的感受，似乎从一个世界进入了另一个世界，也就是说，那件封印物的影响范围至少能达到一个街区，上限暂时不清楚。嗯，还可以确认一点，那就是它只对非凡者发挥作用。"克莱恩立在目标街道之外，若有所思地点了下头，接着再次返回，找了家还算有档次的咖啡馆，点了杯南威尔咖啡，坐到了靠窗的位置。

他边喝着那浓香的液体，边审视着外面越来越热闹的街道，想看看随着时间的沉淀，这里是否会有别的变化。可惜的是，他期待的事情并没有发生。

当然，他也不是完全没有收获，至少他确认了一点，那就是"魔术师不做无准备的表演"确实是扮演的规则之一，他感觉体内微妙沉淀的特性有了很轻的被撬动的现象。

傍晚来临，克莱恩不再观察，重新乘坐有轨公共马车返回到明斯克街。

此时，道路两侧的煤气路灯已全部被点亮，带着蓝色的火光照亮了略显湿漉的水泥地面和一株株叶子枯黄凋零的行道树。

克莱恩拿着手杖，从于尔根律师家外面通过，向15号那栋房屋漫步前行。

走着走着，他突然想到了一件事情，那就是家里的食材已经用完，这么回去是没法做晚餐的！

呃，是去肉店菜店水果店，还是先找家餐厅填饱肚子？克莱恩犹豫了下，最终决定今晚偷个懒，吃现成的。

虽然这个世界的很多菜看做起来相当简单，且非常快速，不至于出现做菜一小时、用餐五分钟的现象，但不管怎么样，还是需要付出一定劳动的，而且还得自己刷盘子、洗刀叉。

摸了下钱包，克莱恩原地转身，往记忆里餐厅较多的方向行去。

他又一次路过了于尔根律师的家。

于尔根站在敞开的凸肚窗后，看着表情"迷茫"的莫里亚蒂侦探，抬高音量道："莫里亚蒂先生，你，我是说，你又忘记带钥匙了？或者，钥匙掉了？"

为什么要说"又"？克莱恩呵呵回应道："不，并没有。"

于尔根非常正经地点了下头："那还是到我家做客吧？等用过晚餐，天色全黑再回去。"

"……"克莱恩犹豫了一秒，微笑道，"这是我的荣幸。"

克莱恩进门的时候，黑猫布罗迪正在角落舔洗着爪子。于尔根没多寒暄，直接进入了厨房。

等到克莱恩挂好外套和帽子，放好黑色手杖，一步步进入餐厅，桌上已摆好食物，有黑乎乎的肉排和同色调的土豆泥等食物。他对此并不奇怪，于尔根律师的奶奶多丽丝太太上了年纪后的烹饪风格就是这样，卖相不佳，但足够可口。

她可是一位大厨……克莱恩坐到于尔根律师的对面，微笑着寒暄道："你正准备用餐？"

"是的，用餐前，我习惯看一下外面的景色，任由自己的思绪没有边界地蔓延。"于尔根铺好餐巾，拿起了刀叉。

克莱恩疑惑地环顾一圈道："多丽丝太太呢？"

于尔根叹了口气，严肃地回答道："天气越来越冷，她肺部的老问题又出现了，不得不去医院住段时间。"

"愿神庇佑她。"克莱恩不太娴熟地在胸口画了一下蒸汽与机械之神教会的三角圣徽。接着，他切了块肉排，叉起准备塞入口中。

就在这个时候，他忽然想到了一个问题，忙开口问道："所以，这是你准备的晚餐？"

"当然，几分钟前就做好了。"于尔根简洁地回答道。

不是大厨多丽丝太太的手艺，那这个卖相……克莱恩嘴角抽动了一下，忍着心里的恐惧，依旧咬下了银制叉子上的那一小块肉排，慢慢咀嚼了起来。

他的眉头一点点皱起，最终强行吞下了食物，脸上则挤出了一抹笑容："为什么提前就准备好了两份？"

"一份是准备带到医院给我奶奶的。"于尔根抬头瞄了克莱恩一眼，不觉得有什么问题地说道，"等下我再准备一份。"

"……原来是这样。"为了礼貌，克莱恩暗自吸了口气，用战斗般的姿态解决掉了面前的食物。

等到他吃完，于尔根还剩小半盘食物。这位高级事务律师暂时放下刀叉，端起旁边的高脚玻璃杯，喝了口红酒，没什么表情地问道："感觉怎么样？你最喜欢哪道菜肴？我知道我和我奶奶的手艺还有不小的差距，但应该不是太夸张。"

律师先生，我怀疑你除了颜面神经失调，还有味觉方面的问题……你就不能正确地认识自己吗？

克莱恩抿出微笑，左右动了动脑袋道："白面包还不错。"

"那是道奇面包房买的。"于尔根重新埋下脑袋，解决剩余的食物。

等喝掉残存的红酒后，他想了想道："莫里亚蒂侦探，我想委托你一件事情，很简单的委托。"

"什么?"不断喝着水的克莱恩抽空回应着。

刚才那土豆泥太咸了!

"我奶奶最近都会在医院，我有时候为了案子，很可能不回来，这样布罗迪就得饿肚子了。"于尔根望向那只黑猫道，"我想请你在我不回来的时候给布罗迪喂食，清理它的厕所，陪它玩一会儿，它最喜欢别人挠它的下巴。

"嗯，每天晚上十点，如果我家还没有灯光，一片黑暗，你就可以进来，每次两苏勒，直到我奶奶回家。"

克莱恩看见古板严肃总是一本正经的于尔根律师脸上出现了疑似温柔的表情，于是上翘嘴角道："很简单的任务，相对丰厚的报酬，我没有理由拒绝。"

说话的同时，克莱恩侧头看向黑猫布罗迪，冲它笑了笑。黑猫布罗迪慢慢转过了身体，拿背对着他。

克莱恩的笑容不由得僵在了脸上。

喝得很饱的克莱恩告辞离开了于尔根家，在夜色已完全降临的街道上慢慢地散步回自己租住的那栋房屋。

此时，结束工作的人们都已到家，正在享用属于自己的晚餐，路上行人很少，马车不多，相当安静。走在煤气路灯的光芒下，对回去没什么迫切欲望的克莱恩越来越慢，他脚旁黑色的影子同样如此。

路过萨默尔家的时候，他通过凸肚窗看见里面灯光明亮，人影来回走动，有交谈和大笑的声音隐约传出。

而就在隔壁的明斯克街15号，黑暗而寂静。

克莱恩叹息了一声，加快脚步，掏出钥匙，打开了大门。进去之前，他习惯性地看了下信报箱，发现里面又躺了封信。

谁寄来的?

克莱恩取出信件，就着路灯的光芒瞄了一眼。没贴邮票……字迹像艾辛格·斯坦顿的……他微微点头，进屋关门，开灯拆信。

信上，大侦探艾辛格说道：

> 很高兴地告诉你，那个凶手已经被找到，当场击毙。
>
> 警察部门认为我们的工作至少能值一半的悬赏，这周应该就能下发给我，到时候我会邀请你和其他的朋友过来，分享这笔赏金。

艾辛格这么快就收到消息了？他和贝克兰德警察部门的关系很深啊……嗯，没贴邮票，说明是他直接找人送来的。鲁恩王国的邮政系统可没有这么高效，下午才寄出的信，怎么可能晚上就到了。

克莱恩吐了口气，放下信件，准备换装出门。

连环杀人案告破，贝克兰德的局势随之缓和，他可以尝试着做些事情了。比如去勇敢者酒吧找卡斯帕斯，联络马里奇，看这位操纵活尸的非凡者和莎伦小姐手里有没有神秘学领域的书籍。

如果我猜得不错，他们应该是玫瑰学派的叛逃者，之前也算是有正式组织的，肯定知道不少神秘学知识，而我现在有足够的金钱购买了！克莱恩摸了下自己的钱包，颇为期待地想着。

贝克兰德桥区域，勇敢者酒吧。

克莱恩按了下头顶的鸭舌帽，小心保护着灰蓝色工人上衣内侧口袋里的钱包，绕过了围在拳击擂台附近的酒客，直奔吧台而去。

途中，他环视一圈，没发现黑市武器商人卡斯帕斯·坎立宁的身影。

他要么在玩牌，要么在打桌球……克莱恩点了下头，坐到吧台前，对酒保道："'一半一半'。"

上次见人喝过这种酒精饮料，感觉应该挺合自身口味的，至少比单纯的麦芽啤酒适合……克莱恩无不比较地想道。

酒保抬头看了他一眼："用哪两种酒调？不同的选择不同的价格。"

"一般的，一般的就行。"克莱恩上次见的那人用的是最劣质的种类，整杯"一半一半"才二又二分之一便士。

"四又二分之一便士。"酒保看到克莱恩将黄铜色泽的硬币排到吧台上，才返身调酒，顺口说了一句，"又来找卡斯帕斯？他不在这里了，他的生意被人抢了。"

"啊?"克莱恩没想到会获得这样的答案。

酒保还没来得及回答，旁边一个嘴部凸出的男子就哈哈笑道："是的，卡斯帕斯被我们赶走了！呵，他一个瘸腿老头子凭什么能做这种生意？你有什么想要的尽管来找我们，找我们老大。"

黑帮火并事件？克莱恩下意识冒出了这么一个想法，就要回绝掉对方的提议。可旋即，他想到了另外一个可能："这会不会是玫瑰学派故意找黑帮打压卡斯帕斯，从而逼出他背后的马里奇和莎伦小姐，让他们主动跳入陷阱？"

嗯，这个概率不低。卡斯帕斯在这里做了很久的黑市武器商人，绝对不是别人说赶就能赶走的。

前段时间，因为连环杀人案，整个贝克兰德的气氛都相当紧绷，玫瑰学派，或者别的隐秘势力，总之就是找马里奇和莎伦小姐那些人，肯定不敢贸然杀人通灵，获得答案 —— 这会制造很多起血案，因为他们明显只是有一些怀疑对象，暂时无法确认谁有联络莎伦小姐和马里奇的办法……

克莱恩话到嘴边，又咽了回去，转而问道："可以了解价格之后再决定吗？"

他打算观察一下霸占了勇敢者酒吧黑市交易的普通人势力，如果发现有什么问题，可以以此卖卡斯帕斯、莎伦和马里奇他们一个好。

反正克莱恩没想发生冲突，只是准备走正常流程审视审视，也就不存在冒险的问题。

"可以，唯一的要求是……"那男子抬手在凸出的嘴巴前做了个拉拉链的动作。

"没有问题。"克莱恩刚回答完毕，就看见"一半一半"被摆在了自己面前，铜便士则被酒保收走了。他本着不浪费的精神，端起喝了好几口，眉头逐渐聚拢。

不是我想象的味道，酒精太重，葡萄味太淡……克莱恩放下酒杯，跟着那名男子走向了卡斯帕斯之前常待的三号桌球室。

快要抵达门口的时候，他忽然又想到了一件事情：作为一个了解信息不多的人，我都能往这是陷阱的方向猜，不知道被人追捕了多久的莎伦小姐和马里奇会不清楚？

他们肯定不会出面……不过，卡斯帕斯认识的非凡者不止一个，他和好几个非凡者圈子有联系，也许会找另外的帮手，那事情就有点复杂了。

这时，那个嘴巴凸出的男子停在了桌球室的门口，走神的克莱恩差点撞上他。

他指了指里面道："等下不要胡乱说话，我们老大的脾气不太好，整个贝克兰德桥区域加东区都知道。"

"好。"克莱恩轻轻颔首道。

那个嘴巴凸出的男子满意地转身，推开了桌球室的门。

随着房门的后敞，克莱恩看见里面有一道身影悬在半空，正轻轻摇晃着。那是个满脸络腮胡子的大汉，他脖子上套着一根绳索，勒得很紧很死的绳索；他的双脚离开了地面，舌尖外露，脸色青紫，表情异常扭曲。

"老大……"嘴巴凸出的男子不敢相信般地喊了一声。

贝克兰德的紧张氛围刚消失，就有人动手了啊……克莱恩侧头瞄了对方的手下一眼，一本正经地在胸口画了一个三角圣徽："愿神让他安息。希望他的脾气能因此得到根治。"

嘴巴凸出的男子根本没听他在说什么，忽地大喊了起来："老大！杀人啦！老大死啦！"

克莱恩被这响亮又凄厉的声音震退了两步，顺便开了灵视观察了下里面，没发现什么特别的痕迹，唯有台子上的桌球正凌乱四散着。

卡斯帕斯那边的非凡者做的？埋下陷阱的势力会做什么反应呢？如果有这么一个陷阱存在的话……

克莱恩在几个黑帮打手涌过来前，悄然改变了位置，混入了人群。他望了眼勇敢者酒吧的厨房，若有所思地过去，熟练地穿至后门。

刚推开不算沉重的木门，克莱恩就感受到了扑面而来的让人瑟瑟发抖的冷风，而这冷风里夹杂着淡淡的血腥味道。

他侧耳倾听了一下，没发现什么动静，于是掏出1便士面额的硬币，往上弹起。

铮的声音被风堵了回来，克莱恩低头看了眼落在掌心的铜便士，确认是国王头像朝上。

收起硬币，他小心翼翼地迈步，朝着灵感告诉他的方向缓慢前行。

一直走到了阴沉昏暗，没有路灯照耀的角落，那血腥味道才陡然浓郁。借助穿透云层的微弱月光，克莱恩凝目一瞧，险些倒吸了口凉气。

这里的地上凌乱地摆放着血淋淋的大腿、小腿、穿皮靴的脚、一根根的肋骨和心脏、手臂、眼珠等人体"部件"，墙上则挂着一截赤中透白的肠子，背景色是大片大片的鲜红，夹杂着点点乳白色的痕迹。

看到这一幕，克莱恩就像看到了屠宰场，专门为人类准备的屠宰场。

"这是怕值夜者、代罚者他们太闲啊，弄得这么夸张，警察部门肯定第一时间就转交案子了……"克莱恩在心里嘀咕了一句，以此对抗场景造成的不适。

他绕过有血的地方，靠近了对面那堵墙壁，愕然发现该处有不少很深的抓痕，那就像粗大锐利的爪子硬生生拖出来的痕迹一样！

和之前那条恶魔狗巨大化后的爪子挺像的，难道还有一条？难道它还没有死？不不不，我知道是怎么回事了……克莱恩恍然大悟：死者应该是杀掉酒吧内那个黑帮老大的非凡者，他被布置陷阱的势力解决了……

根据小"太阳"的描述，我一直怀疑那个势力是玫瑰学派，因为他们掌握着"囚犯"途径，也就是"异种"途径。而"异种"之一就是"狼人"！这和现场的痕迹吻合，也就侧面证明了莎伦小姐和马里奇是玫瑰学派的叛逃者……

克莱恩冷静地后退，一步步退出了现场。这个过程里，他确认了现场没有非凡特性存在，当然，也可能是还未析出。接着，他转身走向另外的街道，打算找人去报个警，免得这样的场景吓坏普通民众，让他们怀疑贝克兰德潜入了什么凶猛的野兽。

基于不要因为贪心而卷入麻烦的心理，克莱恩未等待可能存在的非凡特性析出。刚至巷子的出口，他突然看见一辆棕色的马车在夜色里缓缓驶来。

这马车并没有像另外的马车那样直接行驶过去，而是停了下来，停在了克莱恩的面前！

克莱恩眯了下眼睛，做好了战斗的准备，但无论是"占卜家"的灵性直觉，还是"小丑"的战斗预感，都没有给予危险的警示。

这时，马车的车窗被打开，露出了一张苍白中带着些许癫狂的脸孔，褐色的眼睛则似乎藏着深深的恶意。

马里奇……克莱恩认出了对方，是操纵活尸的马里奇，莎伦小姐的同伴！

只穿着白衬衣黑马甲，似乎一点也不怕冷的马里奇指了指车厢，示意克莱恩上去。克莱恩一时有些犹豫，想当场取下灵摆，做个占卜。就在这时，马里奇的背后浮现了一道身影，穿黑色复杂宫廷长裙、戴同色小巧软帽的身影，正是有着淡金头发蔚蓝眼眸的莎伦小姐。

如果她想对我不利，随时都可以动手，她能直接从我背后的墙壁里钻出来……克莱恩想了想，故作洒脱地上前两步，打开车厢门，走了上去。

等到他坐稳，马车缓慢地行驶起来，不知目的地是何方。

"你为什么过来？"莎伦简洁地问道。

克莱恩坦然回答道："我想联络你们，问一问有没有神秘学方面的书籍，最好是深入一点的。你知道的，我很缺乏类似的知识。"

马里奇用那双始终含着恶意的眼睛望了过来，略显沙哑和低沉地说道："我们确实掌握了不少神秘学方面的知识，比如卡拉曼巫王的《秘密之书》，但你能拿什么来换取？"

"巫王"？这是哪条途径哪个序列的？念头一闪间，克莱恩斟酌着语气道："我可以用金镑换取。或者，你们需要别的？"

脸色苍白但容貌精致的莎伦看着他，不见波澜地回答道："帮助。用一个帮助来换取。"

帮助？克莱恩默念着这个单词，一时有点为难。

当初莎伦接下保护他三天的委托时，虽然主要看的是金镑的面子，但一位序列5的强者愿意接那样的任务，本身就是小概率的事情，可以偶然遇到，却无法强行求得。加上彼时克莱恩正处于一种竭力自救、一根稻草都不愿意放过的慌乱状态，能获得这种层次的厉害非凡者帮忙，哪怕对方是为了金钱，也是有几分感激之情的。

不过，也仅止于此，他不会为了对方，不衡量自身的实力和处境就贸然插手不了解内情、不了解状况的危险事件。

克莱恩原本的想法是，小"太阳"那里的神秘学知识基本可以确认属于大灾变前，当时掌控权柄的古神和现在的七神、邪神似乎没有什么重合之处，整个神秘体系与当前相比必然有着极大的不同，所以，哪怕知道了详细的内容，他也不敢贸然尝试，必须经过侧面的印证才能知道哪些还可以使用，哪些已不产生效果——这就像之前的献祭仪式，他明明已经从"太阳"那里弄清楚了具体流程，也得等到阿兹克先生回信才敢做实验，免得出现什么意料之外的变化。

而"倒吊人"属于风暴教会主教或小队队长一级的人物，已经掌握或能弄到手的神秘学知识同样不会少，但问题在于，这会太过于正统，过多地涉及风暴之主的领域，不一定适合克莱恩利用——不是所有的仪式都能通过自己向自己祈求来完成，而且，自己向自己祈求还得考虑自身能够承受的灵性负担。

基于这些因素，克莱恩将目光投向了原隐秘组织成员莎伦和马里奇，他们知道的神秘学知识往往更适合野生非凡者参考，并且会有不少偏门的、诡异的却足够有效的内容。

当然，这并不是说他会放弃从"太阳"和"倒吊人"那里换取相关内容的行动。一份古代遗留的，一份正统的，一份偏隐秘的、不正统的，加起来才等于全面的、较深入的神秘学知识！

而这正是克莱恩渴求的。

他从来没有忘记过，自己的终极目标是返回地球，所以，神秘学知识越多越好，越全面越好，越深入越好！

当然，追寻这个目标的前提是干掉了因斯·赞格威尔，为队长也为我自己复仇成功……

克莱恩望向莎伦和马里奇，嘴角微微上翘道："我必须知道你们究竟需要我提供什么帮助，才能考虑是否答应。我不会，也不可能拿自己的生命开玩笑。"

戴着黑色小巧软帽的莎伦轻轻点了点头，认可了克莱恩的话语。

坐在另外一边的马里奇前倾身体，握拳抵了下嘴巴道："我们原本属于一个较为古老的隐秘组织。"

这我猜到了……克莱恩保持着正经而严肃的表情。

"那个组织成型于第五纪初期，成型于狂暴海的风浪隔断了南北大陆之后，成型于南大陆的高地王国、帕斯王国。不过，这只是说成型，这个组织的源头甚至可以追溯到第四纪之前，追溯到大灾变之前。"脸色苍白的马里奇继续描述道。

这我也知道，玫瑰学派嘛……最早应该可以追溯至异种王……克莱恩摆出倾听的姿态。

马里奇抓了抓略显杂乱的头发道："这个组织信仰一位邪恶的神灵，认为魔法是通过自身意志改变事情的科学与艺术，而这就需要建立一套宗教性的仪式系统，包括秩序与法律。嗯，北大陆诸国入侵之前，他们在帕斯河谷和星星高原上是与死神教会并列的正统组织。

"与此同时，他们相信自身的意志主要来源于各种欲望，这与非凡之力结合，能完成各种不可思议的事情。正因为这些理念，他们保留着古老而血腥的原始祭祀传统，包括剥人皮、做人柱、用小孩头骨当仪式器物，让大量信众狂热地释放各种欲望。

"我们既无法接受那些残忍的事情，又认为他们对欲望的处理有很大问题，所以，找机会逃离了那个组织。"

"对欲望的处理有问题？"克莱恩知道玫瑰学派以血腥祭祀闻名，对前者倒是不太好奇。

有着淡金头发、穿黑色宫廷长裙的莎伦嗓音飘忽而虚幻地回答道："他们的做法是放纵和燃烧，我们的理念是压抑和节制。"

这样啊……克莱恩忽然想到了"囚犯"这个序列的描述：身是心的囚笼，世界是身的囚笼，疯狂被束缚，欲望被压抑。

如果玫瑰学派确实掌握着"囚犯"这条异种途径，莎伦小姐他们的理念明显更加符合扮演的需求，其他成员为什么就看不到这点呢？不应该啊……他微皱起了眉头。

看到他的反应，以为他没听懂的马里奇声音略显嘶哑地沉声解释道："他们受到那个邪恶神灵的影响，认为放纵欲望有助于提高自身的意志，许多人一起的放纵更是能彼此影响，更加狂热，让状态攀升至巅峰。而我们的观点正好相反，认为欲望必须时刻压制在心里，就像地底的火焰和岩浆一样，等到关键时刻才完成爆发，产生恐怖的力量。"

简单来说，就是乱欲系和禁欲系的区别，那个邪恶神灵造成的影响和自身途径的要求有点违背啊，总感觉有点不对……

克莱恩若有所思地转而问道:"所以你们逃到了贝克兰德,而现在他们追来了?巷子里那个死者就是卷入了这件事情?"

"我们并没有让他卷入,是他自己因为别的事情才牵涉进来的。"马里奇反驳了后一个猜测,默认了前面的话语。

那么,你们为什么不直接逃离贝克兰德?鲁恩王国的间海沿岸和迪西海湾等地方还是有不少大城市的,而且,还能去因蒂斯,去弗萨克,去费内波特,去伦堡和马锡等国家嘛……

也就是说,你们有不能离开贝克兰德的理由?会是什么呢?克莱恩想了想道:"好的,我大概明白了。嗯,你们需要的帮助是什么?我序列不高,不认识什么厉害的非凡者,不可能和那个隐秘组织直接对抗。"

在拿到"占卜家"途径序列7、序列6和序列5的魔药配方并杀掉兰尔乌斯以后,克莱恩自己其实也不是必须留在贝克兰德。他和下一个复仇对象因斯·赞格威尔加封印物0-08还存在很大的差距,短时间内根本没有任何复仇成功的希望,甚至连靠近都不敢。所以,他离开贝克兰德也不是不可以,顶多就是心疼一下预缴的房租白白浪费了而已。

克莱恩之所以还停留于这个大都市,是因为这里非凡者最多,出现的材料和资源最多,属于最方便提升序列的地方,符合当初占卜得到的启示。

等成为"无面人",消化得差不多之后,我就得出海一趟,寻找美人鱼……克莱恩忽然闪过了这么一个想法。

身穿黑色宫廷长裙的莎伦平静地回答道:"做我们的辅助,围杀一位序列5的非凡者。"

克莱恩略感诧异地反问道:"以你的实力,那个组织竟然只派一个序列5的非凡者来追捕?"

难道邪教的共同特点是没脑子?

"他有一件很克制我的封印物。"脸庞苍白但容貌精致的莎伦没什么表情地坦然回答道,"负责这件事情的确实是位高序列的强者。"

"但他被我们故意遗留的线索引导去别的地方了。"马里奇补充道,"我们在贝克兰德不是只有这么一个据点……如果能杀掉那个负责附近区域的序列5非凡者,夺走他手里那件封印物,我们会立刻伪装出逃离的迹象,之后也不会太害怕正常的追捕了。"

克莱恩"嗯"了一声:"可你们为什么会觉得我能提供帮助?"

我看起来那么弱……而目标是带着或强大或诡异封印物的序列5!

"你不止序列9,你有很特殊的地方。"莎伦用蔚蓝的眼眸静静地看着他道,语气非常笃定。

"哈哈。"克莱恩只能干笑两声回应。

莎伦虚幻的嗓音再次响起:"而且你还有那只眼睛。"

那只眼睛?是指"秘偶大师"罗萨戈遗留的那只"全黑之眼"?克莱恩微微点头道:"但我只能利用一点,没法发挥太大的作用,因为里面有真实造物主的精神污染。"

"足够了。"莎伦的话语总是那么简洁。

马里奇则补充道:"我们需要对付的那个序列5非凡者和莎伦特点相同,你那只眼睛能帮忙找到他。"

这时,莎伦再次开口道:"马里奇是第一个诱饵,我是第二个诱饵,而你是负责解决问题的猎手。

"我不保证绝对安全,但你肯定比我们更安全。"

挺厚道的嘛,但必须占卜确认过才能相信啊……克莱恩沉吟几秒后道:"我要了解对方的特点和相应封印物的情况,只有这样才能做出决定。"

身穿黑色宫廷长裙的莎伦微抿了下没什么血色的嘴唇,侧头看了马里奇一眼,轻轻点了点头。

马里奇双手交握,暗藏些许癫狂地说道:"你应该知道'囚犯'途径吧?"

"是的,在非凡圈子里听说过。"克莱恩坦然回答。

当然,这个"非凡圈子"指的是值夜者队伍和塔罗会……他在心里叹息着补了一句。

马里奇不知回忆起了什么,沉默了足足十几秒,窗外马车轮子碾压过水泥路面的声音很有节律地传了进来。他揉了下自己凌乱的棕色头发,脸庞略有扭曲地开口了:"囚犯既是指被关在了监狱里的人,也代表灵性和欲望被理智、身体、世界束缚着的压抑者,这个序列的非凡者身体强壮、知觉敏锐,往往同时拥有沉默的外表和疯狂的内心,掌握着诸多犯罪技巧,擅长用随手得到的任何物品杀人。

"它对应的序列8叫作'疯子',我想你并不清楚,因为就算七大教会的正统非凡者机构对这些也不够了解。那个隐秘组织对成员的掌握超乎你的想象,那些近乎扭曲的家伙,身体和灵魂都像被束缚着一样,单纯靠通灵和占卜很难从他们那里得到什么有用的信息。我和莎伦也是忍耐了很久,等待了很久,才找到解除束缚的办法,成功逃离。

"由于这个途径的非凡者都有被诅咒、易疯狂的特征,我们并不想投靠七大教会。那样将彻底失去自由,一点也不剩下。"

原来是这样……难怪值夜者内部资料记载的内容并不多,连"囚犯"对应的序列8和序列7都没有，这属于我以当时的等级可以知道的内容……克莱恩恍然大悟地回答道："我确实不清楚'囚犯'之后的情况。"

马里奇没有点头，用褐色的眼眸望着克莱恩，继续说道："相比'囚犯'，'疯子'最大的特点是可以自行且主动地牺牲理智，爆发欲望，以此换取力量，获得各个方面的提升。除了头脑会在那段时间变得不太清醒之外，并不存在太大的问题，甚至还会因此获得对某些干扰思绪、影响精神的非凡能力的强大抵抗力。"

简单来说就是，我先把自己干掉，你就没法再杀死我了……克莱恩忍不住腹诽了一句。

"从这个序列开始，诅咒逐渐出现，'疯子'很容易失控。"马里奇脸庞肌肉抽动了一下道。

这不是显而易见的事情吗？某个人的精神状态如果长期运行于低谷，或频繁出现异常，失控的概率不比其他非凡者高才不正常！

克莱恩对此有自己的理解，侧头看了莎伦小姐一眼，觉得自身很难想象对方在"囚犯"和"疯子"阶段的模样，而莎伦依旧保持着那种女鬼般的飘忽的状态。

马里奇见他并未说什么，缓缓吐了口气道："之后的序列7是，是'狼人'。"

开始异种化了？不过，前面内心疯狂的"囚犯"和容易失去理智的"疯子"，在正常人眼里其实也和异类差不多……嗯，"狼人"竟然才序列7，比我预想得低一点……克莱恩的思绪忽地发散开来。

马里奇没察觉到他的恍惚，自顾自说道："'狼人'已经是完整的被诅咒者，每次红月变圆的时候，就会失去大部分理智，长出满身的黑毛，自身的杀戮和嗜血欲望随之达到顶点……"

他的声音逐渐有些飘忽，似乎回想起了那段苦苦忍耐、压抑自身的经历。

"'狼人'拥有较强的自我恢复能力，以及恐怖的力量、敏捷与速度，他的利爪和牙齿不比同序列的非凡武器差，并自带毒性。他还懂得一些黑暗类的法术，比如，控制被狼人毒性浸入身体一段时间的目标，并将对方转化为下属，变成类似狼人的怪物，而那种怪物的生命往往很短暂……"

听马里奇讲完，克莱恩中肯地做出了评价：在序列7这个层次，在实战能力方面，"狼人"算中等偏上了。

"总是无法在满月之夜压抑杀戮和嗜血欲望的'狼人'会越来越冷酷，越来越扭曲，逐渐失去正常人类该有的感情。"马里奇补充了一句，语气里有点难以隐藏的自豪。

和阿兹克先生对异种的描述吻合……克莱恩下意识又看了莎伦小姐一眼，本能地想象起对方"狼人化"的状态，结果被那冰冷的眼神看得差点打了个寒战，忙强行扭回了脑袋。

马里奇不自觉地用舌头舔了一下嘴唇，不是女性诱惑的那种，而是给人危险感觉的类型。他的目光似乎短暂失去了焦点，不知在回想什么。等了几秒，他才重新开口："我是对应的序列6，'活尸'。"

"活尸"……外表还真像啊……难怪经常和一堆同类打牌……

原来这也算是异种，真正活着的死尸……克莱恩想了下道："我听卡斯帕斯说过，你不怕子弹？"

马里奇点了点头道："我的身体可以像钢铁一样坚硬，即使你用左轮手枪抵住我的脑袋发射，我最多也只会眩晕，只有至少五次击中同一个位置，才有可能打破我的防御。而就算打破了，对'活尸'而言，只要脑袋没碎，其他伤害都不算致命。

"我的力量在'狼人'的基础上又有一定的提高，并掌握了部分死亡类法术，能轻松唤醒死尸、控制幽魂，驱使它们，并熟练地运用寒冷和腐烂类超凡之力。"

"异种"途径也是每一个序列的特点都不相同啊，递进式的变化很少……克莱恩沉吟了一下道："那么，'活尸'的诅咒呢？"

马里奇幅度很小地咬了下牙齿道："我会渴望人类温热的血液和新鲜的血肉，满月的时候，这种状态尤其严重。唯一值得欣慰的是，'活尸'的诅咒替代了'狼人'的诅咒和'疯子'的诅咒，它们并非同时存在，之后也是这样。

"每当红月变圆，我就会非常痛苦，如果不放弃自制，就会痛苦到失去战斗的能力；而要是放纵了自身，同样会越来越不像人类，失控的风险很高。即使平时，我也在时刻对抗着心里的欲望，对抗着强烈的恶意。"

呼，比起这个途径的非凡者，其他途径都好太多，呃，"深渊"和"魔女"除外……克莱恩突然冒出了这么一个想法。

马里奇停顿下来，看了戴黑色小巧软帽的莎伦一眼。

莎伦开启嘴唇，嗓音虚幻地说道："序列5，'怨魂'。"

"怨魂"？还有这种序列？果然是异种途径啊……克莱恩先是略感吃惊，旋即觉得这果然符合肉体和灵体之间能轻松转化的特点。

得到提示的马里奇补充道："成为'怨魂'后，可以将自身的状态转化为真正的幽影，并获得相应的能力，比如穿过障碍物、藏身镜子里、直接攻击对方的灵魂，跳跃于大部分能反射出影像的地方。

"而和普通的怨魂不同的是，哪怕拥有灵视的人，不到高序列，也无法发现这种幽影。嗯，'怨魂'还掌握了许多死亡类的法术，有不少诡异的技巧，比如强行附体、控制敌人……

"她所承受的诅咒则是，红月变圆的夜晚，要么吸食一定数量的人类灵魂，要么变得极端虚弱。选择了前者，也就选择了时刻走在失控的边缘。"

不等克莱恩开口，脸色同样苍白的莎伦声音飘忽地说道："追杀我们的目标也是'怨魂'。"

"'活尸''狼人''疯子'和'囚犯'的非凡能力不会因晋升而失去。"马里奇强调了一句。

听起来是非常克制我的类型啊，我就怕这种手枪子弹没效果、普通火焰又很难烧出极大伤害的类型……简单来说就是，我怕"鬼"……克莱恩听得内心有点打鼓。

他思考了几秒道："那件封印物品的效果是什么？为什么会克制你们？"

它竟然让你们愿意将自身背负的诅咒、自身的薄弱之处告诉我……克莱恩大概有了些猜测。

马里奇表情略显阴沉地回答道："那件诅咒物品叫作'深红月冕'。它能在一定范围内营造出类似满月的效果，这对那些已经冷酷和扭曲的家伙而言，是爆发力量的辅助物品，但我们却会变得虚弱，失去战斗能力。"

"如果，如果放弃自我，那我宁愿选择死亡！"马里奇沙哑地低吼道。

想不到你这看起来有点变态、有点尻的家伙竟然也是有坚持的人。嗯，能一直坚持到"活尸"，确实了不起……

克莱恩没有插话，倾听着对方后续的描述。

"佩戴'深红月冕'的人免疫满月效果，并将获得可怕的速度、难以想象的恢复能力以及不少较为强力的黑暗类法术，但它会让佩戴者的血液逐渐变冷，一点点结冰，如果不能及时停止或吸食活人的鲜血，将因血液全部成霜而死亡。"马里奇似乎相当畏惧那件封印物品。

等到他讲完，莎伦用蔚蓝的眼眸平静地望着克莱恩道："和史蒂夫一起的还有'活尸'杰森、'狼人'泰尔，但只要能解决史蒂夫，他们就不是问题。"

马里奇补充道："如果成功，史蒂夫遗留的非凡特性归我，'深红月冕'归莎伦，剩下的所有战利品和《秘密之书》则是你的报酬。"

很慷慨的条件啊……克莱恩听得差点不敢相信自己的耳朵。

虽然最有价值的序列5非凡者遗留特性和效果特殊而强力的封印物归了对方，但剩下的也不差啊！一位序列5的强者身上不可能只有来自组织的封印物，而序列6的"活尸"和序列7的"狼人"但凡能留下一个，也是不菲的收益！

克莱恩往后微靠，做出思考的模样，以此压制内心突然涌现的贪念。

"你们的条件确实让人满意。"他回应了一句便转而问道，"卡拉曼巫王是谁？

他的《秘密之书》记载了哪些方面的内容？"

马里奇揉了下自己的额角道："巫王既能指某个高序列职业，也可以代表掌控黑暗、月亮、诡异等领域力量的杰出者，超越同类的强者。卡拉曼是后者，也是前者。他活跃于第五纪早期的南大陆，后来彻底失去了踪迹，也许是被死神教会或我们那个隐秘组织捕杀了，也许是因年迈而死在了某个不为人知的地方。

"他的《秘密之书》包括密契、仪式、炼金、占星、象征主义、自然互动法等知识，哪怕普通人得到，也能成为神秘学领域的专家，甚至能在未服食魔药的情况下，依靠自身的天然灵性完成少量的超凡之事，嗯，代价是逐渐变成精神疾病患者，这是灵性难以负担的后遗症。"

听起来很不错……正是我需要的……但这个任务不仅本身有难度，而且事后还存在一定的麻烦，那可是有上千年历史的隐秘组织啊……

克莱恩沉吟几秒，还是选择了遵从本心："我希望给我一定的时间考虑。这是一件非常重大、非常危险的事情，我不能冲动。

"明天上午九点，我给你们答复，嗯，到我家里来，你知道地址的。"

他是望着莎伦说的后面那句话，说完之后忽然有些忐忑和紧张：对方透露了那么多重要的秘密消息，甚至涉及他们的隐患，这要是不当场选择答应，会不会被直接灭口？或者，他们会一步不离地跟着我，直到我做出决定？那我还怎么去灰雾之上占卜！

身穿黑色宫廷长裙的莎伦静静地看着克莱恩，蔚蓝色的眼眸内没有愤怒，没有怀疑，没有任何的情绪。

她突然从某个暗袋里拿出了一张折叠好的纸，展开为长方形。

那纸通体橘黄，有诸多象征符号，包括代表太阳的那些，而这些符号和标识围出了一个空白的区域，让人感觉很温暖、很安稳。

一看到这张纸，克莱恩就想起了它是什么物品，并放下了吊着的那颗心。

这是同样来自"秘偶大师"罗萨戈的非凡物品——"公证书"！这是当初两人分配战利品时，归属于莎伦的神奇之物！

五官苍白而精致的莎伦将"公证书"递给了克莱恩，用词精练地说道："按在这里，承诺不外泄刚才听到的事情。"

呼……克莱恩吐了口气，郑重地点头道："好的。"

根据提示，他接过"公证书"，将手掌按在了那个空白的区域，然后斟酌着开口道："我保证不将刚才从莎伦小姐和马里奇先生那里知道的事情告诉别人。"

随着他吐出一个又一个单词，公证书四周的象征符号和魔法标识一个接一个亮起，皆绽放出明亮而温暖的光芒。

等到一切结束，那些光芒连成了印章般的影像，按在了克莱恩的手掌上，并穿透过去，盖于空白区域。暖流一闪而逝，克莱恩顿觉自身与那张"公证书"之间产生了某种微妙却无法看到的联系。

当初"智慧之眼"老先生模拟的能力果然属于"公证人"……他忽地联想到了以前的某件事情。

"我好了。"克莱恩将"公证书"递还了回去。

莎伦平静地颔首，没再多说什么，淡漠的身影迅速虚化，消失在了车厢内。

马里奇依旧压抑着眼中深藏的恶意，屈指轻敲了一下厢壁木板，马车顿时缓缓停止，车厢门随之打开。

这是在用活尸驾车、用幽影当侍者啊……果然是马里奇的风格……

开启着灵视的克莱恩有所醒悟地摘掉鸭舌帽，按在胸口，微微鞠躬，然后跳下了马车。

周围是一条僻静的街道，煤气路灯有好几盏已经坏掉，却无人修理。

克莱恩先去东区那个一居室转了一圈，接着才返回明斯克街15号，装模作样地在客厅内做了两次占卜：一次是应不应该接这个委托；一次是这个委托是否有危险，危险的程度如何。

而占卜出来的答案，他根本没有细看，因为异种途径的"怨魂"非凡者可以转化为灵体，直接接触灵界，获得信息。也就是说，他们天然具备占卜和反占卜的能力，所以不管是莎伦，还是身为目标的史蒂夫，都能让克莱恩得到的启示发生错误或偏离。

占卜之后，他按部就班地阅读起报纸和书籍，在起居室练习了一阵非凡能力，然后洗漱睡觉，装作毫无异常。

凌晨四点十分，克莱恩突然醒转，翻身下床！

他找出蜡烛，制造灵性之墙，悄然举行起自己召唤自己的仪式。接着，他逆走四步，进入灰雾之上，但没急着响应祈求。

坐到属于"愚者"的高背椅上，克莱恩凝眸望向青铜长桌表面，看见了"全黑之眼"，看见了阿兹克铜哨，看见了"黑皇帝"牌，看见了握着权杖、一身漆黑、威严昭著的罗塞尔形象。他的嘴角忽地抽动了一下，而后伸出右手，将那张亵渎之牌翻转，变成正面朝下。

眼不见为净！

具现出纸笔后，他取下黄水晶吊坠，重复起之前的那两个占卜。

第一个占卜的结果是，灵摆顺时间旋转，速度不快不慢。也就是说应该接受那个委托，但也不是必须。

第二个占卜的结果是，黄水晶吊坠逆时针旋转，速度较快，幅度较大。克莱恩的解读是有危险，危险较大，但只要应对得当，还没到可以威胁生命的地步。

呼……沉吟几秒，克莱恩记起了之前一个猜测：也许，任何一位"魔术师"都需要表演，否则魔药的名称就应该叫"魔法师"，而不是"魔术师"。

"不做无准备的表演"的关键既是做好准备，也包含进行表演这一点……而这可能不仅仅表现于战斗中……

"调动敌人注意力"和"让观众喝彩"这两个假设，同样需要以表演为前提……只要办法得当，伪装得好，首尾处理得没有问题，玫瑰学派很难查到我身上……

克莱恩的脑海内闪过了诸多念头，综合刚才占卜获得的启示，他很快做出了决定。他往后靠住"愚者"那张高背椅，抬头望向巍峨古老的宫殿和无边无际的灰雾，露出一抹微笑道："那么，就让我们进行一场盛大的表演吧。"

说完，他带上"全黑之眼"和阿兹克铜哨，响应起自身的祈求。

…………

第二天，也就是周四清晨，早早去买了食材的克莱恩做了更接近于肉酱拌面的自制费内波特面，然后到门口信报箱内取出了今日份的报纸。

边吃边看之中，他从《贝克兰德早报》上获得了非凡聚会的信息。

果然，紧绷的局势一缓解，聚会就召开了……克莱恩微笑着自语了一句。

等到九点，他掏出金壳怀表，按开看了一眼，然后对着无人的客厅，对着那里的凸肚窗道："我愿意提供帮助，条件就是你们说的那些。但前提是，再给我几天的时间。"

他顿了顿，含着笑意道："我需要做一些准备。"

除了克莱恩之外没有其他人的客厅内，忽然响起了一道飘忽虚幻的声音："好。完成准备后，你到酒吧转一圈。"

第六章
CHAPTER 06

✦ 亚伯拉罕家族 ✦

　　格莱林特子爵的书房内，奥黛丽坐在椅子上，伸手帮苏茜整理着脑后的毛发，并对品味着奥尔米尔葡萄酒的佛尔思和沉静地坐在旁边的休道："你们急着让我过来是有什么事情吗?"

　　虽然这是她在兰尔乌斯事件后第一次见佛尔思和休，但她早已通过苏茜将报酬支付给对方了。

　　嗯，加入我们塔罗会后，佛尔思看似没什么改变，依然慵懒，喜欢打击休，但隐藏起来的某些东西却完全不同了。她之前偶尔会显得颓废、忧郁，对未来好像没抱什么希望，而现在，这方面的表现彻底消失了……"读心者"奥黛丽表面浅笑，内心冷静地观察着"魔术师"小姐的状态。

　　佛尔思喝掉剩下的葡萄酒，道："果然是奥尔米尔，果然是最知名的葡萄酒，比我以往喝的那些不知好了多少，层次非常分明，每个层次都有不同的感受。"

　　她放下酒杯道："那个可能出现'观众'配方和心理炼金会线索的聚会即将召集，就在下午。"

　　"这样啊，为什么这么匆忙?"奥黛丽略感疑惑地问道。

　　佛尔思笑着解释了一句："因为那个连环杀手耽误了大家太多事情，而且那里属于北区郊外，值夜者最松懈的时候正是下午。"

　　"嗯。"奥黛丽轻轻额首，没再多问。

　　与此同时，她目光一扫，无声地叹息了一句：和以往、和现在的佛尔思相比，休沉默了很多……

　　这时，旁边的格莱林特子爵也呵呵笑道："奥黛丽，我会和你们一起去。"

　　"为什么?"奥黛丽明知故问。

　　格莱林特清了清喉咙道："我已经得到'药师'配方了，需要交易些材料，我家的宝库里并没有对应的那两种。

　　"嗯，佛尔思卖给我的，三百镑，她保证是真的。"

三百镑……我记得你从"世界"先生那里买来才花了二百三十镑……奥黛丽忍不住望了佛尔思一眼。

…………

北区郊外,快被废弃的医学院三层教学楼内。

即使才下午三点,雾气和云层也已经让整个贝克兰德变得阴沉昏暗,就像有一场大暴雨将要来临。破败的走廊内,阴冷的光线幽邃斜照,穿透窗户,让一切显得寂静疮痍、森然瘆人。

已是第二次来到这里的奥黛丽不再像之前那样忐忑和紧绷,戴着手术帽和大口罩的脑袋左右微转,习惯性地观察起环境,观察起这里的每一处细节。

格莱林特子爵走在旁边,渐渐有些害怕,忍不住压低嗓音道:"这里怎么感觉有点古怪……会不会有幽魂恶鬼啊?"

作为一名仅是半只脚踏入圈子的神秘学爱好者,他真正见识过的超凡现象只有佛尔思的穿墙和开门,对怨魂幽影是否真实存在并不确定,但这不妨碍他害怕类似的怪物!

佛尔思侧头瞄了他一眼,忍着笑意道:"参加聚会的大部分是非凡者,如果真有恶鬼和幽魂,他们肯定非常高兴,这意味着材料或者仆役。"

见格莱林特子爵明显松了口气,她又故意补了一句:"当然,我说的只是较弱的那种鬼魂。真正成形的幽影也许能让这里所有人无声无息地死去,想跑却只能在三层楼之间来回,怎么都出不去,就像进入了迷宫。"

休认可地点了下头:"我曾经遇到过类似的怨魂,在墓园转了好几圈都逃不掉,在这个过程里,一直有人莫名其妙回头,接着突然死亡。如果不是有一名非凡者携带了'太阳符咒',也许你们今天就见不到我了。"

格莱林特子爵打了个寒战,忙侧头望向窗外。

此时此刻,刚好有一根枯败的树枝在寒风的吹动下打到玻璃上,发出了一声轻响。格莱林特差点叫出了声,慌乱地往佛尔思和休两位非凡者身边靠近了一些。

奥黛丽忍着快到嘴边的笑意,安静地旁观着这一幕,心里想道:我见过近乎神灵的"愚者"先生,知道神弃之地的白银城,听说过黑暗深处的种种恐怖怪物,还会怕什么怨魂和幽影?

不过,我确实还没真正遇过鬼……呸!奥黛丽,你想什么呢?这种事情还是不要随便遇上比较好!

除非我已经成为"心理医生",拥有影响其他生物的非凡能力,或者得到了克制鬼魂类怪物的神奇物品……

一行四人不由得加快了脚步,迅速来到了今天的聚会地点。

进门前，佛尔思找了个机会，微弯腰背，凑到休的耳畔道："你刚才配合得不错嘛，竟然能那么快编一个故事出来吓人，你看格莱林特子爵没被口罩遮住的地方都煞白得快看不见别的颜色了。"

休扭过脑袋，略显茫然地回答道："我没有编故事啊，那是我来贝克兰德之前遭遇的事情。"

"……"佛尔思愣了一下，脱口反问道，"那是真的?"

"这有什么好骗人的?"休一脸的不解都被口罩给遮住了。

佛尔思转过脑袋，往前走了两步，忽然颤抖了一下。

这时，已不想在阴森可怕的走廊内久待的格莱林特伸手推开了聚会地点的大门。随着吱呀的声音回荡，映入他眼帘的是水泥铸就的地面，传入他鼻端的是让人皱眉的防腐剂味道。

紧接着，他看见了一个位于中央的较大的池子，里面灌满了透明泛黄的液体，漂浮着一道又一道身影。那些身影都浑身赤裸着，有的较为完整，有的则被剥去了一半的表皮，呈牛肉干似的棕褐色……这都是尸体!

"啊!"

一道惨叫的男声回荡于房间内，一道道目光随之投向了格莱林特。这些目光都来自围在池子周围的穿着白大褂的身影，他们同样戴着手术帽和大口罩，只有眼睛和些许皮肤裸露在外。

格莱林特身体摇晃了一下，正想扭头就跑，却看见奥黛丽、佛尔思和休像没什么事情发生般越过他走了进去，好像不是跟他一起来到这里的同伴。

吸了口气，格莱林特险些反胃。他回望外面，只见走廊幽暗阴冷，影影绰绰，看不到半个活人。他又打了个寒战，忙加快脚步追上了奥黛丽等人，找了个离池子最远的地方坐下。

过了几分钟，一个白大褂身影出列，用池子旁边带钩子的木杆拉了一具尸体靠边，并直接上手，将对方拽至水泥地面。他停顿了两三秒，掏出把手术刀，剖开了尸体的腹部。

随着那道伤口的深入，有一道阴冷沙哑的声音从里面传了出来："聚会开始。"

格莱林特伸手按住脸上的口罩，喉咙蠕动了几下，险些呕吐出来。

随着各种交易或成功或失败，聚会进入中段，一直冷静观察的奥黛丽终于开口道："我想要'观众'魔药配方。"

话音未落，她立刻就感受到了好几道目光扫来，但那些目光又迅速移走，没多做停留。

几十秒的沉默后，交易流产。

下午四点出头，天色愈发接近夜晚。

"怎么会一样都没有……"格莱林特没保持贵族风度，略显瘫软地靠住车厢木板，低声叹气道。

这一次的非凡者聚会给他留下了深刻的印象，让他觉得自己承受了极大的风险，但就算这样，他依然没买到成年独角飞马的角和皇冠水母的毒液结晶。

佛尔思暗自撇了下嘴巴，道："这很正常，虽然贝克兰德是最容易弄到材料的地方，但如果不能参与每一个非凡者聚会，同样会出现长期找不到想要物品的情况。这要么需要运气，要么需要耐心。

"子爵先生你看，奥黛丽小姐想要的'观众'配方，到现在都还没有线索。"

有的时候是遇上了却没钱买……坐在旁边的休无奈地想道。

奥黛丽则宽慰了格莱林特一句："等我回去就到我家宝库里找一找，也许有你想要的。"

她今天带上了七彩蜥龙的脑垂体，却没遇到法尔斯曼兔的脊髓液，所以只是换到了三百二十镑现金——这是为苏茜晋升做的准备。

格莱林特点了下头，正待开口，忽然看见休猛地坐直，微皱眉头道："好像有人在跟踪我们！"

"我相信你的直觉，现在怎么办？"佛尔思环顾一圈问道。

跟踪我们？我们有什么值得跟踪的？就卖了一件非凡物品，获得了几百镑的现金，就算有人想抢劫，我们也不应该是排在前列的目标……

虽然格莱林特表现得像个菜鸟，但我们没有……而且聚会的召集者做了不少事情来保障成员的安全，防备有人被跟踪，除非，除非，派人跟踪的就是他！

上次一切都很正常，嗯，这两次的不同之处在哪里……奥黛丽思绪急转，忽然有了一个想法：也许是我求购"观众"配方的行为引起了心理炼金会的关注。

他们不可能随意地卖出"观众"配方，卖出配方的后续必然是引人入会，而引人入会更不是一件简单的事情，必须防备对方是准值夜者、准代罚者或者其他隐秘势力派出的间谍——如果不观察目标，不进行考查，组织很快就会被人灭掉！

沉吟几秒，奥黛丽对佛尔思等人说道："做好被袭击的准备，假装没有发现跟踪者。如果能顺利回到皇后区，不要在意我和格莱林特身份的暴露，你们则必须隐蔽地离开。"

她碧绿的眼眸扫过格莱林特，浅笑着补充道："我们是很多人都知道的神秘学爱好者，找到机会参加非凡聚会很正常。

"即使跟踪我们的是官方非凡者，也不会怀疑什么，因为我们都还只是普通人，所以，他们顶多通过别的渠道警告一两句。"

可我已经序列8了……呼，为了接触心理炼金会，就得冒一点风险……

官方非凡者应该不会盯上只是求购配方的我才对，也应该没法绕过聚会组织者跟踪到我们，我要相信自己的判断！奥黛丽在心里给自己鼓着气。

"好吧。"格莱林特子爵嘟囔着答应了下来。

马车如常前行，并几次绕圈，到了最后，奥黛丽等人按照预定计划，还更换了一辆车。在这个过程中，跟踪者始终没有展开袭击。

到了格莱林特子爵在皇后区的府邸后门，两位贵族用正常的方法回归，佛尔思和休则各自依靠自身的技巧离开。过了十几分钟，奥黛丽带着金毛大狗苏茜和随身的女仆，坐着自家的马车，未有遮掩地从正门离去。

听着车轮滚动的声音，她无法确认是否还有跟踪者，只能自行发散开思绪：霍尔伯爵的女儿很显然不可能成为任何非凡势力的间谍……她的过去没有一点问题……她爱好神秘学是众所周知的事情……她的身份和地位都能带来不同于其他人的帮助……

也许，过两天就会有心理炼金会的成员试着接触我吧……奥黛丽有些期待，又有些紧张地想着。

说是要做准备，克莱恩却没什么事情般地在克拉格俱乐部消磨了两天，甚至还和马术教师塔利姆等人组了一次牌局，小赢了几苏勒。睡觉之前，他没忘记去于尔根律师家的外面瞧一瞧，确认是否有灯光，要不要喂猫。

周五晚上八点，他戴上铁面具，套好带兜帽的黑色长袍，进入了"智慧之眼"老先生那个起居室内。

唯一的蜡烛摇曳着昏黄的烛火，照得起居室四周的墙壁暗影浮动。

克莱恩找了个最方便逃走的位置，环顾一圈，看见了两颊法令纹很深的"智慧之眼"老先生，看见了脸蛋胖乎乎的"药师"。

嗯，经过再次对比，虽然对方戴着能遮住上半张脸的铁面具，但还是基本可以确认就是我在莱斯马戏团小剧场内遇到的那个嘴欠男子……克莱恩收回目光，等待着聚会正式开始。

那个背后有"工匠"的女士遮掩得相当严密，和大部分参与者一样，所以，他无法在对方开口前就确认她是否到来。

过了几分钟，"智慧之眼"抬头望向墙上的机械挂钟，呵呵笑道："今天来的人很齐啊，开始吧。"

他话音未落，胖乎乎的"药师"就抢先开口了："我需要一只超凡生物做实验，最好是兽类，最好是已经被制服、没太大危险性的。"

兽类超凡生物？克莱恩听得略有触动。他记起了对方在马戏团小剧场内说的那些话语，记起对方似乎能读懂野兽的想法。

只是一个"药师"，却掌握着这样的能力，还在求购兽类超凡生物。嗯，我把精灵之泉的髓质结晶卖给他之后，他应该就已经凑齐材料，获得晋升了……也就是说，"药师"后面那个序列和驱使野兽有关？克莱恩根据已知的信息，做出了一个推测。

这个时候，有人嗤笑着回应了"药师"："谁会把超凡生物留在自己身边？又危险，又容易被人发现，直接杀掉保存非凡材料不是更方便、更隐蔽吗？"

"药师"从来不在语言上认输，当即"呵"了一声："愚蠢的想法！你又不能保证那只超凡生物身上的非凡材料正好是你需要的，正好是能卖得出去的，还不如驯服它、驱使它，让它成为帮手，让自己的实力翻倍……"

说着说着，他声音渐小，感觉自己似乎泄露了一些要紧的秘密。

狗屎！为什么我就是管不住这张嘴！"药师"在心里狠狠地抽了自己一巴掌。

果然……克莱恩微不可见地点了一下头。

"药师"的需求毫无疑问没有得到满足。这里的参与者大部分序列都不高，在贝克兰德也不是什么身份显赫的人，自身都过得比较拮据，生活接近于勉强维持，怎么可能还会奢侈地养一只超凡生物？

更为重要的是，野生的超凡生物往往对人类很敌视，一旦遇到，不是你死就是它亡；如果想活捉，必须有足够强大的团队，或者在实力上碾压对方。

当然，也不能排除某些序列者具备正好适用于这种情况的特殊能力。

一阵失望后，"药师"轻咳两声，又道："我带了不少药剂过来，都是你们知道效果的，想要的，等快结束的时候开口。"

又是治疗伤势、使自身狂暴和提高那方面能力的几种药剂？克莱恩腹诽了一句，低笑一声，为对方出了个主意："你可以购买序列9配方，找到相应的非凡材料，然后调配成魔药，喂给你看中的兽类动物，这样你就会拥有序列9的超凡生物，之后还能不断通过后续的魔药让它晋升。"

"当然，一切的前提是，你有足够的财力，也能对付失控的残次品。"

"药师"听得呆了几秒，好一会儿才道："真是奢侈啊。我光是给自己攒钱找需要的非凡材料就足够艰难了，动物服食魔药失控又是大概率的事情，不多来几次就很难成功，能这么做的人肯定有矿山，或者开了家银行。"

我们塔罗会的"正义"小姐应该就养了一只超凡生物……克莱恩忽然为"药师"感到心酸。

真要放开了手脚不顾一切地赚钱，"药师"绝对是低序列里最容易聚集大量财富的类型，但问题在于，这同样也容易被官方非凡者盯上。

又有几桩交易或完成或流产之后，克莱恩听见了一道故意压低的嗓音："我这次只带来了一件非凡武器，它是五十发有不同效果的子弹。其中二十发铭刻有太阳领域的标识和符号，形成了完整的符咒，可以有效净化鬼魂类怪物，伤害到较为强力的怨魂和幽影，所以叫'净化子弹'；还有二十发针对污秽堕落类生物，叫'猎魔子弹'；另外十发比较克制邪异类怪物，叫'驱邪子弹'。效果都能稳定维持十八个月，甚至更久。五十发子弹五百镑，或者'野蛮人'魔药配方，并附送一把口径合适的特制左轮手枪。"

果然按照我上次的提议做了类似的子弹，不过看起来比一般的非凡武器要复杂啊，这么久才做了一套……克莱恩没给别人留机会，直接开口道："我有'野蛮人'的魔药配方。"

这时，一名个头颇高的男子也开价了："五百五十镑。"

在当代，这是最方便携带和使用的非凡武器！

那位遮掩得很严密的女士嗓音里带着难以压制的喜悦，说道："这位先生，对不起，我优先选择'野蛮人'配方。"

"六百镑。"那男子再次抬高了报价。

"不，这不是金钱的问题。"背后有"工匠"的女士侧头望向克莱恩，"成交！但请先把配方交给'智慧之眼'老先生，由他进行鉴定。"

呼，还好我拿到了"黑皇帝"牌，要不然遇到抬价这么狠的人，今天肯定会大出血……克莱恩卷起长袍，从内侧口袋拿出了早就写好的"野蛮人"配方，并展开看了一眼。

序列8"野蛮人"

主要材料：狂化草一株，大地犀牛的实心独角结晶。

辅助材料：深纹胡桃一个，香蜂草一株，杨树皮浸泡出的纯露10毫升，烈酒100毫升。

确认无误后，克莱恩重新折好纸张，交给了侍者。

和之前那次一样，"智慧之眼"老先生取出了那枚被诸多细碎钻石簇拥着的如同眼睛一般的绿色宝石戒指，模拟出"公证人"的非凡能力，确认配方是真实的。

听到这位老先生宣布"配方有效"时，那位背后有"工匠"的女士明显地舒了口气，将一个巴掌大小的方形铁盒拿了出来。

经过侍者的传递，她如愿收获了配方，迫不及待地当场展开看了几遍，似乎想直接记下来。

克莱恩则手握铁盒，啪地打开，审视起收获。这个铁盒内的子弹分成三堆，一部分泛着淡金色泽，似乎刚从热水里捞出来；一部分通体银色，布满花纹，冰冷却神圣；最少的那部分于黄铜之色里绽放出金芒，隐约能看见里面铭刻着诸多标识和符号。

嗯，是真的……

在神秘学领域，克莱恩这点鉴别力还是具备的，他啪嗒一声合上盖子，将那件物品装入了长袍下的衣服口袋里。

至于那把赠送的左轮手枪，形制没什么特殊，枪体呈较深的黄铜色，握柄则由胡桃木制成。由于腋下枪袋也在上次警方临检时失去，克莱恩只能将左轮别在腰间，用衣物遮掩。

完成这场计划内的交易后，他环顾起居室一圈，故意提高嗓音道："我需要'太阳圣水''太阳圣徽'等强力净化类物品。我可以出金镑购买，也可以拿配方做交换，比如'野蛮人'后续的序列7'贿赂者'。

"当然，如果有神秘领域和超凡世界的问题需要解答，我也可以试一试，不过不保证能回答出来。"

"药师"在对面听得睁大了眼睛，他感觉这就是那个"幸运小伙儿"。可是，这家伙才成为非凡者没多久，怎么就能得到如此多有价值的东西？"药师"越想越咬牙切齿，觉得自己当初的选择错误了，幸运才是最重要的！

而购买了"野蛮人"配方的女士险些无法控制自己，差点用原本的嗓音发声："我没有你需要的事物，但是我可以支付金镑，八百镑！"

克莱恩吞下了"成交"这个单词，想了想，还是轻笑道："我暂时只接受以物易物。我下次聚会应该还会来，你可以提前搜集类似的事物。"

暂时……那位女士咀嚼着这个单词，缓慢颔首道："好的。"

之后，其余参与者没人开口，克莱恩的需求同样未得到满足——在贝克兰德，在鲁恩王国，永恒烈阳的信徒是可以被视为邪教徒处理的，所以流通在外面的类似物品非常少。

克莱恩略感失望，但并不是太在意，他还有备选方案。他清楚地记得那位休小姐曾经找过一个永恒烈阳的非凡者信徒做净化！而且，那位渴望"贿赂者"配方的女士肯定也会积极寻找。

克莱恩不再说话，旁听起后续的交易和交流。

聚会接近尾声的时候，一个身材中等、没什么特点的参与者捏了捏脸上的铁面具，用浑厚的男中音道："我需要成年寡妇巨蛛的丝腺。"

成年寡妇巨蛛的丝腺？很耳熟啊，我好像在哪里听说过……克莱恩微皱眉头，没用占卜，只苦苦回想。

忽然，他记起了熟悉感的来源：这是"欢愉魔女"药剂的主材料之一！

"欢愉"是魔女途径的序列6，克莱恩通灵雪伦夫人时获得了它的完整配方，平时虽然很难回忆起具体的内容，必须依靠梦境占卜帮忙才能再现，但真要听到了相关的主要材料，还是会感觉熟悉，会产生联想。

他忍不住侧头打量了那名求购者一眼，从肤色、身材、嗓音和脸庞没被遮住的轮廓等方面确认对方是名男性。

"欢愉魔女"的前置序列是"女巫"，不管原本是什么性别，只要过了那一关，都会统一为女性。这位明显不是啊……他还没成"女巫"，求购什么"欢愉魔女"的主材料？嗯……难道他在帮别人购买？他是某位"女巫"的合作伙伴，或者忠诚下属？

可是，魔女教派作为一个相当古老且传承至今的隐秘组织，应该不会太缺相应的材料。以她们的秉性，用之前成员遗留的非凡特性来调制魔药属于正常操作……难道求购者背后的"女巫"和组织失联了？

想法纷呈间，克莱恩很有跟踪一下对方的冲动，但仔细思考后，他理智地放弃了这个打算。

先不提能不能绕过"智慧之眼"的防备措施锁定对方的踪迹，光是对方情况不明、来不及占卜等因素，就足以让他选择遵从心的意愿。

万一那边不止一个"女巫"，还有别的较为强力的非凡者呢？而且，"女巫"晋升"欢愉魔女"是好事，前者会散播灾祸，危害诸多无辜者；可一旦成为后者，目标就在"欢愉"上了。

简单来说就是，社会危害性小了……克莱恩咕哝了一句。

成年寡妇巨蛛的丝腺已经属于较为贵重、较为少见的非凡材料，就像克莱恩晋升序列6需要的千面狩猎者脑部异变垂体和人皮幽影特性一样，差不多等于首都颇好地段的半栋房子，所以那名求购者并未得到满意的答复。

准确来说，没人给他答复。

聚会的氛围随之变得沉默，直到胖乎乎的"药师"开始卖他带来的那些药剂。经过之前的尝试，他有了不少回头客，不到三分钟就卖光了所有能卖的物品，收获了超过五十镑的现金。

随着"智慧之眼"老先生宣布聚会结束，各个参与者按照不同的顺序、不同的间隔从不同的通道相继离开。

克莱恩位于中段，绕至别的僻静街道解除伪装后，他立刻赶往东区，在寒冷与各种臭味混杂的夜里抵达黑棕榈街，进了租住的那个一居室房屋，并在途中买了一个腋下枪袋。

未加休息，他拿出左轮手枪，打开装有非凡子弹的铁盒，取出两枚净化了弹、两枚猎魔子弹和一枚驱邪子弹，将它们一一塞入了孔洞，并置击发位于空弹仓处。

摆了一下姿势，试了试手感，又确认了能否正常击发，克莱恩将左轮放入腋下枪袋，忙碌着做起别的准备：比如检查铁制卷烟盒内的"全黑之眼"是否有异常；比如将阿兹克铜哨放入装子弹的铁盒，并借助圣夜粉的帮助，制造了一个紧贴于表面的灵性之墙，完成了对那枚古老精致的铜哨的屏蔽。

确认三种符咒各自的形状和位置后，克莱恩又去灰雾之上做了占卜，接着戴上鸭舌帽，再次出门。他的目标是大桥南区威尔迪街32号，是小偷发现"万能钥匙"的那个地方！

那里或许有"学徒"后续配方或相关物品的线索，克莱恩早就想去探索，但他怀疑那个惨死的家伙变成了怨魂类的生物，一直等到买好净化子弹才敢行动。

魔术师不做无准备的表演！

抢在蒸汽地铁停止运营之前，克莱恩用这种最节省金钱的方式抵达了大桥南区，并换乘公共马车，来到了威尔迪街附近。

此时夜色已深，贝克兰德正下着夹带了刺骨寒意的细雨，街道上的行人少到近乎没有，煤气路灯的光芒则被玻璃表面沾染的液体弄得氤氲朦胧，让一切看起来就像在梦境中。

克莱恩绕了一圈，观察了32号那栋房屋的情况，然后来到它的侧方，攀爬至二楼，从之前被小偷打开却明显没法再关上的阳台门轻松进入了目标建筑内部——他未带"万能钥匙"，因为害怕那件物品会在这里引起不正常的连锁反应。

这栋房屋的格局和正常的房屋相同，一条连接着两侧阳台的走廊贯穿了整个二楼，它的两侧分别有卧室、盥洗室、日晒屋、起居室等房间。

借着从阳台照进来的绯红月华，克莱恩看见这里的所有门都被打开了，里面各种物品扔了一地，凌乱不堪。

应该是先前那小偷做的，他拿不走所有物品，只能翻找最值钱的那些……不过，他拿了"万能钥匙"，不至于还要开门啊……

克莱恩一个房间一个房间地检查过去，寻觅着可能涉及神秘领域的事物。

不知过了多久，戴着黑色手套的他毫无收获地来到了楼梯口。

他刚往下走了两步，眼中忽然映出了一道身影！那身影紧贴着楼梯拐角处的墙壁，背对着克莱恩，脑后黑发浓密，几乎遮住了脖子。

早已开启灵视的克莱恩还没来得及观察，那身影就突然动了！他脖子吱嘎作响，脑袋就那样转了过来，而身体依然背对着二楼！

在朦胧、微弱、虚幻的绯红薄光里，那身影的眼珠完全凸了出来，里面写满了恐惧。

啪，啪！那两颗眼珠掉在了地面。

砰！那身影的脑袋脱离了脖子，砸在了木制楼梯上。

早就已经死了，没有灵性光芒……克莱恩冷静地看着、评判着，就像刚才发生的一切只是一场闹剧。

他从对方陈旧的黑色衣物和二楼敞开的众多房间等细节做出了猜测，认为这是另一个窃贼，在先前那个小偷之后光顾这栋房屋的窃贼。但遗憾的是，这个窃贼没有那么幸运。

难道说"万能钥匙"其实束缚着这里的"危险"，等它被拿走，一切就爆发了？

克莱恩抽出左轮，调整了击发位和扳机，沿着楼梯一步一步来到那具死尸的旁边。他蹲了下去，略作检查，未能发现脖子被扭断之外的其他死因。

沉吟几秒，克莱恩站直身体，谨慎下行，哪怕脚底是木制阶梯，他都未踩出吱嘎的声音。

一阶，两阶，三阶，他走完楼梯，踩到了地面。

他的眼前是一条连通着两侧的走廊，那里有绯红月光照进来，隐约勾勒出阳台的轮廓。而走廊两侧，一扇扇房门大开，露出里面物品散落的凌乱景象。这里没有客厅，没有餐厅，也没有厨房，这是二楼！

克莱恩从二楼往下，走完了阶梯，却回到了二楼！而在这个过程中，他并未发现丝毫异常！

克莱恩没有慌乱，缓慢地转过身去，只见身后的楼梯是通向下方的！

也就是说，我的那种特殊能力只能对抗入梦、通灵等直接侵入我心智体、侵入我心灵世界的非凡能力，或者让我察觉所处的环境不属于现实世界……我依然会被幻觉影响……

克莱恩一边猜测，一边掏出火柴盒，用拿枪的手捻了几根火柴出来。他继续下行，每走几层阶梯，就扔一根火柴。

克莱恩再次来到了楼梯拐角处，再次看见了那具脑袋与身体分离的死尸。就在这时，他脖子后面忽然有让人寒毛耸立的冷风吹来。

啪！克莱恩打了个响指，一道赤红的火焰从他背后腾起，冲向屋顶。那火焰燃烧着，仿佛张牙舞爪的怪物，却没有烧到任何事物。

克莱恩正要回头用灵视观察，身体却突然一僵，仿佛坠入了冬天结冰的湖里。他忍不住颤抖起来，左手缓慢地掐向自己的脖子，但又被他强行"按"了回去。

这时，克莱恩霍地轻叹了一声。他强行控制左手伸入衣兜，解除灵性之墙，打开了装子弹的铁盒。紧接着，他握住阿兹克铜哨，将它拿了出来，用力一抖，丢向下方楼梯的半空位置！

几乎是瞬间，他就感觉到身体内的阴冷和僵硬消失了。他的灵感之中，一团邪异森冷的事物急蹿而出，就像玩耍时捡球的犬类一样扑向了阿兹克铜哨！

克莱恩嘴角勾起，抬起右手瞄准铜哨的方向扣动了扳机，轻声开口道："拜拜。"

乓！淡金的净化子弹飞出，准确命中了那团森冷隐约的事物。一声惨叫随之响起，金色的火焰于半空勾勒出了人形轮廓！

温暖明亮的光芒之中，所有的阴冷，所有的邪异，都迅速消散一空。

当！阿兹克铜哨落地，颠了几下，滚至一楼的客厅内。

克莱恩再看周围的场景，发现已与刚才有了一定的不同，比如那具死尸的脑袋并未和身体分离，他用双手掐死了自己。

呵，有准备果然很轻松……克莱恩低笑一声，沿着楼梯再次下行，顺利抵达了一楼。

他捡起阿兹克铜哨，顺手甩了两下，想看看这里还有没有别的怨魂幽影。

确认不再有问题后，他分辨方向，直接去了地下室。走完楼梯，通过房门，他看见了梦境占卜里见到的那幅画面，看见了摆在长条桌上的棕色笔记本。

除了"万能钥匙"和镶嵌钻石的银色怀表已经被小偷拿走，这里依然保持着我梦境占卜里看见的样子……克莱恩环顾一圈，将黑色铁锅、玻璃罐子和放着许多蜡烛却早已熄灭的青铜灯架等事物收入了眼里。

他的灵视和灵感告诉他，这些都是很普通的物品，不带丝毫灵性光彩。

嗯，但与之前相比，还是多了一点东西……克莱恩伸出戴着黑色手套的左掌触碰了一下长条桌的表面，他的指头随即沾染上了明显的尘埃。

克莱恩仔仔细细地搜查了一遍，并初步做了占卜，没有发现密室和暗格。于是，他将目光投向了那本棕色的笔记。

他小心地翻开，第一页的内容映入了他的眸子。

> 这将是一个受诅咒的家族重新崛起的历史！
> 我要记下每一个关键点！未来的子孙们，请牢记我之后说的每句话！

可惜，你刚服食完序列9的魔药就失控而死，亚伯拉罕家族的荣光依旧只能停留于嘴边……克莱恩腹诽了一句，继续往下浏览，并快速翻页。

一旦确认了价值，他就会带走笔记，不在现场多做停留。

我们亚伯拉罕家族是第四纪最顶尖的大贵族之一，是图铎王朝的主要支持者。在那个时代，无论是鲁恩的奥古斯都家族、弗萨克的艾因霍恩家族，还是因蒂斯的索伦家族、费内波特的卡斯蒂亚家族，都只能仰望我们。确实，那个时候的他们已经不弱，但我们更强！

即使传闻里的安提哥努斯家族、查拉图家族，也要比我们差一些。

可惜的是，家族的荣光消逝于四皇之战，先祖伯特利在那场神灵亲自下场的战争里不知所终，剩余的高序列强者尽数陨落。

而从那之后，我们亚伯拉罕家族就受到了可怕的诅咒，一代又一代试图复兴家族的先辈无一例外地疯掉了、失控了，他们有的是在成为高序列强者之前，有的则还停留于序列8、序列7。而每一次的失控都给家族带来了近乎覆灭的灾难，那些被诅咒者遗忘了血脉里铭刻的姓氏，肆无忌惮地伤害着家族其他成员，他们已经是怪物！

为了家族的延续，亚伯拉罕们做出了痛苦的决定，那就是不再聚居，以小家庭的形式迁徙往北大陆各地。这样一来，哪怕有人失控后制造杀戮，也不会让血脉因此而断绝。

我的父亲害怕诅咒，选择成为一个普通人，如果不是血脉里的姓氏还在闪耀，他甚至都不愿意告诉我这些事情。

我要记录下它们，我要经常回顾，牢记亚伯拉罕家族的荣光和灾难。

每一代的非凡者最终都会失控，无一幸免？亚伯拉罕家族的诅咒甚至比白银城的还要可怕……

等等，他们应该都是"学徒"途径的，难道是听见了那位"门"先生的求救？这，这哪里是求救声，分明是索命咒！

可是，根据"魔术师"小姐的描述，她并非因为成了"学徒"才在满月时听到那虚幻的呓语，而是由于使用了腕部那条手链。再之后，不管她戴不戴手链，都无法摆脱……

亚伯拉罕家族的那些非凡者又是因为什么呢？或许诅咒与"门"先生无关？

嗯，笔记上提到亚伯拉罕家族的先祖伯特利·亚伯拉罕于四皇之战里失踪了，莫非他就是那位"门"先生？他被放逐出了现实世界，迷失于黑暗深处，困在了风暴之中？

有一定的可能，他最容易定位的求助对象自然是具备同样血脉且处于同一非凡途径较低序列的后裔。可惜的是，由于强者全部陨落，他的呼喊反倒给家族带来了延绵一千多年的诅咒，差点让亚伯拉罕们全部消失……这就是"门"先生那样了解第四纪历史、了解四皇之战详细过程的原因？

如果我的猜测是真实的，只能感叹一声：亚伯拉罕真是一个不幸的家族！

不知道笔记主人提及的事情有没有受到一千多年时光和家族散居各地的影响而出现偏差……四皇之战里，神灵们竟然亲自下场了？

克莱恩微皱眉头，翻页的速度越来越快。

> 选择成为普通人的父亲最终没能战胜疾病，这让我的母亲受到了极大的打击，很快就跟随父亲离去，而这也意味着我获得了自由。
>
> 可让我痛苦的是，父亲为了不让我踏上被诅咒的道路，关于非凡者的许多事情都没有告诉我，我必须自己去接触、去了解。
>
> 幸运的是，他不敢违背长老的命令，依旧在临死前将"学徒""戏法大师"和"占星人"的魔药配方给了我。
>
> 我要重新抄录这三份配方，免得出现遗忘。
>
> 序列9"学徒"
> ……
>
> 序列8"戏法大师"
> ……
>
> 序列7"占星人"
> ……

克莱恩看得微挑眉毛，觉得今晚已是不虚此行，觉得没有浪费那枚净化子弹。当然，他等下还得去灰雾之上确认一下真假。

"占星人"……"学徒"途径竟然也有占卜系列的职业……这么看来，我之前的一个猜测很可能接近了真相，"占卜家"途径和"学徒"途径也许可以在高序列互换……克莱恩轻轻颔首，继续往下翻页。

虽然已经确定了笔记的价值，但他暂时还不想离开现场——要是笔记后面记载了把什么东西藏在了哪里的内容，他肯定还得回来一趟，既然如此，何必那么麻烦？

哗啦啦，纸张翻动间，克莱恩大致弄清了那位亚伯拉罕家族后裔的非凡历程：父母过世后，他开始尝试着接触神秘学圈子，搜集与序列魔药有关的信息，购买对应的非凡材料；经过近两年的努力，记录下许多或真或假的神秘学知识后，他终于成功调配出了"学徒"魔药。

他在笔记的最后写道：

> 根据我掌握的神秘学知识，满月的夜里，灵界与现实最为重叠，那也是灵性最为滋长的时候，最有利于服食魔药获得晋升。
>
> 我将在下个满月时成为"学徒"！我要一步步强大起来，再现亚伯拉罕家族的荣光！
>
> 等有了序列7的水准，根据家族的规定，我就可以尝试联络长老们了。
>
> 联络方式就在我的脑子里，这是不能记录下来的秘密。

满月时服食魔药晋升？克莱恩看得一愣一愣的，忍不住在胸口顺时针点了四下，画了个绯红之月："愿女神宽恕你的无知。"

他隐约有点明白对方当场失控的原因了！根据他刚才的猜测，困扰亚伯拉罕家族一千多年的诅咒很可能与"门"先生在满月时传出的求救声有关，而那个家伙居然选择在满月时服食"学徒"魔药。那样一来，他极有可能在魔药效果还未消退、灵性非常不稳定的状态下听见那虚幻的呓语，于是，砰的一下就爆了……

还好我当初听见的"霍纳奇斯……弗雷格拉……"并不要命，克莱恩下意识地在心里感慨了一句。

旋即，他想到"万能钥匙"的古怪，隐约有了一个推断："万能钥匙"的形成，除了源于"学徒"非凡特性的聚集，还掺杂了"门"先生虚幻呓语的因素，于是，它偶然带来的迷路变得相当危险，总是让持有者进入不太合适的场景！

这算是一种诅咒了！而前后联系起来，"门"先生是亚伯拉罕家族先祖伯特利的可能性不低。

呼……见没有隐藏宝物的信息，克莱恩吐了口气，不再停留，拿着那本棕色笔记离开了地下室。

他边抛阿兹克铜哨，边原路返回。

来到阳台位置后，他抬起左手，啪地打了个响指。散落于楼梯上的那些火柴霍地燃烧起来，腾起了赤红的光芒。它们很快熄灭，只留下少许灼烧的痕迹。

绕行东区，去除伪装的克莱恩在凌晨之前返回了明斯克街。

他来到灰雾之上，先用灵摆法确认了那三份配方是真的，紧接着，他于斑驳长桌对面具现出了假人"世界"。

克莱恩正待操纵对方，忽地抬手拍了下自己的额头："我都忘记了！我把'全黑之眼'带回现实世界了……"

又是一番忙碌后，他再次让"世界"呈现于巍峨宫殿内，并在对方周围弄出了普通房间般的景象。然后，他让"世界"摆出虔诚祈求的姿势，沙哑着嗓音道："不属于这个时代的愚者啊……请您转告'魔术师'小姐，我已经得到'戏法大师'魔药的配方。我希望她能拿一件太阳领域以净化和驱邪为特长的物品交换，如果价值不等，我愿意额外补上相应的金镑。"

操纵完"世界"，克莱恩将刚才的影像化作一团流光，传入了代表"魔术师"的那颗深红星辰。

他清楚地记得，上次休小姐找人做净化与驱邪时，"魔术师"小姐也在现场！

…………

佛尔思翻了翻摆在书桌上的日历，拿笔勾出了即将到来的满月日期。她打定主意，到时候一听见那虚幻可怕的吃语就诵念"愚者"的尊名，到灰雾之上度过那难以忍耐的痛苦时光。

"生活真是充满了期待……"她合拢手中的小说，准备关掉墙上镶嵌的铁栅格煤气灯。

就在这时，佛尔思眼前一花，她看见了无边无际的灰雾，看见了居于雄伟古老宫殿内的高大身影，看见了一名虔诚祈祷的男子。

那声音传入耳朵，她险些跳了起来，心中又惊又喜：我苦苦寻觅了多年的"戏法大师"配方竟然就这样找到了？我辗转参与了那么多个不同的非凡者聚会却始终没有线索的"戏法大师"配方竟然就这样找到了？而距离我提出需求，还没过去一周！

这，这就是塔罗会……果然不是普通非凡者聚会能够比拟的！

佛尔思一阵感慨，忍着激动和欣喜，谨慎地回应道："'愚者'先生，那个配方是真的吗？"

"是的。"高背椅上俯视着下方的"愚者"平淡地说道。

佛尔思猛地握拳，悄然在腰间小幅度挥舞了两下，几乎没有斟酌就开了口："那位是'世界'先生吧？请您转告他，我会尽快寻找到他需要的物品。"

等到灰雾散去，一切结束，佛尔思怔了两秒，难以遏制兴奋情绪地站了起来，在房间内来回踱步。

太阳领域，以净化和驱邪为特长的物品……我之前只遇上过两次，但都被别人买了下来，对方未必愿意再出手……嗯，之前在A先生召集的聚会上，休请了一位永恒烈阳的信徒做净化和驱邪仪式，他至少序列7，应该有类似的物品，或者说掌握着有关的线索……

就是不知道要花费多少金镑，虽然"世界"先生承诺会补齐差价，但我也未必拿得出来前期要垫付的部分……佛尔思渐渐将思绪转移到自身的财政状况上。

她身上现在有三百七十镑现金，主要来源于格莱林特子爵为"药师"配方支付的溢价报酬，她的银行账户内还有五百一十镑存款，两者加起来接近九百镑。而一件类似的物品，贵的可能要两千镑，便宜的则要五六百镑，可便宜的未必是"世界"先生需要的类型……

如果遇上合适的事物，而我的钱不够，怎么办？去银行贷款，或者寻找利息较高的借款，只要顺利，等"世界"先生支付好差价，我的债务就能轻松还清……也许，可以找奥黛丽小姐拆借几天，她一向不在意金钱，肯定不会收什么利息……佛尔思迅速有了一揽子的解决方案。

就在这时，趁着夜深去外面僻静地方锻炼格斗能力的休回到了租住的两居室。看见佛尔思的房间还亮着灯光，她敲门问道："你要熬夜写新书开头吗？呃，佛尔思，你似乎很开心，出版社提高了你的稿酬？"

"不不不。"佛尔思怔了一下，堆起笑容道，"我刚才收到了一个消息，疑似'戏法大师'魔药配方的线索。"

"真的吗？你终于等到它了！"休完全没察觉佛尔思隐藏的异状。

看见好友为自己高兴的样子，佛尔思忍不住暗自叹息了一声：我已经成为一个秘密组织的成员，从此得背负起时刻隐瞒和欺骗朋友的命运……这就是代价之一吗？

周六上午，克莱恩再次到圣乔治区萨奇街拜访了发明家雷帕德。

因为自行车的专利还未申请下来，他只是支付了二十镑的尾款，叮嘱对方在真正拿到专利前不要贸然找人谈后续投资与合作的事情。

对此，雷帕德深表赞同，他之前有两次发明就是基于同样的因素被人坑了。在拿到专利前被接触过的潜在投资者了解了产品，于是，对方一脚踢开他，收买工作人员，抢先获得了专利。

从雷帕德家离开后，克莱恩在预定的时间抵达了艾辛格·斯坦顿位于希尔斯顿区的那栋略显阴沉昏暗的房屋——今天是连环杀人案悬赏下来的日期！

穿过客厅，进入之前那个起居室，克莱恩看见了卡斯兰娜和斯图亚特这两位较为熟悉的侦探，并坐到了后者的旁边。

"夏洛克，你说这次我们会拿到多少赏金？应该不会比保护亚特鲁少。当然，我做的工作不多，能分到的有限。罗塞尔大帝说过，一分耕耘，一分收获。"斯图亚特握拳抵了抵下巴位置的胡须。

克莱恩饶有兴致地猜到："多的可能几百镑，少的不会低于十镑。"

而我是那个多的……如果艾辛格·斯坦顿像他自己描述的那样有信誉的话……克莱恩在心里补了一句。

这时，鬓角斑白、脸庞消瘦到轮廓分明的艾辛格穿着白色衬衣和棕马甲，拿着标志性的烟斗，进入壁炉正熊熊燃烧的起居室，坐到了属于他的那张安乐椅上。他微笑道："女士们，先生们，我刚从贝克兰德警察厅回来，他们认可了我们的贡献，认为我们为案件的破获提供了至关重要的帮助。虽然我们没有参与后续的围捕，但我们依然可以拿到一半悬赏。也就是说，我们将瓜分一千镑现金！这在贝克兰德也是一笔相当丰厚的赏金，一个侦探得不吃不喝睡在街头四五年才能攒到。"

起居室内的气氛顿时变得轻松，到处都洋溢起对自身赏金的期待，就连克莱恩也没有例外，他在猜艾辛格会分给自己多少。

"至少上百镑吧？"他无声低语了一句。

艾辛格吸了一口烟斗，微眯着眼睛，很是满足地说道："感谢大家对我的信任，我现在做出分配。

"这次贡献最大的是夏洛克·莫里亚蒂侦探，他提供的几个思路和想法让我们找到了线索，走上了正确的轨道，他是名副其实的推理专家！

"这一点，卡斯兰娜女士可以证实，我这里也还保留着莫里亚蒂侦探写来的几封信，质疑的人可以拿去看一看。"

很公正嘛……竟然没把自己列为最大贡献人……克莱恩顿时对艾辛格·斯坦顿这位大侦探有点刮目相看，难怪他在侦探圈子里很有权威！

见没人提出异议，艾辛格轻轻点头道："我宣布，夏洛克·莫里亚蒂侦探的赏金是，三百镑！"

轰的一下，起居室内的侦探们交头接耳，小声低语。他们时不时抬头望向克莱恩，似乎终于认识了这位被斯坦顿先生称赞为推理专家的优秀侦探。

真是一个慷慨的人，公正的人……克莱恩张了张嘴巴，最终没有谦虚。

赏金排在第二位的是艾辛格自己和卡斯兰娜，他们各自拿了一百六十镑。其余侦探则依靠不同的贡献，瓜分了剩下的三百八十镑，其中最低者也有十五镑，相当于他们平常三四周的收益。这就是大案子高悬赏的好处。

拿到四十镑的斯图亚特非常满意，因为他觉得自己只是做了两天的观察，而观察的对象还不是后来锁定的嫌疑者。当然，他这四十镑也是要支付一部分出去的，参与此事的线人和帮手必须全部照顾到。

分完赏金，斯图亚特忽然想起了一件事情，边从裤兜里掏出一张纸，边对克莱恩道："夏洛克，我最近接了个报酬很丰厚的寻人任务，你发动你的资源帮我注意一下，如果能找到，我不会少了你那一份。"

"好的，没问题。"克莱恩不甚在意地回答道。

斯图亚特将手里那张纸递过去道："就是这个人，失踪近两周了。因为他自身与不检点的事情或者某种程度的犯罪有关，委托人不希望我们找警察帮忙。"

克莱恩微微点头，展开纸张，看见了一张拓印下来的黑白照片。

那是一个头发斜着后梳，正经里带着几分潇洒的男子，二十七八岁，长相属于秀气型的英俊，但眉眼间有不加掩饰的傲气，鼻梁高挺，嘴唇较薄。

"对了，他叫……"斯图亚特回想了下道，"埃姆林·怀特。"

埃姆林·怀特……克莱恩忽地侧过头，望向斯图亚特："啊？"

这不是被乌特拉夫斯基神父囚禁在地下室内的那个吸血鬼的名字吗？

…………

尼根公爵的府邸内，被邀请来参与下午茶的奥黛丽略感无聊地听着母亲和公爵夫人黛拉她们闲聊贵族之间的一些事情。

目光扫过精致的三层托架，扫过造型别致的松饼和蛋糕等可口物品，感觉自己最近有些放纵食欲的她只是轻巧端起茶杯，抿了口红茶。

过了一阵，她抱歉地起身，在女仆的陪同下去了趟盥洗室。

刚从里面出来，她就遇见了一名个子高挑、眉毛细长、打扮雍容的中年女士，这正是公爵夫人黛拉的妹妹、一位世袭子爵的妻子，诺玛夫人。

彼此行礼后，诺玛望着奥黛丽，轻笑道："听说我们美丽的少女对神秘学很感兴趣？"

提神秘学，难道是心理炼金会的人，来试探我？奥黛丽瞬间转入"读心者"状态，不太好意思地低头回答道："是的。"

听见奥黛丽给出肯定的答案，诺玛夫人顿时笑了一声："真是诚实的孩子。我正好认识一些知识很渊博的神秘学专家，有没有兴趣和他们聊一聊？"

"好啊，这正是我的愿望，赞美女神。"奥黛丽故作惊喜地在胸口画了个绯红之月。

诺玛夫人噙着笑容，轻轻颔首道："明天一起享用下午茶怎么样？"

"没问题。"奥黛丽兴奋的眸光中带着几分天真。

告别诺玛夫人往客厅方向行去时，她的笑容逐渐沉淀，气质恬静而悠然。

她的肢体语言、她的情绪颜色、她心智体映射到外面的细节变化都说明她没有恶意，但相当紧张……

看来诺玛夫人真有可能是心理炼金会的成员……

嗯，她刚才一直在观察我的表情和动作，却无法调节和掩饰自身的情绪。或许，她和苏茜一样是位"观众"，可惜的是，她不知道她面前的是位"读心者"……

奥黛丽半是忐忑半是自豪地想着，忍不住让双脚交替往前行去，优雅地踩起了直线。

……………

艾辛格·斯坦顿位于希尔斯顿区的房屋内，克莱恩嘴唇翕动了几下，最终没有向斯图亚特询问雇主是谁，长什么样子。

克莱恩决定尽量不掺和埃姆林·怀特的事情。虽然听自述，那是个遵纪守法的吸血鬼，但这仅限于对方自述的内容，他的前半生还有太多的空白，克莱恩无法确认他是否真的没害过无辜者。这样一来，克莱恩就缺乏找乌特拉夫斯基神父解救对方的动力，那可是一位相当擅长战斗、有神奇物品辅助且未被削弱的"黎明骑士"！而且，这也很容易在乌特拉夫斯基神父和埃姆林·怀特面前暴露克莱恩的现实身份。

希望他能尽快得到那位很能打的神父的认同，早日"刑满出狱"……克莱恩默默地在心里为埃姆林·怀特顺时针点了四下。

瓜分完赏金，侦探们相继告辞，克莱恩更是得到了艾辛格大侦探送至门口的最高礼遇。

艾辛格拿着烟斗，轻咳了两声道："连环杀人案还有一些疑点没被查清楚，也许凶手背后还隐藏着一个更加凶恶的家伙，你最近务必小心，不要大肆宣扬自己在这起案子里发挥了重要作用。"

看来官方非凡者也怀疑那只恶魔巨犬是有主人的……克莱恩郑重回应道："我知道，我也有这方面的猜测。斯坦顿先生，你同样得小心，你是聚会的召集者，是警方的主要合作伙伴。"

艾辛格将烟斗塞入口中，又取了出来道："夏洛克，我就叫你夏洛克吧，你可以放心，虽然我已经不再年轻，但我依然是出色的格斗家，是优秀的神枪手，具备本能的警惕性。"

而且你大概率是位序列不低的非凡者，就是不知道属于哪条途径……克莱恩想了下道："斯坦顿先生，你似乎不是贝克兰德本地人？你的口音更贴近西维拉斯郡那边。"

"是的，正如同你的闾海东岸口音一样。"艾辛格坦然承认。

两位侦探相视一笑，都认可了对方不动声色间观察事物的能力。

第七章
CHAPTER 07
✦ 战前准备 ✦

赶在傍晚之前，克莱恩回到了明斯克街15号。

嗯，我现在有一千二百二十四镑的钞票加五枚金币，以及少量的零钱，和刚来贝克兰德那会儿相比已经足够宽裕。

不过，序列6的非凡材料至少一千五百镑一件，有的时候因为稀缺，甚至可能翻倍。而能获得类似物品的非凡者，序列都不会太低，不可能误判价值，也就不存在捡漏的可能性……

虽然那位背后有"工匠"的女士对"黑皇帝"途径的魔药配方异常渴求，但也得考虑到她提升的进度。在序列9的阶段，她几乎不可能花费大笔金钱预购序列6的配方，除非家里有矿或者开银行……

嗯，也不能总逮着一只羊薅毛……

思绪纷呈间，克莱恩没急着准备晚餐，而是回到卧室，拉拢窗帘，进入了灰雾之上。

他刚才有了个想法，需要验证一下。

坐至属于"愚者"的位置，他伸出手，拿起了那把形制古朴、黄铜色泽的"万能钥匙"。

根据昨晚得到的那本亚伯拉罕后裔的笔记，他猜测对方是因为在满月时晋升才当场失控，所以，"万能钥匙"让人迷路至不好地方的诅咒般的能力，除了来源于遗留的、隐含怨念和不甘的非凡特性，还有不小的概率是受到了"门"先生虚幻呓语的污染。

"那么满月时，它会有什么变化呢？"克莱恩咕哝了一句。

他具现出纸笔，写下了早就酝酿好的占卜语句：它在满月时的表现。

一手握着纸张，一手拿着"万能钥匙"，克莱恩往后靠住椅背，自嘲一笑道："又要作死了……不过，这次应该没什么太大的危险。'门'先生远离现实世界，迷失在了黑暗深处，而且我还有灰雾阻隔。"

在这种情况下，占卜危险程度和直接占卜事情本身没什么区别，经验丰富的克莱恩半闭上眼睛，眸色转深地不断诵念道：

"它在满月时的表现。

"它在满月时的表现。

"……"

七遍之后，克莱恩坠入了梦境。

那片灰蒙蒙且支离、虚幻的天地里，他再次看见了亚伯拉罕后裔死亡的那间地下室。这里的血肉早已干涸，镶嵌着钻石的银色怀表与形制古老的"万能钥匙"还未被盗走，依然躺于地面。

突然，一道尖锐、空洞的虚幻嗓音回荡于克莱恩耳中，就像一根细针插入了他的脑袋，一点点延伸，一点点戳动，似乎要将他整张头皮完整地剥下来！

这极致的痛苦让克莱恩一下清醒，猛地坐直。他看见自己手背上的青色静脉一根根凸了起来，又很快平复了下去。

"嗯，比窥视永恒烈阳、偷听真实造物主的怒吼轻松多了……"克莱恩改按为敲，悠然地想道。

当然，换作在外界，他相信自己绝对不会只有这样的反应。

"如果'魔术师'小姐一直听到的是这种求救，她早就失控了……看来'万能钥匙'因为产生了诅咒的原因，让那声音变得更加清晰了。

"也不对，乌特拉夫斯基神父应该是带着'万能钥匙'度过的血月之夜，他明显没受影响啊……

"或许，他当时把'万能钥匙'放在了卧室，而自身在外面大厅忏悔？嗯，只有接触到'万能钥匙'，才能在满月时听见'求救声'？

"呼，成为高序列前，我都不敢在现实世界里聆听……刚才好像是古赫密斯语里'请求帮助'那个单词……"

克莱恩认真地回忆了几遍，确认了自己的听力成绩。对此，他只能抽动一下嘴角，不知该哭，还是该笑："这就是真正意义上的索命式求救啊！可惜，如果能让玫瑰学派那帮人在满月之夜听见'门'先生的求救，性格本就变得冷酷、变得扭曲的他们必然有一个爆一个。"

仔细思考了是否有办法间接达到这种目的后，克莱恩返回现实世界，按照预定的计划享用晚餐，换衣出门。

他转乘两次来到勇敢者酒吧外面，但只是进去转了一圈，什么酒也没点就离开了。这个过程之中，他发现卡斯帕斯又回来了。

走了一条街，克莱恩专门上了一辆出租马车，让对方往乔伍德区驶去。马匹刚刚迈步，他眼前就有虚幻的身影勾勒而出，正是身穿黑色宫廷长裙的莎伦小姐。

"你做好准备了？"莎伦声音清冷地问道。

她头顶那黑色小巧的软帽正牢牢地压着淡金色的头发，再配上苍白的脸孔、精致的五官，有种人偶般的美感。

克莱恩坦然地回答道："还没有。我还在等待一件物品。"

莎伦蔚蓝色的眼眸中不见涟漪，说道："我准备了神奇物品。"

所以才会接三天一千镑的保镖任务？当时看中了物品，钱却不够？克莱恩恍然大悟地笑道："不要着急，我们的准备越充分，把握越大。"

而且太阳领域的神奇物品，我平时也能使用，正好弥补我的短板……克莱恩在心里补充了一句。

见莎伦不再开口，他主动说道："我今天过来，是想让你们配合我做个试验。"

"什么？"莎伦言语简洁地问道。

克莱恩一副正经严肃且看起来值得信赖的表情，说道："根据马里奇的描述，我认为你们各自诅咒的表现是不同的，在满月时，他是因为要忍耐那疯狂的杀戮和嗜血欲望才会痛苦到无法战斗，而你则是吸食不到人类的灵魂就会进入虚弱状态，是否这样？"

莎伦安静地听完，轻轻点头："是的。"

"你的问题我暂时没有办法，但对于马里奇，我认为还是存在暂时压制的可能性。比如，服食相应的药剂，让他处于没有情绪起伏的状态中，这样一来，那段时间内，他就不会痛苦，能完整地加入战斗。"克莱恩阐述着自己的想法。

莎伦摇了摇脑袋道："不行。这类药剂对他已经没有作用。"

已经？也就是说，曾经有过作用？克莱恩若有所思地追问道："为什么？"

"他以前注射得太多，就算换了另外的品种，也只是最开始的三四次有效。我们已经找不到新的品种了……"莎伦说着说着，忽然沉默，似乎想起了什么。

听到她的话语，克莱恩顿时微微一笑："我这里有不同于其他品种的镇静剂，来自那名'药师'。"

见莎伦没说这种镇静剂无效，他双手交握，继续说道："我先给你一支，让马里奇在满月时试一试。明晚就是满月了。如果有效，战斗之前，让他一次喝两支，甚至三支。"

至于以后会不会同样产生抗药性，那不是现在需要考虑的问题……克莱恩平静地想道。

莎伦接过那支装在玻璃试管内的镇静剂，看了一眼里面貌似纯净的液体，轻轻额首道："好的。"

果然是个不废话的人……

克莱恩微笑着，再次开口道："莎伦小姐，你能把你们预定的几个战斗地点告诉我吗？我希望能在这几天提前熟悉一下周围的环境，这样一来，不管你们最终选择哪个地方，我的准备都会更加充分。"

由于挑选最后战斗地点的权利在他们手上，所以他们也不会担心我可能通报给官方组织或者其他想黑吃黑的非凡者……当然，如果实在信任不过，可以再来一次"公证"……克莱恩沉静地想道。

莎伦用那双蔚蓝色的眼眸看了他足足好几秒，然后才开口道："回去准备一份贝克兰德的地图，展开在茶几上。"

"没有问题，希望这次的合作不仅顺利，而且愉快。"克莱恩习惯性往前探掌，要与对方握一握手。

莎伦低头看了一眼，身影逐渐虚幻，消失在了空气里。

克莱恩顺势上抬右手，理了理黑色的头发，干笑了一声。

他刚才问预定的战斗地点，不仅是要为任务做准备，也是在提防莎伦和马里奇。虽然对方的理念是压抑和节制欲望，正常情况下不会过河拆桥，但他没法肯定"怨魂"史蒂夫、"活尸"杰森和"狼人"泰尔身上不存在他们异常渴望的东西。万一真的出现了正常非凡者都会起强烈歹心的宝物，面对两个"异种"，克莱恩真不敢保证他们一定能控制得住自己。所以，他必须提前摸清楚环境，预留好对方选择杀人灭口时的逃跑途径。

这并非克莱恩不信任已经共患难过的莎伦，而是最基本的自我保护。

害人之心不可有，防人之心不可无啊……克莱恩扭头望向窗外，在心里用中文叹息了一声。

一根根煤气路灯不断后掠，街道愈发宽敞和整洁，他用了大半个小时，花费三苏勒车资，终于回到了明斯克街。

"这个点坐马车真贵……"

克莱恩抬头望了一眼近乎全黑的天空和隐约穿透云层的红月。他往前走了一阵，忽然发现于尔根律师家没有灯光，一片黑暗。

掏出金壳怀表按开看了一眼，克莱恩低笑一声，转弯来到于尔根的门口，用对方给予的钥匙打开了大门。

而这个时候，黑猫布罗迪已安静地蹲在了门后，拿一双碧绿浑圆的眼睛望着来访者。屋内黑暗无声，一片寂寥。

克莱恩蹲了下去，试图摸一摸布罗迪的脑袋，结果对方敏捷地后移，一脸嫌弃地甩开了他的手。

他摇头失笑，起身打开阀门，点亮煤气灯，按照于尔根律师的描述，到橱柜那里翻找出了预备好的食材。接着，他进入厨房，点火烧水，准备给布罗迪做它爱吃的水煮鸡胸肉。

那只黑猫也跟了进来，敏捷一跃就上了流理台，蹲在旁边，不叫不闹地旁观着克莱恩忙碌。

克莱恩瞄了它一眼，边在脑海内预演着等下怎么撕扯鸡胸肉，边聊天般地对黑猫布罗迪道："你肯定很想念多丽丝太太吧？是不是很担心她的状况……于尔根律师今天没有回家，你自己一只'喵'是不是很孤单、很难受，觉得没有归属感，觉得很累很疲惫……

说着说着，克莱恩声音渐低，渐至无声。

黑猫布罗迪依然蹲在那里，安静地看着他，没有闹，也没有叫。

诺玛夫人的家里，奥黛丽应约来参加下午茶活动。

"他们就是我说的神秘学专家。"诺玛夫人热情地为尊贵的宾客做介绍，"这位是希尔伯特·阿鲁卡尔德先生，他是一位心理学家，同时也是珠宝设计师，才华非常出众。

"这位是伊思兰特·奥西斯莱卡小姐，她是精神领域的医生，也就是我们常说的心理医生。"

希尔伯特·阿鲁卡尔德是名四十来岁的男子，似乎有几分南大陆血统，肤色偏棕。他褐发蓝眼，五官轮廓不算出色，给人一种沉默内敛的感觉。

伊思兰特·奥西斯莱卡是位娃娃脸女士，明明已经是心理医生，看起来却像还在公学或文法学校念书的少女。她有一头及腰的乌黑长发和一双湖水般的蓝色眼眸，个子比奥黛丽矮了三四厘米。

奥黛丽和对方二人寒暄了几句后坐了下来，敏锐地发现阿鲁卡尔德和伊思兰特在观察自己。

她没有运用自身的"读心者"能力，而是装作什么都不知道，主动挑起了神秘学领域的话题，并时刻注意着自身的情绪是否处于最符合逻辑的状态。

"不能让他们发现我已经是非凡者，已经服食过'观众'和'读心者'魔药……"奥黛丽非常清楚自己今天该扮演什么角色。

和沉默的阿鲁卡尔德不同，伊思兰特属于健谈的类型。聊了几句，她便开口问道："你知道大年和大月吗？"

"不，我没听说过。"奥黛丽谨慎地用在神秘学爱好者圈子里接触到的那些知识给予回答。

"而实际上，我已经从'倒吊人'先生那里弄清楚了什么是大年，什么是大月……"她含笑在心里补充了一句。

"大年是指我们所在的这个星球自转轴偏移一圈所需的年数，总计两万五千九百二十年，在神秘学领域，这被认为是一个完整的循环，从开始到终结；而大月是指这种偏移经过十二星座之一的年数，每一个大月是两千一百六十年，当大月交替，可怕的灾难就会降临。根据测算，我们距离目前这个大月结束已经没有多少年了……"伊思兰特侃侃而谈，让气氛始终处于融洽的状态。

奥黛丽掩饰着自身其实懂得不少的事实，时不时用好奇的口吻问出一些错误的问题。

就这样，美好的下午茶时光飞快流逝，阿鲁卡尔德和伊思兰特同时起身告辞，离开了诺玛夫人的家。

这让奥黛丽颇感失望，她还以为对方最后会暗示一下心理炼金会方面的事情，结果他们什么也没有说。

嗯，作为一个隐秘的、不能曝光的组织，对预备成员的考查不是这么简单和直接的……看来至少还得接触几次，并暗中观察一阵，他们才能决定是否要对我透露信息，拉我入会……这样也好，我正好先给"愚者"先生报备一下！奥黛丽很快就想明白了原因。

她跟着提出告辞，而诺玛夫人将她送至门口后，微笑着说了一句："奥黛丽，我看你对心理学方面的事情也很感兴趣啊，为什么不考虑在结婚之前试着做一做心理医生？霍尔伯爵和夫人都是女神的信徒，应该会支持你做类似的事情。"

贵族之间，如果不是遇到财政危机等特殊状况，达成婚姻通常需要一个漫长的过程，必须经过严格的考量和比较，才能做出决定——这不仅仅是两个年轻人的事情，还涉及家族的联盟和互助。所以，虽然贵族女性过了十八岁就能于王后的引领下正式进入社交场合，宣告自身成年，可以考虑婚姻了，但根据统计，她们组建家庭往往在二十六岁之后。同样的，会进入军队、进入政坛的贵族男性初次结婚的平均年龄是二十八岁半。

也就是说，奥黛丽在成年后，大概有八年的时间可以做自己喜欢做的事情。而黑夜女神教会一直鼓励女性信徒出去工作，从事一定的职业。在贵族圈子里，不少小姐和女士因此成为文艺评论家、音乐家、钢琴师、画家等。

这是试探吗？奥黛丽浅笑着回应道："那我还需要阅读更多的书籍。"

她一直觉得心理炼金会的人做心理医生或者心理学专家不太安全，因为值夜者、代罚者等官方组织的高层应该知道扮演法，对这个群体肯定有更多的关注。

诺玛夫人对她的回答似乎较为满意，颔首微笑道："伊思兰特和阿鲁卡尔德都是不错的教师。"

"嗯，也许我可以考虑请伊思兰特小姐担任我的心理学家庭教师。"奥黛丽乖巧地点头道。

周日清晨，克莱恩起床之后，发现客厅茶几上的贝克兰德地图被圈出了好几个地方，而它们相距都不太远。

于是，他按照提示，用了一上午的时间，仔仔细细地熟悉了周边环境，摸清楚了具体有哪些建筑，最近的教堂在哪里。

下午，重新闲下来的他又一次前往克拉格俱乐部，准备练习枪法和非凡能力。刚进入大厅，他就看见挂着拐杖的外科医生艾伦·克瑞斯慢慢地从自助餐厅出来。

打了声招呼之后，他关心地问道："艾伦，最近怎么样，运势变好了吗？"

长相天生冷淡的艾伦脸上露出了由衷的笑容："至少不那么倒霉了！我按照你的提议去了教堂，将事情告诉了主教，他让我直接去告解室向女神祈求。祈求的过程中，我竟然睡着了，但我似乎感觉到女神赐予了我安宁平静的状态，从那之后，我的运势就正常了！赞美女神！"

他在胸口画出了一个绯红之月。

根据我的经验，应该是某位序列7的"梦魇"让你进入了沉眠，然后由擅长仪式的值夜者迅速布置好祭台，向女神祈求，中和了你的倒霉……克莱恩上翘嘴角道："这真是太好了！"

这时，艾伦看了他一眼道："夏洛克，我一直觉得你对蒸汽与机械之神的信仰不够虔诚，为什么不改信仰呢？你看，有我这个例子在这里，信仰女神吧！"

这，这不是在为难我吗？

听见艾伦的请求，克莱恩险些顺手在胸前画了个绯红之月，但最终还是忍住了这个冲动，非常严肃地回应起对方："或许我的某些表现让你产生了误解，但我必须告诉你，信仰是一件决定了就不会更改的事情。"

艾伦顿时抬起双臂，做出抱歉的手势："对不起，是我误会了你的虔诚，我不该拿你的信仰开玩笑。好的，信仰的不同不妨碍我们成为朋友。"

克莱恩收起刚才伪装出来的表情，笑笑道："这句话在弗萨克和费内波特是不成立的，他们只能接受一种信仰。"

相比较而言，由于多个教会并存了一千四百年以上，鲁恩和因蒂斯在这方面要开放很多。

不等艾伦回答，他故作随意地转移了话题："你后来还见过威尔·昂赛汀吗？就是那个被锯断了一条腿，还说你运气会变差的孩子。"

他相信值夜者肯定会顺着艾伦提供的线索查过去，所以有些好奇结局是什么，好奇改变了艾伦运势的是那个孩子，还是他手中的塔罗牌。

"没有，自从他出院，我就再也没有见过他。"艾伦肯定地摇了摇头。

真是遗憾啊，值夜者可以根据医院登记的地址找过去，而我却不能贸然插手……当然，那个孩子说不定早就搬走了……

克莱恩与艾伦闲聊了几句后，准备前往地下靶场，用普通子弹熟悉下附赠的那把左轮手枪。

这个时候，门口又进来了两位熟人，一个是王国大气污染调查委员会的委员、考伊姆公司的股东玛丽夫人，一个是克莱恩的房东斯塔琳·萨默尔太太。她们都穿着相对轻便的裙子，显得年轻了不少。

根据俱乐部的规定，每个会员只能额外带一个人进来，所以，玛丽的侍女和专门聘请的保镖都被留在了接待厅。

克莱恩礼貌地迎了上去，打了声招呼，客气地赞美道："两位女士，你们今天一如既往地美丽，但却是不同于平时的美丽。"

最近接触了不少大人物的玛丽微微一笑道："罗塞尔说过，生命在于运动，而斯塔琳总是待在家里，处理那些琐事，就算外出，也只是参加宴会、听听歌剧，身体比以前差了很多，所以我带她来打打网球和壁球。"

颧骨较高的她目光一转，看见一位下院议员和两位贝克兰德大区的议员在角落聊天，于是侧过头对斯塔琳道："我遇到熟人了，过去打声招呼，你可以去图书馆等我。"

"好的。"比起玛丽，斯塔琳明显漂亮了不少，但面对玛丽·盖尔太太，她却显得相当恭敬和温顺。

等到玛丽走出了一段距离，她微抬起下巴看着克莱恩道："莫里亚蒂先生，你最近好像很忙？"

"是的，我之前在和很多侦探合作，帮助警察部门调查那起连环杀人案，我们做出了一定的贡献，得到了不少赏金。"克莱恩"如实"回答。

斯塔琳伸手掩了一下嘴巴道："真的吗？那个凶手长什么样子？他为什么要杀害那些女士？报纸上介绍得非常含糊。"

"很抱歉，我必须遵守保密条款。"克莱恩熟练地找了个借口。

总不能告诉你，它长了一身黑色皮毛，有根水润光滑的尾巴，喜欢四肢着地地奔跑……克莱恩在心里吐槽了一句。

斯塔琳略感遗憾地点了点头，接着颇为好奇地问道："那你获得了多少赏金？"

"我们很多人一起分的。"克莱恩没有正面回答。

"有没有五十镑?"斯塔琳追问了一句。

"有。"克莱恩"诚实"地颔首。

斯塔琳·萨默尔顿时露出了笑容:"你的收入比我想象的高,你真是位有能力的侦探。"

"不,这种事情几年都未必有一件。"克莱恩笑着摇头。

"不管怎么样,你都证明了自己的能力。"斯塔琳眼眸一转道,"下个周日,我和卢克会在家里举行宴会,希望你能来参加。嗯,抱歉,这很冒昧,之后我会让我的女仆把请帖送到你的手中。

"呵呵,这场宴会有不少未婚的小姐出席,她们的父亲或者母亲都有着相对体面的工作,家庭年收入全部在两百镑以上,她们有的还兼职了可以在家做的职业,比如打字员,她们都是很优秀的女性。"

这,这是相亲宴会啊……

斯塔琳太太认可了我作为侦探的赚钱能力,所以打算给单身的我介绍女孩?不过,在她的眼里,我就只能配这个层次的女性?

克莱恩瞬间闪过了诸多想法,但考虑到维护邻里关系的需要,以及自己准备晚餐的麻烦,便含笑答应了下来:"如果没有紧急情况,我会准时参加的。"

斯塔琳展颜一笑道:"那我和卢克恭候你的来访。"

她不再啰唆,告辞离开,进入了俱乐部的那个小图书馆里,而克莱恩则按部就班地在一个封闭的小靶场内练枪、练非凡能力。

夜里九点,克莱恩坐在书桌前,看着半空的绯红之月逐渐穿透云层,展露出不再有缺的身影。

如水般的淡红"薄纱"缓缓荡开,时间一分一秒流逝,等到十点过一刻,他听到了虚幻层叠的祈求声。

不需要分辨,克莱恩就能猜到,这应该是来自"魔术师"小姐的求救。他唰地合拢窗帘,熄灭灯火,逆走四步,进入灰雾之上,伸手触碰正不断收缩和膨胀的深红星辰。

瞬息之间,佛尔思朦胧模糊的身影出现在了背后符号是层层叠叠之门的椅子上。她舒了一口气,起身行礼道:"尊敬的'愚者'先生,您又救了我一次。"

"这并不是什么需要在意的事情。"克莱恩用"云很淡风很轻"的口吻回应道。

佛尔思暗自咋舌,重新坐了下来。

她思考着刚才的事情,一时没有开口,而克莱恩为了维持形象,也未主动抛出话题。

巨人居所般的巍峨宫殿内，沉默迅速变成了主旋律。等到佛尔思回神，她突然觉得这种气氛有些压抑，让人不太自在。

"聚会的时候，还有'正义'小姐和'世界'先生他们，不怕没人说话，而现在只有我和'愚者'先生，怎么办，感觉压力好大！我得说点什么，必须说点什么，不能就这样傻瓜般坐着……那可是'愚者'先生！祂肯定不会在意什么，但我很紧张，很拘束啊！"佛尔思忽然找回了刚进入职场时和顶头上司单独相处的感觉。

克莱恩虽然不是"观众"，但也明显看出了"魔术师"小姐的拘谨和不安，于是笑笑道："也许你可以讲一讲你是怎么成为非凡者的。"

比如，怎么得到"学徒"配方和那串手链的……克莱恩默默补充着问题的真正指向。

佛尔思放松了一点，回忆着道："那是快三年前的事情了。我刚从贝克兰德医学院毕业，在父亲的帮助下，进入了一家待遇很不错的私人诊所。

"呵，我的父亲已经定居在东拜朗。自从通往南大陆的安全航道被发现，王国的优秀年轻人就开始将足迹洒向那里的每一个角落，我的父亲作为一名底层军官，去了东拜朗，追逐着财富和权势，而我和我的母亲被留在贝克兰德，过着丧偶丧父般的生活。呵呵，好几个月才有船只从远方带来一封信。

"这种情况在王国并不少见。我认识一位老先生，他有五个孩子，但要么在群岛，要么在西拜朗、在帕斯河谷、在哈加提草原，他们拥有了自己的事业，拥有了自己的家庭和财富，却遗忘了还有位父亲始终等待着他们归来。

"在我读文法学校的时候，我的母亲染上了重病，我没有办法，只能眼睁睁地看着她死在医院的床上。而我的父亲隔了一个月才回我的信，告诉我他在东拜朗已经有了新的家庭，并迎来了一个新的生命。他将贝克兰德的财产全部给予了我，还额外给了我一些钱。我想，他应该是有些愧疚的。"

作为一名畅销小说作家，佛尔思已经熟练地掌握了东拉西扯这个技能。克莱恩闲着没事，安静旁听，未曾插言。

呼，佛尔思吐了口气，继续说道："总之，我父亲通过退役军官俱乐部，将我介绍进了尤瑟夫诊所。那里的薪水确实很丰厚，我过得还算不错，只是对未来有点焦虑，所以我一直努力地跟着那些资深医生学习，努力地攒钱，直到遇见了一位经常来看病的老太太。

"她很孤独，没有孩子，伴侣在十年前也去世了。我有些同情她，经常和她说话，陪她聊天。有一次，我惊讶地发现她竟然能穿过墙壁，这让我仿佛进入了一个新的世界。那位老太太说那是她先生遗留给她的，她隐约提到，只要不是什么家族的人，好像就不会有诅咒。

"没过多久，她病重到即将逝去，她问我是否愿意成为她那样的人。我当时很年轻，脑袋里还有不少幻想，毫不犹豫就答应了。

"她给了我配方，并让我在她死后看守她的尸体，取走那件会突然出现的发光的物品，而那就是她给我的遗留之物，可以作为魔药的主材料。

"另外，她还给了我这条手链，叮嘱我不到最危险的时候不要使用它，同时，也不要太在意满月的吃语。可惜的是，我终究没能避开危难，使用了一次，满月的吃语随之变得严重。"

看来那是某位亚伯拉罕的遗孀啊，她用自己的经历证明"诅咒"只存在于血脉里。

克莱恩轻轻颔首道："等你成为高序列强者，那吃语就不会有太大作用了。"

"希望如此。"佛尔思虽然不相信自己能成为强者，但她相信"愚者"先生。

又是周一，克莱恩刚起床下楼，就在客厅的茶几上看见了一张摊开的纸，上面书写着简短的内容："有效。"

那就好……克莱恩顿时松了一口气。

到了下午两点四十五分，他准时进入灰雾之上，筹备起新一次的塔罗会。

眼前石柱耸立，支撑着高高的穹顶，斑驳而古老的长桌则仿佛从几百上千年前就被安放在了这里……

奥黛丽·霍尔虽然已见过这幕场景多次，但只要来到灰雾之上，她心中就依然会有一种发自内心的震撼之情在缓缓回荡。

她余光一扫，没看见新的成员，旋即望向上首，对笼罩着浓郁灰雾的召集者行礼道："下午好，'愚者'先生。"

说话的同时，她忽然看到"愚者"右手边的桌面上盖着一张背后花纹繁复而华丽的纸牌。它就那样静静地、随意地、如普通物品般地放置着。

这，这是那张亵渎之牌？藏着一条神之途径的亵渎之牌！

奥黛丽瞬间明悟，在"愚者"颔首回应后，下意识瞄了"倒吊人""太阳"和"魔术师"一眼，发现他们同样注意到了那张以往并不存在的纸牌。

他们的眼神和动作都展露出了他们的疑惑和惊讶，以及不可避免的猜测，毕竟能被神秘莫测、高高在上的"愚者"先生放在手边的纸牌绝对不可能是普通物品……嗯，"世界"先生的反应有些奇怪，他根本没往那里瞄……他是隐藏得太好了吗？他真是"观众"和"读心者"的克星？

奥黛丽迅速判断出亵渎之牌的事情除了"愚者"先生，这里只有自己清楚。这让她颇为骄傲，有种小时候和父母共享了一个秘密，两个哥哥却不知道的感觉。

那可是罗塞尔大帝制作的亵渎之牌，是神秘世界里被无数非凡者幻想着的宝物！奥黛丽在"魔术师""太阳"等人问好后，主动举了一下手道："尊敬的'愚者'先生，我有事情想单独向您汇报。"

单独汇报？"倒吊人"阿尔杰微微皱眉，下意识猜测起内容，却毫无头绪。

"太阳"戴里克等人同样好奇，可并不是太在意。

克莱恩轻轻颔首道："可以。"

坦白地讲，他也不清楚"正义"小姐要汇报什么。等待了两秒，他屏蔽掉其余成员的感官，并向"正义"做出提示。

奥黛丽坐姿端庄、态度诚恳地说道："'愚者'先生，因为我在一个非凡者聚会上求购'观众'配方，最近有两位疑似心理炼金会成员的人在通过某些贵族接触我。我倾向于加入他们，但前提是能保证自身的安全。对此，您的意见呢？我非常重视这一点。"

心理炼金会……种种资料显示这算是一个不怎么邪恶的组织，他们目前可能还没有信仰的神灵，以对心灵、意识、精神、灵性的探索与研究为主旨，更贴近于学术互助会。

当然，在正统教会眼里，这也属于亵渎——他们认为每个人的灵都应该归属于神。另外，据达斯特·古德里安讲，心理炼金会的高层存在一定的倾向，那就是对最初的造物主、创造一切的神有某种程度上的崇拜，较为原始的崇拜……

克莱恩瞬间闪过了诸多念头，最终只是微笑着道："你觉得合适，就可以去做。如果遇到困难，可以在塔罗会上寻求帮助。"

"谢谢您的建议。"奥黛丽顿时备感轻松。

克莱恩想了想，用一种平淡悠然的口吻补充道："心理炼金会内部有一些教会安插进去的人，比如代罚者的线人、值夜者的线人，你要懂得隐藏和掩饰自身。"

"愚者"先生真好，还专门提醒我小心……

奥黛丽想到这里，微弯眼睛，笑容浅浅地回应道："以后心理炼金会内部也将有塔罗会的线人。"

"正义"小姐，你都还没有加入，就想好要怎么背叛了啊……克莱恩默默地为心理炼金会画了个无形的绯红之月。

汇报完心理炼金会的事情，奥黛丽没急着结束单独交流，转而开口道："'愚者'先生，我又记住了两页罗塞尔日记。"

这也是她请求单独交流的原因，要是在"魔术师"佛尔思的见证下具现出罗塞尔日记给"愚者"先生，那她可以想象得到，回去之后，对方立刻会来向她借以前买的那些"罗塞尔笔记"，而女神可以证明，那都是"愚者"先生看过的！

之前忘记了，这两天就找机会告诉佛尔思，我买的那些"罗塞尔笔记"被苏茜咬坏了。嗯，咬坏了，变成碎片了，无法复原了！对不起，苏茜……奥黛丽在心里忏悔了一句。

"很好。"克莱恩欣慰地敲了下青铜长桌边缘，帮"正义"小姐具现出了日记。等两页纸张到手，目光投射而去，他的笑容渐渐变得僵硬。

日记第一行写道：

3月6日，混蛋，这里的食物吃得我快便秘了！

这是我在罗塞尔纪念展上看过的……克莱恩掩饰住表情，翻到第二页，发现内容依然是罗塞尔穿越早期的各种抱怨和各种新奇体验，没什么实际的价值。

他控制住表情，露出微笑道："你是希望从尚未支付的金镑里扣除报酬，还是额外得到些什么？"

奥黛丽根本没有犹豫，直接开口道："'愚者'先生，我想知道那张亵渎之牌蕴藏的是哪条神之途径？"

真是视金钱为粪土啊……克莱恩无声地感叹了一句，未作隐瞒地笑道："那是一张'黑皇帝'牌，对应的序列9是'律师'。"

这样啊……获得了答案的奥黛丽只觉得自己异常满足。

单独的交流到此结束，"魔术师"佛尔思迫不及待地望向最下方的"世界"："'世界'先生，我会尽快为你搜集到太阳领域的神奇物品或强力非凡武器。"

"你们，私下达成了什么交易？"自觉和佛尔思很熟却完全不知道这件事情的"正义"奥黛丽忍不住开口问道。

佛尔思吐了口气道："'世界'先生帮我找到了'戏法大师'的配方。"

"世界"先生找配方的能力很强啊……他在这个领域有广泛的、可靠的资源和人脉？奥黛丽听得一阵诧异。

"倒吊人"阿尔杰则掩盖住郑重的表情，再次审视起"世界"，调高了对他的评估。

而"太阳"戴里克却颇为期待，他希望在自己消化完"祈光人"魔药后，"世界"先生也能轻松找来序列7"太阳神官"的配方。

对一道道目光毫无察觉的"世界"嘶哑着嗓音笑了两声，道："'魔术师'小姐，你在购买之前，最好诵念'愚者'先生的尊名，请祂把相应的消息转递给我。嗯，我已经请求过'愚者'先生，祂答应会帮助我们。如果你看中的物品不是我满意的，也许我会考虑换另外的要求。"

在太阳领域的物品上，克莱恩目前有三个备选方案，所以，他打算比较之后再敲定。

其中已知的是"智慧之眼"老先生提过的胸针，拥有净化驱邪的效果，并能让佩戴者使用部分太阳领域的法术，负面影响则是让人感觉不到凉爽，始终处于燥热烦乱的状态里。

对于这件神奇物品，克莱恩只是觉得还行，加上价格可能接近两千镑，当时的他即使卖掉"贿赂者"配方也凑不出来，所以打算先观望几天，如果"魔术师"和那位背后有"工匠"的女士未能找到更好的，他就变现配方，买下胸针。

"好的，不超过明天，我就会给你信息。"佛尔思已经确认A先生将于今晚召开聚会，但还是多预留了一天的额外时间防备意外。

他们交谈完毕后，"倒吊人"阿尔杰环顾一圈，早已打好腹稿般地说道："我最近接了一个调查任务，不知道你们有没有相应的线索。

"这两三年来，在南大陆，有不少原住民部落被劫掠一空，所有人都被绑走了；在各个种植园，在海上的群岛，奴隶们也奇怪地逃亡了一些。

"北大陆诸国废除奴隶贸易后，这样的事情已经许久没有发生过了，你们有听到相应的风声吗？"

他的目光扫过了"正义""魔术师"和"世界"，却未看"太阳"——身在白银城，困于神弃之地的少年哪可能知道外界的事情。

"正义"奥黛丽仔细回忆着平时在贵族聚会上听到的只言片语，过了一阵才道："没有，我甚至没听说过类似的事情。"

"魔术师"佛尔思和"世界"跟着摇了摇头。

黑市奴隶贸易再次兴旺的表现？哪里又需要大量的奴隶了？克莱恩坐在青铜长桌最上首，疑惑地思考起这件事情。

见没人能提供线索，"愚者"先生又毫无兴趣，没有插言，"倒吊人"阿尔杰表情不变地转而说道："你们可以尝试着搜集'风眷者'的配方了。我会给予你们绝对满意的报酬。"

"风眷者"配方？他这是快消化完"航海家"魔药了啊……克莱恩开启灵视扫了"倒吊人"一眼，果然发现对方星灵体表层的颜色不仅已经纯粹得像蔚蓝的大海，而且还有了些许涟漪，似乎正在缓缓起伏。

算下来，"倒吊人"先生用了接近四个月才消化掉"航海家"魔药，他可是经常在海上的……奥黛丽也根据观察到的现象，做出了判断。

佛尔思则更注意另外一点，那就是"倒吊人"先生目前应该是序列7！

"一位中序列的非凡者……"她微不可见地点头自语道。

等"倒吊人"颁布完任务，"太阳"戴里克举了下手，有点忐忑地发言道："我被安排了一个任务，将于短期内去之前提到过的那个半毁灭神庙做探索，嗯，就是堕落造物主那个。负责这次行动的首领是'牧羊人'洛薇雅长老。你们有什么建议吗？"

建议？我的建议是有多远躲多远，以稳为主……听到"太阳"的问题，克莱恩第一时间就在心里给出了回答。

不过，为了维护"愚者"的形象并看一看其他人会提出什么不同的建议，他保持了沉默，也未操纵"世界"开口。

短暂的安静后，"倒吊人"阿尔杰侧头望向"太阳"，低沉平缓地说道："你提供的信息太少了，我们很难给出有用的意见。

"我们并不清楚那座半毁的神庙内除了真实造物主，也就是堕落造物主的奇特塑像，还存在些什么，自然也就没有办法分析相应的情况。"

堕落造物主确实是真实造物主啊……"太阳"生活的白银城竟然也有真实造物主的信仰，还修建了神庙……

"魔术师"佛尔思在旁边听得津津有味，就差拿个本子记下来，"正义"奥黛丽则期待起"太阳"对那座奇怪神庙的具体描述。

戴里克点了下头，眼睛微微上看了几秒才道："除了神像，那里还有不少残缺的壁画，徘徊着可怕的恶灵。不过，这已经被六人议事团的两位长老率领探索队除掉了……

"那些壁画，我并没有亲眼看见，据说记载着末日来临和堕落造物主拯救信徒的预言以及相应的血腥祭祀仪式……

"在某幅壁画的角落，有巨人语衍变出来的奇特文字，经过大致的破解，几位长老认为它们的意思是：救赎蔷薇。这或许是当初壁画创作者的代号，也可能是修建那座神庙和所在城邦的组织名称。

"据首席判断，这些壁画至少有一千年的历史。我是指你们认知里的一千年，呃，但我不敢完全肯定。在白银城，我们，我们以闪电多而频繁的阶段为白日、少而舒缓的时候为夜晚，一个循环为一天，而四季只存在于书本上，所以我们没法把握具体的天数，只有首席能够确认。"

听"太阳"说到这里，佛尔思简直怀疑自己在听故事。

一个没有太阳、没有红月、没有昼夜之分、没有四季变化的城市怎么听都不真实！只有童话和小说里才敢这样描写！而且还必须是作者吸食了兴奋剂，处于精神癫狂的状态，才能创作出这样的城市……佛尔思惊讶愕然之后的第一个想法就是：我要以白银城为蓝本写一部小说！

不过她很快就放弃了这个打算，因为她不清楚白银城究竟意味着什么，不知道它是否属于七大教会共同保守的秘密，害怕书刚出版，作者本人就被值夜者、代罚者上门收取瓦斯计费器里沉淀的铜便士。

原来白银城的环境是这个样子，嗯，还有"太阳"总是提到的黑暗深处的怪物……可惜，我还只有序列8，否则真想请"愚者"先生送我去那里冒一次险。不行不行，奥黛丽，你已经不是天真烂漫的少女了，应该清楚地认识到这里面蕴藏着多么大的危险……"正义"奥黛丽时而放飞思绪，时而自我检讨。

至少一千年？极光会出现不超过三百年，甚至可能不到两百年，这应该不是他们修建的……

嗯，也许真实造物主的信仰在第五纪早期甚至第四纪就有了，只不过，那个时候侍奉祂的组织并不是极光会……

之后的一两千年里，在七大教会的极力打压下，真实造物主的信徒屡次陷入危机，教派一次次覆灭，最终死灰复燃，成立了极光会？克莱恩有所猜测，但没让自己的坐姿和状态发生任何改变。

"太阳"戴里克顿了两秒，继续说道："城邦废墟和那座半毁神庙里的可怕怪物已经初步清理完毕，我们这次的任务是探索神庙的地下部分。

"你们有什么建议吗？以你们对堕落造物主的了解，我应该注意些什么？"

"我的建议？""倒吊人"阿尔杰几乎没有任何犹豫地说道，"我的建议是绝对不要去！"

"堕落造物主是真正的邪神，祂的神庙即使已经被摧毁，也很可能藏着让人难以察觉、异常诡异的危险。如果这次带队的是六人议事团其他长老，你一定要去也不是不可以，只是风险很高。但你刚才说了，负责这件事情的是'牧羊人'洛薇雅，而真实造物主就是这条非凡途径顶端的神灵！所以，绝对不能去。"阿尔杰补充解释道。

你的建议和我一样，不过这样的建议完全不需要"太阳"描述那座半毁神庙的情况啊，从最开始给出的条件就能得出结论了……我明白了，"倒吊人"先生，你是故意的，这样一来，你什么代价都没付出，就大致弄清楚了那座半毁神庙的状况……简直是在欺负小孩子嘛……坐在最上首的"愚者"克莱恩悠然地伸手扶住额头。

"太阳"沉默了几秒，为难地说道："可是，任务是必须接受的。"

"倒吊人"低笑道："没有什么是必须的。在这个任务开始之前，你是否还会参与巡逻？找个机会，故意让怪物把自己弄伤，具体的程度你可以参考白银城过去的事例。"

这个瞬间，"正义"奥黛丽从"太阳"的眼神和动作里读出了一条信息：这样也行？

短暂的惊讶和迷茫之后，戴里克微皱眉头道："可是，我最近没有巡逻任务……"

"倒吊人"阿尔杰呵了一声："你可以假装自己接近失控，不，准确的说法是，把自己弄到接近失控。在这种情况下，我想白银城的高层肯定不会带一个随时会爆发的'危险物品'去做探索吧？

"这有个技巧，你只要连续两天始终让自己的灵性处于较为干涸的状态，你就能产生幻听，出现失控的征兆。之后不继续压榨灵性的话，一周内情况就会好转，不会真正失控。

"当然，你们白银城肯定有救治失控前兆者的办法和措施，恢复起来应该会更快，所以你要估计好时间，最好是出发前两三天才开始。"

"太阳"戴里克听得一愣一愣的，好半天才喃喃自语道："是的，出现失控前兆的人会被控制起来，会被隔离在圆塔的地底，接受药物、仪式和神奇物品的治疗，如果情况较轻，只用服食药剂……"

哎，一个老实诚恳的好孩子就这样被一根"老油条"给毒害了……

不过，"倒吊人"先生，你为什么会知道让自己接近失控的技巧？这种技巧经常使用的话，失控说不定会真的降临……克莱恩暗自在心里叹了口气。

"正义"奥黛丽也是听得目瞪口呆，觉得自己又好好上了一课。

见"太阳"还有点犹豫，似乎不想欺骗白银城的长老们，"倒吊人"阿尔杰低缓问道："六人议事团其他长老知道堕落造物主掌握着'牧羊人'途径吗？"

"不知道。""太阳"戴里克诚实地摇头。

阿尔杰再次发问："你觉得'牧羊人'洛薇雅长老有可能对白银城造成危害吗？只用回答是或者否，不要解释。"

"……是。"戴里克最终还是无法欺骗自己。

阿尔杰轻笑了一声道："所以，你是唯一知道这件事情却暂时找不到办法提醒六人议事团其他长老的人，对吧？"

"嗯。"戴里克的神情逐渐变得凝重。

阿尔杰改变了一下坐姿，往后微靠道："那个任务的风险极大，这一点，你是知道的。如果你死在了那座半毁的神庙里，谁还能想办法揭露'牧羊人'洛薇雅的古怪之处？谁还能让白银城免于灾难？

"堕落造物主可是一位真正的邪神！你不是因为自私才假装失控去欺骗其他人，你是为了拯救白银城！你的荣誉和它相比，谁更重要？"

"太阳"戴里克咬了咬牙，郑重地点头，说道："我明白了！谢谢你，'倒吊人'先生。"

"正义"奥黛丽和"魔术师"佛尔思顿时都有了以手掩面的冲动。

真是一个好忽悠的孩子啊……不过这样也好，避免了塔罗会在近期失去成员的可能性……

克莱恩无声叹息，操纵着"世界"道："我有一个问题想询问'太阳'先生。这可能涉及交易，我请求单独交流。"

克莱恩忙又切换回自己，淡漠颔首道："可以。"

等到"魔术师"等人被屏蔽，"世界"望向"太阳"道："白银城是否有去除非凡特性里的邪神精神污染的办法？"

这是克莱恩前几次就想问的事情，但考虑到"正义"等人说不定也会感兴趣，而在"太阳"无法回答且问题涉及邪神的情况下，他们肯定会将目光投向神灵般的"愚者"先生，所以他克制住了冲动，直到从"正义"小姐那里获得启示，才想出了单独交流这个办法。

"我们没有遇到过邪神。""太阳"戴里克诚恳地回答道，"我们只有分离非凡特性里失控者的精神污染的办法。"

就是这个！

这个也许可以，毕竟我有灰雾……克莱恩按捺住喜悦，让"世界"开口道："你需要什么报酬？"

"这不是报酬的问题。""太阳"摇头道，"那个办法和相应的知识是至少达到巡逻队队长甚至探索队队长这个层次的强者才有资格接触的，前者需要序列7，后者最低要求序列6。"

呼……克莱恩叹了口气，让"世界"嘶哑着说道："希望你能尽早拥有资格。"

"世界"和"太阳"单独交流完毕后，这次的塔罗聚会进入了自由聊天环节。

"正义"奥黛丽饶有兴致地询问起大海上的独特风景和奇闻逸事，"倒吊人"阿尔杰则根据自身的见识，有选择地描述着。

"魔术师"佛尔思安静地旁听着，逐渐有了灵感。她想写一本关于海盗王的小说，写他俘虏了一名女性乘客，并与对方发生了一段爱恨交织、奇幻与现实共存的故事。

"太阳"戴里克则只能根据白银城收藏的画作和相应的文字讲解，想象大海究竟是什么样子。

到了最后，灵性逐渐枯竭的克莱恩宣布本次塔罗聚会结束，并飞快返回现实世界，补了个午觉。

晚上七点三十分，皇后区，看似属于某位贵族的房屋内。

佛尔思套上带兜帽的长袍，时隔许多天后再次参与了A先生组织的那个聚会。她安静地坐在角落，假装随意地环视了一圈，发现独坐单人沙发的A先生与以往相比似乎有了点不同。

这并非容貌和气质上的改变，因为对方的脸孔完全隐藏在了兜帽阴影里，佛尔思根本看不清楚。她觉得不同，只是一种近乎直觉的感受：A先生不再像之前那么悠闲淡漠，总是以一种俯视般的态度看着大家，如今的他似乎很压抑，仿佛努力地在控制着什么，让人的危险预期直线上升。

过去的A先生是一座大山，现在的他更接近于直起身体吐出芯子的毒蛇……畅销小说作家佛尔思忽然庆幸自己为了隐瞒塔罗会的事情，为了不让休知道自己在求购太阳领域的物品，没有找她一起过来。

这样就算真出现什么意外变化，我一个人逃走也会简单很多……佛尔思转了下只剩两枚石头的手链。

她没急着将自身的需求写成纸条给予侍者，而是耐心旁观了一阵。这并非她天生谨慎，而是过去的几次教训给她留下了极为深刻的印象，手链上的石头只剩两枚就是证据。

等待了十几分钟，她终于拿起面前的纸张和钢笔，用刻意扭曲过的笔迹写道："求购太阳领域的神奇物品或强力非凡武器。"

将纸条交给侍者后，佛尔思再次环视了一圈，但没法从诸多做了伪装或掩饰的人影中找到上次帮忙举行净化和驱邪仪式的那名永恒烈阳信徒。

一桩桩交易在侍者的来往穿梭间发酵着、酝酿着，整个大厅安静而有序。经过中间的讨论交流环节后，佛尔思的需求被添加到了最前方的两块黑板上，没过多久，她收到了侍者带来的回复。

一张不大的白纸上写满了密密麻麻的单词：

神奇物品，"光之环"戒指。

它能让佩戴者成为光的使者、太阳的侍从，免疫诸多疾病，掌握神圣之力。佩戴者能召唤耀眼光束，能使用不少太阳领域的法术，能净化五十米范围内的死灵，是这类生物的克星。

通过这枚戒指，佩戴者认可的，将获得提高；不赞成的，将受到削弱。

唯一的问题是，佩戴者如果频繁使用，将逐渐变成永恒烈阳的信徒，慢慢地发自内心地遵守教义，赞美太阳。

如果希望得到，那请一次支付九千镑现金，我可以等你筹集。

九千镑？佛尔思张了张嘴巴，简直有种对方在抢劫的感觉。

这是她就算找人拆借都借不到的巨额财富！除开刺杀因蒂斯大使的那些定金，到现在为止，她见过的所有钱加起来也没这么多！拥有九千镑现金的人，哪怕在贝克兰德，也绝对算得上富翁！

虽然我知道神奇物品都很昂贵，但没想过能昂贵到这种程度……这是想拿到九千镑之后就不再参与非凡者聚会，而是退出这个圈子，安心享受生活？佛尔思悄然吸了一口气，暂时没敢回应对方。

她假装什么都没发生般旁听了近十分钟，但未等到别的回应，未等到相对便宜的非凡武器，只好起身前往盥洗室。

确认四下无人后，她合拢厕所的门，坐到马桶上，诵念起"愚者"先生的尊名，将刚才发生的事情以祈祷的形式告诉了对方，并请祂转达给"世界"。

无边无际的灰白雾气之上，听见了虚幻层叠声音的克莱恩迅速进入，初步掌握了情况。

九千镑？他默念着这个数字，表情略微扭曲了一下。

无声盘算完短期内能筹到的钱后，他吐了口气，具现出假人"世界"，操纵他给予回应："这件神奇物品的负面问题太严重了，我并不想成为太阳的信徒。

"你不用再操心这件事情，我们改用现金交易。支付四百五十镑，'戏法大师'的配方就是你的了。"

话音刚落，联系就已中断，克莱恩看着"世界"消失，抬手揉了揉额头，自言自语般说道："接下来就要看那位'野蛮人'女士能搜集到什么物品的线索了……否则只能找'智慧之眼'老先生购买那枚胸针。"

…………

盥洗室内，佛尔思松了口气，表示回去后就尽快举行献祭仪式。

可惜啊，暂时还不知道配方，否则就能趁机看一看这里有没有我需要的非凡材料……

她回到大厅，目光专注地扫过两块黑板上的信息。

她未回应之前那张纸条，甚至没考虑过讲价的问题，因为就算能让对方便宜一千镑，她也没钱买。不仅周转不开，更为关键的是，她感觉"世界"先生似乎也负担不起。

一直旁观到结束，由于A先生的变化，她没多做停留，没和人交谈，迅速地离开了这栋房屋。

过了十几分钟，聚会彻底结束，只剩下A先生和他的侍者们。

A先生缓慢地站了起来，沿着楼梯往地下室行去。突然，他膝盖一弯，跌倒于地，滚了好几层台阶。

他趴在那里，身下的影子飞快变得赤红，血肉随之融化，浸入其中，让那影子像是从他身体内分离出来的一个全新的、没有皮肤的、怪物般的人！

嗬嗬……

A先生的喘息逐渐平复，紧绷的身体慢慢缓和，而那分离出来的血肉再次"流"了回去，一切都变得毫无异状。

A先生匍匐前进，跪在地下室内，又一次哽咽着开始忏悔。忏悔之前的事情出现了失误，忏悔自己不够警惕，让主降临之事遭到破坏。

…………

白银城，戴里克·伯格的家中。

他绕着桌子，沉默地走了好几圈，始终未能下定决心。他的理智告诉他，"倒吊人"先生的建议是最好的选择，但脑海里总是会闪现参与这次任务的其他成员的脸孔。

戴里克觉得自己伪装出失控前兆，不参与这次任务，等于背弃了他们！

就没有办法挽救他们吗？我要不要找个机会求见首席，将那座半毁神庙属于堕落造物主、属于执掌着"牧羊人"途径的邪神的事情告诉他，让他小心洛薇雅长老，更换掉这次任务的负责人……

可是，我该说我是从哪里知道的？在他们眼中，"愚者"先生应该也等同邪神吧……戴里克烦躁地抓了抓自己的头发。

飓风之斧摆放在最触手可及的地方，随着窗外每一道闪电划过，腾起一抹抹微弱的光芒。

突然，戴里克停住脚步，望向外面一明一暗的环境，望向黑色深处的天空。他仿佛又看见了父母临死前的样子，找回了痛苦刺下直剑的那种感受。

"这次来不及了……我之后要做好准备，要让发现那是堕落造物主的事情不被怀疑……"他表情扭曲了一阵，咬了咬牙齿，小声自语了两句，接着猛地离开窗旁，回到桌边，开始以练习"祈光人"非凡能力的方式消耗自身灵性，让灵性飞快地接近干涸。

…………

霍尔伯爵的豪华别墅内，正在画室悠闲地涂抹着油彩的奥黛丽听见了一阵有节律的敲门声。

贴身女仆安妮开门之后，她发现来者竟然是自己的母亲，伯爵夫人凯特琳。

这位夫人虽然已经接近五十，但看起来也就三十出头，金发碧眼，美艳雍容，足以吸引绝大部分绅士的目光。

"妈妈，有什么事情吗?"奥黛丽放下手中的物品，疑惑地起身问道。

伯爵夫人看了一眼比自己年轻时候更加漂亮的小女儿，笑笑道："我刚参加完晚宴。黛拉夫人说你对心理学方面的知识很感兴趣，想请一位家庭教师，是吗?"

"是的，但是我还没有最终决定……"奥黛丽故作犹豫地回答道，就像往常一样。

伯爵夫人哪还看不出女儿的心思，微笑道："她推荐了一位叫伊思兰特的心理医生，如果你没有问题，我就派人去邀请她。每周两次课，怎么样?"

"您拿主意。"奥黛丽脸上的笑容一点点地绽放，"妈妈，来，坐这里，我正缺一位美丽的模特!"

第八章
CHAPTER 08
✦ 魔术师登台 ✦

周二上午，克莱恩从《贝克兰德早报》上确定了明晚有"智慧之眼"老先生召集的聚会，顿时松了口气，不再担心物品是否能赶得上莎伦小姐围杀敌人之事。为了庆祝这个好消息，他决定去克拉格俱乐部休闲一天。

克拉格俱乐部地下靶场内，练完射击的克莱恩用心地保养了附赠的那把左轮，并把净化子弹、猎魔子弹和驱邪子弹的比例调整为3：1：1。

呼，他吐了口气，收好左轮，整理了下外套，慢悠悠地返回一楼大厅——他刚才已经听侍者提过，今天限量供应的是香煎龙骨鱼。

刚入自助餐厅，克莱恩就看见了熟人塔利姆·杜蒙特。这位有头棕色短卷发、出身破落贵族家庭的马术教练目光没有焦距，正食不知味地用着午餐。克莱恩端着自己的餐盘过去，坐了下来，打了声招呼。

塔利姆扭头看了他一眼，嘴唇翕动了几下，沉默了三四秒，最终嗫嚅着开口道："夏洛克，你认识，认识那种有奇怪能力，很厉害、很少见的人吗？"

认识，你面前的就是……克莱恩微动眉毛，没有正面回答："你想做什么？"

塔利姆张了张嘴，但什么也没说。他神情凝重地思考了一阵，挤出笑容道："没什么，我就好奇问一问。"

上次问爱上了不该爱的人该怎么办，这次问是否认识有奇怪能力的人……这是想把对方解决掉，彻底斩断你朋友的念想？

什么人值得你冒这种风险？请杀手等同于谋杀啊！克莱恩无声地嘀咕了几句，切了块无细刺的鱼肉塞入口中。

塔利姆吸了一口气，快速吃完了盘子里的食物，用餐巾擦了擦嘴。他似乎已经恢复了正常，噙着笑容道："迈克想雇用你几天，做他的保镖。"

迈克·约瑟夫？《每日观察报》的那位记者？我记得他在金玫瑰里面的表演相当出色……克莱恩呵呵一笑道："迈克又想做什么？"

塔利姆摊了一下手道："我不清楚，他只是随口提了一下这件事情，好像与一件采访任务有关。他说他后天会去拜访你，希望你有空接这个委托。"

"我并不能确定。"不了解具体情况的克莱恩并未给予肯定答复。

就在这时，他耳畔响起了虚幻层叠的祈求声，来自一名女士。

"魔术师"小姐？她准备献祭金钱换取配方了？克莱恩加快速度，解决完了剩余的食物，然后一口喝干红茶，到接待台让侍者帮自己开了一间休息室。

用灵性之墙密封房间后，他进入灰雾之上，发现自己的判断是对的，"魔术师"小姐正申请举行献祭仪式。

佛尔思之所以会拖到现在，是因为她身上只有三百七十金镑，必须去银行取出部分存款。

一番操作后，她看见那四百五十镑现金消失在了虚幻之门里，而她的脑海中则多了一份配方。

> **序列8"戏法大师"**
>
> 主要材料：食灵者的胃袋，深海枪鱼的血液20毫升。
>
> 辅助材料：鹅耳枥制作的精油5毫升，线球草粉末10克，盛开的红粟花一朵，纯水80毫升。

终于，终于得到了！好几年了！

佛尔思一阵欣喜，忍不住来回踱步，踌躇满志。旋即，她不放心地拿出纸笔记录下配方，以免出现遗忘，还得麻烦"愚者"先生。

如果没能遇到不懂行情的人，主要材料至少三百镑一件，而我只剩四百三十镑了……还得努力赚钱才行……我，我要写新书了！

佛尔思瞬间觉得自己充满了动力，不再是之前那个拖延症中晚期患者了。

周三傍晚七点五十五分，携带着全部积蓄的克莱恩情绪相当复杂地踏入了"智慧之眼"老先生举行聚会的那栋房屋。他罩着黑袍，用兜帽的阴影遮住了脸孔，还戴了一张铁面具。

"一千六百七十四镑现金以及五枚金币，这是我身家财产的新巅峰，不知道这次聚会后还能剩多少……"克莱恩思绪纷呈地进入起居室，借着那朵摇曳烛火的光芒扫了一圈。

咦，"药师"没来，是有事情耽搁了？克莱恩微皱眉头，坐到了上次那个位置。

过了几分钟，"智慧之眼"老先生轻拍手掌道："开始吧。"

他话音还未落下，就有人迫不及待地开口，正是那位笼罩得严严实实、背后似乎有"工匠"支持的女士。她压着嗓音道："上次那位卖'贿赂者'配方的朋友来了吗？"

"我在。"克莱恩简洁地回答道。

那位女士明显松了口气，伸手推了下铁面具，道："这次有你需要的非凡武器，当然，你也可以选择现金。"

"什么非凡武器？"克莱恩按捺住了内心的躁动。

那位女士组织了下语言道："是由神圣太阳鸟羽毛编织成的鞭子，平时你可以将它伪装成皮带。使用时，它将覆盖纯正的、神圣的光明之火，凡是被它抽中的死灵类怪物都会遭受极大伤害，其中较为弱小者甚至会直接泯灭。

"它还能用来浸泡液体，制造'太阳圣水'，但这会让它的灵性维持时间缩短，每次缩短一个月。目前它能在十三个月内有效。

"如果你愿意，我可以用它换'贿赂者'配方，不需要你额外加钱。"

神圣太阳鸟？不是太阳神鸟啊，如果是后者的羽毛，我就要了！当然，只有尾羽才行，那可以用来调配序列4"无暗者"魔药……

克莱恩对这件武器本身还是比较满意的，但问题是，它和净化子弹、驱邪子弹的作用有不小的重叠，而且只能用十三个月，每制造一份太阳圣水还会缩减一个月，到时候他又得补充类似的物品了。

想到这里，他扭头望向主位："'智慧之眼'先生，您能详细介绍上次提到的那枚胸针吗？嗯，写在纸条上，并注明能够让您满意的价格。"

他怕在场其他人听完介绍后也对那枚胸针感兴趣，把价格抬高，所以临时决定让对方用书写的方式展现。

"好的。""智慧之眼"笑了一声，让侍者拿来了纸笔。

他书写的时候，聚会成员继续交易着，甚至有人心动地询问那根鞭子的价格，得到了"等下再说"的回应。

过了一阵，"智慧之眼"写好介绍，通过侍者交给了克莱恩。克莱恩展开一看，发现纸上的单词都用了印刷体，看不出特殊的地方。

很小心嘛……

他仔细阅读起来："'太阳胸针'，也可以称为'盛夏'，类比2级封印物里较弱的那种。以它为圆心，十米范围内将充斥纯净温暖的力量，正常人无法察觉，但死灵类怪物将不断受到伤害。它们会如同炽热火球下的水池一般飞快地'蒸发'，哪怕怨魂和幽影也同样如此，只是会支撑得更久一点。

"在这种环境下，强力死灵的实力会被明显削弱，佩戴者很难被邪灵类怪物附体和污染，能使用召唤圣光、制造圣水、光明之火、净化之斩、免疫恐惧、神圣誓约和太阳光环等法术。

"缺点是，只要佩戴着它，就永远无法感受到凉爽，始终处于可怕的炎热里。年轻人，不要小看这种状态，燥热烦乱的你会一点点步入失控的深渊。

"只有出价到两千镑，我才可能卖掉它。不要试图讲价，你应该很清楚，我不算太缺钱，并且是一位收藏家。"

比我想象的要强力不少啊，上次"智慧之眼"老先生说得太含糊了……

克莱恩看得怦然心动，思考了几秒后，侧头望向那位背后有"工匠"的女士："九百镑现金。"

序列7魔药配方正常售价是八百镑左右。

"成交！"那位女士毫不犹豫地回答道！

早知道我开一千镑了……克莱恩挤出了一抹笑容。他是一个守信的人，没有反悔，用准备好的配方换到了九百镑现金，身上的钞票瞬间激增为两千五百七十四镑，这是足以让一名单身男士一辈子都过得不错的积蓄。

而经过"智慧之眼"老先生的鉴定后，那位女士又满足地看了一遍配方。

序列7"贿赂者"

主要材料：哭泣婴儿花一朵，怪脸大麻结晶。

辅助材料：金色曼陀罗汁液5滴，黑色曼陀罗汁液5滴，迷幻草精油4滴，红葡萄酒80毫升。

完成了这笔交易的克莱恩吸了口气，望向"智慧之眼"老先生，郑重地开了口："两千镑，我要那枚'太阳胸针'。"

"智慧之眼"呵呵笑了两声："坦白讲，我并不是太想卖，但既然我有了2-081，'太阳胸针'的存在就不是必需的，而且我已经开价，反悔不是我的风格。你等我三分钟，我去把'太阳胸针'拿出来。"

"好的。"克莱恩又肉疼又期待地回答。

这个时候，起居室内非凡者都将目光投射到了他的身上。两千镑的交易在这个层次的普通聚会里很少出现，一两年都未必有一次，而从这些目光里，克莱恩察觉到了一定的贪婪和觊觎。

短暂的静默后，交易继续进行，一直到"智慧之眼"回来，他摊开的手掌里安静地躺着一根暗金色的、太阳鸟形状的胸针。克莱恩可以明显看到，"智慧之眼"脸上有了些许汗水。

"你可以确认之后再付款。"罩着带兜帽长袍的"智慧之眼"直接走到克莱恩身前，将那枚暗金色的胸针递给了他。

很大气嘛……克莱恩刚伸手接过，还未来得及仔细端详，就感觉到四周已变得炎热，连风都仿佛被烈火烧过，一吸入鼻端就蔓延灼至肺部。这个瞬间，他仿佛离开了阴冷潮湿的贝克兰德，正置身于北大陆中部的沙漠和荒野，头顶是散发着无穷光与热的太阳，周围是干燥到极点的无垠黄沙。

呼，让我想吃冰激凌……克莱恩的额头慢慢沁出了汗水，但脸上紧贴着铁面具，那些液体无法畅快地掉落，只能黏糊糊地留于原地。

通过直接的触碰，他察觉到了往外辐射的纯净、温暖的力量，而周围的非凡者们毫无异状。

把胸针别在正确位置后，克莱恩发散灵性，将它们浸入那暗金色胸针的表面。轰的一下，他看见了漫天飞舞的纯金色光点，接收到了诸多信息，这里面就包括该怎么借助胸针使用部分太阳领域的法术。

重点在于灵性的输入技巧和配合地开启咒文，其中，持续提供灵性两秒，"太阳胸针"将召唤来一道神圣的、从天而降的光芒，净化死灵类生物，并对其他类型的目标造成一定伤害；持续提供灵性五秒，并配合着用古赫密斯语念出"太阳"这个单词，则能制造少量太阳圣水，这能驱除邪灵，赶走寒冷，净化怨魂。

再加上强弱与间断的区别，其余法术也就能对应地施展出来了。光明之火是凭空产生金色的、神圣的、密集的火焰；净化之斩是针对邪灵怨魂的有效打击，可以附加于子弹上；免疫恐惧能让佩戴者不再感觉害怕；神圣誓约则是通过默念对应的古赫密斯语单词，为自身短暂增加力量、敏捷、火焰伤害或神圣伤害；太阳光环针对二十米范围内的同伴，能有效提高他们的勇气，净化他们体内的邪异力量。

感觉不错，除了不够诡异，没什么太大的缺陷，和我的"魔术师"能力正好互补……就是热了一点……克莱恩脑海内幻想的尽是自己短衣短袖的样子。

他卷起长袍，从里面的衣兜里拿出了一沓沓钞票，加上刚才从背后是"工匠"的那位女士处得到的九百镑款项，点数了足足两千镑现金给"智慧之眼"的侍者。

数了三遍，最终确认无误，克莱恩看了一眼迅速瘪下去的"钱包"，心情既喜悦又惆怅。

他辛辛苦苦攒的钱又只剩五百七十四镑钞票加五枚金币了，不过，他也收获了自身的第二件神奇物品，副作用明显小于"万能钥匙"、能力更为出众的神奇物品——"太阳胸针"！

就是太热了……克莱恩伸手摸了摸铁面具，差点把它摘下来扇风。

钞票金额大幅缩水的他不再考虑购买别的物品，只安静地坐在那里，一直旁听到了聚会结束。

而受那两千镑大额交易的刺激，今晚的聚会相对活跃。比如，那根由神圣太阳鸟羽毛编织成的鞭子卖出去了，八百五十镑；比如"智慧之眼"连续出手，买下了一本古籍、一件非凡材料。

等到结束，"智慧之眼"环顾一圈，望向克莱恩，轻声笑道："你第一个离开。"

这是怕我被人抢劫啊……克莱恩诚恳道了声谢，在侍者引领下走出了起居室，然后迫不及待地脱掉带兜帽长袍，摘去了铁面具。

他刚才已经试过，用灵性包裹和封锁可以隔绝"太阳胸针"对周围不间断的净化，避免它的存在被其余非凡者发现，但负面效果无法减弱，除非不带在身上。

为了保证我的精神健康，以后得在需要的时候使用它，平常靠净化子弹、驱邪子弹就足够了……

克莱恩离开聚会地点，绕了一大圈，来到勇敢者酒吧外面。他进去转了一圈，很快又走了出来，雇了一辆马车。

没有意外，他很快就看见对面的位置勾勒出一道身穿黑色宫廷长裙的身影。

莎伦的外形没有任何改变，她语气飘忽虚幻地问道："准备好了吗？"

"好了，你们可以挑选埋伏地点和时间了，确定好之后通知我。"克莱恩平静地点头。

莎伦看着他道："好。"

眼见她即将消失，克莱恩又补了一句："让卡斯帕斯准备一箱炸药，零散地埋在预定战场的不同地方。"

莎伦默然了两秒道："史蒂夫也是爆破专家。"

"不，我的主要目的不是要炸谁。"克莱恩笑笑道，"我只是想放次烟花。"

莎伦静静地望了他几秒，最终只是点了下头。

目睹她的身影飞快虚化，克莱恩往后靠住厢壁，打开了车窗，让外面刺入骨髓的寒风吹了进来。但是，他依然感觉很热。

我在地球的时候就最讨厌夏天，嗯，我喜欢冰棍、雪糕、冷饮、西瓜……克莱恩一边咕哝着，一边将手伸入衣兜，握住了"太阳胸针"。

这可是价值两千镑的神奇物品！

回到明斯克街，克莱恩沿着两侧树木凋敝的道路慢慢往15号那栋房屋走着。路过于尔根律师家的时候，他下意识望了一眼里面，看见了煤气灯带着些许蓝色的光芒。

"有人在啊……"

克莱恩笑着感叹了一声，额头是不断下淌的汗水。

第二天，也就是周四一大早，克莱恩刚拿着报纸从盥洗室出来，就听见了门铃被拉响的声音。

谁啊？对了，塔利姆提过，记者迈克·约瑟夫今天会来找我……

叮叮当当的动静里，克莱恩来到门边，伸掌握住了把手。他的脑海内已自然呈现出了来访者的形象——三十岁上下，黑色呢子大衣，同色半高礼帽，眉毛稀疏，蓝眼迷人，有两撇漂亮的小胡子，但皮肤相当粗糙，正是《每日观察报》的记者迈克·约瑟夫。

"早上好，迈克。塔利姆告诉过我了。"克莱恩开门打了声招呼。

那枚"太阳胸针"毫无疑问地被他扔到灰雾之上了。

迈克·约瑟夫拉了下领结道："抱歉，这么早打扰你，我等下还有别的事情。"

"我明白。"克莱恩客气道，"用过早餐了吗？要不品尝一下我烤的吐司？"

迈克顿时露出了微笑："这真是不好意思啊。如果还能有一杯热咖啡就好了，牛奶也行，我看你订了新鲜牛奶。"

"……好的。"克莱恩跟着露出笑容。

他忙碌着烤好了吐司，倒上了牛奶，拿出了奶油锡罐，然后坐了下来，什么也没说地吃至半饱。

对面的迈克则一点也不拘束地享用着早餐，对沉默的气氛毫无察觉。

呼……克莱恩吐了口气，放下杯子道："迈克，你想雇用我保护你？"

迈克慢悠悠地放好刀叉，喝了一口牛奶："是的，大概两天，周五和周六，也许还包括周日上午。"

"有谁想伤害你？"克莱恩斟酌着问道。

迈克呵呵一笑道："不，这是一种主动的自我保护。报社总编安排我去东区、码头区和工厂区做一期调查新闻，据说是受到了某个教会或者某位贵族的资助。

"你知道的，东区黑帮横行，到处都是恶棍或者为了一口吃的愿意出卖良知的人，我需要一名擅于格斗、擅于射击的保护者。而且，绝大部分私家侦探都在东区有一定人脉，不是吗？"

我没有……我破案靠的都是玄学，不，推理！克莱恩想了想道："但我这几天未必有时间。"

他得等待莎伦小姐那边的行动。

迈克忙清了清喉咙道："我已经申请过了，十镑。这次的保护任务总计十镑，即使什么事情也没有发生。"

克莱恩笑了一下道："迈克，我是认真的。你明天这个点，嗯，早餐后来找我，我如果有空闲，会接下这个委托，要是确实忙不过来，我会给你介绍另外的侦探，同样擅于格斗、擅于射击。"

比如斯图亚特，比如卡斯兰娜……他脑海内已然闪过了两个名字。

迈克吃掉剩下的吐司道："没问题。"

早餐之后，克莱恩目送这位新闻记者离开了自己的家，并通过凸肚窗的玻璃欣赏着外面淅淅沥沥的冻雨、来来往往的马车和行人，欣赏着暗沉的天色与一把把颜色各异的雨伞。

总算有一次正常任务了……既未涉及非凡者，又不是找猫捉奸那种……

可惜，不是凶杀案之类的委托，否则我就能体验一下真正的名侦探的感觉……真相只有一个！克莱恩思绪漫无边际地发散着，整个人处于一种莫名悠闲的状态。

如果不是还记挂着莎伦和马里奇的事情，他都打算好好放松一下，参观各种博物馆，买一张大剧院的票，听几次歌剧和音乐会，好好品尝品尝贝克兰德这座大都市内汇集的各国美食。

嗯，我是一名随意的游客，一名孤独的美食家……克莱恩自嘲一笑，转身往沙发区域走去，打算翻一翻还未看完的报纸。

忽然，他发现茶几上不知什么时候多了张纸条，字迹娟秀而拘谨："今晚十点，勇敢者酒吧后门碰面。"

克莱恩愣了一下，扭头望向窗外，无声地叹息道："终于要开始了吗……"

晚上十点，勇敢者酒吧后门的小巷子内。

穿着黑色双排扣长礼服、头戴同色半高礼帽的克莱恩只是在这里转了一圈，就像上次那样漫步往最近的街道行去。

刚走出巷子口，一辆马车就停在了他的面前，而玻璃车窗后是马里奇那双始终压制着恶意的褐色眼眸。

克莱恩按了一下头顶的半高礼帽，握着硬实的手杖，平静从容地登了上去，仿佛眼前的马车是他自己招手喊停的一样。他坐了下来，理了理领结，如同赴宴途中的绅士。

"这样的装束不适合战斗。"身穿白衬衣、黑马甲、紧身裤的马里奇上下打量了克莱恩几眼，捏了捏突然皱起的眉头。

看得出来，他对克莱恩的实力还抱有一定的怀疑，只是选择了信任莎伦。

克莱恩一脸轻松地笑道："我和你的非凡能力不同，战斗风格也不同，这样的衣物并不会造成任何负面影响，甚至还很适合我。"

"比如，它的口袋很多，能将不同的物品装在不同的地方，以免着急的时候拿错，将生命葬送在可笑的失误上。"他边说边从缝制的某个暗袋内拿出了剩余的三支镇静剂——"药师"调制的特殊镇静剂!

他话音刚落,另外一面车窗旁的位置上,飞快地勾勒出了一道身影,一道黑色宫廷长裙,戴小巧软帽的身影。这正是异种途径的序列5强者,"怨魂"莎伦。

"你解释得太多了。"莎伦蔚蓝色的眼眸望向克莱恩,语气飘忽地说道,"不够自然。"

我只是想逐渐进入表演状态……克莱恩干笑两声,给予了回应:"大概是因为我有点紧张。"

不等莎伦再次开口,他将那三支镇静剂递给了马里奇:"你自己找机会喝下去。我相信你肯定比我经验丰富,不会喝得太早,也不会喝得太迟,更不会喝得太少或者太多。"

马里奇看着密封而透明的玻璃试管,轻轻摇晃了一下里面的液体道:"两支半。再多的话,我会真的变得镇静,短时间内什么也不想做。"

"很好。"克莱恩赞了一声,转头看向莎伦,"你们确定好埋伏地点了吗?"

莎伦轻轻颔首道:"我们正在前往那里的路上。"

她没有直接把预定的战斗地点透露给克莱恩。

很谨慎,很小心嘛……克莱恩想了一下,转而问道:"你们会因净化而受到伤害吗?"

"'活尸'会,我变成灵体状态时也会。"莎伦非常简洁地做出回答。

也就是说,当序列5的"怨魂"还处于有肉体的状态时,净化很难产生效果……克莱恩若有所思地追问道:"驱邪呢?猎魔呢?"

因为要对付的是同一条途径的强者,莎伦没有隐瞒:"猎魔会对我们的身体造成伤害,驱邪能同时伤害身体和灵体,但都不够致命。"

克莱恩勾勒出笑容,吐了一口气道:"我明白了。"

他思索了一下,斟酌着再问:"你们现在有感觉到净化和驱邪的力量吗?"

"没有。"马里奇在旁边沙哑着回答。

很好,从灵性之墙变异来的灵性囚笼确实能隔绝"太阳胸针"的影响。

但是,我好热啊……克莱恩暗自叹息了一声,转而确认道:"'怨魂'史蒂夫、'活尸'杰森和'狼人'泰尔除了'深红月冕',还有什么神奇物品,或者非凡武器?"

"我们不清楚。"马里奇又一次捏了捏眉心,显得有些烦躁。

大战在即,本就压制着恶意与欲望的他难免会有些情绪方面的波动。

莎伦安静地听完,语气不见波澜地回答道:"受'深红月冕'的影响,杰森和泰尔处于较为疯狂的状态,即使他们有神奇物品,也没有理智去使用。"

"除非是被动型。"马里奇补充道,"而对'狼人'来说,手爪就是他的非凡武器,我是这样，泰尔是这样，杰森也是这样，那能划破钢铁，自带毒性。"

克莱恩眼眸微转，点了点头："好了，我没有问题了。"

路人已经稀疏的夜里，马车飞快地奔跑着，轮子时不时碾过水洼，溅起细微的污点。

过了十来分钟，马里奇让驾车的活尸勒住了缰绳。

克莱恩从玻璃窗户往外望去，看见了一个破败建筑阴暗层叠的地方，不远处则有哗啦啦的流水声传来。

"这是废弃了一年、即将改建的西拜朗船坞，我们预定的埋伏地点就在它的仓库区域。"马里奇开口介绍道。

废弃的西拜朗船坞……真要出了什么意外，塔索克河就是最好的逃跑通道……根据我之前的勘察，从这里出去，往西北方向走大概两公里的距离，有一座杠杆教堂，属于蒸汽与机械之神……克莱恩迅速将周围的情况回忆了起来。

他下了马车，状似悠闲地整理了一下衣物，拿着手杖，跟随莎伦和马里奇深入了那座即将改建的船坞。

走了五六分钟，他们来到了几座仓库围出的一片空地上。这里泥土黑褐，枯败的杂草倒伏于各个地方，一个木箱则静静地摆在僻静昏暗的角落里。

"那是你要的炸药。"马里奇指了指道。

克莱恩颔首道："你们不怕有流浪汉将它偷走吗？"

"这片区域的地下睡着我的那些活尸，一旦有谁进入，它们就会将对方吓走。"马里奇又分别指了几个地方，"你埋炸弹的时候避开它们。"

"没有问题。"克莱恩轻笑着点头，转而问道，"我现在使用净化和驱邪能力会伤害到你的那些小家伙吗？"

"不会，沉睡状态的它们等同死尸，而且还有厚实的泥土阻隔。"马里奇给出了答复。

莎伦环顾一圈后，难得多话地说道："你在这里做你的准备，我们去把敌人引过来。这不会超过三十分钟，请把握好时间。"

"你做完准备，随机躲到一个仓库内，不要急着出手，一定要有耐心。不管场面有多么凶险，你都当作是正常的。等到我变得虚弱，'深红月冕'出现，你再用那只眼睛寻找史蒂夫，对他发动突然袭击，而我也会使用我的神奇物品配合你。"

克莱恩认真听完，低笑了一声道："很简单的计划。"

"越简单的计划越有效。"莎伦平静地回应道。

马里奇捏了捏额头，甩了一下脑袋道："史蒂夫不是愚蠢的家伙，而复杂的计划只要出现一点问题，就会全面破产。"

交流完毕，莎伦的身影瞬间消失，马里奇也快跑着离开了船坞。

目送他们离开，克莱恩从衣兜里拿出了一个方形小铁盒，上面紧贴着一层灵性构成的薄膜，这就是从灵性之墙衍变而来的灵性囚笼，能在一定程度上隔绝某些神奇物品对外界的影响，但无法改善加于持有者的负面效果。当然，那种太过强力或太过诡异的封印物，也绝对不是灵性囚笼能够对付的，那需要专门的、对应的、特别的封印环境。

四座仓库，杂草丛生，地面因为之前的阴雨有些泥泞……克莱恩抽出一张纸条，随手一抖。

啪！那纸条迅速绷紧，坚硬得仿佛铁板。

克莱恩握着这纸条，迅速在空地中央挖了个很浅的坑洞，将手里的方形小铁盒埋了进去，小铁盒和外界只隔着薄薄一层泥土。紧接着，他从木箱里取出一根根炸药，分别埋在了不同的角落和不同的仓库里，最后剩下几根，他全部埋到了靠近中央的地方。

做完这一切，他掏出左轮，再次调整了子弹的比例，净化子弹三枚，驱邪子弹两枚。

将左轮塞入腋下枪袋内，克莱恩整理了一下衣物，来到两间仓库的夹缝处，丢了个纸人在那里，丢在了埋好的炸弹上面。

他又审视了周围一遍，随即掏出另一个方形铁盒，解除外面的灵性囚笼，取出了那枚太阳鸟形状的暗金色胸针，郑重地将它戴在了左胸位置。

呼……克莱恩吐了口气，离开这里，到外面转了一圈，丢了些不起眼的东西，并点火烧掉了用过的那张纸条。

回来之后，他攀爬至某座仓库的顶部，躲到了阴影里。

伸手点数，确认好各种符咒、纯露和草药粉末，克莱恩摸了摸铁制卷烟盒，啪地打了个响指。他之前丢在两座仓库夹缝位置的纸人顿时立起，变成了一位穿黑色双排扣长礼服、戴半高丝绸礼帽、拿硬实手杖的绅士。

这"绅士"的位置相当偏僻和隐蔽，从外面进来的人很难看到它，而有了它的代替，克莱恩的身影彻底消失在了原地。不过，他的视线并未受到任何影响，能清楚地看见通向这片空地的道路。

哪怕已经做好了准备，哪怕经历过很多的战斗，此时此刻的克莱恩依然有些恐惧、有些忐忑。

再好的表演也可能被人看穿！而且，对面还是位拿着神奇物品的序列5强者！还有一位序列6和一位序列7！

"这就是每一位魔术师登台前的状态吧？"克莱恩无声地吸了口气，压制着内心的种种情绪和身体的燥热。

今晚，绯红的月亮一直被云层遮着，空地里只有些许微光。没过多久，克莱恩就看见三道身影以极快的速度靠近，一前一中一后！

跑在最前方的是马里奇，他略显凌乱的头发被风完全刮向了后面，脸部的表情呈现扭曲般的狰狞。他的速度比处于最高峰的蒸汽列车还快，嗖的一下就来到了那片空地的入口，可就算这样，他依然没能摆脱后面的追赶者。

离他最近的是个脸色和他同样苍白的男子，对方的脸上有几块不明显的黑斑，仿佛腐烂伤口愈合后留下的痕迹。那男子眼中的恶意完全不加掩饰、不做压制，像渴望新鲜血肉的活尸更胜过像人类，克莱恩猜测这应该就是序列6的杰森。

杰森和马里奇的距离保持在七八米范围内，时而拉长，时而缩短，反反复复，来来回回。

而他们后面十几米的地方，有一道身影被越甩越远，那是个瘦削但健壮的男子，头发剃得很短，根根如尖刺般竖着。他双臂摆动之间，手掌尖端有金属般的光芒映着微弱的绯红月华，那是长如匕首的一根根黑色指甲！

"狼人"泰尔……克莱恩在心里默默念出了对方的代号和名字，脑海内则浮现了洒满鲜血的墙壁，挂在凸起位置的肠子，落满一地的断肢和内脏。

噔噔噔！马里奇用尽全身力气般奔逃着，杰森咬紧牙关，搏命追赶。他脸上愈合的黑斑不知什么时候已涨得透亮，似乎有腐烂液体将要滴出。

两人所过之处，地上的水洼和泥泞中的液体飞快地凝出了白霜，一寸寸冻结。枯败的野草被两人带起的劲风吹高，于缓缓落下的过程中以肉眼可见的速度腐烂着、朽化着。

忽然，结霜的泥土里伸出了一只苍白的手掌，准确地抓向了杰森的脚踝。

啪！杰森扭转身体，用力一踢，直接将那手掌的腕部踢断，将之踢飞了出去。而那手掌的断口处，血肉早已烂掉，一条条白色的蛆虫争先恐后地往外蠕动着。

马里奇停了下来，用右手捏住嘴唇，吹了声凄厉的口哨。

砰！砰！砰！空地不同位置的泥土被掀开，一具具没有表情的尸体坐了起来。与此同时，阴冷之风忽然打旋，数不清的透明幽影仿佛闻到了鲜血盛宴的味道，谁也不想落后地涌向了杰森，有的拉他手臂，有的扯他小腿，有的干脆抱住了他的脑袋。

杰森顿住脚步，哼了一声。那一道道幽影顿时倒飞了出去，有的惨叫着消失，有的迷失于原地。

几乎是瞬间，马里奇和杰森同时抬起了右手，拇指竖起，搁在食指旁，食指则瞄准了对方。

无声无息之中，隔断两人的空气炸开了，往上翻腾出一缕缕黑气。马里奇随之退了一步，凌乱的头发刹那枯萎了几根，往下飘落。

　　"马里奇，你还是这么弱，还是不懂得利用欲望的力量！"杰森低哑着笑道。

　　这个时候，"狼人"泰尔赶到了杰森的身边，而负责此次行动的序列5强者史蒂夫还不知道在哪里。

　　"不要急着解决马里奇，等着莎伦来救他，史蒂夫大人即将赶到。""狼人"泰尔压低嗓音，对杰森说了一句。

　　他旋即伸出鲜红的舌头，舔了舔嘴唇："不知道莎伦脱光衣服会是什么样子…"

　　话音未落，他忽然看见杰森扭过了脑袋，苍白的脸上阴惨惨一片，眸子里则隐约具现出了两道相同的身影：黑色的宫廷长裙，淡金的头发，精致的脸孔，没有血色的皮肤！

　　啪！杰森两只手掌伸了出去，掐住了"狼人"泰尔的脖子，泰尔的骨头难以支撑地响起吱嘎声。

　　"怨灵"莎伦来袭！

　　泰尔猛地吸气，让脖子鼓胀得像是水管，让那里长出了一根根黑色硬毛，短暂地对抗住了要捏断他气管和颈椎的力量。

　　他的眼睛渐渐翻白，鲜红的舌头伸了出来，黏稠的唾液从嘴唇两侧不断下滴。可是，他的右手却准而稳地伸入了衣兜，打破了某个预设的灵性枷锁！

　　整片空地连带四周仓库忽地亮了起来，绯红的月华充塞满了这里。杰森掐住"狼人"泰尔脖子的力量飞快减缩，他的身后随之浮现出了头戴小巧软帽的身影。

　　泰尔的脸上则露出了一抹得意和残忍兼具的笑容，右手从衣兜里拿出了一轮缩小的"满月"，绯红的"满月"！

　　那是一件不断散发着宁静光辉的暗红色饰品，它呈圆月的形状，四周镶嵌着一枚又一枚绯色宝石，中间则是象征月亮的符号和诸多神秘标识。

　　莎伦本能地眯起眼睛，退后了两步，虚幻飘忽的感觉迅速消退。她的双腿似乎再也无法支撑她的重量，整个人软软地倒在了地上，黑色的繁复宫廷长裙沾上了尘埃和泥泞。

　　"狼人"泰尔举高那绽放着绯红清辉的巴掌大小的圆形饰品，喘息着笑道："史蒂夫大人说的没错，你们肯定会尝试反扑，而莎伦你附体操纵的对象必然是比我高一个序列的杰森，所以他把'深红月冕'交给了我。你猜，他现在在哪里？"

　　这……这和莎伦预计的不一样啊……看来我只能自行选择最好的出手时机……克莱恩看得皱起了眉头，并强行按捺住了内心不断泛起的焦躁。

　　这个时候，"狼人"泰尔没急于进攻，因为他知道"深红月冕"的效果维持得越久，莎伦越是虚弱，马里奇越是痛苦。而杰森本就冷酷的眼睛则多了抹蕴含残暴的疯狂，再也找不到理智的存在——他也受到了"深红月冕"的影响，但习惯放纵欲望的他并没有产生痛苦的感受，而是对眼前的新鲜血肉充满渴望。

"嗬！"杰森喉咙里发出了一声不像人类的低吼，裸露在外的皮肤上的汗毛根根转白。

就在这个时候，莎伦艰难地抬起双臂，用左手取掉了右掌上的那只黑色手套，而杰森正好扑向了她，四周的泥土随之覆盖上了一层薄冰！

突然，莎伦的掌心爆发出了无穷无尽的虚幻光芒。它们吸食着莎伦的灵性，于这位人偶般的小姐的前方交织成了一扇布满神秘花纹、充斥无法描述的味道的青铜色大门。

大门摇晃着，嘎吱一声打开，裂出了一道缝隙！缝隙之内，一双双或苍白或透明或长满牙齿或血淋淋、没有皮肤的手臂伸了出来，跨过虚空抓住了"活尸"杰森！

一双双难以名状的眼睛密密麻麻地躲在门后的黑暗里，静静地注视着前方的猎物。

杰森还没来得及反应就被那一条条手臂抓住了，就被那一根根滑腻的、虚幻的触手缠住了，就被那凸显出一张张婴儿脸孔的青黑色藤蔓绑住了！

这些诡异的事物哭喊着、尖笑着，竭力将"活尸"杰森拖向门后，哪怕被嗜血和杀戮欲望完全掌控了思绪，杰森也本能感觉到了害怕。

"嗬！"他喉咙发出的声音霍然加剧，那一条条让人头皮发麻的手臂上顿时凝出了一层层冰霜，那凸显出张张婴儿脸孔的青黑色藤蔓则发出痛哼之声，有腐烂般的浊黄色液体在不断下滴。

拉扯的力量放缓了，但却没有消失。杰森不断驱使幽魂干扰，就如同将石头丢入了大海。他尝试着使用死亡领域的法术，也未能产生太好的效果，他的身体难以遏制地、坚定地一步步向着那扇虚幻神秘大门的裂缝处前行着，时而能挣扎着后退少许。

因为预先服用过一支镇静剂，马里奇没被痛苦彻底打倒，趁此机会拿出了最后那两支镇静剂，啪地折断瓶管，就着玻璃碴，一口气喝了一支半。他眼中压制的恶意减弱了，脸庞的扭曲恢复正常了，目光唰地射向了"狼人"泰尔。

与此同时，唰的一下，泰尔瘦削但健壮的身体消失在了原地，来到了十几米外。他的身影在那里勾勒出来的时候，原本的位置竟然还残留着虚幻的景象，一道如有生命般的黑气从地面腾起，贯穿了残像，摇曳着消失。

泰尔使用的不是"闪现"，他并没有这方面的非凡能力。他依靠的"深红月冕"

带来的极致速度！能拖出残影的速度！

而这个时候，躲在仓库顶部阴暗处的克莱恩也将左手伸入了衣兜，触碰向铁制卷烟盒，解除了卷烟盒表面的灵性囚笼，并轻巧地打开了盒子。

他相信"怨魂"史蒂夫肯定已经来到现场，否则这样僵持下去，杰森肯定会被拖到那可怕的门后，而"狼人"泰尔即使有"深红月冕"的加持，一时半会儿也解决不了马里奇，到时候，莎伦再用"神秘之门"对准狼人，"深红月冕"就将改换主人。

克莱恩的手指刚接触到铁制卷烟盒内的"全黑之眼"，脑海里就响起了疯狂的、污秽的、可怕的呓语！那是能让人血管凸起、眼睛欲裂、头部随时可能爆开的恐怖呓语。

而就在这呓语里，克莱恩看见了一根根诡异的、神秘的、虚幻的黑色细线，它们有的延伸至莎伦的身体，有的来自"狼人"泰尔，分成多组，彼此交错却没有纠缠地贯入了虚空。

其中，不少黑线来自距离马里奇不远但又未重叠的地方！

"怨魂"史蒂夫！他要附体马里奇！

克莱恩念头一动，缩回了左手。他没直接拔枪射击，而是打了个没什么声音的响指。

轰隆！两座仓库间的夹缝处，爆炸突然袭来，翻腾的火焰和热流让一道穿黑色双排扣长礼服的身影飘了出来。

借此吸引到别人的注意力后，克莱恩迅速拔枪，向着记忆中的那个位置抠动了扳机。而与此同时，他胸前的暗金色"太阳胸针"闪过了一抹流光——他将净化之斩附加到了净化子弹上！

乓！子弹拖着淡金色的光芒射了出去。

一抹淡金色的流光转瞬即至，打在了看似没有人的空地上。可是，那里却突然腾起了璀璨的火焰，飞快勾勒出一道穿黑色燕尾服、着暗红披风的身影。这身影的左臂位置燃烧起了神圣而明净的火焰，不断冒出淡黑而泛绿的烟气，映照得他苍白的脸孔阴青一片。

这是名四十来岁的中年男士，头发整齐后梳，泛着油光；眼眸黑中藏绿，没有一点感情，没有丝毫痛苦。

"怨魂"史蒂夫！

他的脑袋扭了过来，用木然却充满恶意的视线望向位于仓库顶部的克莱恩。

克莱恩忽地怔了一下，只觉得浑身突然发冷，哪怕"太阳胸针"带来的炎热也无法抵消。

他的身体迅速变得僵硬，他的眼睛变得呆滞，他的眸子内映照出了两道同样的身影：黑色燕尾服，暗红披风，涂着发油的大背头，闪烁绿光的阴沉目光，四十来岁的苍白脸孔！

几乎是瞬息之间，克莱恩就被控制住了，思绪也逐渐变得模糊。

这就是序列5"怨魂"的能力！诡异得让人难以防御的能力！还好他预先了解得足够充分，早就有所准备，并且驱邪效果能有效抵抗邪灵类生物的附体，所以，在自身思考能力彻底消失前，他鼓荡起源于精神体的灵性，将它灌注入了暗金色的太阳鸟胸针内。

就在他抬手掐住了自己脖子时，半空忽地降下了一道明净而纯粹的温暖光芒。它就像来自太阳之国的光柱，带来了灿烂的感觉和神圣的净化，将克莱恩完全笼罩在了里面。

太阳领域的法术，召唤圣光！

圣光之中，那无形的控制之力陡然被削弱，克莱恩的眼睛霍地恢复了神采。紧接着，他的身影燃烧了起来，并变脆变焦，只剩下薄薄一张纸。

而与此同时，两座仓库间的夹缝位置，因爆炸而腾起的火焰里，身穿黑色双排扣长礼服、戴着同色半高丝绸礼帽的克莱恩跃了出来。

他的手杖早不知丢到了哪里，他头顶飘浮的相同身影亦被火苗侵蚀成功，化作片片灰烬，散落到四面八方。

克莱恩还未来得及确认自身处境就感觉脚踝被无形之物紧紧抓住了，他的小腿、他的手臂、他胸前和身后的衣物同样被牢牢拽住！早已开启灵视的克莱恩看见了一道道模糊而透明的身影，它们有的残缺不全，有的浑身血淋淋，有的表皮焦黑，有的苍白而阴冷。

呼……克莱恩的脖子后面吹来了一道不知源于何方的阴寒之风，激得他汗毛根根立起，难以遏制地战栗。他身前的暗金色太阳鸟胸针忽然闪过一抹光彩，四周瞬间燃起了一朵又一朵金色的、虚幻的火焰！

这些火焰散发着太阳的气息，因密集而连成了海洋，这是来自太阳领域的光明之火！

围绕克莱恩的那些可怕的幽魂无声尖叫着消失了，他脑后的阴风也被"太阳胸针"产生的燥热代替了。

处于这样的环境里，克莱恩暂时变得安全，不由得充满畏惧地感叹了一声：哪怕自己提前做好了准备，并有了克制对方的物品，在序列5的"怨魂"面前单对单依然岌岌可危，"表演"险些在刚开始的时候就以失败收场！

而离马里奇不算太远的地方，着暗红色披风的史蒂夫身影虚幻了少许，他左臂燃烧的璀璨火焰在黑气的前仆后继之下很快就彻底熄灭了。他闪烁着绿光的眼中充斥着恶意和欲望，似乎也失去了理智，失去了思考的能力。

此时此刻，有了刚才那一枪的提醒，马里奇已经与他拉开了距离，并指挥从泥土里爬起来的、表情麻木的活尸们围追堵截着"狼人"泰尔，自身则绕着圈子，制造光滑的薄冰和腐烂的淤泥，试图影响对方的行动。

"狼人"泰尔一手握着绽放绯红光辉的缩小的"满月"，没有停顿地跑动着，直到被活尸偶然堵住才随手抓了下去。

嗻！那活尸被直接分成了六片，早就烂掉的血肉和蠕动的蛆虫散落一地。

"狼人"泰尔愣了一下，不敢相信地看了看自己的手爪，这才明白"深红月冕"带来的加成绝不仅仅只在速度上——他觉得自己掌握了一些强力而诡异的法术！

泰尔停止逃遁，转身面向脸色苍白的马里奇。

这个时候，"活尸"杰森离那道虚幻却神秘的大门越来越近了，他的身上缠满了凸显出一张张婴儿面孔的青黑色藤蔓，他被一只只或长满牙齿或没有皮肤的手臂使劲拖拽着。他的眼睛几乎贴上了那青铜色大门的缝隙，与一只只藏在黑暗深处、难以名状的眸子冰冷对视着，那里仿佛是他发自内心的归宿之地。

"不！"被杀戮和嗜血欲望掌控的身体开口喊出了声，极其凄厉！

本待反扑的"狼人"泰尔一下顿住，咬了咬牙，将手中那轮缩小版的绯红满月扔了出去，扔向了"怨魂"史蒂夫——只有让序列5的强者恢复力量，得到加成，战斗才能很快结束，"活尸"杰森才有机会被解救！

看到这一幕的克莱恩眼睛一亮，当即抬手打了个响指。

啪！轰隆！

"深红月冕"行进的路线上，一枚预埋的炸弹掀起了泥土，往外吹出了满是冲击感的劲风，并腾起了赤红色的火焰。"深红月冕"被劲风拍了一下，小小地拐了一个弯，落往另外的方向。

轰隆！

又是一枚炸弹爆开，又是一丛火光腾起，克莱恩跃了出来，扑向离这个位置不远的"深红月冕"。

忽然，"深红月冕"下落轨迹的前方出现了一只苍白的手掌，稳稳接住了它。这正是不知什么时候已虚化消失又重新浮现的"怨魂"史蒂夫！他的本能让他追逐着满月！

啪！轻微的声音里，史蒂夫握住了"深红月冕"，满是恶意和欲望的绿眸中多了一抹灵性光彩，这让他从纯粹的怨魂回归为序列5的强者。他嘴角上勾，冷笑着看了克莱恩一眼，但他并未急着解决这弱小的对手，而是让身影再次虚幻消失。

已扑了出去的克莱恩就地翻滚了两下，将左手探入衣兜，再次轻巧地顶开铁制卷烟盒，触碰到罗萨戈的"全黑之眼"。

在那让他眼泪鼻涕止不住下流的呓语声里，克莱恩又看见了一根根诡异的黑线，并从它们的来处窥到了消失的"怨魂"史蒂夫。他正高速靠近着虚弱倒地的莎伦，想控制住对方，解救"活尸"杰森，彻底结束这场战斗。

莎伦才是这次行动的主要目标！

克莱恩猛地缩回左手，于念头一动间，再次将灵性灌注入了"太阳胸针"。

二！一！一道明净纯粹的神圣光柱从天而降，落了下来，罩向莎伦的后方。

史蒂夫着暗红披风的身影陡然闪现于几米外，险之又险地避开了圣光——他的速度在"深红月冕"的加成下，已可怕到能于刹那间做出有效的闪避！

但与此同时，半蹲在地上的克莱恩已抬起右手，扣动了左轮的扳机。他的目标是"活尸"杰森！

一道绽放灿烂火光的子弹飞了出去，正对着杰森的背部，要"帮助"他及早进入青铜色的神秘之门。

可就在这个时候，史蒂夫的身影消失又闪现于杰森的后面，用张开的左掌挡住了那枚驱邪子弹。

嗞嗞嗞！爆发的阳光让史蒂夫痛苦地抖动着手臂，眯起了眼睛，皮肤不断变得焦黑再脱落，但又飞快地愈合重生。

忽然，他听到了啪的一声脆响！

克莱恩又打了个响指！轰隆！就在附近的一枚炸弹爆开，掀起的冲击波和子弹般的石子往四面八方扩散，其中很大一部分就拍在了"活尸"杰森和"怨魂"史蒂夫的身上！

"不！"

一声惨叫中，杰森侧面的衣物破碎了，皮肤之上出现了一个个不断转深的白色印子，仿佛有鲜血即将溢出。

对体如钢铁的"活尸"来说，这并不是什么太有效的伤害，但对于正苦苦支撑的杰森而言却是死亡的召唤。他再也无法支撑，被那一条条诡异可怕的手臂飞快拉了青铜大门的缝隙内！

"不……"

杰森的惨叫远远荡开，那神秘的虚幻大门哐当一声合拢，将后半截声音彻底吞没了、隔绝了！仓库围出的空地内一片安静，"活尸"杰森完全消失了，像是从来没有降生在这个世界上。

"怨魂"史蒂夫的眼睛一下睁大，他张开嘴巴发出了一声愤怒的尖啸："该死！"

砰!

声音回荡之中，克莱恩就像被人在脑袋上重重来了那么一锤，视线变得模糊，呼吸间充满血腥，眼前一片血红。短暂间，他耳朵内尽是嗡隆之声，再也听不到别的动静。

"狼人"泰尔送出"深红月冕"后，已长出遍体的黑毛和尖锐的獠牙，此时也未能免受影响。他痛苦地捂住了耳朵，眼角、嘴边甚至有鲜血流出。

本该趁机抓住他的马里奇更是不堪，依靠镇静剂压下去的恶意和欲望有所反弹，差点失去了对活尸的控制，表情也变得极其扭曲。

虚弱的莎伦在"怨魂"史蒂夫的尖啸下也露出了痛苦的表情，但她还是艰难地合拢了手掌，让那里散发而出的道道奇妙光芒瞬间中断，让那扇神秘虚幻的青铜色大门消失在了面前。

克莱恩知道不好，忙强忍着头疼，退后一步，进入了火堆。

他的身影迅速消失，闪现在另外一个方向突然猛烈爆炸的余焰中。他刚跃出来寻求反击，却看见穿暗红披风的中年男士史蒂夫并未追赶自己，而是停于原地，仿佛在等待着什么。

克莱恩忽感心浮气躁，脑袋一阵眩晕，胃部阵阵痉挛。他飞快地变得虚弱，却不知道因为什么。

刚从尖啸里缓过来的马里奇也出现了异常，不断伸手抓着自己，似乎身上有难以遏制的瘙痒。他低喘着，用疯狂生长的尖锐指甲抓破了衣服，在身上抓出了一道道白色的痕迹，并越抓越深，能看见红色一点点地浸出。

莎伦跌坐在地上却站不起来，她蔚蓝的眼眸渐渐失去了焦距，好像什么也看不到了。

"毒……"她低声说出了这个单词。

离她不远的"怨魂"史蒂夫看了一眼她紧握着的手掌，对刚才那布满神秘花纹、充斥着无法描述的意味的青铜色虚幻大门颇为忌惮，竟没有莽撞地直接动手。

他右手握着绯红满月般绽放着清冷光辉的"深红月冕"，左手从衣兜里取出了一个棕色的半透明玻璃小瓶，哼了一声道："'生物毒素瓶'，能随机制造不同的毒素。只要打开，毒素就会逐渐往四周蔓延，不超过一分钟毒素就会起效，之后症状越来越严重；四分钟后，如果还未脱离布满毒素的环境，相应的后果将无法抵抗，比如，死亡。

"很可惜，我还以为杰森能支撑到现在。莎伦，本来你不会受到影响，灵体并不害怕中毒，但很遗憾，这里有'深红月冕'，你根本无法转化状态。或者，你可以放弃坚持，让我认识到你潜藏的魅力。"

他状似悠闲地介绍着手中神奇物品的能力，似乎想等克莱恩他们彻底失去反抗之力后再动手。

不过预先做了准备的泰尔却没有领会他的意图，在"深红月冕"的影响下失去了理智的"狼人"毫不犹豫就展开了反击，合身前扑，手爪挥舞，撕扯起马里奇的身体。

锵！锵！锵！

指甲划破钢板的声音接连响起，马里奇身前的皮肤上终于出现了几道可以直接看见血肉的伤口。

克莱恩捏了一下额头，感觉那里已经开始发烫，但负面效果并不像"怨魂"史蒂夫说的那样严重。

看来是不断净化和驱除着周围邪异的"太阳胸针"削弱了毒素……克莱恩突然"嘿"了一声："你想让我们毒发再动手？你以为我刚才为什么不用烟花，而是靠炸药？这么多次爆炸，肯定已经引起了别人的注意，附近的官方非凡者即将赶来，你没有时间的！"

史蒂夫侧过头看了脸部涂抹着油彩、难以辨认长相的克莱恩一眼，忽然笑道："我忘了还有个可以轻松解决的小虫子。放心，在教会的人到之前，你肯定已经死了……"

他话音未落，克莱恩突然抬起右手的左轮，射出了一枚净化子弹。

史蒂夫脚步微移，已横掠出去好几米，沿途之上残影留存。可是，克莱恩的子弹却没有射向他原本所在的位置，而是打在了空地的最中央，打穿了泥土，打出了当的一声动静！

灵性微风吹过，马里奇的活尸和史蒂夫的幽影同时静止了下来，瞬息之后，它们疯了一般冲出去，冲向了空地中央，就像一群到了饭点的饿狗。

本待用诡异手法控制住克莱恩，然后轻松虐杀对方的史蒂夫先是愣了一下，旋即露出又疑惑又惊奇的表情。

这还是他第一次发现自身驱使的死灵会失控！

与此同时，克莱恩啪地打出响指，又引爆了几处炸弹，让不同的地方腾起了跃向半空的赤红火焰，他的身影迅速在这些火堆里跳跃，往空地之外闪去。

"想跑！"

史蒂夫低语一句，正要虚化身影追赶目标，却发现那些活尸和幽影挖出了一个方形铁盒，正抢夺着里面的物品。

很快，一个幽影得手，身体膨胀开来，似乎有了智慧般地往另一个方向飞走。

"原来是想以那件物品拖延我的行动，从而成功地逃跑……哼，他还不够了解'怨魂'和'深红月冕'!"史蒂夫暂时放弃了追赶克莱恩的打算,收起"生物毒素瓶",身体陡然消失,浮现于一处水洼凝出的薄冰上,然后依靠能拖出残像的恐怖速度,两步来到那巨大幽影的背后。

史蒂夫眼中的阴绿光芒一闪,那幽影顿时就无声无息地溃散了,手中拿着的物品猛地往下掉落,其余活尸和幽影完全不顾上位者的气势压迫,争先恐后地抢了过来。

史蒂夫越发惊讶和奇怪,并且发现自己的灵性预感无法从那件让活尸和幽影们暴动的物品上得到任何启示。他身体前跨,用左手接住了那件物品。

那是一个暗金色泽的钥匙环,上面吊着一枚古老而精致的铜哨,铜哨旁边则悬挂着一把形制古朴的黄铜钥匙。它们紧紧贴着,就那样躺在史蒂夫苍白的掌心。与此同时,史蒂夫右手的"深红月冕"正静静地散发着绯红冷辉,仿佛一轮缩小的满月。

史蒂夫还未来得及泛起别的想法,一道微弱、虚幻但非常诡异的声音就钻入了他的脑海,撕扯着他的神经,剥离着他的头皮。

"啊!"史蒂夫猛地惨叫了一声,直接从半空跌到了地面,手里拿着的"深红月冕"和挂着铜哨和钥匙的圆环同时被抛飞了出去。

他原地挣扎着、扭曲着,身上鼓起了一个又一个的凸起,里面或长出细小宛如婴儿的手臂,或流淌出腥臭的淡黄液体。

这个时候,一丛火焰再燃,已经"逃走"的克莱恩跃了出来,挡在了"深红月冕"的下落轨迹上。他没有试图接住这件神奇物品,而是轻巧一拨,让它调转了方向,飞往虚弱瘫软的莎伦。

史蒂夫痛喊的声音渐渐变小,"深红月冕"准确地落到了莎伦身上。莎伦的身影当即虚化,失去焦距的蔚蓝眼眸瞬间找回了神采。她右手紧握,左手拿住那镶嵌着一圈暗红宝石的巴掌大小饰品,身体飘浮了起来。

"深红月冕"能让持有者免疫满月的影响!莎伦不再虚弱!而灵体状态的她不怕生物毒素!

此时,活尸和幽影们又聚集在了一起,抢夺着串在一起的阿兹克铜哨和"万能钥匙"。

克莱恩并未在意,伸出左手,指了那里一下。他胸前的太阳鸟饰品上,暗金光泽一闪而逝,一道强烈的、明亮的、神圣的光芒从天而降,笼罩了抢成一团的活尸和幽影。

圣光之中,透明的、奇异的幽影们飞快地虚化着、消失着,一具具苍白恶臭的活尸则先是冒出黑烟,继而燃烧了起来,就像一根根蜡烛。

等到圣光消失，那里已近乎空无一物，只有古老精致的阿兹克铜哨和形制古朴的"万能钥匙"串在变黑的圆环上，静静地躺在那里。

另外一边，莎伦没去管在"狼人"泰尔的攻击下伤势逐渐严重的马里奇，而是依靠自身在镜类物品间的诡异跳跃能力，来到了史蒂夫之前用过的那片薄冰上，然后迈了出去。

她对着正蜕变为怪物的史蒂夫伸出了紧握的右拳，并猛地将它张开，让掌心对准了敌人！无穷无尽的光辉迸发而出，迅速交织成了那扇布满神秘符号和花纹的对开青铜大门。

嘎吱！

让人牙酸的声音里，莎伦头顶的黑色小巧软帽被突然刮起的狂风吹掉了，梳得一丝不苟的淡金头发随之凌乱地披了下来。

很明显，再次动用那件神奇物品让她颇为吃力。

嘎吱！

神秘的青铜大门裂出了一道缝隙，尖笑声、哭泣声、喊叫声层层回荡，那一条条或长满牙齿或没有皮肤的手臂争抢着伸了出来，抓住了身上脓包一个接一个裂开的史蒂夫，凸显出婴儿脸孔的青黑色古怪藤蔓和滑腻虚幻的触手也相继缠住了这位序列5的强者。

"啊!"史蒂夫再次惨叫出声。

脓包内流出的淡黄液体覆盖了他的全身，这让他勉强抵抗住了拉扯。他的脸上裂开了鲜红的缝隙，里面是幽黑如同隧道的孔洞！

而这时，克莱恩已抬起左轮手枪，瞄准了他。没有耽搁，没有犹豫，脸上做了伪装、戴着半高丝绸礼帽的克莱恩冷静地扣下了扳机。

乓！乓！

伴随着"太阳胸针"的闪烁，两道满是神圣意味的子弹准确地命中了史蒂夫的脑袋。它们虽然没能打穿目标的皮肤和骨头，却点燃了璀璨的火焰，让史蒂夫变成了一根光亮的火把。

"啊!"又是一声惨叫，史蒂夫被拉得靠近了那扇虚幻神秘的青铜大门。

克莱恩一边将手枪转轮甩出，把弹壳倒在地上，一边拿出了装有那些非凡子弹的铁盒。

与此同时，他再次把灵性灌入了"太阳胸针"。

二! 一! 一道圣洁无瑕的光柱于半空落下，瞬间打在了史蒂夫的身上。

抓住这个空隙，克莱恩按照3∶3的比例将净化子弹和驱邪子弹塞入了弹孔，合上了转轮。他再次瞄准史蒂夫的脑袋，于暗金色胸针的闪烁里用力地扣动了扳机，连续六下。

乒乒乒乒乒乒！或流转淡金辉芒或绽放灿烂光火的子弹一枚接一枚地划破虚空，命中了"怨魂"史蒂夫的脑袋。

得益于"小丑"对身体的控制，得益于始终坚持的枪法练习，克莱恩那六枚附加了净化之斩的子弹准确打在了同一片区域，和先前两颗子弹相同的区域！它们就像来自光之巨人的拳头，一下一下又一下地捶着"怨魂"史蒂夫的左侧脸颊！

乒乒乒的声音里，被怪异手臂和青黑藤蔓缠住的史蒂夫无法虚化躲避，脑袋不断侧抬，身体阵阵颤抖，颧骨迅速凹陷了下去，露出了白森森的尖骨！

乒！最后那颗子弹彻底打破了那里，让这位序列5强者的暗红色的鲜血飞溅了出来，让或璀璨或金色的火焰不断往内钻，烧出了阵阵青黑色的雾气。

那片神圣的光明里，史蒂夫的衣物被点燃了，身体迅速焦化，滴下了油脂。

但是，他还没有死！

比起"秘偶大师"罗萨戈，"异种"途径的序列5生存能力明显要强很多！不过，受到重击的史蒂夫却再也无法对抗那一条条诡异手臂的拉拽，双腿难以遏制地前迈，近乎飞起来一般投向了那扇青铜色的大门，投向了裂开的幽深缝隙，投向了一双双藏在黑暗深处的眼睛。

就在这时，额头见汗的莎伦猛然握住了右拳。虚幻微妙的光芒戛然中断，神秘到难以描述的青铜大门失去了存在的根源，它摇摇晃晃着，在史蒂夫进入前，不甘地拉回了那一条条或长满牙齿或血淋淋的手臂，合拢了缝隙。

哐当！大门关闭，飞快地透明了，消失了！

史蒂夫前倾的身体僵硬在了原地，他浑身焦黑干瘪，接近只剩下余火的碳化木棒。

紧握着右拳并托着"深红月冕"的莎伦身影飞快虚化，往前迈一步，与史蒂夫重叠在了一起。

克莱恩的灵视里瞬间失去了她的踪迹，但焦黑的史蒂夫却抬起双拳，猛地砸向自己本就遭受了重创的脑袋。

砰！他的头部变成了烂番茄一样的浆状物，乳白色的斑点先是往上喷起，继而落往四周。伴随而出的还有一道半透明的虚影，它迅速扩散开来，化成了巨大的水母样的事物，里面有不真实的液体在摇晃，有一双惨白的眼睛在凝聚！

莎伦被这诡异的东西逼了出来，重新浮现于它的旁边。她霍然往前探出左手，口中发出了了无声的尖啸。

地面陡然变黑，似乎成了泥泞的渊海，里面长出了一根扭曲的血色藤蔓，它分成多节，每一节都有四颗尖牙、一只眼睛。

这血色藤蔓疯狂往上生长，一下就固定住了水母样的虚影，贪婪地吸食起里面不真实的液体。

虚影飞快地崩溃，血色藤蔓又缩回了泥泞的渊海里。但有了这样的耽搁，无头的、焦黑的史蒂夫却跑了起来，穿过空地，奔向出口。

他竟然还没有彻底死去，哪怕已经失去了脑袋！

史蒂夫刚跑了几步，安静的空气里突然响起了一声脆响。

啪！穿黑色双排扣长礼服，戴同色半高礼帽的克莱恩侧对着他，打了个响指。

轰隆！史蒂夫脚下的泥土被狂暴地掀开了，赤红的火焰随之腾起，蔓延向上，到了最高点后又洋洋洒洒地下落，就像一朵美丽的烟花。

这样的烟花里，"怨魂"史蒂夫的身体彻底四分五裂了，焦黑的手、脚、内脏和血肉散落一地，其中一截指头滚到了克莱恩的脚边，棕色的、半透明的"生物毒素瓶"则落在了另一个方向，那些属于史蒂夫最后痕迹的残缺肉体蠕动了几下，终于变得平静。

在绽放的火光和这样的场景中，克莱恩只觉自己的灵性变得更加活泼了，体内还不完全属于他的力量又在某种程度上与他自身贴近了一点。

他遵循着这种感受，把枪交到左手，用戴着黑色手套的右手取下头顶的半高丝绸礼帽，将之按在胸口，面向莎伦微微鞠躬，行了一礼。

莎伦蔚蓝的眼眸望了过来。她的视线越过了克莱恩，落到了后面还在厮杀的"狼人"泰尔和马里奇身上。

莎伦的身影一下消失，"狼人"泰尔的眼睛里旋即映照出了她的样子。泰尔僵立在了那里，浑身黑毛根根竖起，他的双臂艰难地抬了起来，按住了自己的脑袋。咔嚓！他用力一扭，随之看见了自己掩盖在破碎衣物下的脊椎。

啪！泰尔再次一拧一扯，将自己的脑袋拔了下来！

整个过程里，他没有发出一声惨叫，没有说出一句话。他提着自己的脑袋，让鲜血不断往下滴落，失去了头部的尸体依然直挺挺地站着。

莎伦并未立刻离开"狼人"泰尔的身体，她似乎在尝试着什么。很快，泰尔的脑袋和身体里有一点点黑绿色的光芒析了出来，并以其中一颗獠牙为核心飞快地凝聚在了一起。

看来莎伦小姐有办法加速非凡特性的析出……前提应该是她附于目标上，杀死对方，完全掌控住对方身体……克莱恩有所明悟地弯腰拾起地上掉落的弹壳，一枚不少地将它们装入了铁制方盒。

他怕后续的调查者根据弹壳的特殊性找到那位"工匠"，找到那位购买了"野蛮人"和"贿赂者"配方的女士，从而锁定"智慧之眼"的聚会，威胁到他自身的安全。

至于弹头，早就如同符咒的材料一般，在圣光和火焰里献祭给了对应的神灵。

放好左轮手枪，克莱恩刚要迈开步伐，莎伦就以夸张的速度出现在了"生物毒素瓶"旁边，让它自行飘浮起来，落至掌心。

克莱恩还未来得及闪过别的想法，那个脸色苍白的女士就手腕一抖，将棕色的半透明瓶子和一颗黑绿色的獠牙丢向了他。

为了节约时间，帮我拾取战利品？克莱恩怔了一下，本能抽出一张纸，罩向了那两件物品，没有直接接触！此时，他的视线里，莎伦繁复的黑色宫廷长裙失去了往日的整洁，在风中轻轻摇晃着，垂落的淡金头发则有几缕贴在了脸颊侧面，使莎伦多了几分人的感觉。

嗯……这"生物毒素瓶"是自带盖子的……就是不知道有什么负面效果……克莱恩低下头，审视起了自己的战利品，并用挂在旁边的黑色盖子重新密封住了"生物毒素瓶"，免得它继续祸害自己。至于那颗黑绿色的獠牙，则是"狼人"泰尔遗留的非凡特性。

克莱恩一边将两件物品装入小铁盒，并用圣夜粉制造灵性之墙，封锁它们对周围的影响，一边用余光看着莎伦的身影消失，看着史蒂夫残余的血肉蠕动，析出了近乎透明的光点。同样，他还在警惕着马里奇，免得对方突然疯狂。在这种警惕里，他发现"活尸"的愈合力确实惊人，刚才那一道道深可见骨的伤痕此时已基本闭合！

马里奇也深深地看了他一眼，似乎想起了什么，明白了什么。

完成了手中的事情后，克莱恩绕了十几步，先是拾起了被活尸和幽影挖出来的方形铁盒，接着找到了一根根人型"蜡烛"簇拥着的阿兹克铜哨和"万能钥匙"。

他瞄了一眼，尴尬地发现自己也不敢捡——"深红月冕"的效果还在辐射着这片空地！

这是他预设的最后也是最没有办法时的准备，为此他专门抽空去了一趟医院停尸房，测试那些尸体抢到阿兹克铜哨后会做什么、要做什么，于是有了相应的流程设计。

"咳，能停止'深红月冕'的影响吗？"克莱恩转头望向重新浮现出来的莎伦。

莎伦的手里已多了一个半透明的人偶，她没有说话，将另一只手中的"深红月冕"戴到了胸前，那一圈绯色宝石迅速变得暗淡，满月的光辉消失在了这片废弃的空地上。

克莱恩这才弯下腰，用指尖捏住圆环，提起了阿兹克铜哨和"万能钥匙"，然后将它们装入了那个有凹陷弹痕的方形铁盒，飞快地做了密封。

与此同时，马里奇也绕了一圈，处理了一下现场。

莎伦拾起了那顶小巧的黑色软帽，身影先是虚化消失，继而出现在了克莱恩的面前。

"《秘密之书》在你家的客房内。"莎伦平静地说道。

也就是说，不管最终结果如何，只要我能活着回去，就可以收获部分报酬，不至于白忙一场……克莱恩露出笑容，微微鞠躬道："感谢你的慷慨。官方非凡者随时可能赶到，我们该离开了。"

莎伦点了一下头道："需要帮忙吗？"

"不用。"克莱恩轻笑了一声，"我还有很多烟花没放。"话音刚落，他已然抬手打了个响指。

轰隆！轰隆！轰隆！

剩余的炸弹一处处爆开，往上腾起了一束束火焰。它们簇拥着偏中央位置最大最醒目的那一朵烟花，梦幻而亮丽。

莎伦的目光本能地被吸引了一秒，等她再看过来时，克莱恩的身影已然不见，只有一束火光在缓缓消散。

空地之外，往西北方向绕了个小圈子，不会正面碰上官方非凡者的道路上，一根根火柴相继被点燃，一道道火焰赤红着飞腾，又迅速消失。克莱恩的身影不断浮现在火焰之中，跳跃着远离了西拜朗船坞。紧接着，他掏出一瓶特制的纯露，抹到脸上，用纸张轻轻一擦，就除去了所有的油彩。

啪！克莱恩抖了一下手腕，让那纸张烧成了灰烬。然后，他捡起藏在附近的手杖，整理了一下衣物，就像普通人一样走到了街上。

没过多久，克莱恩抵达了一座教堂，它的名字是"杠杆教堂"。

因为很多信众并不富裕，周日也未必能休息，平常的白天更是忙碌不堪，所以各大教会的教堂会一直开到凌晨，让大部分信众有机会来祈祷和忏悔。

克莱恩抬头望了一眼，用手里握着的黑色手杖点了点台阶，迈步走了进去。他打算在这里躲过接下来那一波对周围人群的排查。

几分钟后，一支机械之心小队出现在了废弃仓库围成的空地上。

他们来了足足五个人，各自带着不同的非凡武器，却被好似被犁了一遍般的景象弄得皱起了眉头。望了一阵，他们凝重地投入了寻找线索的工作中。

第九章

CHAPTER 09

✦ 探访东区 ✦

杠杆教堂内，因为还不到十一点，这里的人并不算少，但没有一个说话，整个祈祷大厅安静到神圣，让人不想打破这种静谧。

克莱恩坐于第三排靠过道的椅子上，将黑色手杖靠向前方，取下了半高丝绸礼帽。身穿黑色双排扣长礼服的他两手交握，抵住下颌，闭上了眼睛，表情异常平静地面对着最前方的三角圣徽。

整整半个小时无人打扰的宁静后，克莱恩睁开双眼，慢悠悠地起身。他拿上手杖，戴好帽子，离开教堂，于黑夜里乘坐出租马车返回明斯克街。

这个时候，周围区域的警戒和排查已不可避免地放松了，成为煤气灯光芒下的那片阴影。

刚过零点没多久，克莱恩掏出钥匙打开自家房门，先进入空着的几间客房寻找《秘密之书》。

他没费什么工夫就在一楼房间的衣柜内看到了那本由厚厚的羊皮纸装订而成的古旧书籍。书的硬壳封皮呈深黑色，上面用绯红的色调写着两行赫密斯语——

> **秘密之书**
> **卡拉曼**

呼……克莱恩吐了一口气，没急着翻阅，而是在这个房间快速制造灵性之墙，举行起自己召唤自己、自己响应自己的仪式，然后将"万能钥匙"、阿兹克铜哨、"全黑之眼"、非凡子弹、"生物毒素瓶"、狼人非凡特性、《秘密之书》等物品连同容器一块丢到了灰雾之上，准备等造成的动静平息后再酌情决定取出哪些带在身上。

做完这一切，他甚至没去研究狼人非凡特性和"生物毒素瓶"的具体情况，简单洗漱了一下就躺到了床上。

这一是因为研究物品、翻阅书籍太浪费时间，在这个不算平静的夜晚很容易给处于现实世界的身体带来麻烦；二是克莱恩深刻地认识到了自己目前的一个短板，那就是自身灵性增长的速度无法满足越来越多的非凡能力和神奇物品。

只是这么激烈地战斗了一次，他现在就已灵性枯竭，脑袋疼痛，昏昏欲睡。

嗯，对灵性造成负担最大的是纸人替身；其次是通过胸针制造太阳圣水，但今晚没有使用；再次是召唤圣光和火焰跳跃……

克莱恩打了个哈欠，借助冥想摆脱了那种因为太疲惫反而高度紧绷、无法入睡的状态。

不到十秒，他就进入了梦境，各种支离破碎的场景交替呈现。

…………

被废弃仓库围出来的空地上，机械之心来了又去，去了又来，负责这起事件的人员已经由小队队长变成了执事级的强者。

伊康瑟·伯纳德的褐发始终乱糟糟的，倔强地往外伸展着，哪怕戴了帽子也无法掩盖这一点，以至许多机械之心成员在暗地里开玩笑说这位执事恐怕在用炸弹理发。

此时此刻，脸庞线条刚硬明朗的伊康瑟正拿着一面花纹古老的银镜，镜子两侧各有一只眼睛般的装饰。它们以黑色的宝石为基底，看起来幽邃而迷人。

伊康瑟环顾一圈道："虽然那些下水道里的老鼠是干扰占卜和通灵的专家，对现场做了有效的处理，但这是神秘的超凡世界，没有什么办法是能百分之百保证成功的。"

说话间，他望向手里的银镜，用右掌抚了表面三次。

停顿两秒，伊康瑟深深地吸了口气，沉声道："尊敬的阿罗德斯，我的问题是，刚才发生在这个地方的事情，有哪些参与者？"

周围的黑暗忽然变得氤氲，银镜表面荡起了一道道水光。很快，银镜内浮现出了一幅画面——

腾起的火光中，有一道飘浮在半空的人影，他穿着黑色双排扣长礼服，戴着半高丝绸礼帽，身形扭曲不定，脸庞模糊到难以看清，并且还涂着油彩。他的脚下，火舌往上，将他吞没。

随着水光一闪，画面改变，出现了一个着暗红披风的中年男子。他的手臂燃烧着璀璨的火焰，头部却藏在了黑暗里。

一幕幕场景交替，伊康瑟等人又看见了一名穿黑色繁复宫廷长裙、淡金色头发凌乱披下的女子，但她的脸庞却彻底透明，仿佛并不存在。

这位女士的旁边是两个身体长满了黑毛的男子，是一道被一条条诡异手臂拉拽着的背影。

最后，变化结束，定格在了一束束火焰呼啸腾空，"烟花"绚烂绽放，光明闪耀一方的画面上。

在这样梦幻的场景里，刚才那个穿黑色双排扣长礼服的男子再次出现，他身体横向扭曲伸缩着，面向前方，用拿礼帽的手按住胸口，微微鞠躬，行了一礼。他的面容如受到干扰般模糊到极致，上面还隐约呈现出了油彩的色泽。

伊康瑟正待询问队员们的看法，银镜之上却突然出现了几行古弗萨克语单词：

根据对等原则，轮到我发问了。

如果你回答错误，或者撒谎，你将遭受惩罚。

"惩罚"这个单词赤红如血，仿佛还在滴着液体！

伊康瑟脸部的表情先是扭曲了一下，旋即变得异常郑重。

紧接着，银镜之上水光闪动，出现了一行新的单词：

你的性取向是？

伊康瑟一下呆住，只觉周围队员的目光全部投了过来。

清晨六点，天刚蒙蒙亮，熟睡的克莱恩在准点的教堂钟声里醒了过来。

按照以往的习惯，他会翻个身继续睡，一直到接近八点才起床，但这次他却直接坐起，审视起四周。

"嗯，没被上门抄瓦斯计费器……"他松了口气，顾不得洗漱，离床逆走四步，进入了灰雾之上。

他要研究昨晚的收获！

坐到属于"愚者"的位置，克莱恩先从简单的开始。

他拿起那枚黑绿色的獠牙，观察几秒后，具现出纸笔写下了占卜语句：它的作用。

这并不表示能用占卜来代替实验，仅仅是因为克莱恩既有实物，又从莎伦和马里奇那里知道了不少有关"囚犯""疯子"和"狼人"的信息，觉得前置信息足够，所以想试试看能获得什么启示。

默念之后，他迅速进入梦境，目睹了一幕幕场景：

"狼人"泰尔的腹部出现了一道狰狞的伤口，肠子流淌出来，拖到了地上，但他只是用清水洗了洗，又把肠子塞了回去，并用手捏住了缝隙两侧，那伤口竟然就这样愈合了……

圆满的红月之下，他仰天长啸，体表长出了寸寸黑毛，嘴里獠牙分明……他挥舞手爪，嘎吱一声抓破了不算太薄的钢板……

他狂奔于旷野之上，将身后全速追逐的一群灰狼甩得越来越远……

他让那一个个眼睛木然但冷酷的侍者完全不怕死亡地冲向了敌人……

他还使用各种各样的器物杀了人，包括炸弹，并在发怒失去理智的状态下变得更加强大……

睁开眼睛，克莱恩大致明白了"狼人"的特点，并把握到了这份非凡特性的隐患。那就是，"狼人"泰尔当时处于满月照耀下，欲望异常放纵，死后也相应地留下了较为强烈的精神烙印，用这份非凡特性调配魔药晋升的非凡者必须在初期抵抗住这种影响，否则将出现失控的征兆。

不过，这负面影响还没达到封印物的程度，"狼人"遗留的非凡特性依然可以直接用作魔药主材料。

"还好……可惜'活尸'杰森的非凡特性被那扇诡异大门吞了……不知道那扇门通向哪里，有没有办法捡回来……"克莱恩一阵遗憾一阵心疼地放下那枚黑绿色獠牙，拿起了棕色的、半透明的"生物毒素瓶"。

他按照刚才的办法进行梦境占卜，但这次他并没有获得详细启示的信心，于是将占卜语句修改为了：它的正面和负面效果。

灰蒙幽暗的梦境天地里，克莱恩再次看见了一幕幕惨烈的景象：

有人倒在地上不断抓挠着自己，抓下了皮肤和血肉，抓出了森森白骨……

有人捂着脑袋，眼睛失去焦距，气息越来越虚弱……

有人不断呕吐，吐到最后抽搐着死去……

有人突然大笑，笑得喘不过气来……

有人在和对手激战之中，突然双双停止，望向对方，接着，他们抱在了一起，亲在了一起……

场景变化到了最后，半透明的棕色小瓶被放在了一个有水的杯子中，里面透明的液体逐渐变成琥珀色，并被人喝了下去……拿着"生物毒素瓶"的人先是变得虚弱，接着咳嗽，继而摸向额头，只觉触手滚烫，病情越来越重……

梦境很快结束，克莱恩手指轻敲长桌边缘，颇为头疼地解读起那些启示："结合史蒂夫的话语，前面那些启示的意思是，'生物毒素瓶'的盖子打开后，会一直往外面释放毒性，至于对手会中哪种毒则纯粹随机，连持有者也无法控制？里面有的毒还真恶劣啊……

"毒性的有效范围没法从启示里解读出来……嗯，将它泡在水里，提前喝下那琥珀色的液体，可以预防中毒？但要泡多少分钟呢？

"持有'生物毒素瓶'的人即使不打开盖子，身体也会逐渐变差，慢慢染上疾病，慢慢变得严重？呃，具体的时间分界线是多少啊……"

克莱恩揉了揉额角，打算有空在灰雾之上做实验确认一下，但他不知道"生

184

物毒素瓶"是否能于这里起效。比如，目前灵体状态的他，根本不怕中毒。

先这样吧，回头再仔细研究……

克莱恩将目光投向了面前那本由羊皮纸装订而成的《秘密之书》，随手翻到了第一页。

那是只有简单花纹的扉页，什么内容都没有。

再次翻动，克莱恩终于看到了《秘密之书》的开头：

> **我们崇拜的是月亮，不是黑夜女神。**

又是只崇拜月亮，不尊敬女神？克莱恩不由得露出了思索的表情。

他之前是在了解生命学派时听说这种事情，可没想到一位生老病死都在南大陆的"巫王"竟然也持有类似的观点。

第四纪末期的"苍白年代"后，狂暴海变得名副其实，南北大陆由此隔绝，不再往来，而生命学派成型于第五纪早期，显然不可能在罗塞尔派人找出安全航道之前发展到南大陆。

巫王卡拉曼也属于早期人物，活跃的年代距离北大陆诸国入侵有一千多年。也就是说，分属南北大陆且无法沟通和交流的两个非凡势力，在差不多同一时期选择崇拜月亮本身，忽略黑夜女神，这样的巧合让人不得不去考虑一下为什么。

难道有新的神灵诞生，分走了月亮相关的权柄？但是，作为一名神灵，祂不该这么默默无闻……

或者说，虽然女神抢走了月亮权柄，可原始月神的信徒却有所残存，从第四纪甚至第三纪起一直传承了下来，并于南北大陆分隔后花开两支，一支巫王，一支生命学派？

克莱恩大致猜测着，却苦于没有对应的线索帮他缩小范围。他暂时放弃思考，抓紧时间浏览起《秘密之书》后面的内容。

在序言部分，巫王卡拉曼非常直接地说本书许多仪式、密契、占星法和召唤术，源于原始的月亮崇拜，并详细描述了对应的尊名——独一无二的红月，生命与美丽的象征，所有灵性力量的母亲。

竟然有尊名！但又缺乏类似于"黑夜女神""大地母神"这种更通俗化的描述……如果真有这么一位隐秘的神灵，祂的信徒之间必然会发展出更适合口头赞颂的简约称呼，而不是以原始的月亮崇拜来代替……

克莱恩察觉到了一个古怪的地方，依靠自己的神秘学知识做起了分析。

"而且，用'绯红之主'来举行仪式，很明显会指向女神，但采用非常相似却更细化更详细的尊名则能绕过女神，指向他们的力量源泉，指向那所谓原始月亮……也不知道究竟是什么诡异存在……"克莱恩有些好奇又有些惊悚地想着。

因为没那么多时间，对于后续的具体内容，他只是飞快地浏览了一遍，发现正如巫王卡拉曼自己说的那样，许多密契、许多仪式都指向月亮。

对克莱恩而言，这并不需要太在意。他不会照搬那些东西，招惹不知道是什么玩意的原始月亮，他想学习的是那些密契和仪式的整体结构、设计思路和细节处理。只有把握了蕴藏的规律，他才能设计出属于自己的、指向"黄黑之王"的密契、仪式、占星法和召唤术。

也许到很久以后，我会有自成一体的神秘学……

克莱恩取下腕部的灵摆，最后确认了一下《秘密之书》的真假。得到肯定的答案后，他没急着利用"狼人"的非凡特性占卜配方——反正也不会拿去卖。基于同样的道理，他打算缓一缓再研究"生物毒素瓶"的来历。

之后，他迅速返回现实世界，拉开了窗帘。

入眼是未能照亮大地的太阳，它躲在云层和雾霾后面，显得有些惨白。

"阿嚏!"克莱恩伸手捂住嘴鼻，打了个喷嚏。这个时候他才发现自己有些头疼脑热，不够精神，似乎是感冒了。

作为一名序列7的非凡者，我竟然生病了……克莱恩抽出一张纸，擤了鼻涕。

他仔细回想了一下，很快就明白了原因："生物毒素瓶"的负面效果是让持有者逐渐虚弱，并发展到生病。

如果携带得再久一点，甚至可能病死……而这不是靠灵性枷锁能够消除的!

昨晚，克莱恩于大战之后，在灵性近乎干涸、身体因中毒而颇为虚弱的情况下，还携带着"生物毒素瓶"在杠杆教堂躲了半个小时……再加上返回明斯克街花费的时间，他可耻地生病了。

"还好不严重……不影响什么……"克莱恩又打了个喷嚏，收拾东西去泡了个热水澡。洗漱完毕，他为了犒劳自己，专门煎了个蛋，煎得香气四溢。

"一本巫王的《秘密之书》，一件不比太阳胸针差的神奇物品'生物毒素瓶'，以及一份序列7'狼人'遗留的非凡特性，这次赚了不少……就是没拿到'活尸'的非凡特性让人遗憾……"克莱恩坐到餐桌旁，边吃边计算着收获。

让他心疼的还有一点，那就是用了足足十一枚非凡子弹，每枚折合近十镑!也就是说，我烧了一百镑……名副其实地拿钱砸人……难怪大部分中低序列的非凡者都那么渴求金钱……克莱恩低头瞄了一眼自己的早餐，它们加起来也才几个便士!

用完早餐，克莱恩悠闲地看起报纸，时而打个喷嚏，用纸张擦一擦嘴鼻。

八点的教堂钟声刚刚平息，门铃就被人拉响了，克莱恩不出意外地看见了《每日观察报》的记者迈克·约瑟夫。

这位有着漂亮蓝眼睛和两撇小胡子但皮肤相当粗糙的记者先生脱帽问候了一声，然后直入主题道："莫里亚蒂侦探，你有空闲接我的委托吗？"

虽然有点感冒，但这段时间正常接委托才比较不受怀疑……刚干了一票的克莱恩笑笑道："我轻微地生病了，不过这不影响我格斗和射击。"

迈克顿时露出笑容，道："感谢你的帮助，我们这就出发吧。呃，莫里亚蒂侦探，你用过早餐没有？我请你，作为雇主，我理应负责你今天的食物。"

请我享用早餐？克莱恩怔了一下道："我刚吃完。不过我建议你到东区再用早餐，这样你能看到很多事情，到时候给我一杯咖啡就行了。"

"没问题。"迈克指了指外面，"我雇的马车正在等候。"

克莱恩上下打量了他一眼道："先生，你最好穿得更差一点，否则我的工作将非常忙碌。"

迈克低头看了一眼自己的呢子大衣，有所明悟地说道："这太引人注目了？"

"在东区是这样。"克莱恩指了指里面道，"我有一些专门准备的衣物，嗯，我们的身材差不多。"

迈克忍不住赞叹了一声："你果然专业。"

专业犯罪吗？克莱恩腹诽了一句。

改换装束，扮成普通工人后，两人上了马车，前往东区边缘。

"阿嚏！"克莱恩又抽出纸张擦了擦嘴鼻，并擤了些鼻涕。附近没有垃圾桶，他将纸张折好，重新放入了衣兜。

"这间咖啡馆的食物还可以。当然，这是相对东区居民而言的。"克莱恩指着街道拐角处略显油腻的咖啡馆道。

他住在附近的一居室房间时，来这里吃过几次早餐。

"看来它已经算是这里比较好的餐馆了。"迈克不认为那是咖啡馆。

此时已九点多，咖啡馆里的客人很少——东区的居民往往七点多就用完早餐，开始工作或寻找工作。

陪着迈克点了土豆炖牛肉、面包、咖啡等食物和饮品后，克莱恩环顾一圈，寻找着靠窗的位置。

这时，他看见了一个熟人，就是他之前假装记者时救济过的那名中老年男子。

最早就是他带我到这里的……他怎么现在才用早餐……克莱恩思绪一转，对迈克道："你有采访对象了。"

他边说边端着咖啡杯走向了那个"流浪汉"。

对方依然穿着之前那件厚夹克,有点斑白的头发显得较为油腻,胡须相当明显,但眉眼之间没有了上次那种困顿感,脸色也不再那么青白吓人。

"上午好,我们又见面了。"克莱恩坐到对面,打了声招呼,并发现对方的早餐是黑面包配一便士一大杯的廉价茶水。

那个中老年男子抬起脑袋,仔细看了一眼,惊喜道:"记者先生,是你?"

克莱恩干笑两声,指着旁边的迈克道:"这是我的同事,他想就我之前的采访做更深入的调查。"

迈克是经验丰富见多识广的记者,闻言没有多说,只微笑颔首,打了声招呼。至于莫里亚蒂侦探假扮记者的事情,他又不是今天才知道,对方可是向他借过假记者证的!

"原来你真的是记者!"那名中老年男子愕然脱口道,"不过这不妨碍你是一个善良的、好心的人。"

克莱恩笑笑,反问道:"最近过得怎么样?"

那中老年男子喝了一口茶水道:"有了你的帮助,我终于好好睡了一觉,吃饱了肚子,不再那么虚弱。我最初想找原来那种工作,就是制鞋,可他们并不要我,说我的手抖了……"

他低头笑了一声,跳过了这段:"后来,我去了码头,找到了一些工作,很累,但至少有钱赚。我已经在别人家里租了个地铺,每周只用六个半便士,当然,只能晚上睡。

"呃,在码头工作就是这样,我今天很早就去了,什么也没吃,在那里举着手,大声地喊着自己的名字和管事的名字,但还是没能被挑中,只好回到这里。还好,下午还有机会,上午那些人也许得忙碌到很晚,不会和我们争。"

克莱恩静静地听着,时而喝口劣质咖啡,迈克则拿出纸笔快速做起了记录。

最后,那两鬓斑白的中老年男子喝了口茶水,笑着叹息道:"其实,这已经比我之前好很多了,比这里的很多人好,比如……"他指了指窗外缩在角落里的流浪汉们。

克莱恩和迈克跟着望去,看见一个可以避风的肮脏地方躺了一地蜷缩着的流浪汉,有男有女,有老有小。在这寒冷的深秋里,他们未必还能再次醒来。

这时,克莱恩注意到街边站了一位六十来岁的老太太,她衣裙陈旧破烂,但相对整洁,头发也理得一丝不苟。

这位花白头发的老太太脸上有着流浪汉常见的困顿,可依然坚持着没和那堆人挤在一起,而是漫步于路边,时不时麻木地、深深地看向咖啡馆内。

"这也是个可怜人。"吃下剩余黑面包的前流浪汉也发现了那位老太太,感叹了几句，"她以前据说过得还不错，丈夫是个粮食商人，有个很精神的孩子，可惜后来破产了，丈夫和孩子没过多久也死了。

"她和我们不一样，真的，一眼就能看出来……哎，她应该支撑不了多久了，除非每次都能进济贫院。"

听着听着，迈克的表情从沉静变为了沉郁。他缓缓地吐了口气道："我想找她做个采访，你可以替我邀请她吗？她可以在这里随意吃点什么、喝点什么。"

对于这个要求，那名中老年男子并不觉得奇怪，只是分别看了克莱恩和迈克一眼，仿佛在说"你们果然是同事"。

"好的，我想她肯定很乐意。"他喝了口茶水，起身走出了油腻腻的咖啡馆。

没过多久，那位衣裙陈旧但整齐的老太太跟随他走了进来，青白的脸色在咖啡馆的温暖下稍微淡化了一些。她不断颤抖着，似乎要将体内的寒意一点点散发出去，并汲取咖啡馆内相对较高的温度。就算坐到了椅子上，她也用了足足一分多钟，才真正缓和过来。

"你随意点些什么，这是采访的报酬。"克莱恩替迈克说了一句。

在迈克点头后，老太太矜持地点了吐司、劣质奶油和咖啡，然后笑了笑道："我听说太久没吃到食物的时候，不能吃油腻的东西。"

很客气很自制啊，一点也不像流浪者……克莱恩无声地感叹了一句。

在食物送过来前，迈克随意地问道："你能聊聊你是怎么成为流浪者的吗？"

老太太露出回忆的神情，苦涩地笑道："我的丈夫是位粮食商人，主要从国内农夫那里收购各种粮食。自从《谷物法案》废除，我们就迅速破产了，他自身年纪已经不小，被这件事情击倒，身体迅速垮掉，没多久就死了。

"我的孩子，他是个出色的年轻人，一直跟着他的父亲做生意。他接受不了这样的打击，于是在一个没有月亮的夜晚跳进了塔索克河。

"他第一次自杀没有成功，被送上了治安法庭，警察和法官们都很不耐烦，觉得他耽误了他们的时间。

"你要自杀，就请安静地、成功地自杀，不要麻烦到我们……嗯，他们大概想这么说，但又觉得太直接。我的孩子被关进了监狱，没多久，他第二次自杀，成功了。"

老太太说得很平静，就像那不是自己遭遇过的事情，可不知为什么，克莱恩却感受到了强烈的悲哀。

哀莫大于心死……他忽然想起了上辈子听说过的这句话。

在这个世界，自杀不仅是各大教会禁止的行为，而且自杀者还属于法律惩处的对象。

至于原因，克莱恩很清楚是什么。首先，很多自杀者会选择投河，在没被及时发现的情况下，有一定概率变成水鬼；其次，自杀者的情绪往往很不对，这种状态下终结自己的生命形同献祭，有可能会与某些诡异的、可怕的存在产生共鸣，他们死后的身体或者周围的某些物品会带上奇特的诅咒，危害到他人——廷根市查尼斯门后的"厄运布偶"很可能就是这么来的。所以，七大正神教会都从自身教义出发，禁止信徒自杀，王室也推动了相应的立法工作。

当然，这在克莱恩看来有些可笑，一个想自杀的人还会怕法律、怕惩处？

迈克唰唰地记录着，正待说些什么，咖啡馆的老板却已经将食物端了过来。

"你先填饱肚子，我们等下再聊。"迈克指了指吐司。

"好的。"老太太小口小口地吃着食物，显得很有教养。

她点得并不多，很快就吃完了。恋恋不舍地喝下最后一口咖啡后，她揉了揉额角，恳求道："能让我先睡一会儿再聊吗？外面太冷了。"

"没有问题。"迈克毫不犹豫地回答道。

老太太感激地说了好几声"谢谢"，坐在椅子上，就那样蜷缩着睡了过去。

迈克望向旁边那名中老年男子，问道："你对这里好像很熟悉？我想请你做我们的向导，一天三苏勒怎么样？不好意思，忘记问你的姓名了。"

那名中老年男子连忙摇头道："不不不，这太多了。我在码头，很多时候，一天只有一苏勒的收入。你们叫我老科勒就行了。"

"那，一天两苏勒，这是你应得的。"迈克一锤定音。

克莱恩见识完这场奇怪的讨价还价，用纸张擤了些鼻涕，打算续杯咖啡。可他突然察觉不对，扭头望向了蜷缩在椅子上睡觉的老太太。她因喝了咖啡而红润了不少的脸庞又一次变得青白，气场颜色和情绪颜色已然消失。

克莱恩站了起来，下意识地伸手探了探老太太的鼻息。在迈克和科勒诧异的眼神里，他沉重地说道："她死了。"

迈克张了张嘴巴，什么话也没能说出来。

科勒则在胸口点了三下，苦涩地笑道："我就知道她撑不了多久……在东区，每天都会发生这样的事情。至少她填饱了肚子，在温暖的地方死去。希望，呵呵，希望我将来也能这样。"

克莱恩沉默了片刻，道："科勒，你去找警察过来。"

"好的。"科勒再次于胸口点了三下，跑出了咖啡馆。

老板望了这边一眼，并未过来，似乎这不是什么太需要在意的事情。

过了一阵，一个穿着黑白格制服、提着短棍、别着手枪的警察进入了咖啡馆。他看了看死去的老太太，稍微问了迈克和克莱恩两句，就摆了摆手道："没事了，等我找人来把尸体收走，你们就可以离开了。"

"就这样？"迈克愕然出声。他对东区明显不太熟悉。

那名警察"呵"了一声："这种事情，东区每天都有好多起！"

他眼珠一转，望向克莱恩和迈克："你们不像是这里的人啊，叫什么？是什么身份？"

迈克拿出了记者证，克莱恩则说自己是保护他的私家侦探。

那警察顿时板起了脸孔，看着克莱恩道："我怀疑你非法持枪！我要搜查你的随身物品，请你配合，否则将视为拒捕！"

迈克一下变得忧虑，因为他知道私家侦探普遍非法持枪。

克莱恩面无表情地摊了下手道："好的。"

他任由那名警察搜身，但对方什么都没有发现。

等到老太太的尸体被送走，失望的警察随之离开，迈克握起拳头，捶了下桌子："一个活生生的人死在了这里，他却只想着查非法持枪！"

说到这里，迈克侧头望向克莱恩，疑惑地问道："你没带枪？"

克莱恩摇了摇头，从桌子底下抽出了枪袋和左轮，平静道："作为一名侦探，我在这方面有丰富的经验。"

作为一名"魔术师"，他能把手枪摆到对方眼前，却让对方发现不了。而且，由于没去买普通子弹，非凡子弹又暂时被丢到了灰雾之上，他的左轮手枪目前是空的。不过这不妨碍他用手枪射击，只需要在扣动扳机的时候，用嘴巴模拟一声"乓"就行了。

见状，旁边的老科勒低语了一句："原来你是侦探。"

克莱恩指了指迈克，随口解释道："我上次也是受这位先生的委托。"

迈克坐在那里，没有反驳，沉默片刻后道："我虽然也调查过黑帮，见识过一些妓女的悲惨生活，但对东区的情况并不了解，你们帮我看一看这份调查采访计划有没有问题。"

他边说边从衣服内侧口袋里拿出了几张纸，展开在咖啡馆的桌子上。

克莱恩瞄了一眼道："对不同年龄层次的东区居民的采访？这太麻烦了，我觉得可以按照地点来划分：较好的公寓，五六个人挤一个房间的公寓，街道避风的角落，公园的长条凳以及酒吧、济贫院；另外，可以分上班时间和休息时间。"

迈克认真听完，点了点头："不错的思路，科勒你的看法呢？"

老科勒捏了捏鼻子道："我不认识单词……不过我觉得侦探先生说的没问题。"

迈克想了想，修改了计划，然后说道："那我们先去附近的公寓看看，随意挑一栋。"

贝克兰德东区，一个十字路口。

迈克·约瑟夫看到街边有不少衣着破烂、眼神可怜的儿童，用手帕擦了一下嘴，打算过去给他们一些便士。

他的行动被前流浪汉老科勒阻止了："那些是小偷！"

"小偷？他们的父母呢？或者这都是被黑帮控制的？"作为一名资深记者，迈克虽然没来过东区，但也隐约听说这里有几个黑帮会控制流浪儿童行窃或乞讨。

"父母？他们要么没有父母，要么父母曾经做过小偷，或者现在依然在做。当然，记者先生你说的没错，他们之中不少人确实被黑帮控制着，据说那些黑帮还会教导他们怎样行窃。比如，在墙上挂一件绅士的外套，在兜里放上手帕，外面悬着怀表，通过反复练习，做到偷走手帕而怀表不出现摇晃。呵，这都是我做流浪汉的时候在济贫院里听人说的。"老科勒絮絮叨叨地讲着，"我记得这条街上抓到过的最小的窃贼，只有六岁，哎，六岁……"

他似乎想起了自己染病去世的孩子，忍不住从衣兜里掏出了一根皱巴巴的香烟，却没舍得吸，只是嗅了嗅味道。

"六岁……"迈克被这个数字给震得有些缓不过神来。

克莱恩静静地听完，叹了口气道："这就是东区。"他环顾一圈，调整了情绪道，"这里更接近丛林，而不是人类社会。我们得把这场采访当成一次冒险来对待，既要懂得避开危险生物的地盘，也要远离那些看起来不会对你造成太大危害的小东西。嗯，我是说丛林里的蚊子。"

"迈克，如果你在那些小孩面前暴露了你的钱包厚度，即使你保护得很好，没让他们偷走，也会在接下来的冒险里遭遇一场注定的抢劫。要是你敢于反抗，或许明早塔索克河里漂浮起来的尸体就会多上一具。"

"侦探先生，你说得太对了！东区那么多人，每天失踪几个不会有谁在意的。"老科勒赞同道。

迈克表情沉重地听完，默然了几秒，忽然开口道："一百三十五万。"

"啊？"由于患了感冒，克莱恩的嗓子已经明显有些哑了。

迈克往前方迈步道："这是初步统计的东区人口数量。但我知道，实际肯定比这多不少。"

"这么多？"老科勒吓了一跳。

他虽然经历过东区的白天和黑夜，直观地知道这里的居民很多，但没想到能多至这种程度。

这是廷根市人口的好几倍了……克莱恩下意识拿最熟悉的地方做着比较。他望了几步外的十字路口一眼，问道："我们接下来往哪边走？"

老科勒抬头看了一眼道："千万不要直走。那片街区被兹曼格党控制着，他们很凶恶，完全不讲道理，如果发现有记者采访，肯定会揍我们一顿！"

兹曼格党？这不就是那个造成我损失了一万金镑的"没头脑"所在的黑帮吗？他还是什么处刑人，呃，我都不记得他的名字了……

还好，那一万镑最终换来了"占卜家"对应的序列7、序列6和序列5的魔药配方，换来了"全黑之眼"，换来了因蒂斯大使的命……也不知道第三代差分机的手稿最终被哪方势力得到了……克莱恩一下回想起了上个月初发生的事情。

"兹曼格党？那个主要由高原人组成的黑帮？"迈克若有所思地反问道。

"记者先生，你听说过他们？"老科勒诧异地道。

迈克"呵"了一声："他们涉及不少案子，在东区之外也有些名声，据说曾经有成员卷入了一起因蒂斯间谍案。"

你旁边的就是当事人、报案人、受害人……克莱恩默默地补了一句。

"你们这些体面的绅士都知道了兹曼格党，为什么警察不把他们都抓走？"老科勒以底层人民的思维问道。

迈克的表情顿时变得有些难看，咳嗽了两声："警察只能抓走做过案子的那些，其余没有证据证明他们做过案的，是不能逮捕的。而且东区这么大，人口这么多，真要有谁想藏起来，是很难找到的。"

说着说着，他叹了一口气道："毁灭一个兹曼格党容易，但只要还有高原人来到贝克兰德，只要他们还保留着好勇斗狠的传统，且没找到别的谋生办法，新的兹曼格党出现只是时间问题。"

这就是复杂的社会问题了……克莱恩指了指左右两侧："挑一边吧。"

老科勒看向了右边街道："那里活跃的是辉利党，只要不招惹街边和酒吧里做……嗯，做那种生意的女郎，就不会被他们注意到。呵呵，现在是上午，不会有什么问题，他们都还在睡觉。"

"辉利"这个单词在鲁恩语里是"不法之徒"的意思，取这个名字的黑帮可以说是相当有自知之明。

克莱恩和迈克对此没有意见，在向导的带领下进入了那片街区。

这里的建筑相对较好，街上的环境也不是那么肮脏，空气里弥漫的是街贩们遗留的牡蛎汤、香煎肉鱼、姜啤等食物、饮料的味道和鱼类水产的腥味。

走在这里，克莱恩有种莫名的熟悉感，就像回到了廷根市，回到了铁十字街，回到了最初居住的那栋公寓外的街道。

唯一的不同大概就是，贝克兰德离海更近，交通更发达，这里的海鱼相当多。

"它是附近较好的公寓，我以前在周围流浪过好几次，发现里面的先生和女士穿得都比较……嗯，比较干净。"老科勒指着一栋淡黄色的三层建筑。

三人靠拢过去，发现公寓门口还悬挂着一个牌子，上面画着怀表、挂钟和螺丝刀，写有"修理钟表"等单词。

"这里居住着钟表匠人？"克莱恩从原主的记忆碎片里挖掘出了类似的场景。

当时，班森、梅丽莎和他是去类似的地方修理父亲遗留下来的那块银色怀表，可修了几次，那怀表又很快坏掉，直到被梅丽莎捣鼓着彻底弄好，成为那段时间克莱恩身上最体面的东西。而克莱恩"过世"之后，这块有金钱和感情双重价值的怀表并未陪葬。

现在它应该是归属班森了吧？不知道他每次拿出那个怀表时会不会想起我……克莱恩忽然眨了眨眼睛，勾了下嘴角。

"应该是。"迈克不敢肯定。

他的怀表如果出了问题，一般是送去原属的钟表商店，由对方分配给下属的修理师或委托给长期合作的匠人处理。

刚进入公寓，他们就看见了一个胡子拉碴的中年男子。

这位先生刚从盥洗室出来，要返回房间，发现有三个陌生人进来后，忙问了一句："要修理钟表吗？"

真巧啊……直接遇上那个匠人了……克莱恩略感奇怪。

迈克掏出怀表，笑笑道："是的，我的怀表最近总是走不准时间，请你帮我看一看。"他没表露自己的身份，打算以随口闲聊的方式做采访。

那中年男子顿时露出笑容，引着他们进入了一间房门半掩的两居室，指着木桌旁的椅子道："你们等一下，我去拿工具。"

"你的工具不在家里？"迈克诧异问道。

那名钟表匠人摇头笑道："怎么可能？一套工具很贵的，我自己一个人根本买不起，只能大家凑钱买上三四套，谁有生意谁就使用，所以，我们搬到了一块。"

"呵呵，这样比较方便，如果隔得太远，还得额外花费时间和公共马车费去借工具。"他边说边出了门，往旁边走去。

原来我们碰到钟表工匠不是巧合，这里很多住户都是钟表匠人……克莱恩恍然大悟。

老科勒则审视着房间，艳羡地说道："生病之前，我也住在这种地方，我的妻子会在家里帮人缝补衣服，两个孩子，两个孩子……"

迈克则叹息了一声，压低嗓音道："我以为钟表工匠都是很有钱的。"

"我也是……"克莱恩捏了捏鼻子。

与公寓内好几户住客亲切交流后，克莱恩等人再次踏上了冒险的旅途。

走了百来米，他们忽然听见街边有人吵架。

那两位女士声嘶力竭地用各种下流语言"问候"着对方，让克莱恩学到了不少之前未曾听闻过的词汇。

她们争吵的原因是，左侧那名妇女指责右侧的妇女把所住公寓的环境弄得很肮脏，并且会制造噪音；右侧的妇女则反骂左侧那个，认为这是她自己的问题，没人让她晚上招揽客人，白天睡觉。

"那是一名浆洗女工?"迈克微皱眉头地听完，问了一句。

"是的，我认识她。她是个寡妇，带着自己的两个女儿在帮人洗衣服。"老科勒做出了肯定的答复。

迈克想了几秒道:"带我去看看她们家。"

老科勒点了点头，领着两人绕过吵架现场，进入了明显不如刚才那栋公寓的破旧房屋。

刚来到浆洗女工的房间外，克莱恩立刻就感受到了潮湿。

里面挂着一件又一件还未干的衣裙，一个十七八岁的少女正蹲在大盆子前浆洗冒着泡沫的衣物。

比她年纪小一点的女孩则拿着外面裹了湿润亚麻布的滚烫烙铁，仔细地处理着已经洗好晾干的物品。女孩的动作小心翼翼的，似乎已经被蒸汽烫过好多次。

这既是她们的工作场所，也是她们夜里睡觉的地方，湿润的水汽弥漫在房间内，浸入了她们的身体。

另外，各种气味混杂的恶臭是如此明显。

"你不觉得难受吗?"迈克捏住了鼻子。

克莱恩瓮声瓮气地回答:"我感冒了……"他这句话里没带一点笑意。

迈克松开手指，走入房间，对两个诧异的少女道:"我是一名记者，我想采访浆洗女工。"

正搓揉衣物的少女麻木地摇了摇头:"我们有很多事情要做，不能耽搁。"

迈克的采访请求就这样被拒绝了。他表情沉重地出来，默然走回了街道。他回头看了看，抿了抿嘴，道:"我们继续。"

白银城里，出现幻听、幻视的戴里克·伯格经过详细的检查，被带到了圆塔的底部。这里收容着那些有失控征兆的居民，六人议事团用各种方法尝试挽救他们。

走在那阴森昏暗的过道里，他忽然觉得有些莫名的发冷。

"救命!"一个封闭的房间内突然传出这么一声惨叫。

"救……"那声音戛然而止，四周一片安静。

在这样诡异的安静里，回过神来的戴里克·伯格脑子里闪现的第一个想法是救人。然而，将他夹在中间的两个守卫却没有任何反应，似乎刚才的一切只是他的幻听。

"那里有人在求救。"少年戴里克提醒了两位"黎明骑士"一句。

走在他左侧那位穿着全身银色盔甲的高大骑士平静无波地回应道："不要上当，那只是一些濒临失控的超凡者的正常表现。"

是吗？也许他只是不愿意就此放弃，不愿意失控变成怪物，所以才惨叫求救……戴里克略感悲哀地想着。

随着情绪的变化，他耳畔那虚幻的嗡隆声又明显了不少。

几人沉默着前行了几步，刚才那位"黎明骑士"指着左侧的一扇房门道："你这段时间就住在这里，我们会按时送来食物和药剂。"

说话的同时，他拿出了一个铁黑色的小瓶。这种瓶子是由白银城主食黑面草残余的类秸秆事物编织而成的，遇到液体时会产生一层薄膜，从而达到防水密封的功效。

戴里克接过那瓶药剂，咕噜喝了下去，只觉一阵清凉滑过食道，进入了胃袋。他整个人迅速变得沉静，眼前摇晃的场景归为平稳，耳畔的幻听逐渐衰弱。

哐当！在铁门关闭并反锁的声音里，戴里克进入了属于自己的那个房间。

他首先看到的是一根摇曳着昏黄光芒的蜡烛，继而辨认清楚了矮床、椅子和方桌，除此之外再无他物。但四周的墙壁，包括房门，都绘刻着复杂而神秘的符号与标识，它们似乎组成了完整的封印。

戴里克的情绪也被那药剂压制了，他没有一点好奇地坐了下来，躺到了床上。不知过了多久，他突然听见了咚咚咚的剧烈砸门声，但不是来自他的房间外，而是源于隔壁。

戴里克翻身坐起，仔细倾听，在碰撞之声里听见了细细的、尖锐的、悲鸣般的啜泣。他的汗毛霍然耸立，整个人猛地站起，摆出了极具防御性的姿势。

就在这时，咚咚咚的声音蔓延到了隔开两个房间的金属墙壁上，砸出了一个又一个缓缓下瘪的凸起。

戴里克正要祈求圣光，眼前忽然一亮，他所在的空间似乎全部被搬到了外界，且适逢闪电划过。

隔壁的砸墙声一下消失，圆塔的底部恢复了安静。这不是绝对的安静，而是轻微的脚步声能荡出好远、回响许久的安静。

戴里克正在猜测隔壁那位非凡者是遭遇了什么，另外一边的金属墙壁又被人敲响了。

笃笃笃！那里仿佛有人屈起手指，轻轻敲动。

"谁?"戴里克拔高声音，略感惊恐地问道。

敲击声当即停下来，隔了几秒，一道沉厚却颇为苍老的嗓音模模糊糊地传了过来："原来是个年纪不大的小家伙。"

"你是?"戴里克见对方能理智交流，遂靠拢过去，用耳朵贴住了冰冷的墙壁。

那有着苍老嗓音的人呵呵笑道："你旁边那位好几次都差点失控，今天终于没能挽救回来。"

他彻底失控了? 戴里克隔着金属墙问道："那他现在变成怪物了?"

"不，不是怪物，是死尸，他已经被封印这里的物品解决了。"那苍老的声音叹息道，"我在这里待了四十二年，嗯，那些守卫告诉我的，他们见过太多太多类似的事情。"

戴里克颇感诧异地反问道："你在这里待了四十二年?"

正常来讲，失控可以分成三个阶段：一是出现前兆，比如幻听与幻视；二是身体和精神已经有些不受控制，时不时就会表现出或可怕或诡异的状态；三是彻底崩溃，蜕化为恐怖的怪物。其中，从第二阶段恶化到第三阶段的速度相当快，也许刚有察觉，就会目睹一个看似正常的非凡者变成黑暗深处的怪物。

也就是说，处于第二阶段的非凡者被送到圆塔底部后，要么经过药剂、仪式等方法的治疗，慢慢稳定下来，于一年半载内离开这里；要么很快就会步入失控状态，被清除净化，不可能有谁被关在这里四十二年。

而处于第一阶段的非凡者，也许只需要几天、十几天就能消除失控前兆，治愈离开。

那有着苍老声音的人顿时呵呵笑道："是啊，我也没想到我会在这里待四十二年。我没有任何失控的征兆，他们却认为我相当危险，随时可能变成怪物。"

戴里克微皱眉头，好奇地问道："四十二年前究竟发生了什么事情?"

那个时候，连他的父母都还没有出生。

苍老的声音默然片刻，道："我曾经是一个探索小队的队长，我们在距离白银城半个月脚程的地方，发现了一座被毁掉的城市。呵，这是以我们的速度计算的。"

"那座城市和我们白银城类似，有巨人统治过的明显痕迹，并信奉创造一切的主、全知全能的神。可惜，他们被毁灭了，毁灭在了不知道多少年前。"

类似的事情戴里克并不陌生，当即猜测道："你们在那里遭遇了一些诡异的事情，所以，你才被认为随时可能失控?"

"差不多。"那苍老的声音"嘿"了一声，"我们探索到核心区域后，发现那座城市在尝试着改变信仰，塑造了一些他们想象中能拯救他们的神灵。然而，这并没有什么用，就连那些神灵的雕像都被破坏了，散落了一地。"

说到这里，他的语气忽然变得沉重："不过，不过，我们在那里遇见了一个人。这是两千多年来，我们白银城遇见的第一个不属于我们城邦的、活生生的人！在白银城之外，在那无穷无尽的黑暗深处，真的还有人活着！"

戴里克下意识就问道："你们把他带回了白银城？"

那苍老的嗓音隔了两秒才道："你不感觉震动吗？我们白银城努力探索周围，就是为了寻找和我们一样的人类，而在四十二年前，我们终于发现了！"

这确实是相当让人震动的消息，可，可我经常看到"正义"小姐、"倒吊人"先生他们，经常听说鲁恩王国和七位正神的事情，白银城外面还有人、还有城邦、还有国度，不是非常明显的事实吗？

戴里克挠了挠头，没什么经验地装出震惊的口吻："我，我刚才没注意到这点。确实太不可思议了，除了白银城的居民，竟然还有别的人存在！"

苍老的嗓音沉默了好一阵子才道，"白银城的教育变得这么差了吗？"

不等戴里克开口，他叹息一声，自顾自地说道："我们很戒备地邀请那个人来白银城做客，他考虑之后，答应了。

"我们监视并护送着他沿路返回，可是，快到白银城的时候，他突然失踪了……我们找遍了周围，都没能找到他，而回到白银城后，我的队员们，一个接一个地发疯了、失控了，全部！所有！

"六人议事团怀疑我们都被某种事物污染了，怀疑那个人根本不是人类，而是邪灵、是怪物。所以，他们把我关在了这里，每隔一段时间就来确认我的状态，却从来不告诉我问题在哪里，也不放我出去。"

戴里克沉重地吐了一口气，问道："你还记得那个人的样子吗？"

"他长得很普通，没有任何特点，穿着也和我们类似。除了记得他是男性，我完全想不起他的模样……不过，长老们应该可以用超凡手段直接从我模糊的、遗忘的记忆里看到他。"苍老的声音回忆了几十秒，略显痛苦地说道。

戴里克随口追问了一句："那他说过他叫什么名字吗？有没有和你们交流过他的来历？"

苍老的声音"嗯"了一声："他告诉我们，他叫……"

他顿了顿，道："阿蒙。"

周日上午，工厂区。

之前的两天，克莱恩和迈克在老科勒的引领下"参观"了东区不少地方，迈克因此见识到了五六个人挤在一个房间内的事情，而这还不算最差的情况。

在东区最贫穷的那些地方，一个普通的卧室甚至能睡十个人，地铺白天的使用权、晚上的使用权等精确的权属划分让记者先生惊叹不已。

而且，贫穷不会区别对待男女。在那些地方，不同性别的人难以避忌地挤在了一起，某些足以上法庭的事情比比皆是，不管是男的还是女的，都时刻面临着暴力的威胁。

"肮脏、拥挤、恶臭，这就是最直观的印象……我怀疑他们每个人体内都有很多寄生虫……在最破旧的街区，因为房屋是很久前修建的，没有专门接入下水道，粪便、尿水、呕吐物等遍地都是。这里一栋房屋才有一个公共的盥洗室，或者一条街道才有一座公共厕所……

"他们每天忙碌到极端疲惫，却只能勉强填饱肚子；他们毫无积蓄，只要失业几天，就将坠入难以自救的深渊……我认为，只要给予他们一点希望，他们甚至不会害怕死亡……"迈克在自己的调查手稿上这样写道。

另外，半夜被驱赶的像活尸一般游荡在街上的流浪汉，麻木地站在街边或酒吧内的女郎，以及那些放纵着酗酒、爱使用暴力、根本不想去考虑未来的酒客都给这位记者留下了极为深刻的印象，他越来越沉默了。

咳咳！迈克·约瑟夫掏出手帕，捂住嘴巴，咳嗽了好几声。

工厂区的雾气比其他地方都要浓厚，空气灰中带黄，仿佛浮着尘土，偶尔还会散发出呛辣刺鼻的味道，让早就习惯贝克兰德空气的记者先生都难以忍受。他扭头对同样低咳的克莱恩道："我一直都很支持政府组建王国大气污染调查委员会，支持碱业检察官的设立，但我直到今天才知道问题竟已如此严重。"

"如果不采取措施，将来也许会酿成惨剧。"克莱恩努力打通着堵塞的鼻子。

也许会让整个贝克兰德都笼罩在视距不超过五米的雾气里，而邪神很可能就在这样的场景里降临，或者诞生……他默默地在心里补了一句。

老科勒不太理解他们的对话，清了清有着浓痰的喉咙，领着记者和侦探绕过看守者，潜入了一座铅白工厂。这里以女工为主，她们正毫无保护措施地忙碌着，而厂房内弥漫着明显的粉尘。

望着空气里悬浮和飘荡的那些小颗粒，克莱恩就仿佛看见了毒气，那一个个没戴口罩的年轻女性则如同一头头待宰的羔羊。

这个瞬间，他就像回到了廷根，回到了当初帮德维尔爵士处理怨念的过程中。他似乎已经看到了这里一名名女工的未来，她们有的人脑袋一阵阵抽痛，有的人视线变得模糊，有的人变得歇斯底里，有的人牙龈浮出蓝线，最终，或变成瞎子，或很快死去。

这就像一场大型的、血腥的献祭仪式，只不过目标是那闪烁的金钱符号……

如果极光会、玫瑰学派等邪教组织能利用好类似的事情，如同兰尔乌斯做的那样，问题就大了……克莱恩捂住嘴鼻，静静凝望着这一幕。

迈克·约瑟夫则又惊又怒地低语道："怎么能这样？他们怎么能这样？前段时间各种报纸和杂志上已经集中讨论过铅中毒的事情，他们竟然一点防备都不做？连一个口罩都舍不得给？这些工厂主是在谋杀！"

真是一位有正义感的记者，虽然年纪不算小，风格比较齐啬，演技也相当出色，但依然保留着初心……不过，他怎么会这么了解铅中毒的情况？

对了，我都忘记了，我曾经让德维尔爵士在各家报纸和杂志上广泛宣扬铅中毒的危害……

看起来他做得还不错，可对有些人来说，下层的贱民死一个两个，算什么事情？有的是等待工作机会的人！克莱恩心情沉重地想着。

作为一名资深记者，迈克没有失去理智，在悄然观察并询问了几个换班的工人后离开了这间铅白工厂。

后续，他们进入了一家又一家工厂，被里面肮脏的环境和人们高强度的劳动弄得没有了讨论的心情。

临近中午，克莱恩忽然发现前方一家工厂外聚集了不少人，以女性为主。她们正激动地喊着什么，并试图冲进里面。

"发生了什么事情？"迈克疑惑地询问起老科勒。

老科勒也是一脸不解："我过去问一下。"

他小跑至那家工厂外面，混入了人群里，隔了好几分钟才返回克莱恩和迈克身旁。

"她们要砸烂那些新机器！"老科勒喘了一口气，先说了重点。

"为什么？"

迈克之前并不负责类似的新闻，对此了解不多，克莱恩倒是隐约猜到了原因。

老科勒指着那间工厂道："这是一家纺织厂，他们要换用最新型的纺织机，负责操纵的人手也会跟着减少，好像……好像说是要解雇三分之一的工人！

"那些女工希望砸掉机器，拿回工作，否则……否则她们……她们很可能活不下去，或者，只能去做站街女郎。"

迈克嘴巴张了张，从口型来看，他依稀是想说"愚蠢"，但是他最后什么都没讲，只默默地望着那边，甚至没有靠近。

"回去吧，我的调查采访做得差不多了。"很久之后，迈克叹了一口气道。

三人当即转身，往工厂区外行去，一路沉默，无人说话。

快要分别的时候，迈克看了克莱恩一眼，声音低沉地开口道："你说，如果关闭不为工人做防护的铅白工厂，或是把工厂的老板送上法庭，那些女工还能找到别的事情做吗？"

克莱恩认真地想了想道："如果只是几间，问题不大。但有的女工或许会在找其他工作的过程中忍饥挨饿和受冻，逐渐失去劳动力，因为她们根本没有积蓄。

"要是工厂在短时间内关得太多，加上新纺织机的应用，那对被动失去工作的人而言将是一场灾难。"

如果是这样，仅仅贝克兰德工厂区就将有几千甚至上万的失业工人，或许他们会衣食无着落，活尸一样地游荡在街上；又或许，他们会降低薪酬要求，争抢其他工人的饭碗……整个东区不知会有多少人因此死去，或者过得更加艰难，那将是地狱一样的景象。

即使这个世界没有超凡力量，这种惨况也会带来极大的灾难，而现在，各个邪神正在暗中觊觎着、等待着……克莱恩将许多话咽回了肚子里。

迈克再次变得沉默，支付了十镑六苏勒的报酬后，乘坐马车离开了这到处冒着浓烟的工厂区。

克莱恩看着那辆马车远去，久久没有说话。

他做值夜者的时候也了解和接触过那些贫民的生活，但都不如这一次印象深刻，全方位、立体式的观察，将一处人间深渊完整地呈现在了他的眼前。

东区真是处处藏着危险、藏着火种啊，一个不小心就有可能被哪个邪教组织点燃了……

克莱恩沉吟了几秒道："科勒，我想请你帮我留意一下东区各方面的情况，嗯，在你工作之余。

"我会支付你报酬，让你有钱和其他工人建立交情，每周，我们固定一个时间，在之前那个咖啡馆见面。"

老科勒的眼睛顿时一亮："没有问题！"

他未提价格，充分相信好心的侦探先生。

克莱恩斟酌着道："每次见面，我会给你十五苏勒的经费加报酬，如果你提供的情报让我满意，额外还会有五苏勒的奖励。"

"一镑？"老科勒愕然脱口道。他过得最温暖、最幸福的那段岁月，周薪也才二十一苏勒，也就是一镑一苏勒。

"是的。"克莱恩点头道，"你要注意自己的言行，不要太急于搜集情报，保持少问多听的状态。否则，你会承受一定的危险。"

这种线人费理论上是可以报销的，然而，我现在是自带干粮的五便士党……克莱恩半是唏嘘半是自嘲地笑了一声。

皇后区，霍尔伯爵家的豪华别墅内，专属于奥黛丽小姐的书房中。

这名金发碧眼的少女正在聆听心理学教师伊思兰特小姐的讲述，时不时用手抚摸一下蹲在旁边的大狗苏茜。

有一头及腰黑发的伊思兰特·奥西斯莱卡发现那只狗似乎也在认真倾听，不由得笑了笑，停顿了两秒。

接着，她继续介绍道："目前心理学领域并没有绝对正统的理论，而是存在着好几个流派，比如精神分析学派、人格分析学派、行为心理学派。

"当然，对心灵、对精神的研究，不只是心理学家、心理医生在做，很多神秘学领域的专业人士也在进行类似的工作，其中最有名的是……呵，抱歉，我偏离课本了，让我们回到刚才的话题，先讲精神分析学派。"

奥黛丽明显听出了对方的引诱意图，故作懵懂和好奇地问道："老师，我更想知道神秘学领域心理方面的研究情况。你知道的，我对这方面很感兴趣。"

伊思兰特抿了抿嘴，微皱眉头，为难地说："但这涉及一些保密誓言，我是说，这些理论，这些研究情况，属于某些神秘学圈子的秘密，只在内部传播。"

"这样啊……那，那我能加入吗？"奥黛丽期待地问道，"他们应该不会涉及邪恶的事情吧？"

"哈，怎么可能？那只是爱好者组织起来的研讨会。"伊思兰特提了一句后，主动岔开了话题，"这件事情，我们以后再聊，先继续课程吧。"

懂得适可而止，一步一步地来，如果这是心理炼金会成员的普遍素质，那我就不用太担心他们之中充斥着A先生那样的疯子和变态……奥黛丽故意露出不舍得刚才那个话题的神情，但还是有教养地听起了精神分析学派的理论基础。

等到这次课程结束，送走了伊思兰特，她回到书房，谨慎地关上厚重木门，对金毛大狗道："苏茜，你觉得她怎么样？"

"她不真诚！"苏茜直截了当地回答，接着，它歪了歪头道，"不过，她讲的东西很有意思，我觉得比肉和零食饼干还有意思！"

苏茜，难道你以后想做一名心理医生？专门给动物治疗心理疾病？比如，格莱林特家那匹可能有抑郁症的马……

奥黛丽忽然陷入了沉思，考虑要不要给苏茜准备一套特制的白大褂和一副金边眼镜，让它看起来更专业一点。

从工厂区回到明斯克街后，克莱恩简单用过午餐，倒头就睡，一直睡到天色变暗，傍晚来临，才自然醒转。

可就算是这样，他依然感觉疲惫，发自内心地感觉疲惫。

出神了好一会儿，克莱恩下到一楼，点燃煤气灯，准备坐至沙发上阅读今天的报纸，可他目光一扫，却看见茶几上摆放着一张请帖。

他先是一愣，旋即醒悟过来，这是几天前斯塔琳·萨默尔太太派女仆上门补送的晚宴邀请函。

"差点忘记这件事情……变相的相亲宴会……"克莱恩放下请帖，走向一楼盥洗室，用冷水清理了一下脸孔，让自己看起来精神了不少。

与刚到贝克兰德时相比，他嘴唇四周和下颌之上已多了较为浓密的黑色短须，这虽然没有完全消除他自身的书卷气质，却让他显得成熟了不少，也粗犷了一些。

不是真正的熟人，没法再当面认出我……克莱恩无声地吐了一口气，擦干净脸庞，将金边眼镜架到了鼻梁上。

他稍作休息，换上领口坚挺笔直的衬衣，配了套黑色燕尾服，然后非常正式地戴好半高丝绸礼帽，拿着手杖和请帖，出门拐向了隔壁。

叮叮当当的门铃声里，他看见了开门的女仆朱利安，看见了金发高高盘起、耳垂戴着银色饰品的斯塔琳。

克莱恩取下帽子，行了一礼，客气地赞美道："萨默尔夫人，你今天非常漂亮。"

他这句话虽然有浓浓的敷衍性质，但今天的斯塔琳确实比往常漂亮了不少。在精心打扮这个领域，她的能力似乎得到了突破性的增长。

看来是捉奸那件事让她和玛丽夫人真正成了"闺蜜"，而对方是身家几万镑的富翁，目前又进入了王国大气污染调查委员会，结识了不少权贵，在化妆、衣着、饰品等方面必然有着足够的见识……克莱恩恍然大悟般在心里点了下头。

斯塔琳的嘴角难以遏制地上翘了："这是我新买的耳饰，需要整整八苏勒。"

女士，你的风格还是没变啊……克莱恩笑着将帽子、手杖和外套递给了女仆。

屋内壁炉和管道带来了温暖仿佛初夏的感觉，不少小姐和女士的衣裙相对都不那么严实。

"卢克在和几位朋友聊生意，让我代他向你说声抱歉。"斯塔琳尽着女主人的职责道，"你先用餐，我等下给你介绍几位家教良好的小姐。"

其实没这个必要，让我安静地吃东西就行了……克莱恩笑笑道："我已经闻到了食物的香味。"

因为客人较多，超过了二十位，晚宴是以自助的形式进行的。克莱恩拿着餐盘转了一圈，发现这次的食物比之前又丰盛了不少：冷鲑鱼、鸡肉派、豌豆炖羔羊肉、盐渍鸡胸肉、咖喱食品、烤牛肉、煮熟的火鸡、牛舌馅饼、火腿、沙拉和奶油蛋糕……酒依然是香槟加红葡萄酒。

这很符合肉食动物的胃口，克莱恩拣了一大盘，没去找人闲聊，缩到角落里慢悠悠地品尝起来。

"没有克拉格俱乐部的厨师做得好……"他时不时地在心里做出点评。

他准备去拿第二轮时,终于被斯塔琳·萨默尔发现了。与此同时,他在这位太太的身旁,看见了一个熟人——表情严肃的于尔根律师。

也是,于尔根同样还是单身汉……克莱恩笑着凑了过去,主动问候道:"多丽丝太太恢复得怎么样了?"

于尔根不太自在地扯了扯领结道:"她下周就能出院。"

"这真是太好了。"克莱恩真诚地感慨道。

这时,斯塔琳已引了几位小姐过来,对她们介绍道:"这位是于尔根·库珀先生,高级事务律师,每周薪水至少三镑,时常还会有案件的抽成,年收入肯定超过了两百镑,而且他年轻有为,将来很可能成为大律师。

"这位是夏洛克·莫里亚蒂先生,知名侦探,他的收入并不稳定,但每一笔都很丰厚,比如十镑、五十镑。"

女士,这介绍得太直接了吧……克莱恩忍不住腹诽了一句,而他旁边的于尔根明显皱了下眉头。

斯塔琳完全不觉得有什么问题地继续介绍道:"萨拉·泰勒小姐,她的父母都是文法学校的教员……

"安吉娜·沃森,她的父亲是贝克兰德警察厅的文职人员……"

克莱恩麻木地笑着,向那一位位女士问好。

等到斯塔琳说完,于尔根沉声说道:"萨默尔太太,当面提及别人的收入不是一件礼貌的事情。"

斯塔琳并未生气,非常认真地回应道:"不,这非常重要。如果你们能彼此喜欢,建立家庭,收入是必不可少的基础。

"你想想,每天总要有肉类、蔬菜、水果、牛奶、白面包、奶油、黄油等食物吧,每周最少得在这上面花费一镑五苏勒,这还没算酒;另外得租个好点的房子,每周又得支出接近一镑;嗯,还得购买水、煤气、木炭、肥皂等事物,还得考虑出行的花费,这加起来差不多得十苏勒。

"这是最基本的开销。难道你不带你的夫人去听音乐会,去看戏剧?难道每年不添置一些新衣服?各位小姐,我认为,一个家庭,每年至少得在这上面花费三十镑,才能称得上体面。

"除此之外,还有女仆的薪水、孩子的教育费用、预备的医疗开销以及一些必要装饰品的支出,只有年收入超过两百镑的人才能满足这些需求,才能有一个幸福的家庭。所以,为了不耽搁你们的时间,不造成误会,我认为有必要提前介绍。"

作为一名律师，于尔根一时竟找不到语言反驳，还好他本来就只有严肃和正经等表情。

真是坦荡啊……不过基本的礼仪是在私下先告诉双方这类信息。

当然，我很明白萨默尔太太你当面介绍的原因……克莱恩堆起笑容道："是啊，收入很重要。只有年收入超过四百镑的人，才能举行得起这种层次的晚宴，才能让自己的夫人有漂亮的衣裙和精美的耳饰。"

斯塔琳顿时微抬起下巴，努力压制着笑容道："四百三十镑。我的意思是，每年还要有些积蓄，防备意外或投资股票债券。"

这就是她丈夫大概的年收入。

帮陌生的双方找到话题后，她离开这里，招呼起其他客人，而克莱恩明显地察觉到萨拉、安吉娜等小姐对于尔根律师更感兴趣，毕竟对方长得还不错，工作和收入都非常稳定。

至于随时可能进警察局的私家侦探，并不是中产阶层女性优先考虑的对象，并且克莱恩现在脸上有一圈胡子，略显粗犷，女孩子们难免有点畏惧。

他陪着闲聊了几句后，找了个借口离开，躲到角落里边吃东西边欣赏于尔根尴尬而无奈的表现。

这种时候，于尔根身为一个律师的口才不知道去了哪里。

过了几分钟，萨默尔家的两个孩子玩闹着跑过了克莱恩身前。

他们注意到了躲在角落的绅士，停了下来，睁着大眼睛，好奇地问道："莫里亚蒂先生，听说您是侦探？"

"是的。"克莱恩微笑着回应。

小女孩天真地开口道："您能给我们讲讲您破的案子吗？"

她的双胞胎哥哥连连点头。

我破的案子？不是涉及怨魂、秘偶、恶魔犬，就是找猫、捉奸，还真没有适合讲给小孩子听的……

克莱恩思考了几秒钟，呵呵笑道："好啊，这是一个关于宝藏的故事。一位从东拜朗退役回国的军官突然被人谋杀……"

他上辈子看过的侦探小说其实都忘得差不多了，只能根据模糊的印象随口编造着，而两个小朋友也不在乎情节合不合理，听得相当认真，甚至还学会了问"接下来呢"。

不知不觉间，克莱恩放松了不少。等到晚宴接近尾声，他正打算告辞，却看见斯塔琳的脸上满是喜意。

"发生了什么值得庆贺的事情吗？"克莱恩随口问了一句。

斯塔琳微扬脑袋，笑容矜持地回答："玛丽得到了大气污染调查委员会首席秘书希伯特·霍尔先生的邀请，将于周一去他的家里参加午餐会。

"这位先生是霍尔伯爵的长子，真正的贵族，他邀请了委员会的所有成员，并允许他们带上两到三位朋友。"

斯塔琳顿了下道："玛丽刚才邀请了我和卢克。"

…………

周一中午，盛装打扮的斯塔琳·萨默尔在丈夫卢克·萨默尔的陪伴下，跟着玛丽夫人来到了皇后区，看见了一座占地极广的建筑。

大理石雕像、水池、喷泉、花园、草坪等事物一一映入了她的眼睛，让她还没有进入别墅，就感觉到了紧张。

"卢克，我这条项链和裙子是不是很不搭？"她侧头询问起丈夫。

卢克摇头笑道："亲爱的，你太紧张了。你完全不需要担心，贵族也就是比我们住得大一点、吃得好一点而已，我们并不差什么。"

斯塔琳听得连连点头，似乎又找回了往日的自信。

进入别墅，他们看见了华丽的水晶吊灯，看见了可以供很多人跳舞的大厅，看见了一盘盘美食。

鹅肝、煎龙骨鱼、焗龙虾……奥尔米尔葡萄酒、迷雾香槟……和杂志上的描述一样啊……斯塔琳好奇地观望着那些食物，觉得自家省一省，也能在节日或新年的时候，来上这么一顿。

除了奥尔米尔红葡萄酒和迷雾香槟……她又在心里补了一句。

就在这时，她的目光忽然发直，看见一名身穿米色宫廷长裙的少女徐徐走来。那少女金发碧眼，美貌异常，戴着一双白丝手套，配有一对小巧漂亮的绿宝石耳坠，气质清纯而高雅。

真像一个天使啊……哪怕一直都骄傲于自身的容貌，斯塔琳此时也忍不住赞叹了一句，莫名有些自卑。

"您好。"她笨拙地用刚学会的礼仪问候道。

"你好。"那名少女优雅地还礼。

两人擦肩而过后，斯塔琳陪着丈夫和玛丽认识了一位位身份显赫的客人，认识了那位高贵的希伯特·霍尔先生。过了一阵，她独自走上阳台，打算缓和下心情，却意外地看见了刚才那个天使般的少女。

少女正在眺望外面的风景，镶着缎带玫瑰的鞋子旁乖巧地蹲着一只金毛大狗。

"它真可爱啊。"斯塔琳寻找着话题。

那名少女浅笑着回应道："我替苏茜感谢你的赞美。"

看着美貌少女和金毛大狗的组合，斯塔琳忽然觉得自己也该养只类似的宠物。这样才能彰显萨默尔家的体面！她斟酌着问道："我听说贵族们会驯养不少猎犬，它就是吗？"

"是的。"碧眼比耳坠宝石更迷人的少女轻巧地点头道。

"不知道购买一只需要多少金镑？"斯塔琳含笑问道。

那清纯高雅的少女低头看向金毛大狗，不甚在意地回答道："四百五十镑。"

…………

离开霍尔伯爵家的豪华马车上，卢克正与玛丽夫人聊着刚才那一位位身份显赫的宾客，比如大气污染调查委员会主席、国家气象局局长德斯·肖爵士，比如大气污染调查委员会委员、王家气象学会会长、下院议员凯夫先生，比如间海郡医疗健康主管、著名医生浩克斯雷先生。

他们都是在政府、王室或议院拥有广泛影响力的人物，这个委员会最终做出的报告将成为预定的《反污染法案》《烟气减排法案》最重要的依据，主打无烟煤和木炭的考伊姆公司正是要推动并加快这个进展，让那些老迈但庞大的竞争者来不及转型。

"他们肯定不会吝啬金镑，肯定会游说那些重量级的议员，以此干扰我们的调查，我们必须有明确的应对方案。正像希伯特·霍尔先生说的一样，我们要掌握舆论，让报纸和杂志反复地宣扬烟气污染的可怕……"卢克是考伊姆的资深经理，是大股东玛丽掌握公司的重要助手，而他自身也相当有能力。

闲聊之间，卢克忽然注意到自己的妻子坐在旁边一言不发，就像失去了灵魂。

"斯塔琳，发生了什么事情吗？"卢克关切地问道。

斯塔琳回过神来，挤出笑容道："没什么，就是有些疲惫了。"

"是啊，见了那么多大人物，你的精神肯定一直高度紧绷，现在终于能放松下来，疲惫是很正常的事情，其实，我也一样。"卢克笑笑道。

斯塔琳没有回应他，而是怔怔地望向了窗外，望向了那有着湖泊的公园。

她的耳畔依稀还回荡着之前那位贵族少女漫不经心的话语："四百五十镑。一只训练有素的猎犬，价格在四百五十到七百镑之间。"

…………

白银城，圆塔底部，戴里克·伯格一直困在狭小的房间内，按时地进食和服药，他的精神状态飞快好转，幻听与幻视已不再出现。

再有一两天，应该就能出去了……总是待在这样的环境里，真是憋得慌……隔壁那位前探索小队队长，被关了足足四十二年，竟然还很清醒很理智，换作我肯定已经疯了……不过，他讲的那些探索事迹和奇异怪物，倒是很吸引人，甚至有些可怕……戴里克坐在床沿，望着已烧到了尽头的蜡烛思考着。

在看守者送来下一次的食物和药剂前，他将处于真正的黑暗里。

就在这时，他眼前忽有灰雾弥漫，耳畔响起了"愚者"低沉的嗓音："准备聚会。"

这样的变化转瞬即逝，戴里克收回注意力，下意识默数起心跳。不过他很快发现这是没有必要的，因为他目前的状态属于独处，不需要避开其他人。

不再默数心跳的戴里克很快想到了一个问题——自己正置身于圆塔底部那件神奇物品的封印范围内，"愚者"先生等会儿拉自己进入灰雾之上的举动会不会因此被发现、被察觉？那可是在几次危难里让白银城没有被彻底毁灭的两件神奇物品之一！

忐忑和不安之中，始终未能做出决定的戴里克看见虚空里涌出了无边无际的深红光芒，看见它们只是一个奔腾就将自己淹没。

狭小封闭的房间内一片安静，就连呼吸声都微弱到了极点。突然，间隔戴里克与那位前探索小队队长的金属墙壁发出了一声"笃"的轻响。

这是两人寻求与对方聊天的暗号。

"笃！"对面屈起手指，又敲了一下。之后，本该很快连着响起的第三下许久没有出现。过了好一阵子，"笃"的声音才又迟疑着响起，接下来两个房间都归于沉寂，再无动静。

第十章
CHAPTER 10
✦ 半透明小虫 ✦

结束午餐会的奥黛丽练习了一会儿钢琴，掐着时间往自己的卧室走去。路过她父亲霍尔伯爵的书房时，她看见房门半掩，桌上摆放着一沓厚厚的文件。

"之前没有的……"奥黛丽好奇心起，放慢脚步，对金毛大狗苏茜使了个眼色。

成为"观众"的苏茜，很多时候只需要一点很小的暗示，就能明白主人想让自己做什么。当然，它偶尔也会假装没弄懂，只愿意躺着不动。

收到暗号的苏茜无声小跑，溜进了书房，然后探出两条前腿，撑在桌子边缘，直立了起来。

它快速瞄了那沓文件的首页一眼，返回奥黛丽身旁，压低嗓音道："东区、码头区和工厂区各阶层生活状况调查。奥黛丽，这是什么意思啊？"

东区、码头区和工厂区各阶层生活状况调查？爸爸为什么会突然调查这个？我记得我没有对他提过类似的事情啊……

奥黛丽心里一阵疑惑，没顾得上回答苏茜的问题。她环顾四周，见仆人们各就各位，并未特别注意自己，于是微抬脑袋，镇定自若地转身进入了霍尔伯爵的书房。

来到书桌旁，奥黛丽低头望向那份调查报告，发现标题确实与苏茜说的一致。

嗯，是打字机打出来的文件，调查人员是一个叫作迈克·约瑟夫的记者，下方有女神的圣徽……这是女神教会委托人做的？可为什么要给爸爸一份？唔，爸爸是女神的信徒，教会想让他在这件事情上给予一定的支持？这是好事啊……奥黛丽做出了初步的判断。

她原本也有请人做类似调查的想法，但又觉得这不符合自身暗中引导的意图，很容易彰显存在感，使自己不再被其他贵族忽视，所以一直犹豫着没去尝试。

奥黛丽伸手翻了翻文件，发现关于东区、码头区和工厂区的报告不只迈克·约瑟夫那一份，还有不少人从不同的角度做出了实地调查。其中好几份甚至还提到了邪教的散播，部分非凡者与黑帮的勾结。

呼……奥黛丽看了眼书房内的挂钟，见已接近三点，遂放弃仔细阅读的打算，将文件恢复了原状。

出门之前，她随手抽了本图书，把它伪装成了进来的目的。

…………

三点整，挂钟的敲击声还在回荡，奥黛丽已于那深红虚幻的光芒里，出现在了巍峨雄伟的宫殿内，出现在古老长桌的侧方。

她勾起微笑，起身向最上首行礼道："下午好，'愚者'先生！"

得到轻轻颔首的回应后，她又分别问候了"倒吊人""世界""魔术师"等人，并敏锐地发现"太阳"似乎有点不安。

"你在担心什么？"奥黛丽出声问道。

这让同样看出小"太阳"状态不对的克莱恩无须自己开口。

提前进入这片神秘空间的他稍微收拾了桌面摆放的物品，将阿兹克先生的铜哨、"生物毒素瓶"、灵教团铜哨等东西丢到了角落，并用浓郁的灰雾彻底掩盖起来。如今，他身前的桌面上只盖着一张"黑皇帝"牌——这是足以匹配"愚者"身份的物品！

"太阳"戴里克没有隐瞒，当即把自己装病成功、被送到圆塔底部隔离治疗的事情完完整整讲了一遍，末了问道："尊敬的'愚者'先生，那件神奇物品会发现我在参加塔罗会吗？"

我怎么知道……我连它是什么东西都不清楚……

不过，暂时没有什么或诡异或强大的力量试图入侵……嗯，连永恒烈阳和真实造物主都没能找到这里……

克莱恩手指轻敲青铜长桌边缘，一派"轻松"地回答道："正常来说，它发现不了，但某些神奇物品具备奇特的效果。"

见"愚者"先生给出肯定的答复，戴里克顿时放心了不少，"嗯"了一声，道："我也不知道它有什么奇特效果，这是白银城最高机密之一。"

说到这里，他忽然想起了那位前探索小队队长讲的事情，脱口问道："你们听说过阿蒙这个人吗？"

阿蒙？克莱恩略作思索就记起了熟悉感的来源。但他没急着回答，而是将目光投向了"倒吊人"。他很清楚这位风暴教会的中层也知道"阿蒙"，而且说不定比自己了解得更多。

同样地，"正义"奥黛丽也看向了"倒吊人"，她上次正是从对方那里听说这个姓名的。

"魔术师"佛尔思一脸茫然地听着，总觉得这里讨论的事情在自己认知范围外。

"倒吊人"阿尔杰则皱起了眉头，疑惑不解地反问道："你们白银城在探索周边区域的过程里遇到了一个自称阿蒙的人，或者发现了类似的记载？"

"太阳"戴里克认真地点头道："是的，四十二年前，有支探索小队在黑暗深处遇到了一个自称阿蒙的人。返回白银城后，他们相继发疯失控，只剩下一个，被关在了圆塔底部，就在……就在我隔壁。"

"也许，他也疯了，那只是臆想……""魔术师"佛尔思以丰富的小说创作经验提出了一个猜测。

"倒吊人"阿尔杰望了最上首的"愚者"先生一眼，见祂安稳淡然，没做任何表示，于是大着胆子说道："臆想是一个可能，但不会没有原因就想出'阿蒙'这个姓名。"

他侧头看向"太阳"道："在第四纪，呃，在我们所处国度的一千五百年前，或者更久远的时候，曾经有这么一个掌握着诡异力量的家族，他们属于图铎王朝，姓氏正是阿蒙。哪怕在那个高序列强者众多的年代，这个姓氏也是一个禁忌。"

"为什么？"代替"太阳"询问的是"正义"奥黛丽。

"倒吊人"阿尔杰没直接回答，自顾自地说道："亚伯拉罕、安提哥努斯、阿蒙、雅各、塔玛拉就是支撑了图铎王朝的建立，仅次于血皇帝的五大家族。其中，阿蒙家族最为神秘，留下的历史痕迹最少，似乎是被什么力量给扭曲了、掩盖了。

"'五海之王'纳斯特那里传出过这样一个消息，阿蒙家族是渎神者家族，他们掌握着窃取神灵力量的奥秘！还有，阿蒙家族自称远古太阳神后裔。"

戴里克·伯格听得一阵迷糊，他的神话学知识中是没有远古太阳神存在的！

"巨人王奥尔米尔、空想之龙安格尔威德、异种王克瓦希图恩、精灵王苏尼亚索列姆、毁灭魔狼弗雷格拉、吸血鬼始祖莉莉丝、不死鸟始祖格蕾嘉莉、恶魔君王法布提这八位古神，没有一个执掌着太阳的权柄……"戴里克认真思考起这个问题，"如果真要联想，创造一切的主、全知全能的神倒是展现过太阳领域的神力，难道阿蒙家族是祂的后裔？"

见"太阳"没有说话，"倒吊人"阿尔杰摸了摸下巴上的胡茬，道："阿蒙家族是一两千年前的古老家族，几乎等同于历史。我很好奇，你们遇到的那位先生为什么能出现在白银城周围？他的目的又是什么？"

对啊，阿蒙家族在"倒吊人"先生、"正义"小姐他们那个世界，他为什么能出现于我们白银城周围区域……他为什么在答应了"做客"的请求后，却没有履行承诺，而是奇怪地离开，还造成了一整个小队的失控，嗯，除了那位队长……他想做什么？他在寻找着什么？

如果他真是主的后裔，也许他的目的和我一样，是想到古老年代里大灾变的原因，弄清诅咒的真相……

"太阳"戴里克一时浮想联翩，好一会儿才摇头道："'倒吊人'先生，你的问题我无法回答，这也是我想弄清楚的事情。"

阿尔杰略感失望地回应道："那你多和隔壁那位前队长交流交流，看能否挖掘出新的信息。"

说到这里，他想了想，还是叮嘱了一句："不过，你必须足够小心和谨慎。我认为那个人非常危险。"

"非常危险？你也这么认为？""太阳"戴里克颇感诧异地反问道。

六人议事团的长老们也这么认为！

"倒吊人"往高耸的穹顶看了看，无声地吸了口气道："不这么认为的人，脑子才不正常。"见"太阳"还有些迷惑，他摇了摇头道，"整个探索小队只有他一个人还活着，仅是这件事情本身就足以说明他有不小的问题。待在针对失控者的地牢里四十二年却依然很清醒、很理智，这更表现出了他的古怪！再加上那神秘的阿蒙，危险是显而易见的事情。"

这都是戴里克平常有所思考但未串起来的点滴，此时他听得豁然开朗，当即诚恳地说道："我明白了。谢谢你，'倒吊人'先生！"

津津有味地听着、观察着的"正义"奥黛丽忍住了伸手掩面的冲动，觉得"太阳"简直比自己还单纯。

她见所有人的好奇心都得到了满足，就连阴沉的"世界"先生都稍微调整了坐姿，而"太阳"似乎也没有别的事情想求助，于是侧头望向青铜长桌最上首，浅笑着道："'愚者'先生，我申请单独交流。"

又来……克莱恩一阵好笑，轻轻颔首道："可以。"

他旋即屏蔽了"倒吊人"他们的感官，而非将自己和"正义"小姐隔离。这主要是担心其他人闲着无聊随意交流，暴露了"世界"只是一个复读机的真相。

得到提示后，奥黛丽笑吟吟地开口道："尊敬的'愚者'先生，我又有三页新的罗塞尔日记。"

在亵渎之牌被"愚者"的眷属偷走后，她并没有心虚地不再去王国博物馆，反倒像什么事情都没发生般大大方方地央求了父亲，于展览结束后的这周又得到了一次翻阅那本"笔记"的机会。

奥黛丽认为这会让自己显得坦荡，是最好的避嫌方法。如果总是一副心虚的样子，不做按照正常逻辑应该去做的事情，那就算蒸汽教会之前没有怀疑，之后也会觉得有问题。

而根据自己的体会，她觉得一本日记最开头那几页往往会透露较多的东西，所以，她主要记忆了前三页。

不等"愚者"开口，她忙又补充道："我明白这不是一件需要单独交流的事情，但我希望能再瞒'魔术师'小姐一到两周，这样一来，即使她以后知道了您需要罗塞尔日记，也不会怀疑我就是'正义'。"

她这周见过佛尔思和休一次，通过引导话题自然而然地说出了她收藏的那些罗塞尔笔记被爱犬苏茜玩闹咬坏、难以复原的事情。

正常来讲，她不用再隐瞒"愚者"先生需要罗塞尔日记这一点，但她利用"读心者"的能力模拟了佛尔思的想法，觉得对方会这么思考："什么？那是日记？那是罗塞尔记录自己秘密的日记？连'愚者'先生都看重它！呃，我记得奥黛丽小姐有一些，等等，她的那些日记刚好在几天前被狗咬碎了……这太巧了吧？"

为了不让对方这么想，奥黛丽希望能再隐瞒至少一周。

成为"读心者"后，她不仅能直接看到目标的气场和情绪颜色，读取浅层次的想法，还能初步模拟别人的思维。于是，她领悟了一件事情：在"引导"别人的过程中，尽量不要出现突兀的、不符合逻辑和道理的行为，只有全部细节足够柔和、合理，让目标根本察觉不出自己被引导、被安排，才算是合格的"读心者"。

"柔和""合理"，是最重要的两个单词！奥黛丽在心里总结道。她再次去翻阅罗塞尔"笔记"，正是为了避免不合理。

不愧是"读心者"，果然早就认出"魔术师"小姐是她推荐的那两个人之一了……克莱恩不置可否地笑道："你希望用那三页日记换取什么？"

他这个问题问得相当有底气，因为得到《秘密之书》后，他在神秘学领域的最大短板已经有所弥补，而其余神灵的奥秘、序列的知识，他更是掌握了不少，随便抛一个出来都能应付"正义"小姐。

不提"心理医生"的配方还是好朋友……克莱恩在心里吐槽了一句。

奥黛丽早就想过这个问题，矜持了一秒道："'愚者'先生，我想问一个问题，为什么说亵渎之牌藏着神灵的奥秘？"

好问题！

克莱恩暗笑一声，用一种"给你个眼神你自己领会"的姿态，低沉平缓地说道："序列0，'黑皇帝'。"

序列0？还有序列0？序列1之上是序列0？这是代表神灵的序列？"黑皇帝"是神灵？奥黛丽的脑海内霍然涌现出一连串的问题。这让她又惊又喜，又满足又震撼！

克制着激动和难以掩饰的兴奋，她吸了口气，具现出那三页罗塞尔日记。

克莱恩拿到手里，快速瞄了一眼，确认这不是自己看过的那些。

1143年2月23日，我穿越到这个世界已经一周多了，我得写点什么，把某些事情倾诉出来，要不然我感觉我会疯掉。

嘿嘿，我用简体中文写，肯定没人能解读，这个世界都是字母文字！

我现在是罗塞尔·古斯塔夫，但我永远都不会忘记我真正的姓名——黄涛！

究竟是怎么穿越的，我也不清楚。我认真回想了很久才想起穿越前几天我买过一个很有神秘意味的银牌，上面雕刻着一些奇特的符号和花纹，超有意思。不过，穿越到这里后，它并未再出现。

它不是我的金手指！

嗯，这是一个类似于古代欧洲的世界，文艺复兴后的那种，火炮和枪支已经出现，但都相当简陋和原始。

而我黄涛·罗塞尔·古斯塔夫，作为一名网络小说爱好者，曾经非常喜欢穿越"技术流"，了解了不少有用的东西，专门去阅读过相应的知识！这正是我大展拳脚的舞台！

可是，我发现，我该死的记性不好！都忘得差不多了！

上天让我穿越，却没给我卓越的记忆力，没给我系统，没给我双向门，那还怎么混？

好吧，先从一些细节做起。等我有了钱，再请一堆工匠、发明家和科学家帮忙，我只负责给思路！好久没有这种对未来充满期待的情绪了。

不过，还是有点想老头子和老妈啊……

而且这个世界的娱乐方式太单调了，女仆一个两个都长得不怎么样，浑身上下都冒着乡村土腥气，让我预想的"红袖添香夜读书"直接破产。

我的"临高五百废"还没追完，我的抖音小姐姐们还有好多待刷，我的"农药"和"吃鸡"正等着我"临幸"，想想还是有些惆怅。

克莱恩读着读着，险些皱起了眉头。他原本从"海盗王""天启四骑士"等信息判断罗塞尔比自己早穿越三五年的样子，可现在，他发现双方穿越的间隔不会超过一年！

为什么到了这边，却相差近两百年？克莱恩认真思考了一阵，在心里提出了种种猜测，却因为缺乏足够的条件，只能暂时将事情的缘由归结于地球和这个世界的时间流速不同。

"我和罗塞尔间隔不到一年的穿越，在这里被拉长为了近两百年，也就是说，即使我花费两百年时光才找到回去的办法，也不会错过老爸老妈他们，顶多就是

'失踪'了一年而已……"克莱恩做出反向推断，心情一下好了不少，瞬间竟有点踌躇满志的感觉。

当然，他自己很清楚这个推理是不严谨的，因为初始条件只有一个，且目前无法确定。

万一罗塞尔比我后穿越呢？那说不定会牵扯到所谓时空乱流，到时候，根本没法保证能回归到合适的节点……克莱恩给自己陡然膨胀的情绪浇了盆冷水。

罗塞尔的第一则日记是他憋了很久的产物，足足占了两页，克莱恩翻到最后，阅读起剩下的两则。

2月25日，真是一个无聊的世界，竟然连报纸都没有，小说也少得可怜！我认为我有必要做一做文化方面的扶贫，但这件事情的前提是，得弄到一笔钱，得回想起改良的造纸术、印刷术。

作为一名穿越者，我现在只能靠便宜老爹便宜老妈给的零花钱来维持生活，亮闪闪的费尔金偶尔才能看见一两枚，这真是一个悲伤的故事。

不过，狩猎倒是挺有意思的。

2月28日，这个世界可能和我认知的有点不同。

我今天因为狩猎，在树林里迷路了，结果旁观了一场超乎想象的战斗。

其中被围住的那个男人，脸上竟然长出了额外的眼睛，整整四只！并从里面发射出墨绿色的光芒！这……这不科学啊！这是一个人形怪物？这其实是一个奇幻世界吧？

那个怪物的对手更加厉害，召唤来了燃烧着金色火焰的光柱，嗯，应该是召唤来的吧……还好，他们没有发现我，解决那个怪物后就带着它的尸体离开了。

我，黄涛，果然是主角，刚穿越没几天就发现了这个世界的真相！

或许他们能辨识那个银牌上的神秘符号和花纹代表什么……当然，我不会去询问，我要成为他们那样的人，然后自己破解！

之所以这么说，还有一个主要的原因：我已经记不得那鬼画符般的花纹具体长什么样子了，只隐约想得起大概的模样。

果然是主角？大帝，你是把自己的"中二之魂"都灌注到日记里了吗？克莱恩忍不住吐槽了一句。

他对那个疑似罗塞尔穿越导火索的银牌很感兴趣，很想弄清楚上面的符号和花纹长什么样子。如果确实能依靠这个世界的神秘学知识来解读，那穿越或许就不是一件偶然的事情……

克莱恩放下日记，屈指敲了下书桌，解除了对"倒吊人"和"魔术师"他们设置的屏蔽措施。

"你们自行交易吧。"克莱恩往后靠住椅背，微笑着说道。

"魔术师"佛尔思悄然吸了口气道："我想求购食灵者的胃袋和二十毫升深海枪鱼的血液，用金镑支付。"

我还有四百三十镑，能买得起一件……她默默地鼓励了自己一句。至于购买剩下那件的钱从哪里来，她一时半会儿也没有办法。

这就是制约许多非凡者晋升的主要原因之一……人哪，真的不能尝试超过自身能力的消费，如果不是为了彻底摆脱满月呓语的影响，我也不会这样做。成为"戏法大师"，有了相对丰富的超凡手段之后，我都不会再考虑晋升的事情，甚至不再接触这个圈子。写写书、攒攒钱、喝喝茶、和休一起逛逛街，等她完成那件事情后，就到北大陆和南大陆不同的地方旅行，不害怕危险和意外，好好享受生活……佛尔思的思绪忽然有些发散。

就在她以为没人会回应的时候，"倒吊人"阿尔杰低沉地说道："我在之前那次大海盗的聚会上见过深海枪鱼的血液，但很可惜，你已经错过了。你应该早说的，不，我说错了，那时候你还没有加入塔罗会。"

那你说这个有什么意思？炫耀自己资历深？佛尔思暗自撇了下嘴，一本正经地问道："'倒吊人'先生，你帮我多留意一下，价格三百到四百镑都能接受。"

阿尔杰"呵"了一声："大海比陆地更加广阔，海盗们也许半年都未必能碰一次面，即使在他们销赃的各个群岛首府内也不会出现非凡材料聚集的事情。只有贝克兰德、特里尔、圣密隆、费内波特城这些大都市，才会出现众多材料聚集的情况。听你的口音，你应该是贝克兰德人，或者说已经在贝克兰德定居多年。"

你的意思是，还得靠我自己？佛尔思险些抬头仰望高耸的穹顶。

这时，"太阳"戴里克开口道："我知道几头食灵者大概的活动范围，但我不需要你们说的金镑。"

"魔术师"佛尔思假笑道："那你想要什么？"

"太阳神官"魔药的配方……"正义"奥黛丽抢先在心里作答。

戴里克认真地想了想，道："'太阳神官'魔药的配方。"

"这是序列7的配方吧？我听说过。可是，这个序列的配方最少也要七百五十镑，如果遇到急着要的人，甚至能卖至一千镑以上，而食灵者的胃袋和深海枪鱼的血液，每一件都不超过四百镑，大部分时候只值三百镑。你明白我的意思吗？"佛尔思试图让"太阳"弄清楚这不是一起等价交易。

戴里克毫不犹豫就回答道："我可以给你两到三个食灵者的胃袋。"

至于额外提供深海枪鱼的事情，他根本没去考虑，他连海都没有见过！

多的食灵者胃袋……我能拿来做什么？烤，还是煎？卖的话，不知道什么时候才能卖得出去……最主要是，我现在买不起"太阳神官"的配方啊……佛尔思挤出笑容道："我会尝试去搜集。"

她想起了A先生聚会里那个戴面具的、擅长净化的永恒烈阳信徒，想起了"光之环"戒指，认为能在那里获得"太阳神官"魔药配方的线索。

但钱不够啊……"魔术师"佛尔思想了想，摸了一下自己的脸皮，环顾一圈，异常诚恳地问道："各位，你们有什么赚钱的好办法吗？"

她话音刚落，就发现大家同时陷入了沉默。

沉默是无声的宫殿，是安静的灰雾。

看来大家都困扰于这个问题啊，而"愚者"先生是不需要金钱的……佛尔思明智地闭上了嘴巴。

赚钱的好办法不就是拥有牧场、矿山、田地、工厂、股份等东西吗……嗯，你也可以去翻王国的悬赏令，按照价格和自身能够承受的标准依次完成……奥黛丽知道自己并没有真正的赚钱经验，只能开玩笑般地在心里回应了几句。

自行车项目了解一下……克莱恩忍住了操纵"世界"开口的冲动，这会让他的现实身份曝光。

等了几秒，他保持着高深莫测的姿态，让"世界"阴沉嘶哑地说道："帮我留意千面狩猎者的脑部异变垂体和血液，以及人皮幽影的特性、深海娜迦的头发。"

虽然克莱恩现在只剩下五百八十九镑，但他多了"狼人"的非凡特性和"生物毒素瓶"。他考虑着找机会把前者制作成神奇物品，然后卖出其中一件，这样一来，他购买一件序列6的非凡材料绰绰有余，所以他打算让塔罗会成员们提前留意着，免得错过。

"好的。""太阳"戴里克率先回答，但没做承诺。

相比食灵者，人皮幽影和千面狩猎者并不是那么容易遇上的怪物。

"千面狩猎者？我好像见过它的化石。""正义"奥黛丽思索着回答道，"唔，我回去先确认一下。"

那化石在尼根公爵的宝库里。

如果已经是化石，那非凡特性也许早就被人拿走了……克莱恩操纵着"世界"不置可否地点了点头。

安静了一会儿，"倒吊人"阿尔杰道："你们帮我留意一个人，与之前提过的殖民地奴隶失踪事件有关。他自称巴伦，肤色棕红，有明显的南大陆人种特征，但有人偶然听过他用带贝克兰德腔调的口音说话。他左边第三颗牙齿缺失，但很可能已经补上。他长相没有特点，身高也相当普通。如果你们能发现他的踪迹，报酬不成问题，至少一百镑，或等价的物品。"

光凭这样的描述，连占卜都无法完成，更别提去现实中找人了……"愚者"克莱恩环视一圈道："自由交流吧。"

…………

结束塔罗聚会后，"太阳"戴里克返回了现实世界，重新置身于那黑暗狭窄的房间内。他谨慎地坐了好几秒，没发现任何异常，终于彻底松了口气。

想到"倒吊人"先生让自己多向那位前探索小队队长套话，戴里克来到对应的金属墙壁前，屈起手指"笃"地敲了一声。

笃，笃。

他完成了暗号，对面却久久无人响应。

那队长睡着了？或者被带去六人议事团了？戴里克看着那面无光的金属墙壁，疑惑地想着。这时，他背后床铺的位置忽然传来了一个苍老而飘忽的嗓音："你在找我吗……"

声音刚一入耳，戴里克顿时僵住，浑身皮肤紧绷，根根汗毛立起。

他怎么在我背后？他怎么会出现在我的房间里？封印呢？那件神奇物品的效果呢？戴里克额头沁出冷汗，下意识地就要扭头回望，但他的本能阻止了他的这种行为。这种本能源于白银城怪物常识课的教导和他加入巡逻队后经历的一些怪异场景：当有人在你背后说话的时候，不要急于转身！

戴里克抬起双手，交握成拳于胸前，然后在高度戒备里，慢慢地，一点一点地半转了身体。

房间内是一片深沉的黑暗，让人根本看不见任何事物，但戴里克的两只眼睛里却各有一点金色的光芒在膨胀，化作了两轮微缩的太阳。

借助这"祈光人"的能力，他看见睡床边缘静静地坐着一道黑影。那黑影飞快地变得清晰，露出了一个被竖直劈开的脑袋！

脑袋中间，两片灰白色的大脑仿佛拥有生命般蠕动着，彼此想要靠拢，却无能为力；大脑的截断面上，黏稠的液体垂落成一根根细丝，却像蛆虫般地往上收缩着；各在一边的眼睛离得很远，鼻梁从中间分开，血色鲜艳；左边的半张嘴巴咧开了，右边那半张却紧紧闭住。

这可怕的怪物赤裸着身体，上面有一道道横七竖八的暗红色伤口。那数不清的伤口狰狞着裂开了，露出一排排白森森的牙齿，它们不分先后地说出了同一句话："你在找我吗……"

它顿了顿，嘴角和伤口边缘全部勾了起来："你看，我是不是很正常……"

戴里克的瞳孔猛地收缩，他想都没想就将置于胸前交握成拳的双手抬了起来，置于下颌处，如在祈祷。狭小的房间一下变得明亮，缠绕着火焰的纯净光束从屋顶垂落，打在了那个怪物的身上。

这光束不如戴里克在圆塔外部使用时那么强劲，因为这里的封印、这里的神奇物品隔绝了内外。可就在这个时候，戴里克愕然看见自己祈求而来的神圣光束陡然变粗，灿烂到让他忍不住想闭上眼睛。

依稀间，那堂皇灿烂的光柱里，有比光柱更加纯净、更加浓厚的事物分离了出来，如同一个没有五官、没有衣物的"光人"！

这"光人"霍然闪烁，扑到了那怪物身上。怪物所有的"嘴巴"顿时全部张开，仿佛正发出凄厉的惨叫。

然而，戴里克什么都没有听到。

那怪物剧烈地颤抖了起来，迅速在"光人"的烧灼和照耀里分崩离析，熔化般消失。它近乎透明之时，那里突然诡异地出现了一道虚影，一道身穿黑色古典长袍、头戴尖顶软帽的虚影！

这虚影黑头发、黑眼珠、宽额头、瘦脸庞，戴着一只水晶雕成的单片眼镜。

虚影刚刚浮现，"光人"陡然炸开，戴里克眼中一片白芒。等到他恢复视线时，发现自己不知什么时候已置身于房间外面，置身于镶嵌着一个个金属灯架的走廊上，置身于昏黄光芒的照耀中。他茫然地侧头望向房间里面，看见了一道高大健壮的、穿深色长裤、披棕色外套的背影。

那背影前方，戴里克原本的睡床上，一点点晨曦般的光芒飞快凝聚到了一根白色的腿骨上，让它变成了一把纯白的、锐利的直剑。

直剑旁边静静地躺着一条半透明的小虫，它只有拇指长，纤细得近乎孩童的小指，而一环又一环完全透明的颜色将它分成了许多节。

戴里克一眼扫过，没去细数环数，只隐约感觉有十条左右。

背对他的高大身影伸手拿起了那条半透明的奇怪小虫，边转过身体边叹息道："差一点……"

这个时候，戴里克终于看清楚了那高大身影的正面：他头发花白，疏于打理，显得相当凌乱；他法令纹颇重，眼角、额头却没有皱纹，脸颊上残存着一些或深刻或扭曲的陈旧疤痕；他内里穿着亚麻色的衬衣，腰间环了一个分成许多格的皮带；他浅蓝色的眼眸深邃而沧桑，整个人像是一本写满了故事的书籍。

戴里克先是一愣，旋即带着劫后余生的惊喜开口道："首席阁下！"

面前站着的正是白银城六人议事团的首席长老，年纪超过一百岁的强大的"猎魔者"科林·伊利亚特！

科林轻轻颔首道："我们一直都知道他有问题，但为了弄清楚那个叫阿蒙的人究竟有什么目的、存在哪些诡异，故意没直接清除他，而是将他关到了圆塔底部，封印于神奇物品的影响之中，并经常让一些只有失控前兆的非凡者住到他隔壁，和他对话，看能否诱导他出现一些不正常的变化，从而得知我们想了解的事情。

"可惜的是，直到今天，他都很正常。但是，太正常了。你认为，他为什么会突然异变，突然尝试穿透封印？你感觉自己和其他人有什么不同？"

原来是故意安排我住到这个前探索小队队长隔壁的……戴里克恍然大悟般地沉默了几秒，道："或许是因为我的非凡途径和其他人不同，我是序列9'歌颂者'，序列8'祈光人'。"

也就是"太阳"途径……如果"倒吊人"先生说的没错，阿蒙家族是远古太阳神的后裔，那我让他出现异变就是很正常的事情……戴里克觉得自己把握到了一定的真相。

科林表情没有变化地听完，上下打量了戴里克几秒道："我们一直在监控他，六人议事团成员轮流负责，但没想到他会突然异变，一点前兆都没有，而且行动非常果断、非常坚决。你刚才在房间内做了什么？"

戴里克正想着"太阳"途径与远古太阳神后裔的关系，一时竟没反应过来首席长老在问什么。等明白之后，他脑袋还有点发蒙，而后认真地回忆起自己刚才做了什么。

我什么也没有做，就是敲击隔断墙壁，试图和他交流……这个之前……这个之前，我在参加塔罗聚会……塔罗聚会！

戴里克想到这里，忽然愣住，觉得事情恐怕没有自己想象的那么简单。他明白自己想的内容肯定不能对首席长老讲，可又不知道该做出什么样的表情，只能维持着平时孤单内敛似的沉默，思索着说道："我敲了那面墙壁，敲了三下。在这个之前，我房间内的蜡烛熄灭了，一片黑暗，我在尝试练习我的非凡能力。"

科林静静地看着戴里克的眼睛，隔了十几秒才道："很可惜，阿蒙留在他灵魂内的不是本体，而且事情发生得太突然，我们没能得到最想要的结果……在他异变之前，你是否察觉到什么不正常的地方？"

"没有。"戴里克相当肯定地摇头道。

科林的眼中忽然凸显出两个墨绿色的复杂符号，并将戴里克的身影映照到了它们之间。沉默了近十秒，这位白银城的首席长老闭了闭眼睛道："你的情况已经稳定，不需要再治疗，可以回去了。"

戴里克怔了怔道："好的。"

他看着"猎魔者"科林·伊利亚特转身进入房间，拿起了那把纯白的、锐利的直剑，翻来覆去地检查。他悄悄吸了一口气，沿着过道，向出口行去，路上遇见了陆续赶来的看守者。

慢步回到家中，关闭好房门，他仔细观察了周围一阵才坐到床沿，低声诵念道："不属于这个时代的愚者啊，您是灰雾之上的神秘主宰，您是执掌好运的黄黑之王。我刚经历了一件可怕的事情……"

戴里克将之前发生的事情原原本本地讲了一遍，并提及了自己的两个猜测。做完这一切，他安定了不少。而随着紧绷的退去，他感觉到了强烈的疲惫，于是躺了下来，很快进入睡眠状态。

安静而昏暗的房间内，一道道闪电时而照亮一切，时而没于黑夜。

熟睡的戴里克右手食指忽然自行弹动，悠闲地轻敲起了床面。

一下，两下，三下……

…………

结束塔罗聚会后，由于灵性消耗较大，克莱恩未去占卜"狼人"非凡特性和"生物毒素瓶"，直接回到了现实世界并顺势午睡，然后于二十分钟后醒转，拉开窗帘，让穿透薄雾的光芒为房间带来了一定的光明。

坐到书桌前的椅子上，克莱恩静下心来思考起最近要做的事情："最主要的还是继续总结'魔术师守则'，并根据灵性的微妙反馈做出调整。

"虽然'不做无准备的表演''需要舞台，需要表演''擅于用引开别人注意力的方式完成表演'等守则暂时来看都没什么问题，就这样一次次尝试表演，一点点调整自身，我迟早会让魔药消化至可以晋升的程度，但这种扮演是不充分的，还缺乏了一些重要的守则，会让消化的进度变慢，或者消化得不够彻底，也许一年甚至两年、三年才可能晋升。

"而因斯·赞格威尔不会停留在原地等我！只有尽快成为高序列者，我才具备报仇的资格！所以，摸索其他的'魔术师守则'是之后的首要工作。先从验证'观众的喝彩'是否会撬动自身灵性、从而更好地消化魔药开始。"

就在克莱恩静心思考之际，他耳畔突然响起了虚幻层叠的祈求声。

男性嗓音？"倒吊人"先生，还是小"太阳"？克莱恩望了一眼窗外阴沉的天色，起身进入就在隔壁的盥洗室，反锁房门，逆走四步，来到了灰雾之上。

那片神秘的空间内，巍峨古老的宫殿静静屹立，虚幻的男性声音层层叠叠，不断回荡。

克莱恩瞄了一眼，确认祈求来自小"太阳"。他边坐到"愚者"的位置，边伸出右手，蔓延灵性，触碰向对应的深红星辰。

霍然之间，祈求声变得足够清晰且层次分明，克莱恩迅速就明白了"太阳"在讲述什么事情：他隔壁那位见过阿蒙的前探索小队队长突然失控，且诡异地穿透封印来到了他的房间，幸好白银城对此足够重视，一直有所防备，否则必将酿成惨剧。

"太阳"认为对方的失控不会没有原因，他有两个猜测：一是自身的非凡途径正符合远古太阳神后裔的需求；二是对方可能察觉到了塔罗聚会的存在，察觉到了"愚者"先生在隐秘地拉人。

如果是前者，不至于等到今天，等到塔罗聚会结束才失控……大概率是后面那个原因……嘶，这还是我第一次遇见能察觉灰雾之事的人……那个阿蒙很可怕啊！难怪他们家族在第四纪被称为"渎神者"，即使姓氏本身也属于禁忌……克莱恩下意识看向深红星辰具现出来的对应的祈求画面，仔细观察起影像模糊的小"太阳"，看他是否存在异常。

克莱恩相信那个阿蒙绝不会这么简简单单地就被清除，哪怕就像白银城首席说的那样，这个阿蒙并不是本体，也不可能！除非他完全没料到白银城的强者一直在借助神奇物品监控他……但这可能吗？他决定让前探索小队队长失控并悄然穿透封印时，必然已经有了一定的预案。

思绪纷呈间，克莱恩望向祈求画面的目光突地凝固了——模糊到难以看清的"太阳"身上，缠绕着一道透明虚幻的身影！

他有手有脚，却如同蟒蛇一般扭曲地环绕着"太阳"，脑袋则支到了"太阳"的头后！朦胧的画面里，他依稀穿着黑色的古典长袍，戴着同色的尖顶软帽，脸上挂着水晶制成般的单片眼镜。

对于这一切，"太阳"毫无察觉！

克莱恩被对方的诡异手段吓到，险些倒吸了一口凉气。他隐约明白了对方的目的："寄居"于"太阳"的灵体内，等待下次塔罗聚会召开，再神不知鬼不觉地潜入灰雾之上，就像病毒或木马那样！

到时候，我对这片神秘空间的掌控权说不定会被剥夺……真是"渎神者"啊！还好，还好小"太阳"比较单纯直接，当即向我汇报了这件事情，而通过相应的深红星辰，借助灰雾之上的力量，我能够发现他的奇特状态……克莱恩吸了一口气，努力让自己平静下来。

此时此刻，他必须做出应对，要么快速想办法将"太阳"体内的阿蒙清除掉，要么暂时将"太阳"排除出塔罗聚会。

审视自身，从"魔术师""小丑""占卜家"的非凡能力到阿兹克铜哨、"黑皇帝"牌以及"全黑之眼""太阳胸针""生物毒素瓶"等物品，克莱恩都没找到可以对付那个阿蒙的办法：对方必然在序列4以上，且手段足够诡异，能瞒过作为白银城存续基础的神奇物品和强大的"猎魔者"，绝非普通的事物和能力可以清除！

想了片刻，环顾一圈，克莱恩发现唯有灰雾、唯有这片神秘的空间才具备解决阿蒙的可能性。

必须想办法撬动它的力量……之前的献祭和赐予仪式就是榜样……有了这个思路，克莱恩将目光投向了那本《秘密之书》。

这本源于古代巫王卡拉曼的神秘学书籍记载了不少向原始月亮祈求帮助的诡秘仪式，而之前浏览过的克莱恩依稀记得其中有几个适合于这种场景。

当然，将指向变为"愚者"后，对应的仪式还要做什么改动、会不会有效，都属于未知数，只能抱着死马当成活马医的心态来尝试……克莱恩翻动书册，视线停留在了一个仪式上：血月祭礼。

这个仪式魔法与克莱恩以前学的简单仪式有明显的不同，它运用了密契元素。

流程是先用富含灵性的材料，最好是非凡者的血液，于一张动物皮革上写下密契对象的尊名，画上相应的象征符号和魔法标识——如果有必要，特定的时间、特定的地点、特定的环境也是需要考虑的。完成这一步后，仪式主持者布置祭坛，拿起那张皮革，不断诵念尊名，并让自身的灵性延伸入皮革之内，逐渐发散，与对应的那位伟大的、隐秘的存在一点点契合，获得相应的精神体验或一定的帮助。

这个仪式最终的结果是未知的，全看那位伟大的、隐秘的存在给予什么。或者说，根据自身特点的不同，通过那种秘密的契合能得到的知识和力量也不同。

这种较为模糊、较为主观的仪式，正好给了克莱恩操纵的空间，他要是一开始就摆出要强力清除阿蒙的姿态，对方必然会做出反抗，造成危险的意外。

如果密契对象是真实造物主和隐匿贤者这种，那么，仪式主持者在仪式结束后疯掉是正常现象……

克莱恩嘀咕一句，具现出纸笔，开始改动起"血月祭礼"，要将它变成属于"愚者"的密契仪式。

首先，他要将尊名替换为"黄黑之王"那三句；其次是把象征符号改为"愚者"座椅背后的那个由部分象征隐秘的无瞳之眼和部分象征变化的扭曲之线组成的独特符号；再次是根据象征符号和神秘学知识，设计对应的魔法标识——这是最困难的一步，一旦出错，整个仪式都会发生难以预料的变化；最后是修改祭台的布置，让它更贴近"愚者"，更贴近"黄黑之王"。

忙碌了一阵，克莱恩有了新的密契仪式，但不知道能否产生效果。

他仔细检查了好几遍，确认无误后，蔓延灵性，低沉地回应起小"太阳"："我知道了。我有件事情交给你做，你试验一下这个仪式是否有效。"

"太阳"戴里克忽然从无梦的沉眠里醒来，他的眼前是没有边际的灰雾，是高高在上的"愚者"，耳畔则回荡着一段段虚幻高远的话语。

他知道"愚者"先生偶尔会让塔罗聚会的成员们做一些小尝试，似乎是在验证某些事情，所以并不感觉奇怪，而是很有行动力地翻身坐起，找出了怪物皮革、奇特草药等事物。

至于仪式里描述的富含灵性的材料，戴里克没有浪费时间去尖塔或地下交易市场购买，直接拿起飓风之斧在自己的手臂上割了条口子。

他沉默地用自身的血液为墨水，在坑坑洼洼的怪物皮革上书写起"愚者"的尊名和对应的象征符号、魔法标识。

过了一阵，他放下尖端染血的羽毛笔，看见皮革之上的诸多符号神秘，且色泽鲜红欲滴，有一种难以言喻的妖异味道。

处理好手臂上的伤口，脸色已经有些苍白的戴里克快速布置好简单的祭台，拿起那写满血红单词和各种符号的触目惊心的皮革，紧紧地握于掌心。

他看着眼前摇曳的烛火，闭上眼睛，低下头颅，不断诵念起仪式对象的尊名："不属于这个时代的愚者，灰雾之上的神秘主宰，执掌好运的黄黑之王……"

戴里克的灵性慢慢流淌出来，进入了那张皮革，上面的巨人语单词和魔法标识随之飞快变亮，鲜红得吓人。这时，已进入冥想状态的他只觉精神一点点发散，飘向了无穷高处，与灰白的雾气，与隐秘的伟大存在有所接触。

…………

灰雾之上，巨人居所般的巍峨宫殿内，发现"太阳"没有耽搁地直接准备起仪式的克莱恩正等待于这里。

突然，他感觉整片神秘空间轻轻地颤动起来，那原本静止的灰白雾气出现了明显的流淌感，"太阳"对应的深红星辰则大放光明，散发出潮水般的虚幻光芒。

这无数光芒凝聚，变成了模糊的"太阳"的身影，他正摆出祈求的姿势，闭着眼睛，低着脑袋，等待与伟大存在一点点契合，获得奇妙的精神体验。

他的身上，那透明的身影依然如蟒蛇般紧紧缠绕着，但脑袋已仰起，望向了高处，水晶制成的单片眼镜正闪过微光。

他在寻找微妙的、隐秘的联系……他应该认得出这是密契仪式，却没做任何阻拦，想的就是要寻找联系？克莱恩脑海里忽然闪过了这个想法，并感觉到灰白雾气与它之上的神秘空间同时荡起了阵阵力量的涟漪！

可是，克莱恩暂时没有办法将这些力量与自身的灵性结合成可以驱除邪灵的非凡效果，除非另外再来一个相应的仪式。很显然，这是不可能的，他没法分心于两个仪式——同时举行的仪式！

视线快速一扫，克莱恩的目光停留在了"太阳胸针"上。

也许可以用它做"桥梁"……克莱恩脑海内刚闪过这么一个想法，右手已然抓起了太阳鸟形状的暗金色胸针。

与此同时，他以自身的灵性为旋涡，将神秘空间内被撬动的力量吸聚了过来，使之潮水般涌向"太阳胸针"。

灰雾之上的颤动感变得明显，点点纯净光华交错着、席卷着奔向了克莱恩，与他的灵性合二为一。

暗金色泽的"太阳胸针"旋即绽放出耀眼的辉芒，越来越亮，越来越浓厚，瞬间凝聚出了一滴又一滴金色的半透明液体。这些液体飞快融合在了一起，化成了一个与克莱恩等高的人影——金色的、神圣的人影！

果然可以……更高层次的力量让制造出来的"太阳圣水"更接近神赐！

克莱恩心中一喜，重新将目光投向了象征"太阳"的深红星辰，投向了那道正等着与伟大存在一点点契合的身影。

至于金色"太阳圣水"凝聚成神圣人影的事情，并非"太阳胸针"产生的异变导致，而是克莱恩下意识间冒出的想法。

到了这一步，他已经能让那金色人影上前，通过虚幻的深红星辰与密契仪式中的小"太阳"重叠、融合，从而驱除他体内潜藏的"邪灵"，并带给他一定的知识和奇妙的精神体验。

可是，此时此刻的克莱恩并没有太大的信心。灰雾之上这片神秘空间被撬动的力量层次明显高于他自身的灵性，让他无法较为顺畅地掌握，由此形成的金色人影则力量驳杂，多有混乱，不够协调，如果就这么使用，效果顶多只有预想的百分之十。

而那位阿蒙疑似远古太阳神后裔，出生于第四纪图铎帝国的"渎神者"家族，即使不是本体，也顺利瞒过了高序列的"猎魔者"和维护着白银城存在的强力神奇物品，光靠百分之十的效果，克莱恩确实没什么把握。他最开始也只是打算尝试一下，实在不行就暂时屏蔽小"太阳"，等找到更好的解决办法再重新连接。

不过，到了现在这个地步，克莱恩自然想做到最好，争取能一次成功。

伪装成接近神灵的"愚者"久了，我还是有点骄傲、有点想要面子的……他自嘲一句，准备在最后时刻再找一找提升金色人影驱邪效果的办法。

当然，只能浪费几秒钟的时间，否则仪式就结束了……

克莱恩的目光再次扫过青铜长桌上摆着的那些物品，心里只想着"高层次""高位格"等词汇。基于占卜家的灵性直觉，他的视线停在了一件物品上——亵渎之牌，"黑皇帝"牌！

在克莱恩拥有的所有物品里，只有它才能匹配"高层次""高位格"这些词语！至于阿兹克铜哨，克莱恩清楚地记得，当初在黑荆棘安保公司面对邪神子嗣时，它是完全被压制的。

可是，"黑皇帝"牌显得高层次、高位格的是里面的知识啊……不对，持有者晋升高序列后，它自身也能与所需的非凡材料产生微妙感应，而且，它还具备反占卜、反预言等特点……也就是说，它自身的位格并不低……

我不需要拿它来战斗，只要能利用它的"高位格"压制灰雾之上这片神秘空间被撬动的力量，让金色人影驳杂混乱、不协调、不自然的程度降到最低就行了！

克莱恩迅速有了想法，探手抓向了背面朝上的"黑皇帝"牌！

就在这个时候，他余光扫到了一幕让他惊恐的场景：深红星辰虚幻光芒勾勒出的"太阳"身影内部，一只干瘪到只剩皮肤和骨头的手掌猛然伸向前方，缓慢但坚决地抓向了深红星辰的边界。这只手给人一种正穿透现实，进入精神领域的感觉。

那个阿蒙在尝试着借助联系，打开界限，将手伸入灰雾之上！

呜！无垠的灰白雾气第一次出现了些许混乱，之前只是流淌，现在则仿佛汇聚成了波浪，汇聚成了大风。

克莱恩瞳孔一缩，不再犹豫，拿起了那张"黑皇帝"牌。

这件物品刚一入手，他就感觉自身的灵性不再屈服于神秘空间内那些被撬动的力量。

霍然之间，那金色的身影变得异常高大，背后长出了一对又一对漆黑的、巨大的翅膀，足足十二对！而每一对翅膀上都有明暗交错的、铭刻着诸多神秘符号的羽毛！

金色与黑色形成了鲜明的对比，那巨大的身影在克莱恩的驱使下张开一对对翅膀，遮蔽了巍峨宫殿的宽广穹顶。

无声无息间，那神圣又堕落、光明又阴暗的人影闪现而出，与深红星辰虚化而成的小"太阳"重叠在了一起！

光影交错，狂风四溢，那只干瘪到没有血肉，只剩皮肤与骨头的手掌难以遏制地往后收缩，但又坚决不退。它就像一个掉落悬崖之人伸手抓住了救命的凸起，死也不肯放开。

呜！虚幻而庞杂的声音里，光与暗彻底爆发了，那只干瘪的手掌终于失去了"支撑点"，猛地向后向下掉落，并不断崩解与消失。

过了好几秒，灰白雾气和位居它之上的神秘空间彻底恢复了平静，仿佛千万年来都无人踏足。克莱恩凝眸再看，小"太阳"模糊的身影上已不再有那扭曲的、虚幻的、诡异的家伙缠绕。

呼！他难以控制地舒了口气，然后将前后的对比画面具现出来，丢向了深红光芒勾勒出的小"太阳"，让他自己领会。

…………

白银城，伯格家，"太阳"戴里克觉得自己同时出现了清醒与恍惚两种感觉。

他仿佛看见了一道道难以描述形体的身影，看见了蕴藏着无穷知识的不同颜色的光华，看见了一道俯视着所有的雄伟而高大的金色人影。这人影侍立在浓郁灰雾里的"愚者"先生旁边，背后有十二对漆黑神秘的巨大羽翼。

不知不觉间，戴里克感觉自己接触到了那金与黑对比强烈的人影，不仅身心都变得温暖与纯净，似乎明白了什么叫阳光，还直接领悟了怎么制造圣水、怎么驱除邪灵等知识。这里面还包含着一些他无法理解的画面，比如高耸的、隐秘的金字塔型陵寝。

那奇妙的精神体验让戴里克陶醉了，就像回到了最无忧无虑的童年，进入了想象中的太阳照耀之地。直到一切消失，房间内简朴的家具映入眼帘，他才回过神来。

"这就是课本上讲的密契仪式吗？两千多年来，白银城没有一个人成功过，没有一个人接触到的伟大存在……"此时此刻，戴里克心中的沉闷和孤寂少了许多，脸上露出了由衷的笑容。

"愚者"先生所谓试验，是确认我们白银城所处的环境是否能完成密契仪式？那诸多的知识和奇妙的感受是祂给予我的报酬？戴里克再次低下脑袋，异常尊敬地说道："感谢您，'愚者'先生！"

就在这时，他眼前突然又弥漫了灰白的雾气，雾气的中央是高居于上的椅子，是悠闲而坐的"愚者"。

紧接着，戴里克看见了自己，看见了被透明而虚幻的身影覆盖着的自己。那身影穿黑色古典长袍，戴同色尖顶软帽，脸上挂着水晶制成的单片眼镜，蟒蛇般地缠绕在他的身上！

这……那个阿蒙没有死！他躲过了神奇物品和首席阁下的关注，寄生于我的灵体内了！戴里克的眼睛陡然睁大，旋即看见了现在的自己——不再被阿蒙缠绕的自己。

"愚者"先生发现了他，解决了他？

"太阳"戴里克的一颗心落回原位，额头上尽是因后怕而产生的冷汗，脸上则本能地浮现出崇敬的神色。

他下意识按照神话学课程里描述的话语说道："赞美您，伟大的'愚者'先生！"

不知位于何处的深沉黑暗里，一道闪电划破天际，照亮了附近。

这是一个布满沟壑的平原，一个青黑色的独眼巨人正无意识地徘徊着。他的眼眸毫无神采，他的脸上到处都能看见腐烂流脓的痕迹，他的身体内弥漫出灰黄色的气体，于半空交织成一片片"云朵"。而在他的脚下那片平原最幽邃的沟壑处，有道人影正立在边缘俯视着下方。

借助闪电的光芒，沟壑底部隐隐约约呈现了一座厚重宽广的灰白建筑。

那道人影穿着黑色古典长袍，戴着同色尖顶软帽，黑卷发、黑眼睛、宽额头、瘦脸颊，与戴里克·伯格见过的虚影一模一样。

他抬手捏了捏水晶制成的单片眼镜，扭头望向了左侧，望向了远方。

"果然……"他忽然低语出声，用的是古弗萨克语。

停顿了一下，这人影嘴角勾起笑容，念出了一个单词："愚者。"

话音未落，他已然跳入了面前的沟壑。

此时，闪电平息了一秒，黑暗彻底笼罩了这个世界。

第十一章
CHAPTER 11
✦ 寄生者 ✦

　　解决掉致命危险的克莱恩重新返回现实世界，再次感受到了提升序列的迫切。

　　被我清除的那个阿蒙并不是本体，如果他确实对灰雾之上那片神秘空间感兴趣，要不了多久就会重返白银城，到时候，不知道那两件传说中的神奇物品和三位"猎魔者"是否能挡得住他……

　　一个分身就如此诡异可怕，本体可想而知……所以，得尽快总结出其余的"魔术师守则"，通过消化和晋升更好地掌握住灰雾之上那片神秘空间……

　　也许可以利用一下白银城那位"牧羊人"长老，如果她确实会被真实造物主污染的话……克莱恩打开盥洗室的门，沉思着下到一楼。

　　该怎么总结其余的"魔术师守则"呢？克莱恩一边漫不经心地翻看早就读过的报纸，一边思索着对自己来说至关重要的问题。

　　他之前考虑过一点，那就是有无观众喝彩的区别，但光有这个似乎还不够。

　　就着这想法，克莱恩的思绪迅速发散，莫名联想到了一些事情：还在"占卜家"阶段的时候，得到别人认同、被称赞为真正的占卜师会让我有一种魔药消化速度变快的感觉；在总结出"占卜家守则"后，我渐渐认为这并没有直接的关联——别人的看法和反馈仅是表现，而非实质，如果扮演得足够好，自然会得到认可，自然会让消化加快。

　　也就是说，我之前一直相信两者是同一收获的不同表现，而非因果关系。可现在，又有了关于"观众喝彩"的选项……如果它确实能帮我消化魔药，是否表明有的扮演的确需要反馈，别人的看法同样会影响我消化魔药的进度？

　　呃，举一反三，七位正统神灵建立教会，传播信仰，培育信徒，是否也有这方面的因素？

　　这真是亵渎的想法啊，我果然不是一个发自内心崇敬神灵的人。我会赞美，却不会狂信……

　　克莱恩赶紧调整思路，寻找着别的切入点。

他反复比较着"占卜家""小丑"和"魔术师"的细微区别，渐渐有了一个想法：相比较而言，需要表演的"魔术师"是否蕴含着"主动"的意味？是主动地寻找机会表演，而不是像"占卜家"和"小丑"那样被动？

从命运的角度来看，这也算符合逻辑。从"占卜家"敬畏命运，到"小丑"被命运戏弄却依然要保持笑容，再到"魔术师"主动地挑战命运，哪怕只是获得虚假的结果，只是靠蒙蔽得到观众的喝彩……

克莱恩微不可见地点头，打算尝试着主动做一次表演。

从哪里开始呢？得是相对不那么危险的事情，呃，那个叫埃姆林·怀特的吸血鬼被乌特拉夫斯基神父囚禁的事情可以考虑一下……前提是，我得确认他们这伙非人类一贯奉公守法，顶多有点小偷小摸……

埃姆林的同伴是住在大桥南区哪个地方呢？有点记不起来了，等下占卜回想回想，嗯，顺便确认下危险程度……

思考到这里，克莱恩放下报纸，起身往楼上行去。

不得不说，没有其余动机地主动掺和一件与自身几乎无关的事情，不是他的性格，但为了扮演，只能勉强自己。

我这种还算简单，钢铁直男扮演"女巫"或者"欢愉魔女"可该怎么办？难怪白银城要强调"你只是在扮演"……

克莱恩突然有些理解那句告诫的话语了。

白银城，圆塔顶部一个昏暗的房间内。

六人议事团首席科林·伊利亚特站在窗户前，凝望着黑暗与闪电笼罩下的白银城。那一道道亮光照出了他花白凌乱的头发，照出了他脸上或扭曲或狰狞的陈旧伤疤，照出了他深深的法令纹和满是忧虑的眼眸。

不知过了多久，科林转过身体，望向黑暗的角落，沉声问道："有什么发现吗？"

角落里，一道漆黑的影子立了起来，投射到了墙上，并且扭曲着、婆娑着。它的嗓音带着金属摩擦的感觉，相当刺耳："戴里克·伯格回到自己的家里后，表现出了一定的异常，但还没有需要立刻处理的情况。"

科林轻轻颔首道："他做了哪些事情？"

借助圆塔底部那件神奇物品化身光人，解决掉失控者和并非本体的神秘人后，他一直怀疑事情没有得到彻底解决。

前探索小队队长突然失控，神秘人隐忍了足足四十二年后却鲁莽地展开了行动，毫不考虑陷阱和后果……这一切让猎杀过诸多怪物的科林本能地觉得不对，所以他认为这是神秘人故意做出的选择。虽然对方的真实目的暂时未知，但必然有着相应的后续手段，不会就那样简简单单地被清除。

运用"猎魔者"的能力未发现异常后，他故意装出被蒙蔽过去的样子，直接打发那个叫戴里克·伯格的少年回家，暗中却派人进行起严密的监控。

这与之前关押检查的处理办法截然不同，是科林不得不做出的改变。

那不断轻微摇晃着的黑色影子回答道："他进入房间后，坐到床边，小声地自言自语了好一阵子。因为担心被那个神秘人发现，我没有靠得太近，没听清楚具体说了什么，但可以确认这是异常的表现。

"自言自语完，戴里克似乎变得很疲惫，很快就睡着了。可睡了没多久，他突然醒来，举行了一个仪式。我怀疑这个时候的他是不清醒的，处于被那个神秘人控制的状态。

"对了，那个仪式有密契元素。"

科林表情凝重地思索了一阵道："果然……也许他在通过这种方式与他的本体沟通。他究竟有什么目的？他为什么会安心在圆塔底部过四十二年？"

黑色影子自然回答不出这个问题，继续说道："仪式之后，戴里克再没有什么异常的表现。这件事情是否需要立刻处理？如果那个神秘人的本体被引来，我们未必能对付。"

六人议事团的首席长老科林沉默了几秒道："继续观察。那个神秘人暂时还没有表现出实质的、足够的恶意，我们的反应不能太过激烈。

"唉，你还记得那个预言吗？快要到灾难降临的时候了……我们探索的地方越来越远，找到的古怪遗迹越来越多，收获的事物也越来越危险了……"

"遵从您的意志，首席阁下。"那黑色影子慢慢缩回了地面，接着消失不见。

这时的伯格家，戴里克忽然剧烈咳嗽了起来，咳得心脏似乎都要因此裂开。喀喀喀！他伏下身体，不断咳嗽着，直到喉咙一痒，咳出了一样东西！

啪，一个半透明的事物滑过他的喉咙，掉在了地上。

是条指头大小的虫子！它身上有一些全透明的地方，形成了一圈圈圆环。

戴里克之前在圆塔底部见过类似的东西，借此彻底肯定自己已经摆脱了阿蒙的影响。他弯腰捡起那条半透明的小虫，终于数清了对方身上共有十二道圆环。

它有什么用？它能拿来做什么？它好像已经死了……戴里克陷入了沉思。

鲁恩王国北方的凛冬郡，一座尖顶的哥特式黑色教堂耸立在满是白雪的山上，占地极广。

它的前方是一处断崖，它的周围是一片白茫，没有丝毫的声音。

这就是黑夜女神教会的总部宁静教堂，俗称圣堂。

墨发碧眼的伦纳德·米切尔披上一身黑色的风衣，戴上红色的手套，走出了自己的房间。

已成功晋升并稳固下来的他还没有得到参与行动的机会，还有一些练习和所谓神秘学课程要完成。

绕过拐角，伦纳德看见了一条通往下方的楼梯，看见身穿黑风衣、有一双幽邃灰眸的队长邓恩·史密斯和带着淡淡书卷气质的克莱恩·莫雷蒂等人站在那里，微笑地等待着。

他微仰着脑袋，无声叹息道："我的记忆力也变差了。我都忘记你们已经不在了……"

伦纳德收回目光，沿着楼梯下行，来到教堂的第一层，敲门进入了一个不大的房间。

房间内摆着一张张椅子，零散坐着一些戴红手套的值夜者。伦纳德随意找了个位置坐下，和认识的朋友微笑交谈起来。

过了一阵，领口高高竖起、遮住了下巴和嘴唇的高级执事克雷斯泰·塞西玛走了进来，坐到最前方，面朝着众人道："今天的课程要告诉你们一些注意事项。身为红手套，你们会行走在各地，有一定的概率遇上危险的高序列非凡者。

"如果他们恶意明显，想杀掉你们，你们唯一能做的就是隐蔽地留下痕迹，让后续的调查者可以得到相应的线索。具体的办法有……

"但很多时候，那些高序列非凡者不一定会直接动手，而会基于种种因素利用你们。你们必须足够警惕，不能被蒙蔽。以下是我们总结的几种情况……"

坐在后方的伦纳德含笑听着，很是专心——他要复仇的对象就是一个高序列非凡者！

高级执事塞西玛停顿了两秒，继续道："第一种情况，有的高序列非凡者会伪装成隐秘存在，用承诺和希望，欺骗你们诵念他对应的描述。

"第二种情况，有的高序列非凡者可能正处于被拘禁、被封印的状态，他们会假扮成满足愿望的神奇物品诱导你们帮他脱困，比如可以满足三个愿望的神灯，比如许愿水池。

"第三种情况，某个高序列的魔药名称叫'寄生者'，他们常常称自己失去了身体，只能与你的灵体共存，只能依赖你，无法伤害你，然后给你知识、配方和各种好处，希望你强大起来，帮他重塑身体或者报仇。而实际上，被寄生的非凡者只会成为他们的养分，以此延续他们的生命。

"……"

伦纳德听着听着，笑容渐渐消失。

夜色下的宁静教堂格外美丽，与高悬于半空、冷冷照着大地的红月相得益彰。

伦纳德进入属于自己的单人房间，摘掉两只红手套，将它们扔到了木桌上。他沉着一张脸，坐至有花纹的玻璃窗户前，背对着外面，沐浴起月光。

默然十几秒，他突然非常小声地、近乎咬牙切齿地说道："原来你是'寄生者'！"

伦纳德的嗓音微弱地回荡在他自己耳畔，压抑着明显的愤怒、紧绷、茫然和害怕。

瞬息之间，他脑海内响起了一道略显苍老的声音："可以这么说。"

"你究竟想做什么？寄生在我的体内，汲取我的生命？或者等我强大起来，直接吞掉我的非凡特性，就像在培育一瓶人形魔药？"伦纳德的嗓音压得很低，语速却不慢。

他脑海内那略显苍老的声音笑道："我是你的奇遇啊，你不是一直这么认为吗？认为自己独一无二，是这个大时代的主角之一……

"其实，你并不像平时表现出来的那么自大，那么狂傲，你始终提防着我。嘿，我教会你扮演法后，你根本没有用心去摸索，只是很简单、很表层地尝试，花费了很长的时间才消化得差不多，并且刻意隐瞒，不去追寻'梦魇'魔药。等遇见真实造物主的子嗣，受到打击，你才愿意晋升序列7，后悔到险些产生幻觉。

"伦纳德，你仔细想一想，我会不了解黑夜女神教会？我和他们打交道的时候，所谓查尼斯都还没有出生。

"我会不知道黑夜女神教会对'寄生者'有一定了解，会想不到红手套将掌握一些隐秘以防备高序列非凡者的渗透？可我有阻止你加入红手套吗？"

表情短暂地变幻了几下后，伦纳德最终归于沉默，什么也没说。

他脑海内的嗓音又笑了一声，道："你是否感觉自己比真实年龄衰老？没有吧，我最少还能活一百年，并不急于占有宿主的生命。

"至于你的非凡特性……哼，我们根本不在可以替换的相近途径里，我吞食它等于喝下毒药，会半疯，会增加失控的概率，你认为我会这么做吗？

"'黑夜'是与'巨人''死神'在一类里的，而我所在的非凡途径，目标是'学徒'，是'占卜家'。"

伦纳德望着自己被绯红月光照出的身影，静静思考了一阵，再次问道："你究竟想做什么？你的目的是什么？"

他脑海内那略显苍老的嗓音唏嘘道："我不是已经告诉过你了吗？我遭遇了严重的创伤，必须有宿主才能缓慢恢复。而且我还得躲避一个可怕的仇敌……值夜者，黑夜女神教会，是不错的选择。"

伦纳德抬起脑袋，看了几秒钟的天花板，之后沉着嗓音道："你会被大主教、高级执事或者某些封印物发现吗?"

那略显苍老的声音悠然答道:"如果'寄生者'能那么容易被发现,今天那位叫作塞西玛的高级执事就不会只是提醒,却不带着你们去接受检查。

"当然,'寄生者'也存在痕迹,黑夜女神教会有办法确认这一点。不过那相当复杂,相当麻烦,会造成一定的损失,带来不低的危险,甚至可能影响到他们那位女神。所以,在你成为高级执事,有资格参与教会最顶层的会议、接触某些0级封印物前,不用担心这一点。

"而到那个时候,我应该已经恢复,踏上属于自己的旅途了。"

伦纳德表情凝重地听着,隔了一阵才道:"你有一个可怕的仇敌?他是谁?"

略显苍老的声音"嘿"了一声道:"我并不清楚他的名字,但我知道他的姓氏……"

"是什么?"伦纳德追问了一句。

略显苍老的声音忽然变得低沉:"阿蒙。"

大桥南区,河湾大道46号,正享用晚餐的主人们听见了叮叮当当的门铃声。

唯一的女仆来到门边,透过门锁上方的猫眼,看见外面是位穿黑白格制服的警察。她打开房门,有些畏惧地问道:"先生,有什么事情能帮到您吗?"

这警察正是伪装后的克莱恩。他为了尝试主动的表演,正在确认吸血鬼埃姆林·怀特的同伴,住在河湾大道48号的那些家伙——斯图亚特任务的委托者,是否属于遵纪守法的怪物。

嗯,遵纪守法的怪物!

虽然这听起来有些不对,有点滑稽,却是我的真实想法……克莱恩在心里强调了一句。

他身上的警察制服并不是专门定制的假货,而是在普通衣服上加了幻术效果的产物——"魔术师"就要做魔术师该做的事情!

克莱恩没有监控河湾大道48号,因为他相信埃姆林·怀特的同伴们早就已经搬走了。

身为怪物,身为非人种族,在一名同伴失踪了好几天的情况下,转移住处是最基本的操作!他们必须提防埃姆林·怀特是被值夜者、代罚者等官方非凡组织抓获,必须假定对方随时可能交代。

所以,克莱恩要做的是"问卷调查"。他保持着底层警察面对普通市民的那种傲慢,没有摘掉帽子,微抬下巴道:"我有事情询问你的主人。"

女仆慌张入内,很快就带着一名穿居家厚衬衣的三十来岁的男子走了回来。

"警官，您想询问什么事情？"男主人略显紧绷地问道。

克莱恩站在门口，眺望了里面一眼道："你认识48号的住客吗？"

"认识。"男主人愣了一下道，"他们发生了什么事情？"

"他们涉及一起案件，你必须老老实实地告诉我你知道的一切。"克莱恩板着脸道。

他的脸庞也做了一定伪装，并附加了少许幻术效果，务求与大侦探夏洛克·莫里亚蒂区分开来。

男主人恍然大悟："难怪他们一个多月前匆匆忙忙搬走了……河湾大道和附近街区的居民大部分都认识怀特夫妇和他们的儿子，那是个长相英俊但性格有些古怪的年轻人。怀特先生是位出色的内科医师，擅长使用各种药剂和放血疗法。"

"放血疗法？"克莱恩反问了一句。

"是的，虽然这被许多报纸和杂志认为是没什么效果的古老医术，但接受过怀特先生治疗的人基本都痊愈了。不过，怀特先生也说过，除了他，其余医生的放血疗法都属于欺诈行为。"男主人发表了一通看法。

放血疗法是在为自身积攒食物吧？真正有作用的只是药剂……这吸血鬼一家靠着放血疗法，一边帮人治病，一边收取"食物"作为报酬，如果病人不多，或者血液非常不健康，才考虑去较远的医院偷采血瓶里的血喝？

相对怪物这个身份而言，他们真的很遵纪守法了……克莱恩有所明悟地点了下头。

他灵视观察到的情绪颜色变化告诉他对方并没有撒谎。

男主人见警官没反驳自己，继续说道："怀特先生和他的夫人都是很好很和善的人，虽然他们治不好那些真正的重病患者，但对我们这些住在附近的居民而言已经是相当不错的医师了……

"是他们的孩子埃姆林牵涉进案子了吧？这个年轻人太沉默了，似乎瞧不起我们，总是躲在家里，不知道在做什么……

"警官，你很热吗？外面这么冷。"

也许只是单纯的昼伏夜出……克莱恩抹了把汗水道："为了这起案子，我在附近走了很久！"

接下来，根据设计好的"问卷"，他从方方面面了解了怀特夫妇和他们的儿子。他一家又一家地敲门、询问，汇总了所有的答案，得出怀特一家确实善良、和蔼、遵纪守法的结论。

这真不像是对吸血鬼的描述……克莱恩抬头看了一眼穿透云层的红月，打算做最后的确认。

他解除掉身上的幻术效果，做起了占卜。确认没什么危险后，他绕到侧面，爬进了河湾大道48号那栋房屋。

别人由于不清楚埃姆林·怀特是被谁抓走的，会害怕后续会有官方非凡者来"造访"，克莱恩却明白是怎么一回事，所以丝毫不担心有陷阱。

进了二楼，他借助月光，看见各个房间内事物凌乱，很多东西都未被带走。通过这些，足以想象主人们离开时的匆忙样子。他在书房内甚至发现了一些草药方面的珍贵书籍，其中不乏乡间流行的民俗配方。

克莱恩边走边看，进入了一间卧室，一道道黑影随之映入他的眼帘。他吓了一跳，还以为遭遇了埋伏，险些就要打出响指，点燃丢在外面的火柴。

还好，没有袭击发生。

绯红的月光穿过窗户，洒满整个房间，克莱恩终于看清楚了那些黑影是什么。

它们没有灵性光彩，是或大或小的人偶！最大的仅比克莱恩略矮一点，是个身穿华丽长裙的少女人偶，袖口、衣领等地方运用着蕾丝、缎带等装束。这少女人偶明显更贴近蜡像，五官栩栩如生，金发红眸，娇艳漂亮。最小的那个只有正常人的巴掌大，是个身穿银色全身盔甲的女性人偶，英姿飒爽，大气美丽。

目光扫过这一个个人偶，克莱恩忽然想起了一件事情：在罗塞尔影响下，人偶艺术的发展出现了两个趋向，一是可爱的换装人偶，一是更加真实的。

克莱恩环顾一圈，忍不住"啧"了一声："这些人偶都不便宜啊！埃姆林不会是个沉迷人偶的吸血鬼吧？"

上上下下检查了一遍后，克莱恩确认怀特家没有古怪的地方，而且那对夫妇连根头发都未曾遗留，明显是在防备有人用占卜的手段追索他们。

他回到那间摆满人偶的卧室，逆走四步，进入灰雾之上，打算用占卜做最终的确认。

但在步入正题前，他饶有兴致地具现出了那个几乎和自己等高的少女人偶，并像过去在廷根市占卜"变异太阳圣徽"的虚影一样，拿起暗红圆腹钢笔，于黄褐色的羊皮纸上书写下一段语句：它的来历。

放下钢笔，握住纸张，克莱恩往后靠住椅背，边小声默念，边慢慢调整精神至冥想状态。

整整七遍之后，他眸子转深，眼帘垂下，进入了沉眠。

在那片灰蒙蒙、支离的天地里，他看见人偶工匠在异常专心地制作人偶，看见这红眸"少女"被摆放到了人偶屋，看见埃姆林·怀特眼睛移不开地掏出了自己的钱包。

最后，画面定格了克莱恩目前所处的卧室内，头发斜着后梳、英俊但略显秀气的高傲的吸血鬼埃姆林·怀特坐在床边，深情地凝望着这个人偶，以及其他大小不同的所有人偶。

果然是人偶的狂热爱好者……

克莱恩睁开眼睛，伸手捂了下脸。旋即，他挥了挥手，让具现出来的等高人偶消失在了灰雾之上。

做完这一切，他重新拿起圆腹钢笔，再次书写下新的占卜语句：河湾大道48号近十年内死人的场景。

根据附近居民的陈述，怀特一家搬到这里不超过十年，所以克莱恩能锁定一个具体的范围。而且，他相信，如果怀特一家只是表面的好怪物，实际上一直在制造失踪案，以便吸食到温热美味的血液，那么，他们不可能始终不让事情发生在家里。

漫长的十年时光里，总会有几次意外的，只要他们没有收手！

仔细检查了一遍占卜语句，克莱恩重复起默念与冥想，迅速坠入了梦境。

灰蒙蒙的世界中，他的眼前时而一片漆黑，时而雪花成点，时而破碎分裂，却始终没有画面呈现。

这就是占卜的结果：什么都没有！河湾大道48号近年内没有死过人！

综合各方面的情况，可以初步判断怀特一家是遵纪守法、顶多小偷小摸的吸血鬼……

克莱恩望着前方斑驳的青铜长桌，用灵性包裹自身，坠入了灰雾之中。

回到现实世界后，他谨慎地处理好留下的痕迹，原路离开了河湾大道48号。

他并没有就此做出最后的判断，而是绕道去河湾警察分局，于一个个小偷、酒鬼被带入里面、拷在管道上的场景衬托下，轻轻松松地潜入了档案室，并且大胆地点亮了里面的煤气台灯。

然后，克莱恩找出最近十年的失踪记录，哗啦啦地翻阅了起来。

门外不时有值班的警察经过，可他们眼中的档案室却毫无灯光外泄。

"没什么可疑的地方……"不知过了多久，戴着黑色手套的克莱恩将卷宗放回了原处。接着，他关闭煤气台灯，于深沉的黑暗里取下帽子，以手按胸，向着分局大厅行了一礼。

一路回到明斯克街，克莱恩洗了个澡，换好衣物，坐到书桌前，铺开了最早在蒸汽列车上购买的那张贝克兰德地图。

他首先找到了大桥南区的月季花街。那是丰收教堂所在地，而乌特拉夫斯基神父正是这间教堂的主教，并将埃姆林·怀特囚禁在了地下室里。

紧跟着，克莱恩视线移动，弄清楚了周围几条街道的名称和布局。

表演不能太急躁、太急于求成，得一点一点地让观众投入……克莱恩低语一句，展开信纸，落下了钢笔：

尊敬的斯图亚特侦探：

　　不知道你是否已经找到了那个埃姆林·怀特？我最近一直在帮你留意，我的一名线人于今天告诉我，他曾经在大桥南区图特瓦街见过这个人。当然，他只是说和肖像画上的人很像。

放下钢笔，克莱恩将信纸整整齐齐地折好，塞入了一个信封里，并贴上了面额一便士的黑色邮票。

波浪起伏、广袤无垠的苏尼亚海上，幽蓝复仇者号平稳地前行着，没有出现丝毫的摇晃。

"倒吊人"阿尔杰·威尔逊坐在船长室内，手拿黄铜色泽的六分仪，眼睛却闭了起来。

无声无息间，他的脸上突然浮现出一抹笑容。

"终于消化了……"

阿尔杰睁开眼睛，抬起双手，让四周出现了点点蔚蓝。那些蔚蓝哗啦着交汇，变成了一道席卷往前的巨浪。阿尔杰双手一按，这巨浪顿时崩解，化作无数雨滴，落到了甲板上。

历时近四个月，他的"航海家"魔药终于消化完毕！

这段时间里，他不仅长时间漂荡于海上，完成教会交付的各种任务，还有意识地探索新航道，寻找还未被人发现的岛屿。于好几次挫折后，他总算有了些许收获，这反向带动了魔药的消化，让他基本掌握了属于自身的"航海家守则"——核心是亲近海，是熟练掌握航道和天气的信息，是探索与发现！

一贯深沉的阿尔杰忍不住离开了座椅，在船长室内来回踱步，并畅想起渴望的未来：等弄到"风眷者"魔药的配方并找齐相应的非凡材料，就瞒着教会晋升序列6；之后再重复同样的过程，争取于三年内成为序列5的"海洋歌者"……

这个过程中，必须一直担任幽蓝复仇者号的船长，不进入人际关系复杂的代罚者队伍，免得秘密曝光。

一旦晋升序列5，获得足够的实力，我就能够秘密地重返那里了……阿尔杰下意识地望向了右侧，他的目光似乎穿透了重重船板和茫茫大海，落到了一座古老而隐蔽的岛屿上。

阿尔杰并不担心自己将来在教会内部的晋升问题，等他完成了心愿，就能够全力以赴地寻求地位的提高了！

到时候，序列5的他会继续伪装序列7，再喝一份"风眷者"魔药。这会让他的非凡特性增多、实力变强、消化变慢，却不危害他自身的安全。

基于同样的道理，在序列5魔药彻底消化后，可以再来一份"海洋歌者"魔药，重走一遍正常的流程。

这只是会让他接近失控，而且有解决的办法，那就是找个女人结婚，把多余的非凡特性转移给自己的孩子。

做完这一步，我就能往枢机主教这个层次、往高序列靠近了！这样的大时代正是我的机会！阿尔杰的脑海内已勾勒出自己身穿枢机主教袍、位居教会高层、掌控着诸多代罚者的样子。

陶醉片刻，他收回视线，恢复了理智："后面一步比一步困难，还好我有塔罗聚会，有'愚者'先生。虽然这里面同样蕴藏着危险，但提高自身的任何道路都有风险！

"得尽快搜集些罗塞尔日记，换取提问的机会，弄清楚'愚者'先生手边那张只露出背面的牌是什么物品，之前都没有的。

"牌……罗塞尔日记……不会是我想的那件物品吧？"

阿尔杰眼睛一缩，瞳孔变小。

明斯克街15号，克莱恩打了个哈欠，关掉煤气灯，溜进了被窝。

他原本还有另外的打算，那就是借助占卜，大致把握"生物毒素瓶"的来源，并从"狼人"的非凡特性上获得"异种"途径前三个序列的魔药配方。但是，为埃姆林·怀特的事情忙碌了一晚后，他觉得自己有些疲惫，打算隔天再去灰雾之上尝试。

刚刚躺下，闭上眼睛，克莱恩忽然觉得不对——这是一位"占卜家"本能的灵性直觉！

拿到"狼人"非凡特性和"生物毒素瓶"已经好几天了，中间不是没有精神状态较好的时候，我却一拖再拖，不去占卜，这很反常！

克莱恩翻身坐起，仔细思考，找到了一件类似的事情：他第一次遇见梅高欧丝的时候，本想直接用灵视观察对方的精神状况，结果却因为愣了一下，自然而然地错过了机会，直到最后，他才知道那是因为对方腹中有邪神子嗣，"占卜家"本能的灵性直觉不着痕迹地阻止了他，免得他当场失控崩溃。

很像，而且这次表现得更加明显……

我记得莎伦小姐说过，玫瑰学派对成员的掌控超乎我的想象，所有人的身体和灵魂都像被什么束缚着一样，这也就是"异种"途径的序列信息几乎没怎么外泄的原因……

他们信仰被缚之神……所以，利用"狼人"非凡特性占卜相应的魔药配方时会直接招惹到这位邪神，带来我不愿意承受的后果？

克莱恩认真地想了想，觉得这里面存在一个疑点：我之前占卜"变异的太阳圣徽"和那只"倾听者"遗留的耳朵时，灵性直觉也没有阻止我啊……难道被缚之神比永恒烈阳和真实造物主更加强大？或者说，祂的特性让祂更加克制灰雾，能有效穿透？

当然，危险也可能来自"生物毒素瓶"的来源本身……

想到这里，一贯谨慎的克莱恩决定明天只尝试占卜"生物毒素瓶"，看"占卜家"的灵性直觉是否会阻止。

周二清晨，天气保持着这个季节常见的阴冷，克莱恩紧了紧呢子大衣的领口，戴上帽子，拉开了大门。

他这是去街尾邮筒投递给斯图亚特侦探的信件。

路程其实不遥远，没必要穿戴得这么整齐厚重，但克莱恩感冒刚好，保险起见，还是把自己包了个严严实实。

也许是昨晚刮了一夜大风的关系，贝克兰德的空气出人意料地不错，克莱恩下意识地放慢了脚步，享受起这难得的清晨。

路过于尔根家的时候，他听见了凸肚窗吱呀被打开的声音，本能地扭头望了过去。

站在窗口的是戴着黑色毛绒软帽、围着灰蓝色厚实围巾的多丽丝太太，和之前相比，她脸色又差了一些，身形愈发佝偻。

"早上好，莫里亚蒂侦探，感谢你这段时间照顾布罗迪，它说你是个好人。是吧，布罗迪？"多丽丝老太太弯腰抱起了那只眼睛碧绿的黑猫。

布罗迪四脚齐用，在她的怀里奋力挣扎，终于，它跳了下来，轻巧地落在了窗台上。但它没有就此离开，而是在那里绕来绕去，用头和身体的侧面不断蹭着多丽丝太太，看都不看克莱恩一眼。

这是被一只猫发了好人卡吗？

克莱恩在心中自嘲一句，由衷笑道："这是件快乐的事情。而更让人高兴的是，多丽丝太太你终于痊愈出院了。"

寒暄几句后，他出声告辞，带着笑容继续往街尾行去。

刚走了几步，他就听到多丽丝太太在后面喊道："等于尔根回来，我就让他把报酬给你！"

我像是为了钱才接这个任务的吗？克莱恩脸上的笑容忽然僵了一下，只能半转身体，挥了挥手，示意自己知道了。

等远离了于尔根家，他的表情逐渐变得凝重，隐约有些叹息。他刚才开灵视看过多丽丝太太的气场颜色，发现情况不太好。

这既是因为对方年纪较大，也是由于贝克兰德的阴冷气候和糟糕的空气对肺部疾病有非常不好的影响。

多丽丝太太应该能顺利度过这个深秋加寒冬，但下个、下下个，就很难说了……要想多活几年，恐怕得搬到南方，搬到迪西海湾那一带才行……可惜啊，于尔根律师应该还没有那个条件……

我都还没去过迪西海湾……克莱恩咕哝了几句，找到邮筒，将信件塞了进去。

这将是表演的前序，而他今天傍晚还会以侦探的身份去一趟丰收教堂，做好剩余的准备工作。

顺便买了个迪西馅饼做早餐后，克莱恩原路返回，相当悠闲。

还未靠近家门，他就看见一辆装饰典雅的马车停在外面，两位戴着缎带黑帽的女士正焦急地拉着门铃，侍女和保镖则散于四周，仿佛在防备着什么。

斯塔琳太太……玛丽夫人……她们有事情委托？很急的样子啊……

克莱恩拿着装迪西馅饼的纸袋，靠拢过去，呵呵笑道："两位夫人，现在应该是早餐时间。"

回头看见是夏洛克·莫里亚蒂侦探，玛丽夫人明显松了口气："侦探先生，你得帮助我。"

克莱恩的灵视里，对方的焦急、紧张和害怕没有丝毫的虚假，所以他点了点头，指着大门道："进去再说。"

说话时，他瞄了房东太太斯塔琳一眼，发现对方的状态和前两天截然不同，变得很低沉很颓丧，似乎对什么事情都不感兴趣。

这是遭遇了什么？房东太太虽然喜欢炫耀了一点，但对生活还是很热爱的啊……克莱恩掏出钥匙，打开了房门。

进去之后，未等坐稳，玛丽夫人就迫不及待地说道："莫里亚蒂侦探，我收到了一封恐吓信！"

恐吓信？克莱恩放好迪西馅饼，交握双手道："信的内容是什么？"

玛丽夫人侧头望了斯塔琳太太一眼，见她没像往常那么积极，只好自己斟酌着道："那封信要求我在做大气污染调查的时候公正地对待工厂的烟气，肯定它们的贡献，否则，会让我和那个随信寄来的玩偶一样……那个玩偶的脑袋被摘掉了，手脚也被折断了。"

玛丽夫人似乎回想起了打开信时的感觉，声音有些颤抖地说道："这是我第一次遇到类似的事情，我不知道它会不会变成现实，我不知道成为调查委员会的委员要承受这种事情，我不知道……"

女士，也许罗塞尔大帝曾经说过这么一句话：人与人之间的仇恨，最极致的只有两种，一是谋杀了对方的父母，二是妨碍了别人赚钱……

克莱恩表情严肃地点了下头道："我的建议是，报警。"

在他看来，玛丽夫人现在是王国大气污染调查委员会的委员，身份、地位和以前已截然不同，对于她遭受的恐吓，警察部门肯定不会等闲视之。而且这涉及王国重要政策的制定，不是普通的事情，所以警察部门大概率会把案件移交给教会的非凡者组织，务求尽快破案，尽快解决。

基于玛丽夫人女神信徒的身份，值夜者是警察部门必然的选择。这么一来，克莱恩就算想混一份报酬，也不会牵扯进去。

"我已经这么做了，但这并不让我安心。"玛丽夫人抿了抿嘴唇道，"你知道他们怎么说的吗？说恐吓信是剪裁报纸单词凑成的，玩偶是随处可以买到的那种，短时间内很难查到寄信人！而且他们只打算派一个警察保护我！女神啊，他们就这么对待一名无助市民的求救吗？"

玛丽夫人顿了顿，恳切地看着克莱恩，道："莫里亚蒂侦探，我相信你能帮助到我。这不仅仅是因为你在那件事情上的表现，还因为迈克的认可、艾伦的赞美、塔利姆的夸奖。而且我知道，你在那起连环杀人案里也做出了卓越的贡献。不用担心，我会支付你足够丰厚的报酬。"

你的话语让我感觉高兴，但事情似乎有点不对……

除非警察部门已经被收买，否则他们应该会把案子转给值夜者。而在有占卜等非凡手段的情况下，拿报纸上的单词拼凑成的信件根本无法规避探查，寄信者要么已经被抓到，要么有办法干扰占卜，而后者会导致值夜者正式地、大规模地介入……无论哪种情况，都和现在的处理不太一样……

克莱恩没有立刻回答玛丽夫人，认真分析起了这件事情表现出来的异常。

客厅顿时变得异常安静，沉默的感觉让玛丽夫人和斯塔琳太太莫名有些不安。

克莱恩不知什么时候掏出了一枚硬币，并让它在指缝间跳跃翻滚——这似乎是他专心思考时的习惯动作。忽然，那硬币飞了起来，又稳稳落下，落到掌心，背面朝上。

克莱恩这下诧异了，他占卜的是"这件事情有没有危险"，结果是"没有"。

如果真有这么一起恐吓事件，哪怕寄信人不具备什么实力，也可能造成一定的危险，不会完全没有……

只是单纯的恐吓？或者……

克莱恩忽然想到了另一个可能性，笑道："玛丽夫人，不用紧张，你放心地回去。如果这两天有人来找你商量，说要把这件事情登报，让民众认清楚那些工厂主的真面目，点燃大众的愤怒，那你将不会有什么事情。"

克莱恩刚才想到的是，这次恐吓信事件可能是一个局，是自己人设的局，为的是煽动民众，利用他们的怒火让大气污染的调查顺利进行，让之后的法案更有利于自身。而这样以来，就能够解释警察部门为什么是目前这种反应了。

"为什么这么说？"玛丽夫人皱眉问道。

克莱恩微笑回应道："这是我的推理。"

"如果两天内没有发生你说的事情呢？"玛丽夫人追问道。

克莱恩诚恳说道："那我将提供保护。"

反正也没什么危险……他在心里补了一句。

宽慰完玛丽夫人并送他们离开后，他去灰雾之上确认了一下，得到了和刚才一样的结果。而这个时候，他的迪西馅饼已经凉了……

…………

玛丽夫人忐忑不安地回到家中，想着要不要请斯塔琳过来住几天，陪伴自己。就在这时，她的管家告诉她，霍尔伯爵的长子、大气污染调查委员会首席秘书希伯特·霍尔先生来访。

双方进入客厅后，玛丽夫人还未来得及开口，那位金发灿烂的英俊绅士就抢先说道："玛丽夫人，我听说了你的遭遇，这是贝克兰德其至整个王国的耻辱，我对此深表歉意和同情。你放心，委员会所有人都会和你站在一起！"

"谢谢您的关心。"玛丽夫人感激地回应。

希伯特·霍尔斟酌了一下道："夫人，我想找记者来采访这件事情，将你的遭遇，将那卑鄙的劣行告诉所有人，让民众看到那些污染了贝克兰德空气的人是如何的猖狂！他们没有丝毫忏悔！请你务必答应我的请求。"

这……和莫里亚蒂侦探说的一模一样……玛丽夫人一时竟说不出话来。

…………

用过早餐，休息了一会儿，闲着没事的克莱恩进入灰雾之上，准备占卜一下"生物毒素瓶"的来历。

这一次，他没有丝毫的拖延。

古老雄伟的宫殿里，一根又一根的石柱支撑着高高的穹顶。克莱恩坐在青铜长桌最上首，拿着半透明的棕色小瓶，反复检查了数遍，没有获得任何危险预感。

开始吧……他具现出纸笔，写下了占卜语句：它的来源。

放好钢笔，做足承受暴击的心理准备，克莱恩凝望了纸张和"生物毒素瓶"一眼，往后靠住椅背，边默念边冥想。

很快，他进入了灰蒙蒙的梦境，看到了一间昏暗但宽敞的房间。房间内挂着眼镜王蛇、黑寡妇蜘蛛等动物，摆放着许多奇奇怪怪的植物，凌乱而瘆人。

一个披着白大褂的严肃的中年男人站在最中央的长条桌前，把蛇胆、蜘蛛毒腺等事物一样又一样地丢入了悬于天花板下的黑色大铁锅内。到了最后，他甚至放进去了几件有强烈灵性光彩的物品，比如时而散为黑气、时而凝聚成墨绿色实体的肺状物，比如一管湛蓝明净的液体，比如火红色的眼睛……

黑色大铁锅四周的空气逐渐变得黏稠，它们往最中央聚集着，却又不断地被推开，难以如愿。

披白大褂的中年男子看到这一幕，眉头缓缓皱起，神情隐约有些焦急。他翻了翻摆在旁边的黑色笔记本，一咬牙齿，用仪式银匕割开了自己的手腕。

一滴滴鲜艳的血液随之落入了黑色铁锅，里面似乎一下有了生命，猛然爆发出恐怖的吸力，将周围黏稠的空气全部吸了进去，将还未完全离开手腕的赤红全部吸了进去。

这还没完，不管那披着白大褂的中年男子如何挣扎抵抗，如何面露恐惧，他都无法遏制地、身不由己地靠近了铁锅。他的身体被拉长，他的脑袋被压缩，他在惨叫声里，被铁锅一点点"吃掉"了。

周围挂着的标本、摆着的植物，所有能够动弹的、能够移动的东西全部飞入了铁锅，棕色的雾气霍然弥漫于房间内，静静地流淌着、荡漾着。

等到一切结束，整个房间已变得空空荡荡，只剩下安静躺在中央空地上的棕色半透明小瓶。

场景迅速淡去，迷梦飞快破碎，克莱恩睁开眼睛，无声自语道："原来'生物毒素瓶'是一个作死实验的产物，我还以为是哪个失控者遗留的非凡特性……那样的话，就能占卜配方了……"

对克莱恩来说，失控者的灵性、非凡特性，以及被邪神污染的灵性、非凡特性，都是可以拿来占卜配方的，就像之前"秘偶大师"罗萨戈遗留的"全黑之眼"一样。这是因为他有灰雾可以隔断联系，有这片神秘空间可以消除负面影响，有丰厚的作死本钱。

当然，如果非凡特性掺杂了太多额外因素，理论上是可以占卜，但失败概率极高，克莱恩也就是提升为"魔术师"后才觉得有点把握。

同样的，由类似非凡特性直接形成的封印物，也可以用来占卜魔药配方。但如果它们只是作为主要材料，经过工匠等非凡者的制作或某些凶险的实验才变成神奇物品，那以克莱恩目前的占卜水平就无能为力了，哪怕有灰雾之上这片神秘空间的增强也不行。

"不错，至少不用再担心'生物毒素瓶'有别的隐患……"克莱恩望了"狼人"的獠牙一眼，理智地收起了好奇。

皇后区，霍尔伯爵的豪华别墅内，奥黛丽继续学习着心理学。

她的脚旁，金毛大狗苏茜蹲在那里，眼睛炯炯有神，时不时还会摇下尾巴，似乎非常享受。

心理医生伊思兰特讲完了入门部分，故作不经意地提道："其实，还有这样一种理论。它认为人类会从先祖那里、从过去一代代人处继承一定的意识，从而形成自身行为模式的底层逻辑。比如，很多人虽然没见过毒蛇，但只要遇到它，就会本能地感觉害怕，想要避开。

"这是为什么呢？这就是我们继承于先代人类、潜藏于意识最深处的感觉。在古老的年代里，人们不断与毒蛇、与各种凶猛的动物搏斗，逐渐把这种记忆铭刻于意识里遗传了下来。"

"那是怎么遗传的呢？"奥黛丽颇感兴趣地问道。

长发及腰的伊思兰特笑道："这是一个非常好的问题。某些人的解释是，每个人的意识最底层其实是连通的，是一体的，而遗留于这里的痕迹和特点，会往上影响到每个人独属于自身的意识。

"打个比方，最底层的意识就像一片无垠的大海，我们每个人的独特意识则是大海上的一个个岛屿。这可以分成两个部分，藏于水下的更多、更大的潜意识，和显露于海面的、平时能够察觉到的表层意识。这就是这个心理学派的部分理论基础。"

奥黛丽看了苏茜一眼，摸了摸它脖子上的金毛道："所以，我们能利用彼此连通的大海，影响别人的意识，达到……达到治疗某些精神疾病的目的？"

这就是"心理医生"的神秘学根基和非凡能力？但似乎还不太够，还差了点什么，比如头顶的天空，笼罩着一切的天空？奥黛丽表情懵懂又好奇地想着。

"你在这方面果然很有天赋！"伊思兰特惊喜地赞道，"但我们只能影响周围那部分海域，再通过它影响靠近的人。如果贸然深入，探索'远洋'，会很容易迷失自己。"

她抬头看了看墙上华丽复杂的挂钟，露出微笑道："时间到了，今天的课程到此结束。奥黛丽小姐，如果你对这个流派的心理学感兴趣，我们下次继续聊。"

"好的。"奥黛丽起身行礼。

目送对方离开的过程里，她若有所思地点了点头：伊思兰特女士不像是真正的"心理医生"，最多和我一样，是个"读心者"……

她刚才讲的就是心理炼金会的理论基础？他们可真沉得住气啊，怎么还不发展我入会……

奥黛丽思绪纷呈间，苏茜在旁边开心地说道："奥黛丽，我感觉她和我们是一样的人欸，不，一样的狗，不，也不对……汪！"

仅是初步掌握人类语言的苏茜一下陷入混乱之中，找不到准确的词语来描述自己的感受。

第十二章
CHAPTER 12
✦ 观众的喝彩 ✦

大桥南区，月季花街，丰收教堂外。

做正常装扮的克莱恩抬头望了一眼外墙的生命圣徽，拿着手杖，登上台阶，迈过了大门。

他要做的首先是确认状况——只有这样，才能更好地表演，以便巧妙地将吸血鬼埃姆林·怀特救出来，且不引人怀疑；然后，再以提供线索的侦探身份，接受怀特一家的感谢，得到观众的喝彩。

这将是一场有趣的表演。

丰收教堂并不大，只有一个祈祷大厅，克莱恩找了个靠过道的座位，边摘下帽子，边望向前方。

乌特拉夫斯基神父正在布道，超过两米二的身高和宽松教士袍无法掩盖的魁梧体魄给人极大的压迫感。但是，他的表情异常温和，带着对生命的赞美和感恩。

在这样的神父面前，没有人敢喧哗。那不多的信徒安安静静地听着，时不时做出大地母神教会独有的祈祷手势。

克莱恩仔细观察着，耐心等待着，不骄不躁。随着布道结束，他握住手杖，准备起身进行后续行动。

就在这个时候，通往教堂后面房间的那扇门处，进来了一个身穿大地母神教会神父袍的男子。他二十八九岁的样子，黑发红瞳、高鼻梁、薄嘴唇，英俊但不够阳刚，正是埃姆林·怀特。

克莱恩的嘴巴一点点张开，险些无法合拢。

这家伙不是应该被关在地下室里吗？他不是一直在大喊要坚持信念，绝不顺从乌特拉夫斯基神父的想法吗？

埃姆林·怀特将有关圣餐的事物分发给了信徒，最后停在了克莱恩的面前。

克莱恩念头急转，当即压低嗓音道："你是埃姆林·怀特吧？你的父母委托我的朋友寻找你。你怎么会在这里？是不是遭遇了什么事情？需要帮忙吗？"

埃姆林·怀特那颇有特色的高傲不见了，露出只比哭好一点的笑容，道："不用了，我很快就能回家了。"

他抿了抿嘴，摇头强笑道："我已经是母神的信徒，不，教士。"

这个答案完全出乎了克莱恩的预料，让他一时竟不知该怎么回应，只能在脑海里连声呐喊："喂，上次在丰收教堂，你还非常坚定地说自己崇拜月亮，绝对不会改信大地母神！这才过了多久，你就屈服了？这速度也太快了吧！你的坚持呢？你的节操呢？我精心准备的表演还没开始就被迫结束了……这，这不按常理出牌啊！"

克莱恩张了张嘴，突然发现了一个不对的地方：埃姆林·怀特为什么要给我讲改信的事情？我只是一个路过时偶然发现他的侦探啊……他希望我把这段话传递给他的父母？这里面藏着另外的意思？

就在克莱恩猜测原因时，埃姆林·怀特收起忧愁，得意地笑道："侦探先生，你不需要演戏。或者说，我该称呼你为'万能钥匙'的新主人？

"嘿嘿，对高贵的血族来说，每个人的味道都是不同的，拥有不同的血液特征，哪怕我当时被关在地下室里，也闻到了、记住了你的味道。"

被认出来了！

克莱恩陡然一惊，险些直接进入战斗状态。

哪怕他未曾开启灵视，也能从埃姆林·怀特的口吻和话语里确认他没有撒谎——他很有信心，他非常笃定！

紧绷的感觉刚刚涌起，克莱恩突然想到了一个问题：我为什么要担心？

旋即，他在脑海里对自己的问题做出了回答：被认出来就认出来了呗，现在的情况和近两个月前已截然不同！

我曾经在官方监控者面前因贝克朗大使的事情仓皇失措，四处奔走，努力抓着每一根稻草，在那个过程中，我接触到超凡圈子，甚至转变为非凡者，都是存在不小可能性的。所以，即使非凡者身份曝光，他们也不会想得太深，更不会想挖出我的过去。

而且，艾辛格·斯坦顿侦探大概率是非凡者，并与警察部门和官方组织保持着较为良好的关系。他之前隐约猜出我是同类，并用柔和的手段拉拢过我，从这方面讲，我勉强算是官方的外围成员，真出了事情，也不是必然会被抓起来的。

更为重要的是，我已经让目前的形象深入人心，不怕照片出现在通缉令上。一旦情况不对，还可以直接放弃明斯克街15号和夏洛克·莫里亚蒂这个身份！所以，我有什么好担心的？

嗯，我来之前也占卜过，启示是几乎不存在危险。

念头闪烁间，克莱恩收缩的瞳孔、微变的脸色和蓄势待发的状态全部缓和，就像对方在谈论今天的天气一样。

见他神情如常，埃姆林·怀特挑了一下眉毛，侧走几步，从他的身前挤过，慢悠悠地坐到了旁边。

这吸血鬼望着前方引导信徒做圣餐仪式的乌特拉夫斯基神父，"嘿"了一声道："侦探先生，你就不怕我去警察局大喊你是非凡者吗？"

克莱恩同样看着前方，没有转头地说道："我会跟着你一起去，并大喊这是一只吸血鬼！"

来啊，互相伤害啊！谁怕谁！

埃姆林·怀特的表情僵硬了一下，竖起右手食指道："血族，高贵的血族！明白吗？"

不等克莱恩开口，见乌特拉夫斯基神父正专注于圣餐仪式，埃姆林·怀特低笑了一声道："不管怎么样，我总算要自由了。

"我假装屈服，告诉那个老头子，我愿意改信大地母神，并深刻忏悔过去的所作所为。虽然我不知道我有什么需要忏悔的，但做个样子还是没有问题的。

"那个老头子竟然就这样相信了，而且很高兴，当场就放我出来，让我成为这里的教士，还告诉我，如果我能背完大地母神教会的圣典，就让我回家。

"哈哈，这种脑子里全是肌肉而且信教信傻了的老家伙真是好骗啊！"

好骗？克莱恩侧头看了得意扬扬的吸血鬼一眼，望向前方道："乌特拉夫斯基神父以前是一名海盗，杀过的人也许比你父亲救过的人还多，而海盗大多数都是不相信同伴的，他们之间充满了欺诈和背叛。能成为一名相对成功且始终活着的海盗，乌特拉夫斯基神父就算不擅长动脑子，也绝对不会是一个好骗的人。"

见埃姆林·怀特一脸不信，想要反驳，他摩挲着自己手杖的顶端，悠然地补了一句："神父手里有一件强力的封印物，叫'心魔蜡烛'，它能让持有者进入目标心灵的最深处，在那里，没有人能够撒谎。而且，这只是它其中的一个作用，它还有没有别的能力，我也不知道。"

埃姆林渐渐呆住，目光慢慢失去了焦距。

过了十几秒，他才脸色发白地低语道："我说我愿意改信的时候，那个老头子提了一盏马灯进来，马灯里面有一截蜡烛，我没仔细看那蜡烛长什么样子……"

克莱恩侧过脑袋，怜悯地看了埃姆林·怀特一眼："也许乌特拉夫斯基神父利用它给你种下了暗示，让你逐渐地、彻底地、真正地信仰起大地母神。"

埃姆林扯动嘴角，露出一个堪比活尸的笑容："我完全没有感觉，应该不是你说的这样。而且，我的父母不是快找来了吗？他们可以通过普通人指责神父，说他强行拘禁我，让他在守住大地母神教会的声誉和放走我之间做出选择。这个办法是不是很棒？"

克莱恩保持着同情的眼神，交握双手，抵至嘴鼻前，做出认真忏悔的样子："如果我是乌特拉夫斯基神父，我会选择报警，让警察来澄清事实。你说，最后吃亏的会是有合法传教资格的主教，还是一只吸血鬼？"

"血族，血族！"埃姆林·怀特的脸部肌肉似乎痉挛了起来。

他握起拳头，砸了前方的椅背一下："我可以等待，等我背下圣典，就要求老头子放我回去！他是个真正虔诚的人，不会不遵守承诺！"

克莱恩没有转头，笑了一声道："我去过河湾大道48号，你的父母已经搬走了。"

"这是必然的，他们不仅会搬走，而且还会搬到我不知道的地方。"埃姆林·怀特毫不犹豫地回应道。

克莱恩语气相当轻松地补充道："他们搬走得太匆忙，很多东西都没有带走，比如，你房间里的那些。"

埃姆林·怀特的表情顿时变得极为精彩。他嘴巴张了张，猛然站起，从克莱恩身边挤了出去，冲向生命圣徽前方的乌特拉夫斯基神父。

"神父，主教，我要回家，我要回家，我要回家！"埃姆林大声地喊道。

见还有信徒未完成圣餐仪式，乌特拉夫斯基神父没有回应，只是平静地看了那只可怜的吸血鬼一眼。

埃姆林霍然闭上了嘴巴，变得安静。他来回踱着步，显得焦急万分。

克莱恩笑着起身，拿上手杖和帽子，散步般沿着过道抵达了教堂祈祷大厅的前排。等到圣餐仪式结束，他走至乌特拉夫斯基神父的旁边，一脸严肃地开口道："主教，我不知道你为什么会让埃姆林留在这里，我也不想知道。我只知道一件事情，他的父母委托我带他回去。"

如果这巨人般的神父轻松答应了我的请求，那就只能为埃姆林这吸血鬼"点蜡"了。

不，从今天开始，他肯定很讨厌蜡烛，还是默哀吧……克莱恩暗自想道。

乌特拉夫斯基神父低头看着他们，表情温和地答道："埃姆林随时可以回家。"

克莱恩看了埃姆林·怀特一眼，抬起右手，在胸口点了一下。他本想顺时针点四下成绯红之月，但最后还是强行画出了三角圣徽。

埃姆林被乌特拉夫斯基神父看得颇为惴惴不安，什么话也没说，直接冲向了教堂门口，顺利地离开了这里。

克莱恩速度不慢地跟在他的侧后方，不急不躁。

近乎小跑般前行了一阵，埃姆林突然放缓了脚步，呆滞地说道："我觉得我开始想念丰收教堂，想念背诵圣典的感觉，想念生命圣徽，想去做打扫和清理，只用做一个小时就行，一个小时……"

这暗示比我想象中还要"恶毒"啊，不管这吸血鬼去了哪里，每天都得回丰收教堂报到并强制劳动一个小时？

其实还好，至少没强行用暗示的办法改变埃姆林的信仰，还算比较尊重他。我为什么要用"尊重"这个单词……

那根蜡烛叫"心魔"，据说来自一条巨龙，"观众"途径有些可怕啊……克莱恩点了一下手杖道："还需要我提醒什么吗？"

"不需要！"埃姆林表情扭曲，语气愤怒地说道，"我会对抗这种感觉的！我要搬到间海，搬到弗萨克，我不相信远离贝克兰德之后我还会想回来！"

他咬了咬牙，忽然吐了口气："我们坐马车回河湾大道。"

"好。"克莱恩无所谓地回应道。

走了几步，埃姆林拦住了一辆出租马车。

正要登入车厢，他的背影忽地僵硬了两秒，随即，他非常小声，用差点让克莱恩都听不见的音量说道："我身上没钱。"

"我有。"克莱恩微笑着开口。

埃姆林不再说话，进入了车厢。

克莱恩坐到他的对面，于马车开始行驶后，仿佛在思考般地问道："你父亲是一位医师？拥有出色的药剂水平？"

埃姆林虽然没精打采，但还是习惯性地扬起了下巴："这是我们血族的天赋。最出色的那些魔药大师都是血族！"

"这样啊……"克莱恩低声自语，不知在想些什么。

埃姆林沉默了一会儿才道："记得写信给你的朋友，告诉他，我已经回到河湾大道。我的父母会来找我的。"

"好。"克莱恩简洁地回答道。

过了近二十分钟，马车驶入河湾大道，停在了48号那栋房屋前方。

掏钱付账后，克莱恩走下马车，看见埃姆林·怀特望向卧室所在的位置，神情变得异常激动。

这吸血鬼克制住自己的情绪，对着克莱恩，以手按胸，弯腰深深地行了一礼："不管怎么样，我都必须感谢你。"

克莱恩顿时露出笑容："不用谢。找到你的赏金以及刚才的车资，我将向你的父母索取。而且你们还得调配有非凡效果的药剂，帮我治疗一个病人。这是你们一家应该付出的报酬。"

赏金，车资，有非凡效果的药剂……埃姆林·怀特听得一时没能反应过来。

这不是他预计的回答。

绅士风度呢？这吸血鬼愣愣地想着。

作为一名侦探，算账清楚是必须具备的素质，而且你还耽误了我去克拉格俱乐部的时间，不知道这两天的限量供应品是什么……克莱恩看着埃姆林·怀特，半开玩笑地腹诽了一句。

过了几秒，埃姆林强笑道："必须看到病人，才能调配出适合的药剂。"

听口气，很有自信嘛……克莱恩若有所思地点头。

他旋即想到了一个问题：怀特一家似乎是出色的魔药学者，我真要受了伤、中了毒，完全可以来找他们治疗啊……那我之前费尽心思，好不容易从乌特拉夫斯基神父那里弄到的"药师"配方不就没用了？根本不需要再培养一个擅长治疗的助手了啊……计划不如变化快啊……

不过，也不算浪费，已经从"魔术师"小姐那里收回成本了。配方这种东西，只要存在，始终是有价值的……

而且怀特一家之后肯定会远离河湾大道，再次隐藏身份定居，我未必能找得到，不是那么方便……不，在"心魔蜡烛"的暗示解决前去丰收教堂蹲点，就能等到埃姆林·怀特……

想到这里，克莱恩摘下帽子，行了一礼："没问题，到时候我会带你们去的。我就不耽搁你的时间了。"

埃姆林·怀特的表情变化了一下，犹豫着说道："如果你能消除'心魔蜡烛'的影响，可以获得更多的报酬，以及……"

他顿了顿，扬起下巴道："以及血族的友谊。"

我是"魔术师"，拥有的是"太阳胸针"和"生物毒素瓶"，对心智体层面的利用仅限于通灵，我能有什么办法？我认识的人里面，也就"正义"小姐比较接近，但她才序列8，只是个"读心者"……

除非，除非你改信"不属于这个时代的愚者"，咱们才能研究下怎么用《秘密之书》上记载的知识，通过对应的仪式，帮你解决这个问题……

说起来，吸血鬼似乎也是原始月亮的崇拜者，和巫王他们很像啊……白银城记载的那位古神吸血鬼始祖莉莉丝，不会就是原始月亮吧？克莱恩思绪发散着，笑道："我会帮你留意相应的办法的。"

埃姆林·怀特点了点头，不再多说，迫不及待地转身，冲向了门口。

要不是马车夫还在附近，他肯定会张开自己的黑色蝙蝠羽翼直接飞至二楼。

克莱恩笑了一声，有所感慨地摇了摇头。他乘坐刚才那辆出租马车，来到不远处的蒸汽地铁站点，辗转着返回了乔伍德区明斯克街15号。

进门之前，已养成习惯的克莱恩打开信报箱，检查有无信件。

让他意外的是，真的有一封信。

这封信没贴邮票，写着夏洛克·莫里亚蒂侦探收，落款是于尔根·库珀。

于尔根律师？克莱恩疑惑地拿起信封，随手撕开。

就着路灯的光芒，他看见里面有一张纸和两张钞票，两张纸币的面额分别是1苏勒和5苏勒。

总共六苏勒……这段时间，我喂了三次猫……约定的是每次二苏勒……克莱恩恍然大悟，开门入屋，点燃了煤气灯。

展开信纸，他发现上面的内容并不多，而于尔根手写的单词和他本人一样，一丝不苟，严肃内敛。

尊敬的莫里亚蒂侦探：

感谢您这段时间内对布罗迪的照顾，这是您应得的报酬。

我来拉了两次门铃，都发现你不在家，只好把报酬装在信封里，投入了你的信报箱。

如果不这样做，我可能得明天傍晚才有空再来，这就会错过口头约定的时间——我奶奶承诺的是今晚。

作为一名律师，我很看重口头合同的有效性，并希望能严格地履行。

最后，再次感谢您。

于尔根·库珀

律师先生，你的感谢真是干巴巴的没有意思啊，还不如布罗迪，你对行为的解释倒是非常详细，这真是标准的于尔根风格……

而且，放什么信报箱，要是在地球，在我穿越前那段时间，我几个月都未必看一次楼下的信报箱……克莱恩笑着将钞票折好，放入兜里，然后抽出信纸，书写给斯图亚特侦探的信。

开篇的寒暄后，他斟酌着写道："我在图特瓦街附近的丰收教堂找到了埃姆林·怀特，那是一座很小的教堂，属于大地母神教会，这在鲁恩并不多见……埃姆林·怀特自称是因为某些事情才选择离家出走，之后被丰收教堂的主教收留，住在了那里，成为了一名……"

克莱恩想了想，写下了"义工"这个单词。

接着，他言简意赅地说道："经过我的劝解，他已经返回了河湾大道48号，不过，他可能会经常到丰收教堂做义工。"

写好之后，克莱恩通读了一遍，随即放下钢笔，整齐地折叠好信纸。

他翻出了信封，但未贴上相应的邮票，而是打算明天直接雇人送到斯图亚特的家里。

如果走王国邮政系统，哪怕现在就将信件放入邮筒，也得明天才能被取走，之后还有分拣和投递等流程，所以，虽然同在王都贝克兰德，斯图亚特至少也得后天才有希望看见这封信，才可能通知到怀特夫妇，而埃姆林·怀特现在是个身无分文、只有人偶的家伙。

这也是为了早日收到报酬……克莱恩低笑一声，收拾好茶几，回二楼泡澡。

周三上午，花费二苏勒委托一名出租马车夫送信后，克莱恩买了些迪西海鲜饭的主要材料，打算今天做个蛋炒饭。

想到粒粒洁白的米饭，他忍不住吞了口唾液。

花费一定的时间，在厨房历经了与器具的各种折腾后，他终于弄出了一锅香喷喷的蛋炒饭，配着腌肉和红茶，吃得险些热泪盈眶。

真是让人怀念和感动的味道啊……吃掉两大盘蛋炒饭的克莱恩瘫坐在椅子上，抚摸了一下自己的肚子。

在解救埃姆林·怀特这件事情上，因为对方不按常理出牌，他的表演还未真正开始，就已经结束，未能达到预想的目的，所以，他只能另外再寻找主动表演的机会。

对此，克莱恩并不是全无收获，失败同样是经验，这至少让他明白了一件事情："与普通的魔术师不同，我的'表演'不仅有助手，还有敌人，还有参与人员，他们的反应、他们的选择，同样会影响到事情的发展，必须提前考虑到这些因素……这也算是一个教训，于这种小事上得到教训，总比在某些重要事情上被教做人好……"

克莱恩看着面前的空盘，思考起还有什么可以主动去做的"表演"。

认真考虑了一阵，他发现竟然没有。当然，不是说绝对没有，只不过不适合他现在去做。

比如第四纪图铎王朝遗迹里的那个恶灵，克莱恩一直想解决它，但就算加上拥有了"深红月冕"的莎伦和得到了失控"怨魂"遗留特性的马里奇，他也不觉得自己等人能对抗高序列层次的怪物，说不定死都不知道是怎么死的。

主动"表演"，不等于主动作死，不等于拿生命去表演……克莱恩在心里告诫着自己。

另外有件事情，他倒是挺想做，只是不觉得有什么机会，那就是寻找给外科医生艾伦带来霉运的奇怪小孩威尔·昂赛汀。

对方手里的那副塔罗牌，克莱恩一直很感兴趣，想确认它是不是神奇物品。

可惜的是，这事已经被值夜者接手，克莱恩不是太想掺和前同僚们的行动。

等艾伦医生休息的时候，去克拉格俱乐部侧面打听下进展，然后再决定怎么做……克莱恩的想法迅速成形。

据他所知，艾伦医生一般在周五下午和周日比较有空，会去克拉格俱乐部打网球。

而刚才克莱恩也通过今天的《贝克兰德早报》，确定了一件事情，那就是明晚有"智慧之眼"老先生召集的非凡者聚会。

暂时不能卖"狼人"非凡特性或"生物毒素瓶"，甚至也不能找人把前者做成神奇物品……

玫瑰学派的高序列强者肯定还在附近活动，肯定充满了怒气，迫不及待地想找到并撕碎莎伦、马里奇和他们的帮手……这段时间在这个方面得低调一点……克莱恩拿起餐巾，擦了下嘴巴，开始收拾餐桌。

他原本想的是，既然没有主动表演的机会，今天就休息休息，去克拉格俱乐部悠闲地度过一天，可是，他又记起了能发现灰雾，并试图渗透进入的阿蒙分身，记起了《秘密之书》在那次危机里发挥的作用。

于是克莱恩点燃起居室的壁炉，并将《秘密之书》带回了现实世界，然后专心阅读，仔细琢磨，并随手记着笔记。当然，他事后会把相应的笔记弄到灰雾之上烧掉。

不知不觉，到了中午，他忽然听到了门铃被拉响的声音。藏好《秘密之书》，克莱恩进入客厅，直奔门口。

来访者正是脸庞瘦削却留着络腮胡的斯图亚特侦探。

他非常崇敬、非常振奋地看着克莱恩，迫不及待地赞美道："您果然是一位大侦探，拥有丰富的资源和渠道，这种没有一点线索的寻人案，你都能够这么快就解决！"

为什么我感觉我的灵性略有些变化？似乎魔药又消化了一点……也就是说，我的"表演"从某方面来看还是成功了，只不过观众仅有眼前这一位，只有他被蒙蔽了，只看到结果是好的……"观众的喝彩"果然有用啊……克莱恩怔了怔，露出了热情的笑容。

"不，这只是运气好，只是神在庇佑我。"克莱恩谦虚地让开位置，请斯图亚特进来。

他说的其实都是真话，这件事情确实是运气好，早在对方接任务之前，他就已经知道埃姆林·怀特在哪里了。

斯图亚特一边脱掉呢了外套，摘下帽子，把它们挂到门厅的架子上，一边哆嗦着道："这该死的天气，越来越冷了，也许我得尝试穿那些塞棉花的外套。"

"这不能叫冷吧？你去间海郡北边，去凛冬郡住一天，就会明白什么是真正的低温，真正的冬天。"克莱恩呵呵笑道。

旋即，他慷慨地问了一句："一杯热咖啡？"

"这正是我期望的。"斯图亚特跟着克莱恩走向一楼的起居室，"我去过间海郡北边，知道那里的低温和大雪，那是一次还算美妙的度假。不过贝克兰德的寒冷也不差，它就像有魔法一样，穿透了我的衣服，渗入了我的骨头，噢，让人想要赞美的壁炉！"

斯图亚特在燃烧着木炭的壁炉前站了足足二十秒才坐到沙发上，看着忙碌于冲泡速溶咖啡的克莱恩道："新年我打算去南边度假，到迪西海湾钓鱼。你呢，有什么度假计划？我们忍耐了贝克兰德的空气一年，勤劳辛苦地攒钱，为的就是这样的假期。"

"或许，也是去迪西海湾……"克莱恩迟疑着说道，他侧对着斯图亚特的脸上，神情一时竟有些恍惚。

这事关一个约定，和哥哥班森、妹妹梅丽莎的约定。

"哈哈，到时候我让你见识下我的海钓技术。"斯图亚特喋喋不休地说道，"我们还是不够有钱，否则真想去弗萨克，去因蒂斯，甚至南大陆旅游。"

克莱恩弄好咖啡，将白釉瓷杯递给了对方，自身则退后两步，坐至对面。

斯图亚特端着杯子，深深吸了两口香浓温暖的气体。缓了几秒后，他将杯子放下，非常正式地说道："按照约定，我将分享这次获得的报酬给你。怀特夫妇总共给了五十镑，而你做出的贡献明显比我多。夏洛克，你拿三十镑怎么样？我还得给我的线人们一些辛苦费。"

才五十镑？一只吸血鬼才值五十镑？克莱恩忍不住腹诽了一句。

不过他也知道怀特夫妇不是不想增加悬赏的金额，应该是担心给的钱太多反而吓坏侦探，让他们产生不必要的联想，从而引来警察或某些官方组织的关注。

对普通的私家侦探来说，五十镑的任务已经足够诱人，克莱恩当初请人调查整个廷根市和郊外小镇全部的红烟囱房屋，也才用了七镑的样子。

"另外，怀特夫妇还额外给了一镑，说是你这几天的车资。"斯图亚特略显疑惑地拿出六张5镑面额和一张1镑面额的钞票。

克莱恩伸手接过，随意地检查起真伪，没有解释车资的事情。

斯图亚特也未多问，转而笑道："除了斯坦顿先生，你是我见过最出色的侦探。你是半途入行的，还是以前跟着哪位大侦探学习过？"

跟着哪位大侦探学习过？这就多了，什么夏洛克·福尔摩斯，什么赫尔克里·波洛，什么"万年小学生"，什么以爷爷的名义招摇撞骗的家伙……克莱恩无声地吐槽了两句。

他想了想道："我来自间海郡，早期做过很多工作，后来才成为侦探。"

"所以你的见识足够丰富！"斯图亚特恍然大悟道。

喂，你恭维得我都有点不好意思了……克莱恩笑了笑，不予回应。

斯图亚特喝了口咖啡道："夏洛克，我以后如果遇到无法解决的疑难案子，希望能向你求助。"

我在侦探界的人脉也铺开了啊……克莱恩谨慎地回答道："如果我到时候有空的话。"

又闲聊了几句，斯图亚特识趣地提出告辞，克莱恩一直将他送到了门厅。

穿好外套，戴上帽子，斯图亚特正要拉门出去，忽然回头诚恳地说道："夏洛克，你太简朴了。你的才华配得上更好的咖啡。"

啊？克莱恩先是一愣，旋即有些尴尬。

他干笑一声道："我分辨不出咖啡的好坏，对我来说都一样。"

送走斯图亚特后，克莱恩随之出门，到肉店买了几根牛骨和一些牛肉，去蔬菜店买了白萝卜等食材，并配齐了相应的调料——他要在晚餐时准备牛骨萝卜汤，用来佐剩下的米饭。

至于中午，他就在街边随意找了家餐厅，吃了份小羊排。

悠闲的午后，克莱恩继续学习《秘密之书》，越看越觉得自己对神秘学了解得太少。好在他基础扎实，很多东西一接触一琢磨，就能迅速掌握。

傍晚时分，他闻到了牛骨萝卜汤飘散于外的诱人香味，喉结随之上下蠕动了两次。

他又听到了门铃的声音，这就像是开饭的号角。

吞了口唾沫，克莱恩走到了大门后，伸掌握住了把手。他的脑海内自然呈现出了访客的样子，那正是英俊但不够阳刚的红瞳吸血鬼埃姆林·怀特。

都不用催促啊……是个守信的家伙……克莱恩拉开房门，微笑道："傍晚好，怀特先生。"

埃姆林扬起下巴，不耐烦的神情溢于言表。

他正要开口，克莱恩却打量了他身上的褐色教士袍一眼，露出"我懂"的笑容道："你刚从丰收教堂过来？"

昨晚谁说能坚持的？

埃姆林顿时无法维持绅士风度，咬牙道："那个老头子，那个老头子……该死，那该死的暗示该怎么消除？"

不等克莱恩回答，他拍了拍胸前的衣服，板起了脸孔："带我去见那个病人。有顿丰盛的晚餐正等着我。"说话间，他微不可见地吸了吸鼻子，似乎闻到了什么味道。

克莱恩没再多说，拿上外套和帽子道："好的，我现在带你过去。"

关上门，走了几步，他谨慎地问道："你有执业医师证吗？"

要不然怎么说服尔根律师，让他同意多丽丝太太服药？

埃姆林四十五度角看着天空道："我不需要那种证件来表明我的能力。"

在克莱恩皱眉前，他漫不经心地补了一句："它太简单了，我只是应付一下就拿到了。"

这口气，听起来对执业医师证还挺自豪的嘛……克莱恩笑了笑，没有说话。

埃姆林望着前方湿漉漉的地面，随口说道："你知道我最喜欢贝克兰德的哪一点吗？"

"什么？"克莱恩没有好奇心地附和了一句。

埃姆林呵呵笑道："长期阴沉的天空，遮住太阳的雾气，这让我就算在白天出门，也不会感觉太难受。这真是太棒了，除了空气不太好。"

也就是说，吸血鬼真的会因阳光而受到一定的伤害？还好我昨天考虑到了这点，特意没带"太阳胸针"，否则都没法和埃姆林交流了……克莱恩似乎明白了点什么。

说话间，他们已经抵达了于尔根家外面，克莱恩上前拉响了门铃。

过了一阵，房门打开，在家里也穿得很厚实的多丽丝太太惊喜地开口道："侦探先生，你是来做客的吗？"

黑猫布罗迪不声不响地蹲在了旁边，警惕地看着埃姆林，似乎觉得这个家伙不太对劲。

克莱恩指着身边的吸血鬼道："我新认识了一位医师，擅长治疗肺部疾病，所以专门请他来帮你看看。

"这位，埃姆林·怀特医师。"

"是吗？你还记着这件事情啊？真是个好孩子！"多丽丝喜悦地请两人入内。

孩子……克莱恩嘴角微动，最终什么也没说。

进入客厅的途中，埃姆林压低声音对他说道："这个病人的问题已经无法逆转，她年纪很大，身体又相当虚弱。就算我给了她药剂，她也顶多能过好这个冬天，三到五年就会逝去。

"除非有传说里的不老魔药，以及类似的东西，否则只能这样。或者，把她变成血族？但她这个年龄，已经承受不住非凡特性对身体的改变，而且我父母和我也没有多余的特性了。"

无法逆转……克莱恩怔了怔，无声地叹了口气。

他对埃姆林道："先给她调制药剂吧，过了这个冬天再说。"

"好，我有带一种成品药剂，正好适用于这种情况。"埃姆林毫不客气地坐到了沙发上。

这时，于尔根律师边脱围裙，边从厨房出来，问清楚了克莱恩的来意。

"怀特医生，你对我奶奶的肺部疾病有什么看法？"于尔根很严肃地问道。

埃姆林显然很擅长这种局面，先说了一通对肺部疾病的了解，绕晕了于尔根后道："她最需要的是温暖和健康的空气，这是我最诚恳的建议。

"另外，我有一种特效药，可以免费试用。"

他边说边拿出了内科的执业医师证和一个金属小瓶。

"会有副作用吗？"于尔根谨慎地问道。

"没有，唯一的问题是，它无法根治问题，只是暂时地治愈。"埃姆林用非常专业的态度回答道，"如果不是因为莫里亚蒂侦探，我不会随便让人试用的。"

"也许可以试一试？咳……"多丽丝太太插言道。

于尔根看了克莱恩一眼，而事前做了占卜的对方给出了表示肯定的点头。

"好。"于尔根终于做出了决定。

他警惕地看着多丽丝太太喝下那瓶药剂，仔细观察着她的反应。

多丽丝太太最初没什么变化，但渐渐地觉得自己的呼吸正在一点点变得轻松。

她站了起来，弯腰抱了下猫，欣喜地说道："我感觉好多了！"

看到这一幕，于尔根一贯严肃没有笑容的脸上，嘴角竟微微有了上扬。

而克莱恩想到的却是：三到五年。

他勾勒笑容，暗叹了一声：这也算是一种魔术表演吧，用非凡能力制造虚假的结果让观众开心……

等了大半个小时，确认没有意外状况后，克莱恩和埃姆林·怀特才离开于尔根律师家，各自怀着心事地沉默前行，很快抵达了明斯克街15号的外面。

吸血鬼埃姆林握拳抵了下嘴巴，轻咳了一声道："报酬已经支付完毕，希望以后再没有机会见面。"

这句话说得不错，可怀特先生，你是不是忘记了什么重要的事情？克莱恩礼貌地笑道:"我会偶尔去拜访乌特拉夫斯基神父,希望到时候你不在丰收教堂。而且,我也不用忙碌着帮你寻找解决心理暗示的办法了。"

埃姆林·怀特的表情顿时变得颇为古怪,默然了两秒才扬起下巴道:"我们血族里有许多强大的神秘学家,我会写信向他们寻求帮助的。"

说完,他以手按胸,行礼告辞。

转身走了几步,他忽然放缓了速度,扭过脑袋,犹豫着问道:"你在……你在做什么菜?"

"牛骨萝卜汤,需要配米饭和费内波特高原特产的那种辣椒。"克莱恩呼吸着屋内飘散出来的香味,满是期待地说道。

埃姆林皱眉摇头道:"辣椒不在血族的审美领域里。"

坦白地讲,我也很难想象吃辣椒的吸血鬼,当然,我偶尔会幻想一下拿着白馒头,啃着大蒜和大葱的吸血鬼……克莱恩腹诽了一句,指了指大门,示意自己要享用晚餐了。

埃姆林·怀特考虑了一秒,沉下嗓音,斟酌着说道:"我昨晚想了很久,发现你其实什么都没有做,为什么要索取报酬呢?那老头子随时会让我离开的。"

克莱恩"嘿"了一声:"不,不是这样算的,你父母委托的任务是找到你,不是解救你,而最终,是我找到了你,根据约定,报酬理应属于我。

"另外,如果没有我提醒,你或许还要在丰收教堂待上几周、几个月才会知道可以自由离开,并且无法察觉自己被暗示了。"

"你在隐射我智商低?"埃姆林的脸庞扭曲了一下。

不,是明说……

克莱恩笑了笑,没再说话,自顾自地开门入屋,直奔厨房,满脑子都是清亮诱人的汤汁、洁白的米饭、软烂却不缺嚼劲的牛肉、深藏在骨头里的髓质、清甜解腻带着肉香的萝卜,以及切碎的费内波特高原辣椒。

在那火红的碎片里还夹杂着粉色的玫瑰盐和绿色的拜朗长荽叶。

周四清晨,克莱恩按照约定,来到了东区那家廉价的咖啡馆。

依旧穿着之前厚夹克的老科勒正坐在角落里,用几乎品尝不出茶味的茶水搭配着一条黑面包。

克莱恩来到他的对面,拿出了早就准备好的东西,推给了对方。那是由两张5苏勒、四张1苏勒纸币和特意用来增加效果的一把铜便士组成的经费。

老科勒直直地看着它们,好一会儿才伸出右手,颤抖着拿过。他反复端详着,抬手抹了把眼睛,挤出笑容道:"在码头,我们搬运沉重的货物,踩着冰冷肮脏的水做一些麻烦的清理，一天才一苏勒左右……"

而这里有足足十五苏勒！

克莱恩沉默地听着，隔了几秒才道："你最近听到什么事情了吗？注意到了哪些情况？"

老科勒收起经费，再次喝了口茶水，捏了捏眼角道："我认识了很多码头工人，并和以前流浪时熟悉的朋友重新建立了联系，他们有的进了工厂，有的还在济贫院和公园角落不断来回，呵，就像我过去那样……

"最近不知从哪里传来了一种说法，说我们既然信仰七神之一，为什么不直接向源头的那位造物主祈祷？说祂在每个人的身体里，在所有的事物中，并没有真正逝去。

"向祂祈祷能让我们得到救赎，不仅死后能进入祂的天国，生前也会获得更加美好的生活。比如，不需要工作得那么辛苦，每天也能有奶油，有嗞嗞冒油的肉，每天都有。"

这……极光会传播的变种造物主理论？经过兰尔乌斯的事情后，他们开始重视东区、码头区和东区的贫民，希望利用他们达到某些目的？

不知道三大教会有没有注意到这种现象……应该有吧……克莱恩将黄油夹于两片吐司间，不知其味地咬了一口。

老科勒絮絮叨叨说了一阵后道："侦探先生，按照您的吩咐，我注意了纺织女工的事情，最终，随着警察的加入，她们的抗争失败了。

"但，呵呵，领头的那些人成了工厂的主管，三分之一的人则失去了工作。她们有的在积极寻找新的工作，有的成了站街女郎，有的不知道去了哪里，整个东区一片混乱。"

如果"飓风中将"齐林格斯来贝克兰德的时候是这种局面，那他每天来东区悄悄杀一两个人，根本没谁能发现，没谁能注意……克莱恩在心里叹息了一声。

老科勒继续讲了些日常的见闻后道："对了，丽芙家的小女儿失踪了。"

"丽芙?"克莱恩确认自己没有听说过这个名字。

老科勒这才解释道："就是你和记者先生上次见到的那个和人吵架的浆洗女工，她一直带着大女儿和小女儿在家里做浆洗工作，但昨天，她两个女儿送衣服回来的途中，走失了一个，小的那个。

"真是可怜啊，她做了好些年寡妇，一直指望着两个女儿，结果……哎，东区的警察肯定不会太用心地去找。"

不幸的人身上往往会有更大的不幸，因为他们没有抵抗风险、改变所处环境的能力……克莱恩的脑海里忽然闪过了这么一段话。

他石雕般沉默了几秒道："带我去看看她们吧，我是一名侦探，或许能帮她们找人。"

"她们没钱的。"老科勒提醒了一句。

克莱恩拿起帽子和手杖道："我偶尔也会做义工。"

乔伍德区，两位女士原本租住的那栋房屋内。

休又开始了赏金猎人的生活，佛尔思则加快了新书的进度，希望尽快攒够"戏法大师"所需非凡材料的钱。

但写书这种事情，不是想写就一定能写出来的，佛尔思烦躁地抓了抓头发，决定出去散会儿步，寻找灵感。

走着走着，她发现自己不知不觉回到了一个熟悉的地方。她的斜前方是她最早工作过的尤瑟夫诊所，一个相当大的私人诊所。

凝望了一阵，佛尔思想起了那个引领自己进入超凡世界的老太太，于是拐向右侧的小巷子，走近路来到了附近的一条街道上。

这街道两侧种着落叶飞舞的梧桐树，是个相对安静的地方。佛尔思记得，那个老太太就住在39号那栋房屋——当初她偶尔会上门送药或打针，甚至帮一些日常琐事上的忙。

"这都快三年了，那里应该重新租出去了吧？也许都换了好几任租客了……我还记得当时来整理遗物的时候，发现了不少记录神秘学心得的笔记……"佛尔思走在没剩什么叶子的梧桐树下，慢慢靠近了39号那栋房屋。

因回忆过往的经历，她逐渐有了些写作灵感。

就在这时，她看见一名穿厚重呢大衣、戴半高黑礼帽的老者立在39号那栋房屋门口，拉了三次门铃。

过了几分钟，始终无人开门，有双蔚蓝眼眸的老者摇头转身，疑惑着低语道："还是没人……"

他忽然发现了停留在不远处，正张望这边的佛尔思，忙迈开步伐走了过去，温和而又急切地笑着问道："美丽的女士，你住在这片街区吗？你认识劳博罗和安丽萨吗？"

安丽萨？这不是那位老太太的名字吗？这栋房屋最近没有租客？

佛尔思斟酌着说道："我不知道我认识的安丽萨太太是不是你想找的那位，她住在这里，住了很长一段时间，但于三年前过世了。"

"三年前过世了？劳博罗呢？"那名只有眼角有些皱纹的老者忙追问道。

"她的先生比她更早过世。"佛尔思诚实地回答。

老者顿时怔住，旋即露出悲伤的表情。他沉默了片刻，才道："感谢你，善良的女士。我是劳博罗的哥哥，一直居住在间海郡，因为太久没收到他们寄来的信，所以决定过来看一看。

"你能给我讲一讲他们那几年经历的事情吗？"

安丽萨太太的丈夫的哥哥……会不会就是她口中那个家族的后裔？佛尔思突然警醒，微笑着回应道："没有问题。"

她飞快地思考起哪些事能说，哪些事不能说。

老者指了指侧后方道："那里有间不错的咖啡馆。"

东区，一栋略显陈旧的公寓内，克莱恩再次踏入了那个湿气浓重的房间。

他看见上次那个和站街女郎争吵、不屑于对方职业的彪悍妇女站在衣服堆里，已有不少皱纹的脸庞失去了神采，失去了劳碌的劲头，毫无生气。

而她的大女儿，上次蹲在盆子前浆洗着衣物的那个十七八岁的少女，则坐于床边不断啜泣道："是我，都怪我，我没有看好她……我不该带着她走僻静的巷子。她还说今晚要在免费学校里多学几个单词……是我，都是我的错……"

浆洗女工丽芙突然回神，转头望向大女儿，收起悲伤的表情，恶狠狠地说道："哭什么哭？快起来洗衣服！你想饿肚子吗？你想免费学校都去不成吗？"

吼完之后，她才看见克莱恩和老科勒就在门边。

"老科勒……这位是？"她疑惑着问道。

老科勒似乎有点害怕对方的彪悍，不自觉地退后了一步："丽芙，这是位侦探先生，他想……他想帮助你们寻找黛西。"

丽芙多有皱纹和脱皮痕迹的脸庞转向克莱恩，冷漠地说："我们已经报警了。"

她也许只有三十多岁，但外表看起来却已接近五十。

克莱恩环顾悬挂着许多湿漉漉衣物的房间一圈，依稀记得上次来的时候，这里还有一个十三四岁的女孩，她小心翼翼地拿着简陋粗糙的自制熨斗，处理着晾干后发皱的衣物，她的手上有不少被烫伤的痕迹。

她就是"走失"的黛西……

克莱恩回望浆洗女工丽芙，用不含感情的口吻说道："你相信东区的警察会真正用心地寻找黛西吗？你肯定造成黛西'走失'事件的那些人，不会顺势把目光投向你家吗？你想在失去一个女儿后，再失去另外一个？"

残忍却钻心的话语传入了浆洗女工丽芙的耳朵，她脸上冷漠的表情一点点瓦解，嘴巴张了张，却什么都没能说出，眼角逐渐变红。

她猛地埋下脑袋，痛苦又绝望地自语道："我没钱……"

房间内霍然安静了一下，就连啜泣的少女都没再出声。

克莱恩抿了一下嘴巴，无声地吐了口气道："我偶尔会去做义工，纯粹地帮助别人。呵呵，好久没做了，请你们给我一个机会。"

"义工?"丽芙抬起脑袋，咀嚼着这个单词。

克莱恩微微点头道："这次的委托免费，不，也不是完全的免费，善良的行为会给我带来极大的满足感。

"反正你们已经没有别的办法了，为什么不试一试呢?"

丽芙沉默片刻，抬起因长期泡水而发皱发胀的手掌，擦拭了一下眼眶，低沉地说道："侦探先生，您，您真是一位善良的、好心的绅士……"

她的嗓音忽然变得哽咽："事情是这样的，前天中午，弗莱娅领着黛西，将一批洗好的衣物送回雇主家，就在东区外面一点，她们要去好几条街道。

"为了赶回来吃午餐，弗莱娅选择了僻静的巷子，可她只是一个没留神，就发现跟在后面的黛西不见了。她原路返回寻找，始终没有找到，而黛西也一直没有回来。

"弗莱娅，当时是在哪里?"

叫作弗莱娅的少女已站了起来，两眼又红又肿。

她低泣着说道："就在……就在破斧巷，侦探先生，黛西会没事吧?"

"应该。"克莱恩没什么表情地回答道。

他四下张望了几眼，转而问道："有黛西经常携带的物品吗? 我能借来一条警犬，它拥有出色的嗅觉，能根据目标遗留的味道一路找到对方。"

"没有。"浆洗女工丽芙想了想，表情悲伤地说道。

少女弗莱娅再次流下眼泪，觉得事情似乎又走入了绝境。

突然，她眨了眨眼睛道："有，有一件。黛西的单词册!"

"单词册?"老科勒在旁边反问了一句。

丽芙吸了吸鼻子道："我让弗莱娅和黛西去晚上的免费学校，我能一直浆洗衣物，她们……她们不能始终这样。"

这位太太真是个好母亲啊……克莱恩忍不住在心里感慨了一句。

免费学校是由三大教会或者某些慈善组织建立的夜间学校，晚上八点到十点上课，完全不收取任何费用，甚至会免费提供书写工具和一定的纸张。它属于脱盲性质的教育，顶多再涉及一些宗教方面的知识。

老尼尔曾经在黑夜女神的免费学校当了几年老师，克莱恩听他提过一些情况。

因为志愿做免费学校老师的人很少，所以，那里形成了一种独特的教学模式，那就是老师提前到，先召集学习进度最好的几名学生，将今天要讲的内容灌输给他们，然后由他们负责不同班级的教学，老师则来回巡视，纠偏纠错，这被称为"导生制"。

与免费学校对应的，还有技术工人讲习所等免费组织，它们是贫民真正能够接触到的，可以摆脱自身阶层的少数渠道。

可惜的是，类似的组织太少，杯水车薪，很难发挥实质性的作用。

这时，弗莱娅抽泣着补充道："黛西很喜欢学习，已经被老师确定为她那个班级的导生，她会把抄写过单词的纸张放在一起，每天枕着它们、抱着它们睡觉，然后早早地起来，到外面的街上，就着清晨的光芒背诵。她一直很遗憾，遗憾附近没有路灯……"

说话间，弗莱娅冲回了高低床边，从破烂的枕头下拿出了一沓皱巴巴的纸张。

因为长期处于潮湿的环境，那上面抄写的单词已经有些洇开，纸张的边缘更是出现了磨损，似乎长期地被人翻来翻去。

"侦探先生，它……它可以吗？"弗莱娅将根本没有装订的所谓单词册，用双手递给了克莱恩，然后眼巴巴地问道。

"可以。"克莱恩非常简洁地回答道。

他并不是安慰弗莱娅，类似的物品虽然不是随身携带的那种，但长期与目标相伴，且投射了对方强烈的信念，是用卜杖法寻人的极好材料。

他随手翻了下单词册道："那我就开始行动了，越早找到黛西越好。"

丽芙和弗莱娅找不到多余的词汇描述自己的感受，只能一边目送克莱恩和老科勒离去，一边不断地、反复地说着"谢谢""谢谢您，侦探先生""谢谢您，好心的绅士"。

出了公寓，克莱恩侧过头对老科勒道："你最近留意下那些失业的纺织女工，尤其是既没有找到新工作，又未成为站街女郎的那些，其中重点注意不知道去了哪里的……你自己注意安全，少问多听，这件事情如果做得好，会有奖金。"

"好！"老科勒重重地点头道。

他没有立刻告辞，犹豫了一下，用饱含期待的语气问道："侦探先生，你肯定能找到黛西，对吧？"

"我只能说尽力。"克莱恩没做保证。

老科勒叹了口气，苦涩地笑了笑："我失去了自己的孩子，所以最不愿意看见这种事情……"

他挥了挥手，向着另一条街道行去。

克莱恩则不快不慢地离开了这里，于途中，用黛西的单词册包裹住手杖的杖头，在不引人瞩目的情况下，完成了一次卜杖寻人。

有结果，偏西北方向……暂时无法确认是否受到干扰或误导……他低头看着手杖将要倒去的方向，伸掌扶住了它。

按照启示，克莱恩一路出了东区，雇了一辆出租马车。

大半个小时之后，时而调整方向的马车停在了乔伍德区靠近西区的艾瑞斯街，停在了一栋有广袤草坪、宽阔花园、小型喷泉广场和大理石雕像的房屋前。

此时，车厢内，克莱恩的手杖已倒了下去，笔直地对准着那里！

透过窗户，克莱恩看见铁栅栏大门内有来回巡视的守卫和一条条吐着舌头的恶犬，那里的戒备相当森严。

更为重要的是，哪怕未用占卜，全凭灵性直觉，他也能发现里面蕴藏着不小的危险！

这是什么地方？黛西的失踪怎么会牵扯到这种危险的地方？克莱恩沉思几秒，吩咐车夫继续前行。

马车夫略感诧异地回应道："先生，您不是来拜访卡平先生的？"

卡平？克莱恩觉得这个名字非常耳熟。

他笑着反问道："你为什么会这么认为？"

"经常会有人从东区出来，乘坐我的马车到这里，呵呵，这是大富豪卡平先生的家。"车夫随意地回答道。

东区……卡平……富豪……

克莱恩忽然想起了那个卡平是谁：在许多谣言里，他是满手血腥的犯罪集团头目，与许多起天真少女的失踪案有关！

而现实中，他是认识不少大人物的富豪。

克莱恩未再多说，向后靠住厢壁，半闭上了眼睛。

马车缓缓前行，那栋豪华别墅向后掠去，消失在了玻璃车窗上。

一个咖啡馆的小隔间内。

佛尔思已经知道对面的老者叫作劳伦斯·诺德，来自间海郡康斯顿城，是一名公学教师。

他不知道安丽萨太太的丈夫死了，也就不知道安丽萨太太继承了遗产，成了非凡者，更加想不到安丽萨太太会把遗物留给我……他会不会也是非凡者？他拥有占卜的能力吗？

佛尔思喝了一口费尔默咖啡，组织着语言道："我曾经是附近尤瑟夫诊所的医生，而安丽萨太太经常来看病，那时候，她的丈夫劳博罗先生已经过世。我偶尔会陪她说话，帮她做一些事情，比如……

"所以，她最后立下遗嘱，将存款和现金给我，将珠宝首饰、书籍家具等事物捐赠给慈善组织。这由她指定的律师事务所来监督执行。"

佛尔思说的都是真话，但非全部的真话。

劳伦斯捏了捏额头道："真是遗憾啊，我无法理解安丽萨为什么在那几年内不联系我。"

"她没有提到过你的名字，隐约对劳博罗先生的亲属有些不满。"佛尔思坦然地回答。

劳伦斯沉默片刻道："感谢你的讲述，这让我明白了一些事情。对了，劳博罗和安丽萨安葬在哪里？"

"格林墓园。"佛尔思从包里拿出怀表看了一眼道，"劳伦斯先生，我还有事情，我该离开了。"

劳伦斯没有阻止，起身送走了对方。重新坐下后，他苦恼地揉起太阳穴，无声自语道："劳博罗过世了，而且没有留下孩子，也不知道他的非凡特性被安丽萨弄去了哪里……理查德死在了极光会的手上……萨姆根本就不想联系我们，不想承担姓氏的责任……亚伯拉罕家族真要这样慢慢消亡了吗？"

劳伦斯坐在咖啡馆的隔间里，难以遏制地想起了亚伯拉罕家族这些年来遭受的苦难。

自从分拆为小家庭散居各地后，长老会对家族成员的掌控度就降到了最低，大量的亚伯拉罕为了规避诅咒带来的影响，不愿意晋升，始终保持在序列8或序列9，甚至根本不尝试成为非凡者，只想作为有一定知识、一定财富的普通人，平静美好地过一生。长老会认为这是忘记了家族荣耀的行为，但却没办法严格处理，因为那等于自我灭绝。

在这样的处境下，亚伯拉罕家族的上层涌现出变革的思潮。他们模仿生命学派的师徒传承制，培养起非家族成员，希望他们晋升高序列后能反过来帮助亚伯拉罕们解决那存在了一千五六百年的诅咒，并找回在四皇之战里失踪的先祖伯特利·亚伯拉罕。

这个计划最开始进行得非常顺利，不需要担心诅咒的学徒们在亚伯拉罕家族的精心培养之下飞快变强，不断晋升，短短十年，他们中间就有了好几位序列5的强者，而亚伯拉罕家族的直系非凡者里连一个序列6都没有。

主干太弱，枝丫太强，悲剧的种子就此埋下，弟子中的野心家们将目光投向了亚伯拉罕家族拥有的那几件强力封印物。

他们的图谋失败了，但也带来了严重的后遗症，所有非家族成员的序列6和序列5非凡者都认为他们在亚伯拉罕家族内部的地位与自身的实力不匹配，而且不被信任，无法获得某些封印物的操纵权。

在来回拉锯、艰苦谈判、互相妥协的过程里，意外发生了，一个叫作布提斯的序列5"旅行家"被真实造物主诱惑，加入了极光会，引来了一场可怕的灾难。在那场灾难里，亚伯拉罕家族的上层近乎全灭，本就不多的强力封印物丢失过半，只剩下三件，劳伦斯的同母兄弟理查德就是因此而身亡。

布提斯则得到极大的好处，不仅搜集齐了需要的非凡材料，还在真实造物主帮助下，成功战胜险阻，踏入半神序列，成为极光会五大圣者之一的"秘之圣者"。

灾难之后，重建的亚伯拉罕家族长老会反省了过去多年的行为，却又找不到解决问题的办法，消极、颓丧、绝望等情绪笼罩在了所剩不多的家族成员心里。

劳伦斯不愿意置身这样的环境，不愿意每天面对叹气声和压抑的气氛，于是找了个理由，离开长老会所在之处，前来贝克兰德寻觅另一个同母兄弟劳博罗和异母兄弟萨姆。

现在，他忽然发现，自己父亲这一支，好像只剩下自己了。而他自身已年近八十，所有孩子都死在了布提斯带来的那场灾难中。

光是回想这些，他就悲从中来。

而最让他痛苦的是，看不到报仇的希望，看不到家族荣耀重现的曙光。

"我已经很老迈，而且之前又受到创伤，非必要，都不敢使用非凡能力了，那会带来失控，或者让诅咒降临……亚伯拉罕家族的未来究竟在哪里？"劳伦斯端起费尔默咖啡喝了一口，陷入了长久的沉默。

第十三章
CHAPTER 13
✦ 表演开始 ✦

回到租住的房屋内，佛尔思立刻进入卧室，反锁住了木门。

她坐至床沿，调整了一下状态，低声诵念起那个代表着希望和未来的尊名：

"不属于这个时代的愚者啊，

"您是灰雾之上的神秘主宰，

"您是执掌好运的黄黑之王。

"我想向您祷告，陈述我今天遭遇的事情。

"我遇上了那位让我成为'学徒'的老太太的丈夫的兄长，他疑似某个家族的成员……

"我隐瞒了与神秘领域相关的事情，但我担心他拥有极强的占卜能力，可以找出完整的真相……"

这个时候，克莱恩正好在灰雾之上。

他看见代表"魔术师"的深红星辰往外膨胀，荡起阵阵涟漪，听到层层叠叠的祈求声不断扩散。

弄清楚具体的细节后，克莱恩用手指轻敲古老长桌的边缘，无声地自语道："很谨慎嘛，知道向'愚者'求助。而且，你的猜测没错，'学徒'对应的序列7叫作'占星人'……"

最近苦读《秘密之书》的他迅速就制定了一个方案，可以通过仪式，帮助对方干扰占卜的方案。

"不得不说，晋升序列7并有了《秘密之书》后，我在灰雾之上越来越像真正的神灵了，当然，暂时还只是个空壳……

"说起来，我在'正义'小姐、'倒吊人'先生他们面前也算表演过很多次，完美蒙蔽了他们，为什么始终没有相应的灵性反馈，吸收魔药的进度也没有随之变快，难道必须是在现实世界？

"嗯，也可能是因为他们这些观众的'喝彩'被灰雾隔断了，没法直接影响我，就像永恒烈阳和真实造物主难以穿透灰雾找到这片神秘空间一样……

"这么看来，灰雾和这片神秘空间的反应很机械啊，不够灵动，缺乏智慧……不过，对我来说，这其实是一件好事……"

思绪纷呈间，克莱恩将相应的知识具现为古旧的羊皮纸，投入了象征"魔术师"的那颗深红星辰。

佛尔思眼前忽然弥漫起无边无际的灰白雾气，而高空则降下了一张虚幻的黄褐色羊皮纸。她看见了上面书写有知识，心中霍然安定下来。

有"愚者"先生出手，那位叫作劳伦斯的先生肯定没法在占卜里获得正确的启示！佛尔思诚挚地表示了感谢，忙碌着准备起仪式。

她见过不少邪灵害人的事情，对"愚者"其实并不是那么信任，但满月诅咒让她只能依赖对方。

再差也就是失去生命而已，没有"愚者"先生的帮助，上次血月的时候我已经失控为怪物了……我每活一天，就多赚一天，这都是"愚者"先生赐予的，他想什么时候收回去都可以……

呃，最好还是不要收回去……佛尔思吸了一口气，点燃了象征"愚者"的那两根蜡烛。

这个仪式的初期步骤与她之前掌握的那些没有什么区别，直到蜡烛被点燃，精油、纯露、草药粉末等物品被投入火中。

等到清幽空灵的香味弥漫于房间，淡薄虚幻的雾气笼罩了整个祭坛，佛尔思按照那张羊皮纸上记载的内容，飞快地调整身心，进入冥想，默念起"愚者"对应的尊名，一遍又一遍。

这样单调重复的行为，让本就因观想而平心静气、安宁自如的佛尔思慢慢进入了一种心智沉睡而灵性发散的状态，她整个人既浑浑噩噩，又保持着奇特的清醒，只觉精神正飘飘荡荡，不断往上。

这和借助外物达成密契的过程有一定的相似之处，但在许多地方又有所不同，这属于通灵术的一种技巧，用于沟通层次较高之灵，到了极致，甚至可以让非凡者在保留奇特清醒的前提下，精神漫游灵界。

某些擅长影响心灵的非凡者则称它为"人工梦游"，他们可以借助催眠之类的技巧，让普通人也进入这种状态。如此一来，普通人看似沉睡，却能回答问题；看似闭着眼睛、闭着嘴巴，却能发现周围存在的各种灵体，并完成一定程度的沟通。

克莱恩之所以不让佛尔思采用密契仪式，是因为那样只能给予知识，给予净化或者侵蚀等直接作用的效果，让对方的精神获得奇妙的体验，而无法做到干扰另外一个人占卜等事情。

简单来说就是，密契仪式会直接影响目标自身的精神体、星灵体、心智体、以太体，与此相关的正面或负面状态随之被清除；"人工梦游"下的仪式，则可以让克莱恩做一些间接的事情，以此应对来源于外界的侵扰。

迷迷糊糊间，佛尔思只觉自己飘荡回了灰雾之上那座巍峨古老的宫殿，看见了高踞于上首，俯视着一切的"愚者"先生。

克莱恩望着深红星光勾勒出的"魔术师"虚影，不慌不忙地拿起了刚才从角落杂物堆里找出来的一张纸人。

作为一名晋升了两次的"占卜家"，他有不少办法干扰别人占卜，无须借助神奇物品帮忙。

此时，受仪式影响，灰雾之上的神秘空间有了轻微晃动，些许力量因被撬动而流淌。

克莱恩左手按住青铜长桌表面的"黑皇帝"牌，让它与自身灵体相连，带来了位格的提高，就像以前用"阳炎符咒"和阿兹克铜哨坚实灵体，提升层次一样。

紧接着，他右手腕部一抖，将那张纸人丢了出去。那纸人霍然变大，背后长出了十二对纸张裁剪出的黑色天使翅膀，羽毛栩栩如生。

这纸天使飞快地穿透深红光芒，与"魔术师"的虚幻身影重叠在了一起。无声无息间，它燃烧了起来，然后彻底消失不见。

半梦半醒的佛尔思则仿佛看见了一位威严庄重的天使，看见对方用许多对漆黑的羽翼一层又一层地包裹住了自己！

不知过了多久，佛尔思突然从"人工梦游"的状态里清醒，眼前只有三根蜡烛静静燃烧的祭坛和弥漫于整个房间的幽雾，鼻端则是那熟悉的清幽空灵的香味。

"天使……"佛尔思怔怔出神，一时竟忘记了结束仪式。

"一，二，三，四，五……好像有十二对翅膀的样子……按照各大教会典籍的描述，这是最高阶的天使……"佛尔思努力回忆着半梦半醒间看到的画面，又震惊又不是那么震惊，就像遭遇了一件自身认为理所当然但之前始终未能碰上的惊世骇俗之事。

"愚者"先生有天使侍奉，并不让人惊讶，从"正义"小姐、"倒吊人"先生偶尔用"祂"来代指，就可以想象得到；从祂能够隔绝满月呓语的影响，就可以推测得到……可是，我的请求仅仅是干扰一下劳伦斯先生的占卜，祂竟然直接让天使庇佑我，这……这太奢侈了吧？

或者对祂来说，这是常规操作？

呃，还有一个问题，天使翅膀上的羽毛为什么是黑色的？这表示堕落，还是死亡？"愚者"先生的真实身份究竟是什么？是哪位伟大的存在？

传闻里陨落于"苍白年代"的那位"死神"？祂要通过塔罗聚会复活自身？佛尔思忽然吸了口气，完全不再担心那位叫作劳伦斯的先生会借助占卜发现自己有问题。

她想着自己已经加入塔罗会，苦笑了一下，无声地低语道："只能像罗塞尔大帝说得那样，走一步，看一步……"

收敛住思绪，佛尔思再次谦卑地感谢了"愚者"先生，然后按照仪式的正常流程，熄灭了那三根蜡烛的火焰，处理起摆满各种物品的祭坛。

灰雾之上，克莱恩暂时将亚伯拉罕家族的事情抛到了脑后。

根据原本的计划，他具现出纸笔，书写下一段占卜语句：黛西目前的处境。

放好钢笔，克莱恩将黛西的单词册和写有占卜语句的纸张叠在了一起，握于左手。然后，他边靠住椅背，进入冥想状态，边默念起"黛西目前的处境"，一遍又一遍。

足足七遍之后，克莱恩睡了过去，眼前先是漆黑泛红，继而浮现了灰蒙蒙的场景。一幅幅画面随之闪现，有的连贯，有的跳跃，有的前后毫无逻辑。

克莱恩看见浆洗女工丽芙的小女儿，那个被蒸汽屡次烫伤却还是坚持着熨烫衣物的十三四岁少女被一个穿厚重夹克、戴灰黑鸭舌帽的男子用手帕从后面捂住了嘴巴，强行拖入了偏僻巷子的岔路；另一个同样打扮的男子拿住她的双腿，与同伴一块儿将她抬了起来，走得飞快。

他们前行的目标是巷子外停着的那辆马车。

整个过程不到两分钟就结束了，等黛西的姐姐弗莱娅返身寻找到这里的时候，马车已然驶离……

马车之中，浑浑噩噩的黛西被一把冰冷锐利的匕首抵住了脸蛋，耳畔是肮脏的恐吓话语……

马车驶入了卡平那栋豪华别墅……

黛西置身于一个狭小黑暗的房间，外面时不时回荡起女性的哭喊声、惨叫声和咒骂声……

黛西清醒了过来，大声地呼救，却被开门的人一脚踹翻，疼得站不起来。她流下了眼泪，不断低喊着"妈妈""弗莱娅"等单词……

克莱恩睁开眼睛，发现握于左掌的纸张不知什么时候被自己攥得皱成了一团。

克莱恩已然确定卡平就是多起少女失踪案的主导者，是一个犯罪集团的老大。但问题在于，这种案子不该也不可能牵涉到太强的非凡力量，顶多有几个贪求钱财的序列7或者序列8、序列9帮忙，不至于让他刚靠近别墅，就通过灵性直觉感受到强烈的危险。

难道卡平自身是一位序列6，甚至序列5的非凡者？可这个层次的非凡者想要赚钱并不困难，完全没必要做这种肮脏又烦琐的事情。

直接把各个黑帮找来，一个个收保护费，都比这简单轻松，还不会脏了自己的手……难道卡平贩卖人口这件事情还隐藏着什么图谋？克莱恩边思索边借助灰雾的力量，将黛西的单词册还原得平平整整。

静默几秒后，他再次具现出一张羊皮纸，书写下新的占卜语句：拯救黛西是危险的事情。

仔细看了两遍，克莱恩取下左手腕部的灵摆，让黄水晶吊坠垂落于纸面，近乎接触到那行单词。

平心静气了几秒，他闭上眼睛，默念起刚才书写的占卜语句。

等到声音停止，克莱恩睁开双眸，看向了左手持握的灵摆。那黄水晶吊坠正在做顺时针转动，速度颇快，幅度颇大！

这表示肯定，表示拯救黛西是一件相当危险的事情！

但也不是完全绝望，还存在不小的可能、不小的机会，只要自己把握得住……克莱恩解读着灵摆法给予的启示。

他往后靠住椅背，闭了闭眼睛，自嘲一笑道："不是在寻找主动表演的机会吗？这就是！

"作为一名'魔术师'，终究还是要挑战一点高难度的事情，否则应该叫'戏法大师'，而不是'魔术师'。

"完成看似不可能的事情，哪怕结果是虚假的，这才是我心里的'魔术师'形象。至于是不是守则之一，有待确认……"

克莱恩用手指轻敲着古老长桌的边缘，迅速做出了决定。

拯救黛西、对付卡平这件事情对他而言，目前最困难的是完全不了解对方，不知道那栋别墅内究竟有几位非凡者，分别属于哪条途径、哪个序列，这就让他没法做针对性的准备。

而对"魔术师"来说，第一条守则就是"不做无准备的表演"！

许多看起来即兴的表演其实也是有一定的准备的，比如，长久的手法练习；比如，对引开他人注意力的深入掌握。

"以眷者的名义，让'正义'小姐帮忙打听卡平的背景？"克莱恩认真考虑起解决问题的办法。

但他又迅速否定了这个思路："不，这样得不到详细的资料。卡平虽然是和许多大人物有牵扯的富豪，但始终上不了台面，'正义'小姐顶多能打听到他和哪些贵族、哪些议员、哪些政府雇员关系匪浅，却无法弄清楚他别墅内有几位非凡者，布置了什么陷阱，格局怎么样……

"顺着这些关系这些线索，'正义'小姐或许可以用几周的时间打听清楚我想知道的事情，但这太慢了。救人就像救火，一耽搁就会发生惨剧。"

克莱恩的目光扫过青铜长桌的表面，扫过堆放杂物的角落，心中渐渐有了成形的想法："一方面让'魔术师'小姐和她的朋友休小姐调查卡平的背景，弄清楚他和哪些非凡者有牵扯——她们在东区，在许多黑帮里，在不少非凡者圈子里，都拥有不错的人脉；

"另外一方面，我自己动手，从在卡平的别墅里工作过的仆人或保镖那里得到想要的信息。用通灵的方式。"

敲定了计划，克莱恩没急着让"魔术师"小姐帮忙，决定先自己试一试，这样才能有针对性地让她打探某些事情。

瞬息之间，他的身影消失在了灰雾之上的巍峨宫殿内。

午餐之后，一个戴灰黑鸭舌帽、穿厚棉外套的男子小心翼翼地从卡平别墅的后门离开，一路走到十字路口，上了一辆出租马车。

"东区。"他摸着脸上暗红色的胎记，吩咐着车夫。

马车开始行驶，这男子无聊地望着窗外，欣赏街上衣裙漂亮的女士和小姐。

"要是能绑走她们就好了……"这男子浮想联翩，露出遗憾的表情。

远离艾瑞斯街后，他忽然打了个哆嗦，双眼变得略显痴呆。他敲了敲厢壁，对车夫道："停，停下来！我忘了件事情，就到这里。"

车夫不敢斥责这凶恶的男子，甚至连嘟囔都没有就将马车停于街边，任由他下车。

付了六便士车资后，那男子倒退几十米，进入了一间廉价旅馆。

无须身份证明，他掏钱开了个房间。

进入之后，他只是虚掩住房门，并未锁上。

随即，这男子面无表情地坐到床沿，身上忽然分离出了一道透明虚幻的身影，这正是做工人打扮的克莱恩！

他用自己召唤自己的方式，化身为灵体，附于这个男子身上，让他自己走到了方便通灵的地方！

弄晕那名男子后，灵体状的克莱恩消失在了房间内。没过多久，房门被推开，血肉凝实的他重新走了进来。

用灵性之墙封锁住这里，克莱恩快速布置起通灵仪式，让"安曼达"纯露、"灵之眼"药水空幽迷人的味道飘荡于四周。

做好准备，他正要开始通灵，忽然"咦"了一声，停下了动作。

他发现昏迷于床上的那个男子的灵体受到了神秘的、未知的限制，自己如果强行通灵，虽然大概率能成功，但也会触动印记，让某位非凡者察觉！

这就会打草惊蛇！

很奇怪的非凡能力……很谨慎、很小心……卡平涉及的事情真的不简单啊……克莱恩踱了几步，眉头微微皱起。

他看了那个昏迷的男子一眼，忽然"嘿"了一声："你以为这样就能难住我？"

他迅速中断通灵仪式，再次自己召唤自己，自己响应自己。几秒之后，灵体状的他从蜡烛火光里飞了出来，又一次飘浮于这个房间内。

没有任何犹豫，灵体状的克莱恩猛然上前，附身于那个昏迷的男子。

男子霍然翻身坐起，睁开了眼睛，神情颇为呆滞。他站直身体，一步步走至祭坛前方，然后低声诵念道：

"不属于这个时代的愚者啊，

"您是灰雾之上的神秘主宰，

"您是执掌好运的黄黑之王。"

弥漫着"安曼达"纯露和"灵之眼"药水空幽香味的房间内，卡平的手下被附体的克莱恩操纵着不断诵念起"愚者"的尊名。

单调却有节律的低语声中，让人注意力难以集中的香味里，那个男子的精神体逐渐发散，整个人变得浑浑噩噩，但又保持着某种程度的奇特清醒，就像在进行自我催眠。

他在灵体形态的克莱恩"帮助"下，在诵念"愚者"尊名带来的反馈影响下，一点点进入了"人工梦游"的状态，星灵体靠近了无穷高处那片灰雾，靠近了灰雾之上的神秘所在。

克莱恩抓住这个机会，结束召唤，返回巍峨古老的宫殿内，坐到属于"愚者"的位置上。

他看见身旁有明净的光芒一圈圈荡开，勾勒出了卡平那个手下的虚幻身影，而这片神秘空间受仪式影响，出现了轻微的震荡，有些许力量被撬动，正缓缓流淌着。

克莱恩拿起了"黑皇帝"牌，并让一个纸人闪现于掌中。

他手腕一抖，那纸人飞了出去，吸附灰雾之上被撬动的点滴力量，化作一个头戴灰黑鸭舌帽、身穿厚棉外套的男子——与卡平那个手下一模一样，连气息和感觉都毫无区别。

这纸人与目标虚影重叠在了一起，代替目标承受了灵体内神秘而未知的限制。

与此同时，克莱恩手握"黑皇帝"牌，蔓延灵性，触碰到了明净光芒勾勒成的卡平手下的虚影。

这属于密契元素的一种应用方式。弱小的人类与伟大的存在一点点契合，感受到相应的知识，获得奇妙的精神体验。

与正常情况不同的是，在这里，克莱恩扮演的是"伟大存在"这个角色。

而在这种密切契合的状态中，交互是对应的，人类可以获得伟大存在的知识，伟大存在自然也能通过提问的方式，读取想要的场景。

要不是克莱恩没有掌握心灵领域的非凡能力，他还能借此种下暗示。

"卡平别墅内的厉害人物都有哪些?"克莱恩通过交互的灵性开口问道。

那个虚影没有一点反抗地将记忆中的画面传递过来，让克莱恩感觉像在看全息电影——

这个头戴鸭舌帽的男人又畏惧又恭敬地立在房间内，身前是位穿黑色燕尾服、戴白色发套的中年绅士。

这绅士有一张瘦长严肃的脸庞，嘴巴自然抿着，给人一种异常冷漠的感觉。他顺着黄金表链，掏出同色怀表，按开看了一眼，随即沉声开口道:"看着我。"

戴鸭舌帽的男人不敢违背地抬起脑袋，望向前方道:"是，赫拉斯先生。"

他话音未落，就看见了一双闪烁着奇异光芒的眼睛，听到了命令般的话语:"守秘! 不能将在这栋别墅内看到、听到的任何事情泄露给外面的人。"

戴鸭舌帽的男子莫名地颤抖了一下，只觉自己必须按照对方的吩咐去做。他再次低下头颅道:"是，赫拉斯先生。"

…………

戴鸭舌帽的男子扛着一个昏迷的少女，沿着楼梯，来到地下区域的入口。

那里有一个隔出来的小房间，里面坐着一个看不出具体年龄的络腮胡大汉。

这络腮胡大汉有一双冰冷慑人的蓝色眼睛，手里拿着细绒布，正认真地擦拭着摆在桌上的灰白色复杂步枪。

那步枪又粗又长，通过管道连接着一个硕大的同色机械箱。

这是高压蒸汽步枪!

这是军事管制品!

"贝里斯先生……"戴鸭舌帽的男子早有准备地低头问好。

…………

戴鸭舌帽的男子进入了一片布局整齐、如同监牢的地下建筑，将那昏迷的少女关进了其中一个小房间。

他锁住房门，回到走廊上，提起了分配给自己的马灯。就在这时，他看见另外一端的走廊深处缓步行来一道身影。

那身影的目光似乎能看透黑暗，因为他没有携带任何照明装置。

戴鸭舌帽的男子借助马灯的光芒，发现那是一名三十岁左右的女子。女子戴着中间翘起的棕色软帽，身穿单薄的白色衬衣和背带长裤，脚踏一双及膝的牛皮色靴子，她的脸上有几道陈旧的伤疤，嘴角始终噙着残忍的笑意。

戴鸭舌帽的男子又惊又怕地低头，嗫嚅着出声道："凯蒂女士……"

那女子没有理他，一步步靠近，一步步越过，就仿佛他只是一片空气。

等到被称作凯蒂的女士远去，戴鸭舌帽的男子才撇了撇嘴道："婊子！"

他提上马灯，离开了地下区域。

…………

戴鸭舌帽的男子在富丽堂皇、金光闪耀的大厅遇见了两名男士。

其中一个身高一米六五的样子，身材有些发福，长相没什么特点，目光却总是让人心惊胆战；另外一个一米七出头，长得颇为老气，有些抬头纹，鼻梁高挺，棕眸有神，看起来没什么威慑力。

"卡平先生……"戴鸭舌帽的男子先向那个有些发福的中年男士问好，接着又对另一个人道，"帕克先生……"

…………

清晨的微光洒入，戴鸭舌帽的男子在地下区域的入口处碰上了被称为赫拉斯先生的冷漠中年绅士。

戴着白色发套的赫拉斯瞄了眼恭敬侍立在旁边的他，毫不在意地伸出右掌，对准地下区域入口，威严而低沉地开口道："禁闭！"

无声无息间，周围的感觉有了微妙的不同。

…………

一共四个非凡者，至少四个……最强的应该是那位赫拉斯先生，最少序列6，甚至可能序列5……也不知道是什么途径，和"黑皇帝"途径有些类似……依靠秩序，颁布律令？

根据刚才的场景，可以初步判断封禁只针对地下区域，没包含别墅整体。也是，白天人来人往，一旦封禁，出入就太麻烦了……不知道夜里是不是也这样……

克莱恩分析着刚才获得的情报，再次发问："别墅的整体格局是什么样子？"

克莱恩迅速收到了反馈，看见了金碧辉煌的大厅、典雅宽阔的餐厅、贯穿一楼的走廊，以及盥洗室、地下区域等场景。

通过它们，克莱恩于脑海内拼凑出了卡平别墅的大致布局。

感受到了灵性的消耗，他抓紧问出最后一个问题："卡平与哪些大人物有密切联系？"

呈现于他眼前的场景是刚才那个金碧辉煌的大厅，一个个少女或匍匐着给客人送上酒类饮料，或任由他们打骂，饱受摧残。

她们的年纪都不大，表情痛苦而麻木，一旦表现得稍有迟缓，或不够热情，卡平的侍者或者女仆就会用鞭子抽打她们。

这些下人目睹着罪恶的场景，却没有一点同情，争先恐后地表现着自己，试图获得赞赏。

克莱恩在那些宾客里看见了卡平，看见了冷漠的赫拉斯先生，看见了经常上报纸的下院议员瓦德拉，看见了被称为副总监的肥胖男子……

是贝克兰德警察厅的一位副总监？这可是警察部门的高层了……

那些下人竟然没有一个好的……也是，别墅内的下人肯定是筛选过的，足以信赖的……

克莱恩揉了揉额头，中止了那种密切契合的状态。

那个戴鸭舌帽的男子只是一个小头目，能够知道或者参与的事情顶多就是这些。而直到这个时候，那神秘的、未知的限制依然没被触动。

克莱恩结束仪式，让对方的身影消失在灰雾之上，自己也随即返回现实世界。

气味空灵虚幻的房间内，克莱恩坐到床沿，看着昏迷在地上的鸭舌帽男子，根据刚才获得的情报，分析起表演的可行性，思考着一个又一个计划。

最终，克莱恩有了确定的想法，无声自语道："或许不需要帮手也行……帮手反而会拖累我，让我不方便在危险的时候逃走。

"时间点得挑好，这非常重要。"

近五十分钟后，戴黑灰鸭舌帽的男子出现在了东区，直奔兹曼格党控制的那些街道。

刚看见几个肤色偏黑、瘦削精悍、满脸凶相的高原人，他就立刻靠拢过去，假装没有看路，撞到了其中一个。

"该死！你们这帮垃圾！"鸭舌帽男子大声咒骂，挥拳打向了对方。

本就喜爱搏斗的那几个高原人毫不示弱地和他打成了一团。

这个过程里，鸭舌帽男子拔出了自己的匕首，那几个高原人同样亮出了武器。

扑哧！战斗之中，一把匕首插入了躲避不及的鸭舌帽男子的脖子，正好命中动脉。鸭舌帽男子倒了下去，鲜红的血液在他的脑袋周围汩汩流淌。

他很快失去了生命，而体内一道虚幻透明的身影随即消失不见。

克莱恩回到了灰雾之上，以此为跳板，重新进入自己的身体，在乔伍德区的廉价旅馆内睁开了眼睛。他处理好剩余的痕迹，到前台退了房间。

一路返回明斯克街，克莱恩再次进入灰雾之上——他要占卜一个简单但关键的信息！

他提起钢笔，写下了一行单词：卡平今天晚餐的时间。

放好暗红色的圆腹钢笔，克莱恩拿起写有占卜语句的纸张，向后靠住了椅背。他嘴唇翕动，小声念起了"卡平今天晚餐的时间"，一遍又一遍。

这话语于寂静空旷的灰雾之上层层荡开，克莱恩的眼眸迅速转深，眼帘缓缓垂下。

支离破碎的梦境里，他看见了那个宽敞典雅的餐厅，看见了镶嵌黄金的陶瓷餐具，看见了鱼子酱、烤仔鸡、炖羔羊肉、煎牛眼肉、炸龙骨鱼、奶油浓汤等食物。

这些食物按照一定的顺序、一定的需求，依次摆放到了几位用餐者身前，其中有略微发福的卡平、戴着白色头套的中年绅士赫拉斯、只穿单薄衬衣的凯蒂、面容老相没什么威慑力的帕克。

而从餐桌的尾部斜着往外看去，能发现一扇装饰华丽的玻璃窗，窗外云气稀疏，红月于半空隐约可见。

克莱恩睁开双眼，将梦境里那个月亮的位置标注了出来，然后根据占星术的常识，飞快地计算出了对应的时间。

"七点三十到四十五分的样子……考虑到那几幅画面里，卡平等人已用餐过半，可以再往前调十五分钟，这样一来，七点三十分是较好的选择……"克莱恩无声自语，解读着"梦境占卜"给予的启示。

七点三十分用晚餐并不是太少见的事情，这甚至是鲁恩王国乃至北大陆的主流。因为许多中产阶级或基于环境问题，或考虑到房租，选择住到郊外，每天得乘坐短途蒸汽列车往返市区上班。等他们回到家里，往往已经是晚上七点之后了，所以七点三十分到八点之间是正常的晚餐时间。

克莱恩在廷根市那会儿也有过这样的经历，不过那是因为没有仆人、没有全职太太，兄妹三人回到家里还得自己忙碌一阵才能享用到热食，并非因为上班距离太远。这就是平民和贫民也常常在七点三十分到八点之间用晚餐的原因。

而由于午餐和晚餐相隔太久，本属于上流社会的下午茶逐渐流行于中产和平民之中。

解读完毕，克莱恩回想起刚才获得的启示，敏锐地注意到了一个问题：卡平的妻子和孩子在哪里？

他们并没有出现于餐厅……难道卡平是极端的风暴之主信徒，女人和小孩都得去起居室用餐？或者说，有别的原因？比如，卡平还没有结婚，也没有孩子？

可他都是中年人了啊……克莱恩尝试着占卜了一下，未能获得有效启示，只好就此作罢。

"七点三十分。"他重复了这个时间点一遍，旋即返回现实世界。

傍晚时分，哪怕在家里也打着正式领结的卡平眯起眼睛，看着面前的手下，语速缓慢却让人不寒而栗地问道："法比安死了？"

"是的，老大。"哪怕自身是卡平多年的同伙，那个手下也有些畏惧和惶恐。

"奥德斯，叫先生，先生。过几年，得叫爵士。"卡平拉扯了下领结，状似悠闲地处理起粗大的雪茄，"法比安什么时候死的？怎么死的？"

"今天下午，我让他去东区办一件事情，结果他和兹曼格党的人发生了冲突，被刺中了脖子……"奥德斯战战兢兢地描述道。

卡平烤着雪茄，语气没什么起伏地说道："法比安真是一个蠢货。不过，兹曼格党的人会不知道他是我手下的蠢货？"

"先生，你知道的，经常会有高原人到东区加入兹曼格党，他们又野蛮又鲁莽，根本不会在意谁是谁。"奥德斯赶紧解释了两句。

卡平哼了一声："他们忘记了这不是高原？或者说，忘记了我卡平？奥德斯，我要那片街区兹曼格党头目的尸体，你办得到吗？如果办不到，我会把你的妻子、孩子，连同你一起，沉到塔索克河里。"

"先生，没有问题！"奥德斯当即拔高了音量，旋即，又小声问道，"我可以调集哪些人？"

卡平正要回答，房门突然被推开，戴着白色发套的中年绅士赫拉斯走了进来。

他冷漠地看了奥德斯一眼，视线移向了卡平："我听说你有手下在东区和黑帮发生了冲突，而且死了？"

"是的，赫拉斯先生。"卡平拿着雪茄，站了起来。

赫拉斯盯着卡平的眼睛道："你想报复他们？"

卡平的额头突然沁出了一滴滴汗水："不，没有。赫拉斯先生，您误会了。"

赫拉斯微微点头道："你必须记住，我们正在关键时期，如非必要，尽量不要惹事。"

他停顿了一秒，观察了一下卡平的反应道："贝克兰德的人口贩子并非只有你一个，我们可以扶持你，也可以支持别人，你要记住这一点。

"当初挑中你，是因为你足够狠毒、足够无耻，却异常谨慎，并非因为你已经是最大的人口贩子。"

奥德斯在旁边听着两人对话，恨不得自己只是一团空气，那样就看不见卡平老大卑微的样子了。

卡平表面没有丝毫愠怒，赔着笑道："赫拉斯先生，我主要担心的是法比安的死不简单，这也许会打乱你们的计划。"

"不，他的死亡没有任何问题。"赫拉斯用笃定的口吻说道，"我没有得到任何反馈。"

"这样啊……"卡平故作释然道，"那我就放心了。"

他看了一眼奥德斯，示意对方出去，然后压低嗓音道："赫拉斯先生，这次的货物里面有你喜欢的类型。"

见赫拉斯表情松动但又没有任何表示，卡平忙又补了一句："送到那边的已经凑齐了。"

赫拉斯遂缓缓颔首："让她晚上到我的房间来。"

"是，赫拉斯先生！"卡平满脸堆笑地道。

目送赫拉斯离去后，他的脸色一下变得阴沉，吸了一口气，小声说道："希望你们这次能遵守承诺……我不想再参与类似的事情了！"

他清楚地记得那一年的丰收节，有人找上他，希望入手一批天真的少女。从那天开始，他的人生轨迹发生了极大的变化，甚至吃下了因法律禁止而转入地下的奴隶贸易五分之一的份额。他迅速变成贝克兰德较为有名的富豪，结识了不少大人物，并将他们拉入了堕落的深渊。

到了这一步，他迫切地想要掩盖过去的罪恶，想让"卡平"再次获得洗礼，成为真正的上流社会人士，然而，暂时无法如愿。

看了一眼手中的雪茄，卡平拿起摆在桌上的相框，里面有他和一个漂亮女人、两个孩子的合影。

拇指摩挲过相框表面，卡平眯起眼睛，低声自语道："这次之后，你们应该就能回来了……"

晚餐时分，卡平走出书房，脸上再次挂好了和煦的笑容。

"凯蒂女士，今晚有你喜欢的鱼子酱，以及特意为你准备的烤仔鸡。"他向那位穿着单薄衬衣的女士说道。

凯蒂摸了摸脸上的陈旧伤痕，未发一言，只是轻轻点头。

卡平知道她是沉默凶狠的性格，没有啰唆，目送她坐到了属于她的那个位置。

紧接着，戴有白色发套的赫拉斯进入了餐厅，对每一名用餐者微微颔首。

长相老气的帕克则喝了口餐前酒，笑着示意卡平快坐下。

洁白的餐巾铺开，食物依次端上，卡平端起酒杯，轻笑一声道："风暴在上，让我们为美好的未来干杯。"

"为美好的未来干杯。"帕克响应道。

赫拉斯没有说话,只捏住酒杯的高脚,虚提了一下,凯蒂则完全无视了几人。

这个时候,悬于大厅的古典挂钟刚走到七点二十三分。

贝克兰德桥区域,一家廉价旅馆内。

做了伪装的克莱恩掏出金壳怀表,看了一眼具体的时间,然后拿出圣夜粉,用灵性之墙封锁住了房间。

做完这一切,他迅速布置好祭台,举行起仪式:

"我!

"我以我的名义召唤:

"不属于这个时代的愚者,灰雾之上的神秘主宰,执掌好运的黄黑之王⋯⋯"

等到仪式完成,克莱恩当即逆走四步,进入灰雾之上,准备自己响应自己。

那片高耸而肃穆的宫殿里,他看见了涟漪光纹凝聚出的"召唤之门",那是对开的、布满神秘符号的虚幻大门。

克莱恩未急着被召唤,而是按照预定的计划,将"太阳胸针"等神奇物品纳入了自身灵体内。最后,他拿起"黑皇帝"牌,让灵体包裹住了它。

霍然之间,克莱恩只觉自身灵体凝实得如有血肉,似乎已能拿起手枪、搬动桌椅!

他周围随之弥漫起黑沉虚幻的雾气,而这雾气贴着表面,形成了一副充满威严感的盔甲。他脑袋之上多了一顶漆黑的皇冠,背后有了同色的长披风。

此时此刻,克莱恩就像一位即将踏上征程的皇帝。

黑皇帝。

他最后审视了一遍没带上的净化子弹和左轮手枪等物品,一个迈步,进入了那扇虚幻大门裂开的缝隙里。从烛火中跃出后,他立刻在夜色的掩映下,快速往位于乔伍德区艾瑞斯街的卡平别墅飞行。

没过多久,他飘浮于人工喷泉前,速度不快不慢地往别墅门口靠拢。来回巡逻的护卫们从他身边经过,却没有任何反应,而由于还未进入真正的夜间,此时并无非凡者在外面戒备。

另外,克莱恩并不害怕里面的强力非凡者会提前察觉、有所预感。

因为"黑皇帝"牌反预言、反占卜!

头戴漆黑皇冠、身覆密实盔甲的克莱恩站至门口,调整了几秒,向前迈出了脚步。他宛若实质的身体,就那样无声无息地穿过了大门,进入了卡平的别墅。

先呈现于他眼前的是摆放着诸多椅子和衣帽架的宽敞门厅,后方则是以金色为主基调的华丽大厅。那里没有天花板，能直接看见高达三层的穹顶，一个巨大的水晶吊灯垂了下来，每一片"花瓣"上都屹立着一根洁白的蜡烛。

大厅往左，穿过一扇厚重的大门，就是典雅有致的餐厅，里面烤肉的香味最为浓郁，掩盖住了酒类饮料和其他食物的味道。

克莱恩没急于潜入餐厅，先绕着外面转了半圈，时而伸手拉两下灰白色的煤气管道，似乎在实验自身灵体携带"黑皇帝"牌后的力量有多大、对现实物质的干扰有多强。

在"占卜家"和"小丑"时期，克莱恩的灵体状态除了能占卜、有直觉预感，就只具备两种类法术能力，分别是直接攻击灵魂和通过触碰让目标出现冻僵的效果；等提升为"魔术师"后，他自身不依赖肉体的几种非凡能力，也可以在灵体状态下使用，比如纸人替身和空气子弹等。另外，他开始能附体别人，完成初步的操纵。

而在"黑皇帝"牌的加持提升下，他灵体自身的力量变大，能够携带的物质变多，直接攻击灵魂的类法术能力随之进化成了"怨灵尖啸"，可以以人类听不见的声波伤害一定范围内所有生物的灵魂，也就是精神体，同样的，触碰带来的冻僵效果也显著增强。

确认完毕，他找到角落位置的墙壁，穿行过去，进入了餐厅。接着，他压制住所有意念，让目光不含任何情绪地扫过了长桌。

戴白色发套的赫拉斯、穿单薄衬衣的凯蒂、面容老相喝着红酒的帕克，以及略微发福，正切割着牛眼肉的卡平相继映入了他的眼帘。

视线一触即收，克莱恩没敢多瞧，以免被几位非凡者通过灵感发现。

他借助侍立在旁边的男女仆人的灵性光彩，也就是气场颜色的遮掩，小心翼翼地在餐厅内飘了一圈，弄清楚了具体的布局：比如这里的大小等同于他住所的客厅加餐厅加起居室；比如此处有一个壁炉，里面正燃烧着木炭，并通过管道将温暖传遍了整个房间；比如四周共有十六盏典雅煤气灯，它们的光芒交织在一起，带来宛若白昼的感觉；比如壁炉侧方的墙壁上，悬挂着一个个画框，里面有素描，有油画，皆是名家手笔。

"那个长着络腮胡的贝里斯没来，应该正轮换看守着地下区域的入口……一位非凡者愿意做这种苦差事，卡平涉及的绝对不是简单的贩卖人口……"克莱恩想了几秒，靠在一幅日落油画的旁边，伸手探入体内，拧开了那个棕色半透明小瓶的盖子。

"生物毒素瓶"！

他之所以这么重视时间点，要挑晚餐之前来，就是因为此时此刻主要人物聚集得最多，最整整齐齐，最利于发挥"生物毒素瓶"的作用！

而初冬季节紧闭的门窗，会让"生物毒素瓶"见效更快、效果更好！

另外，克莱恩来之前并未用"生物毒素瓶"泡水制作"预防剂"服食——他现在是灵体状态，根本不怕生物毒素！

借助自身灵体的包容与遮掩，他静静地站在那里，耐心地欣赏起一盏盏连通灰白色煤气管道的典雅壁灯，而无色无味的毒素迅速往外弥漫。

戴白色发套的赫拉斯切了块只有主刺的炸龙骨鱼，蘸了点黑胡椒汁，将它塞入了口中。咀嚼吞下后，他端起冒着珠串般气泡的淡金色香槟，心情不错地抿了一口。

凯蒂没让仆人帮忙切割那只烤仔鸡，正埋着脑袋，拿着刀叉，以精准解剖般的风格迅速将食物分成了许多块，大小竟然都差不多。

帕克边品尝红酒，边吃着炖羔羊肉，时不时与主座的卡平闲聊几句，算是这里最称职的宾客。

晚餐有条不紊地进行着，卡平将最后一块牛眼肉放入了口中。他微笑着对三位非凡者道："赫拉斯先生，凯蒂女士，帕克先生，今晚的甜点来自拉波瑞餐厅的主厨先生，共三种，分别是水果焦糖布丁、奶油酥饼和胡萝卜蛋糕。"

一贯冷漠的赫拉斯轻轻地点头道："我们这个国家是如此地热爱甜点。"

他刚感慨完毕，就看见卡平抬手抓了下脸颊，接着又抓了一下。

"有点痒。"卡平抱歉地笑了笑。

话音未落，他忍不住又抓了一下，抓出了明显的血痕。那道血痕迅速肿起来，表皮变得半透明，依稀能透过它看见里面淡黄色的液体。

"真的有点痒。"卡平又笑了笑。

他再次抓挠起原本的那个位置，因为太用力，肿胀到半透明的皮肤一下裂开，带着腥味的脓液喷了出来。

赫拉斯眼睛一眯，猛然站起，警惕地审视起四周。

"哈哈哈。"

"哈哈，哈哈哈。"

就在这个时候，他听到了夸张的笑声，身体霍然紧绷。

他看见一男一女两个仆人捧着腹部大笑了起来，笑得直不起腰，笑得流出了眼泪，笑得房间内一片安静。似乎是连锁反应，其余仆人有的晕了过去，有的不断呕吐，吐出了黄绿色的液体，吐得停不下来。

他们无一幸免。

砰！凯蒂掀翻了餐桌，让镶金餐具和剩余的食物酒液落了一地。她的手中已多了一把左轮，一根黑色的软鞭。

帕克跟随着站起，但精神却出现了少许恍惚，他看着一边惨叫呼救，一边不住抓挠、硬生生撕下来几条血肉的卡平，莫名觉得对方现在丑陋恶心的样子有些眉清目秀。

这时，赫拉斯也发现自己有点喘不过气来，瞬间明白整个房间恐怕都充满了毒素。他低吼道："屏住呼吸！帕克，你把门打开，凯蒂，你跟着我寻找入侵者！"

此时此刻，赫拉斯分外庆幸晚餐是和卡平一起享用的，而周围还有不少侍者。

这些普通人对毒素的抵抗能力远远不如非凡者，他们提前显露迹象，让自己等人在中毒未深时就察觉到了不对！

序列最低的帕克应该是我们之中症状最严重的……赫拉斯心里忽地闪过了这么一个念头。

哐当！

随着帕克打开房门，餐厅不再那么封闭，赫拉斯也依靠灵视发现了一道悄然游走的虚幻身影。

那身影穿着厚实威严的黑色铠甲，头戴一顶漆黑的皇冠，并用同色面具遮住了脸孔，就像来自灵界的王者。

这正是克莱恩。

赫拉斯抬起右手，指向那道常人看不见的黑色身影，口中念出了一个古赫密斯语单词："囚禁！"

霍然之间，黑色身影四周变得黏稠，仿佛形成了一个巨大的琥珀，或者围出了密封的透明墙壁。那道身影静止在了那里，难以动弹分毫，而凯蒂早已瞄准，扣动了扳机，配合相当默契。

乒乓两声，绘满奇异花纹的淡金色子弹穿透黏稠的空气，命中了那道黑色的人影。子弹钻了过去，打在了对面的墙上，那黑色人影无风自燃，竟是一个剪裁粗陋的纸人。淡金色的火焰里，纸人迅速化成了灰烬。

啪！一声奇异的脆响爆发，那十六盏典雅煤气壁灯里的光芒与壁炉内静静燃烧的火焰霍然变亮，照得赫拉斯、凯蒂和帕克眼前瞬间只剩下一片火红。

随即，所有的火焰熄灭了，只有窗外与人等高的路灯和穿透层云的绯红月光静静照耀着餐厅，让这里显得暗淡异常。

赫拉斯等人再次依靠灵视和灵感，寻找起那幽灵般的入侵者。与此同时，他发现毒素生效的速度并不快，在解决掉敌人前似乎不会真正发作。

于是，他边注意地下区域入口处的动静，边再次手指房门，用古赫密斯语低沉地发声道："禁闭！"

整个餐厅突然一凝，似乎多了一层连灵体也难以穿透的无形墙壁。

赫拉斯要让那个入侵者跑不掉！

"找到你了！"凯蒂一手握着左轮，一手提着鞭子，发现了飘浮至半空的黑色身影。

她眼中刚有奇异的光芒闪过，还未来得及做出攻击，脑海内就嗡了一声，就像被人用木棍重重敲击了一下头部。

她觉得自己遭遇了难以描述的尖啸，鼻端有几滴黏稠的血液缓缓地往下掉落。

赫拉斯只是略有眩晕，觉得呼吸不畅的症状严重了一点，最弱的帕克则眼冒金星，脚步变得虚浮。

忽然，帕克的肩膀不知被谁拍了一下。阴冷的感觉汹涌袭来，他顿时僵硬在了原地，就像被冰霜完全覆盖住，被低温浸入了骨头里，而他耳畔则响起了熟悉的低沉嗓音："囚禁！"

帕克瞬间被透明墙壁组成的监牢困在了门边，但克莱恩并未附身他，而是直接穿了过去，及时避开了赫拉斯的法术效果。

赫拉斯眯了一下眼睛，轻甩右手道："释放！"

帕克身周的无形监牢顿时土崩瓦解，不再有一丝一毫的残留。但他并未恢复行动力，反而软倒在了地上，不断打着寒战，似乎还在冻僵状态里。

这不仅是幽魂触摸带来的后遗症，还有克莱恩直接穿透他身体，伤害他灵魂造成的影响。

只有序列8的帕克当然没办法在短时间内恢复，就连呼吸都无法控制，再次吸入了大量的，和体内那种毒素一致的生物毒素。虚弱的他毒发加快，眼神发直，本能地调转了方向。他看见了同样在地上打滚、不断抓挠着自己脸部和身体的卡平，看见了对方挂在一道道血痕旁边的丝状肉条，看见了白森森的骨头颜色。

帕克喘起粗气，挣扎着爬了过去。

正痒得想撕掉外面那层皮的卡平忽然发现帕克正双眼赤红地匍匐而来，心中一下闪过了不好的预感，可是，难以停止抓挠的他根本没办法、没力气躲避，就连喊一声"不"都办不到，只能以惨叫代替。

这个时候，躲过"囚禁"的克莱恩用古赫密斯语低喊了一句"神圣"，然后手指一搓，于暗金色太阳鸟胸针光芒闪烁间，乓地打出了一枚空气子弹。

那空气弹刚一成形，便染上了圣洁的光彩，直奔赫拉斯的面门而去。

这是"太阳胸针"提供的神圣誓约，克莱恩附加的是神圣伤害！

赫拉斯早已改变了位置，动作异常敏捷，不像法师，倒如同格斗的专家。他一边躲避着克莱恩的空气子弹，一边示意凯蒂挥舞鞭子，缠住对方。

等到克莱恩的攻击被打断，不再连续，他从暗袋里取出了一只铁黑色的金属手套，试图戴在左手。

灵体状态的克莱恩哪怕侧对赫拉斯，也无须用余光才能看到这一幕，他当即飞了起来，避开凯蒂的抽击，从吊灯的上方掠过，扑向了赫拉斯。

赫拉斯看到这一幕，拿着铁黑色金属手套，指向斜上方道："流放！"

克莱恩顿时遭遇了磅礴又无形的力量，整个灵体被吹飞了出去，撞在了墙上，撞在了"禁闭"带来的无形之壁上，但没有穿透离开。

抓住这个机会，赫拉斯戴上了那个铁黑色的金属手套。

瞬息之间，他似乎高大了一点，威严得如同能主宰别人生命的大人物。

克莱恩刚刚从流放状态里解脱，就产生了极大的、没来由的恐惧，忍不住想要低头，想要匍匐，想要聆听对方的每一句话语，遵循对方的每一条命令！他的行动变得颇为迟缓，他的瞳孔里是高速靠近的女士凯蒂。

啪！凯蒂挥出了黑色长鞭，准确地抽中了克莱恩。

长鞭穿过了灵体，却给克莱恩的精神带来了相当大的痛苦，就像被人用烧红的烙铁按在了最脆弱的部位。他猛地扬起脑袋，发出一声惨叫。

而凯蒂另外一只手里的左轮手枪随之扣动。

乓！乓！两枚带着淡金光芒的子弹相继射出，打在了克莱恩的身上。

明净的光芒腾起，身穿黑色盔甲的身影飞快变薄，化成了一个纸人，并迅速烧成了灰烬。

克莱恩浮现于阴暗的角落里，灵体内的"太阳胸针"泛起了一抹暗金色的光芒。温暖的力量瞬间充满了他的身体，赫拉斯带来的极度恐惧飞快地消失不见。

"太阳胸针"的法术效果之一，免疫恐惧！

短短几十秒的战斗里，克莱恩已被逼得用了两次纸人替身。

虽然这有他故意为之的因素，但也足见赫拉斯和凯蒂联手的实力，正好印证了克莱恩之前占卜的结果：本次行动相当危险！

如果帕克没有在"生物毒素瓶"的影响和他最开始的突袭下被暂时废掉，局势会更加凶险。

而他预定的计划是，如果准备的四个纸人全部用完，机会却还没有出现，那就理智放弃——这并不是因为他不想多准备替身，而是他的灵性在战斗之余，只能负担四次。

至于赫拉斯制造的"禁闭"效果，克莱恩一点也不担心，他现在是被召唤出来的灵体，只要结束召唤，就能立刻返回灰雾之上，不是神灵级力量干扰或者某些特殊的0级、1级封印物发挥作用，根本没法打断这个进程。

之前克莱恩到王国博物馆窃取"黑皇帝"牌时，那个疑似高序列强者的女子就没能阻止他离开。这也正是克莱恩明知危险颇大，还敢尝试帮忙，还敢挑战不可能的主要原因和最大依仗！

见敌人不再恐惧，戴上了铁黑色金属手套的赫拉斯再次示意凯蒂拦住克莱恩，自己则手指前方，庄严地开口道："此地禁止幽灵与怨魂！"

克莱恩覆盖着黑色盔甲的身体当即晃动了一下，被无形的力量强烈地向外排斥。然而，"黑皇帝"牌的位格极高，让灵体的层次也相对较高，这种直接针对存在的影响很快便被压制了下去。

赫拉斯眼睛一眯，觉得来袭的幽灵非常古怪。

他看见克莱恩通过飞行，轻松地摆脱了凯蒂的纠缠，于是再次往前推掌，用古赫密斯语宣布："此地禁止飞行与飘浮。"

霍然之间，克莱恩只觉身体一重，直接从半空坠落到了地面。

凯蒂噌噌迈步，赶了过来，并抖动手腕，啪地抽出了那条拷问精神与灵魂的鞭子。她身上还有不少非凡子弹，但针对幽灵怨魂的已不足三枚，所以，她暂时放弃了使用左轮手枪，只依靠副手武器。

克莱恩熟练团身，就地翻滚，敏捷地躲过了凯蒂的抽击，听见了鞭子打在地上的脆响。

凯蒂正要横扫长鞭，喉咙突然一痒，咳嗽了两声，错过了连续进攻的机会。

这是她所中毒素的表征！

赫拉斯喘了一口气，重新屏住呼吸，直指自身道："惩戒对象，怨魂和幽灵！"

他的体表顿时浮现出晨曦般的光华，就连拳头之上，也闪烁起明净的色泽。

咔！赫拉斯脚下的大理石无声裂开，他高瘦的身体迅捷又凶猛地扑出，一下就扑到了克莱恩近前。

这个时候，他比凯蒂更像骑士！

砰！他一拳轰出，空气霍然爆开，但却被克莱恩提前撤步、顺风后荡的动作躲掉。

啪！凯蒂从旁协助，挥舞鞭子，抽向了敌人闪避的位置。

这逼得克莱恩不得不再次连续翻滚，摆出了游斗的姿态，并时刻注意着躲避赫拉斯的"囚禁"类法术。

砰砰砰，啪啪啪，赫拉斯连续强攻，凯蒂则从旁协助，只用了不到两分钟，就将克莱恩逼到了躲无可躲、避无可避的处境，就连翻滚都难有作用。

啪！凯蒂的黑色鞭子迎面抽来，克莱恩只来得及斜跨一步，还是被命中了胳膊。那直刺精神的痛苦再次袭击了他的灵魂，让他僵硬在了原地，灵体都有所稀薄。

抓住这个机会，赫拉斯握起左拳，威严宣判道："死亡！"

他的身体旋即与某种奇特的力量合一，拖出明显的残影，一下撞到了克莱恩的身上。

嗤啦！覆盖黑色盔甲的身影瞬间四分五裂，化作了蝴蝶般飘飞的碎纸——克莱恩用掉了第三个纸人！

赫拉斯目光一扫，迅速锁定了在角落浮现出来的敌人，冷笑一声道："我看你还有几个替身！"

刚才寻找敌人的过程里，赫拉斯已发现帕克正扑在卡平身上，场面又血腥又恶心，既不堪入目，又残忍惊悚。不过，赫拉斯顾不得解救那个下属。他很清楚自己中毒的程度会越来越深，必须尽快干掉敌人，所以他无法分心。

如果不是这样，他可能会先退出餐厅，缓和毒性，让敌人顺利逃走，以免敌人得到任何有用的情报。

他再次示意凯蒂上前，纠缠住不能飞行、不能飘浮的克莱恩，自己则吸了一口气，缓了一下。

"空气里有点怪味……这应该是毒素越来越多的表现……"赫拉斯念头一闪，没去多想。

他抬起左掌，庄严宣告道："非法入侵他人住宅即为有罪！非法入侵……"

重复第二遍的时候，赫拉斯的呼吸又困难了一点，一时间竟没能喘过气来，只好中断停止。

他又做了一次深呼吸，调整好了状态，然后再次开口道："非法入侵他人住宅即为有罪！"

他一连重复了三遍，而始终无法摆脱凯蒂纠缠的克莱恩莫名有了一些凉意。

"咳咳咳！"凯蒂再现咳嗽的症状，挥舞鞭子的动作随之迟缓。

克莱恩趁机摆脱了她的纠缠，却顾不上攻击她，而是抬起脑袋，张开嘴巴，发出了一声人类听不见的尖啸！

嗡！凯蒂脑袋一扬，身体摇晃，觉得地面出现了起伏。

赫拉斯只是略有眩晕就恢复了正常，他冷漠地看着克莱恩，威严出声道："有罪者当受到限制！"

本待扑向他的克莱恩霍然发现自己的双脚似乎被上了无形的镣铐，他的动作一下变得僵硬。

缓过来的凯蒂打开手枪转轮，快速退掉之前用过的弹壳和未用的子弹，接着掏出一个快速上弹器，将包括剩余的净化子弹在内的六发子弹塞进了弹仓。

赫拉斯随之握起左拳，开始酝酿攻击。

他要与凯蒂的射击形成梯次，务求彻底解决掉敌人或消耗完他的替身。

就在这个时候，覆盖黑色盔甲的克莱恩露出了微笑。

因为他等待的时机来临了！

他很清楚，要想让"生物毒素瓶"发挥不错的效果，需要一定的时间，而非凡者一有征兆就能察觉不对，并做出相应的举动，或寻找隐藏的敌人，或脱离充满毒素的环境，到时候将很难以此重创他们，甚至解决他们。所以，他使用"生物毒素瓶"的目的是另外两个——削弱敌人，掩盖气味。

他想让赫拉斯等人将闻到的所有异常味道全部归因于弥漫在空气里的毒素，让他们将额外的注意力完全集中在这个方面——这是本次"魔术表演"最重要的一环，也是成败的关键。

那异常的味道，是瓦斯的味道！是煤气的味道！

克莱恩最开始之所以要让煤气灯和壁炉里的火光瞬间大亮，旋即熄灭，不仅仅是为了干扰赫拉斯他们的视线，更主要是为了吸引他们的注意力，方便自己破坏几处隐蔽位置的煤气管道！

他最开始故意陷入险境，为的就是骗凯蒂射出针对怨魂幽灵的子弹，让她后续不再盲目射击，以免引发相应的变化！

他始终和对方纠缠，不做别的尝试，就是为了等待空气里充满瓦斯的那一刻！所以，他一直忍耐着没用火焰跳跃，没用操纵火焰！

至于赫拉斯禁闭这个房间的行为，他有所预料，却没想过会这么顺利。他在进入餐厅前，就好心地检查过门窗是否紧闭，并把大厅隐蔽位置的煤气管道给破坏了，让内外形成了一个巨大的"炸弹"，哪怕没有禁闭，最终也不影响什么！

而作为一个"幽灵"，克莱恩自己毫无疑问是不害怕爆炸的！

低层次的鬼魂会被火焰烧灭，"幽灵"却顶多受伤，这就是克莱恩明明能操纵火焰，还要额外购买净化子弹和太阳胸针的原因。

看见凯蒂抬起左轮，即将射击，看见赫拉斯又要宣判自己"死亡"，克莱恩微微一笑，啪地打了一个响指。

赫拉斯突然惊觉，有了某种危险的预感。可这个时候，他已看见侧方的壁炉内亮起了一朵火焰，并猛地点燃了周围的空气。

轰隆！

一声巨响中，赫拉斯的眼睛被瞬间充斥满房间的火焰完全占据，就像看见了一场盛大的烟火表演。

第十四章
CHAPTER 14
✦ 侠盗"黑皇帝" ✦

卡平躺在地上，又痒又痛，恨不得当场撕裂自己，摆脱这地狱般的痛苦。然后，他看见了瞬间蔓延而来的赤红火浪，听到了震耳欲聋的爆炸声。

他以为这最后一刻会变得漫长，会让自己回想起妻子和儿女在身边时的所有美好场景；他以为自身会感觉得到了解脱，因为不用再承受这非人的折磨了……但那个刹那，他心底依然涌现了极大的恐惧，涌现了强烈的求生欲，而所谓回忆还没来得及闪过，他的思绪就已被剧痛占满，旋即陷入了深沉的黑暗。

轰隆！

餐厅的窗户一下崩裂飞出，伴随着数不清的砖块碎石和明显往外翻卷的火舌。

刚好巡逻到这里的护卫们被砸翻了一片，侥幸没被击中的人也是两耳嗡鸣，身体摇晃，或歪或倒。他们看见餐厅外墙垮塌了大半，看见火焰似乎浮在了半空。

整条街道的民众和负责周围区域的警察同时听见了这声巨响，一时又疑惑又恐惧。

餐厅内，覆盖黑色盔甲、戴着漆黑皇冠的克莱恩立在那里，沐浴着赤红的火焰，享受着冲击波的劲吹，不为所动。他周围弥漫的黑气被灼散了许多，灵体自身也受到了一定的伤害，但并不严重。

翻倒的餐桌旁边，帕克和卡平被撞到了墙角，脑袋凹陷破裂，整体变得焦黑。他们的表面还浮着静静燃烧的火焰，其余的男女仆人状况也相差不多。

壁炉对面的那个区域，未能及时躲避的凯蒂被重重抛砸到了墙上，然后下滑落地。她浑身上下血肉模糊，间杂着大量烧焦的痕迹，竟没有一块完好的皮肤。她还未死去，但已重伤昏迷，可就算这样，她依然抽搐般地咳嗽着，吸入了大量的悬浮的火焰。

那根黑色的鞭子同样受到了伤害，出现了诸多裂纹，并被点燃了少许，而她拥有的那些非凡子弹，在这场爆炸里无一幸免。

凯蒂再没有丝毫战力。

赫拉斯则及时做出翻滚，护住了要害，可身上还是有不少血污和焦黑。他摇晃着站起，背部、发套和双腿位置燃烧着赤红色的火苗。他的呼吸愈发困难，他的身体遭遇了较为严重的创伤，但这已足以证明他肉身的结实和体魄的强健。或者说，戴上那只铁黑色手套后的他肉身足够结实，体魄足够强健！

　　不过，这也在克莱恩预料之内。在无法评估对方能承受多少伤害的情况下，他制定计划时会充分高估目标的体质。

　　余光瞄到克莱恩近乎完好无损，赫拉斯瞳孔一缩，慌忙伸出左掌，指着那个方向，声音低沉地开口道："流放！"

　　克莱恩再次无法承受地被推了开来，就像飓风里的纸屑一样被飘扬着抛出了餐厅，而外面的大厅经过刚才的瞬间燃烧，火势已变小许多，但正向木制楼梯方向蔓延，酝酿着另一波灾难。不过，因为爆炸主体被禁闭在了餐厅，这里受损不算严重。

　　抓住这个机会，赫拉斯猛然转身，头也不回地向着外面奔逃。哪怕身上覆盖的火焰还在燃烧，他也没浪费一点时间去处理。

　　赫拉斯知道自己的状况极差，有失控的危险，而毒素的效果要不了多久就会达到极致，两者相加之下，他不认为自己还有战胜那个入侵者的可能性。哪怕地下区域入口还有位序列7的贝里斯可以帮忙，也同样如此！再继续这么战斗下去，他相信自己只会等来毒发或重伤失控两种结局！

　　而一旦决定逃跑，他就没再去管还活着的凯蒂。

　　刚在"流放"之下稳住身形的克莱恩看到这一幕，当即微扬脑袋，张开嘴巴，发出了一声人类无法听见的尖啸！

　　嗡！赫拉斯脑袋一阵眩晕，脚步随即顿了一下，体表还算完好的皮肤处则长出了密密麻麻的透明水泡——这是失控的前期征兆。但他迅速缓了过来，继续发足狂奔，逃出了别墅所属的草坪。

　　真是难杀啊……克莱恩为避免意外，没做追赶。他记得自己的目的是救人，而非清理这些堕落的非凡者。

　　更为关键的是，他现在消耗颇大，又受了不轻的伤害，如果追赶，未必能挡得住赫拉斯的疯狂反扑。

　　啪！克莱恩打了个响指，射出了一枚空气子弹。那子弹射入了凯蒂的脑袋，结束了她的种种痛苦。

　　紧接着，克莱恩转身飞向了地下区域入口。

　　留着络腮胡的贝里斯一直关注着外面的动静，但不敢擅离职守，怕被入侵者的同伙趁机闯入地牢。此时此刻，端着高压蒸汽步枪并开启了灵视的他被那声巨响吓到，神经异常紧绷。旋即，他看见了那只飞来的威严的幽灵，毫不犹豫就抬起步枪，扣动了扳机。

乓！白雾从枪管内喷出，一枚尖利的淡金子弹以惊人的速度射向了前方。

克莱恩早有预感，在贝里斯开枪前便已绕出了一个不大的弧度，那枚子弹穿过大厅，射穿了正门，飞到了外面。

而与此同时，贝里斯冲出值守室，一边端着高压蒸汽步枪，摆出威胁的姿态，一边向着大门快速移动。

他相信能解决赫拉斯、凯蒂和帕克联手的入侵者，肯定也能轻松干掉自己，而且，刚才那么大的动静必然会引来关注，说不定有代罚者过来查看，所以，唯一的选择是：跑！

克莱恩又发出了一声无形的尖啸，让对方仿佛被铁锤砸了一下，眼前有无数金星飞舞，鼻端流下了几滴血液。

但这并未阻止贝里斯逃跑。在开枪阻挡住克莱恩后，他已是奔入大厅，连翻带滚地靠近门口。

克莱恩略一斟酌就放弃了追赶和战斗，关掉总阀，来到地下区域的入口，啪啪连打响指。

乓乓乓！一枚枚空气子弹射在无形的墙壁上，逐渐瓦解了禁闭能力的效果。

这也是克莱恩敢于弄出煤气爆炸、敢于使用"生物毒素瓶"的原因之一。有赫拉斯对地下监牢的禁闭效果存在，只要不是正面冲击，他都不用担心会误伤到那些可怜的少女。

他破坏门锁，飞入地牢，先根据之前占卜画面给予的启示找到了关押黛西的牢房，确认对方暂时没受到太大的伤害，还拥有行动能力。接着，他身体虚化，融入了铁门。

哐当！哐当！哐当！

一侧的铁门速度飞快地相继打开，似乎有无形的幽灵在奔跑着解锁。

哐当！哐当！哐当！

一侧结束，又轮到了另外一侧。

黛西等少女先是被外面的爆炸声惊到，过了一阵又愕然发现牢门莫名敞开，却无人进来，自己似乎随时可以离开。

刚被绑来没多久还未受到什么调教的部分女孩大着胆子起身出去，一路试探着跑到了地下区域出口。她们穿过因爆炸而轻微受损的大厅，离开了燃烧逐渐加剧的别墅，往着自由的方向越跑越急。

一直来到街上，黛西等少女才想起回望。

回望之中，她们隐约看见那罪恶房屋的顶部笔直站着一道身穿全黑盔甲、头戴漆黑皇冠的威严身影。

呼啦！那身影背后的披风无声无息飘荡了起来。

她们记住了这个场景，不太信任警察地寻找起附近的教堂。

克莱恩回到了火苗乱窜、烟气弥漫的餐厅，发现帕克和凯蒂的非凡特性刚有析出的迹象。他检查了两人携带的物品，确认绝大部分都已损毁，就连钞票也已焦黑发脆。

之后，克莱恩猛地向上蹿起，来到二楼三楼，快速巡视了一遍，想找到相应的线索。

他没尝试通灵，因为时间上有点来不及，而带到灰雾之上则不符合他接下来"谢幕"的需求。

连个小头目都被要求守秘，这些重要人物肯定也有相应的限制，不是想通灵就能通灵的。而之前那个操作太烦琐太费时，不适合现在……克莱恩结束探查，没什么收获，但随手拿了副塔罗牌。

回到破烂焦黑的餐厅后，他取出塔罗牌里所有的主牌，走到卡平尸体的旁边。接着，他专门抽离两张，将剩余那些哗啦啦地撒到了卡平的身上。

做完这一步，他把专门抽出的那两张塔罗牌，正面朝上地覆盖至卡平的双眼。

到了这个时候，帕克和凯蒂的非凡特性已然析了出来。

…………

几十秒后，别墅外面的半空中突然撕裂出一道虚幻的大门，上面布满复杂的符号。

大门无声敞开，走出来一位身穿笔挺礼服的英俊男士，他四十来岁，成熟而优雅。他有双金色的眼睛，只是一扫，就锁定了火灾现场般的餐厅。

就在这时，一阵狂风吹过，一道人影高速飞临。

那是一名戴着黑色软帽、银眸异常严肃的老者，他身穿绣着风暴符号的黑色长袍，正是风暴教会枢机主教、贝兰德教区大主教、"神之歌者"艾斯·斯内克。

"你怎么来了？"艾斯沉声问道。

乔伍德区的非凡事件归属圣风大教堂管理，所以他有资格这么问。

那英俊男子脸色不太好地回答道："我就住在附近。"

这里靠近西区。

两人没再多说，同时降至地面，进入了爆炸现场。一阵猛烈的飓风随之刮起，竟直接把那些火焰卷走，送到了外面的人工喷泉处——这风仿佛拥有了自己的生命和智慧。

两位半人半神的强者随即看见了头部中弹、血肉焦黑的凯蒂，看见了和人纠缠在一起、脑袋凹陷破裂的帕克，也看见了身上撒满塔罗牌的卡平，看见了这个人口贩子脸上盖着的两张主牌。

那分别是天使吹响号角的"审判"牌和身穿盔甲头戴冠冕的"皇帝"牌！

几乎是同时，斯内克枢机主教和那名英俊男子有所察觉，猛地扭头往外。

他们发现别墅侧面那栋房屋的顶部有一道覆盖黑色盔甲、头戴漆黑皇冠的威严身影，那身影轻轻颔首，披风随之扬起。

接着，那身影毫无征兆地消失了——在两位高序列强者的眼皮底下。

唰的一下，初冬的夜晚亮起了一道枝杈状的银白闪电。

它没有劈落，只是贯通了半空，将克莱恩刚才所站之处的周围区域照得宛若白昼，纤毫毕现。

"神之歌者"艾斯·斯内克收回了视线，脸色发沉地低语道："玫瑰学派？不是'怨魂'，也不是真正的不死生物……"

有一双金色眼眸的成熟中年男士侧头望了卡平的尸体一眼，道："用塔罗牌覆盖了目标的尸体……这是最近两个月内第二次发生类似的案件。"

"第一次是什么时候？"斯内克枢机主教沉声问道。

穿着笔挺礼服的成熟中年男士轻咳了一声道："真实造物主试图借助一个诈骗犯降临的那次。"

"那就不是玫瑰学派了。"斯内克枢机主教做出肯定的判断。

那些信仰邪神的组织，虽然谁也不待见谁，但不会刻意去破坏对方的事情，反倒有一种乐见其成、就等着对方先搅浑局势的心态。

"我也这么认为。或许是一个新出现的隐秘组织，他们的特征就是在目标身上撒满塔罗牌。"那名成熟英俊的中年男士笑道，"而塔罗牌不同的呈现方式似乎表达着不同的意思……

"这具尸体的脸上只盖了两张牌，一张'审判'，一张'皇帝'。'审判'是动机和目的，而'皇帝'则是刚才那位的组织代号？

"当然，这还可能是一种仪式。"

斯内克枢机主教没有回答，环顾一圈道："让我们看看这里究竟发生了什么。"

直到这个时候，第一批代罚者才赶到卡平的别墅。

…………

灰雾之上，只用了三次纸人替身，尚未达到极限的克莱恩正用占卜的办法确认黛西后续的安全。

"黛西能顺利回家。"他左手持握住灵摆，闭上眼睛默念语句。

七遍之后，克莱恩睁眼看见黄水晶吊坠在做逆时针转动，但幅度极小，速度很慢。这表示黛西回家的历程还有少许波折，但几乎可以忽略不计……克莱恩解读完启示，放下了最后的担心。

他随即看向面前摆放的两件物品，它们都散发着较为强烈的灵性光彩。

其中一件是浅蓝色的半透明六棱柱，里面不时有丝丝光芒划过，就仿佛来自意识深处的闪电。这是凯蒂女士遗留的非凡特性。

另外一件属于之前在战斗里没能发挥作用的帕克，他的非凡特性凝缩成了一团，如同小孩的拳头。这"拳头"由三种颜色组成，铁黑和暗红缠绕着大片的银白。

克莱恩没有犹豫，当即具现出纸笔，准备借助这两团非凡特性占卜对应的魔药配方。

克莱恩在晋升序列7之前，因为遗留的非凡特性有太多的额外影响，几乎没法以此占卜配方。哪怕有这片神秘空间排除干扰，并在一定程度上提升他的占卜能力，也不行。所以，过去的克莱恩只有通灵这一种办法。等成了"魔术师"，他才于灰雾之上初步具备了用遗留的非凡特性占卜的能力，只是大概率不会成功。

这一次，没有例外，克莱恩可耻地失败了。

不过他也有一定的收获，那就是弄清楚了两团非凡特性对应的序列名称。

"帕克是序列8'治安官'，凯蒂是序列7'审讯者'……这不是'仲裁人'途径吗？这条途径掌握在王室、军方和鲁恩较为古老的少量贵族家庭手里，而他们对外泄配方和非凡材料的事情管制得相当严格……难道卡平绑架的那些少女，有一部分会被送到哪位贵族的庄园？

"但他们犯不着为了享受，派出四个非凡者来帮助卡平啊，这明显不对等……赫拉斯比凯蒂厉害不少，也许是这条途径的序列6，戴上那只手套后甚至可能达到序列5……难道涉及了一些血腥邪异的祭祀，索求的目标不能暴露？

"除了王国内部，费内波特的卡斯蒂亚家族也掌握着这条非凡途径，并传递到了他们的军队和情报系统里……难道这又是一起不知牵涉到什么事情的间谍案？"

克莱恩尝试着占卜了一下自己的几个猜测，再次获得了失败的结果。

他暂时将此事抛诸脑后，转而轻敲青铜长桌边缘，无声自语道："只要有配方，有相应的辅助材料，这两份非凡特性就能分别让人成为序列8的'治安官'和序列7的'审讯者'……'魔术师'小姐那个叫作休的朋友似乎就缺'治安官'的非凡材料……

"下次可以通过'世界'把帕克那份卖给'魔术师'小姐，尽快积攒到我后续'无面人'序列所需的材料费用……

"总是通过'世界'，好像也不太合适，这次我故意留了塔罗牌，'正义'小姐要是听说了这件事情，肯定会认为是我的眷者做的……就由'愚者'先生帮他代卖好了……"

克莱恩迅速敲定了方案，并让"治安官"和"审讯者"的非凡特性自行飞到角落里，藏入了杂物堆。

"也不知道'仲裁人'途径的序列6和序列5分别叫什么……有利用秩序和法律的感觉……'法官'？"

克莱恩收回思绪，半闭上眼睛，仔细审查起自身的状态。

他再次有了灵性变得活泼、魔药被撬动、消化在加快的感觉。这一次，他凭直觉相信自己总结出了绝大部分"魔术师守则"，剩下的一些，有细节更好，没有也无所谓，不会太影响消化的进度。

具现出圆腹钢笔和羊皮纸，克莱恩加强记忆般写道：

魔术师守则

1. 不做无准备的表演。

2. 挑战不可能，哪怕最终的结果只是虚假的。

克莱恩认为，以上是"魔术师守则"最核心的两条，把握住了它们，就把握住了关键，剩下那些则是对它们的补充和完善。

3. 多做主动的表演。

4. 尽量得到观众的喝彩。

5. 掌控住目标的注意力。

……

放下暗红色的圆腹钢笔，克莱恩从头到尾浏览了一遍，自我判断道："日常的扮演结合三到四次主动的表演，足以让我在新年前消化掉'魔术师'魔药；要是中间再来一次挑战不可能的表演，进度还能更快一点……这差不多就是我希望达到的速度了。"

此时距离1350年的1月1日大约还有两个月。

做完这一切，克莱恩揉了揉额角，准备返回现实世界。

将"黑皇帝"牌、"生物毒素瓶"等物品放好后，他忽然笑了一声，自嘲道："挑战不可能……这不就等于作死吗？"

声音回荡间，克莱恩的身影消失在了灰雾之上。

贝克兰德桥区域的廉价旅馆内，他猛地张开双眼，看见了自己召唤自己的仪式的烛光。

快速处理好手尾，克莱恩穿上刚花四苏勒买的较厚的工人夹克，走到了窗边。

他端起之前买的甜冰茶，望着窗户上倒映出的属于自己的模糊身影，露出由衷的微笑，低声自语道："干杯。"

话音刚落，他用手中的杯子碰了碰玻璃，扬起下巴将冰茶一口喝净。之后，他悠闲地离开了旅馆。

附近煤气路灯已然全亮，来往的行人和马车忙忙碌碌，对乔伍德区和西区交界处的爆炸一无所知。

克莱恩漫步至勇敢者酒吧周围，徘徊了一阵，于七点五十八分敲响了"智慧之眼"老先生那个非凡者聚会的门。

他戴上铁面具，套好带兜帽的长袍，表现得平平常常，普普通通。

…………

与此同时，每晚都会固定去不同地方检查一些联络记号的休看到了此前从未出现过的一个标志。

它属于A先生召集的那个聚会里假托他人之手将"治安官"配方卖给她的黄金面具男，它是紧急见面的标志！

"之前一直没找我，我也假装没这回事，怎么突然……"休想了想，决定还是去看一看——那个黄金面具男承诺会给她一些任务，让她攒够金钱，到他那里兑换相应的非凡材料。

于是，休换了个地方，标记出了见面的时间和地点。

半个小时后，一个偏僻但四通八达的巷子里，暗中观察了好一阵子的休走出躲藏的地方，走向了那个戴着黄金面具的男人。

那男人依然穿着黑色燕尾服，浅棕色的眼眸扫过休的头顶，道："有一个任务。"

"难度和报酬?"休熟稔地问道。

那男子推了推如黄金铸成的面具："没什么危险，但也可能有很大的危险，全看你自己怎么做。初期报酬是三十镑，如果你能拿到有用的情报，我甚至可以直接给你一件'治安官'对应的非凡材料。"

"什么任务?"休微皱眉头道。

戴着黄金面具的男子目光变沉，道："通过你的渠道，弄清楚最近都有谁打听过卡平的事情。"

"卡平? 那个人贩子?"休愕然地反问。

戴黄金面具的男人点了点头："是的。"

"我拒绝这个任务，我很讨厌他！"休当即回绝道。

对面的男人"呵"了一声："不是替卡平做事，因为他已经死了。"

"死了？"休顿时有点蒙。

"他死在了自己的家里，身上盖满了塔罗牌，脸部共有两张，一张是'审判'，一张是'皇帝'。对了，你顺便留意一下最近几年有哪些涉及塔罗牌又未上报给警察部门的事件。"戴黄金面具的男人补充道。

乔伍德区，休和佛尔思租住的那栋房屋内。

佛尔思刚敲定新书开头，心情不错地准备犒赏自己一根香烟，而这个时候，休推门进入了书房。

"吸烟有害健康。"休抽了抽鼻子道。

佛尔思见她脸上多有疑惑之情，没做争辩，转而问道："你好像遇到了事情？"

休抓了抓自己毛糙的金发，一屁股坐到了旁边的椅子上："之前那个人联络我了，就是在A先生召集的聚会里把'治安官'配方通过别人卖给我的那个人。

"他给了我一个还算简单的任务，初始报酬是三十镑，也不知道这里面有没有暗藏的危险……"

佛尔思略作回想道："那个人啊……他背后应该有一个组织，可为什么会想着拉拢你，就不怕被你的智商牵连，导致整个组织完全覆灭吗？你也没什么可以被图谋的东西啊，长相勉强还行，但个子太矮，大概就一条命比较值钱了……呃，什么任务？"

休早就习惯被好友打击，无视了她前面的话语，直接回答起后面那个问题："调查最近有谁打听过卡平的事情。"

"卡平？那个该被吊死，不，该被处以火刑的人口贩子？"佛尔思虽然不是赏金猎人，但搜集素材是作家的本能，所以她经常会让休讲述见闻和传言。

休点了点头："是他，不过他已经死了，好像还死得比较惨。"

"怎么死的？被小刀一点点割死的？"佛尔思颇为高兴和好奇地问道。

"那个人没有详细描述，也许明天的报纸会讲。"休想了两秒道，"他只提了现场的特殊情况，说卡平的尸体上被撒满了塔罗牌，脸上则覆盖着'审判'牌和'皇帝'牌。"

"'审判'牌的意思应该是'对卡平进行审判，结果是死刑'，'皇帝'牌代表什么？那个凶手，不，那个英雄的身份？"畅销作家佛尔思本能地解读起案发地点的独特布置。

突然，她愣了一下。

塔罗牌？尸体上撒满了塔罗牌？佛尔思猛地联想到了自己刚加入不久的那个隐秘组织：塔罗会！

不会是我们内部哪个成员做的吧？可没有代号"皇帝"的成员啊……如果确实是，这还是我第一次在现实世界里发现塔罗会的痕迹……我们不仅仅是一个只存在于灰雾之上的隐秘组织……佛尔思思绪翻腾，有惊喜也有忧虑。

克莱恩在侍者的引领下，进入了那个熟悉的起居室。

房间内依然只有一根蜡烛，昏黄的光芒将四周照得宛若鬼故事里的场景，再配上一个个套着黑色长袍、戴着铁质面具的神秘人，这种氛围就更加浓厚了。

刚一踏入这里，克莱恩忽然有了些莫名其妙的感觉。

他觉得那摇曳的烛火在盯着自己。

他觉得那火焰会一下爆开，点燃自身的头发和长袍。

他觉得凸肚窗后静静垂落的帘布会猛然荡起，笼罩住自己的身体，遮掩住用于呼吸的口鼻，强行憋死自己。

什么情况？克莱恩一阵愕然，精神高度紧绷。

这算不上危险预感，却又是难以回避的直觉。

克莱恩小心翼翼地找了个位置坐下。屁股刚触及椅子表面，他就感觉那椅子会霍地爆开，一根根粗大的木刺将随之贯穿自己的身体。

这让他想到了在地球时看过的几个视频——劣质的气压升降型座椅爆炸，钢杆和碎片刺入了主人的身体，整个场面血肉模糊，惨不忍睹。

为什么总是会有这种不好的联想？难道是之前战斗里灵体受伤带来的负面影响？克莱恩若有所思地环顾了一圈，发现胖乎乎的"药师"这次还是没来。

"出了什么事情？或者他已经离开了贝克兰德？"克莱恩无声地自语了两句，听到"智慧之眼"老先生宣布聚会开始。

接下来的时间里，克莱恩时而觉得天花板上的吊灯会斜着坠落，砸到自己的头上；时而认为"智慧之眼"老先生面前的茶几会忽然横移，绊倒自己；时而怀疑身边的聚会成员充满恶意，随时可能暴起发难。

这让他坐立不安，既警惕又疑惑，根本没什么心思留意各种或成功或流产的交易。

如果说危险预感是偶尔振动几下，提醒你有消息进来或有电话打入的手机，那现在莫名其妙的直觉就等于时刻不停的电钻，"抖"得我难以放松，无法关注别的事情……

克莱恩试图揉一下额角，却触碰到了冰冷的铁面具。这个瞬间，他觉得自己的铁面具会突然凹陷，紧贴住脸庞，一直嵌入大脑里。

真是因为灵体受伤，产生了幻觉？克莱恩皱起了眉头。

他原本想在这个聚会上提出求购千面狩猎者脑部异变垂体和血液的请求，但身陷如此境况，他只能谨慎地放弃。

虽然"智慧之眼"老先生组织的聚会层次不高，大概率不会涉及千面狩猎者这种较为高级的怪物，但克莱恩相信这里不少成员还参加了别的聚会，或许能接触到相应的情报和线索。

惴惴不安中，克莱恩以旁观者的姿态参加完了这次聚会。

他刚脱掉长袍，摘去面具，离开那栋房子，之前那种所有人、所有物品都要迫害他的莫名其妙的直觉就一下消失了，诡异地消失了！

"这……"克莱恩瞳孔微缩，确认刚才那种状态不是因为灵体受伤，否则他没可能在房间内外是两种状态。

他怀疑在举行聚会的起居室内，有一个看不见的、感应不到的异常恐怖的人或物存在，刺激到了拥有"占卜家"灵感直觉和"小丑"危险预感的自己，但又由于对方的刻意压制或者特殊之处，这种刺激才会只以联想太丰富的形式出现，没让自己警觉。

会是谁呢？这也太可怕了吧，仅是存在本身，就让我有了点类似失控前兆的反应……克莱恩不动声色地远离了"智慧之眼"老先生的那栋房屋，向着最近的街道行去。

忽然之间，他有了个猜测：这附近是勇敢者酒吧，我、莎伦小姐和马里奇杀掉的"怨魂"史蒂夫等人就负责监控周围区域……他们的死亡必然会让那个玫瑰学派的高序列强者愤怒，并将目光投向这里，投向活跃于勇敢者酒吧附近的非凡者……刚才那个是他？

还好我今晚用了"生物毒素瓶"和"太阳胸针"等物品，而为了不被占卜到，我将它们留在了灰雾之上……否则，结果不堪想象……刚完成了一场不可能完成的"表演"的"魔术师"会直接死在这里……

非凡者的世界真危险……

圣风大教堂内，艾斯·斯内克枢机主教看向面前的代罚者小队队长，银眸不含情绪地问道："卡平是谁？为什么他的别墅会有地下监牢？"

那位代罚者小队队长当即回答道："一个富豪，传闻与多起少女失踪案有关。他被怀疑是人口贩子，且私下还在做奴隶贸易。那个地下监牢证明了传闻。"

"一个人口贩子为什么会得到好几个非凡者的保护？而且序列不算低。"斯内克枢机主教追问道。

"阁下，这有待调查，我们试图用非凡手段寻找线索，但都失败了。"代罚者小队队长有些胆战心惊地回答。

"我也试过了。"斯内克枢机主教没有责怪他。

这位风暴教会的高层顿了顿，又道："继续追查此事。还有，找到那个序列6或者序列5的幽灵。"

等到下属离去，斯内克枢机主教提起钢笔，在记录本上写下了几个需要重点关注的对象："卡平，人口贸易，塔罗牌仪式，奇怪但序列不太高的幽灵，隐秘的图谋。"

…………

皇后区，霍尔伯爵家的豪华别墅内。

奥黛丽正等待着女仆切割食物，忽然听到习惯于在早餐时看报纸的父亲霍尔伯爵笑了一声："卡平死了。"

"他是谁?"奥黛丽睁大眼睛，开口问道。

其实，她对卡平是谁一点儿也不好奇，只是单纯地配合一下明显有交流欲望的父亲。这既是女儿的特长，也是"读心者"的本能。

"一个私下里可能是人口贩子的富翁，他和某些人关系不错，呵……"霍尔伯爵轻笑道，"他昨晚被人杀掉了，现场有明显的审判痕迹，所有报纸都称呼那个凶手是侠盗，侠盗'黑皇帝'，嗯，这是以古代所罗门帝国统治者的代号为他命名了。"

侠盗? 侠盗"黑皇帝"? "黑皇帝"……奥黛丽瞬间就联想到了那张目前属于"愚者"先生的亵渎之牌，这是她到目前为止接触过的最高层次的物品。

她霍然对卡平被杀案有了兴趣："听起来很有意思，虽然这不合法，但我还是想说一声，那个侠盗做得真漂亮。唔，爸爸，过程呢?"

"警方和教会对应部门没有透露具体的细节，我也还没和他们见过面。报纸上是这样描述的：侠盗穿着黑色的盔甲，戴着漆黑的皇冠，身后有同色的披风，他进入卡平的别墅，不仅盗走了保险柜里的所有财物，还盗走了卡平和他那些罪恶手下的生命，解救了被关在地牢里的少女们。他在卡平的身上撒满了塔罗牌，最显眼的是位于脸部的两张，一张是'审判'，一张是'皇帝'。"霍尔伯爵拿着报纸，微笑着描述道。

塔罗牌……"审判"牌和"皇帝"牌……奥黛丽的眼睛陡然发亮。

听到那熟悉的场景描述，奥黛丽几乎可以确认这是"愚者"先生的眷者做的。她顿时有了强烈的代入感、参与感和自豪感。

那是一个满手血腥和罪恶的人口贩子……"审判"牌是表示对他进行正义的审判,判决结果是绞刑、断头刑或者火刑?

"皇帝"牌应该是身份的表征……这是那位潜入王国博物馆盗走了"黑皇帝"牌的眷者?

一时之间,奥黛丽浮想联翩。

她本打算追问更多的细节和更详细的过程,可是,她从父亲霍尔伯爵的表情、语气和情绪颜色明白他暂时还不知道究竟发生了什么事情,只好按下疑惑和好奇,准备从供职于军情九处的好友康斯·李尔森那里打听。

虽然直接找康斯询问很符合我在这方面的形象,但那样一来,始终还是有些突兀,与贵族的身份略显矛盾,唔……让安妮准备几份下午茶的邀请函,分别送给格莱林特、康斯、穆雷、克莉丝汀、简……他们大部分是对神秘学感兴趣的人,对侠盗"黑皇帝"这个称呼不会没有感觉,在我的引导下,他们能帮我问出许多我不方便问的问题……就这么决定了……奥黛丽收回注意力,小口小口地享用起早餐。

她相信"愚者"先生的眷者不会纯粹地为了惩罚邪恶而对付卡平,这不符合他的身份定位。

当然,如果是几个月前刚加入塔罗会的奥黛丽,肯定愿意接受类似的解释,否则她就不会挑选"正义"牌做自己的身份象征。

而经历了多次聚会、经历了不少事情后,她觉得自己成熟了很多,不再那么单纯。她认为这件事情里面必然隐藏着更加关键、更加本质的因素,比如卡平涉及了哪位邪神,或者哪个隐秘组织。

希望康斯能提供有用的消息……奥黛丽满是期待地想着。

…………

明斯克街15号,克莱恩边吃着涂抹果酱的白面包,边翻看着今天份的报纸。

"什么?保险柜?"看着看着,他险些噎到自己。

我不是,我没有,别瞎说啊……克莱恩当即在心里用三连句的形式否定了自己盗走保险柜内所有财物的描述。

当时情况紧迫,为了获得线索,他虽然找到了保险柜,也只是钻进去看了看有无重要文件和证据,并没有拿走任何财物,而且迅速就离开那里,转入了别的房间。

当然,灵体状态的克莱恩在煤气造成的爆炸里也受了一定的伤害,能够携带的物品总重量下降了不少,卡平的保险柜里又只有金条、珠宝、地契、房契和古董等东西,要么不便于拿走,要么没法脱手。

或许他还有专门放现金的地方，可惜我没遇到，也没时间去找……克莱恩无声地嘀咕了一句，确认瓜分了保险柜内所有财物的是后续的某些调查者。

他看了一眼报纸，喝了口锡伯红茶，缓缓地吐了口气，在心里笑道："侠盗'黑皇帝'……这个称呼我喜欢……"

用完早餐，克莱恩穿上厚重的双排扣长礼服，拿上半高丝绸礼帽和坚硬的黑色手杖，开门离开了明斯克街，前往东区边缘的破斧巷——那是黛西失踪的地方。

昨天敲定计划后，在付诸行动前，他还刻意去了破斧巷一趟，认真地寻找着蛛丝马迹，并敲开了周围不少房屋的门，询问他们是否看见过类似黛西的女孩。

虽然克莱恩认为接手的官方非凡者不会觉得贫穷困苦的家庭请得起、请得到一位最少有序列6实力的"侠盗"，大概率会将调查的方向放在卡平涉及的隐秘上，并辅以"谁最近打听过卡平的事情"等外围排查，但他还是小心谨慎地决定，一旦开始"表演"，就尽量演足全套。要是哪位执法者脑子抽了，打算在这方面做个初步的调查呢？

有的家庭或许还有些积蓄，能请得起别的侦探，我一个昨天才接手的好心人，被怀疑的概率极低。只要不被怀疑，就不会和上次我在兰尔乌斯案件里的表现做对比……

而且，上次出动的是值夜者，并由军方特殊部门辅助，这次在乔伍德区，接手的应该是代罚者，他们之间的沟通不会那么顺畅……嗯，凯蒂和帕克他们属于"仲裁人"途径，也不知道军方那边会不会插上一脚……

作为前值夜者，克莱恩对几个官方组织的行为模式、做事风格和调查习惯有足够的了解。

简单来说，我拥有出色的反侦查能力……克莱恩自嘲一笑，登上了马车。

他要继续去调查黛西失踪案，因为他是一个还没有确认黛西失踪与卡平有关的普通私家侦探。

上午九点，黛西在负责周围街区的警察陪伴下，返回了租住的那栋破旧公寓。

她昨晚和那些同样可怜的少女一起被安置在了乔伍德区的一个个教堂内，并接受了相应的询问，包括她们逃出来时的场景，她们回头看见了什么，她们分别住在哪里，家庭情况怎样，有没有认识什么感觉不是太普通的朋友，等等。

还处在惊慌和后怕情绪里的黛西如实地回答了那些问题，之后，再没人找她。

她睡了半夜，于清晨被送到了东区，交给了她经常看见的那名面相凶恶的警察先生。

一路之上，黛西不敢说话，略有些战战兢兢，直到进入自家所在的那栋公寓才感觉自在了一点。

她刚踏入房门，还没来得及透过悬挂着的湿漉漉衣物找到妈妈和姐姐，就听到了一声尖叫："黛西！"

弗莱娅放下手中的活计，像一只敏捷的小鹿一般，躲过半空的衣服和地上的杂物，飞快地跑到了门边，重重地抱住了妹妹。

接着，她松开手，流着眼泪，又惊喜又担忧地上下打量起黛西："你没事吧？太好了，你终于回来了！"

丽芙也从洗衣盆后站起，将手在自己的衣物上擦了擦，抹着眼睛道："黛西，你这几天去了哪里？"

这时，那位警察先生插言道："她被绑架了，我们把她救了回来。"

"谢谢，谢谢你们！你们太……太伟大了！"丽芙流下眼泪，乱用着形容词。

那警察轻咳了两声道："这是我们的职责……你们最近几天有遇到什么奇怪的人吗？"

丽芙怔了一秒，本着少一件事情算一件事情、不愿意添麻烦的心态道："没有，真的没有。"

那警察摆了摆手道："以后注意点！别走没什么人的小路！"

他忍受不了这里的潮湿和混杂起来的各种味道，当即转身离开。

丽芙再次望向小女儿，大步来到她的身边，将手在侧面擦了擦后，一把抱住了黛西："回来就好，回来就好……"

她流着眼泪喃喃低语，没去问黛西是否有受到伤害。

黛西一下放松，抽泣着哭了起来。旁边的弗莱娅也跟着流泪，伸出双手，分别抱住了妈妈和妹妹。

母女三人哭了一阵，各自松了开来。

丽芙再次抹了下眼睛道："先浆洗衣物，还有很多。"

刚得到解救的黛西点了点头，迅速投入了忙碌的工作里。

一直到了中午，她们啃着黑面包、喝着几乎称不上茶水的白水时，丽芙才有空闲询问："黛西，你受伤了吗？"

黛西摇头道："他们就打了我几下。"

"那真是太好了！是警察把你们解救出来的？昨天有位好心的侦探愿意免费帮忙找你，结果你今天就回来了。啊，你的单词册还在他那里。"弗莱娅顺口说道。

丽芙早有准备地提了一句："我会请老科勒去要回来，并告诉那位侦探，你已经回家，让他不用再忙这件事情。不管怎么样，我们都得再对他说声谢谢。"

黛西放下担心，转而回答起姐姐的问题："不，不是警察。那里突然发生了爆炸，锁住我们的门也被奇怪地打开了，我们就那样跑了出来，但我们看见屋顶站着一位先生，或者女士。

"他穿着黑色的盔甲，戴着皇冠一样的头盔，还穿着披风，就那样静静地注视着我们。那些坏蛋没有一个来阻止我们、追赶我们。"

作为免费学校的"导生"，黛西的词汇量明显比母亲丽芙丰富。

"一个穿……那样的人救了你们？"丽芙诧异地反问道，弗莱娅也在旁边好奇地等待着答案。

黛西认真地点头道："是的，他就像是……像是吟游诗人口中的……英雄！"

英雄……弗莱娅咀嚼着这个单词，眼睛明亮得如同星星。

…………

某个密室内，一群人拿着下发的资料，仔细对比着兰尔乌斯案和卡平案，寻找着行为动机和作案手法上的共通之处。

"两件事情完全无法联系在一起，唯一的共同点是邪恶，或者说是罪恶被战胜了，塔罗牌的主人维护了正义。"有人感叹道。

"可以确定的是，两次动手的不是一个人。实力明显不同，擅长的领域更加不同。虽然有可能是因为这人的序列提高了，但卡平案的凶手属于怨灵，或者说能切换到灵体状态，这并不常见。"另一个人的分析得到了多数人认可。

于是，召集者总结道："两起案子，两个不同的人，又都抛撒了塔罗牌，也许后者是模仿作案，这样我们能将目标锁定在兰尔乌斯案的知情者里。

"另一个可能是，存在一个组织！一个以塔罗牌为象征的组织！"

…………

皇后区，霍尔伯爵的豪华别墅内。

顶级的费内波特圣德西山咖啡飘散出浓郁的香气，和王后红茶的美好味道交汇成了让人陶醉的气味乐章，它们缭绕着典雅的三层托架，烘托着一份份既美味又精致的甜点。

这是奥黛丽的下午茶。她在神秘学上的贵族好友们应约而来，围坐于旁，言笑晏晏。

经过奥黛丽悄然的引导，简、穆雷等人对昨晚出现的侠盗"黑皇帝"产生了强烈的兴趣，纷纷将目光投向加入了军情九处的贵族子弟康斯·李尔森。

"那位'黑皇帝'究竟有没有非凡能力？"长相甜美的克莉丝汀好奇地问道。

他们几人的父亲至少是子爵，让喜欢神秘学的他们有足够的地位和渠道了解到非凡力量和魔药的存在，但他们都和奥黛丽当初一样，不愿意加入值夜者、代罚者、机械之心和军情九处，不愿意将大量的时间浪费在执行公务上。

而除此之外，他们所属的家族都不是能追溯至千年前，甚至追溯到第四纪鲁恩王国刚建立那会儿的古老贵族，也没有完全地死忠于王室或成为军方高层，因此也没有得到过配方的赐予，哪怕有非凡材料也未必认得出来，认出来了也不知道该怎么用。这就限制了穆雷、克莉丝汀等人成为非凡者的可能性，他们的背景让他们只能向往，却很难迈出那关键一步。

至于他们的长辈在私底下有没有收集魔药配方，培养几个属于家族的非凡者，那就不是他们所能够了解的事情了。毕竟这不被允许，真要被国王抓住把柄，完全能以此为理由剥夺爵位。

当然，此时此刻的客厅内已经有了两个"背叛者"，分别是已经晋升序列8"读心者"的奥黛丽，和搜集到了一件非凡材料、用不了多久就能成为"药师"的格莱林特子爵。

瘦高的年轻绅士康斯喝了口咖啡道："我不做正面的回答，我只是告诉你们一些事实：发生战斗的餐厅内除了有煤气爆炸的痕迹，官方非凡者还通过各种办法检查出了毒素、替身、怨灵尖啸、神圣力量凝聚的子弹等元素。"

"对了，那位'黑皇帝'，不，那位侠盗，处于幽灵状态。"

不像是击杀"飓风中将"齐林格斯的那位，也不像是在下水道里解决兰尔乌斯的那位……窃取"黑皇帝"牌、制造了卡平案的是"愚者"先生第三位眷者？

仅是贝克兰德，祂就至少有三位眷者……祂总共会有多少眷者？奥黛丽心头一动，故意懵懂着问道："那里发生了激烈的超凡战斗？"

在她的引导下，穆雷更进一步地问道："卡平家里有非凡者？较为强大的非凡者？甚至不止一个？"

"他只是一个人口贩子啊……"格莱林特子爵不自觉地表达了疑惑。

奥黛丽保持着浅淡的笑容和好奇的眼神，耐心等待着康斯的回答。

康斯笑了一声道："穆雷的猜测是正确的，我只能说这么多。难道你们想让我被组长关禁闭？"

"卡平家里有较为强大的非凡者，不止一个……果然，他不是一个普通的人口贩子，他或许涉及了许多神秘事件……贩卖人口……难道他有涉及邪教祭祀？'愚者'先生的眷者就是针对这个动手的？兰尔乌斯那次也差不多，涉及邪教，涉及祭祀，涉及真实造物主降临……卡平背后不知道是哪个邪教、哪位邪神……

"'愚者'先生的目标似乎一直是那些邪神……果然是神灵间的博弈吗？祂不知道已经破坏了那些邪神多少大事了……"奥黛丽一下联想了很多，心潮渐渐有些澎湃。

我们塔罗会的敌人是邪神！其他都不够资格！

"愚者"先生难道想拿到"邪神克星"的称号？奥黛丽在心里轻笑了一声。

旋即，她收起情绪，暗自忏悔了一句：奥黛丽，你怎么能这样？怎么能拿"愚者"先生开玩笑……

中午时分，克莱恩返回明斯克街，不出意外地在自家信报箱内找到了老科勒花钱请某个车夫送来的信。

这是他们约定的紧急联络方式。

当然，根据克莱恩的预想，不认识单词的老科勒只会通过简单的符号告诉自己什么时候在哪里见面，谁知道信纸摊开后，上面竟是工整的文字。

只是瞄了一眼，克莱恩就确认这和黛西单词册上的字迹一致。

看来是这个女孩帮老科勒写的……这张纸没有被湿气浸润过的迹象，也许是老科勒专门买了一些纸张，就是为了紧急联络……

克莱恩打开大门，边走入客厅，边阅读书信。

他没有脱掉外套，只是摘了帽子，放好了手杖。这是因为房间内的壁炉尚未被点燃，11月初的寒冷正无声无息地往骨头里钻。

那封信的内容很简单，毕竟黛西会的单词也不算多。她先是感谢了侦探先生的好心和善良，接着告诉克莱恩自己已平安回家，最后委婉地提了一句，希望侦探先生下次来东区时能顺便带上那本单词册。

一个有礼貌的女孩……克莱恩轻笑一声，打了个响指，烧掉了信纸，不留任何线索。

他决定明天再去一趟东区，把单词册还给黛西，并报销老科勒的送信费用和纸张、钢笔的开支。想到这里，他忍不住叹息一声，低笑道："队长，现在轮到我给别人报销费用了……"

事情只剩最后一点收尾工作，克莱恩突然空闲了下来。他没有浪费时间，再次出门，直接去了克拉格俱乐部。

艾伦医生周五下午较常出现于那里，而克莱恩想询问一下那个玩塔罗牌的小孩威尔·昂赛汀的情况。

进了位于希尔斯顿区的克拉格俱乐部后，克莱恩对迎上来的红马甲侍者道："一杯侯爵红茶，一份甜点，送到大厅角落位置，艾伦医生和迈克记者他们坐的那里。"

克莱恩已经看见了戴着金边眼镜、较为冷淡的知名外科医生艾伦·克瑞斯和合作过两次、有双迷人蓝眼的《每日观察报》记者迈克·约瑟夫，以及在俱乐部出现频率仅次于夏洛克·莫里亚蒂的贵族马术教师塔利姆·杜蒙特。

"噢，我们的大侦探来了，正好说到你。"塔利姆笑着起身道。

"说我坏话吗?"克莱恩开了句玩笑。

迈克跟着站起,伸手和他握了握道:"不,是我想再次雇用你。"

"又有什么事情?"克莱恩对艾伦医生行了一礼,坐到了他们这桌。

迈克呵呵笑道:"你应该看报纸了吧?卡平被侠盗'黑皇帝'干掉了,他的罪恶也被揭发出来了,这真是一件让人高兴的事情!

"而作为一名记者,必须拥有足够的新闻敏锐性。我打算从警察部门那里拿份名单,去东区采访下被解救出来的少女们,然后将卡平最凶恶、最残忍、最不可饶恕的一面真实还原给报纸的读者们。当然,那些受害者必须匿名。"

他顿了一下,压低嗓音道:"我还有一个隐藏的目的,或者说想法。我想通过这样的采访弄清楚那些少女和他们的家人是否认识较为特殊的朋友,说不定那就是侠盗'黑皇帝'!"

你算是找对人了……克莱恩险些抽动嘴角。他微笑着对迈克道:"我们已经就东区的事情合作过,有足够的熟悉和信任,我没有拒绝的理由。"

"合作愉快!"迈克表情舒展地伸手道,"我们从明天或者后天开始,报酬和上次一样,总计十镑。"

这时,一直旁听的艾伦医生开口道:"夏洛克,我也想雇用你,就今天傍晚,或者晚餐后。"

我最近行情看涨啊……克莱恩好笑地问道:"会和迈克的委托冲突吗?"

"不。"艾伦摇了摇头,"我最近运气一直不错,这让我更加怀疑之前的倒霉是因为那个孩子的逆位'命运之轮'牌和他的那句话。对此,我很不解、很困扰。我对他可以说是非常好,抱有极大的善心,他为什么要这样对我?

"我想去他家拜访他,确认他是无意的。不过,我始终害怕类似的事情,怕出现什么意外,所以想请你保护我,就今晚,不会和迈克的委托冲突,怎么样?"

这正是我想做的事情!挑战了不可能,又做了好人好事后,我人品变得很不错了啊……真成执掌好运的黄黑之王了?克莱恩一阵惊喜,矜持地笑道:"没有问题,我们可以谈报酬了。"

白银城,戴里克·伯格再次审视起那条半透明的有十二条圆环的小虫,审视起这阿蒙分身的遗留物。

他原本想请教"愚者"先生这究竟是什么,但考虑到已经麻烦过这位神灵般的人物一次,又脸皮较薄地放弃了预定的打算,准备等下次塔罗聚会时再具现出来,询问"倒吊人"先生、"正义"小姐他们。

藏好那条小虫,戴里克忽然想到了一件事情:跟着"牧羊人"洛薇雅长老去探索那座半毁灭的堕落造物主神庙的小队差不多该回来了——那里距离白银城不算太远，属于之前没有涉足的方向。

他决定去看一下，里面有不少他的熟人。

看着一道道闪电照亮黑沉的天空，戴里克没直接去敲几个熟人的门，而是沿着最宽阔的那条大道，一路走至白银城边缘的训练场。

每支探索小队回来之后，都会在这里停留一段时间，既方便他们交流和汇报在黑暗深处遇见的事和物，也等于变相隔离，防备某些诡异的东西附着在哪位成员身上，等时间推移到一定程度就猛烈爆发。这是白银城两千多年来摸索和总结出的经验，不算复杂，但相当管用。

刚进入训练场，腰后插着飓风之斧的戴里克·伯格眼前就霍然一亮。他看见了大气艳丽、似乎只有三十来岁的洛薇雅长老，也看见了两位同年龄段的熟人。

白银城只有那么大，受限于环境，人口一直增长不起来，所以一个年龄段的人说少不少，说多也不多。戴里克不敢说全部都认识，但也见过大部分，与其中一些更是好几年的通识教育课同学加训练场同伴。在这支探索小队里，戴里克最熟悉的是曾经与他做过巡逻小队队友的达克·瑞金斯。

这个叫作达克的少年个头中等，身材微胖，以力量见长。他性格乐观而开朗，脸上常常挂着让人亲近的笑容，目前是"巨人"途径的序列8"角斗者"。

此时此刻，双方隔着一段半透明但坚硬如钢铁的墙壁，无法进行有效接触，必须等待探索小队的队员们全部被确认没有问题后，双方才能直接碰面。

自父母死后变得沉默孤僻的戴里克挥了挥手，向达克打着招呼。

"角斗者"达克有所察觉，侧过头望了过来。

"达克，怎么样？没遇到什么危险吧？"戴里克喊了一声。

那段黑色墙壁所用的材料来自离白银城不远的地方，叫作"黯琥珀"，坚硬如钢的同时又拥有一定的透明度和良好的声音传导性，让戴里克的话语没受什么阻碍就透了过去。

在戴里克想来，达克肯定会露出灿烂的笑容，习惯性地挥舞手臂道："你看我没受什么伤，就应该知道我们没遇到太危险的事情，都是小问题！"

听到他的声音，达克走了几步，靠近墙边，微笑着回答道："没有，一直都很顺利。"

看着他挑不出毛病的微笑，戴里克突然遍体发凉，就像夜晚露宿于废弃的塔顶或着被毁灭的城市里一样。

四周一片漆黑，暗流积蓄。

第十五章

✦ 银白巨蛇 ✦

克拉格俱乐部内，克莱恩和艾伦医生就报酬达成了一致：两镑！

不得不说，医生的钱就是好赚……换以前的我，这样的委托顶多支付十苏勒……本就有心接这个任务的克莱恩在心里感叹了一句。

他记得在值夜者小队的时候听"收尸人"弗莱提过，知名医生的收入很高。当时，不像诗人的诗人伦纳德·米切尔回应道，据他所知，如果在贝克兰德繁华区域买下一栋房屋做店铺，最快回本的选择就是改造成诊所。

双方约定晚餐后去拜访威尔·昂赛汀家，而此时才下午三点不到，于是马术教师塔利姆招呼着他们三人，凑成一桌，玩起了"升级"——罗塞尔大帝发明的那种。

我预想的是打会儿网球、练练射击、翻翻图书馆里的书籍，多健康的生活啊……可为什么会变成现在这样……打牌的间歇，克莱恩油然想道。

坦白地讲，以他现在的"魔术"造诣，完全能让艾伦医生、迈克记者和塔利姆输光身上的所有钱。

但我是个诚实的人，我更相信我的技术和运气……

克莱恩在红马甲侍者洗牌的时候，拿起奶油酥饼，享受地咬了一口。他由衷地赞叹道：这才是生活嘛！

打牌的过程中，克莱恩注意到了一件事情，那就是马术教师塔利姆不再像之前那样时常发呆，充满烦恼。

他朋友爱上不该爱的人的事情解决了？克莱恩喝了一口侯爵红茶，颇感好奇地想道。

作为侦探，他知道这件事情不该当着别人的面问，于是按捺下来，专心打牌。

到了五点，因为迈克·约瑟夫还要回报社一趟，四人的牌局就此中止，克莱恩赢了五苏勒。

最近手气真的不错……克莱恩欣慰赞叹之余，看见艾伦医生离桌去了盥洗室，遂控制着嗓音，低沉地笑道："塔利姆，你那位朋友的事情解决了？"

塔利姆正将手里的牌丢到桌子中间，闻言怔了一下，叹息着笑道："算是吧。"他颇有交流欲望地补充道，"其实也不是什么太严重的事情，是我当时想得太多了。简单来说就是一位身份显赫的年轻绅士爱上了一个平民女子，你知道的，类似地位的男子必须娶贵族小姐，呵，对他而言，连富豪的女儿也不行。"

这样啊……亏我脑补了很多狗血又离奇的故事，比如爱上了男人、爱上了怪物、爱上了伦理关系不允许的对象……克莱恩一阵失望，略感好笑地说道："据我所知，上流社会的男士们并不介意在外面养一个情妇。"

"不，夏洛克，你不懂，爱情，明白吗？爱情！那位年轻绅士只想娶那个平民女子。"塔利姆感叹道。

是，我不懂，我只是条单身狗……克莱恩张了张嘴，竟无言以对。

塔利姆自顾自地唏嘘道："为了那位年轻绅士的前途，我曾经想过请你找一位有些神奇能力的人，隐蔽地……呵呵，总之，我是个遵纪守法的人，只会在脑袋里想一想。"

"后来事情怎么解决的？"克莱恩饶有兴致地问道。

塔利姆端起高原咖啡喝了一口："解决的办法比我想象中简单，我直接找到那位女士，将困境告诉了她，她很理智地表示愿意离开那位绅士，并请我帮忙。

"不得不说，她真是个体贴、善良、文雅又美丽的女孩，如果不考虑身份，也许我都会跪在她的面前，亲吻她的手背。"

"好吧，看来我是帮不上忙了。"克莱恩端起了装红茶的白釉瓷镶金线杯子。作为一个地球来客，他对棒打鸳鸯、破坏别人爱情的委托完全不感兴趣。

但是，当八卦听又是另外一回事了。

在克拉格俱乐部用过晚餐，品尝到限量供应的苏尼亚大龙虾后，克莱恩和艾伦医生一块乘坐后者的马车，前往位于北区道顿街66号的威尔·昂赛汀家。

这是艾伦医生很早就记住的地址，他并没有回医院翻看相应的病历，而据克莱恩猜测，威尔·昂赛汀有关的资料多半已经被值夜者们抽走。

作为前值夜者，我很清楚他们的做事流程……克莱恩苦笑着感叹了一声。

拉响门铃，两人没等待多久就看见房门被打开，穿着黑白色衣裙的女仆疑惑地询问道："两位先生，你们找谁？"

见艾伦还是那副惯常的冷淡模样，克莱恩主动开口道："我们找威尔·昂赛汀。这是他的主治医师，我们来做回访，确认他的健康情况。"

"我，我不知道他，我才来这里几天……我去找我的主人来，你们稍等。"那女仆一脸茫然地回答。

两人等待之中，艾伦突然出声道："你刚才找的那个理由，我差点就相信了。"

"这是做侦探的基本素养。"克莱恩轻笑了一声。

这时，一位五十来岁的年老绅士走到门口，沉声说道："威尔·昂赛汀一家已经搬走了，在……"他报了个日期。

艾伦略一计算就皱起了眉头："刚做完手术，才出院两天，怎么能劳累着搬家？"他表现得真像在上门回访。

克莱恩则略微疑惑地问道："先生，您怎么知道得这么清楚？"

正常来说，后续的租客肯定会隔一段时间才搬来。

那位老先生没好气地回答道："之前已经有人来问过，我还特意去找了房东。"

值夜者们……克莱恩不抱什么希望地追问道："您知道威尔·昂赛汀一家搬去哪里了吗？"

"不。"老先生只吐出了一个单词。

"那他们有在这里留下什么物品吗？"克莱恩斟酌了一下，继续发问。

"有一些。"那位老先生吸了口气道，"但都给之前那帮人了！"

遇上同行真是一件无奈的事情……他们总是能提前想到你会想到的事情……克莱恩忍不住想要叹息。

见已经没有线索，克莱恩和艾伦礼貌地告辞，离开了道顿街66号。

"看来你的疑惑要等很久才能解开了。"克莱恩侧过头对艾伦医生道。

艾伦沉默了几秒，缓缓地吐了口气道："经过刚才的事情，我不是那么困扰了。我是个医生，做好我自己的事情就足够了，我应该回访病人是否健康，而不是质问病人别的情况。别人是什么想法，为什么不善良，不是我应该关心的问题，以后尽量只维持医生和病人的关系就行了。"

"你能这么想，那就最好了。"克莱恩发自内心地附和了一句，然后随口问道，"当时威尔·昂赛汀的左腿究竟出了什么问题？"

"他的左小腿长了一圈奇怪的瘤体，恰好形成了一个环形，严重地压迫到了血管。"艾伦医生回忆道，"但那个孩子竟然没什么太痛苦的表情，只是显得有些害怕。我们最初想保守治疗，但情况迅速恶化了……"

白银之城。

戴里克·伯格不知道自己是怎么回到家里的，只记得那份难以言喻的恐惧。

和过往相比，达克·瑞金斯的性格与表现没有太大的不同，但又确实有了让人不安的改变，戴里克害怕白银城被邪神堕落造物主盯上，害怕自己还没有成为"太阳"，将白银城从长达两千多年的诅咒中拯救出来，给这里的居民希望与阳光，它就已经被彻底毁灭。此时此刻，他分外痛恨自己还不够强大，还只有序列8。

不！不能就这样看着！戴里克霍然站起，准备冲去圆塔，将自己发现的异常告诉六人议事团的其他长老，告诉首席科林·伊利亚特。

但戴里克很清楚，类似的异常根本算不上疑点。每次对黑暗深处进行探索，伴随成员们的必然是几天、十几天甚至超过一个月的高度紧绷状态，那真是随时随地可能遇上或强大或诡异的怪物；另外，没有人烟的荒芜和看不见希望的旅程会带来极端的压抑；再加上为了安全，探索小队成员在外出阶段都不允许有性方面的宣泄，这就让他们每经历一次探索，心灵方面都可能出现一定的重塑，如果再遇上小队成员死伤过半的巨大危险，剩下的人因此性格大变也并不少见。对这种人的处理，只有按照惯例的隔离和治疗，几乎没有例外——白银城有"巨龙"途径的前面三个序列，所以并不缺少"精神分析师"。

戴里克冲到门边，忽然放缓了脚步。他知道这样找六人议事团汇报很可能没效果，还有不小的概率会惹来怀疑，甚至有被"牧羊人"洛薇雅长老盯上的危险。

徘徊了十几秒，戴里克一咬牙齿，拉门而出。

他认为自己必须提醒六人议事团的长老们，哪怕会因此承受不小的风险！

对白银城的绝大多数居民而言，用牺牲来维持这座城市的存在，维持这个文明的延续，是耳濡目染后铭刻入骨髓的信念。自私的人在这样的内外部环境下，往往活不了多久。

当然，戴里克也不是完全地鲁莽。在塔罗会诸位成员，尤其"倒吊人"的言传身教下，他清楚地明白某些时候要懂得忍耐，要适当地保全自身，不做无作用、没必要的牺牲。这是为了更好地守卫白银城。

我只是说我观察到的异常，应该没什么危险……戴里克自我安慰着，奔跑得越来越急。

终于，他看见了那座象征白银城最高权力的圆塔。他找到值守这里的非凡者，提出了面见首席长老的请求。

让戴里克意外的是，那位非凡者没有像平常那样询问为什么，只经过简单的通传，就带着他沿着阶梯盘旋往上，抵达了属于首席长老的那个房间。

很奇怪……和以前不一样……戴里克觉得这种细节的变化让自己更加不安。

进入房间，他看见了站在一面墙壁前的首席长老科林·伊利亚特。

这位法令纹很深、蓝眸沧桑、白发凌乱的高大老者背对两把交叉悬挂于墙上的直剑，穿着惯常的亚麻色衬衣和棕色外套，让人很难相信他是一位猎杀过诸多恶魔和怪物的强者。

"戴里克·伯格，你有什么事情必须面对面地告诉我？"科林嗓音醇厚地问道。

"首席阁下。"戴里克行了一礼，"我今天在训练场遇到了探索神庙的小队，我，

314

我发现我认识的达克·瑞金斯有了奇怪的变化。他不像以前那么开朗，他的笑容客气得就像面对一个陌生人，还有，洛薇雅长老也不再时常变换说话的状态了。"

科林深深地看了戴里克一眼，低沉地问道："就只有这两件事情？"

"是，是的。"戴里克低下了脑袋，"我认为这可能存在异常。"

科林挥了挥手道："我知道了，我会让艾芙洛去做检查。你回去吧，以后这种事情直接报备给圆塔的守卫者就行了。"

艾芙洛是白银城最资深、最接近序列6的"精神分析师"，可惜的是，这里没有序列7之后的魔药配方。

获得这样的答复，戴里克沉郁地离开了。

科林看着他的背影消失在门边，忽然颇为失望地叹了一口气。

和艾伦医生交流了一阵威尔·昂赛汀的情况后，没额外发现的克莱恩中途下了马车，乘坐蒸汽地铁，于三站路后抵达了明斯克街附近，换乘无轨公共马车返家。

因为时间还早，他先占卜确认了之前那名租客没有说谎，接着很勤奋地继续学习起《秘密之书》。

自从有了这本堪称从入门到精通的神秘学书籍，克莱恩对灰雾之上那片神秘空间的利用越来越巧妙，完成了不少优秀的操作。

"现在限制我的是自身的序列、自身的实力和灵性。"夜深时，克莱恩藏好《秘密之书》，边感慨边去盥洗室清理自己，准备睡觉。

这一晚，他睡得很香，哪怕清晨教堂的整点钟声，也只是让他翻了个身。

冬天就适合待在被窝里……克莱恩嘟嚷着起床。

为了犒劳"侠盗'黑皇帝'"，他的早餐多了份加糖的水煮溏心蛋，以及为白面包专门买的草莓果酱。就在他悠闲享受食物时，门铃突然被拉响。

"我不是告诉过迈克，让他在早餐后来吗？"克莱恩嘀咕了一句，喝了口甜甜的汤汁，用餐巾擦了擦嘴。

根据他和记者迈克的约定，对方会在早餐后半个小时抵达，开启对那些被解救的东区少女的采访；如果迈克超过半个小时还未出现，就说明事情将推迟一天。

克莱恩走到门边，还未伸手，脑海内就自然勾勒出了门外的来访者——不是迈克·约瑟夫记者，是艾伦·克瑞斯医生。

"早上好，艾伦，你昨天睡得很晚？"克莱恩发现艾伦的脸色颇差，于是悄然开启灵视，看了一眼。

艾伦取下帽子，放好手杖，本打算脱掉外套，却被房间里的冰冷空气"劝阻"了。

克莱恩干笑了两声道："我今天准备出门，你知道的，迈克可能会来找我，所以我没点燃壁炉。"

艾伦点了点头，没有多说，一路跟着克莱恩进入客厅，找了个位置坐下，才道："夏洛克，我昨晚做了个噩梦，我梦到了那个孩子，威尔·昂赛汀！"

噩梦？这就在我的知识范围内了……解梦我是专业的，比推理更专业……克莱恩前倾身体，交握双手道："什么样的噩梦？"

艾伦回忆着说道："有些细节和过程我已经记不起来了，我印象最深刻的是一座漆黑高耸的尖塔，上面盘着一条银白色的巨蛇，它正缓缓蠕动着，用冰冷无情的红色眼睛看着我。

"不知道为什么，我进了那座尖塔，沿着楼梯时而上行，时而下行，穿过了一面又一面墙壁，通过了一扇又一扇紧锁的门。最终，我在一个黑暗的角落里发现了那个叫作威尔·昂赛汀的孩子，他单腿跳了几步，蜷缩到靠墙的位置，身边撒着那副塔罗牌。看到是我，他又害怕又高兴，喊了一声'艾伦医生'……整个梦境差不多就是这样，之后我就醒了。"

克莱恩认真地听着，思索着问道："威尔·昂赛汀没有说别的话语吗？"

艾伦皱眉想了一阵，突然脱口道："有，他说'艾伦医生，有蛇想吃我！'，接着，那条银白色的巨蛇就从天花板上倒挂了下来，脑袋正对着我……它的嘴巴很大，但里面没有牙齿，没有舌头，只有一片血红！"

银白色的巨蛇……漆黑的高塔……层层防卫下的威尔·昂赛汀……克莱恩斟酌着对艾伦医生道："这并不是太奇怪的梦，应该是你和威尔·昂赛汀交流时无意识察觉他正处于某种困境里，被什么东西威胁着，所以才会梦到类似的场景。躲在高塔深处的无数墙壁和大门之后的孩子，盘绕在高塔顶端的银白色巨蛇……

"呵呵，作为一名侦探，或多或少要懂一点心理学，报纸上也经常会有所介绍。让我不解的是，你为什么直到今天才做这样的梦？"

克莱恩在解读上没有撒谎，只是未去讲可能存在的真正的缘由。

艾伦张了张嘴道："我刚才太急切了，忘记了一件事情。"

他边说边掏出了一个皮制钱夹，从里面拿出一只手工不错的千纸鹤，说道："发现威尔·昂赛汀一家已经搬走后，我才想起他在出院前送了我这个东西，还说'医生，这能给你带来好运'。

"我当时并没有在意，随手把它扔在了办公室的抽屉里，昨晚和你分别后才去拿回来，放进了钱包，结果夜里就做了刚才那场噩梦。"

克莱恩望着千纸鹤，若有所思地点头道："艾伦医生，看来威尔·昂赛汀并不是有意让你倒霉，他事后做了弥补。罗塞尔大帝发明的千纸鹤本身就有给予美好祝愿的意思，而他还说这会给你带来好运。"

艾伦下意识反问道："千纸鹤折法是罗塞尔大帝发明的?"

我不知道是不是他,但我觉得应该是他……克莱恩上翘嘴角道:"大概是。"

在克莱恩的解释和宽慰下,艾伦放心了不少,准备再观察几天,看是否还会做类似的噩梦。

微笑将这位知名外科医生送出大门后,克莱恩的表情突然变得凝重,似乎在思考什么事情。

他刚才对梦境的解读没有问题,漆黑的高塔、重重阻拦的墙壁和大门以及银白的巨蛇,确实象征着威尔·昂赛汀正处于某样事物的威胁下,象征着这个孩子害怕无助、试图躲到层层防护之后的心态。问题的关键在于,这大概率不是艾伦医生的灵性自主获得的启示,否则他不可能等到昨晚、等到翻出那只千纸鹤才做这样的梦,而应该早在威尔·昂赛汀出院前、早在他的灵性无意识间察觉到某些奇怪的事情时就有类似的发展。

所以,克莱恩怀疑这场梦境是别人灌输给艾伦医生的,媒介就是那只千纸鹤!

克莱恩用灵视仔细观察过这件手工艺品,但没发现它有任何灵性光彩,不过,他的灵感、他的直觉都告诉他,那只千纸鹤有些奇妙的地方,也许涉及了最虚无、最难以把握、最值得敬畏的命运。

那个叫威尔·昂赛汀的小孩不简单啊……看来神奇的很可能不是那副塔罗牌,而是他自己……

银白色巨蛇是危险的象征,这件事又与倒霉、幸运等因素有关,难道它代表着"怪物"途径的序列1"水银之蛇"? 克莱恩的思绪发散开来,却又无法肯定任何事情,于是转而分析起梦境是怎么灌输的。

以克莱恩目前的神秘学造诣,这并不是什么太复杂、太难以理解的事情。他很快就有了思路:"首先可以排除怨魂、幽灵的影响,那会让艾伦医生的气场颜色染上或浅或深的黑绿,而我刚才没有发现这方面的迹象。

"能让梦境主人不出现异常情况的梦境灌输,大致有两种办法:第一种办法类似'梦魇'的非凡能力,像队长那样靠引导来达成目的,而且自身不能参与得太深入,否则同样会留下痕迹。

"第二种办法就更巧妙、更高端了。梦境的原理是星灵体遨游灵界,让平时无意识注意到的某些细节在外部刺激下转化为具备象征意义的启示,或者直接从外部获得一些与自身相关的启示,然后将它们告诉精神体、告诉自身灵体,而由于主人正处于睡眠状态,这就会以梦境的形式出现。所以,第二种办法就是通过灵界来灌输!先用某些神奇的手段制造出自身需要的启示,接着自然地让目标的星灵体在遨游灵界之时获得启示,然后反馈回去,那样一来,目标就能梦到别人想让他梦到的场景，而不会有任何外在痕迹。

"这是目前的我办不到的事情，哪怕是能略微撬动灰雾之上些许力量的灵体状态，也不行。"

克莱恩沉顿了一下，又添加上了一个猜测：艾伦医生被人通过千纸鹤暗示了，一旦翻找出它，就会做相应的梦。

这个倒是好确认，只要我对艾伦医生使用通灵术，应该就能发现相应的痕迹……不过，对他用通灵术会不会不太友好？

或者向乌特拉夫斯基神父借那支"心魔蜡烛"？不对，认出我身份的是那只吸血鬼、狂热的人偶爱好者埃姆林·怀特，不是肌肉结实、如同巨人的乌特拉夫斯基神父……克莱恩收回思绪，考虑起接下来该怎么做。

他决定等下就去灰雾之上占卜危险程度，如果可以接受，那今晚就潜入艾伦医生家，利用"梦境符咒"等手段暗中观察，看梦境的来源是直接的引导还是间接的伪造。

不过，以克莱恩的实力和层次，要找到后者的痕迹会相当困难，他自己都没有太大的信心。这不是说坐到艾伦医生旁边进行冥想，星灵体就能和他遨游同一处灵界，而必须有足够清晰的定位才能办到。

根据《秘密之书》的描述，灵界的存在方式是相当奇妙的，它和现实世界完全重叠、全部重叠，所以每个人随时都能从灵界获得启示。但灵界没有上下左右之分，过去、未来和现在都有可能在一处交汇，就像是无数知识、无数信息、无数虚幻的灵聚集压缩而成的古怪海洋，和正常概念、正常逻辑里的"世界"截然不同。所以，从灵界获得的启示只能是各种象征，而非直接的答案。

正因如此，每个人的星灵体会遨游灵界的哪一部分，不仅与自身所在的地点、所处的时间有关，还和身体、精神当前的状态密切相连。如果没有对应的定位办法，就想于灵界锁定并找到某个人的星灵体，是不可能成功的，哪怕你就在对方身边。

也正因为如此，星灵体遨游灵界的程度是有局限的，不能太过深入。星灵体一旦迷失，回不到身体，主人就会变成痴呆者，更严重的则会成为植物人。而要是想让身体进入灵界，以此为跳板完成传送，则更是艰难，稍不留神就会迷路，永远也回不到现实世界，直至腐烂死亡。

呼……克莱恩吐了口气，暂时将问题抛到了脑后。

他掏出怀表看了下时间，发现自己思考的时间太久了，早餐也凉透了，而迈克记者到现在都还没有来——这说明委托大概率会推迟一天。

本着不浪费的精神，克莱恩吃完了剩下那些食物，然后去灰雾之上做了一次占卜，诧异地得到"这件事一点危险也没有"的启示。

做完这一切，约定的时间已经超过，他不再犹豫，换上厚重夹克，戴好鸭舌帽，拿上单词册，离开了明斯克街15号。

他最初的计划是陪迈克·约瑟夫到东区采访时找机会给老科勒一些暗示，让他不要提自己曾经承诺帮丽芙寻找女儿的事情；至于丽芙一家，则由老科勒去提醒。

而现在，迈克将事情推迟了一天，克莱恩也就更加从容了，不再担心会出现失误和意外。

结合老科勒提过的地址，克莱恩根据占卜获得的启示，进入东区深处，在一道道或警惕或戒备或麻木或贪婪的目光的注视下，找到了那个位于三层的房间。

这里摆着两张高低床，地上还铺着一些破旧的床褥，每个空余的地方都堆满了杂物。克莱恩直接望向最里侧那张高低床的下铺，喊了一声："老科勒。"

唰的一下，老科勒翻身坐起，惊喜地靠向门边："您果然来了。昨天给您送了那封信后，我就猜到您今天会来找我，所以我没去码头，一直等在家里。"

好嘛，不用我再考虑怎么编谎话来解释我直接到这里找你的原因了……克莱恩环顾一圈，转而说道："老科勒，以你现在的收入，完全可以租更好的房间，换更好的地方，为什么只是从地铺换成了高低床？"

"那些钱大部分是要帮您搜集消息的。"老科勒笑道，"而且我不再年轻，我得为以后身体彻底衰弱的自己攒些钱。"

克莱恩默然了两秒，道："你可以考虑下买些保险，比如那个孤寡老人救助险。它能让你在真正老去后，每周都领到一份至少能填饱肚子、能睡在房间内的钱。"

这个世界的保险业在第四纪就萌芽了，经过罗塞尔大帝的推动，现在已经较为成熟，主要有海运贸易相关的各种保险，还有火灾险、伤害险和以不同名义出现的养老险等，整体更面向富翁和中产阶级。

"这我知道，我还是个工人的时候，每周都会交三便士的保险费，但后来没了收入……"老科勒感叹道。他现在最大的问题就是收入不稳定，不知道来自侦探先生的线人费会在什么时候中断。

克莱恩也没法承诺什么，指了指外面道："我们去丽芙家，把单词册还给那个女孩。"

出了房间，克莱恩状似随意地提了一句："真是让人笑话啊，我前天才说要做次义工，帮忙找黛西，结果昨天她就被警察送回来了。以后不要提这件事情，我可不想被人笑话。"

"好的。"老科勒先答应了下来，接着才道，"您的好心和善良不会有人笑话的。"

穿过一条条肮脏的街道，两人来到了丽芙家。

克莱恩看见那名刚被解救出来的少女又开始了随时可能烫到自己的熨衣工作，

看见这里晾着的衣物一件件垂下，滴着水珠，与之前没什么两样，一时竟不知道该说点儿什么。

"黛西。"过了一阵，他才开口喊道，"你的单词册。"

黛西眼睛一亮，可又不便离开，又忙碌了一阵才停止工作，来到门边，不断地说着"谢谢"。

等丽芙和弗莱娅也放下手头的工作，过来表示了感谢，克莱恩才将刚刚对老科勒说的那番话重复了一遍。

得到肯定的回答后，他拿出早就准备好的两镑零钱，递给了丽芙："明天会有位记者来采访黛西，这是他预先给的报酬。不过你们不要当着他的面提，要不然很多事情不好处理。呵呵，他明天说不定还会再给一些，但没有这么多了。"

"这……不，我愿意揭发那个坏蛋的恶行，不要钱!"黛西猛地摇头道。

克莱恩笑了一声："这是规则，不能破坏规则，明白吗?"

他转而看着丽芙道："收下吧。你的想法很对，只有黛西和弗莱娅认识更多的单词，学到更多的东西，你们才能摆脱现在的处境。"

他本来准备说很多事情，想建议丽芙一家搬去东区边缘——因为请得起人洗衣服的顾客不会住在东区，但最终什么都没提。他本来打算给对方更多的帮助，可还是克制住了自己的行为。

类似丽芙一家的人，在东区何止几千? 有几万，几十万，甚至上百万，单纯的个人想帮助他们，哪怕这个人是大银行家，也激不起什么水花。

而这只是东区，上面还有整个贝克兰德，还有鲁恩王国。

"谢谢，替我谢谢那位记者先生。"丽芙沉默了一阵，收下了那笔钱。

克莱恩没多停留，匆匆离开，似乎这里藏着一个鬼怪，会吞噬他的心灵。

和老科勒一起走到外面后，他回头看了一眼，忽然吐了口气，小声说道："从来就没有什么救世主……"

"什么?"老科勒没听清楚地问了一句。

克莱恩目视前方有些坑洼的道路，自嘲地"呵"了一声："没什么。希望丽芙一家能摆脱现在的处境，过得越来越好。"

他刚才确实是有感而发，可仔细想想，具体问题具体分析，他又觉得仅靠贫民是无法自救的。因为这个世界存在超凡力量，而且有的相当诡异，不是靠枪炮能够解决的，就像"异种"途径的序列5"怨魂"一样。这是一方面。

另一方面是，受限于非凡特性守恒定律，受限于获得材料的难度，超凡力量无法普及，人数的优势难以转化为有效的战力;而即使能够普及，只要失控的问题没解决，也同样会带来灾难。

如果没有高序列强者，这些其实都有办法在一定程度上解决。可是，现实世界不仅有半神半人，还有各种封印物，而且，神灵真真实实，高高在上。这样一来，贫民用罢工、游行等手段抗争还不会有太大问题，可一旦拿起武器、建立军队，必然遭遇难以抗衡的反扑，大规模的天灾、大规模的心理暗示不是不可能出现。

　　而能够与官方非凡机构抗衡的又多是隐秘组织，往往自带邪恶属性，与他们合流，死亡或许还不是最悲惨的结局。所以，走革命这条路，要想成功，最有希望的办法是争取到某个或某几个教会的支持。

　　仅靠罢工和游行，既得利益阶层又能做出多少让步呢？收买会相对容易很多……倒是上次真实造物主差点借助贫民的悲惨处境降临贝克兰德的事情，似乎让女神教会和知情贵族们有了一些触动，这从迈克记者接受的调查任务和"正义"小姐反馈过来的情况可以窥见一二……

　　克莱恩漫无边际地想着东区、码头区和工厂区的事情，到了最后，他忍不住"嘿"了一声，于心里感叹道："想来想去，还是借助邪神降临的威胁才最有可能为贫民们争取到处境的改善。但邪神又是最迫不及待想汲取他们血肉、吞噬他们灵魂的存在，最有可能带来谁都逃不掉的灾难……这还真是一个绝妙的讽刺。"

　　皇后区，霍尔伯爵的豪华别墅内，因为伊思兰特医生之后有另外的事情，奥黛丽提前上起了本周第二堂心理课。

　　苏茜比她更加激动，早早就冲进了书房，连平时爱玩的圆球都丢在了一旁。

　　这堂课上，奥黛丽故意表现出了自身的好奇，时不时就询问起伊思兰特上次讲的那些与神秘领域有关的心理学知识。

　　到了课程的收尾阶段，伊思兰特终于斟酌着开口道："奥黛丽小姐，我们组织了一场关于这方面的研讨会，许多成员对心理学与神秘学的交叉领域有较为专业的研究，你是否有兴趣加入？"

　　"当然！"奥黛丽毫不犹豫地点头回答道，完美符合自己预定的"天真好奇的少女"的人设。

　　伊思兰特露出了微笑："记得保密。你知道的，你的长辈们对神秘学有相当大的偏见。等下次课，我就带你去。"

　　"没有问题。"奥黛丽略显激动地给出了肯定的答复。

　　送长发及腰的伊思兰特离开书房后，她关上门，面朝书柜旁的镜子，保持两秒钟的文雅和安静。接着，她提起裙摆，迈步做了个宫廷舞里的转圈动作，然后看着镜中的自己，嫣然一笑道："奥黛丽，你真棒！"

　　奥黛丽知道自己迈出了进入心理炼金会的第一步，虽然研讨会多半只是一个外围圈子，后续还有不少的考验，但这确确实实让她推开了心理炼金会的大门。而在这个过程里，她没有借助外在的力量，全凭自身的观察和表演完美瞒过了伊思兰特心理医生，所以，她非常自豪和骄傲。

"那个研讨会听起来很有意思。"苏茜凑了过来，摇着尾巴道，"奥黛丽，我能加入吗？"

加入？看着一身金毛、眼睛贼圆的爱犬，奥黛丽陷入了沉思。她长长地"嗯"了一声："苏茜，暂时不行，你，你太显眼了……"

说到这里，她话锋一转，浅浅地笑道："但我可以带着你一起去。"

周六晚上，克莱恩拿上"万能钥匙"和黑色手杖，走出了明斯克街15号——没有后者，他估计自己今天就回不来了。

他这是要去"找"艾伦医生，找机会进入对方的梦境，弄清楚那个与威尔·昂赛汀相关的噩梦究竟是怎么来的。至于艾伦医生住在哪里这种事情，他昨天就已经打听清楚了：希尔斯顿区伯宁翰路3号。

等克莱恩抵达那里，时间已经过了十一点，周围街区灯火暗淡，昏沉安静。

抛硬币做了一次占卜后，克莱恩穿过外面的铁栅栏，绕到侧方，用"万能钥匙"在墙上开个无形的通道，进入了黑灯瞎火的走廊。凭借着敏捷的步伐，他无声无息地上到二楼，躲到了一间没人居住的客房。

等确认艾伦医生和他妻子已然入睡，克莱恩才穿透墙壁，进入了他们的卧室。

他做的第一件事情是拿出"沉眠符咒"，低声念出开启咒文，让艾伦医生的妻子陷入真正的沉眠，以免她突然醒来，打扰到自己后续对她丈夫的入梦。

接着，克莱恩坐到梳妆台前的椅子上，手握"梦境符咒"，小声吐出了一个古赫密斯语单词："绯红！"

话音刚落，他顿觉掌中的符咒变得轻飘飘的，就像没有重量的虚幻之物。

随着灵性的灌入，透明的火焰包裹住了那枚符咒，燃烧出幽深宁静的黑色。这黑色在克莱恩意志的驱使下蔓延而出，笼罩住了艾伦医生，也同样笼罩住了他自己。

飞快进入冥想状态的克莱恩看见了无垠的深黑，看见了孤独的椭圆形光球。他的灵性延伸过去，触碰到了那虚幻朦胧的事物。

周围的世界霍然颠倒，又扭曲着复原，不知不觉之间，克莱恩已置身于一片荒芜的平原，脚下是漆黑的石头，连根杂草都没有。

平原的中央耸立着一座黑色尖塔，上面盘绕着一条巨大的银白色长蛇，它的头部已经竖了起来，鲜红的双眼冰冷地注视着这个方向。

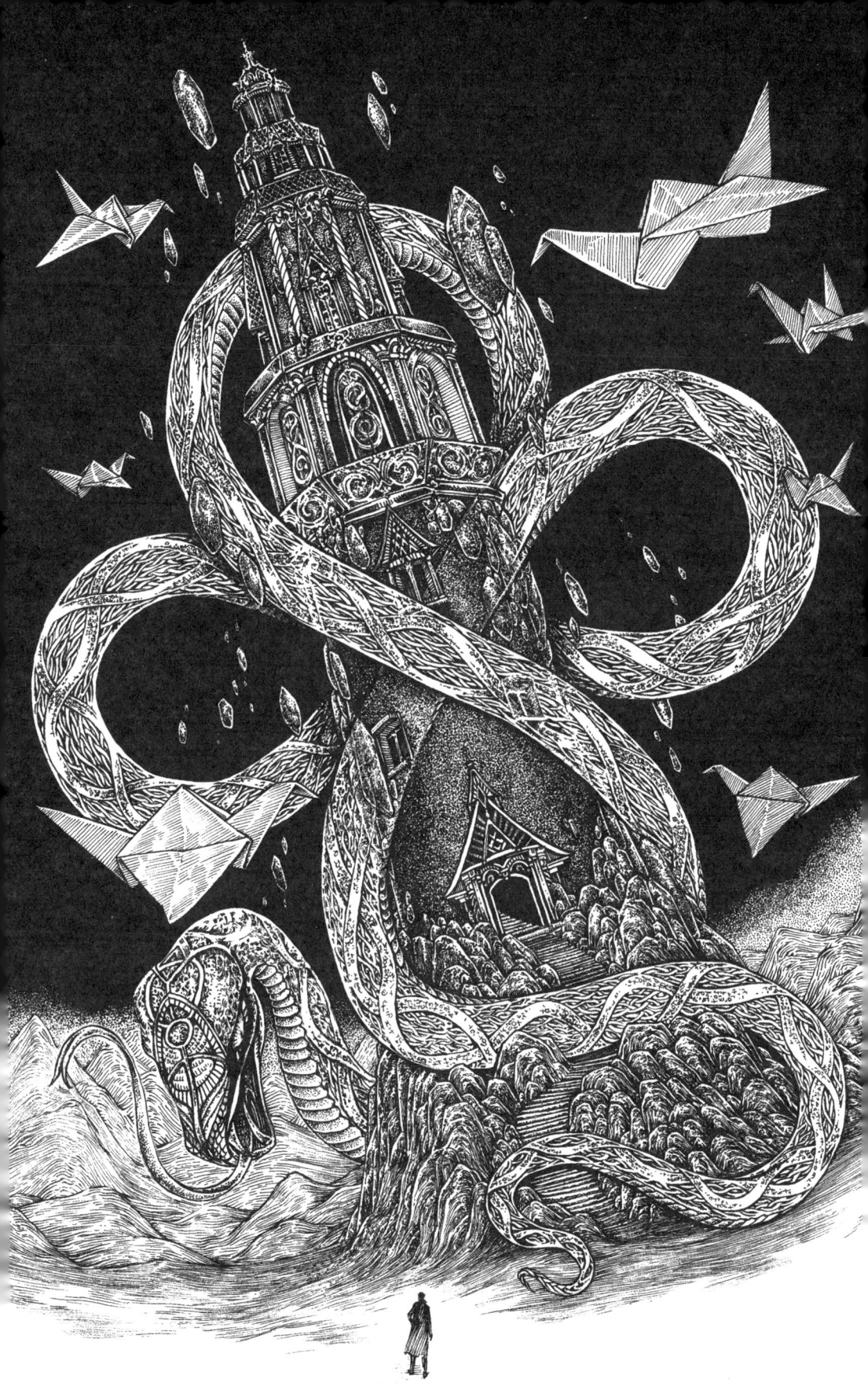

和艾伦医生的描述不同的是，这银白巨蛇没有实质的鳞片，身上是密密麻麻的花纹和符号构成的彼此相连的一个个转轮，而每个转轮周围又有不同的标识。

巨蛇尾巴和头部的转轮各自只有一半，看起来颇不协调，似乎能逼死强迫症患者，但克莱恩想象了一下，如果那条银白色巨蛇能用嘴巴咬住自己的尾部，那转轮就会变得完整，一切都会变得圆满，不再有残缺，不再有变化。

克莱恩的身旁，艾伦医生目光茫然地望着前方，一步一步地靠近着那座漆黑尖塔。

可以确认，没有谁引导艾伦医生……排除掉"梦魇"类非凡能力……克莱恩飞快地做出了一个判断。他没去阻拦艾伦医生，而是跟在艾伦医生的侧后方，向着漆黑尖塔、向着银白巨蛇走了过去。

他们两人才走了几步，就已然来到目标身前。那条银白色的巨蛇俯着上半截身躯，似乎在琢磨该怎么享用送到嘴边的甜点。它嘴巴大张，却没有腥味传出；它的红眸冰冷无情，看每样东西都仿佛在看猎物，却又不带丝毫杀戮和残忍意味。在它面前，似乎任何事物都是渺小的，并因渺小而平等。

巨蛇最终没有发动攻击，克莱恩跟着艾伦医生穿过一扇古旧腐朽的木门，进入了漆黑高塔的内部。

正如艾伦之前讲述的那样，这里的布局异常混乱：阶梯先是盘旋往上，又斜着下坠；大厅、图书馆和各个房间有的正常，有的倒立，有的则镶嵌在了其他部分里。这是不可能存在于现实世界中的建筑。

通过一扇扇大门，穿过一面面墙壁，克莱恩已经不知道自己到了黑色高塔的哪个位置，或许是尖顶，或许是地下室。

浓郁的黑暗中，他突然发现前方角落里蜷缩着一道人影。

那人影察觉到艾伦医生过来，忙支撑着站起，单腿跳着靠近。

直到那人影近在咫尺，克莱恩才看清楚了他的样子——虎头虎脑，十岁出头，满脸稚气，带着明显的害怕神色。

这人身高一米四左右，左小腿的位置空空荡荡，俨然便是那个动了手术的小孩威尔·昂赛汀。

他手里正拿着一副塔罗牌，漆黑如墨的眸子里是又惊又喜、又畏惧又惶恐的情绪。他说："艾伦医生，有蛇想吃我！"

突然，他惨叫一声，眼睛内映照出了那条巨大的、神秘的银色长蛇。

哗啦！他手中的塔罗牌掉了一地，只剩下一张被他紧紧握在掌心。

克莱恩凝目望去，发现那张牌上同样有一个转轮——是"命运之轮"牌。

又是哗啦一声，梦境瞬间破碎，克莱恩发现自己依然坐在梳妆台前的椅子上。

窗外的红月被云层遮掩，穿透帘布的月光只能勉强勾勒出卧室内大件物品的轮廓，暗淡和昏沉成为房间的主旋律。

克莱恩就坐在这样的环境里，没有急于离开。

他望着床上熟睡的艾伦医生，静静地分析起了刚才在梦境中看见的一幅幅画面："威尔·昂赛汀最后握在手里的是'命运之轮'牌，而在这样的梦里，所有的一切都具备象征意义，都是自身星灵体获得的启示……

也就是说，威尔·昂赛汀的事情与命运有关，再加上那条很可能代表着'水银之蛇'的银白色巨蛇，这孩子也许与'怪物'途径的哪位高序列强者或哪件诡异封印物有关……他的危机来源于'水银之蛇'对他或者他涉及的那件诡异封印物的觊觎？

"但'水银之蛇'可是序列1啊，属于最接近神灵的那种存在，仅名称本身就体现出了祂的高位格，没可能奈何不了威尔·昂赛汀这么一个小孩。那个还不知道究竟是序列1还是序列2的阿蒙，只靠一个分身就差点侵入了灰雾之上……这件事情看来没那么简单，肯定藏着极大的秘密。"

想到这里，克莱恩已经决定退缩。

"这一听就非常危险，而且那副塔罗牌未必是神奇物品，存在特殊的很有可能是威尔·昂赛汀本身。嗯，艾伦医生除了会做噩梦之外，已经摆脱了困扰，我完全没有理由掺和这件事情。

"在这件事情上主动表演、挑战不可能，几乎等同于自杀……嗯，对，我得遵从心的意愿！"克莱恩用戴着黑色手套的右掌撑了一下梳妆台表面，缓缓地站了起来。

经过刚才的入梦，他完全可以确定艾伦医生的噩梦源于自身星灵体从灵界获得的启示，而那启示是某个高层次、高位格的存在刻意制造和提供的，千纸鹤则属于定位道具。

根据《秘密之书》上某个章节的内容，克莱恩也能尝试着利用那只千纸鹤找到遨游灵界中的艾伦医生的星灵体，暗中观察那些启示从何而来，但他刚才已经决定不掺和了。

活动了一下身体，克莱恩带着最后的好奇，翻出了艾伦医生的皮制钱包，从里面拿出了那只千纸鹤。

他将千纸鹤置于手杖杖头，同时握住了它们，然后眸色转深，低声自语道："威尔·昂赛汀现在的位置。"

他反复念了占卜语句七遍后，房间内忽然有微风打着旋，带来了吹拂灵魂般的凉意。

克莱恩松开了右掌，手杖先是稳稳站立，继而带着千纸鹤倒了下去，斜着指向睡床。

"那里……"克莱恩微皱眉头，换了个位置，重复起刚才的占卜，并顺利得到了反馈。而两次占卜的指向路径，交叉点是艾伦医生！

威尔·昂赛汀的位置和艾伦医生重叠……这就有点意思了……克莱恩又好笑又愕然地自语了两句。

他的好奇心一下攀升到了极点。虽然他不打算掺和这件事情，但他想弄清楚为什么会出现位置重叠的状况。

嗯……把千纸鹤拿到灰雾之上占卜一下，有灰雾挡着，不会出什么意外……克莱恩迅速有了新的想法。

由于在艾伦医生的卧室里不方便举行自己召唤自己的仪式，他决定先把千纸鹤带回家。

对此，克莱恩其实早有准备。来之前，他并不确定事情的严重性，抱着可能会去寻找威尔·昂赛汀、看能否得到那副塔罗牌的心思，所以他提前准备了另一只千纸鹤，打算用来替掉正品，方便自己进行占卜。等问题解决，再换回来。

克莱恩想到就做，从衣兜里掏出了预备好的那只千纸鹤。这是他特意在灰雾之上折的，防止艾伦医生突然决定把威尔·昂赛汀相关的物品上交黑夜女神教会，从而让造假的他被占卜出来。

预先考虑得周全细致，果然能让事情简单很多……克莱恩自我赞许了一句。

借着稀薄的月光，克莱恩认真对比起威尔·昂赛汀折的千纸鹤和自己折的千纸鹤，看是否有明显的不同。

这一看，克莱恩顿时陷入了沉默——他的手工能力还不如一个小孩子。

其实，都是千纸鹤，也没有太大的区别，我那只顶多粗糙了一点，艾伦只要没反复研究过原来那只，肯定看不出来已经被调包了……

克莱恩无声自语了几句，拿出一枚硬币，用占卜的办法做了最后的确认。得到肯定的启示后，他把自己折的那只千纸鹤放入了艾伦的皮夹，自己则处理了一下现场，然后携带着威尔·昂赛汀的千纸鹤离开了伯宁翰路3号。

靠着卜杖法，克莱恩顺利回到了家中，趁着泡澡的空闲，用自己召唤自己的办法将那只千纸鹤连同"万能钥匙"一起送到了灰雾之上。

坐到寂静无人的宫殿里，他拿起千纸鹤仔细审视了几秒，没发现什么异常。

然后，克莱恩具现出纸笔，写下了与之前相同的占卜语句：威尔·昂赛汀现在的位置。

这一次，他改用梦境占卜法，在那灰蒙支离的世界里惊喜地发现有画面呈现出来了。

那是一个黑乎乎的房间，虎头虎脑、漆黑眼眸的威尔·昂赛汀站在椅子上，趴在窗前的书桌上，眺望着外面的风景。他两只手各抓了一沓塔罗牌，旁边还摆着一堆积木，那积木拼出了一个首尾相连的环形的蛇。

窗户外面的景象同样黑暗，只隐约有哗啦的流水声传来。

梦境到这里就无声无息地结束了，克莱恩睁开眼睛，用手指轻敲起青铜长桌的边缘，无声地自语道："衔尾的蛇，果然是'水银之蛇'吗？代表命运的'水银之蛇'……窗外有流水的声音，说明威尔·昂赛汀目前的位置紧靠着塔索克河？之前我占卜出他的位置和艾伦医生重叠，是因为受到了来自命运的干扰？"

见灰雾之上的占卜也只能得到这种程度的启示，克莱恩不再被好奇心困扰，勉强做出了相应的解读。他打算明晚把千纸鹤换回来，再找机会指点指点艾伦医生，让他去黑夜女神的教堂，将此事告诉主教。

这种事情还是得正规军做才比较好……克莱恩低笑一声，返回了现实世界。

悠闲地泡完澡后，他没再忙碌，钻入了被窝。

过了不知道多久，克莱恩忽然惊觉自己正在做梦，正做着在客厅内翻看《秘密之书》的梦。

这，这熟悉的感觉……

他习惯性地做出茫然的表现，偏过头望向门口。

房门吱呀一声被打开，一道穿着灰色大衣的身影走了进来。来人三十来岁，脸颊瘦长，额头宽阔，有双看起来颇为睿智的深蓝色眼睛。

不是队长……

克莱恩突然自嘲一笑，无声地吐了口气，并让手中的《秘密之书》变成了一本《女士审美》杂志。他一边翻动杂志，一边随意地对来者打了一声招呼。

身穿灰色风衣的男士摘掉帽子，坐到他对面，如闲聊般地问道："艾伦今天早上来找过你？"

果然是值夜者，是一位"梦魇"……克莱恩克制住叹息的冲动，微笑着回答道："是的。"

他已经想明白了值夜者为什么会突然入梦自己。

面前这位"梦魇"应该是某个值夜者小队的队长，负责威尔·昂赛汀事件，但一直没能找到有用的线索。在这样的情况下，艾伦医生和夏洛克·莫里亚蒂侦探登门询问威尔·昂赛汀下落的事情应该在昨晚或今天早上就被他们知晓，与此同时，他们发现艾伦医生刚用过早餐就急匆匆地来到明斯克街，拜访夏洛克·莫里亚蒂侦探。本着专业的精神，值夜者对克莱恩入梦是最正常、最自然的发展。

艾伦医生那里较为敏感，贸然入梦很可能让线索断掉，所以某位侦探就毫无疑问地成了他们的第一选择。

"他遇到了什么事情？"那位值夜者小队队长"随口"问道。

克莱恩如实回答道："他做了场噩梦……"

克莱恩将漆黑高塔、银色巨蛇、层层保护下的威尔·昂赛汀描述了一遍，末了道："做这个噩梦前，艾伦去威尔·昂赛汀家找过那个孩子，因为不放心他的康复，因为困扰于之前的霉运。可惜的是，威尔·昂赛汀一家已经搬走。

"不过，艾伦回想起那个孩子送过他一只亲手折的千纸鹤，并祝他好运，可能是受到这两件事情刺激，他才会做这样的噩梦。"

穿灰色大衣的男子露出惊喜的表情道："千纸鹤？"

"对。"克莱恩轻轻点头，"那个孩子出院前送给艾伦的，艾伦随手丢到了办公室的抽屉里，之后就遗忘了这件事情，直到昨晚才想起。"

"我明白了，感谢你的解释。"那值夜者小队队长站了起来，很有礼貌地按胸行了一礼。

梦境突然有了水波般的晃动，他直接消失在了房间内。

望着他坐过的位置，克莱恩悠然地推测起接下来的发展：值夜者可能今晚就去艾伦医生那里入梦检查，并带走千纸鹤。

于是问题来了，那只千纸鹤是克莱恩折的，正品在灰雾之上。

算了，无论用哪只千纸鹤，他们都不可能通过占卜得出答案，换不换回来都无关紧要……克莱恩自语了一句。

收敛思绪后，他继续坐在那里，没有急于脱离梦境，而是怔怔地出神了好久。

过了好一阵，他翘起嘴角，小声地感叹道："真是怀念啊……"

周日清晨，克莱恩刚用完早餐没多久，就听见了预料之中的门铃声，但让他意外的是，来的不仅有迈克·约瑟夫记者，还有艾伦医生。

"夏洛克，我昨晚又做那个噩梦了，我觉得这不正常。"艾伦没有避忌迈克，刚进入客厅就开口说道。

不等克莱恩回答，他又自顾自地掏出钱夹，取出了一只千纸鹤，问道："你说会不会是它的问题？自从我将它找出来并随身携带，就开始做噩梦了。"

克莱恩不甚在意地望了一眼，表情忽然有些凝固。要不是曾经做过"小丑"，对脸部肌肉的掌控能力很强，他甚至可能在记者和医生面前露出难以掩饰的笑容。

对，笑容。

这，这千纸鹤折得比我那只还丑……这是克莱恩瞬间产生的想法。此时此刻，他很有掩住脸孔叹息一声的冲动：这难道就是值夜者一脉相承的传统——手工活儿比较差？

毫无疑问，他眼前的千纸鹤是又一次调包的产物。

从克莱恩这里得到准确的消息后，值夜者们似乎没有耽搁，当晚就潜入了艾伦医生的卧室，用他们折的千纸鹤调换了钱夹里那只。但他们想不到的是，钱包里那只千纸鹤同样是假的，是克莱恩在灰雾之上折的，并且折得相当粗糙。

莫名有些喜感……

克莱恩瞄了一眼毫无所觉的艾伦医生，清了清喉咙道："也许是这样。我建议你再去教堂一次，找之前那位主教谈谈，我们要相信我们信仰的神灵始终在注视着我们。"说话间，他在胸口画了个三角圣徽。

昨晚那位"梦魇"离开后，克莱恩专门去过灰雾之上占卜不换回千纸鹤是否有危险，得到了"很安全"的启示，所以，他现在能饶有兴致地做出这样的建议，试图捉弄一下前同事们。

看见自己折得不怎么样的千纸鹤又回到了自己手里，不知道他们会是什么样的心情……

克莱恩用一本正经的宽慰送走了艾伦医生，转头对记者先生笑道："迈克，其实我最想建议艾伦的是去看一看心理医生，不过信仰肯定也能安抚他的心灵。"

"你一点也不坦率。"迈克笑了一声，"好了，我们该出发了。"

接下来的一天，克莱恩陪着这位《每日观察报》的记者进入东区，采访起被解救出来的那些少女。

在足足一镑的采访费用面前，没有谁拒绝，哪怕是部分遭受过摧残的女孩。在这次采访中，卡平的罪恶是一个重点，那些少女目前的处境是另一个重点。前者让人愤怒，后者让人沉重。

黛西其实算是比较幸运的，回家之后立刻就能投入工作，凭借自身的劳动换取食物。而像她这样的被解救者不超过三分之一，而且其中多数属于家里还有些积蓄的那种，她们的处境允许身心受到创伤的她们暂时不用忙碌，能耐心地寻找合适的活计。

而另外三分之二的被解救者，不得不为了活下去而多处奔波。在纺织女工大量失业的情况下，她们往往只能找到一些临时的、报酬很低的工作。家里父母兄弟姐妹未曾失业的那些还好，至少能彼此帮助，勉强填饱肚子；家庭状况不那么乐观的那些，则已明里暗里走上了站街女郎的道路，似乎从未得到解救。她们出卖自己的身体，也许仅仅是为了一些食物。

这让迈克变得像上次一样沉默，直到天色昏暗，他们即将离开东区时，才回过神来。他对克莱恩道谢："夏洛克，多亏你的帮助，否则我今天肯定会被那些流氓和黑帮成员敲诈。"

"这不就是你雇我的目的?"克莱恩没有丝毫得意，礼貌性地笑了笑。

有了之前的叮嘱，老科勒和丽芙一家并未透露他免费帮忙寻人的事情。尤其是黛西，她相当聪明，在迈克问她们有没有认识什么较为特殊的人时，她直接回答"记者先生和侦探先生"。

迈克点了点头，又沉默着走了好一阵子。临上马车前，他忽然吐了一口气，道："我想在这篇报道上呼吁，呼吁政府把卡平的地产拿出来，成立一个救助基金，用每年的收益稳定地帮助这些被解救的少女，帮助其他因卡平而受到伤害的人，让她们有机会挣脱当前的困境。

"虽然卡平的保险柜已经被那位侠盗洗劫一空，但他最大的财富在地产上面，这些……这些应该都是非法所得。"

克莱恩认真听完，深深地看了迈克一眼，由衷地赞美道："你是我见过最好的记者。"

"像我这样的记者还有不少，这个世界上总是存在着一些理想主义者。"迈克感叹道。

说完，他将十镑的保镖费用支付给了克莱恩，并摘下帽子挥了挥。

目送这位记者上了出租马车，克莱恩准备去另一个方向乘坐公共交通工具。

这时，迈克突然打开马车车窗，揶揄着笑道："夏洛克，你认识的记者不会只有我一个吧?"

克莱恩愣了一下，呵呵笑道："你猜。"

（未完待续）